PATRICIA THEISEN
Sturmlichter

PATRICIA THEISEN

Sturmlichter

Roman

blanvalet

Sollte diese Publikation Links auf Webseiten Dritter enthalten,
so übernehmen wir für deren Inhalte keine Haftung,
da wir uns diese nicht zu eigen machen, sondern lediglich
auf deren Stand zum Zeitpunkt der Erstveröffentlichung verweisen.

Penguin Random House Verlagsgruppe FSC® N001967

1. Auflage 2023
Copyright © 2023 by Blanvalet
in der Penguin Random House Verlagsgruppe GmbH,
Neumarkter Straße 28, 81673 München
Dieses Werk wurde vermittelt durch die
Literarische Agentur Thomas Schlück GmbH, 30161 Hannover.
Redaktion: Margit von Cossart
Umschlaggestaltung: www.buerosued.de
Umschlagmotiv: Arcangel Images (Crow's Eye Productions; Sophia Molek;
Joanna Czogala); akg-images (brandstaetter images / Archiv Seemann;
UIG / Touring Club Italiano / Marka)
U3: akg-images
LO Herstellung: sam
Satz, Druck und Bindung: GGP Media GmbH, Pößneck
Printed in Germany
ISBN: 978-3-7341-1036-8
www.blanvalet.de

Für
Anna-Fee, Amelie, Ylvie, Athina, Elke, Anja, Mia,
Annika, Nele und Magdalena

*Das Geheimnis des Glücks ist die Freiheit,
das Geheimnis der Freiheit aber ist der Mut.*
                    Perikles, 5. Jahrhundert vor Christus

Prolog

Das junge Mädchen griff ungeduldig nach der Hand seines älteren Bruders und zerrte ihn quer über den Jahrmarkt. Mit seinen vierzehn Jahren wusste es bereits sehr genau, was es wollte. Es hatte weder Augen für das Kettenkarussell noch für das immens hohe Riesenrad, das die diesjährige Hauptattraktion darstellte. Sein Ziel war der Zirkuswagen der berühmten Madame Odessa. Die Wahrsagerin konnte angeblich die Zukunft voraussagen, und genau darüber wollte das Mädchen etwas von ihr erfahren.

Der Bruder war von der Idee seiner jüngeren Schwester weit weniger begeistert. Als angehender Mediziner widerstrebte ihm grundsätzlich alles, was nicht wissenschaftlich belegbar war. Ein Orakel war für ihn nichts als eine menschenverdummende Albernheit. Es ärgerte ihn, dass er sich in einem schwachen Augenblick hatte breitschlagen lassen. Er konnte seiner Schwester schwer etwas abschlagen.

»Lass uns lieber eine Runde Karussell fahren«, versuchte er noch einmal sie von ihrer Idee abzubringen. »Von mir aus fahren wir danach noch Riesenrad, und anschließend bekommst du eine Extraportion Zuckerwatte.«

Die Jüngere wandte sich ihm empört zu. »Du hast es mir versprochen«, erinnerte sie den Bruder streng. »Es ist mein Geburtstagsgeschenk!«

»Schon gut!«

Widerstrebend fügte er sich in sein Schicksal und folgte ihr über die Stufen zur Eingangstür des Wohnwagens. Sie hatte das Podest bereits erklommen. Was für ein Wildfang seine kleine Schwester war! Wenn sie sich etwas in den Kopf gesetzt hatte, kämpfte sie so lange, bis sie ihren Willen durchgesetzt hatte. Jetzt klopfte sie entschlossen an.

Madame Odessa hörte das Klopfen, ohne sofort darauf zu reagieren. Dabei hatte sie ihre Besucherin längst erwartet. Ihre Vorahnungen trogen sie nie. Nach den Visionen, die sie in letzter Zeit mehrfach heimgesucht hatten, stand vor der Tür entweder die Wildkatze, der Schwan oder das Wiesel. Eines der drei Mädchen, in deren Schicksal sie einen Einblick hatte nehmen dürfen, der wahrlich verwirrend gewesen war. Sie würde ihrer Besucherin Antworten geben auf Fragen, die sie nicht stellen würde. Das war die Ironie ihrer Bestimmung als Wahrsagerin.

Konzentriert schloss sie die Augen, um sich die Visionen noch einmal vor Augen zu führen. Sie sah Wolkenwirbel, die zu Bildern wurden: Die Wildkatze, die zwischen Zahnrädern steckte. Ihr Blick klar und analytisch, voller Neugier und doch in Gefühlsdingen verblendet. Ihr standen große Herausforderungen und Gefahren bevor, die sie vernichten oder aber auch retten konnten. Aus dem zweiten Wolkenwirbel fuhr ein prächtiges Segelschiff heraus. Seine Segel waren stolz gebläht. Je näher es kam, desto mehr veränderte es seine Form, bis daraus ein schöner Schwan wurde, der einen Himmelssee durchquerte, der nicht aus Wasser, sondern aus bunten, sich stets verändernden Pinselstrichen bestand. Noch war der Schwan ziellos. Es fiel ihm schwer, irgendeinen Kurs zu halten. Immer wieder verlor er seine Richtung. Sensibilität, Freigeist und Schaffenskraft würden dem Tier den Weg weisen oder es in die Irre führen. Ganz anders war Madame Odessas dritte Vision. Das Wiesel, wendig, klug und immer auf der Hut, floh vor einem Rudel finsterer Wölfe. Panisch versuchte es vor der drohenden Gefahr Reißaus zu nehmen, doch das Rudel kreiste es immer weiter ein. In dem Augenblick, als es für das Wiesel kein Entrinnen mehr gab, blieb es todesmutig stehen und wandte sich der Bedrohung mit erhobenen Pfoten zu. Wie von Zauberhand geboten, verharrten die Wölfe im Sprung und beugten sich der Kraft seines eisernen Willens.

Drei Mädchen, symbolisiert durch drei Tiere. Drei Schicksale, deren Bestimmung es war, sich auf die Suche nach dem Glück zu machen. Drei Möglichkeiten, das Geheimnis von Glück zu entdecken: eine Wildkatze voller Neugier, ein Schwan mit Schaffenskraft und ein Wiesel voller Mut. Madame Odessa lächelte versonnen. Die Schicksale dieser jungen Frauen waren eindeutig miteinander verwoben.

Als es erneut klopfte, bequemte sich die Wahrsagerin aus ihrem Diwan. Schwerfällig stand sie auf, griff nach ihrem brokatseidenen Morgenmantel und streifte ihn sich über. So gewappnet für ihre Prophezeiungen öffnete sie die Tür.

TEIL 1

1914–1916

Mut steht am Anfang des Handelns, Glück am Ende.
Demokrit zugeschrieben (460–370 v. Chr.)

1

Torie hielt es kaum noch auf ihrem Platz aus. Das langweilige Geplauder der Gäste quälte sie zunehmend, auch wenn sie ihr zu Ehren gekommen waren. Der Umstand, dass ganz in ihrer Nähe der berühmte Adolphe Kégresse zusammen mit ihrem Vater bei einem Gespräch saß, während sie gezwungen wurde, ihren Geburtstag mit lauter langweiligen Leuten zu verbringen, fand sie nicht nur ungerecht, sondern empörend. Warum durfte sie mit ihren vierzehn Jahren nicht selbst entscheiden, wie sie feiern wollte? Zumindest ihr Vater musste wissen, wie gern sie den Ingenieur kennengelernt hätte. Der Mann war eigens aus Russland nach Paris gereist, um ihn in technischen Dingen zu konsultieren. Ob es etwas mit den berühmten Halbkettenfahrzeugen zu tun hatte, die Kégresse für den Zaren entwickelt hatte? Torie hätte es zu gern erfahren. Ihr Vater war ein anerkannter Spezialist für das Herstellen komplizierter Getriebeteile. Kein anderer Fabrikant in Frankreich war in der Lage, so ausgefeilte Zahnräder und Mechanismen zu konstruieren wie ihr Papa.

Sie stocherte lustlos in ihrem Tortenstück herum, das sie kaum angerührt hatte. Auch ihr großer Bruder, der ihr von schräg gegenüber zuzwinkerte, vermochte sie nicht aufzumuntern. Dabei hatten sie beide einen höchst vergnüglichen Vormittag bei schönstem Juniwetter erlebt. Maurice und sie waren auf dem Rummelplatz gewesen und hatten die berühmte Wahrsagerin Madame

Odessa besucht. Die ganze Stadt sprach von ihren treffenden Prophezeiungen. Torie war skeptisch gewesen. Sie glaubte grundsätzlich nur an Dinge, die sie selbst sah. Dann hatte sie das Ambiente in dem schummrigen Wohnwagen vor der leuchtenden Kristallkugel der geheimnisvollen Frau doch beeindruckt. Madame Odessa hatte sie mit einer neugierigen Wildkatze verglichen, die auf der Suche nach Abenteuern das Naheliegende übersah.

»Für jemanden, zu dessen Ehren ein Fest gegeben wird, könntest du ruhig ein wenig mehr Freude zeigen«, riss die Gattin des Bürgermeisters sie unsanft aus ihren Gedanken.

»Es kann eben nicht jeder so ein charmantes Lächeln wie Sie haben, Madame Rochette«, konterte Torie mit einem honigsüßen Lächeln.

Sie hoffte, dass ihr Gegenüber nun von einer weiteren Konversation genug haben würde, doch sie hatte sich getäuscht. Die Bürgermeistergattin gefiel sich leider darin, als Instanz in Benehmen aufzutreten. Ihre kleinen Augen huschten über Tories Äußeres und blieben schließlich missfallend auf ihren Händen haften, unter deren Nägeln sich noch Ölreste befanden. Trotz eifrigen Schrubbens war es ihr nicht gelungen, alle Spuren ihrer handwerklichen Tätigkeit zu beseitigen.

»Du kannst von Glück sagen, dass das Pensionat in Lausanne dich überhaupt genommen hat«, tadelte Madame Rochette kopfschüttelnd. »Dort wird man dir hoffentlich beibringen, wie man sich als Tochter aus besserem Hause zu verhalten hat. Dein Vater ist viel zu gutmütig! Dass er dir erlaubt, dich ständig in den Werkshallen herumzutreiben, ist meines Erachtens empörend. Das ist weiß Gott kein Zeitvertreib für eine junge Dame.«

Torie hätte ihr am liebsten heftig widersprochen. Für sie gab es nichts Schöneres, als sich in der Werkstatt die Hände schmutzig zu machen. Es lag ihr auf der Zunge, der Frau zu sagen, dass man dort wenigstens nützliche Dinge herstellte, anstatt seine Zeit mit unnötigen Benimmregeln und oberflächlicher Konversation zu vergeuden. Leider wusste sie nur allzu gut, was für einen Ärger sie sich damit einhandeln würde. Wenn sie doch nur einen Weg fände, um dieser schrecklichen Gesellschaft endlich zu entkommen. Bedauerlicherweise wachte ihre Maman mit Argusaugen darüber, dass sie bis zum Ende blieb. Im Gegensatz zu ihrem Vater hatte die Mutter keinerlei Verständnis für ihr Interesse an technischen Dingen. Ihr hatte sie es auch zu verdanken, dass man sie demnächst in dieses grässliche Schweizer Internat abschob. In Tories Augen war der Aufenthalt dort vergeudete Zeit. Ihr einziger Wunsch war, einmal in die Fußstapfen ihres Vaters zu treten.

Sie glaubte sicher zu sein, dass ihr Papa dies auch wünschte, zumal Maurice ihm schon früh zu verstehen gegeben hatte, dass er nicht an der Fabrik interessiert war. Mittlerweile stand er kurz vor seinem Examen als Mediziner. Für Torie war es schon immer klar gewesen, dass sie einmal ihrem Vater in der Fabrik nachfolgen würde. Sie hatte von ihm die Passion und Begabung zum Lösen technischer Probleme geerbt. Für sie gab es nichts Schöneres, als mit Fernand Ruiz, dem Werkstattleiter, und ihrem Papa über kniffligen Problemen zu brüten. So war es schon immer gewesen. Und jetzt würde sie nichts lieber tun, als gemeinsam mit Fernands Sohn Julien eine Lehre als Mechanikerin zu absolvieren und später einmal Maschinenbau zu studieren. Bis vor Kurzem hatte sie ihren Papa immer für ihren Verbündeten gehalten, für einen modernen Mann, der sich nicht nur technischen Neuerungen, sondern auch gesellschaftlichen Dingen gegenüber aufgeschlossen zeigte. Doch jetzt hatte ihre Maman ihr einen Strich durch die Rechnung gemacht und sie in diesem Internat angemeldet. Ihre

Mutter war so schrecklich altmodisch und unterwarf sich ohne Wenn und Aber den gesellschaftlichen Konventionen. Wie ein Bollwerk stellte sie sich zwischen Tories Wünsche und Träume und war der Meinung, dass ein standesgemäßer Schwiegersohn in naher Zukunft viel wichtiger für sie sei als ihre persönlichen Wünsche und Bedürfnisse.

»Ein junges Mädchen von Stand muss in erster Linie lernen, einen eigenen Haushalt zu führen, um ihrem Ehemann eine wichtige Stütze sein zu können«, nahm Madame Rochette prompt ihren Gedanken auf und schlug damit in dieselbe Kerbe wie ihre Maman. Die feisten Arme der Bürgermeistergattin ruhten selbstgefällig verschränkt auf ihrem ausladenden Busen. »Dem wirst du mir bestimmt beipflichten, mein Kind, nicht wahr?«

»Wenn Sie meinen, Madame.«

Torie gelang es nur noch mit Mühe, freundlich zu bleiben. Ihr Unmut wuchs mit jeder Belehrung. Warum sollte sie nicht selbst ihre Zukunft bestimmen? In den Augen ihrer Mutter und deren Freundinnen war sie nicht normal, weil sie sich als Mädchen für Naturwissenschaften und Mathematik interessierte. Dabei war sie mit Schraubenzieher und -schlüssel genauso geschickt wie Julien oder ein anderer Handwerker. Sie würde es wohl nie verstehen. Ihr einziger Trost in diesem Dilemma war, dass ihr Papa ihr einen Kompromiss vorgeschlagen hatte. Er hatte ihr versprochen, dass es ihr, sollte sie die Schulzeit in dem Pensionat erfolgreich abschließen, freistünde, ein Ingenieurstudium aufzunehmen. Damit hatte er sich sogar ihrer Maman gegenüber durchgesetzt.

»Möchtest du uns nicht eine deiner Sonaten auf dem Klavier vorspielen, Victoria?«

Für Torie war das Maß endgültig voll. Ihre Mutter wusste genau, wie ungern sie vor Publikum musizierte. Sie ließ ihr keine andere Wahl, als zu schwindeln.

»Tut mir leid, ich fürchte, ich habe mir den Magen verdorben«, brach es aus ihr heraus. »Ich habe vermutlich zu viel Torte gegessen.«

Demonstrativ griff sie nach einem Taschentuch und hielt es sich mit einem angedeuteten Würgen vor den Mund. Madame Rochette rückte prompt ein Stück vom Tisch ab. Doch ihre Maman ließ sich leider von dieser Einlage nicht so leicht beeindrucken.

»Trink einen Schluck Wasser. Das geht sicher gleich wieder vorüber«, bemerkte sie mit kritischem Blick.

Hatte sie die Ausrede etwa schon zu häufig benutzt? Widerwillig legte sie die Serviette beiseite und wollte sich schon in ihr Schicksal fügen, als ihr Bruder ihr unverhofft zur Seite sprang.

»Torie sieht wirklich entsetzlich blass aus«, bemerkte Maurice mit besorgter Miene. »Im Augenblick geht eine Magenverstimmung um.« Er erhob sich von seinem Platz und kam zu ihr, um ihren Puls zu fühlen. Dabei machte er ein besorgtes Gesicht. »Das gefällt mir ganz und gar nicht! Tories Puls flattert wie ein Schmetterling. Sie sollte sich unbedingt ausruhen.«

Selbstverständlich stellte niemand *seine* Diagnose infrage. Nur der Gesichtsausdruck ihrer Maman blieb skeptisch. »Ausgerechnet an deinem Geburtstag.«

»Sie wird schon wieder, Maman!« Maurice lächelte der Mutter beruhigend zu. »Wahrscheinlich ist es die Aufregung. Am besten begleite ich sie gleich in ihr Zimmer und sehe noch einmal genauer nach ihr.«

Élise Belrose entließ ihre Kinder mit einem ungnädigen Nicken. Torie gab sich alle Mühe, ihre Freude zu verbergen. Sie konnte ihr Glück kaum fassen. Mit leidender Miene und schwer auf seinen Arm gestützt ließ sie sich von ihrem Bruder aus dem Salon führen. Kaum hatte Maurice die Tür hinter ihnen geschlossen, ließ sie von ihm ab und schüttete sich aus vor Lachen.

»Du hast mir das Leben gerettet«, keuchte sie und schüttelte ihre dunkelbraune Lockenpracht. Nachdem sie sich etwas beruhigt hatte, versetzte sie ihm einen freundschaftlichen Knuff in die Seite. »Ohne dich hätte ich es noch stundenlang bei den alten Wachteln da unten aushalten müssen!« Ihre grünblauen Augen blitzten vor Vergnügen auf.

»Weiß der Himmel, weshalb ich mich dazu habe hinreißen lassen.« Maurice rümpfte die Nase, als hätte er es nur widerwillig getan. »Eigentlich fand ich Madame Rochettes Ratschläge äußerst nützlich.« Sein Grinsen strafte seine Worte Lügen. »Ich glaube, sie würde viel darum geben, wenn sie an deiner Stelle nach Lausanne gehen dürfte.«

»Da würde sie auch viel besser hinpassen als ich, die alte Schrapnelle! Noch ein paar Worte länger in ihrer Nähe, und ich wäre ihr an die Gurgel gesprungen.«

»Das wäre natürlich auch ein verlockender Anblick gewesen!« Torie streckte die Zunge raus. »Gib zu, dass du selbst nicht abwarten konntest wegzukommen. Ich kenne dich gut genug!«

Maurice ignorierte ihre Bemerkung. »Hast du kein schlechtes Gewissen?«, fragte er und sah sie prüfend an. »Maman hat sich für deine Geburtstagsfeier ganz schön ins Zeug gelegt.«

»Nicht die Bohne! Sie hat das Fest doch nur für sich selbst veranstaltet. Ist dir aufgefallen, dass fast ausschließlich ihre Freundinnen gekommen sind?«

»Du tust Maman wirklich unrecht. Sie wollte dir ganz bestimmt eine Freude bereiten. Das kannst du ihr kaum vorwerfen.«

»Wenn sie mir eine Freude bereiten wollte, würde sie mich das machen lassen, was ich wirklich will ...« Tories Miene verdüsterte sich wieder. »Ich will nicht in dieses dumme Pensionat! Wenn ich ein Junge wäre, würde niemand es wagen, mich dorthin zu schicken.«

»Ach, Schwesterchen! Mach dir doch dein Leben nicht so schwer!« Maurice sah sie mit einer Mischung aus Anteilnahme und Ungeduld an. »Ich fürchte, dir bleibt erst einmal keine andere Wahl. Unsere Eltern meinen es gut mit dir. Sie haben nur das Beste für dich im Sinn. Du könntest ruhig ein wenig dankbarer sein. So schlimm wird die Zeit im Pensionat schon nicht werden. Du wirst sehen, die drei Jahre vergehen wie im Flug.«

Torie wusste, dass ihr Bruder im Grunde genommen recht hatte. Und tief in ihrem Innersten hatte sie sich auch schon mit ihrem Schicksal abgefunden. Widerwillig stimmte sie ihm zu.

»Jetzt hab ich auf jeden Fall Zeit, um hinüber in die Fabrik zu gehen. Ich muss unbedingt wissen, was die Messieurs Kégresse und Citroën von Papa wollen!«

»Pass bloß auf, dass du dich nicht erwischen lässt! Wenn Maman das herausfindet, wird sie dich lynchen …«, warnte Maurice.

»Wird schon nichts passieren!«

Torie war nicht bereit, sich von ihrer Idee abbringen zu lassen. Maurice verzog ergeben das Gesicht. »Ich werde schweigen wie ein Grab«, versprach er ihr. »Sieh nur zu, dass du dein Festkleid nicht wieder mit Schmieröl verkleckerst und rechtzeitig zurück bist.«

Torie blieb ihm die Antwort schuldig und sauste davon.

2

Um unentdeckt zu bleiben, nahm Torie vorsichtshalber den Hinterausgang des großzügigen Herrenhauses, das auf einem Hügel mit Blick auf die Fabrikhallen lag. Sie machte einen kleinen Umweg durch den Garten, bevor sie sich von der anderen Seite der Zahnradfabrik ihres Vaters näherte. Über einen Nebeneingang würde sie zur Werkstatt gelangen, in der sie ihren Papa mit seinem Besuch vermutete.

Auf einmal überfielen sie Zweifel. Sie war plötzlich unsicher, wie ihr Vater auf ihr nicht angekündigtes Erscheinen reagieren würde. Er wähnte sie schließlich bei den Gästen ihrer Geburtstagsfeier. Vielleicht war es ja besser, wenn er sie erst gar nicht sah. Sie würde versuchen, die Männer heimlich zu belauschen. Wie sie das anstellen wollte, war ihr noch nicht ganz klar, doch dass sie wenigstens einen Blick auf den berühmten Ingenieur Kégresse riskieren musste, das stand für sie fest. Ihr Papa hatte bereits so viel von ihm erzählt, dass sie überaus neugierig geworden war. Er hielt den Mann für einen der begabtesten technischen Pioniere und Erfinder seiner Zeit.

Adolphe Kégresse war direkt nach seinem Studium an der Hochschule für industrielle Technik in Belfort-Montbéliard nach Russland gereist und hatte es dort innerhalb kürzester Zeit geschafft, zum technischen Leiter der zaristischen Automobilbetriebe ernannt zu werden. Ihr Vater hatte ihr auch verraten, dass

Kégresse seit Jahren an der Entwicklung von Laufketten arbeitete und damit bereits die Automobile des Zaren ausgestattet hatte, die nun sogar durch Tiefschnee fahren konnten. Weshalb dieser André Citroën ihn jedoch begleitete, war ihr ein Rätsel. Sie wusste über den Mann nur, dass er ein Konkurrent ihres Vaters war – zwei Jahre zuvor hatte er eine Zahnradfabrik in Paris am Quai de Grenelle gegründet.

Vor dem Eingang in die Fabrik traf sie ausgerechnet auf Julien. Ihr Verhältnis zum Sohn des Werkstattmeisters war in letzter Zeit ziemlich abgekühlt. Dass sie nun an ihm vorbeimusste, war ihr entsprechend unangenehm. Am liebsten hätte sie den jungen Mann ignoriert und wäre grußlos an ihm vorübergegangen. Doch da er rauchend neben der Tür an der Backsteinmauer lehnte, war dies unmöglich.

»Was machst du denn hier?«, hielt er sie prompt auf.

Betont lässig zog er an seiner Zigarette, während er sie spöttisch aus seinen hellbraunen Augen musterte. Torie ärgerte sich über Juliens unverschämte Art. Es regte sie auf, dass er sie so überheblich behandelte. Vor noch nicht allzu langer Zeit waren sie noch Spielkameraden und Verbündete gewesen.

»Das geht dich gar nichts an«, konterte sie giftig. »Wirst du jetzt fürs Rauchen bezahlt? Oder warum stehst du hier rum und hältst Maulaffen feil?«

Sie hoffte, ihn dadurch in Verlegenheit zu bringen, denn das Rauchen während der Arbeitszeit war strikt verboten. Als sie auf eine Reaktion wartete, nahm sie den Sohn des Werkstattleiters näher ins Visier. Julien machte schon seit knapp einem Jahr eine Lehre zum Maschinenschlosser und war seither zu einem stattlichen jungen Mann herangewachsen. Mittlerweile mochte er gut einen Kopf größer sein als sie. Sein schmales Gesicht war kantiger geworden, und er hatte sich passend zu seinem tiefschwarzen

Haar einen Schnurrbart stehen lassen, auch wenn der noch etwas dürftig aussah. Leider schien ihm sein neuer Status irgendwie zu Kopf gestiegen zu sein. Bei ihrer letzten Begegnung hatte er ihr in aller Deutlichkeit zu verstehen gegeben, dass er nun erwachsen sei und fortan für Spiele und gemeinsame Unternehmungen nicht mehr zur Verfügung stünde. Torie hatte das tief gekränkt.

»Der *patron* hat mich weggeschickt«, erklärte Julien finster. »Er will nicht, dass ich mitbekomme, was die hohen Herren da drinnen verhandeln. Dein Herr Papa hat wohl Angst, dass ich Betriebsgeheimnisse ausplaudern könnte. Als ob ich so was tun würde!« Torie konnte seine Reaktion gut verstehen. Sie kannte Julien lange genug, um zu wissen, wie sehr ihn das kränkte. Sie wusste auch, wie loyal er war. Fast war sie geneigt, ihm etwas Freundliches zu sagen. »Und du kannst jetzt auch nicht zu deinem Vater. Er wird dich genauso wegschicken wie mich«, fügte er jedoch abschätzig hinzu und erstickte damit jegliches Entgegenkommen im Keim.

»Als ob du das wüsstest«, behauptete sie mit selbstbewusst erhobenem Kinn. »Ich bin immerhin die Tochter vom *patron*! Ist Papa in der Werkstatt oder in seinem Büro?«

»Sie sind in der Werkstatt bei meinem Vater. Aber ich warne dich: Die wollen auf keinen Fall gestört werden.«

Juliens Tonfall war so bestimmend, dass er ihren Widerspruchsgeist nur noch steigerte.

»Nur weil man dich nicht dabeihaben will, heißt das noch lange nicht, dass das auch für mich gilt.«

»Dann viel Spaß«, spottete Julien. »Wirst schon sehen, was dich erwartet.«

»Ich werde mich jedenfalls nicht von dir abhalten lassen«, schnappte Torie. »Außerdem hat mein Vater keine Geheimnisse vor mir.«

»Ich wette, dass du dir damit eine Menge Ärger einhandeln wirst«, knurrte Julien.

Zu ihrer Freude bemerkte sie, dass ihn ihre selbstbewusste Art wurmte. Mit hoch erhobenem Haupt ging sie an ihm vorbei und betrat das Gebäude. Kaum war sie seinen Blicken entschwunden, verließ sie jedoch schon wieder der Mut. Sie überlegte einen Augenblick, ob sie nicht lieber umkehren sollte. Dann überwog allerdings ihre Neugier. Seit ihr Vater ihr zum ersten Mal einen Schraubenschlüssel in die Hand gedrückt hatte, träumte sie davon, selbst einmal Automobile zu konstruieren. Im Laufe der letzten Jahre hatte sie unter der Anleitung von Juliens Vater Fernand schon so einige technische Fertigkeiten erlangt. Und das, obwohl sie noch so jung und noch dazu ein Mädchen war. Es erfüllte sie mit Stolz, dass ein weltberühmter Ingenieur nun ausgerechnet bei ihrem Vater nach Unterstützung suchte. Da musste sie einfach dabei sein. Auf dem Gebiet der Feinmechanik war ihrem Vater nicht einmal ein so bedeutender Mann wie Kégresse überlegen. Vermutlich verlangte er ja eine ausgefallene Anfertigung, die niemand anderer für ihn machen konnte als ihr Papa Alain Belrose. In seiner Branche genoss er schließlich einen herausragenden Ruf als Ideenentwickler. Die Erfindungen ihres Vaters waren vielleicht nicht so bahnbrechend wie die von Monsieur Kégresse, doch immerhin hatte sich die Firma Belrose in Bagnolet bei Paris einen bedeutenden Ruf in Bezug auf komplizierte Getriebe erworben. Ihr Fachgebiet war die Herstellung von besonders feinen Zahnrädern und Verbindungen, mit denen komplizierte Mechanismen überhaupt erst funktionieren konnten.

Mit neuem Mut setzte sie ihren Weg nun fort. Vom Eingang aus gelangte sie direkt in die Fabrikhalle. Sie bestand aus zwei voneinander abgetrennten Bereichen – dem Lager und der Produktion. Das Kernstück der Firma war jedoch die Werkstatt, in der die Prototypen entwickelt wurden. Sie lag wie ein Würfel inmitten der Halle. Der Raum war ab Brusthöhe von jeder Seite verglast und oben offen, sodass man sowohl einen ungehinderten Blick ins Lager als auch auf die Fabrikation und deren Abläufe hatte. Entlang der gesamten Halle gab es direkt unter der Decke ein schmales Galeriegerüst, das dazu diente, dass man auch von oben alle Werksabläufe im Blick haben konnte. Dort hinauf beschloss Torie zu steigen. Wenn sie es geschickt anstellte, würde sie alles beobachten können, was unter ihr vor sich ging.

Es gelang ihr, unbeobachtet die Treppe hinaufzusteigen und einen Platz zu finden, von dem aus sie in gebückter Haltung gut sehen konnte. Sogar das Gespräch der Männer unter ihr konnte sie einigermaßen verstehen. Gerade zeigte Fernand Ruiz den Gästen ein Werkstück, das – wie Torie mutmaßte – zu einem Getriebe gehörte. Auf der Werkbank entdeckte sie eine kompliziert aussehende Zeichnung, deren genauer Sinn ihr jedoch verborgen blieb.

»Wenn wir Ihr Patent und meines miteinander koppeln, könnten wir als gleichberechtigte Partner ganz neue Märkte erschließen«, hörte sie gerade einen der Männer sagen. Torie vermutete, dass es Monsieur Citroën war. »Ich bin sogar bereit, Ihre ganze Fabrik zu kaufen, wenn Ihnen das lieber ist …«

Torie lauschte gebannt, was ihr Vater dazu zu sagen hatte, doch in diesem Moment wurde das Gespräch von dem Getöse einer Metallsäge übertönt, sodass sie nichts mehr verstehen konnte.

»*Merde!*«, entfuhr ihr enttäuscht ein Fluch.

Was sie da gehört hatte, beunruhigte sie sehr. Sie hoffte inständig, dass ihr Vater diese Idee nicht einmal im Ansatz erwog. Sie sah, wie sich die Männer rund um die Werkbank versammelten und über der Zeichnung brüteten. Ein plötzliches Geräusch in ihrem Rücken ließ sie zusammenfahren. Das Klappern von Schritten auf dem Eisengerüst verriet ihr, dass sie nicht mehr allein auf der Galerie war. Erschrocken fuhr sie herum und fand sich unvermutet Julien gegenüber. Er war ihr heimlich gefolgt.

»Bist du verrückt?«, zischte sie ihm verärgert zu.

»Nicht mehr als du«, gab er spöttisch zurück. »Du traust dich wohl doch nicht zu den Herrschaften hinein, was?« Torie warf ihm einen giftigen Blick zu. Dann konzentrierten sie sich aber beide auf das Geschehen in der Werkstatt.

»Ich weiß übrigens, um was es geht«, flüsterte Julien nach einer Weile. »Kégresse wünscht eine besondere Übersetzung seiner Laufräder für ein neuartiges Getriebe, das nur wir herstellen können.« Er richtete sich etwas auf, um besser über das Brüstungsgitter hinwegsehen zu können. Torie tat es ihm gleich.

»Wie kommst du darauf?« Sie warf Julien einen misstrauischen Blick zu.

»Die Pläne lagen offen herum«, gestand er mit kleinlautem Räuspern. »Ich habe sie mir heimlich angesehen …«

Torie starrte ihren Freund aus Kindheitstagen ungläubig an. »Bist du verrückt?«

Julien zuckte mit den Schultern. »Nicht nur du bist neugierig.« Er mied ihren Blick. Erst als sie nichts erwiderte, sah er zu ihr herüber. »Das bleibt doch unter uns, nicht wahr?«, fragte er auf einmal verunsichert. »Ich würde niemals Betriebsgeheimnisse ausplaudern, das weißt du hoffentlich, oder?«

»Ich wundere mich eher darüber, dass du weißt, wer Monsieur Kégresse ist«, gab Torie ungerührt zurück.

In Wahrheit wunderte es sie überhaupt nicht. Julien war genauso besessen von Technik wie sie. Sie genoss lediglich für einen kleinen Augenblick, dass er nun in der Defensive war.

»Du denkst wohl, dass nur du alles weißt.« Julien wirkte beleidigt.

»Natürlich nicht!«

Torie musste plötzlich grinsen, und Julien ging es nicht anders. Mit einem Mal war das Eis zwischen ihnen gebrochen, und alles schien wie früher. Sie kannten sich schließlich schon so lange. Als Kleinkinder hatten sie viel Zeit miteinander verbracht, obwohl sie aus unterschiedlichen Gesellschaftsklassen stammten. Juliens Familie wohnte in der Arbeitersiedlung am Ortsrand von Bagnolet in einfachen, beengten Verhältnissen, sie dagegen genoss im Herrenhaus der Fabrik ihres Vaters alle Vorzüge eines wohlhabenden Lebens. Dass sie beide sich kennengelernt hatten, war mehr oder weniger dem Zufall zu verdanken. Als kleines Mädchen hatte Torie ihren Papa oft samstags in die Fabrik begleitet. Während ihr Vater mit dem Werkstattleiter über neuen Projekten gebrütet hatte, hatte sie allein in der Werkstatt gespielt, wo sie irgendwann auf Julien getroffen war. Sie hatten sich angefreundet und bald festgestellt, dass sie gern mit Werkzeug hantierten. Irgendwann hatte Juliens Vater angefangen, ihnen den Umgang mit Schraubschlüssel, Feile und Metall zu zeigen. Und weil sie sich geschickt angestellt hatten, durften sie auch einfachere Werkstücke anfertigen.

Was als Spiel begonnen hatte, war bald zur festen Gewohnheit geworden. Unter Fernands Anleitung hatten Julien und sie viel freie Zeit in der Werkstatt verbracht und anschließend noch oft miteinander gespielt. Julien hatte ihr das Murmelspielen mit allen Kniffen beigebracht und geheime Verstecke in der Umgebung gezeigt, während sie ihn mit dem Federballspiel und der Welt der Bücher vertraut gemacht hatte. Für Torie war Julien immer ihr bester Freund gewesen, erst seit er seine Lehre zum Maschinenschlosser begonnen hatte, hatte er sich von ihr zurückgezogen. Torie hatte das nie richtig verstanden.

»Kann Papa Monsieur Kégresse helfen?«, fragte sie in dem wohltuenden Gefühl alter Vertrautheit.

»Dein Vater ist der Beste!« Julien schien keinerlei Zweifel zu haben. »Er hat ziemlich sicher schon eine Idee«, behauptete er. »Und jetzt besprechen sie wahrscheinlich gerade mit meinem Vater, inwieweit sich das alles in die Tat umsetzen lässt.«

»Ich würde so gern noch mehr wissen!«

»Glaubst du, ich nicht?« Julien schielte kurz zu ihr herüber. »Die Dinge, die dort besprochen werden, sind streng geheim. Kégresse und Citroën fürchten sich vor Industriespionen ...« Er warf ihr nochmals einen Blick zu. »Wenn herauskommt, dass wir hier lauschen, kann das mächtigen Ärger geben. Sehr vernünftig von dir, dass du die Herren nicht gestört hast.«

»Ich fürchte, da hast du ausnahmsweise recht ...« Torie wurde es erst jetzt bewusst, dass sie mit ihrer Neugier auch ihren Vater in eine unangenehme Situation brachte. Sie kam sich ziemlich töricht vor. »Nun hab ich Monsieur Kégresse ja gesehen«, meinte sie einsichtig. »Vielleicht ist es wirklich besser, wenn wir uns jetzt zurückziehen.«

Sie schlich zur Treppe und erhob sich aus ihrer kauernden Position, um wieder hinunterzusteigen. Julien folgte ihr. In diesem Augenblick sah Monsieur Kégresse in ihre Richtung. Weder ihr noch Julien gelang es, sich rechtzeitig wegzuducken. Wie erstarrt verharrten sie beide in ihrer Position und sahen sich erschrocken an. Torie registrierte, wie sich die dichten Augenbrauen des französischen Ingenieurs zusammenzogen, während er finster in ihre Richtung zeigte. Nun waren auch die Blicke der zwei anderen Anwesenden auf sie gerichtet. Monsieur Citroën schien eher belustigt, als er sie entdeckte, doch ihr Vater machte aus seinem Ärger keinen Hehl.

»Herkommen!«, schallte es donnernd zu ihnen herüber. »Sofort!« Mit einem energischen Winken zitierte ihr Papa sie zu sich. Torie hätte viel darum gegeben, sich jetzt in Luft auflösen zu können. Auch Julien war sichtlich aufgeregt. Nervös wischte er seine schmutzigen Hände an den Hosen ab, als sie die geöffnete Tür zur Werkstatt erreichten. Unsicher sah sie zu Julien hinüber, doch der beachtete sie nicht, sondern konzentrierte sich ganz auf Tories Vater, der sie bereits erwartete.

»Waren meine Anweisungen nicht klar und deutlich?« Ihr Vater wandte sich zunächst nur an Julien.

Seine Stimme klang weniger wütend als enttäuscht. Julien wagte nicht, ihn anzusehen. Niedergeschlagen zupfte er an seinen Hosenbeinen herum. Torie fand es nicht gerecht, dass er allein verantwortlich gemacht wurde.

»Es war meine Idee, Papa! Ich wollte unbedingt Monsieur Kégresse sehen und habe ihn praktisch gezwungen mitzukommen«, behauptete sie entschlossen.

Ihr Vater warf ihr nur einen ungnädigen Blick zu. »Zu dir komme ich noch!«

»Was hast du mir zu sagen?«, wandte er sich wieder Julien zu.

»Es tut mir wirklich leid, *patron*«, murmelte ihr Freund so kleinlaut, dass man ihn kaum verstand. »Es wird nicht wieder vorkommen.«

»Du verdammter einfältiger Kerl!«, fuhr nun Juliens Vater seinen Sohn an. Im Gegensatz zu Tories Vater war er außer sich vor Zorn. Noch bevor ihr Papa auf Juliens Entschuldigung reagieren konnte, verabreichte Fernand Ruiz seinem Sohn eine schallende Ohrfeige. »Ist dir klar, was das für Konsequenzen haben wird?«

»Ich ... ich war einfach nur neugierig!« Julien hielt sich die brennende Wange. Mit gesenktem Blick wandte er sich an seinen *patron*. »Sie müssen mir glauben, Monsieur Belrose, dass ich niemals etwas tun würde, das Ihrer Firma schaden könnte. Dafür bewundere ich Sie viel zu sehr!«

»Das rettet dich nun auch nicht mehr, du dummer Junge«, polterte Fernand verzweifelt. Er war ganz blass geworden. »Ist dir bewusst, dass der *patron* dich dafür entlassen wird?«, brach es aus ihm heraus.

Torie erschrak zutiefst. Wenn das geschah, war es ihre Schuld. In was für eine Situation hatte sie ihren Freund da nur gebracht?

»Ich habe Julien gezwungen, mich zu begleiten«, warf sie verzweifelt ein. »Julien hat versucht, mich davon abzuhalten, aber ich bin einfach losgelaufen – ihm blieb gar keine andere Wahl, als mir zu folgen. Ich trage die Verantwortung und sonst niemand!«

»Das nenne ich eine überzeugende Ehrenrettung«, mischte sich André Citroën in die Unterhaltung ein. »Seien Sie nicht zu streng mit den beiden. Weder ich noch Monsieur Kégresse gehen davon aus, dass sie unsere Geheimnisse verraten werden. Für mich ist es eher ein Hinweis dafür, dass Ihre Mitarbeiter engagiert sind und Ihre Tochter sich für Ihre Firma zu interessieren scheint, was übrigens recht bemerkenswert ist.«

»Ich möchte mich dennoch für den Zwischenfall entschuldigen«, sagte Tories Vater sichtlich erleichtert. Leider war er mit seiner Strafpredigt noch nicht fertig. »Weshalb bist du bitte schön nicht bei deinen Gästen, Victoria?«, wandte er sich nun mit tadelnder Stimme an sie. »Weiß Maman davon?«

Torie senkte schuldbewusst den Kopf, dennoch erkannte sie am Tonfall seiner Stimme, dass sein Ärger sich in Grenzen hielt.

»Äh ... nicht direkt.« Sie versuchte, sich mit einem schuldbewussten Lächeln herauszulavieren. »Mir war nach den vielen Tortenstücken nicht gut, also bin ich ein wenig an die frische Luft gegangen und kam rein zufällig hier vorbei ... Papa! Du darfst Julien nicht für meinen Fehler bestrafen!«

Alain Belrose sah seine Tochter streng an. Doch als er sah, dass seine beiden Geschäftspartner eher amüsiert als verstimmt waren, lenkte er ein.

»Dieses eine Mal werde ich es bei einer Ermahnung belassen! Allerdings darfst du dir von nun an keinerlei Verfehlung mehr erlauben, ist das klar?« Er durchbohrte Julien mit seinen Blicken.

»Ja, *patron*.«

»Dann mach, dass du fortkommst!«

Julien ließ sich das nicht zweimal sagen. Noch bevor er die Tür erreicht hatte, verpasste ihm sein Vater jedoch noch eine Kopfnuss zum Abschied. Torie fand es an der Zeit, ebenfalls zu verschwinden.

»Du bleibst!«, wurde sie allerdings zurückgehalten.

Kégresse und Citroën, die die kleine Szene höchst aufmerksam verfolgten, richteten ihre Aufmerksamkeit auf sie. Torie fragte sich, ob ihr Vater sie nun doch bestrafen wollte.

»Nun, da meine überaus neugierige Tochter schon einmal hier ist, möchte ich sie Ihnen auch in aller Form vorstellen«, sagte er zu ihrer Überraschung. »Wie Sie sicher bemerkt haben, schießt diese junge Dame leider allzu gern über das Ziel hinaus. Es fehlt ihr zwar nicht an technischem Verstand, dagegen eindeutig an Erziehung. Ich bitte Sie, ihr das nachzusehen.«

»Auf jeden Fall hat Victoria Courage«, stellte Monsieur Citroën fest. »Die Art, wie sie sich vor den Lehrjungen gestellt hat, hat mich durchaus beeindruckt.« Er lächelte Torie galant zu.

»Dem schließe ich mich an«, fügte Kégresse mit sonorer Stimme hinzu. Er deutete eine etwas steife Verbeugung in ihre Richtung an und reichte ihr die Hand. »Sehr erfreut, Ihre Bekanntschaft zu machen, Mademoiselle Belrose.«

Torie errötete. Das Lob traf sie unerwartet. Doch dann ergriff sie die Gelegenheit, mehr zu erfahren. »Das Vergnügen ist ganz auf meiner Seite«, sprudelte es begeistert aus ihr heraus. »Sie glauben ja gar nicht, wie viel es mir bedeutet, Sie heute kennenzulernen, Monsieur Kégresse«, erklärte sie eifrig. »Ihr Ruf eilt Ihnen weit voraus. Ich habe eine ganze Menge Fragen, die ich Ihnen nur allzu gern stellen würde, zum Beispiel über die Laufketten, die Sie entwickelt haben …«

»Torie!«, unterbrach ihr Vater sie empört. »Dein Benehmen ist wirklich unmöglich. Das lasse ich nicht durchgehen.«

»Da bin ich völlig anderer Meinung, werter Alain!« Kégresse teilte seine Meinung offenbar in keiner Weise. »Geben Sie Ihrer Tochter doch die Gelegenheit, mir ein paar Fragen zu stellen. Es wird mir ein Vergnügen sein, darauf einzugehen. Schließlich trifft man nicht alle Tage auf eine junge Dame, die sich für Technik interessiert.«

Tories Vater war sprachlos, während Monsieur Citroën sichtlich amüsiert vor sich hin schmunzelte. Torie strahlte über das ganze Gesicht und ergriff die Gelegenheit sofort beim Schopf, bevor ihr Papa weitere Einwände vorbringen konnte.

»Trifft es zu, dass man mit den Fahrzeugen, an die Sie die Laufketten montiert haben, auch Wüsten und Berge überqueren kann?«

»Du scheinst gut informiert zu sein.« Kégresse' buschige Augenbrauen hoben sich anerkennend. »Im Augenblick werden meine Fahrzeuge eher in Schnee und Eis erprobt«, erklärte er geduldig. »Die russischen Winter sind sehr streng, die Straßen oft in miserablem Zustand, sodass mit Pferdeschlitten kein Durchkommen ist. Meine Aufgabe besteht darin, dieses Problem für Zar Nikolaus zu lösen. Der von mir entwickelte Raupenantrieb mit den an den Hinter- und Vorderrädern montierten Kufen ermöglicht nun Fahrten durch Tiefschnee und Matsch. Leider ist die Konstruktion noch etwas störanfällig. Deswegen suche ich den Rat deines Vaters.«

»Das auf der Zeichnung dort drüben, ist das so ein Raupenfahrzeug?«, hakte Torie sofort nach.

»In der Tat.«

Für sie gab es nun kein Halten mehr. Ohne darüber nachzudenken, ob es ihr zustand, begab sie sich an den Tisch, auf dem der Plan lag. »Es scheint so, dass man mit diesem Vehikel nur sehr langsam vorankommt«, sagte sie, nachdem sie die Zeichnung eine Weile grübelnd studiert hatte. »Selbst mir ist klar, dass es Probleme mit dem Getriebe und der Übersetzung gibt …«

»Torie, was erdreistest du dich?«, mischte sich ihr Vater ungehalten ein.

Kégresse winkte sichtlich überrascht ab. »Nein, nein, lassen Sie Ihre Tochter ruhig zu Wort kommen«, hielt er ihn auf. »Ich möchte gern erfahren, was sie noch zu sagen hat.« Er lächelte ihr aufmunternd zu. »Was siehst du?«

Torie musste nicht lange überlegen. »Ich glaube, dass die Proportionen des Fahrzeugs ungünstig sind«, erklärte sie zögernd. »Warum reichen die Laufketten so weit hinter das darüber montierte Chassis? Dadurch geht meines Erachtens unnötig Kraft verloren.«

»Das muss so sein. Auf diese Weise erhalten wir eine größere Auflagefläche im Schnee. So gleitet das Fahrzeug besser über den Untergrund.«

»Das schon, aber …« Torie rieb sich nachdenklich das Kinn. »Ich kann mir dennoch nicht vorstellen, dass es dafür keine andere Lösung gibt …«

»Glaub mir, es gibt keine«, beharrte Kégresse sehr bestimmt. »Das widerspricht leider allen technischen Möglichkeiten.« Er schenkte ihr ein wohlwollendes Lächeln und wandte sich damit wieder ihrem Vater zu. »Ihre Tochter ist erstaunlich technikbegabt. Höchst ungewöhnlich für ein Mädchen, nicht wahr?«

»Das ist es, in der Tat. Es ist mir leider nie gelungen, sie von der Fabrik fernzuhalten«, bemerkte ihr Vater nicht ohne einen gewissen Stolz.

Torie freute sich zwar über seine Anerkennung, doch ihre Gedanken waren immer noch auf das angesprochene Problem gerichtet. Sie sah sich den Konstruktionsplan noch einmal genauer an und hatte plötzlich eine Idee.

»Würde die Kraft der Laufketten nicht besser übertragen, wenn das Fahrgestell direkt über ihnen säße?«, fragte sie und hatte damit prompt wieder die Aufmerksamkeit aller Anwesenden.

»Die Form des Pferdeschlittens hat sich seit Jahrhunderten bewährt«, erwiderte Kégresse jetzt fast ein wenig unwirsch. »Es ist also absolut nicht notwendig, daran etwas zu ändern ...«

»Aber warum denn nicht?«, widersprach Torie euphorisch. »Vielleicht müsste man nur den Mut haben, etwas anderes zu probieren.«

»Victoria!« Dieses Mal war sie eindeutig zu weit gegangen. »Ich glaube, du wirst dringend von deiner Mutter erwartet. Bitte richte ihr aus, dass ich mit den Herren anschließend an unser Gespräch noch auswärts speisen werde.«

Sein Blick ließ keinen Zweifel zu, dass er nun endgültig genug hatte. Torie blieb nichts anderes übrig, als sich zu fügen.

»Bitte verzeihen Sie, Monsieur Kégresse«, murmelte sie errötend. »Ich wollte wirklich nicht respektlos sein.« Mit einem raschen Knicks verabschiedete sie sich und machte, dass sie davonkam. Aber nicht ohne die letzten Worte der Männer mitzubekommen.

»Ich hätte dem Kind einfach nicht so viel durchlassen dürfen«, hörte sie ihren Vater um Verzeihung bittend sagen.

»Ich finde, Ihre Tochter hat etwas herrlich Erfrischendes«, widersprach ihm André Citroën höchst angetan. »Ich glaube, von der jungen Dame dürfen Sie noch einiges erwarten. Ich an Ihrer Stelle würde mich glücklich schätzen, solch eine Tochter zu haben.«

»Dem kann ich mich nur anschließen«, gab Kégresse ihm recht. »Wirklich bemerkenswert. Schade nur, dass ihr Verstand nicht im Körper eines Mannes ist. Sie würde sicherlich so manches Wunder vollbringen können.«

3

Julien stand in der Nähe des Fabrikeingangs und wartete auf Torie. Er war sich durchaus bewusst, dass er es nur ihr zu verdanken hatte, dass man ihn nicht rausgeworfen hatte. Ihr mutiges Vorpreschen hatte ihn ohne jeden Zweifel vor Schlimmerem bewahrt. Im Nachhinein ärgerte er sich über seine Sorglosigkeit. Die Ohrfeige seines Vaters hatte er als Strafe verdient. Er konnte von Glück sagen, dass er keine weiteren Konsequenzen zu befürchten hatte. Mit einem Anflug von Wehmut erinnerte er sich an frühere Zeiten. Die kleine Tochter des *patrons* war ein Wildfang und für ihn schon immer etwas Außergewöhnliches gewesen, auch wenn sie manchmal ganz schön anhänglich sein konnte. Ihre Augen faszinierten ihn besonders. Mal schimmerten sie wie ein tiefblauer See, und im nächsten Augenblick, wenn sie etwas erregte, verwandelten sie sich in ein katzenartiges Grün. In jedem Fall war sie aber das einzige Mädchen, das er kannte, das sich für Technik interessierte. Auch wenn er anfangs so getan hatte, als wäre sie ihm lästig, war sie ihm mit der Zeit richtig ans Herz gewachsen. In Wahrheit hatte er ihre Gesellschaft immer genossen, genau wie ihre Bewunderung für ihn.

Erst durch Torie hatte er gelernt, viele Dinge mit anderen Augen zu betrachten. Sie hatte ihn mit der Welt der Bücher bekannt gemacht und seine Liebe für Literatur und Politik geweckt. Durch den Umgang mit ihr hatte er gelernt, dass es mehr im Leben gab als Mühe und Plackerei und das ärmliche Leben in einer Arbeitersiedlung. Außerdem mochte er ihre muntere Art, ihre Wissbegierde und die Fähigkeit, Sachverhalte schnell zu begreifen. Leider war diese wunderbare Zeit viel zu rasch zu Ende gegangen. Sie beide lebten eben doch in unterschiedlichen Welten. Das hatte er begreifen müssen, als das harte Berufsleben eines Erwachsenen in der Fabrik für ihn begonnen hatte. Mit der Ausbildung zum Maschinenschlosser hatte er es zwar gut getroffen, aber sie war weit von seinen Träumen entfernt, denn im Grunde seines Herzens wünschte er sich, einmal Ingenieur zu werden wie Monsieur Belrose.

Der Umstand, an sechs Tagen die Woche zwischen zehn und zwölf Stunden schwere körperliche Arbeit verrichten zu müssen, hatte ihn allerdings früh reifen lassen. Dazu gehörte auch die Einsicht, sich nicht länger mit der Tochter seines Chefs treffen zu können. Der Umgang mit ihr brachte ihm nur Ärger mit neidischen Kollegen ein. Außerdem war es lediglich eine Frage der Zeit, bis Torie sich ausschließlich in ihren Kreisen umsehen würde. Aus dieser Erkenntnis heraus hatte er sich eines Tages dazu durchgerungen, ihre Freundschaft zu beenden. Besser jetzt als später, wenn es mir noch schwerer fällt, hatte er gedacht. Dummerweise war er dabei nicht sehr geschickt vorgegangen. »Lass mich einfach künftig in Ruhe«, hatte er geblafft, weil er davon ausgegangen war, dass es so am einfachsten für sie sei. »Ich hab weder Zeit noch Lust, länger dein Kindermädchen zu sein. Such dir Freunde aus deiner eigenen Welt.« Tories verletzter Blick hatte sich tief bei ihm eingebrannt. Er hatte kurz davor gestanden, alles zurückzunehmen und sich bei ihr zu entschuldigen. Doch dafür war es bereits zu spät gewesen. Ihr Gesichtsausdruck war steinern und unnachgiebig geworden, bevor sie sich mit unverhohlener Abneigung von ihm abgewandt hatte. Von diesem Tag an hatte sie ihn nie wieder eines Blickes gewürdigt.

Umso erstaunlicher war für ihn ihre heutige Reaktion gewesen. Anstatt es ihm heimzuzahlen, hatte sie ihn in Schutz genommen. Dafür musste er ihr wenigstens danken. Julien wusste von seinem Vater, dass Torie bald in die Schweiz gehen würde, um dort in einem dieser elitären Mädchenpensionate auf ihre Aufgaben als künftige Ehefrau vorbereitet zu werden. Dann würde auch für sie eine neue Zeit anbrechen. Fast tat sie ihm leid. Er konnte sich nicht vorstellen, dass sie an solch einem Ort glücklich werden konnte. Nach allem, was er wusste, wurden den Mädchen dort lauter unnütze Dinge beigebracht, die kein anderes Ziel hatten, als aus ihnen folgsame Ehefrauen zu machen, die dazu da waren, Kinder zu gebären, einen Haushalt zu leiten und ihren Männern als schmuckes Beiwerk in gesellschaftlichen Dingen zu dienen. Willenlose, juwelenbehängte Weibsbilder, die vor Standesdünkel und Arroganz nur so strotzten. Wahrscheinlich würde selbst Torie eines Tages so werden.

Er hatte in den letzten Monaten viel darüber nachgedacht, welch prägende Rolle Vorherbestimmung und gesellschaftliche Klassenzugehörigkeit auf das Leben eines einzelnen Menschen nahmen. Aber je mehr er darüber nachdachte und in der Literatur darüber las, desto mehr kam er zu der Überzeugung, dass man nicht alles, was einem scheinbar vorherbestimmt war, auch für sein Leben akzeptieren musste. Im Gegensatz zur Generation seiner Eltern wollte er sich nicht einfach mit seinem vorbestimmten Schicksal abfinden. Er fand, es war an der Zeit, dass sich die Gesellschaft veränderte. Das Recht des Einzelnen auf Selbstbestimmung musste gestärkt werden. Und ein erster Schritt dazu war, die immer noch existierenden Standesunterschiede zu beseitigen.

Mit dieser Meinung stand er glücklicherweise nicht allein. In den vergangenen Monaten war er einige Male nach Paris gereist, um an politischen Versammlungen der Arbeiterbewegung teilzunehmen. Sein Vater durfte davon nichts wissen. Er hätte ihm seine Flausen wohl mit Prügel aus dem Leib geschlagen. Doch für ihn waren diese Treffen eine Offenbarung, auch wenn er sich in manchen Dingen noch nicht sicher war. Es gab so viele unterschiedliche Lager mit kontroversen Meinungen, die es einem nicht leichtmachten, das Richtige für sich selbst herauszufinden.

Erst neulich war es während eines Treffens bei den Genossen, wie sich die Teilnehmer untereinander nannten, hoch hergegangen. Die Redner waren sich einig gewesen, dass die Arbeiter bessere Löhne und Arbeitsbedingungen bekommen mussten. Die Mittel und Wege, wie das zu erreichen war, unterschieden sich innerhalb der Gruppierungen jedoch fundamental.

Da waren zum einen die radikalen Anhänger von Karl Marx, Friedrich Engels und Wladimir Iljitsch Lenin, die eine Gleichberechtigung aller Klassen auf revolutionärem Weg durchsetzen wollten. Für sie war der Staat nur ein Instrument der herrschenden Klasse, der Bourgeoisie. Ihr örtlicher Stellvertreter, ein wortgewaltiger Hüne mit rauschendem Vollbart und blitzenden Augen, forderte einen Sturz der Bourgeoisie mit allen Mitteln, um durch die Herrschaft des Proletariats – also der einfachen Menschen, zu denen er, Julien, gehörte – die Aufhebung der Klassengesellschaft zu bewirken und somit einen Staat zu errichten, der ohne die Privilegien des Bürgertums auskam. Da die Arbeiterbewegung allein nicht in der Lage war, dies zu erreichen, denn den Arbeitern fehle es an Klassenbewusstsein und Handlungsfähigkeit, warb der Mann für den Eintritt in die kommunistische Partei. Die Partei sollte alles regeln.

Der Vertreter der anderen politischen Ausrichtung war ein sehr viel gemäßigter auftretender Mann, der äußerlich unscheinbarer wirkte als sein Vorredner. Im Gegensatz zu dem Kommunisten entsprach seine Fähigkeit, Dinge klar zu benennen und sie differenzierter zu betrachten, viel mehr dem, was auch Julien unter einer gerechten Gesellschaft verstand. Dieser Monsieur Lemaître trat für das allgemeine Wahlrecht ein, in dem auch Frauen berücksichtigt wurden. Außerdem glaubte er, dass der Staat, sobald die Arbeiterschaft Teil der Regierung war, der zentrale Akteur zur Durchsetzung sozialistischer Ideen war. Deshalb war das Ziel dieser politischen Idee, den Staat so weit wie möglich mit sozialistischen Ideen zu durchdringen. In einem fortschrittlichen Staat, so Lemaître, dürfe es eben nicht nur um die persönliche Freiheit des Einzelnen und den Schutz seines Eigentums gehen, seine Aufgaben seien viel komplexer. Der Staat müsse die Entwicklung des Menschengeschlechts zur Freiheit vorantreiben, allerdings statt durch Gewalt mit den Mitteln einer gewählten Demokratie.

Julien sprachen diese Worte aus dem Herzen. Tief aufgewühlt hatte er die Veranstaltung verlassen und sich fest vorgenommen, an der Umsetzung dieser Ideen tatkräftig mitzuwirken. Er verstand, dass eine Veränderung der Gesellschaftsverhältnisse auch ihm neue Möglichkeiten für sein Leben bieten würde. Eines Tages, davon war er fest überzeugt, würde es keinen Unterschied mehr zwischen Menschen wie ihm und den Belroses geben.

Julien sah, wie sich vom Herrenhaus der Belroses ein Mann näherte. Er erkannte in ihm Tories Bruder, der es ziemlich eilig zu haben schien. Als er auf seiner Höhe war, hielt er an.

»Hast du meine Schwester gesehen?«

Julien deutete mit dem Daumen auf das Gebäude. »Sie ist noch bei eurem Vater. Möglich, dass sie bald rauskommt.«

Im nächsten Augenblick erschien Torie tatsächlich im Eingang. Als sie ihn und ihren Bruder entdeckte, steuerte sie sofort auf sie zu.

»Ich hab Monsieur Kégresse gesprochen«, sprudelte es nur so aus ihr heraus. »Es war einfach fantastisch. Wisst ihr, dass er …«

Julien hätte zu gern mehr von der Unterhaltung erfahren, doch Maurice hatte anderes im Sinn.

»Dafür haben wir jetzt leider keine Zeit«, unterbrach er ihren Redeschwall bestimmt. »Maman hat entdeckt, dass du nicht in deinem Zimmer bist. Sie ist ganz schön aufgebracht und lässt dich bereits suchen.«

»Und wenn schon!«, entgegnete Torie mit trotzig vorgeschobener Unterlippe. »Ist mir egal. Heute ist schließlich mein Geburtstag!«

»Herzlichen Glückwunsch«, murmelte Julien, er merkte, dass ihn die Situation plötzlich überforderte. »Und danke für deine Hilfe vorhin«, fügte er rasch hinzu. »Ich muss dann mal wieder an die Arbeit.«

Er wartete nicht, bis Torie antwortete, sondern machte, dass er davonkam.

»Welche Hilfe?« Maurice warf Torie einen fragenden Blick zu. »Hab ich etwas verpasst?«

»Nicht der Rede wert.« Torie machte eine wegwerfende Handbewegung und sah ihren Bruder prüfend an. »Weshalb bist du wirklich hier? Du hättest auch im Haus auf mich warten können.«

»Es gibt Neuigkeiten«, berichtete Maurice aufgeregt. »Der Thronfolger von Österreich, Erzherzog Franz Ferdinand und seine Frau Sophie, sind heute in Sarajevo ermordet worden. Die Depesche kam gerade an und hat alle in helle Aufregung versetzt.«

»War Papa mit ihnen bekannt?«

Torie verstand nicht im Ansatz die Tragweite dieser Information, und sie sah, dass Maurice sich ein Lächeln nicht verkneifen konnte. Sie wollte gerade auffahren, doch er wurde gleich wieder ernst.

»Nein, das war er nicht. Aber die Tat ist nicht nur fürchterlich, sie wird vermutlich weitreichende Folgen haben. Der Attentäter gehört zu einer revolutionären Untergrundorganisation, die für die Befreiung Bosnien-Herzegowinas von der österreichisch-ungarischen Herrschaft kämpfen. Österreich-Ungarn wird das nicht so einfach hinnehmen. Einige sprechen sogar von einem drohenden Krieg ...«

»Einem Krieg?« Torie fühlte, wie sie ein Schauder überlief. »Aber das ist ja entsetzlich!«

»Du musst keine Angst haben«, versuchte Maurice sie sofort zu beruhigen. »So weit wird es schon nicht kommen. Aber deswegen bin ich gar nicht hier. Ich wollte mich von dir verabschieden. Gerade kam ein Telegramm von meiner Klinik. Ich muss zurück nach Paris. Professor Castaneda hat mich rufen lassen. Er möchte, dass ich ihm morgen bei einer wichtigen Operation assistiere.« Mit einem Mal strahlte er.

Torie war nicht bereit, seine Freude zu teilen. Sie dachte an das Gespräch mit ihrer Mutter, das ihr noch blühte. »Und das ausgerechnet an meinem Geburtstag?«, fragte sie enttäuscht. »Kannst du nicht absagen? Ich brauche dich hier.«

Ihr Bruder sah sie vorwurfsvoll an. »Das geht nun wirklich nicht. Es ist eine große Ehre für mich, und eine Chance, die ich auf keinen Fall verpassen darf«, erklärte er. »Wenn ich mich nicht allzu ungeschickt anstelle, bekomme ich die Assistenzarztstelle bei Castaneda, sobald in wenigen Wochen meine Abschlussprüfungen vorüber sind ...«

Torie spürte plötzlich einen Kloß im Hals. »Aber dann sehen wir uns ja vor meiner Abreise gar nicht mehr«, wurde ihr bewusst.

»Sei nicht traurig, kleine Schwester. Spätestens an Weihnachten treffen wir uns wieder.« Er lächelte ihr aufmunternd zu, während er mit der Rückseite seiner Hand zärtlich über ihre Wange strich. »Denk an das, was dir Madame Odessa geweissagt hat. Du hast eine außergewöhnliche Zukunft vor dir, kleine Wildkatze.«

»Der ganze Hokuspokus war nur vergeudetes Geld«, gab Torie patzig zurück.

»Ach, auf einmal?« Ihr Bruder sah sie spöttisch an. »Wer wollte denn unbedingt zu dieser Wahrsagerin heute Morgen? Da warst du doch noch ganz beeindruckt von der Dame.« Er imitierte Madame Odessa: »Gewalt wird die Welt erschüttern, und ihre Auswirkungen werden auch für euch zu spüren sein.« Seine Stimme wurde wieder normal, fast nachdenklich, als er anfügte: »Im Nachhinein könnte man direkt behaupten, dass sie das Attentat auf den Thronfolger vorausgesehen hat.«

»Sie hat lauter unverständliche Dinge von sich gegeben«, protestierte Torie. »Mit ihrem Gerede von Wildkatze, Schwan und Wiesel, deren Schicksale miteinander verwoben sein sollen, kann doch kein vernünftiger Mensch etwas anfangen!«

»Sie hat dir immerhin aufregende Zeiten und ein großes Abenteuer vorhergesagt. Bestimmt hat sie damit Lausanne gemeint!«

»Soll das ein Spaß sein?« Torie warf ihm einen wütenden Blick zu. »Dort werde ich bestenfalls auf die Irrwege stoßen, die sie mir außerdem vorausgesagt hat!«

Maurice ließ sich nicht beeindrucken. »Dann solltest du wenigstens ihren Ratschlag annehmen, deine überbordende Energie auf etwas Positives zu lenken!«

Tories Stimmung wurde durch die Worte ihres Bruders nicht besser. Sie hatte es längst bereut, ihr Erspartes für die nebulöse Prophezeiung verschwendet zu haben. Statt einer hoffnungsvollen Perspektive, die sie erwartet hatte, hatte ihre Unsicherheit nur noch zugenommen.

»Nun mach doch nicht so ein finsteres Gesicht«, versuchte Maurice sie ein letztes Mal aufzumuntern. »Du bist nicht das erste Mädchen, das in solch ein Pensionat geschickt wurde. Den meisten gefällt es dort sehr gut!«

»Ich wünschte, ich wäre als Junge geboren! Du kannst wenigstens aus deinem Leben machen, was du willst. Ich dagegen muss mich immer unterordnen. Das ist einfach ungerecht.«

»Ja, das ist es vermutlich«, gab Maurice ihr überraschenderweise recht. »Und deshalb verspreche ich dir, dass ich dich bei deinen Zukunftsplänen unterstützen werde, sobald du die Zeit im Internat überstanden hast. Ich bin sicher, dass auch Papa sich an sein Versprechen halten wird. Vertrau auf ihn.« Sein Blick war so aufrichtig, dass Torie sich tatsächlich getröstet fühlte. Plötzlich hatte sie ein schlechtes Gewissen, immer ließ sie ihre üble Laune an ihrem Bruder aus.

»Du musst nicht denken, dass ich dir dein Leben nicht gönne«, lenkte sie ein. »Ich wünsche dir nur das Allerbeste. Du wirst bestimmt ein hervorragender Chirurg werden. Und ich werde die Zeit in Lausanne schon überstehen.«

Maurice war offenbar erleichtert. »Die Zeichen stehen gut, dass du eines Tages dein Glück finden wirst. Waren das nicht die Worte von Madame Odessa?« Er zwinkerte ihr nochmals zu. »Du musst nur auf dein Herz hören, kleine Wildkatze!« Dann sah er auf seine Taschenuhr. »Ich muss mich beeilen. Die Eisenbahn wartet nicht.«

Er umarmte Torie rasch und drückte ihr zum Abschied einen Kuss auf die Stirn.

4

Erschöpft ließ sich Maurice von einer Krankenschwester den Schweiß von der Stirn abtupfen und danach aus dem Operationskittel und den Gummihandschuhen heraushelfen. Der Eingriff hatte über acht Stunden gedauert und ihm einiges abverlangt. Dennoch fühlte er sich großartig. Die erste komplizierte Operation am Gehirn hatte er erfolgreich überstanden. Als Professor Castaneda ihm kurz zuvor eröffnet hatte, dass er nicht nur assistieren, sondern einen maßgeblichen Teil der Operation selbstständig durchführen sollte, hatte er sein Glück kaum fassen können. Es war nicht nur ein Zeichen großen Vertrauens, das ihm sein Mentor entgegenbrachte, sondern ein weiterer Hinweis dafür, dass er ihm gute Chancen einräumte.

Anfangs war er so nervös gewesen, dass er gefürchtet hatte, seine Hände würden zittern, wenn er das Skalpell auch nur berührte. Doch sobald der Schädel geöffnet und das Operationsfeld mittels Dampfsterilisation bakterienfrei gemacht worden war, hatte er gefühlt, wie er immer ruhiger wurde und seine Konzentration zurückkehrte. Seine Aufgabe hatte darin bestanden, bei dem Hydrozephalus-Patienten den Anton-von-Bramann'schen Balkenstich selbstständig durchzuführen, um eine Verbindung zwischen dem dritten Ventrikel und den äußeren Liquorräumen herzustellen. Damit konnte die überflüssige Gehirnflüssigkeit abfließen. Der junge Patient mit dem Wasserkopf war zwar unheilbar krank, doch dank moderner Operationsmethoden war es neuerdings möglich, den Gehirndruck schonend zu senken, sodass ihm unter Umständen noch mehrere lebenswerte Jahre bevorstanden.

Maurice war sich seiner Feuertaufe wohl bewusst. Sollte auch nur die geringste Kleinigkeit schiefgegangen sein, würde seine Chance auf die begehrte Assistenzarztstelle in seinem Institut für immer verloren sein. Doch die Operation war erfolgreich verlaufen, und der Patient war allem Anschein nach stabil. Die folgenden Tage würden zeigen, wie gut er sich erholte.

»Tapfer geschlagen«, meinte Castaneda im Vorübergehen. Er hatte sich bereits seinen weißen Stationskittel übergezogen und strebte in Richtung OP-Ausgang. Trotz seines fortgeschrittenen Alters sah man ihm die Anstrengungen der letzten Stunden nicht an. In der bereits geöffneten Schiebetür drehte er sich nochmals um. »Kommen Sie doch bitte morgen Abend nach Dienstende zu mir ins Büro.«

Maurice spürte, wie das Blut vor Aufregung durch seine Adern schoss. »Sehr gern, Herr Professor«, rief er, obwohl sein Vorgesetzter längst verschwunden war.

Er spürte ganz genau, dass er seinem Ziel noch nie so nahe gewesen war wie an diesem Tag. Wie in Trance begab er sich auf die Station, auf der er an diesem Abend seinen Dienst versehen sollte. Dort wartete noch jede Menge Arbeit.

»Na wie lief die OP?«, wollte Ramballe, sein größter Konkurrent um die Assistentenstelle, wissen. »Hab schon gehört, dass der Alte dich einen großen Teil des Eingriffs hat durchführen lassen. Respekt!« Er klopfte Maurice kameradschaftlich auf die Schulter und grinste selbstgefällig. »Noch hast du das Rennen allerdings nicht gemacht. Ich habe gerade erfahren, dass ich morgen mit dem Professor einen Tumor am Rückenmark eines Patienten entfernen werde. Ich werde es dir nicht leichtmachen, alter Freund!«

»Möge der Bessere gewinnen!«, erwiderte Maurice selbstbewusst. »Aber mach dir nichts draus, wenn du es nicht schaffen solltest. Ich werde auf jeden Fall heute Abend schon mal im Bofinger feiern. Schade, dass du nicht mitkommen kannst.«

»Dann viel Spaß«, meinte Ramballe gönnerhaft. »Mal sehen, wer morgen den größeren Grund zum Feiern hat.«

Maurice und sein Freund gingen ohne Groll auseinander. Sie kannten sich bereits seit Beginn ihres Studiums und hatten schon so manch schwierige Prüfung gemeinsam überstanden, bevor sie deren Erfolge anschließend in einer Bar ausgiebig gefeiert hatten. Und wenn schon ein anderer als er selbst die Stelle haben sollte, hatte Ramballe sie verdient.

Als Maurice später am Abend das Bofinger betrat, waren seine Freunde bereits in bester Stimmung. Die Brasserie war ein beliebter Treffpunkt für junge Leute, nicht nur, weil dort die erste Zapfanlage für Bier in Paris eingeführt worden war, sondern auch wegen der lockeren, zwanglosen Atmosphäre und des guten Elsässer Essens.

»Setz dich zu uns«, rief Jacques, der ewige Philosophiestudent, und prostete ihm mit einem Glas Champagner zu. »Christophe ist heute in Spendierlaune. Er hat von seinem alten Herrn zum Geburtstag eine Geldanweisung bekommen!«

Maurice gratulierte seinem Freund und nahm am Tisch Platz, wenig später hatte er ebenfalls ein Glas Champagner in der Hand.

Außer seinen beiden Freunden saßen noch drei junge Frauen am Tisch, die diese in einer Bar kennengelernt hatten. Eine von ihnen, eine Rothaarige mit aufgesteckten Locken, lächelte ihm aufmunternd zu. Sie hieß Lola und war zweifelsohne die Hübscheste der drei. Maurice fühlte sich angespornt, mit ihr zu flirten, vor allem, als er sah, dass auch Jacques sich um sie bemühte. Zwischen ihnen gab es eine Wette, wer wohl der erfolgreichere Verehrer war.

Christophe, der an der Sorbonne Geschichte und Französisch studierte und irgendwann einmal eine Karriere als Schriftsteller anstrebte, hatte seine Wahl schon getroffen und tauschte mit der dunkelhaarigen Ruby bereits Vertraulichkeiten aus. Die eher unscheinbare Monique hielt sich anfangs noch im Hintergrund, doch als Lola ganz offensichtlich Maurice den Vorzug gab, wandte sich Jacques ihr zu. Nachdem Maurice von seiner Operation erzählt und dabei seine Rolle dramatisch geschildert hatte, verlangten die anderen, dass er ebenfalls eine Flasche Champagner spendierte, um auf seine neue Stelle bei Castaneda anzustoßen. Maurice ließ sich nicht lumpen und bestellte gleich Cognac dazu. Als die Sprache schließlich auf die Ermordung des österreichischen Thronfolgers kam, waren sich die Freunde einig, dass die Tat weitreichende Konsequenzen haben würde. Jacques, dessen Vater französischer Gesandter in Wien war, wusste einiges zu berichten.

»Wenn herauskommt, dass die serbische Regierung hinter dem Anschlag steckt, dann wird Kaiser Franz Joseph den Serben den Krieg erklären. Es gilt als sicher, dass der Deutsche Kaiser ihm seine volle Unterstützung gewährt.«

»Das wird sich der Zar aber nicht gefallen lassen. Er steht fest an Serbiens Seite. Und wir Franzosen sind mit den Russen verbündet, ebenso wie Großbritannien. Das können und werden wir nicht hinnehmen«, erklärte Christophe mit düsterer Miene.

»Da bin ich ganz deiner Meinung«, bestätigte Maurice von einem ungewohnten patriotischen Eifer ergriffen, der unter anderem seinem Alkoholkonsum geschuldet war. »Wir lassen uns von den Deutschen nicht schon wieder überrennen! Das, was 1870 geschehen ist, wird uns nicht noch einmal passieren.«

»Immerhin hat der verlorene Krieg zu unserer Republik geführt«, gab Jacques zu bedenken. »Ich bin auf jeden Fall für eine diplomatische Lösung.«

»Hast du schon vergessen, wie sehr uns die Deutschen haben bluten lassen?«, echauffierte sich Christophe, der sich immer mehr als begeisterter Nationalist herausstellte. »Sie haben uns nicht nur entehrt, sondern auch ausgenommen wie eine Weihnachtsgans! Fünf Milliarden Franc als Kriegsentschädigung haben wir bezahlt und außerdem das Elsass und Teile von Lothringen verloren. Schon vergessen? Deutschland fühlt sich als der Nabel der Welt und will sich unser schönes Heimatland nun auch noch einverleiben. Aber damit ist Schluss! Wir hätten uns schon längst die verlorenen Gebiete wieder zurückholen müssen.«

»Ohne mich!«, verkündete Jacques überraschend nüchtern. »Krieg ist der Vater allen Unheils. Außerdem bin ich überzeugter Pazifist. Mein Großvater ist bei Sedan gefallen. Damit hat meine Familie genug Opfer für Frankreich gebracht.«

»So spricht doch nur ein Feigling!«, warf Christophe ihm verächtlich vor. »Du hast einfach keinen Mumm in den Knochen. Ich jedenfalls werde mich sofort als Freiwilliger melden, wenn es einen Krieg gibt. Darauf kannst du dich verlassen.« Mit trunkenem Blick sah er in die Runde und stellte zufrieden fest, dass zumindest Ruby und Lola ihn bewundernd ansahen.

Jacques ließ sich davon nicht provozieren, er grinste seinen Freund versöhnlich an. »Dann lass uns wenigstens auf die Meinungsfreiheit trinken. Santé!« Er hob sein Glas und leerte es in einem Zug.

Die anderen taten es ihm gleich, und die Stimmung wurde wieder entspannter. Als sie einige Zeit später aufbrachen, verabschiedete Maurice sich von Christophe, Lola, Ruby und Monique. Jacques begleitete ihn noch ein Stück nach Hause. Dabei kamen sie erneut auf die politische Lage zu sprechen.

»Was ist eigentlich mit dir?«, fragte Jacques. »Würdest du dich auch als Freiwilliger melden? Chirurgen werden an der Front mit Sicherheit gebraucht werden.«

Maurice überlegte einen Augenblick. »Ich kann einen Krieg ebenso wenig gutheißen wie du. Aber wenn es hart auf hart kommt, werde ich meine Pflicht erfüllen. Ich schätze mal, genau wie du es tun musst, mein Freund.«

5

Tories Laune verschlechterte sich mit jedem Kilometer, den sie sich dem Schweizer Internat näherten. Sie hatte das Gefühl, dass man sie endgültig in die Verbannung schickte. Zum Zeichen ihrer Verstimmung hatte sie mit ihrer Mutter seit ihrer Abreise aus Paris kaum ein Wort gewechselt, und auch der Abschied von ihrem Vater war sehr knapp ausgefallen. Nie im Leben hätte sie es für möglich gehalten, dass ihre Eltern so grausam sein könnten, sie in Zeiten wie diesen fortzuschicken.

Das Deutsche Reich hatte am 1. August 1914 Russland den Krieg erklärt und zwei Tage später auch den Franzosen. Kurz darauf waren die deutschen Truppen über das neutrale Belgien und über Luxemburg in Frankreich eingefallen. Auch wenn die feindlichen Truppen vom französischen Heer durch massive Gegenoffensiven im Westen erst einmal gestoppt worden waren, saß der Feind doch tief im eigenen Land. Für Torie war das Grund genug, dass die Familie zusammenbleiben musste. Aber ausgerechnet ihr Vater bestand darauf, dass sie ins Internat zog.

»Jetzt erst recht«, hatte er gesagt und damit jedem weiteren Einwand einen Riegel vorgeschoben. »Nirgendwo sonst auf der Welt ist es im Augenblick sicherer als in der Schweiz.«

Ihre Mutter, die neben ihr in der Kutsche saß, die sie vom Bahnhof in Lausanne zu dem außerhalb der Stadt gelegenen Internat bringen würde, schien die Reise zu genießen. »Sieh nur die

Berge, wie sie hinter dem See aufleuchten«, versuchte sie zum wiederholten Mal gute Laune zu verbreiten. »Das dahinten muss das Massiv des Mont Blanc sein. Du kannst dich glücklich schätzen, in solch einer bezaubernden Umgebung leben zu dürfen.«

Torie warf ihrer Mutter einen abfälligen Blick zu und hüllte sich weiter in trotziges Schweigen. Insgeheim konnte sie sich dem Zauber ihrer Umgebung jedoch kaum verschließen. Die Sonne strahlte an diesem Septembertag von einem wolkenlosen Himmel. Die Luft war mild und schimmerte seidig, während sie gemächlich durch Weinberge fuhren, deren Reben sich schwer unter der Last der blauen und grüngoldenen Trauben beugten. Auf einigen Hängen hatte bereits die Weinernte begonnen. Menschen mit Körben voller Trauben auf dem Rücken durchstreiften die einzelnen Reihen und luden ihre Last auf Karren. Alles schien friedlich, der Krieg in Europa weit entfernt.

Nach einer knappen Stunde Fahrt näherten sie sich dem Internat. Es sah ganz anders aus, als sie es sich vorgestellt hatte. Keine Festung, aus der es kein Entkommen gab, sondern ein wunderschönes Anwesen in der Nähe eines idyllischen Weindorfes. Das schlossartige Hauptgebäude lag inmitten eines großzügigen Parks mit altem Baumbewuchs. Das Grundstück befand sich direkt am Genfer See, dessen Ufer von Trauerweiden gesäumt wurde. An einem Holzsteg lagen Ruderboote. Schülerinnen, die sich an diesem schönen Tag die Zeit im Freien vertrieben oder gar auf dem See ruderten, konnte Torie jedoch nicht entdecken.

Die Kutsche passierte die mit einem Gittertor versehene Einfahrt und fuhr mit knirschenden Rädern über die sorgsam gerechte Kiesauffahrt bis zu dem von Säulen bewehrten Portikus des Haupthauses. An den zentralen Mittelbau schlossen sich zwei Seitenflügel an. Torie stieg widerwillig aus, nachdem ihre Mutter sie zum wiederholten Male aufgefordert hatte. Alles in ihr sträubte sich, doch Maman zeigte keine Rücksicht auf ihr Befinden, sondern forderte sie auf, ihren Koffer entgegenzunehmen, der laut der Hausregeln außer Unterwäsche und wenigen persönlichen Dingen nichts enthalten durfte. Eine Schuluniform und alles andere Notwendige wurden ihr vom Internat gestellt.

Entschlossenen Schrittes stieg ihre Maman die Treppen zum Eingang hoch und suchte vergeblich nach einer Klingel. Als auch auf ihr Klopfen niemand reagierte, öffnete sie kurzerhand selbst die schwere Tür. Das Foyer wirkte einschüchternd und kalt. Die weiß gekalkten Wände waren schmucklos, eine geschwungene Treppe führte in die oberen Etagen, wo sich vermutlich die Zimmer der Elevinnen befanden. Rechts und links gingen Gänge in die Seitenflügel ab, in denen sich wohl die Unterrichtsräume und Speisesaal sowie Küche befanden. Wie aus dem Nichts tauchte plötzlich eine hagere Frau mittleren Alters auf. Sie trug einen langen blauen Rock zu einer blau-weiß gestreiften Bluse, um deren gestärkten weißen Kragen eine Krawatte gebunden war.

»Ah, Madame Belrose mit Tochter. Wir haben Sie schon erwartet«, wurden sie mit vorgeblicher Freundlichkeit unterkühlt begrüßt. Das Französisch der Frau klang seltsam fremd. »Ich bin Fräulein Kreuznagel, die persönliche Assistentin der Direktorin und als Hausdame zuständig für die korrekten Abläufe im Haus. Ich hoffe, Sie hatten eine angenehme Reise.« Tories Mutter bedankte sich und versuchte, eine Konversation zu führen. Doch Fräulein Kreuznagel ging nicht darauf ein. »Da die Zeit von Frau Direktorin Ackerbaum nur knapp bemessen ist, würde ich vorschlagen, dass Sie und Ihre Tochter gleich zu ihr ins Büro gehen. Sie erwartet Sie bereits.« Torie, der sie bislang nicht mehr als einen kritisch musternden Blick gegönnt hatte, befahl sie, ihren Koffer im Foyer zurückzulassen.

Torie warf ihrer Mutter einen flehenden Blick zu. Spätestens jetzt musste sie doch erkennen, dass sie unmöglich bleiben konnte. Ihre Maman streifte allerdings nur kurz ihre Hand und schickte sich an, mit Fräulein Kreuznagel Schritt zu halten. Torie blieb nichts anderes übrig, als den beiden Frauen durch einen schwarz-weiß gefliesten Gang nachzueilen. Vor einer dunklen, bis an die Decke reichenden Eichentür hielt die Direktionsassistentin an. Mit einem energischen Klopfen öffnete sie die Tür.

Im Büro der Direktorin waren die Fenster zur Seeseite von schweren Vorhängen fast vollständig verhüllt, sodass kaum Licht eindrang. Vor der holzvertäfelten Wand stand ein mächtiger Schreibtisch, auf dem eine einsame Schreibtischlampe die einzige Lichtquelle darstellte. Dahinter saß eine stattliche ältere Frau, die mit dem Durchsehen von Akten beschäftigt war. Ihr graues, schon lichter werdendes Haar war zu einem strengen Dutt zusammengefasst. Auch trug sie keine Uniform wie Fräulein Kreuznagel, sondern ein dunkles Kleid aus schwerem Stoff. Mit einem angedeuteten Lächeln deutete sie auf die beiden Stühle vor ihrem Schreibtisch, auf denen sie Platz nehmen sollten. Fräulein Kreuznagel blieb neben ihnen stehen.

»Ich hoffe, Sie hatten eine angenehme Reise«, begann die Direktorin die kurze Konversation. Sie tauschte mit ihrer Mutter ein paar Höflichkeiten aus, bevor sie sich sogleich Torie zuwandte. »Du bist nicht die erste Schülerin, die mit einem gewissen Vorbehalt hier eintrifft«, sagte sie, als hätte sie Tories Gedanken gelesen. Ihre tiefe Stimme klang streng, aber immerhin nicht Furcht einflößend. »Und auch dein Heimweh wird sich hier schnell legen«, versicherte sie ihr fast freundlich. »Wir legen an unserem Institut großen Wert darauf, jede Schülerin nach ihren Fähigkeiten ausreichend zu fördern. Deine Eltern haben mir berichtet, dass du dich für Technik und Naturwissenschaften begeisterst. Stimmt das?«

Torie war überrascht und schöpfte gleichzeitig ein wenig Hoffnung. Vielleicht durfte sie ja weiterhin ihren Neigungen nachgehen. »Das trifft tatsächlich zu, Madame. Fernand, der Werkstattmeister meines Vaters, meint, dass aus mir mal eine brauchbare Mechanikerin werden kann. Ich bin mittlerweile schon ganz geschickt im Umgang mit Werkzeugen und möchte später gern Ingenieurin werden. Ich ...«

»Es heißt Frau Direktorin und nicht Madame«, wurde sie harsch von Fräulein Kreuznagel unterbrochen. »Gutes Benehmen und korrekte Anstandsregeln sind das Einmaleins unserer Anstalt. Für deine kuriosen und weltfremden Interessen ist hier kein Platz.«

Torie verstummte erschreckt.

»Mit den Regeln unserer Anstalt können Sie Victoria im Anschluss an unser Gespräch vertraut machen, Fräulein Kreuznagel«, winkte die Direktorin ungnädig ab. »Doch in einem hat meine Assistentin natürlich recht«, wandte sie sich wieder Torie und ihrer Mutter zu. »In allererster Linie legen wir an unserem Institut Wert auf gute Erziehung und eine umfassende Allgemeinbildung. Moral, Anstand und Disziplin sind uns ebenso wichtig wie Toleranz und gegenseitige Wertschätzung. Gerade in Zeiten wie diesen ist es uns ein Anliegen, zwischen unterschiedlichen Kulturen zu vermitteln. Mögen Frankreich, England, Deutschland, Russland auch im Krieg liegen – an diesem Ort sind wir alle Freunde.«

»Diese Einstellung wissen mein Mann und ich sehr zu schätzen«, antwortete Tories Mutter mit einem höflichen Lächeln. Doch Frau Ackerbaum war noch nicht am Ende. »Ich möchte Victoria nicht die Freude an ihren Interessen nehmen«, fuhr sie fort. »Bevor sie dafür wieder Zeit finden wird, muss sie hingegen erst lernen, sich an unsere Regeln zu halten: Disziplin, Wohlverhalten und gute Leistungen in den Schulfächern, die wir für unerlässlich erachten. Das sind Konversation, Geschichte, Sprachen, Etikette und einige künstlerische Betätigungen. Außerdem Buchführung und Rechnen sowie der standesgemäße Umgang mit Personal. Nur wer darin glänzt, darf sich auch mit anderen Dingen beschäftigen.« Torie sank allein bei der Aufzählung das Herz. Wie sollte sie das nur aushalten? Wieder übersah die Mutter ihren flehenden Blick. Stattdessen versicherte sie der Direktorin, dass ihre Tochter sich alle Mühe geben werde. »Davon gehe ich selbstverständlich aus«, antwortete diese bestimmt. »Deshalb lassen Sie uns nun die abschließenden Formalitäten erledigen.«

Frau Ackerbaum gab Fräulein Kreuznagel ein Zeichen.

»Verabschiede dich nun von deiner Mutter«, forderte diese Torie auf. »Ich werde dich jetzt in deine Schlafstube führen, damit du dich noch ein wenig einrichten kannst, bevor es in einer halben Stunde Abendessen gibt.«

Torie sah entsetzt in die Runde. »Aber ...« Sie verstummte unter dem strengen Blick der Anwesenden.

Dann bemerkte sie, dass auch ihre Mutter sich überrumpelt fühlte. Doch im Gegensatz zu ihr gewann sie schneller wieder die Kontrolle über sich.

»Ich wünsche dir alles, alles Gute«, sagte sie mit belegter Stimme und zog sie an sich. »Papa und ich sind sehr stolz auf dich«, hauchte sie ihr ins Ohr, bevor sie sie losließ und Fräulein Kreuznagel ihr unmissverständlich klarmachte, dass sie ihr nun zu folgen hatte.

»Nun komm! Wir sind spät dran.« Torie stand auf und verließ, ohne sich nochmals nach ihrer Mutter umzudrehen, das Direktorenzimmer. Wie in Trance folgte sie der unnahbaren Frau durch den Seitenflügel zurück ins Foyer, nahm ihren Koffer und begab sich zur Haupttreppe, vor der Fräulein Kreuznagel ungeduldig wartete. »Dort oben im zweiten Stock sind die Schlafräume.«

Torie verstand das als Aufforderung hochzugehen und nahm die ersten Stufen. »Halt!«, wurde sie jedoch umgehend zurückgepfiffen. »Diese Treppe ist nur für Gäste, Lehrpersonal und die Direktion. Unsere Schülerinnen benutzen die Bedienstetentreppe am Ende des Ganges dort drüben.«

Torie sah den langen Gang hinunter, auf den ihre Peinigerin wies. »Können Sie nicht vielleicht eine Ausnahme machen?«, fragte sie. »Mein Koffer ist schwer.«

»Freches Gör!«, wies Fräulein Kreuznagel sie scharf zurecht. »Tu gefälligst, was man von dir verlangt!« Sie stemmte drohend ihre Fäuste in die Hüfte. »Du kannst von Glück sagen, dass ich dich noch nicht mit den Hausregeln vertraut gemacht habe, sonst hättest du gleich für deinen ersten Monat ein Ausgangsverbot auferlegt bekommen.« Ihre Stimme wurde noch einen Ton schärfer. »Ich gebe dir einen guten Rat: Gehorche, schweige und lerne! Das ist das Einmaleins unserer Anstalt!«

Torie fügte sich notgedrungen. So schön das Gebäude von außen aussehen mochte, in seinem Inneren fühlte man sich wie in einem Gefängnis. Kaum hatten sie den zweiten Stock erreicht, bekam sie mit, wie die Mädchen, die sich gerade noch in den Gängen zu beiden Seiten getummelt hatten, fluchtartig auseinanderstoben und in den Schlafräumen verschwanden. Einige blieben immerhin neugierig in den Türen stehen, um sie, den Neuzugang, zu mustern. Sie liefen den linken Gang hinunter, dann öffnete Fräulein Kreuznagel, ohne anzuklopfen, eine Tür und betrat den Raum.

Torie folgte ihr und fand sich in einer schmucklosen, lang gezogenen Schlafstube wieder, an dessen Längsseiten jeweils drei Eisenbetten aufgestellt waren. Neben jedem Bett stand ein einfacher Nachttisch. Der Raum besaß nur Oberlichter, sodass man nicht einmal hinaus in den Park schauen konnte. Eine einzelne

Deckenleuchte erhellte ihn bei Dunkelheit. Zwei Mädchen, eines etwa in ihrem Alter, das andere etwas älter, räumten gerade Wäsche in ihre Spinde ein. Ihre Unterhaltung klang ungezwungen und fröhlich. Sobald sie die strenge Direktionsassistentin erblickten, verstummten sie und begrüßten sie mit einem einstudiert wirkenden Knicks.

»Das hier ist Victoria Belrose aus Paris«, erklärte Fräulein Kreuznagel frostig. »Sie ist eure neue Zimmergefährtin. Ich erwarte, dass ihr sie freundlich aufnehmt und mit den notwendigen Gegebenheiten vertraut macht. Ihr sorgt dafür, dass Victoria noch vor dem Abendessen eingekleidet wird. Alles Weitere nach dem Essen.« Mit einem knappen Nicken machte sie kehrt und verschwand.

Torie ließ ihren Koffer sinken und blieb betroffen zurück.

»Herzliches Beileid«, wurde sie von dem älteren Mädchen mit einem verschmitzten Lächeln begrüßt. »Ich bin Claudia, und der stumme Fisch da neben mir ist Zita. Die anderen wirst du auch gleich kennenlernen.«

Wie auf Kommando stürmten drei weitere junge Mädchen wenig später herein und umringten Torie. Sie stand immer noch wie angewachsen da und wusste nicht so recht, was sie nun tun sollte. Zum Glück war das Eis schnell gebrochen, denn Claudia, die nicht nur temperamentvoll, sondern auch eine Art Sprecherin des Zimmers zu sein schien, stellte sie den dreien vor. Sofort wurde sie mit Fragen bedrängt. Wenig später waren sie einander so vertraut, als würden sie sich schon lange kennen.

Überrascht stellte Torie fest, dass alle außer Zita, die aus Bern stammte, aus einem anderen Land als der Schweiz kamen. Claudia war Italienerin aus Turin, Myriam kam aus London, und dann gab es zu Tories Verwunderung zwei deutsche Mädchen, Clarissa aus München und Gertrud aus Berlin. Keine von ihnen schien sich daran zu stören, dass ihre Familien sich gerade in einem Krieg auf unterschiedlichen Seiten befanden. Clarissa, die zwei Jahre älter als Torie war und die sie auf Anhieb sympathisch fand, erriet anscheinend ihre Gedanken.

»Einer der wenigen Vorzüge an diesem Institut ist es, dass hier alle Nationen gleichbehandelt werden«, erklärte sie, indem sie die Direktorin nachahmte. »Krieg und politische Verwicklungen unserer Herkunftsländer spielen bei uns keine Rolle und dürfen nicht zwischen uns stehen.« Sie zwinkerte ihr zu und reichte ihr demonstrativ die Hand. Torie griff ohne Zögern zu und grinste. Clarissas freundliche, offene Art gefiel ihr, ebenso wie ihr ausgesprochen hübsches Äußeres – ihre dunkelbraunen Augen bildeten einen bemerkenswerten Kontrast zu den hellblonden Haaren.

»Gut.« Clarissa wirkte zufrieden. »Dann wirst du auch sicherlich nichts dagegen haben, dass du in dem Bett direkt neben mir schlafen wirst. Es ist dahinten. Ich muss noch mal weg. Wir sehen uns beim Abendessen.«

Torie war fürs Erste erleichtert. Zumindest schienen ihre Zimmergenossinnen einigermaßen in Ordnung zu sein. Außerdem sprachen alle am Institut Französisch, was ihr ebenfalls sehr entgegenkam. Sie brachte ihren Koffer zu ihrem Bett und bekam von Claudia Bettwäsche und eine Schuluniform, die sie sofort anlegen sollte. Dann ließ man sie erst einmal in Ruhe. Da sie noch nie in ihrem Leben ein Bett bezogen hatte – zu Hause war das Dienstpersonal dafür zuständig – hatte Torie einige Mühe damit. Ihr Stolz verbot ihr, eines der anderen Mädchen um Hilfe zu bitten. Als sie endlich fertig war, ertönte auch schon eine schrille Glocke.

»Abendessen, beeil dich!«, rief Claudia ihr zu und eilte auch schon mit den anderen aus dem Zimmer.

Wenige Sekunden später war die Schlafstube leer, und sie hörte nur noch die trippelnden Schritte der Mädchen auf den Gängen und Treppen. Torie war noch nicht einmal umgezogen. Da sie ohnehin nicht besonders hungrig war, ließ sie sich mit dem Anziehen Zeit und verstaute in aller Ruhe ihre wenigen Habseligkeiten in ihrem Nachttisch. Keines der Mädchen brauchte zu sehen, dass darunter auch Werkzeug war, das sie heimlich eingepackt hatte.

Als sie schließlich in der neuen Schuluniform steckte, fühlte sie sich äußerst unwohl. Der wadenlange dunkelblaue Wollrock kratzte fürchterlich, den Sinn der blau-weiß gestreiften Schürze darüber verstand sie erst recht nicht, und die steife weiße Bluse mit der dunklen Fliege unter dem Kragen engte sie unangenehm ein. Kurzerhand ließ sie den oberen Knopf der Bluse offen, dann machte sie sich auf den Weg in den Speisesaal. Wie spät sie dran war, bemerkte sie erst, als ihr die aufgeregte Claudia bereits entgegenkam.

»Tempo, Tempo. Die Kreuznagel kocht vor Wut«, rief sie ihr ungehalten zu. »Du schaffst es glatt, dir schon am ersten Tag Ärger einzuhandeln und mir gleich mit.« Sie packte Torie am Ellenbogen und drängte sie zur Eile. Als Torie in der Eingangstür zum Speisesaal die finster dreinblickende Hausdame sah, wusste sie, was Claudia meinte. Mit erneut in die Hüfte gestemmten Fäusten wurde sie missfällig gemustert.

»Wer zu spät zum Essen kommt, geht leer aus!«, blaffte Fräulein Kreuznagel ohne Pardon. »Das gehört zum Einmaleins in unserem Institut. Und damit du das begreifst, wirst du diese Maßnahme sofort zu spüren bekommen. Claudia wird dir deinen Platz zeigen, an dem du in dich gehen kannst, während du den anderen beim Essen zusiehst.« Torie schluckte empört. Noch nie hatte ihr jemand etwas zu essen verwehrt. Sie überlegte gerade, wie sie dagegen angehen konnte, als auch schon der nächste Tadel folgte. »Wieso ist der oberste Knopf deiner Bluse offen?«, fragte Fräulein Kreuznagel mit scharfem Blick.

»Der … der Kragen ist mir zu eng«, verteidigte sich Torie stammelnd. »Ich kann ihn unmöglich schließen, wenn ich noch Luft holen will.«

»Dann hättest du um eine andere Bluse bitten können.«

»Dazu hatte ich ja keine Zeit.« Torie wurde allmählich ungehalten.

»Schluss mit den dummen Ausreden! Der Kragen ist genau richtig. Und nun schließ den Knopf, und setz dich endlich an deinen Platz.«

Der Ton der hageren Frau war so scharf, dass Torie nicht mehr wagte aufzubegehren. Mit finsterem Blick ließ sie sich von Claudia, die sie am Ärmel zerrte, zu ihrem Sitzplatz an einem der langen Tische bringen. Dort warteten bereits ihre Zimmergenossinnen auf das Essen. Aufgewühlt setzte sie sich auf den Platz, der Clarissa gegenüberlag. Die lächelte ihr aufmunternd zu, während die anderen kaum Notiz von ihr nahmen und sich weiter unterhielten.

»Besser du gewöhnst dich bald an die Regeln«, riet Clarissa ihr leise. »Die Kreuznagel ist ganz scharf drauf, Strafen zu verteilen.« Sie zog eine Grimasse. »Das ist das Einmaleins des Instituts«, imitierte sie sie mit näselnder Stimme. Torie musste nun doch lächeln. Als sie Clarissa erzählte, dass man sie vom Essen ausgeschlossen hatte, meinte diese verschwörerisch: »Mach dir nichts draus.« Sie beugte sich etwas vor. »Frau Künzel, die Köchin, hält in der Küche für solche Fälle immer einen Rest bereit. Wenn du willst, begleite ich dich später.«

Als kurz darauf das Essen aufgetragen wurde, merkte Torie erst, wie hungrig sie war. Sie hatte den ganzen Tag noch nichts zu sich genommen. Nur mit Mühe gelang es ihr, dem verlockenden Duft aus der Suppenschüssel zu widerstehen. Jedoch rührte keines der Mädchen seinen Teller an. Alle warteten auf das Zeichen der Direktorin.

Torie nutzte die Zeit, um sich umzusehen. Am Kopfende ihrer Tischreihe befand sich quer der Lehrertisch. Nur am Abend nahmen die Lehrer gleichzeitig mit den Schülerinnen das Essen ein, das hatten die Mädchen ihr schon erzählt. Der Platz in der Mitte war der Direktorin vorbehalten. Sie hatte sich gerade niedergelassen, dicht gefolgt von Fräulein Kreuznagel und einer jüngeren Lehrerin, die sich neben ihr platzierten. Sie zählte sechs weibliche Lehrkräfte, zu denen auch Fräulein Kreuznagel und die Direktorin gehörten. Zu ihrer Überraschung tauchte wenig später ein großer kräftiger Mann auf, der einen grauen Kittel trug. Sein ausladender Rauschebart gab ihm das Aussehen eines gemütlichen Nikolauses. Inmitten der Frauen wirkte er reichlich deplatziert.

»Das ist unser Hausmeister Herr Fritz«, raunte Clarissa, der Tories verwunderter Blick aufgefallen war, ihr zu. »Er kümmert sich um die Ruderboote und die Nutztiere. Außerdem repariert er alles, was kaputtgeht. Er ist von Beruf Mechaniker.«

»Und weshalb darf er als Hausmeister mit am Tisch der Lehrerinnen und der Hausdame sitzen?«, fragte Torie. Ihr Interesse war sofort geweckt, als sie hörte, dass er für die Instandhaltung des Hausinventars zuständig war.

»Er ist der Bruder der Direktorin.« Clarissa zuckte mit den Schultern. »Keiner weiß so genau, weshalb er hier ist. Die meisten Lehrkräfte ignorieren ihn einfach, bis auf Mademoiselle Beerenbourg, die stellvertretende Schulleiterin. Sie ist die Frau, die auf der linken Seite von der Direktorin sitzt. Ihre Familie stammt ursprünglich aus Frankreich.«

»Sie sieht eigentlich ganz nett aus.«

»O ja, das ist sie auch.« Torie fiel sofort Clarissas verklärter Blick auf.

Ihr Gespräch wurde unterbrochen, als die Direktorin die Klingel, die auf ihrem Tisch lag, energisch läutete, woraufhin alle verstummten. Mit resoluter Stimme informierte sie die anwesenden Schülerinnen über einige organisatorische Dinge und sprach dann ein kurzes Gebet. Das abschließende »Amen« war das Zeichen, dass nun alle mit dem Essen beginnen durften. Sofort bewegten sich zahlreiche Teller in Richtung der Suppenschüsseln, dessen Inhalt von einem der Mädchen gerecht verteilt wurde. Wenig später war nur noch das Klappern der Löffel zu hören. Gesprochen wurde nicht mehr.

Tories Magen knurrte mittlerweile so laut, dass sie sicher war, dass man ihn bis zum Lehrertisch hören musste. Direkt vor ihrer Nase stand auch noch ein Korb mit frischem Brot. Der Duft war so verlockend, dass sie überlegte, sich heimlich ein Stück davon zu nehmen, um es später zu vertilgen. Aber dann wagte sie es doch nicht und wartete lieber ungeduldig, bis alle fertig waren. Erst nachdem die Direktorin ihre Serviette beiseitelegte und aufstand, war es auch den Mädchen erlaubt, sich zu erheben. In Zweierreihen begaben sie sich nun in ihre jeweiligen Studierzimmer, um für die nächsten beiden Stunden Hausaufgaben zu erledigen oder sich für den Unterricht am nächsten Morgen vorzubereiten.

Fräulein Kreuznagel fing Torie ab, um ihr noch einige Anweisungen zu geben. Dann befahl sie Clarissa, sie zum Studierzimmer für den Mittelkurs zu begleiten. Es befand sich im ersten Stock eines der Seitenflügel und sah aus wie ein Klassenzimmer, nur dass an den Wänden Regale mit Büchern standen, die nach Themen geordnet waren. Die Mädchen waren angehalten, sich still zu verhalten, es gab keine Aufsicht. Clarissa zeigte ihr einen freien Platz in der Nähe des Fensters.

»Der Raum des Oberkurses, in dem ich bin, liegt weiter hinten«, flüsterte sie ihr zu. »In einer halben Stunde treffen wir uns hier vor der Tür. Ich zeig dir den Weg runter in die Küche. Die

Kreuznagel taucht immer erst kurz vor neun Uhr auf, um uns in unsere Zimmer zu begleiten.«

Da man Torie noch kein Unterrichtsmaterial zugeteilt hatte, hatte sie auch nichts zu tun. Sie beobachtete eine Weile ihre neuen Klassenkameradinnen, unter denen sich auch Myriam und Gertrud aus ihrer Schlafstube befanden. Immer wieder trafen sie neugierige Blicke, doch niemand wagte es, sie anzusprechen. Vermutlich standen auch hierauf strenge Strafen. Gelangweilt sah sie zu ihren Kameradinnen, die fleißig über ihren Büchern brüteten oder Briefe schrieben. Auch der Blick aus dem Fenster bot nicht viel Abwechslung. So schön die Parkanlage mit dem Blick auf den ruhig daliegenden See auch sein mochte, so wenig war außer der schönen Landschaft zu sehen. Ungeduldig wartete sie, bis die halbe Stunde verstrichen war. Niemand schenkte ihr Beachtung, als sie schließlich hinausging. Ein Gang auf die Toilette war jederzeit erlaubt.

Ihre neue Freundin erwartete sie bereits vor der Tür des Mittelkursraumes. Gemeinsam huschten sie zu einer Nebentür, die direkt hinunter in die Küche und zu den Personalräumen führte. Während das Schulhaus mit den Klassenzimmern kalt und unpersönlich wirkte, herrschte im Reich von Frau Künzel quirlige Betriebsamkeit und eine gemütliche Atmosphäre. Clarissa klärte Torie auf, dass die Köchin nicht nur für ihr leibliches Wohl sorgte, sondern auch die Seele des Instituts war.

»Bei Frau Künzel haben schon ganze Generationen von Schülerinnen Trost gefunden. Ohne sie und Mademoiselle Beerenbourg wäre es hier nicht zu ertragen.«

Sie hatte nicht zu viel versprochen. Die Köchin nahm Torie sofort mit einer Herzlichkeit auf, die sie mit vielem, was ihr an diesem Tag widerfahren war, versöhnte. Das einzig Gewöhnungsbedürftige an ihr war ihr ausgeprägter schweizerischer Dialekt.

»Wie kann man nur einen Neuankömmling mit so einer gemeinen Strafe empfangen!«, meinte sie kopfschüttelnd. »Eine gesunde Seele muss doch gesund ernährt werden. Komm, setz dich an den Tisch, Mädchen, ich werde dir gleich etwas bringen, das dir die Seele wärmt.«

Mit einer Beweglichkeit, die ihre Statur nicht vermuten ließ, schwang sie sich in Richtung des Herdes, um ihr einen vollen Teller Suppe und ein großes Stück Brot zu bringen. Torie machte sich hungrig darüber her, während die Köchin sie unermüdlich ausfragte. Die Zeit verging wie im Flug, bis Clarissa plötzlich aufschreckte und sie zur Eile mahnte.

»Wenn die Kreuznagel uns erwischt, sperrt sie uns den Ausgang diesen Monat. Beeil dich.«

Torie bedankte sich hastig, und sie machten sich auf den Rückweg. Ungesehen kamen sie über die Personaltreppe wieder auf das Stockwerk, in dem die Studierzimmer waren. Torie wollte gerade die Tür öffnen, als jemand anderes es von innen tat und sie der stellvertretenden Schulleiterin gegenüberstand.

»*Bonsoir*, Mademoiselle«, grüßte sie mit gesenktem Blick und betete insgeheim, dass sich die Lehrerin nicht allzu lange im Studierzimmer aufgehalten hatte und ihr Fehlen womöglich aufgefallen war.

Mademoiselle Beerenbourg nickte ihr amüsiert zu. »Du bist die kleine Französin aus Paris, nicht wahr?«, bemerkte sie freundlich. »Ich habe bereits eine ganze Weile im Studierzimmer auf dich gewartet.« Torie sank das Herz in die Hose. Das roch nach neuem Ärger. »Wie schön, dich endlich kennenzulernen«, fuhr die Lehrerin dann jedoch so beiläufig fort, dass Torie unwillkürlich rot wurde. Sie ahnte, dass Mademoiselle Beerenbourg sie längst durchschaut hatte, trotzdem ging sie mit keinem weiteren Wort auf ihr verbotenes Verhalten ein, sondern begann eine Unterhaltung. »Ich unterrichte übrigens hier Mathematik und Kunst. Außerdem leite ich die Theatergruppe. Vielleicht gefällt es dir ja, bei uns mitzumachen?« Die zierliche Lehrerin lächelte ihr aus interessierten Augen gewinnend zu. »Wir proben gerade Shakespeares *Was ihr wollt*.«

»Vielen Dank, aber ich fürchte, für Schauspielerei habe ich keinerlei Talent«, gestand Torie offen. Als Mademoiselle Beerenbourg sichtlich enttäuscht reagierte, fügte sie rasch hinzu: »Das hat nichts mit Ihnen zu tun, aber ich interessiere mich eher für Mathematik und Physik.«

Die Lehrerin war keineswegs beleidigt. Im Gegenteil. »Wir sind alle verschieden«, sagte sie. »Und das ist auch gut so. Frau Ackerbaum hat mir schon von dir berichtet.« Ihr Blick bekam etwas Warmes und Herzliches. »Mir ging es als junges Mädchen ganz ähnlich wie dir«, erklärte sie zu ihrer Überraschung. »Ich war neben meinem Interesse für Kunst schon immer von der Welt der Zahlen fasziniert und weiß, dass es als Frau nicht leicht ist, sich in dieser Männerdomäne zu behaupten.« Sie lächelte schelmisch. »Doch das sollte dich nicht davon abhalten, deine Träume zu leben.« Sie sah auf ihre Uhr und hatte es plötzlich eilig. »Ich werde sehen, wie ich dich unterstützen kann«, meinte sie abschließend und deutete auf ihren Mundwinkel. »Du hast da noch einen Rest Suppe. Wisch das lieber ab, bevor Fräulein Kreuznagel kommt.«

6

Obwohl Torie ihr altes Leben vermisste, gewöhnte sie sich im Laufe der nächsten Wochen an das Internatsleben. Es war für sie zwar aufgrund ihres Wesens nicht immer einfach, sich an die strengen Regeln und Vorschriften zu halten, doch sie war eine gute Schülerin und spielte sich nicht unnötig in den Vordergrund. Torie hatte nichts gegen den Unterricht. Das Lernen fiel ihr leicht, in den Fächern Mathematik und Geschichte glänzte sie sogar. Der Etikette- und Tanzunterricht, der bei den meisten ihrer Mitschülerinnen überaus beliebt war, würde ihr dagegen wohl für immer ein Graus sein. Das machte sie nicht bei allen beliebt.

Besonders ihre Zimmergenossin Gertrud aus Berlin machte sich ständig über ihre Ungeschicklichkeit lustig und äffte sie nach, wann immer sie die Möglichkeit hatte. Torie machte sich nichts daraus. Sie wusste, dass Gertrud nur neidisch auf ihre anderen Leistungen war. Womöglich spielte es auch eine Rolle, dass Gertruds Vater ein hochrangiger preußischer Offizier war, dessen patriotische Gesinnung auf seine Tochter übergesprungen war. Darüber wurde nicht offen geredet, doch Torie spürte genau, dass Gertrud sie schon deshalb nicht leiden konnte, weil sie Französin war.

Ganz anders war es mit Clarissa, die ebenfalls aus Deutschland kam. Sie war Torie von Anfang an sehr zugetan, und schon bald entwickelte sich zwischen ihnen eine innige Freundschaft.

Clarissas Vater Samuel Sternberg hatte internationale Kontakte, die auch Clarissa schon in einige fremde Länder gebracht hatten. Der Krieg war für sie und die Freundin lediglich etwas Abstraktes, das auf ihr Leben im Augenblick keine Auswirkungen hatte. Was für sie beide zählte, war ihre gegenseitige Sympathie. Auch die Tatsache, dass Clarissa älter als Torie war, hinderte sie nicht daran, viel Zeit miteinander zu verbringen. Dabei waren sie höchst unterschiedlich: Clarissa war künstlerisch sehr begabt, was Torie vollkommen abging. Auch vom Wesen her unterschieden sie sich grundsätzlich. Torie, die oft aufbrausend war und gern über das Ziel hinausschoss, schätzte Clarissas bedachte, sanfte Art und ihre Ehrlichkeit. Im Gegenzug fand Clarissa Tories Mut und Pioniergeist bewundernswert, sie beide achteten ihre gegenseitige Verlässlichkeit. Und noch etwas hatten sie gemein: Sie verehrten Mademoiselle Beerenbourg, die zwar viel von ihren Schülerinnen erwartete, sie jedoch gemäß ihren Begabungen mit sehr viel Engagement förderte.

Clarissa war schon seit einiger Zeit Mitglied in Mademoiselle Beerenbourgs Theatergruppe, sie spielte sogar die Hauptrolle in Shakespeares *Was ihr wollt*. Darüber hinaus war sie für die Kulissen und Ausstattungen des Stücks verantwortlich. Weil sie dazu eine Werkstatt benötigte, hatte Mademoiselle Beerenbourg ihr erlaubt, einen leer stehenden Raum im Dachgeschoss als Atelier zu nutzen. Dort durfte sie neben ihrer Tätigkeit für das Theater auch malen.

Torie wurde ebenfalls gefördert. Sobald ihre Lehrerin herausgefunden hatte, wie leicht ihr der Umgang mit Zahlen fiel, sorgte sie dafür, dass sie Zusatzaufgaben erhielt. Überdies lieh sie ihr Bücher über physikalische Themen und Technik aus. Wenn sich die Gelegenheit bot, sprachen sie darüber, was für Torie der Höhepunkt einer Schulwoche war. In diesen leider nur sehr seltenen

Momenten blühte sie förmlich auf. Woran sie sich allerdings nie gewöhnen würde, waren die Unterrichtsstunden bei Fräulein Kreuznagel, deren strenge, oft ungerechte Art sie immer wieder in Schwierigkeiten brachte. Dass sie ausgerechnet das ihr so verhasste Fach Etikette und Tanz unterrichtete, war für Torie doppelt schwierig. Viele Dinge, die sie dort zu lernen hatte, waren in ihren Augen einfach unsinnig. Welchen Sinn hatte es zum Beispiel, mit einem Buch auf dem Kopf einen Knicks zu üben? Die Zeiten der Monarchie mit ihrer steifen Hofetikette waren in Frankreich längst vorüber. Wozu sich damit unnötig belasten?

Doch zu ihrem Leidwesen legte man im Internat darauf noch höchsten Wert. Torie gab sich anfangs sogar Mühe, den Anforderungen gerecht zu werden, Fräulein Kreuznagel fand hingegen immer neue Fehler und kritisierte sie oft auch grundlos. Torie fühlte sich daraufhin so ungerecht behandelt, dass sie oft absichtlich beim Tanzen und im Benimmunterricht Fehler machte und daraufhin noch mehr Ärger bekam. Schon bald befanden sie sich in einem Kleinkrieg, den sie natürlich nicht gewinnen konnte. Ende Oktober kam es zu einem Zwischenfall, der Torie den monatlichen Ausgang nach Lausanne kostete. Dies war eine der härtesten Strafen, die es für sie im Internat gab. In diesem Fall hatte sie sie für ihre Freundin Clarissa auf sich genommen.

Clarissa war nicht nur eine leidenschaftliche Malerin, sondern auch eine begnadete Karikaturistin mit spitzer Feder. Mit wenigen Strichen verstand sie es, Personen und Szenen so überspitzt darzustellen, dass ihre Zeichnungen bei den Mädchen richtiggehend gefürchtet waren. Natürlich waren diese Arbeiten verboten, und Clarissa hatte sich schon mehrere schwere Tadel dafür eingeholt. Die Direktorin hatte sogar mit einem Schulverweis gedroht, falls man sie noch einmal beim Karikieren erwischte. Doch

Clarissa ließ sich ihre künstlerische Freiheit nicht verbieten. Für sie waren die Zeichnungen ein Ventil, um ihrem Unmut Luft zu verschaffen. Nach einer für Torie demütigenden Tanzstunde, in der Fräulein Kreuznagel sie besonders gemein behandelt hatte und Gertrud mit ihrem Spott sie obendrein vor allen bloßgestellt hatte, fertigte Clarissa eine Karikatur an, die Torie aufmuntern sollte. Sie gab sie ihrer Freundin kurz vor dem Schlafengehen in der Schlafstube. Die Zeichnung zeigte ein dürres Fräulein Kreuznagel, das unterwürfig vor der Direktorin kniete, deren Stiefel leckte und dabei sagte: *Es tut mir unendlich leid, dass ich heute so nett zu meinen Schülerinnen war.* Hinter ihr stand der Bruder der Direktorin mit einem Eimer voller Unrat, den er über sie ausschüttete.

Die Karikatur verfehlte ihren Zweck nicht. Torie musste bei ihrem Anblick so lachen, dass die anderen Zimmergenossinnen auf sie aufmerksam wurden. Neugierig wollten sie die Ursache für ihren Heiterkeitsausbruch erfahren und umringten sie. Bevor Torie die Zeichnung verschwinden lassen konnte, hatte Claudia sie ihr schon aus der Hand gerissen, um sie den anderen Mädchen zu zeigen. Die gackerten vor Vergnügen und lobten Clarissas Kunstfertigkeit. Nur Gertrud wandte sich mit deutlichem Missfallen ab. Als Einzige im Raum bewunderte sie die Lehrerin.

In der allgemeinen Heiterkeit fiel keinem auf, dass Fräulein Kreuznagel in der Schlafstube erschienen war. »Was steht ihr hier so albern rum und kichert?«, herrschte sie die Mädchen empört an.

Claudia, die Stubenälteste, fing sich als Erste. »Wir haben uns nur ein wenig amüsiert.« Alle senkten schuldbewusst den Kopf, während Torie rasch die Zeichnung an sich nahm und sie hinter ihrem Rücken verschwinden ließ. Offenbar jedoch nicht unauffällig genug.

»Ich will sofort wissen, was hier los ist!« Mit Argusaugen spähte die Lehrerin zu Torie herüber.

»Zeig sofort, was du in den Händen hältst, Victoria!« Ihr Ton ließ keinen Zweifel zu, dass sie es ernst meinte.

»Es ist nur ein harmloses Blatt Papier.«

»Her damit!«

Torie sah, wie Clarissa neben ihr immer blasser wurde. Selbst Fräulein Kreuznagel würde klar sein, dass die Zeichnung nur von ihr sein konnte. Torie wusste, was für Konsequenzen es für ihre Freundin haben würde, sollte die Zeichnung entdeckt werden. Also nahm sie allen Mut zusammen.

»Das geht nicht«, behauptete sie.

»Was willst du damit sagen?« Fräulein Kreuznagels kleine Äuglein verengten sich, als sie drohend auf sie zutrat und versuchte, an die Zeichnung zu gelangen, die Torie fest umklammert hielt. Bevor sie danach greifen konnte, knüllte Torie das Blatt jedoch zusammen und stopfte es sich in den Mund. Durch kräftiges Kauen versuchte sie, das Beweismittel zu vernichten. Fräulein Kreuznagel entfuhr ein Schrei, als sie sich auf sie stürzte, um ihr gewaltsam den Mund zu öffnen. Bis die Hausdame ihre spitzen Finger in ihre Mundwinkel gebohrt hatte, war die Papierkugel glücklicherweise so aufgeweicht, dass sie sie verschlucken konnte. Triumphierend öffnete Torie ihren Mund, woraufhin ihr Fräulein Kreuznagel eine so heftige Ohrfeige versetzte, dass sie aus dem Gleichgewicht geriet und um ein Haar gefallen wäre.

»Du hinterlistige Schlange«, zischte die Lehrerin erbost. Sie war sichtlich außer sich. »Das wirst du noch bereuen!« Sie machte auf dem Absatz kehrt und begab sich umgehend zur Direktorin.

Torie ertrug ihr Ausgehverbot mit Würde, schon allein, um der verhassten Hausdame zu zeigen, dass sie sich von ihr nicht unterkriegen ließ. Während ihre Mitschülerinnen sich am Ende des Monats in der Stadt vergnügten, musste sie den freien Nachmittag im Studierzimmer verbringen und einen Aufsatz verfassen mit dem Thema: *Sinn und Nutzen von Gehorsam und Regeln und der unbedingten Notwendigkeit, diesen Folge zu leisten.*

Lustlos verbrachte sie die Zeit am Schreibtisch sitzend, kaute auf ihrem Bleistiftende herum und ließ den Blick über die herbstliche Landschaft draußen vor dem Fenster schweifen. Die Blätter an den Bäumen schimmerten in den prächtigsten Gelb-, Ocker- und Cognactönen. Ein sanfter Wind blies einzelne davon vor einem strahlend blauen Himmel auf den laubbedeckten Boden, wo sie einen bunten Flickenteppich bildeten. Torie hätte viel darum gegeben, wenn sie draußen wenigstens einen Spaziergang hätte machen dürfen. Ein kleiner Trost war immerhin, dass sie Clarissa heimlich einen Brief an ihren Bruder hatte mitgeben können, damit sie ihn auf der Post aufgab. Üblicherweise wurden die Briefe der Schülerinnen im Rektorat gesammelt und erst dann verschickt, wenn sie zensiert worden waren. Auch die eingehenden Briefe wurden kontrolliert, bevor sie an die Schülerinnen verteilt wurden. Damit wurde sichergestellt, dass keine Kritik nach außen drang und das positive Bild der Schule gewahrt blieb.

Während Torie ihren Eltern nur alltägliche Dinge schilderte, vertraute sie ihrem Bruder auch das an, was sie wirklich beschäftigte. Und Maurice schrieb ihr regelmäßig zurück. Er war mittlerweile als Arzt in den Krieg eingezogen worden und befand sich irgendwo an der Westfront, wo er in einem Behelfslazarett arbeitete. Natürlich sorgte sie sich sehr um ihn, doch er hatte ihr versichert, dass er in relativer Sicherheit agierte, wo er kaum sein Leben aufs Spiel setzte. Seine Berichte waren voller Zuversicht. Seiner Meinung nach dauerte der Krieg nicht mehr lange. Nachdem die Deutschen im September die Schlacht an der Marne verloren hatten und von der Entente, die aus Frankreich und England bestand, gestoppt worden waren, schien es nur noch eine Frage von wenigen Monaten, bis man die Feinde besiegt hatte. Sie musste sich also keine Sorgen machen.

Ihre Gedanken schweiften wieder zurück. Vor ihr lag immer noch das halb leere Papier, das auf ihre Ergüsse wartete. Der Drang, es einfach zusammenzuknüllen und in den Papierkorb zu werfen, wurde immer größer.

»Die Arbeit scheint dich ja nicht sehr zu begeistern«, wurde sie von einer Stimme in ihrem Rücken überrascht. Torie fuhr erschrocken herum und sah sich Mademoiselle Beerenbourg gegenüber. Neugierig sah diese auf das Geschriebene. »*Oh, là là*. Sehr viel ist dir zu deinem Thema wohl noch nicht eingefallen ...« Mit erhobenen Augenbrauen sah sie Torie an. Sie zuckte nur mit den Schultern. »Ich denke, Fräulein Kreuznagel ist zufrieden, wenn du die Hausregeln aufzählst und bestätigst, wie wichtig sie für dich sind. Wie du weißt, legt sie sehr viel Wert darauf.«

Tories Miene verfinsterte sich. »Ich kann es Fräulein Kreuznagel sowieso nie recht machen.«

»Diese Einstellung wird dir aber auch nicht weiterhelfen«, tadelte Mademoiselle Beerenbourg mild. Sie setzte sich ihr gegenüber auf die Kante des Nachbartisches und sah sie prüfend an. »Manche Dinge muss man eben tun, auch wenn sie einem nicht gefallen. Fräulein Kreuznagel hat mit Sicherheit gute Gründe gehabt, dich für dein Vergehen zu bestrafen.«

»Sie hasst mich dafür, dass ich mich beim Benimmunterricht und beim Tanzen ungeschickt anstelle«, behauptete Torie ungeduldig. »In ihren Augen mache ich einfach nichts richtig, sosehr ich mir auch Mühe gebe.« Mademoiselle Beerenbourg legte den Kopf schief. »Gibst du dir denn Mühe?« Ein leichtes Lächeln umspielte ihren Mund.

Torie hatte das unbestimmte Gefühl, dass sie durchschaut wurde. Unsicher zuckte sie mit den Schultern. »Ich bin einfach unbegabt.«

»Ich denke nicht, dass das der Grund ist«, widersprach ihre Lehrerin. »Du bist nur sehr stolz und hast deinen eigenen Kopf. Im Grunde genommen sind diese Eigenschaften ja sehr hilfreich, allerdings muss man sie manchmal auch hintenanstellen können. Vielleicht magst du darüber ja einmal nachdenken.« Sie wechselte das Thema. »Doch ich bin nicht hier, um dich zu belehren. Du bist schließlich ein kluges Mädchen. Ich möchte dich um etwas bitten, Victoria.« Torie blickte neugierig geworden auf. »Raffaela aus unserer Theatergruppe hat sich unglücklicherweise das Bein gebrochen«, erklärte Mademoiselle Beerenbourg. »Sie fällt damit für die Rolle des Orsino aus. Nun brauchen wir dringend Ersatz, sonst ist die Aufführung gefährdet. Dabei bis du mir in den Sinn gekommen. Ich glaube, du wärst für die Rolle des Herzogs wie geschaffen. Willst du es versuchen?«

Der Vorschlag kam so unerwartet, dass es Torie die Sprache verschlug. »Das ... das ist unmöglich. Ich kann das nicht«, brach es schließlich aus ihr heraus.

»Du könntest es versuchen, bevor du das behauptest.« Ihre Lehrerin ließ nicht locker. »Dein Englisch ist überdurchschnittlich gut. Außerdem lernst du leicht auswendig. Ich sehe keinen Grund, weshalb du ablehnen solltest. Außerdem würdest du mir und anderen Darstellerinnen damit einen Gefallen tun.«

Alles in Torie sträubte sich dagegen. »Theaterspielen interessiert mich einfach nicht. Suchen Sie bitte jemand anderen.« Sie schätzte ihre Lehrerin und wollte sie nicht enttäuschen, doch das schien ihr einfach zu viel verlangt.

»Du bringst dich um viele schöne Dinge in deinem Leben, wenn du immer alles gleich ablehnst, was dir auf den ersten Blick missfällt.« Mademoiselle Beerenbourg ließ nicht locker. »Tu mir den Gefallen, und gib dir einen Ruck. Beim Theaterspielen wirst du völlig neue Seiten an dir entdecken. Es wird dir helfen, dich bei uns wohler zu fühlen.« Ihr Blick bekam etwas Besorgtes, fast Mütterliches. »Ich sehe doch, wie schwer es dir noch fällt, dich hier einzugewöhnen, Victoria«, fügte sie mit leiser Stimme hinzu. »Bitte überleg es dir noch einmal.«

Die einfühlsamen Worte ihrer Lehrerin berührten Torie, und sie geriet ins Wanken. Sie wollte sie nicht enttäuschen, die Vorstellung, mehr oder weniger allein vor vielen Leuten auf der Bühne zu stehen, machte ihr einfach Angst. »Nein. Es tut mir leid, ich würde nur zum Scheitern des Stücks beitragen. Das kann ich niemandem antun. Ich interessiere mich eben für andere Dinge.«

Mademoiselle Beerenbourg rieb sich nachdenklich das Kinn. Es schien, als würde sie ihre Entscheidung akzeptieren. Doch dann machte sie ihr einen überraschenden Vorschlag.

»Was hältst du davon, wenn wir einen Handel abschließen?«, wollte sie wissen. »Es wäre zu unserer beider Nutzen.« Ihr Blick bekam nun etwas Schelmisches. »Du versuchst es mit der Theatergruppe, und ich sorge im Gegenzug dafür, dass du ab und zu Herrn Fritz in seiner Werkstatt zur Hand gehen kannst. Wie ich höre, ist er gerade dabei, ein Rennauto zu reparieren. Ein paar geschickte Hände könnte er sicherlich noch gebrauchen.«

Torie glaubte, sich verhört zu haben. »Herr Fritz hat ein Rennauto?«, fragte sie ungläubig. »Und ich darf ihm zur Hand gehen? Das ... das ist doch nur ein Spaß.«

»Nein, es ist mein völliger Ernst.« Mademoiselle Beerenbourg sah sie herausfordernd an. »Na? Was denkst du? Haben wir nun eine Abmachung?«

Torie musste nicht lange überlegen.

Kurz darauf begann sie mit dem Theaterspielen. Zu ihrer Freude waren die Proben weit weniger schlimm, als sie es sich vorgestellt hatte. Außerdem stand ihr Clarissa, die begeistert war, dass Torie sich hatte überzeugen lassen, mit Rat und Tat zur Seite. Was sie aber am meisten verwunderte, war, dass sie sich gar nicht so ungeschickt anstellte. Tatsächlich fiel es ihr leicht, sich in die Rolle des Herzogs von Orsino hineinzuversetzen. Auch genoss sie innerhalb der Schulgemeinschaft nun als Theatermitglied ein gewisses Ansehen und empfand zum ersten Mal ein Gefühl der Zugehörigkeit.

Das alles war jedoch nichts im Vergleich zu den Stunden, die sie in der Werkstatt von Fritz Ackerbaum verbringen durfte. Der Bruder der Direktorin war skeptisch gewesen, als sie zum ersten Mal bei ihm aufgetaucht war. Doch sobald er festgestellt hatte, dass sie nicht nur geschickt mit Werkzeug umgehen konnte, sondern auch wusste, was sie tat, hatte er sie in aller Herzlichkeit aufgenommen. Torie konnte kaum glauben, dass der gutmütige, groß gewachsene Mann mit dem wilden Rauschebart und die strenge Direktorin miteinander verwandt waren. Er nahm weder Anstoß daran, dass sie ein Mädchen war, noch wunderte er sich über ihr technisches Interesse. Er stellte ihr sogar einen Overall zur Verfügung, damit sie ihre Schuluniform nicht verschmutzte. Torie war Mademoiselle Beerenbourg unendlich dankbar für diese Chance und deshalb auch bereit, sich in anderen Dingen mehr zusammenzunehmen. Sogar mit Fräulein Kreuznagel gab es weniger Reibungspunkte.

In den nächsten Wochen gewöhnte sie sich endgültig an das Internatsleben und fand sogar Gefallen daran. Sooft es ging, verbrachte Torie ihre Freizeit bei Herrn Fritz in der Werkstatt. Dessen Wirkungsstätte lag in einem abseits gelegenen Nebengebäude des Internats und war früher einmal eine Remise für Kutschen gewesen. Auf den ersten Blick wirkte hier alles chaotisch und unaufgeräumt, doch der Anschein täuschte. Torie fand schnell heraus, dass Herr Fritz seine eigene Ordnung hatte, die durchaus sinnvoll war. Neben seiner Hausmeistertätigkeit schraubte er an einem Rennautomobil herum, das erst kürzlich aus Amerika geliefert worden war. Das Fahrzeug sah, da es ein Unfallwagen war, noch sehr ramponiert aus, doch nach und nach sollte daraus ein Schmuckstück entstehen.

Zu Beginn durfte Torie Herrn Fritz nur über die Schulter sehen, aber schon bald erlaubte er ihr, einfache Arbeiten an dem Renault Al 35/45 HP Vanderbilt zu verrichten. Als der Mechaniker begriff, dass sie nicht nur eine rasche Auffassungsgabe hatte, sondern auch mit den Händen sehr geschickt war, band er sie immer mehr in seine Arbeit ein. Torie entdeckte ihre Vorliebe für Fahrzeugmotoren. Sie lernte, wie man einen Motor leistungsstärker machte, die Bremsen verstärkte und leichtere Kotflügel für den Renneinsatz montierte. Außerdem erfuhr sie so einiges über die Feinheiten des wassergekühlten Vierzylindermotors, der eine Motorleistung von bis zu 90 PS erbrachte. Herr Fritz erklärte ihr, dass der Vanderbilt im Gegensatz zu anderen Rennautos seine Motorleistung über eine Kardanwelle an der Hinterachse erhielt. Angeblich war das Auto deswegen in der Lage, eine Höchstgeschwindigkeit von hundertfünfzig Kilometern in der Stunde zu erreichen. Ebenso fasziniert war Torie über das ausgeklügelte System, das das H-Schaltmuster des Getriebes in ein Muster mit den Gängen hintereinander umsetzte. Eine bemerkenswert kurze Antriebswelle verband das Getriebe mit dem typischen Renault-Differenzial. Dass der Kühler fast in der Mitte des Fahrzeugs montiert war, bewirkte eine günstige Gewichtsverteilung, was einen guten Einfluss auf das Fahrverhalten hatte. Die lange, elegante Motorhaube und die Frontscheibe leiteten die Luft über die Köpfe der Fahrer, wenn das Auto mit hoher Geschwindigkeit gefahren wurde. Kurzum, das Fahrzeug war ein Wunderwerk.

Eines Tages erzählte ihr der Mechaniker, wie er zu diesem Wagen gekommen war. »Ich habe dieses ›Schrottmobil‹ bei einer Wette gewonnen«, erklärte er, wobei er seinen Blick nachdenklich in die Ferne schweifen ließ. Torie musste nachbohren, bis sie erfuhr, dass Herr Fritz einige Jahre als Mechaniker und Testfahrer in den USA verbracht hatte.

»Nach meiner Mechanikerausbildung bin ich ohne einen Sou in der Tasche in die USA gereist«, rückte er schließlich mit seiner Geschichte heraus. »Das war 1907. Meine Eltern und ganz besonders meine Schwester waren außer sich.« Er schmunzelte. »Ich war der einzige Sohn und sollte Rechtsanwalt werden wie mein Vater und Großvater auch. Daraus ist dann aber leider nichts geworden.« Er hob seine buschigen Augenbrauen und zwinkerte ihr zu. »Meine Interessen lagen schon immer woanders. Ich wusste bereits als kleiner Junge, was ich einmal werden will ...« Torie verstand nur zu gut, was er meinte. Sie brannte darauf, mehr zu erfahren. Herr Fritz fuhr sich ungelenk durch seinen Bart. »Nun, auf jeden Fall machte ich mich gleich nach meiner Ankunft in den Staaten auf den Weg zu Willie K. Vanderbilt. Das war ein verrückter Typ, der in Newport, Rhode Island, Autorennen veranstaltete. Ich half ihm, die Renaults, die er aus Europa importiert hatte, herauszuputzen und daraus die ersten Vanderbilts auf Renault-Basis zu bauen. Ich war einer seiner Testfahrer und Mechaniker. Unser größter Erfolg war der Sieg des 24-Stunden Rennens im Morris Park in Brighton Beach 1909. Ohne mich selbst rühmen zu wollen: Ich war damals der Beste.«

Plötzlich wurde Herr Fritz still und unterbrach seine Erzählung. Versonnen und auch ein wenig traurig starrte er vor sich hin.

»Und weshalb sind Sie dann nicht in Amerika geblieben?«, verlangte Torie in gespannter Erwartung zu wissen.

»Weil das Leben oft andere Dinge mit einem vorhat, als man es sich wünscht«, brummte Herr Fritz unwirsch. »Und nun gib mir mal den 13er-Schlüssel.« Ohne weitere Erklärung wandte er sich wieder seiner Arbeit zu.

7

Das Leben im Internat schien abgeschirmt von der Welt zu sein und doch machten sich die Folgen des Großen Krieges allmählich auch in der Schweiz bemerkbar. Das Motto der Schule: *Erziehung macht den Menschen aus, nicht seine Nationalität*, war nicht mehr für alle Angehörigen der Schülerinnen akzeptabel. So kehrte auch Gertrud nach den Weihnachtsferien im Januar 1915 nicht mehr ins Internat zurück. Torie trauerte ihrer Mitschülerin nicht besonders nach. Gertrud hatte aus ihrer Feindschaft und Verachtung für sie nie einen Hehl gemacht. Sie hatte es darauf angelegt, sie lächerlich zu machen. Sobald bekannt geworden war, dass Torie in ihrer Freizeit an Autos herumschraubte, hatte sie ihr den Namen »Schmutzfink« verpasst und dafür gesorgt, dass auch andere sich über sie lustig machten. Torie hatte es tapfer ignoriert, auch wenn sie sich darüber geärgert hatte. Clarissa hatte sie oft in Schutz genommen. Ihre Freundschaft hatte sich noch mehr gefestigt nach der Geschichte mit der Karikatur.

Das erste Jahr im Internat verging wie im Nu. Als Torie nach den Sommerferien 1915 wieder zurück in die Schweiz reiste, freute sie sich sogar ein bisschen. Wenige Wochen nach Schulbeginn fand die Theateraufführung statt. Sie hatte als Herzog von Orsino in Shakespeares *Was ihr wollt* ihren ersten öffentlichen Auftritt, dem sie gemeinsam mit Clarissa entgegenfieberte. Auch wenn wegen des Krieges die Eltern nicht hatten anreisen können und das Publikum aus der Bevölkerung der umliegenden Dörfer bestand, war die Aufregung groß, als der Vorhang sich endlich hob. Zunächst mit zitternden Knien und dann mit wachsender Selbstsicherheit überstand sie gemeinsam mit den anderen die erste Aufführung. Der tosende Applaus der Zuschauer riss sie mit, obwohl allen bewusst war, dass er hauptsächlich Clarissa galt. Sie war in ihrer Rolle der Viola der eigentliche Star und wurde mit ihrem originellen Bühnenbild von allen gelobt. Torie war nicht nur immens stolz auf ihre Freundin, sondern freute sich auch von ganzem Herzen für sie. Sie wusste, was Clarissa das bedeutete.

Nachdem der Saal sich geleert hatte, versammelten sich die Akteurinnen nochmals zu einem kleinen Beisammensein. Mademoiselle Beerenbourg ergriff die Gelegenheit, allen zu danken.

»Ihr wart wunderbar und habt euer Bestes gegeben. So manche von euch wird entdeckt haben, dass in ihr mehr steckt, als sie für möglich gehalten hätte. Diese Erfahrung, so hoffe ich jedenfalls, wird euch für euer Leben stärken.« Sie zwinkerte Torie kurz zu, die verschämt zu lächeln begann. Auch für die anderen fand sie freundliche Worte. »Du hast mich, nein uns, als Viola nicht nur verzaubert, sondern tief berührt«, wandte sie sich dann direkt an Clarissa. »Deine Fähigkeiten als Schauspielerin sind genauso außergewöhnlich, wie deine Begabung für Kunst es ist. Keiner außer dir hätte mit so wenigen Materialien eine so schöne Kulisse zaubern können. Du hast uns allen damit ein großes Geschenk gemacht.«

Torie bemerkte, wie das Lob Clarissa bis an die Haarwurzeln erröten ließ. Sie zitterte vor Freude. Um ihrer Freundin die offensichtliche Verlegenheit zu nehmen, begann sie eifrig zu klatschen, bis die anderen einfielen. Damit war der Abend beendet, und alle brachen auf. Während der Saal sich leerte, blieb Torie bei ihrer Freundin, die ihrer Lehrerin mit verklärtem Blick hinterhersah.

Auch sie verehrte Mademoiselle Beerenbourg, doch Clarissas Gefühle für die Lehrerin schienen noch weitaus intensiver zu sein als die ihren. Torie konnte sich keinen Reim darauf machen. Sie vermutete, dass Clarissas Bewunderung damit zu tun hatte, dass sie keine Mutter mehr hatte. Vielleicht sah sie in Mademoiselle Beerenbourg ja so etwas wie einen Ersatz.

Nach diesem Ereignis freute sich Torie darauf, endlich wieder mehr Zeit für die Werkstatt zu haben. Im Laufe der vergangenen Monate waren sie mit der Instandsetzung des Vanderbilts weit vorangekommen. Als im späten Herbst die erste Testfahrt mit dem Rennwagen anstand, bat Herr Fritz sie zu ihrer großen Freude, ihm als Beifahrerin zu assistieren.

Der Rote Blitz, wie der Mechaniker den Rennwagen liebevoll nannte, war bis auf ein paar unwägbare Kleinigkeiten nun fahrbereit. Mit einer Kiste voller Werkzeug und Ersatzteilen starteten sie, um die Belastbarkeit des Motors und die Fahreigenschaften zu erproben. Torie war bislang nur selten in einem Automobil mitgefahren und hatte noch niemals in einem Rennwagen gesessen, somit war diese Erfahrung etwas ganz Besonderes. Im Laufe des Jahres hatte sie beinahe jedes Einzelteil des Automobils kennengelernt und auch schon einmal in den Händen gehalten. Besonders stolz war sie jedoch auf ein Getriebeteil, das Herr Fritz auf ihr Anraten in dem Gefährt verbaut hatte. Sie hatte es selbst entworfen und Fernand Ruiz bei ihrem Heimatbesuch in den Sommerferien gebeten, es eigens für sie anzufertigen. Ob es tatsächlich, wie sie vermutete, die Leistungsfähigkeit des Motors erhöhte, war einer der spannenden Momente, die es zu testen galt.

Als es endlich losging, war Torie aufgeregter als vor ihrer Theateraufführung. Mit leisem Schnurren verließ der elegante Wagen das Internatsgelände. Kaum hatten sie das schmiedeeiserne Tor hinter sich gelassen, beschleunigte Herr Fritz das Fahrzeug. Torie genoss den Fahrtwind, der dank der langen Kühlerhaube sanft über sie hinwegstrich. Auf einer geraden Strecke entlang des Genfer Sees gab Herr Fritz richtig Gas und erreichte eine Geschwindigkeit von über hundertzwanzig Stundenkilometern. Der Motor schnurrte so gleichmäßig und zuverlässig, dass Torie ein plötzliches Glücksgefühl überkam. Sie wusste, dass es auch ihr Verdienst war, dass der Wagen so gut lief. Sie konnte nicht anders, als vor Freude laut aufzujauchzen.

Herr Fritz sah amüsiert zu ihr herüber. Auch sein bärtiges Gesicht strahlte vor Zufriedenheit. Torie hatte das Gefühl zu fliegen und hätte endlos in diesem Zustand verharren können. Umso enttäuschter war sie, als der Automobilnarr die Geschwindigkeit drosselte und nun in hügeligeres Gelände abbog. Sie wusste, dass er das Fahrzeug nun im Anstieg erproben wollte. Die ersten Kilometer brachte es auch ordentliche Leistungen. Als es jedoch immer steiler wurde, geriet der Motor plötzlich ins Stocken, während sich immer mehr Rauch unter der Kühlerhaube bildete. Herr Fritz schaffte es gerade noch, das Fahrzeug am Straßenrand zu stoppen, bevor es gefährlich wurde. Ihnen blieb nichts anderes übrig, als auszusteigen und abzuwarten, bis sich der Motor wieder abgekühlt hatte.

»Das war wohl doch etwas zu viel für ihn.« Herr Fritz kratzte sich nachdenklich am Kopf. »Womöglich verlaufen die Benzinleitungen zu nah am Motor. Der Kraftstoff wurde vielleicht zu heiß und hat sich ausgedehnt.«

»Wir haben auf den nötigen Abstand geachtet«, widersprach Torie, sie hatte eine andere Vermutung. »Ich glaube, dass es eher etwas mit dem Kühllufteinlass zu tun hat. Entweder er ist zu klein, was eigentlich nicht sein dürfte, oder es liegt an der Strömungsrichtung.«

»Die Ritzen sind groß genug, und die Strömungsrichtung haben wir mehrfach berechnet«, wiegelte Herr Fritz ab. »Wir müssen nochmals alles überprüfen. Auf jeden Fall dürfen wir das gute Stück nicht noch mal so rannehmen. Sobald der Motor abgekühlt ist, machen wir uns auf die Rückfahrt.«

Doch der Vanderbilt hatte seine eigenen Vorstellungen. Zwar sprang der Motor wenig später problemlos an, nach wenigen Kilometern geriet er allerdings erneut ins Stocken und wurde viel zu heiß. Herr Fritz säuberte die Zündkerzen und prüfte die Benzinleitungen. Damit war das Problem nicht gelöst. Nach weniger als einer Minute lief der Motor wieder heiß. Es war Torie, die schließlich die Ursache herausfand. Sie stellte fest, dass nicht nur der Kühllufteinlass durch Straßenschmutz verstopft war, sondern auch noch der Antriebsriemen für die Lüftung defekt war. Mit Lappen und Schraubenzieher reinigten sie die Einlassöffnungen und reparierten den Riemen.

»Wenn wir das Blech der Kühlschlitze etwas nach innen biegen, kann sich der Straßendreck nicht mehr so leicht darin verfangen«, schlug sie gleich noch als weitere Verbesserung vor.

Herr Fritz warf ihr einen anerkennenden Blick zu. »Du hast mehr Hirn und Verstand als so manch ausgebildeter Mechaniker«, brummte er. »Du wärst für jedes Rennteam eine Bereicherung.«

»Leider haben Sie vergessen, dass ich nur ein Mädchen bin«, knurrte Torie, plötzlich verstimmt, zurück.

»Du bist schon ein merkwürdiges Mädchen«, stellte Herr Fritz kopfschüttelnd fest. Aber dann sah er sie ernst an. »Aber du darfst dich nicht von deinen Wünschen und Träumen abhalten lassen. Wir leben schließlich im 20. Jahrhundert. Es wird langsam Zeit, dass ihr Frauen euch nicht immer von uns Männern bevormunden lasst.«

Torie musste unwillkürlich lachen. So etwas hatte sie ja noch nie gehört. Aber eigentlich hatte Herr Fritz recht. Wieso sollte eine Frau nicht als Mechanikerin arbeiten?

Allen Träumen und Plänen zum Trotz kam dann doch die Realität dazwischen. Der Große Krieg breitete sich über ganz Europa aus und ließ auch die neutrale Schweiz nicht unberührt. Mittlerweile kämpfte Deutschland an zwei Fronten. Im Westen versuchte das Heer, die Front gegen die Entente in Frankreich weiter voranzutreiben. Beide Parteien lieferten sich einen unerbittlichen Graben- und Stellungskrieg, der zu keinen nennenswerten Veränderungen führte. Über eine Länge von mehr als siebenhundert Kilometern reichte das Kampfgebiet nun von der belgischen Kanalküste bis zur Schweizer Grenze. Auch in den Osten waren die deutschen Truppen vorgestoßen. Im Sommer 1915 waren sie weit bis ins Russische Reich vorgerückt und hatten Warschau und Brest-Litowsk erobert. An der Südfront hatte das österreichisch-ungarische Heer in Italien an Boden gewonnen, was dazu geführt hatte, dass sich die Italiener der Entente angeschlossen hatten und nun auch gegen Deutschland kämpften. Überall entstanden neue Kriegsherde. Die Welt schien aus den Fugen zu geraten. Die Schweiz verhielt sich zwar nach außen hin neutral, doch innerhalb des Landes gab es unterschiedliche politische Meinungen zu dem Krieg, die sich zwischen der deutschsprachigen und der wallonischen und italienischen Schweiz manifestierten.

Kurz vor den Weihnachtsferien versammelte die Direktorin alle ausländischen Schülerinnen in der Aula und teilte ihnen mit versteinerter Miene mit, dass sie ab sofort vom Unterricht freigestellt seien. Sie forderte sie auf, sich möglichst schnell in ihre Heimatländer zu begeben.

»Als neutrales Land kann die Schweiz nicht länger für eure Sicherheit garantieren«, begründete sie ihre Entscheidung.

Doch jeder wusste, dass sich trotz aller Bemühungen nach eineinhalb Jahren Krieg auch innerhalb der Internatsmauern nationale Streitigkeiten nicht mehr vermeiden ließen. Es gab längst verschiedene Lager in der Schule. Auf der einen Seite standen die deutschen und österreichischen Schülerinnen, auf der anderen die restlichen Nationen. Selbst Clarissa, die bei allen Schülerinnen gleichermaßen beliebt gewesen war, sah sich nun den Anfeindungen vieler nichtdeutscher Mitschülerinnen ausgeliefert. Bisher hatten sich die Differenzen nur in Kleinigkeiten gezeigt, aber je länger der Krieg dauerte und je mehr die Mädchen von ihren Eltern brieflich über den Kriegsverlauf in Kenntnis gesetzt worden waren, desto mehr hatten sich die Fronten verhärtet und die jeweiligen Nationalitäten waren unter sich geblieben.

Auch Torie war beeinflusst worden, da sie von Maurice immer düsterere Briefe erhalten hatte, in denen von Euphorie und Siegeswillen nichts mehr zu spüren war. Es fiel ihr immer schwerer, Sympathien für Deutschland zu hegen, auch wenn sie Clarissa davon ausnahm.

Es war ein seltsames Gefühl für sie und die Freundin, als sie sich nur wenige Tage nach der Ansprache der Direktorin am Bahnhof von Lausanne verabschieden mussten. Es schneite schon eine ganze Weile, die Berge ringsum waren wie mit Puderzucker überstäubt. Es sah wunderschön aus, und sie hätten das herrliche Winterwetter genießen können, wenn da nicht dieser traurige Moment wäre. Keine von ihnen wusste, wann und ob sie sich je wiedersehen würden.

»Unsere Freundschaft wird diesen dummen Krieg überdauern«, versicherte Torie im Brustton der Überzeugung. »Ich werde dir jeden Monat einen Brief in die Schweiz schicken. Herr Fritz hat versprochen, die Post nach Deutschland weiterzuleiten. Du kannst es umgekehrt genauso machen. Und sobald der Unfug vorüber ist, werden wir uns wiedersehen.«

Clarissa lächelte tapfer. Sie gab sich Mühe, Tories Zuversicht zu teilen, doch in ihrer Miene spiegelte sich eine unerklärliche Traurigkeit wider. »Ich wünsche mir so sehr, dass es so kommen wird. Auf jeden Fall kann ich mich glücklich schätzen, dich als Freundin gefunden zu haben.«

Sie nahmen sich in die Arme und weinten. Torie hätte nie gedacht, dass es ihr einmal so schwerfallen könnte, das Internat zu verlassen. Schon der Abschied von Herrn Fritz hatte ihr unsäglich zugesetzt. Clarissa ließ sie plötzlich los, sah auf die Bahnhofsuhr und blickte sich suchend um.

»Nach wem hältst du denn Ausschau?«, verlangte Torie zu wissen.

»Ich warte auf Mademoiselle Beerenbourg«, erwiderte die Freundin unglücklich. »Ich war mir so sicher, dass sie kommt.«

Torie sah sie verwundert an. »Aber sie hat sich heute Morgen schon von uns allen verabschiedet.«

»Sie hat es mir versprochen.«

In Clarissas Blick lag etwas so Sehnsuchtsvolles, dass Torie nicht wusste, was sie davon halten sollte. Ihre Freundin tat ihr leid, dennoch war sie froh, dass in diesem Augenblick die Dampflok einfuhr und sie in ihren Waggon einsteigen musste. Als sie während der Abfahrt aus dem Fenster sah, sah sie Clarissa mit traurigem Blick verloren neben ihrem Koffer auf dem Bahnsteig stehen.

8

Clarissa winkte pflichtbewusst Torie hinterher, bis die Lok mit den Waggons, eingehüllt in eine weiße Dampfwolke, aus ihrem Blickfeld entschwand. Auch wenn sie ihre Freundin jetzt schon vermisste, waren ihre Gedanken längst wieder bei Lucille. Sie war sich so sicher gewesen, dass sie kommen würde. Clarissa sah ungeduldig auf die Bahnhofsuhr. Ihr blieben nur noch wenige Minuten, bevor ihr Zug sie endgültig zurück nach München bringen würde. Die Gedanken an die geliebte Lehrerin, die sie schon seit Längerem in ihren Gedanken heimlich beim Vornamen nannte, brachten ihr Herz zum Flattern. Allein die Erinnerung an den Kuss, den sie am Abend nach der letzten Theatervorstellung ausgetauscht hatten, ließ sie erzittern. Sie würde ihn niemals vergessen.

Es war schon spät gewesen. Die anderen Mädchen hatten bereits den Raum verlassen, in dem sie miteinander ein wenig ihren Erfolg gefeiert hatten. Sie allein war zurückgeblieben, um mit Lucille den Rest der Requisiten wegzuräumen. Sie hatte sich wie auf einer Wolke gefühlt, erfüllt von der Vorführung und dem Applaus, aber vor allem von den so herzlichen Worten ihrer Lehrerin. Sie hatte sie vor allen hervorgehoben und damit zum Ausdruck gebracht, wie viel sie ihr bedeutete. Das war mehr gewesen, als sie sich jemals erhofft hatte. Clarissa hatte sich vom ersten Augenblick im Internat von der Kunstlehrerin auf besondere Weise angezogen gefühlt. Es war nicht nur ihre warmherzige, freundliche Art, die sie von dem anderen Lehrpersonal unterschied, sondern vor allem die Tatsache, dass Lucille sie in allen Dingen so ernst nahm, wie kaum ein anderer es tat. Sie war die Einzige, die begriff, wie sehr der allzu frühe Tod ihrer Mutter sie verunsichert und entwurzelt hatte und dass nur Malerei und künstlerische Betätigungen ihr über den Verlust hinweghelfen konnten. Weder ihr Vater noch ihre Stiefmutter Ava hatten das erkannt. Im Gegenteil, sie hatten sie auf dieses Internat verbannt. Selbst ihre Patentante Luba hatte dagegen nichts auszurichten vermocht.

Lucille hatte ihr mit ihrer Menschlichkeit und Wärme in der Schweiz ein neues Zuhause geboten. Sie hatte ihre künstlerische Begabung sehr schnell erkannt und sie nicht nur in die Theatergruppe aufgenommen, sondern sie auch dazu ermuntert, sich um die Kulissen und Requisiten zu kümmern. Mit diesem geschickten Schachzug hatte sie ihr sogar ein eigenes Atelier verschafft, wo sie endlich wieder ihrer Leidenschaft, dem Malen, hatte nachgehen können. Clarissa war sich mittlerweile sicher, in der Lehrerin eine Seelenverwandte gefunden zu haben. Sie gab ihr das Gefühl, etwas ganz Besonderes zu sein. Die Tatsache, dass Lucille sie vor allen anderen so hervorgehoben hatte, war nur ein weiterer Beweis gewesen.

Das Pfeifen einer herannahenden Lokomotive riss sie für einen Moment aus den Gedanken. Nervös hielt sie erneut Ausschau nach der geliebten Lehrerin, doch die dicken Schneeflocken versperrten ihr die Sicht. Im selben Augenblick kam die Durchsage, dass ihr Zug sich um einige Minuten verspäten würde. Das verschaffte ihr kostbare Zeit. Bestimmt war Lucille vom Schnee aufgehalten worden.

Clarissa tippelte fröstelnd von einem Fuß auf den anderen und ließ ihre Gedanken erneut zu jenem denkwürdigen Abend schweifen. Sie und Lucille waren gerade mit dem Aufräumen fertig gewesen und hatten gemeinsam den Saal verlassen. Im spärlich beleuchteten Flur war der Lehrerin eingefallen, dass sie ihre Mappe mit den Regieanweisungen auf einem der Tische vergessen hatte. Clarissa hatte angeboten, sie zu holen. Als sie Lucille die Mappe mit den losen Blättern hatte übergeben wollen, war sie ihr versehentlich aus den Händen geglitten. Im Nu waren die Blätter über den gesamten Flur verstreut gewesen. Clarissa hatte eine Entschuldigung gemurmelt und sofort mit dem Aufsammeln begonnen. Ihre Ungeschicklichkeit war ihr peinlich gewesen.

Völlig selbstverständlich hatte sich die Lehrerin ebenfalls gebückt, um ihr beim Einsammeln zu helfen, und wie es der Zufall wollte, hatten sie beide im selben Augenblick nach dem letzten Blatt gegriffen.

Was dann geschehen war, fühlte Clarissa so, als würde es in diesem Moment passieren.

Ihre Blicke trafen sich, und gleichzeitig wurde ihr die körperliche Nähe der Lehrerin bewusst. Ihr Herzschlag beschleunigte sich, während sie beide aufstanden, ohne die Blicke voneinander zu lassen. Clarissa nahm ihren zarten Veilchenduft wahr und spürte die enorme gegenseitige Anziehungskraft. Sie war so stark, dass sich plötzlich ihre Lippen berührten und zu einem Kuss verschmolzen. Es war ein kostbarer Moment größter Nähe, bevor Lucille sich entschieden von ihr löste und sie betroffen ansah.

»Das ... das tut mir leid ...« Sie räusperte sich verlegen. »Am besten vergessen wir beide diesen Augenblick.« Ein kleines Lächeln huschte über ihr Gesicht, dann strich sie ihr kurz über die Wange. »Ich habe noch etwas Dringendes zu erledigen. Gute Nacht!« Damit wandte sie sich ab und ging raschen Schrittes davon.

Für Clarissa war der Vorfall so ungeheuerlich, dass sie die ganze Nacht wach in ihrem Bett lag und auch die nächsten Tage noch völlig durcheinander war. Sie befand sich in einem wilden Gefühlschaos, aus dem sie keinen Ausweg fand. Sie hatte eine Frau geküsst, noch dazu ihre Lehrerin! War sie noch normal? Dabei hatte sich dieser Kuss so richtig angefühlt. Und gerade das war so verwirrend, denn ihr war durchaus bewusst, dass solcherlei Gefühle verboten und unmöglich waren. Am liebsten hätte sie sich jemandem anvertraut. Doch Torie war viel zu sehr mit ihren eigenen Angelegenheiten beschäftigt. Außerdem fürchtete sie ihre Reaktion.

Unwillkürlich zog es sie immer wieder in die Nähe von Lucille Beerenbourg. Sie hoffte auf ein Zeichen von ihr, damit sie sich aussprechen konnten. Leider bot sich nie eine Gelegenheit, mit ihr allein zu sein. Wäre es ihr nicht unmöglich erschienen, hätte sie den Eindruck haben können, dass die Lehrerin ihr aus dem Weg ging. Nach dem Unterricht verließ sie rasch das Klassenzimmer, und auch in der Freizeit war sie nie allein anzutreffen. Clarissa fühlte sich immer unglücklicher, bis sie keine andere Möglichkeit mehr sah, als Lucille einen Brief zu schreiben, in dem sie ihr nicht nur ihre Gefühle, sondern auch ihre Verwirrung schilderte. Sie schrieb mehrere Fassungen, zerriss das Papier wieder, setzte einen neuen Brief auf und dann noch einen. Genauso viel Mut erforderte es, diesen durch den Schlitz unter Lucilles Zimmertür hindurchzuschieben. Mit bangem Hoffen wartete sie vergeblich auf eine Antwort. Die Hiobsbotschaft, die besagt hatte, dass alle ausländischen Schülerinnen nach den Weihnachtsferien nicht mehr zurück ins Internat durften, machte dann alles noch schlimmer. Sie war schon dabei, ihre Hoffnungen aufzugeben, als Lucille sie am gestrigen Tag nach dem Abendessen abgepasst hatte, um ihr mitzuteilen, dass sie zum Bahnhof kommen werde.

Clarissa schreckte aus ihren Gedanken hoch. Und nun war sie nicht da.

Niedergeschlagen blickte sie auf das immer dichter werdende Schneetreiben, als sie plötzlich eine Gestalt herankommen sah. Ihr Herzschlag beschleunigte sich, doch dann erkannte sie, dass es nicht Lucille war, sondern Herr Fritz, der von Schnee bedeckt wie ein Nikolaus auf sie zustapfte.

»Ich dachte schon, ich komme zu spät«, begrüßte er sie erleichtert. »Das Wetter hat mich aufgehalten.« Er überreichte ihr einen Briefumschlag. »Der ist von Mademoiselle Beerenbourg. Ihr war wichtig, dass du ihn noch vor deiner Abreise bekommst. Sie lässt dir ausrichten, dass sie es leider nicht selbst geschafft hat.« Er lächelte ihr freundlich zu. »Ich muss nun wieder los. Mach's gut, kleine Künstlerin. Ich wünsche dir alles Gute für die Zukunft!«

Clarissa wusste nicht, ob ihre Enttäuschung, Lucille nicht mehr zu sehen, größer war, oder die Freude darüber, dass sie ihr einen Brief geschrieben hatte. Verwirrt sah sie dem davonstapfenden Hausmeister hinterher.

Als sie wenig später endlich in einem Zugabteil saß, öffnete sie mit zitternden Händen den Umschlag und begann zu lesen.

Liebe Clarissa,

es tut mir aufrichtig leid, dass ausgerechnet ich Schuld daran trage, dass deine Gefühle so durcheinandergeraten sind. Als deine Lehrerin hätte ich es nicht so weit kommen lassen dürfen. Ich hätte jene besondere Situation, die dich so aus dem Gleichgewicht gebracht hat, als Pädagogin verhindern müssen, als Mensch nehme ich deine Gefühle selbstverständlich ernst. Ich weiß, dass du es nach dem Tod deiner Mutter nicht leicht hattest. Du fühltest dich nicht nur von ihr allein gelassen, sondern auch von deinem Vater, der mit seiner Trauer nicht umgehen konnte. Da ich in jungen Jahren ähnliche Erfahrungen gemacht habe, habe ich versucht, auf deine Bedürfnisse so gut es ging einzugehen. Auch mir hat künstlerische Betätigung einmal geholfen, mit einem Verlust zurechtzukommen. Weil ich um diese Kraft der Heilung wusste, wollte ich sie auch dir ermöglichen.

Es hat mich sehr gefreut zu beobachten, wie gut du dich im Laufe der Zeit entwickelt hast. Sowohl beim Theaterspiel als auch beim Kulissenbau hast du Beachtliches geleistet, doch dein wahres Talent liegt ganz offensichtlich in der freien Malerei. Unter allen Schülerinnen, die ich jemals in meinem Kunstunterricht hatte, bist du ohne Zweifel die begabteste. In dir wohnt eine enorme Schaffenskraft, aus der sich noch sehr viel Bemerkenswertes entwickeln wird. Davon bin ich fest überzeugt. Schon allein deshalb bin ich dankbar, dass ich deinen künstlerischen Weg ein Stück weit begleiten durfte.

Die äußeren Umstände erfordern nun, dass du deinen Weg allein weitergehst. Ich bin sicher, dass dir auch dies hervorragend gelingen wird. Als Freundin und Lehrerin rate ich dir, dich jetzt auf deine Zukunft zu konzentrieren. Alles, was du für mich im Augenblick empfinden magst, sind nichts als Schwärmereien eines Backfisches. Glaub mir, diese Gefühle werden vorübergehen, und du wirst erkennen, was wirklich für dich von Bedeutung ist.

Nun bleibt mir nichts anderes, als mich für dein Vertrauen zu bedanken und dir alles Gute für die Zukunft zu wünschen.

Deine Lucille Beerenbourg

Clarissa las den Brief ein zweites und danach ein drittes Mal. Doch sosehr sie es sich auch herbeiwünschte, sein Inhalt veränderte sich nicht. Lucille erwiderte ihre Gefühle nicht, ja sie nahm sie noch nicht einmal ernst.

9

Torie, die zur selben Zeit im Zug saß, freute sich auf ihr Zuhause. Auch wenn sie Clarissa und die anderen Mädchen und natürlich Herrn Fritz und Mademoiselle Beerenbourg schon jetzt schrecklich vermisste, hatte sie bereits feste Pläne. Sie würde ihren Vater an sein Versprechen erinnern, dass sie nach dem Schulabschluss machen durfte, was sie wollte. Ihr fehlten nur noch knapp zwei Jahre, bis sie die Zugangsberechtigung für ein Ingenieursstudium hatte. Und dann würde sie sich an der École polytechnique bewerben, um Ingenieurin zu werden. Sie zog die Medaille aus ihrer Handtasche, die Herr Fritz ihr zum Abschied geschenkt hatte, und betrachtete sie voller Stolz. Es war eine der Siegerauszeichnungen, die er bei einem großen Automobilrennen in den USA gewonnen hatte. Für sie war es das kostbarste Geschenk, das sie jemals erhalten hatte.

Während sie mit den Fingerkuppen über die Gravuren fuhr, dachte sie an ihre letzte Begegnung mit dem Mechaniker, als er ihr die Medaille einfach so zugesteckt hatte. Torie hatte sich überrumpelt gefühlt und sich geweigert, sie anzunehmen, doch Herr Fritz hatte ihr keine Wahl gelassen. »Nimm sie als Erinnerung an unsere gemeinsame Zeit hier in der Schweiz, Victoria«, hatte er nur gebrummt und so getan, als wäre es nichts Besonderes. Dann hatte er allerdings noch etwas hinzugefügt, das sie so schnell nicht vergessen wollte: »Die Medaille soll dich immer daran erinnern, dass du alles schaffen kannst, was du dir vornimmst, Victoria! Keine noch so große Schwierigkeit soll dich an der Verwirklichung deiner Zukunftspläne hindern, und erst recht nicht die Tatsache, dass du ein Mädchen bist.« Sie war so gerührt gewesen, dass sie ihm um den Hals gefallen war. Herr Fritz hatte sie sofort von sich geschoben. Dennoch war es ihm nicht gelungen, seine Gefühle zu verbergen. »Du kannst mir ja ab und zu mal schreiben«, hatte er gemurmelt und sich dabei verlegen über die Augen gerieben.

Torie steckte die Medaille wieder ein und betrachtete die verschneite Landschaft. Im Hinterland der Schweiz deutete nichts auf den schrecklichen Krieg hin, der nicht weit von ihnen entfernt tobte. Bagnolet war bislang verschont geblieben, auch wenn allmählich die Lebensmittel knapp wurden. Ihre Maman hatte ihr versichert, dass alles zum Besten stand. Zum ersten Mal seit langer Zeit dachte sie an Julien. Ob er seine Lehre bereits abgeschlossen hatte? Er würde sicherlich staunen, wenn sie ihm von ihren Arbeiten an Herrn Fritz' Rennauto erzählte. Auch Fernand und vor allem ihr Vater würden sich darüber wundern, was sie alles gelernt hatte. Ob ihr Papa wohl stolz auf sie war und endlich einsehen würde, wie geeignet sie für seine Nachfolge war? Vielleicht konnte sie ihn sogar dazu überreden, sich auch ein Automobil anzuschaffen.

Je näher sie ihrem Zuhause kam, desto mehr freute sie sich und war überzeugt davon, dass alles gut werden würde.

Als der Zug gegen Abend in den Gare de Lyon einfuhr, erwartete sie, wie üblich von Gustave, dem Kutscher, abgeholt zu werden. Doch zu ihrer Überraschung stand ihr Vater persönlich am Gleis. Was hatte das zu bedeuten? Sie vergaß jeden Anstand und flog ihm stürmisch um den Hals. Er erwiderte ihre Umarmung mit sichtlicher Rührung.

»Gut, dass du wieder bei uns bist, mein kluges Mädchen!« Ihr Papa hielt sie mit den Armen auf Abstand und betrachtete sie voller Wohlgefallen. »Was bist du erwachsen geworden!«

Dann rief er einen Gepäckjungen, der sich um ihren Koffer kümmern sollte, und sie begleiteten ihn auf den Bahnhofsvorplatz, wo sie auf eine Mietdroschke zusteuerten.

»Fahren wir nicht mit unserer eigenen Kutsche?«, erkundigte sich Torie verblüfft.

»Gustave arbeitet nicht mehr für uns«, erklärte ihr Vater hörbar bewegt. »Er ist eingezogen worden und kämpft jetzt an der Westfront.« Nach einem kurzen Augenblick des Zögerns fügte er hinzu: »Es hat sich einiges verändert zu Hause, Torie. Aber mach dir keine Sorgen.«

Sein Lächeln erschien ihr gequält, doch dann wechselte er das Thema und fragte sie über die Ereignisse im Internat aus. Torie war nur allzu bereit, ihm davon zu erzählen. So verging die Fahrt nach Bagnolet wie im Flug. Kaum kam die Droschke vor ihrem Haus zum Halten, stand auch schon ihre Mutter in der Tür und eilte auf sie zu. Auch sie freute sich ungemein. Torie war ganz ergriffen. Sie konnte sich nicht erinnern, wann sie zum letzten Mal so herzlich empfangen worden war. Allerdings fiel ihr auf, dass niemand vom Hauspersonal gekommen war, um sie wie üblich zu begrüßen. Vor allem Marie-Claire, die erst ihr Kindermädchen und später die Haushälterin geworden war, vermisste sie.

»Wir mussten einen großen Teil unseres Dienstpersonals entlassen«, erklärte ihre Mutter auf ihre Nachfrage. »Im Augenblick arbeitet nur noch die Köchin für uns.« Torie sah sie entsetzt an. Ihr Haus ohne Dienstboten war für sie nur schwer vorstellbar. Sie wollte nachfragen, dann fiel ihr auf, wie schmal ihre Maman geworden war, und sie behielt ihre Bedenken für sich. »Alles ist gut«, tröstete sie sie betont unbekümmert lächelnd. »Wir kommen sehr gut ohne Personal zurecht. Die Zeiten ändern sich eben.« Sie hakte sich bei ihr unter und führte sie endlich hinein.

Torie erkannte bald, dass ihre Eltern ihr einiges verschwiegen hatten. Ihre Mutter trug ihre alte Garderobe auf und legte kaum noch Schmuck an. Der Stall stand leer. Ihr Vater hatte sich von Kutschen und Pferden getrennt. »Die Armee hat die Pferde für die Front rekrutiert, und ohne Pferde sind Kutschen unnütz«, erklärte er schmallippig.

Doch Torie war sich bald sicher, dass dies nur die halbe Wahrheit war. Allem Anschein nach fehlte der Familie Geld. Darüber wurde in ihrem Hause allerdings nicht gesprochen.

Da sie kein Dienstmädchen mehr hatten, übernahm ihre Mutter nun viele Aufgaben selbst und hielt auch Torie dazu an, im Haushalt mitzuhelfen. Sie tat es ohne zu murren, schon allein, weil sie ihren Eltern nicht noch mehr Sorgen bereiten wollte. Leider legten sich die finanziellen Sorgen auch auf die allgemeine Stimmung. Ihr sonst vor Energie übersprudelnder Vater wirkte oft still und in sich gekehrt. Er gab sich zwar immer bestens gelaunt und scheinbar unbekümmert, doch Torie kannte ihn gut genug, um zu wissen, dass er ihr etwas vorspielte. Zu ihrem Unmut erlaubte er ihr auch viel zu selten, ihn in die Fabrik zu begleiten. Er erfand immer wieder andere Ausreden. Und wenn sie ihn doch einmal begleiten durfte, erfuhr sie nichts über neue Aufträge und Projekte.

Auch Fernand blieb schweigsam, er gab ständig vor, schwer beschäftigt zu sein. Dabei hätte sie ihm so gern von Herrn Fritz und ihrem Rennautomobil berichtet. Ihr einstiger Mentor lud sie kaum noch in seine Werkstatt ein, er wirkte um Jahre gealtert. Als sie ihren Vater daraufhin ansprach, erklärte er ihr, dass ihn die Sorgen um seinen Sohn bedrückten. Torie erfuhr, dass Julien ebenfalls eingezogen worden war und bei der Schlacht von Ypern im April schwer verletzt worden war. »Die Deutschen haben trotz der Haager Konvention von 1907 Giftgas eingesetzt, was verheerende Folgen hatte. Julien ist mitten in einen Chlorgasangriff geraten. Zum Glück ist er nicht erstickt wie viele andere seiner Kameraden. Und dennoch wurde seine Lunge in Mitleidenschaft gezogen.«

»Liegt er in einem Hospital?«

Torie war tief betroffen. Es ging ihr nah, auch wenn Julien und sie kaum noch etwas miteinander zu tun hatten.

»Nein, er ist schon wieder zurück an der Front. Sie haben ihm kaum Zeit gelassen, sich richtig zu erholen«, knurrte ihr Vater, ohne die Bitterkeit in seiner Stimme zu verbergen. »Dieser Krieg zerstört noch all unsere Sitten!«

Torie fröstelte bei dem Gedanken an Julien und seine Familie. Zum ersten Mal ahnte sie, dass der Krieg nicht nur ein Phantom war, sondern schreckliche Realität. Die Gewissheit, dass Julien oder auch ihr Bruder in diesen fürchterlichen Zeiten ums Leben kommen konnten, schnürte ihr die Kehle zu. Plötzlich schämte sie sich, weil sie bislang solch ein sorgloses Leben geführt hatte. Während sie in der Schweiz Theater gespielt und zu ihrem Vergnügen an Automobilen herumgeschraubt hatte, hatten zahllose junge Männer ihr Leben aufs Spiel gesetzt. Als nur wenige Tage später das Weihnachtsfest anstand, zu dem Maurice wie schon im Jahr zuvor nicht nach Hause kommen würde, fand sie es absurd zu feiern im Wissen, dass nur wenige hundert Kilometer von ihnen entfernt Menschen starben, die ihr nahestanden. Ihre Eltern bestanden jedoch darauf, alles so zu arrangieren, wie sie es immer taten, wenn ihre Bemühungen auch nicht kaschieren konnten, dass auch sie voller Sorgen waren.

Wenige Tage nach Neujahr erfuhr Torie mehr oder weniger zufällig, wie schlecht es um die Fabrik ihres Vaters stand. Es hatte viel geschneit und war bitterkalt. Um zu sparen, wurde nur wenig geheizt. Aus diesem Grund hatte sie es vorgezogen, sich schon recht früh am Abend in ihr Zimmer zurückzuziehen. Da sie noch nicht müde war, beschloss sie, hinunter in die Bibliothek zu gehen, um sich ein Buch zu holen. Auf der Treppe zum Erdgeschoss konnte sie die Stimmen ihrer Eltern hören. Sie unterhielten sich für ihre Verhältnisse ungewöhnlich laut. Ihre Mutter klang sogar richtig aufgebracht. Neugierig näherte sie sich dem Salon und lauschte an der verschlossenen Tür.

»Monsieur Strawinsky hat mir einen fairen Preis gemacht«, hörte Torie ihren Vater mit eindringlicher Stimme sagen. »In Zeiten wie diesen ist das nicht mehr selbstverständlich.«

»Aber doch nicht den Fragonard! Er ist ein Erbstück meiner Familie. Das Bild ist schon seit Generationen in unserem Besitz.« Ihre Mutter klang beinahe hysterisch.

»Wir haben aber keine andere Wahl. Alle anderen Wertgegenstände, die wir nicht dringend benötigen, habe ich bereits verkauft. Wenn du weiter in diesem Haus leben willst, müssen wir uns von solchen Dingen trennen.«

Torie hörte ein Schluchzen, dann das Verrücken eines Stuhls. Offenbar war ihr Vater aufgestanden, um ihre Mutter zu besänftigen. »Ich brauche das Geld, um die Arbeiter zu bezahlen. Sie haben alle Familien, Élise.« Torie tat es weh, seine verzweifelte Stimme zu hören.

Ihre Mutter weinte nun. »Wir werden alles verlieren, was uns lieb und teuer war. Papa würde sich im Grab umdrehen, wenn er das wüsste. Wohin soll das nur führen, Alain?« Nach einer kleinen Pause schien sie sich wieder gefasst zu haben und fügte traurig hinzu: »Ich weiß, dass du nur das Beste für uns willst.«

»Mir bleibt noch eine Möglichkeit«, hörte sie jetzt ihren Vater sagen. Er klang alles andere als glücklich. »Ich höre mir an, was Monsieur Citroën zu sagen hat. Ich vermute, dass er mir die Fabrik abkaufen möchte. Wenn der Preis stimmt, werde ich darauf eingehen.«

Torie erstarrte vor Schreck. Ihr Vater wollte die Fabrik verkaufen? Sein Lebenswerk? Alles, was er sich aufgebaut hatte? Sie stand kurz davor, einfach in das Zimmer zu stürmen. Doch dann hörte sie erneut die Stimme ihrer Mutter.

»André Citroën? Dein ärgster Konkurrent?« Torie konnte hören, dass auch sie fassungslos war. »Das ist nicht dein Ernst!«

»Ich fürchte, mir bleibt keine andere Wahl.«

»Er will doch nur an deine Patente. Die Firma wird ihm egal sein. Was ist mit unseren Arbeitern und deren Familien? Du verlierst alles, was du dir jemals aufgebaut hast!«

»Ich werde dafür sorgen, dass er sich um unsere Leute kümmert«, versprach Tories Vater. »Wenn er an meine Erfindungen kommen will, muss er einen angemessenen Preis zahlen. Allerdings ...«, er räusperte sich, »... allerdings werden wir uns wohl auch von unserem Haus trennen müssen.« Ein längeres beklemmendes Schweigen folgte.

»Dann verweigere ich dir die Einwilligung zum Verkauf des Fragonard«, hörte Torie nun ihre Mutter energisch sagen. »Wenn wir schon unser Leben künftig in einer Mietwohnung fristen müssen, soll mich wenigstens dieses Gemälde an bessere Zeiten erinnern.«

Torie hatte genug gehört. Niedergeschlagen zog sie sich in ihr Zimmer zurück, auf ein Buch würde sie sich jetzt nicht mehr konzentrieren können. Sie legte sich auf ihr Bett und dachte darüber nach, was das für sie bedeutete. Vermutlich würde ihr nichts anderes übrig bleiben, als eines Tages irgendeinen langweiligen, vermögenden Mann zu heiraten, ihm Kinder zu gebären und einen anstrengenden Haushalt zu führen. All ihre Zukunftsträume schienen sich mit einem Mal in Luft aufzulösen.

10

Alain Belrose saß grübelnd an seinem Schreibtisch und trommelte ungeduldig mit den Fingern auf die Schreibtischplatte. Dieser Monsieur Citroën war spät dran. Lag darin etwa Berechnung, um ihn schon im Vorfeld mürbe zu machen? Wusste er, wie sehr ihm das Wasser bereits bis zum Halse stand? In den letzten Tagen und Nächten war er kaum zur Ruhe gekommen. Wieder und wieder war er die Geschäftsunterlagen durchgegangen und hatte nach alternativen Möglichkeiten gesucht. Wie es aussah, war Citroën seine letzte Chance, und er war sich ziemlich sicher, dass sein Konkurrent es ihm nicht leichtmachen würde. Wenn er von seinem finanziellen Engpass bereits erfahren hatte, sicherte ihm das für die Verhandlung gewaltige Vorteile.

Alain war bewusst, dass es Citroën hauptsächlich um seine Patente gehen würde. Die Erfindungen seines Unternehmens waren einzigartig und in besseren Zeiten als diesen der Garant für gute Verdienste. Wenn Citroën sie sich unter den Nagel riss, würde ihn das endgültig zum Marktführer in der Zahnradindustrie machen. Seine Fabrik war nicht nur sein Lebenswerk, sondern auch sein Vermächtnis. Er wusste, wie sehr Torie darauf brannte, einmal seine Nachfolgerin zu werden. Und ihm war längst bewusst, dass er sich glücklich schätzen durfte, dass dieses begabte Mädchen seine Tochter war. Ihr Interesse an technischen Dingen hatte sich im Laufe der Jahre gefestigt, war also ernsthafter Natur, zudem hatte sie gute Ideen und einen klaren Verstand. Selbst seine Élise hatte er im Laufe der letzten beiden Jahre davon überzeugen können, dass es für Frauen in diesen modernen Zeiten nichts Verwerfliches mehr war, wenn sie einen Beruf erlernten und dabei erfolgreich waren. Hätten die Folgen des Krieges ihn nicht in diese Situation gebracht, hätte er Torie an Weihnachten die gute Neuigkeit eröffnet. Doch dann waren auch die letzten Aufträge storniert worden, und damit war seine Firma in eine beachtliche finanzielle Schieflage geraten, aus der er aus eigener Kraft nicht mehr herausfand. Sein Lebenswerk stand kurz vor dem Aus.

Alain fuhr sich durch sein schütter werdendes Haar und schenkte sich einen Cognac ein, den er allerdings nicht anrührte. Er versuchte, sich auf die Eigenheiten des Mannes zu konzentrieren, den er jeden Augenblick erwartete. Wie man munkelte, steckte André Citroën voller Energie und Unternehmergeist. Allein die Tatsache, dass die Zahnradgetriebe-AG Citroën erst drei Jahre alt war und selbst in Zeiten wie diesen noch Gewinne einfuhr, war bemerkenswert. Sein Werk am Quai de Grenelle in Paris Javel wuchs stetig, nachdem er neuerdings auch noch Munition für die Armee herstellte. Alains Nachforschungen hatten ergeben, dass Citroën eigens in die USA gereist war, um die effektiveren Arbeitsabläufe in den Ford-Werken zu studieren. Der Autobauer Henry Ford hatte dort unlängst Fließbänder eingeführt, mit denen sich die Produktivität enorm steigern ließ. Ähnliches hatte Citroën in seinem Pariser Werk veranlasst und konnte damit billiger und rationeller produzieren als all seine Konkurrenten. Alles, was ihm nun noch fehlte, um Marktführer zu werden, waren neue technologische Entwicklungen, die er selbst ihm nun notgedrungen liefern würde.

Alain versuchte vergeblich, den entmutigenden Gedanken beiseitezuschieben, dass er kurz davor stand, alles zu verlieren, wofür er immer gelebt und gearbeitet hatte. All die Kraft und der Erfindungsgeist, die Fernand und er über die Jahre in ihre Projekte investiert hatten, würden nun in andere Hände übergehen. Dabei war er bis Kriegsbeginn einer der erfolgreichsten Unternehmer seiner Branche gewesen. Sein Ruf war ihm weit über die Grenzen Frankreichs vorausgeeilt und hatte ihm besonders in Süddeutschland bei den Zeppelinwerken viele gute Aufträge beschert. Doch seit Kriegsbeginn war die Zusammenarbeit mit dem Feind verboten. Und seine französischen Kunden, die er zugunsten der Zeppelinwerke vernachlässigt hatte, waren in der Zwischenzeit zu anderen Herstellern wie Citroën abgewandert. Citroën war eindeutig kostengünstiger, auch wenn er nur konventionelle Ware produzierte.

Eine Zeit lang hatte Alain sich eingeredet, dass er die Durststrecke bis zum Ende des Krieges mit privaten Einlagen überbrücken könnte. Doch mittlerweile waren auch seine Privatmittel, mit denen er hauptsächlich seine Arbeiter bezahlt hatte, so gut wie erschöpft. Das Einzige, was ihm nun noch blieb, war, dafür zu sorgen, dass er Citroën seine Patente nur im Austausch gegen eine Weiterführung seiner Fabrik und damit verbunden eine Beschäftigungsgarantie seiner Arbeiter überließ.

Vor dem Haus fuhr eine stattliche Limousine vor, der André Citroën sogleich entstieg. Er hatte selbst am Steuer seines Vauxhall gesessen und kam nun mit federnden Schritten auf den Eingang des Verwaltungsgebäudes zu. Wenig später klopfte es an die Tür, und der Unternehmer trat ein. Alles an ihm strahlte Energie und Zuversicht aus. Alain hatte sich von seinem Sessel erhoben und lief ihm entgegen. Der Handschlag seines Besuchers war fest und sympathisch. Er hatte Citroën von ihrer ersten Begegnung eineinhalb Jahre zuvor mit Kégresse größer und stattlicher in Erinnerung. Es präsentierte sich ihm nun ein offen lächelnder Mann mit Halbglatze und goldener Nickelbrille.

»Bitte verzeihen Sie meine Verspätung, mein werter Monsieur Belrose. Aber Giorgina hat mich noch aufgehalten.« Er hüstelte verlegen. »Meine Frau wollte unbedingt, dass ich Sie und Ihre werte Gemahlin zu unserer kleinen Soirée nächste Woche einlade.« Er überreichte Alain einen Umschlag aus schwerem Büttenpapier. »Ich würde mich wirklich freuen, wenn Sie uns beehrten.« Sein Lächeln verbreiterte sich noch ein wenig. »Sie können sich vermutlich nicht vorstellen, wie sehr ich mich darauf gefreut habe, Sie endlich wiederzusehen.« Alain fühlte sich von Citroëns Herzlichkeit überrumpelt. Ursprünglich hatte er vorgehabt, seinen Konkurrenten wie einen Bittsteller hinter seinem Schreibtisch sitzend zu empfangen, doch das schien ihm mit einem Mal völlig unmöglich. Kurz entschlossen bot er ihm einen Platz in der gemütlicheren Sitzecke an und offerierte ihm sogar einen Cognac. Citroën nahm gern an, lobte den guten Tropfen, bevor er ohne Umschweife zum Thema kam. Alain war das nur recht. »Von allen Unternehmen unserer Branche habe ich Ihres immer am meisten bewundert«, lobte Citroën. »Ihr Erfindungsreichtum und technischer Verstand stellen alle Konkurrenten unserer Branche in den Schatten. Um ehrlich zu sein, glaube ich nicht, dass einer meiner Ingenieure, und schon gar nicht ich selbst, auch nur annähernd zu ähnlichen Erfindungen fähig wären. Das sind zweifellos Ihre Stärken.«

»Nun, Sie sind sicherlich nicht hier, um mir wortreiche Komplimente zu machen.« Alain versuchte, sich nicht von Citroëns Lobeshymnen einlullen zu lassen. »Sie können sich weitere Freundlichkeiten also gern ersparen. Kommen Sie lieber gleich zur Sache…«

»*Pardon.* Ich wollte Ihnen natürlich nicht zu nahe treten.« Citroën rutschte sichtlich unbehaglich auf seinem Sessel hin und her. »Es ist leider meine Art, hin und wieder zu euphorisch zu werden«, entschuldigte er sich mit zerknirschter Miene. Dann änderte er seine Taktik. »Ich möchte mit offenen Karten spielen, Monsieur Belrose. Es ist mir nicht verborgen geblieben, wie es um Ihre Fabrik bestellt ist. Ihnen fehlen lukrative Aufträge, und damit mangelt es Ihnen an Liquidität. Deshalb möchte ich Ihnen einen Vorschlag unterbreiten. Ich ...«

»Mir ist durchaus bewusst, dass Sie auf meine Patente aus sind«, fiel Alain ihm ins Wort. »Doch die bekommen sie nur, wenn Sie auch meine Fabrik mit der Produktion übernehmen und die Weiterbeschäftigung meiner Arbeiter garantieren. Nennen Sie mir also Ihr Angebot, dann erfahren Sie, ob sich weitere Verhandlungen lohnen.«

Citroën blies überrascht die Backen auf. »Oh, da muss ein bedauerliches Missverständnis vorliegen«, erwiderte er sichtlich betroffen. »Mir kam gar nicht in den Sinn, Ihre Fabrik zu kaufen, und es würde mir schon gar nicht recht erscheinen, mich an Ihren Patenten zu bereichern. Ich hatte da etwas anderes im Sinn ...«

»Ach ja?« Alain konnte seine Verwirrung nicht verbergen. »Und was, bitte schön, wollen Sie von mir?«

»Ich strebe eine Kooperation mit Ihnen an«, fuhr Citroën ernst fort. Er setzte sich auf und sah ihm fest in die Augen. »Dazu muss ich leider etwas ausholen. Als Hauptmann des 2. Artillerie-Regiments habe ich bis vor einiger Zeit an der Front gekämpft. Ich hatte die zweifelhafte Ehre, an der Schlacht an der Marne teilzunehmen. Dabei habe ich am eigenen Leibe die fatale Munitionsknappheit unserer Armee erlebt und in Folge begonnen, darüber nachzudenken, wie man ihr beikommen könnte. Durch den

Appell unseres Kriegsministers Alexandre Millerand an alle Industriellen, den Kampf zu unterstützen, kam ich schließlich auf die Idee, meine Fabrik so umzubauen, dass wir anstatt Getriebe und Zahnräder nun Schrapnellgranaten herstellen können. Mittlerweile produzieren wir am Quai de Grenelle zwischen fünftausend und zehntausend Stück pro Tag. Doch das reicht bei Weitem noch nicht. Wir benötigen nicht nur mehr Produktionskapazitäten, sondern stehen auch vor technischen Schwierigkeiten in der Produktion. Wer könnte uns da besser unterstützen als Sie?« Er sah Alain erwartungsvoll an.

»Wie kann ich Ihnen da helfen?«

»Mein Vorschlag wäre, dass Sie hier bei sich die Granaten technisch optimieren und mir Ihre Erfahrungen zugutekommen lassen, während ich im Gegenzug Ihre Produktion auf Vordermann bringe, damit Ihre Leute ebenfalls Munition produzieren können. Ihre technischen Innovationen und mein Wissen um eine effektive Produktion stärken uns beide.« Citroën hatte sich in Begeisterung geredet. »Und wenn dieser unsägliche Krieg eines Tages vorüber ist, werden wir andere gemeinsame Projekte entwickeln. Ich stehe in Kontakt mit mehreren Automobilingenieuren, unter anderem Monsieur Kégresse in Russland, den Sie ja bereits kennengelernt haben. Meine feste Absicht ist es nämlich, sobald wie möglich in die Automobilherstellung einzusteigen. Auch da sehe ich Sie mit von der Partie. Na, was denken Sie?«

Alain war von der unerwarteten Wendung des Gesprächs so verblüfft, dass er erst einmal sprachlos war. Doch je länger er über den Vorschlag nachdachte, desto besser gefiel er ihm. In den nächsten Stunden erklärte ihm Citroën die Einzelheiten seiner Idee, wobei er sich offen für Ergänzungsvorschläge zeigte. Sie unterhielten sich angeregt und vergaßen dabei die Zeit. Am Ende eines langen Tages waren sie sich einig. Die Zahnradfabrikation von Belrose würde von nun an eng mit Citroën zusammenarbeiten.

Als ihr Vater sie abends zu sich bat, war Torie auf das Schlimmste gefasst. Er hatte ihr einige Tage zuvor schweren Herzens gestanden, wie aussichtslos die Lage der Firma geworden war und dass ein Verkauf seine einzige Option war, das Unternehmen vor dem Untergang zu retten. Wie groß hingegen war ihre Freude, als sie begriff, dass die Fabrik nun eine neue Zukunftsperspektive hatte. Ihr Papa strahlte wieder vor Energie und Tatendrang, und auch ihre Maman war wie verwandelt.

»Dann wirst du also nicht verkaufen?« Torie lachte ungläubig. Vor Erleichterung machte sie einen Luftsprung. »Aber das ist ja wunderbar!«

Sie freute sich so sehr über die neue Entwicklung, dass ihr erst im Nachhinein bewusst wurde, dass die Belrose-Fabrikation schon bald Kriegswaffen produzieren würde. Als hätte ihr Vater ihre Gedanken erraten, beruhigte er sie sogleich.

»Der Krieg wird hoffentlich bald vorüber sein, und dann werden André und ich in die Herstellung von Automobilen einsteigen. Er hat mir angeboten, meine Fabrik nur für die Entwicklung von Prototypen auszurichten. Dadurch könnten wir uns weiterhin auch auf neue Erfindungen konzentrieren ...« Er sah sie mit funkelnden Augen begeistert an.

»Wir?« Torie war sich nicht sicher, ob sie sich verhört hatte.

»Wir!«, bestätigte ihr Vater mit einem strahlenden Lächeln. Er räusperte sich und fuhr in betont sachlichem Ton fort: »Ich könnte deine Hilfe in Zukunft sehr gut brauchen. Natürlich wirst du noch dein Abschlussjahr in der Schule hinter dich bringen müssen. Das ist unerlässlich. Aber in den Ferien, und wenn du magst, auch an den Wochenenden, werden Fernand und ich dich schon mal in das Tagesgeschäft einführen.« Torie schlug vor Überraschung die Hände vors Gesicht. Ihr war schwindlig von all den Neuigkeiten. Gerade noch war ihr das Leben trostlos und ohne Perspektive erschienen, und nun wurden auf einmal alle Träume wahr. »Willst du dich nicht dazu äußern?« Ihr Vater zog amüsiert die Stirn kraus.

Torie flog ihm einfach in die Arme.

11

Die folgenden Monate verliefen so, wie Torie es sich immer erträumt hatte. Zum ersten Mal hatte sie das Gefühl, etwas in ihrem Leben erreichen zu können. Die meiste Zeit verbrachte sie allerdings noch in der Schule. Ihr Vater hatte sie im örtlichen Gymnasium angemeldet, wo sie ihr Abitur machen sollte. Beim anschließenden Besuch der Hochschule für Technik wollte sie ihr theoretisches Wissen vertiefen, das Praktische würde sie in der Fabrik erlernen. Glücklicherweise fiel ihr das Lernen leicht, außerdem hatte sie durch ihre Zeit in Lausanne einen kleinen Wissensvorsprung. Dieser wiederum brachte ihr mehr Freizeit, die sie voller Begeisterung im väterlichen Unternehmen verbrachte. In jeder freien Minute war sie in der Werkstatt bei Fernand zu finden.

Nach und nach nahm auch ihr Vater sie in Beschlag und erklärte ihr die verschiedenen Geschäftsabläufe. In seinen Büroräumen gewann sie einen ersten Einblick in die Komplexität eines Unternehmens. Schon bald traf sie auch wieder auf André Citroën, der dabei half, die Fabrik umzustrukturieren. Als ihr Vater sie ihm vorstellte, schien sich Citroën nicht mehr an sie zu erinnern, doch als er hörte, dass Torie nicht nur an der Restaurierung und Verbesserung eines Rennautomobils mitgearbeitet hatte, sondern dabei auch die Idee für ein neues Getriebeteil gehabt hatte, das mehr als brauchbar gewesen war, nahm er sie genauer ins Visier.

»Dass ein junges Mädchen sich freiwillig die Hände schmutzig macht, ist schon an sich erstaunlich«, bemerkte er anerkennend, »aber wenn es darüber hinaus eigene technische Ideen entwickelt, ist das schon bemerkenswert.« Er stockte, dann hoben sich seine Augenbrauen in einem Anflug von Wiedererkennen. »Aber ja, nun erinnere ich mich! Sie sind die neugierige Mademoiselle, die es gewagt hat, selbst Monsieur Kégresse einen guten Ratschlag zu geben. *Mon Dieu!*« Er streckte ihr die Hand entgegen. »Ich freue mich, Sie wiederzusehen.« Er stellte ihr ein paar interessierte Fragen zu dem Vanderbilt, die sie mit Freude beantwortete. Zum Abschluss ihres Gesprächs sah Citroën sie mit offenem Wohlgefallen an. »Falls es Ihnen bei Ihrem Vater einmal nicht mehr gefällt, können Sie jederzeit bei mir in der Firma anfangen!« Torie freute sich über das Lob. »Ich muss Giorgina unbedingt von Ihrer Tochter erzählen«, wandte er sich nun an ihren Vater. »Sie ist nämlich der festen Überzeugung, dass Frauen genauso intelligent und fähig sind wie wir Mannsbilder. Sie geht sogar so weit zu behaupten, dass dieses Jahrhundert den Frauen gehören wird.«

Beseelt von seinen ermutigenden Worten schwebte Torie davon.

So hoffnungsvoll für Torie auch ihre Zukunftsaussichten sein mochten, so entmutigend waren die Nachrichten über das Kriegsgeschehen. Nach fast zwei Jahren gab es so viele Tote wie in keinem anderen Krieg zuvor. Ein Ende war nicht abzusehen. Auch das Leid in der Bevölkerung nahm stetig zu. In vielen Bereichen herrschten Versorgungsengpässe. Vor allem Nahrungsmittel wurden knapp. Da die meisten Männer an der Front kämpften, fehlte es an Arbeitskräften beim Einbringen der Ernte, aber auch in anderen Produktionszweigen. Als Folge stellte sich Hunger ein, besonders der vergangene Winter war hart gewesen. Hinzu kam die ständig steigende Zahl von Kriegstoten. Fast jede Familie hatte jemanden zu beklagen: Bekannte, Freunde, Ehemänner, Brüder – der Krieg machte vor niemandem Halt.

Auch für Toric wurde das Leid plötzlich greifbar – Gustave, ihr ehemaliger Kutscher, war bei Verdun gefallen. Er war immer ein Teil ihres Lebens gewesen und für sie viel mehr als nur ein einfacher Angestellter. Gustaves fröhliche Art hatte sie oft zum Lachen gebracht, und er hatte ihr einst das Reiten beigebracht. Sie konnte sich einfach nicht vorstellen, ihn nie mehr wiederzusehen. Als ob das nicht genug wäre, erfuhr sie wenig später, dass Julien vermisst wurde. Seine Truppe war auf dem Vormarsch an der Westfront in einen Hinterhalt geraten, bei dem die meisten seiner Kameraden ums Leben gekommen waren. Von Julien fehlte jede Spur. Die fürchterliche Ungewissheit um das Schicksal seines Sohnes ließ seinen Vater Fernand nochmals mehr altern. Doch Torie weigerte sich zu glauben, dass Julien umgekommen war. Solange die Hoffnung bestand, dass er in Kriegsgefangenschaft geraten war, wollte sie nicht um ihn trauern. Sie ging sogar in die Kirche, um für ihren Jugendfreund eine Kerze anzuzünden.

Mit solchen Schrecknissen konfrontiert begann sie, sich auch um ihren Bruder ernsthaft zu sorgen. Wie naiv sie gewesen war zu glauben, dass ihm nichts geschehen konnte. Seine Briefe hatten immer so sorglos geklungen – vor allem, nachdem er ihr versichert hatte, dass er als Arzt ja hinter der Frontlinie arbeite und deswegen weniger gefährdet sei als andere Soldaten. Oberflächlich betrachtet klangen Maurice' Briefe nach wie vor positiv. Er versicherte ihnen, dass es ihm gut ging, er genügend zu essen bekam und sie sich keine Sorgen zu machen bräuchten. Erst in seinem letzten Brief gestand er offen, wie schwer es ihm fiel, das tägliche Grauen zu ertragen, sowie die Verzweiflung, die unter den Soldaten herrschte.

Liebste Torie,

ich bin geläutert, denn von Kriegsfreudigkeit ist hier an der Front leider nichts mehr zu spüren. Jeder Soldat möchte nur noch nach Hause. Wie sinnlos ist es doch, dass so viele junge Männer ihre besten Jahre dem Krieg hingeben. Beide Seiten haben sich ineinander verbissen. Den Deutschen gelingt es zwar nicht, weiter vorzurücken, aber uns auch nicht, sie zurückzuschlagen. Ich werde mich wohl nie an das unheimliche Pfeifen der Granaten gewöhnen, die einen neuen Angriff ankündigen, ebenso wenig an die vielen durch Granatsplitter verletzten Menschen, die abgetrennten Gliedmaßen oder die Toten. Wenn wir Gefechtsbereitschaft haben, müssen wir durch die Gräben der Stellungen zu unserer Position vorrücken. Das ist sehr gefährlich, denn dann sehen wir, wo noch wenige Stunden zuvor Granaten Krater in den Boden gerissen haben. Man ist keinen Augenblick sicher und weiß nicht, ob im nächsten Moment einen selbst ein Geschoss trifft. Glücklicherweise werde ich als Chirurg meistens hinter der Front gebraucht, und solange wir genügend medizinisches Material und Verbandszeug haben, bin ich zuversichtlich, das Ganze hier gut zu überstehen. Also sorge dich nicht um mich, liebe Schwester – und ich freue mich, dass Papa endlich eingesehen hat, dass du seine geeignete Nachfolgerin bist.

Dein Bruder Maurice

Eines späten Abends Anfang Juni wurden sie von Fernand Ruiz überrascht. Sein Besuch war höchst ungewöhnlich, denn unter normalen Umständen besuchte der Werkstattleiter so gut wie nie das Herrenhaus.

»Wir haben Nachrichten von unserem Sohn, *patron*«, brach es aus ihm heraus, kaum dass der Vater die Tür geöffnet hatte. Torie und ihre Mutter, die gerade an der Tür des Salons standen, traten rasch hinzu. Unbeholfen zog Fernand einen zusammengefalteten Feldpostbrief aus seiner Jackentasche. »Da steht alles drin. Meine Frau Babette meinte, Sie sollten das gleich erfahren …«

»Dann spannen Sie uns bitte nicht länger auf die Folter, guter Freund.« Tories Vater sprach aus, was alle dachten.

Fernand war kein Meister der Worte. Statt das Gelesene zusammenzufassen, überreichte er einfach den Brief ihrem Vater. »Bitte, lesen Sie selbst!«

Torie konnte kaum erwarten zu erfahren, was darin stand.

»Der Junge ist nach dem Gefecht tatsächlich in deutsche Kriegsgefangenschaft geraten. Man hat ihn in ein Lager gebracht«, teilte ihr Papa ihnen endlich kopfschüttelnd mit. »Mit ihren Blechnäpfen haben er und ein paar seiner Kameraden nachts einen Tunnel gegraben, der unter der Barackenwand verlief. Dann gelang es ihnen, mithilfe ihrer Armeedecken unbeschadet den Stacheldrahtzaun zu überwinden und so zu entkommen. Was für ein unglaubliches Glück, dass er die Flucht überlebt hat!«

»Ist er verletzt?«, verlangte Torie ungeduldig zu wissen.

»Es geht ihm gut, wie er schreibt. Man hat ihn auch schon wieder einer neuen Einheit zugeordnet. Nächste Woche bekommt er für ein paar Tage Fronturlaub.«

»Mein Junge kommt nach Hause«, bestätigte Fernand mit einem festen Nicken. »Es ist das erste Mal seit über einem Jahr!«

Tories Vater gab ihm den Brief wieder zurück. »Ich freue mich für Sie und Ihre Frau. Endlich hat die Ungewissheit ein Ende.« Er lächelte ihm warmherzig zu. »Das müssen wir gebührend feiern. Kommen Sie herein, mein Freund!«

Er klopfte ihm herzlich auf die Schulter und komplimentierte ihn in den Salon.

Beim Anstoßen wurde Torie erst bewusst, wie sehr sie Juliens Verschwinden bedrückt hatte. Sie hätte nie gedacht, dass sein

Schicksal sie so sehr mitnehmen würde. Auch wenn ihr Leben jeweils eine andere Richtung nahm, fühlte sie sich Julien immer noch verbunden. Ob er wohl auch ab und zu an sie dachte?

Nur zwei Tage später wartete eine weitere Überraschung auf sie. Ihr Vater fuhr mit einem Automobil vor dem Hause vor und präsentierte es als seinen neuesten Besitz.

»Die Zeiten von Droschken und Pferden sind endgültig vorüber«, erklärte er selbstbewusst. »Dies hier ist die Zukunft!«

Torie gab ihm recht, auch wenn es im Grunde genommen ihre Idee gewesen war, dass sich ihr Vater ein Automobil zulegte. Wie oft hatte sie ihm klarzumachen versucht, dass es sehr viel schneller ging, in einem Kraftfahrzeug die Distanz nach Paris zu den Citroën-Werken zurückzulegen. Doch nun freute sich ihr Vater wie ein kleines Kind über seine neue Errungenschaft, und Torie schaute ihm vergnügt zu. Der Renault 11 CV Torpedo war kein Rennwagen wie der Vanderbilt von Herrn Fritz, aber durchaus ein akzeptables Mittelklasseautomobil. Fachkundig blickte sie unter die Motorhaube und entdeckte einen wassergekühlten Vierzylindermotor.

»Der Motor hat hundertzwanzig Millimeter Hub«, erklärte ihr Vater stolz, »er leistet aus zweitausendeinundzwanzig Kubikzentimetern Hubraum ganze 11 PS.«

»Und die Motorleistung wird über eine Kardanwelle an die Hinterachse geleitet«, erkannte Torie sofort. »Was ist seine Höchstgeschwindigkeit?«

»Ganze sechsundvierzig Stundenkilometer.«

»Gratuliere, Papa!« Torie umarmte ihren Vater und gab ihm einen überschwänglichen Kuss.

»Nun steig schon ein«, verlangte er gut gelaunt, was sie sich nicht zweimal sagen ließ. Als sie wenig später draußen auf dem Land waren, hielt ihr Vater am Wegesrand an und forderte sie auf, mit ihm den Platz zu wechseln. »Nun zeig mal, was du in der Schweiz gelernt hast.«

»Ich weiß nicht recht ...«

Torie zierte sich. Herr Fritz hatte sie niemals an das Steuer seines Vanderbilts gelassen. Sie hatte keinerlei Fahrpraxis, auch wenn sie natürlich theoretisch wusste, wie man ein Fahrzeug lenkte.

»Ich vertraue dir.« Ihr Vater lächelte ihr aufmunternd zu. Mit klopfendem Herzen legte sie den ersten Gang ein und fuhr tatsächlich ohne das geringste Holpern los. Sehr schnell bekam sie ein Fahrgefühl für das Automobil. Der Wagen war vielleicht etwas schwerfällig beim Anfahren, aber sobald er auf Touren kam, lief er ganz ordentlich. Es war einfach herrlich, endlich einmal selbst hinter dem Steuer zu sitzen und die Kraft des Motors direkt zu spüren. »Man sieht, dass du meine Tochter bist«, bemerkte ihr Vater voller Stolz. Torie hob erstaunt die Augenbrauen. Es war normalerweise nicht seine Art, so zu reden. Und er war noch nicht fertig. »Ich war mir lange nicht sicher, ob ich dich an meine Seite holen sollte. Aber nun weiß ich, dass es die einzig richtige Entscheidung ist. Ich vertraue darauf, dass du dem Namen Belrose alle Ehre machen wirst, Victoria!«

Um ein Haar wäre Torie von der Straße abgekommen, so sehr freute sie sich über das ungewohnte Lob. Gleichzeitig machte sich in ihr ein warmes Glücksgefühl breit.

Am darauffolgenden Wochenende luden André Citroën und seine Frau Giorgina die Familie Belrose in ihr Pariser Stadthaus ein. Torie, die von ihren Eltern ermuntert worden war, sie zu begleiten, verzichtete auf den Besuch. Sie gab vor, sich auf ihre Jahresabschlussprüfungen vorbereiten zu müssen. In Wahrheit hoffte sie jedoch, Julien über den Weg zu laufen, der am Tag zuvor bei seinen Eltern eingetroffen war.

Ihre Mutter sah an diesem Tag einfach umwerfend aus in ihrem hellen Sommerkleid und dem breitkrempigen Hut, um den sie ein leichtes Baumwolltuch gegen den Fahrtwind geschlungen hatte. Auch ihr Vater war in seinem beigen Leinenanzug mit passendem Florentinerhut eine blendende Erscheinung. Die beiden sahen glücklich aus und freuten sich sichtlich auf die Ausfahrt.

»Möchtest du es dir nicht doch noch anders überlegen und mitkommen?«, fragte ihre Maman. »Es ist so ein herrlicher Tag.«

»Du weißt, dass ich mich vorbereiten muss.« Torie lächelte charmant und half ihrer Mutter auf den Beifahrersitz. Sie hatte darauf bestanden, sich neben ihren Mann zu setzen und nicht in die überdachte Kabine hinter ihm.

»Ich hatte mich so darauf gefreut, einmal wieder etwas zu dritt zu unternehmen«, bedauerte ihre Mutter.

»Wir müssen los«, brummte Tories Vater ungeduldig. »André und Giorgina erwarten uns längst.«

Torie winkte ihren Eltern hinterher und beschloss, das gute Wetter zu nutzen, um einen kleinen Spaziergang zu unternehmen. Es war ein wunderschöner warmer Frühsommertag, der dazu einlud. Der Duft der Holunderblüten durchströmte die Luft, und die Vögel zwitscherten so laut, dass man meinen konnte, sie befänden sich in einem Wettstreit. Sie durchquerte den sorgfältig angelegten Garten, der ihr Haus umgab, und schlenderte entlang der Rosenbeete den Hang hinauf zu ihrem Lieblingsplatz unter einer weit ausladenden Rotbuche. Sie stand am Rande des Grundstücks, ganz in der Nähe der umlaufenden Mauer, dahinter verborgen lag die Arbeitersiedlung.

Torie ließ sich im Schatten des Baumes auf der gusseisernen Bank nieder, von der aus man einen schönen Blick hinunter in den Ort hatte. Sie hatte es sich gerade bequem gemacht, als sie das Quietschen des kleinen Gartentors und wenig später Schritte auf dem Kies vernahm. Verdutzt wandte sie sich um. Julien hatte sich in den letzten zwei Jahren so sehr verändert, dass sie ihn fast nicht wiedererkannt hätte. Er war groß und schlaksig gewesen und immerzu bemüht, lässig zu wirken, ohne seine Unreife verbergen zu können. Jetzt stand plötzlich ein hagerer, drahtiger Mann vor ihr, dessen Gesicht so viel ernster war, als sie es in Erinnerung hatte. In dem Augenblick jedoch, da er sie erkannte, blitzte sofort wieder das Jungenhafte in ihm auf, das ihr so wohlvertraut war.

»Victoria«, begrüßte er sie erstaunt. »Ich wusste nicht, dass du hier bist.«

Es war seltsam zu hören, wie er sie bei ihrem Taufnamen nannte. Ihr fiel auf, dass auch seine Stimme irgendwie anders klang, sehr viel männlicher und reifer. Das schaffte eine merkwürdige Distanz, die sie unsicher werden ließ.

»Ich wollte ein wenig die Aussicht genießen«, erwiderte sie scheu.

»Darf ich mich zu dir setzen?« Sein Gesicht wirkte ein wenig schief, als er lächelnd auf sie zutrat. Rasch rückte sie zur Seite und machte ihm Platz. Eine ganze Weile betrachteten sie die Landschaft, die vor ihnen lag, ohne miteinander zu reden. Merkwürdigerweise hatte seine Anwesenheit nun nichts Befremdliches mehr für sie. »Ich komme immer hierher, wenn ich meine Eltern besuche«, unterbrach Julien schließlich ihr Schweigen. »Weißt du noch, wie wir uns früher hier getroffen haben und du mir Bücher aus eurem Haus mitgebracht hast?« Torie spürte ein wohliges Kribbeln, als er weitersprach. »Du hast mir damit das Tor in eine Welt geöffnet, die mir sonst verborgen geblieben wäre.« Seine Stimme klang nachdenklich und ernst. Sie freute sich, dass er sich daran erinnerte.

»Und du hast mir alle Kniffe beim Murmelspiel beigebracht.

Damit konnte ich den Dorfkindern beweisen, dass ich auch zu etwas tauge.«

Sie sahen sich an und mussten herzlich lachen, bis Julien zu husten begann. Es war ein ausdauernder Husten, der nicht aufhören wollte und ihm sichtlich Qualen bereitete.

»Ist das von der Kriegsverletzung?«, erkundigte sich Torie zaghaft, nachdem er sich endlich beruhigt hatte. »Dein Vater hat uns erzählt, dass du in einen Giftgasangriff geraten bist.«

Julien zog eine gequälte Grimasse. »Es war zum Glück nur Chlorgas«, versuchte er zu scherzen. »Jetzt benutzen sie Senfgas, das ist noch viel verheerender. Meine Bronchien haben etwas abbekommen, leider nicht genug, um wehruntauglich zu sein.«

Torie spürte die Verbitterung in seinen Worten und fühlte sich auf einmal befangen. »Es tut mir leid, dass du so Schlimmes erleiden musstest.«

Julien zuckte nur mit den Schultern. »Es ist, wie es ist.« Abrupt wechselte er das Thema. »Papa hat mir verraten, dass du eines Tages mal das Unternehmen deines Vaters übernehmen wirst.« Er deutete mit dem Kopf in Richtung Fabrik.

»Oh, bis dahin ist es noch ein weiter Weg«, wehrte Torie verlegen ab. »Erst einmal muss ich das Abitur schaffen und darauf hoffen, dass sie mich an der technischen Hochschule aufnehmen.« Sie runzelte skeptisch die Stirn. »Das ist als Frau gar nicht so einfach.«

Julien war anderer Meinung. »Ich bin ganz sicher, dass du das hinbekommst«, erwiderte er zuversichtlich. Sein Blick bekam etwas Schelmisches. »Mit deinem Dickkopf könntest du eines Tages sogar Präsidentin von Frankreich werden.«

»Das willst du nicht wirklich«, drohte sie vergnügt. »Meine erste Amtshandlung bestünde darin, dass du nicht länger über mich spotten darfst.«

Julien hob lachend die Hände. »Gott bewahre! Ich würde mich dir natürlich sofort unterwerfen.«

»Mir reicht schon, wenn du bald wieder bei uns arbeitest«, meinte Torie. Julien sah sie merkwürdig an. Dann sagte er ihr, dass er nach dem Krieg wahrscheinlich erst einmal nicht nach Bagnolet zurückkehren würde. »Aber warum nicht?«, fragte sie erschrocken.

Julien zuckte mit den Schultern. »Nicht nur du hast Träume«, erklärte er ihr ruhig und mit offenem Blick. »Ich möchte nicht mein Leben lang ein kleiner Mechaniker bleiben wie mein Vater, ich möchte selbst Dinge bewegen. Sobald das schreckliche Gemetzel vorüber ist, werde ich meinen Schulabschluss nachholen, um später als Ingenieur arbeiten zu können. Ich wünsche mir, einmal Motoren für Automobile zu entwickeln, genau wie du!«

Er geriet ins Schwärmen und erzählte ihr von seinen Plänen. Torie erfuhr, dass Julien beim Militär für die Reparatur der Lastwagen eingesetzt wurde und dabei viel gelernt hatte. Dann berichtete sie ihm von ihrer Zeit am Genfer See und der Arbeit an dem Vanderbilt.

»Auch für mich sind Automobile etwas ganz Besonderes«, schloss sie schließlich. »Mein Papa und ich haben Pläne, die wir mit Citroën verwirklichen möchten. Möglicherweise helfen wir schon bald dabei, eine eigene Automarke zu entwickeln. Wir könnten eines Tages zusammenarbeiten …« Die letzte Bemerkung war ihr so herausgerutscht. Als Julien sie daraufhin sichtlich verblüfft ansah, errötete sie. »Das ist nur so eine Idee«, fügte sie rasch hinzu. »Wer weiß, was die Zukunft bringt. Ich würde es jedenfalls gern tun.« Sie blickten wieder auf die Landschaft.

»Erinnerst du dich noch an Monsieur Kégresse?«, fragte Julien sie unvermittelt.

»Wie könnte ich diesen wunderbaren Erfinder jemals vergessen?« Sie sah ihn spitzbübisch an. »Und unser kleines gemeinsames Abenteuer natürlich.«

Julien zog schuldbewusst die Stirn kraus. »Du hast dich damals mutig vor mich gestellt. Das war ein sehr feiner Zug.« Er räusperte sich. »Aber darauf wollte ich nicht hinaus. Es geht mir um die Halbraupenfahrzeuge, die er als Schlittenersatz für den Zaren entwickelt hat. Ich habe viel darüber nachgedacht. Sie würden sich sehr gut auch für andere Zwecke eignen.«

»Du denkst, für Kriegseinsätze?«

Julien nickte eifrig. »Genau. Die Briten haben mittlerweile gepanzerte Kettenfahrzeuge, mit denen sie in naher Zukunft die Front überrollen wollen. Ich hatte die Gelegenheit, mir einen dieser Prototypen anzusehen. Sie nennen sie *tanks*. Allerdings haben sie nur eine geringe Motorleistung und sind nicht sehr wendig. Sie werden von einer einfachen Umlaufkette angetrieben, die sehr störanfällig ist.« Er biss sich gedankenverloren auf die Unterlippe und starrte dabei in die Ferne. »Kégresse sprach damals von einem anderen Antrieb, den er selbst entwickelt hatte. Was gäbe ich darum, mir die Pläne einmal ansehen zu können. Ich bin mir sicher, dass man diese Panzer sehr einfach verbessern könnte.« Seine Augen blitzten auf.

Torie erkannte die gleiche Begeisterung, die auch sie empfand, wenn es um die Lösung technischer Probleme ging. »Ich glaube, ich verstehe, was du meinst«, bemerkte sie. »Du interessierst dich für Nutzfahrzeuge und deren Optimierung.«

»Ganz genau!« Er strahlte sie an. »Es gibt so unendlich viele Möglichkeiten, wenn …«

»… wenn man uns nur machen ließe!«

Torie vollendete den Satz mit einer Selbstverständlichkeit, die sie an früher erinnerte, und musste plötzlich albern kichern. Die wohltuende Vertrautheit zwischen ihnen ließ sie immer unbeschwerter werden.

»Möchtest du mit zu uns nach Hause kommen?«, fragte Julien sie plötzlich. »Maman hat zur Feier meiner Rückkehr einen Kuchen gebacken. Keine Ahnung, wie sie die Zutaten organisiert hat. Sie wird sich freuen, wenn du uns besuchen kommst.«

Torie musste nicht lange nachdenken. Die Aussicht, noch ein wenig mehr Zeit in Juliens Gesellschaft zu verbringen, fühlte sich verlockend an. Hand in Hand schlenderten sie den schmalen Pfad hinunter zu der Arbeitersiedlung. Unterwegs versuchte sie, Julien ein wenig über seine Erlebnisse im Krieg auszufragen. Doch er reagierte abweisend.

»Es war so schrecklich, dass ich darüber nicht reden möchte«, erklärte er knapp. »Ich möchte einfach die Zeit hier zu Hause in Ruhe genießen.«

Sie akzeptierte das und heiterte ihn auf, indem sie lustige Begebenheiten aus ihrem Internatsleben zu erzählen begann. Julien amüsierte sich köstlich, als sie Fräulein Kreuznagels näselnde Stimme imitierte. Er ahmte daraufhin seinen Kompaniechef nach, der seine Befehle in donnerndem Stakkato und einem grässlichen Lispeln zu geben pflegte. Schnell stellte sich wieder die Unbeschwertheit ein, die den Zauber ihrer Begegnungen ausmachte. Ganz selbstverständlich legte Julien ihr seinen Arm um die Schultern, als sie schließlich das schmale Arbeiterhäuschen der Familie Ruiz erreichten. Aus dem geöffneten Fenster waberte ihnen der einladende Duft eines frisch gebackenen Kuchens entgegen. Julien öffnete die Tür und rief nach seiner Mutter. Torie folgte ihm in die kleine gemütliche Küche, in der sie als Kind viel Zeit verbracht hatte.

»Sieh mal, wen ich mitgebracht habe«, verkündete er munter und ließ Torie den Vortritt, damit sie seine Mutter begrüßen konnte, die am Küchentisch saß. Überrascht stellten sie fest, dass auch Juliens Vater anwesend war. »Papa, was machst du denn um diese Zeit hier?«, fragte Julien.

Sein Vater sah sie betreten an.

»Vielleicht komme ich besser ein anderes Mal wieder«, verkündete Torie rasch, die fürchtete zu stören.

Doch Fernand Ruiz bat sie, auf einem der Stühle Platz zu nehmen. Seine ernste Miene verhieß nichts Gutes.

»Ich muss dir etwas sagen, Victoria …« Die Worte kamen ihm kaum über die Lippen.

»Ist etwas passiert?«

Juliens Mutter schlug die Hände vors Gesicht und begann zu weinen. Torie spürte, wie ihr plötzlich eiskalt wurde.

»Es sind deine Eltern«, brach es aus Juliens Vater hervor. Auch er rang sichtlich um Fassung.

»Was ist mit ihnen?« Im selben Augenblick wusste sie, dass etwas Furchtbares geschehen war.

»Sie sind mit dem Automobil verunglückt.«

»Wo sind sie?«, ergriff Julien für Torie das Wort. »Sind sie verletzt? In welches Krankenhaus wurden sie gebracht?«

Sein Vater antwortete mit einem leichten Kopfschütteln. Da wusste Torie, dass sie ihre Eltern nie wiedersehen würde.

12

Clarissa sah aus dem Fenster des Zuges, der sie zurück in ihr Elternhaus bringen würde, und ließ die letzten Jahre Revue passieren.

Ihre frühen Kindheitserinnerungen waren bunt und magisch. Wohlbehütet von der allumfassenden Liebe ihrer Eltern wuchs sie in einem Umfeld voller Freude und Freiheit auf. Sie war das einzige Kind von Samuel und Rahel Sternberg. Ihr Vater war ein angesehener Münchner Bankier, ihre Mutter eine ehemals bekannte Sängerin und nach ihrer Heirat Mäzenin für junge Künstler jeglicher Gattung. Wenn Clarissa aus dem Fenster ihres Elternhauses sah, das sich in unmittelbarer Umgebung des Nymphenburger Schlosses befand, konnte sie einen der beiden Schlosskanäle mit seinen Schwänen und Enten sehen. Ein parkähnlicher Garten samt Pavillon umgab das großzügige Anwesen. Ständig gingen Menschen im Haus Sternberg ein und aus. Gäste unterschiedlicher Herkunft waren jederzeit herzlich willkommen. Geschäftsleute und Münchner Honoratioren gaben Künstlern und arbeitslosen Bohemiens die Klinke in die Hand. Oft wurden rauschende Feste gefeiert.

Für Clarissa war solch ein Betrieb etwas Selbstverständliches. Trotz ihrer Jugend wurde sie nur selten ausgeschlossen, wenn Künstler zu Gast waren. Ihre Mutter und ihre Tante, die von ihr einfach nur Luba gerufen werden wollte, waren der Meinung, dass man die schönen Dinge des Lebens von einem Kind nicht fernhalten durfte. Ihr Vater duldete ihre Einstellung, da er ihrer Mutter ohnehin keinen Wunsch abschlagen konnte. Ein- bis zweimal im Monat veranstaltete Rahel eine Soirée, zu der sie Künstler einlud. Sie versammelten sich im palmengeschmückten Wintergarten, um dort zu musizieren oder sich über politische und gesellschaftliche Themen auszutauschen. Hin und wieder gab auch ein Schauspieler oder Dichter etwas zum Besten. Es waren herrliche Abende, von denen Clarissa wegen ihres zarten Alters zwar nicht immer alles mitbekam, aber doch genug, um daran eine lebhafte Erinnerung zu behalten. Sie war ein visueller Mensch und verarbeitete ihre Eindrücke vorwiegend bildhaft. Für sie war Musik wie ein Farbenrausch, und auch der Klang von Wörtern manifestierte sich in ihrer Vorstellung wie eine Bildkomposition. Luba erkannte ihre Begabung sehr früh und half ihr, ihre Eindrücke auf Papier zu bannen. Als angesehene Malerin war es ihr eine Freude, ihr Patenkind zu fördern.

An einen bestimmten Abend erinnerte sich Clarissa besonders gern. Ihre Mutter hatte mehrere Künstler eingeladen, und sie selbst hatte sich auf ihren Lieblingsplatz hinter einer Palme zurückgezogen, um das Treiben in Ruhe zu beobachten. Musiker, Dichter, Schauspieler und Maler waren zu Gast. Es war eine bunte Mischung aus exzentrisch und nachlässig gekleideten Menschen, die alle etwas Besonderes darstellten. Mondäne Frauen in eng anliegenden Abendkleidern mit langen Federboas, die lasziv mit ihren langen Zigarettenspitzen durch den Salon schritten. Herren, die statt Frack und Zylinder nur ein verknittertes Sakko zu einem runden Strohhut trugen, dazu ein buntes Tuch um den Hals. Aber auch Frauen, die wie Männer Anzüge trugen und sich auch sonst sehr burschikos gaben. Die Stimmung im Wintergarten war ausgelassen, während im Nebenzimmer anregende

Diskussionen geführt wurden. Ganz in Clarissas Nähe versammelte sich eine bunt gemischte Gruppe, die sich über ein angesagtes Münchner Lokal namens Simplicissimus unterhielt. Sie erfuhr, dass es mitten im neuerdings angesagten Stadtteil Schwabing lag und offenbar ein wichtiger Treffpunkt von Künstlern war.

Im Mittelpunkt der Runde stand ein junger, auffallend klein gewachsener Mann mit einer riesigen Nase, den die Anwesenden immer wieder bedrängten. »Los, Ringelnatz, gib uns was zum Besten«, wurde er mehrfach aufgefordert. Doch der Angesprochene zierte sich und tat, als wäre ihm dies äußerst lästig. Erst als ihm jemand einen Geldschein in die Westentasche steckte, ließ er sich erweichen. Mit einer überraschend selbstbewussten Geste verschaffte er sich Platz und blickte sodann mit funkelnden Augen in die Runde. Dabei fiel sein Blick zufällig auch auf Clarissa hinter ihrer Palme. Er zwinkerte ihr schelmisch zu, bevor er sich wieder seinem Publikum zuwandte und den Geldschein aus seiner Westentasche zog. Missbilligend sah er ihn an, bevor er ihn wieder verstaute. »Nu, für die paar Kröten könnt ihr aber von Joachim Ringelnatz nüch viel erwarten«, verkündete er in breitem Sächsisch, hob den Zeigefinger als Zeichen dafür, dass es nun losging.

Clarissa rechnete mit einem langatmigen Vortrag, doch sie sollte sich täuschen – er trug ein Gedicht vor.

»Im Park. Ein ganz kleines Reh stand am ganz kleinen Baum, still und verklärt wie im Traum. Das war des Nachts elf Uhr zwei. Und dann kam ich um vier morgens wieder vorbei. Und da träumte noch immer das Tier. Nun schlich ich mich leise – ich atmete kaum – gegen den Wind an den Baum und gab dem Reh einen ganz kleinen Stips. Und da war es aus Gips.«

Gelächter und Beifall folgten, Joachim Ringelnatz bat mit todernster Miene erneut um Aufmerksamkeit. Clarissa beobachtete gebannt, wie der kleine Mann sein Gesicht in geradezu akrobatischer Mimik verzog, während er die nächsten Verse darbot, die von einem Wal und einer Waage handelten. Noch niemals hatte sie etwas Amüsanteres gehört, und gleichzeitig setzten Ringelnatz' Worte eine Flut von Bildern in ihr frei, die den unstillbaren Wunsch in ihr hervorriefen, das Gehörte in ein gemaltes Bild zu verwandeln. Sie hätte dem Mann stundenlang zuhören können. Viel zu schnell hatte der Dichter jedoch genug und verlangte lautstark nach einem Glas Wein, das man ihm sogleich reichte.

Clarissa hielt es nicht länger unter den Gästen. Überquellend von ihren Eindrücken zog sie sich in ihr Zimmer zurück, setzte sich an ihren Schreibtisch und begann, die gehörten Verse, die sie wie einen Schatz in sich verborgen trug, als Skizzen auf Papier zu bannen und sie dann zu kolorieren. Während sie arbeitete, vergaß sie alles um sich herum, auch dass es längst Zeit war, schlafen zu gehen. Sie arbeitete wie in einem Rausch, konzentriert, erfüllt und gleichzeitig hoch beglückt. Bis zum Morgengrauen hatte sie drei Gouachen fertig und war fest entschlossen, die Bilder in ihrem Kopf auch noch in Öl auf eine Leinwand zu bannen. Sie konnte gar nicht erwarten, sie Luba bei ihrem nächsten Besuch zu zeigen.

Luba war nicht nur ihre Patentante, sondern auch in Bezug auf Kunst ihre wichtigste Verbündete. Die ältere Schwester ihrer Mutter lehrte an der Damenakademie des Münchner Kunstvereins Malerei und hatte weitreichende Kontakte zur Künstlerszene. Dank ihrer Fürsprache hatte Clarissas Vater sich nach einigem Sträuben bereit erklärt, ihr ein eigenes kleines Atelier in der Villa einzurichten, in dem sie sich nach Herzenslust austoben durfte. Bereits mit fünf Jahren nahm Luba sie mit in ihren Malunterricht. Dort hatte sie Gelegenheit, sich unter den viel älteren Schülerinnen verschiedene Techniken anzueignen. Sie stellte sich für ihr Alter äußerst geschickt an und liebte es ganz besonders, wenn ihre

Tante sie zu großen Ausstellungen der Münchner Künstlerkreise mitnahm.

Bei einer dieser Veranstaltungen lernte sie die Malerin Maria Franck aus Berlin kennen. Die junge Frau war ihr sofort sympathisch. Als Maria sie fragte, ob sie ihr Modell sitzen wolle, war sie nur allzu gern bereit. Die Künstlerin hatte sich auf Kinderporträts spezialisiert. Während der Sitzungen waren sie nicht immer allein. Ab und zu besuchte sie ein Mann, der Maria sehr wichtig zu sein schien. Jedes Mal, wenn er auftauchte, wurde sie puterrot. Maria verriet ihr, dass sie Franz Marc auf dem Bauernkirchweihball in Schwabing kennengelernt hatte und dass er ebenfalls Maler war. Sobald Franz auftauchte, herrschte eine ganz besondere Atmosphäre im Atelier.

Clarissa mochte den Mann in seiner dunklen Bärenfellmütze ebenfalls. Er sah aus wie ein Kosake und war immer gut gelaunt. Als er erfuhr, dass sie auch gern malte, wollte er ihre Bilder sofort sehen. Er ermutigte sie zu kräftigeren Farben und gab ihr hin und wieder eine Anleitung, die sie umsetzte, während er sich im Nebenzimmer mit Maria beschäftigte. Wenn die beiden mit roten Wangen und glücklichem Lächeln wieder ins Atelier zurückkehrten – Clarissa konnte sich nicht erklären, weshalb ihnen immer so heiß wurde, wenn sie gemeinsam Zeit verbrachten –, setzte Maria ihre Arbeit an Clarissas Porträt fort, und Franz sah sich Clarissas Arbeiten an.

Im Frühsommer 1906 wurde Clarissas Mutter krank. Es fing mit einer verschleppten Bronchitis an, die sich schließlich zu einer schweren Lungenentzündung auswuchs. Wochenlang war Rahel gezwungen, das Bett zu hüten, sie erholte sich nur sehr langsam. Je länger die Krankheit dauerte, desto mehr veränderte sich das Leben im Hause Sternberg. Mit einem Mal schien alle Freude verschwunden. Es gab weder Abendveranstaltungen noch kamen Gäste. Die Stimmung war meist gedrückt, statt Lachen und Musik herrschte Stille.

Als es Hochsommer wurde, ging es Rahel immer noch nicht besser. Aus Sorge um ihre Mutter sagte ihr Vater die Sommerfrische in ihrem Ferienhaus an der Ostsee ab. Normalerweise verbrachte die Familie dort mehrere Wochen gemeinsam. Damit Clarissa nicht den ganzen Sommer in München sein musste, bot Luba an, sie mit an den Kochelsee zu nehmen, wo sie Malkurse für ihre Schülerinnen abhielt. Clarissa konnte sich nichts Besseres vorstellen, als die Ferien mit Malen zu verbringen.

Die folgenden Wochen sollten die letzte unbeschwerte Zeit ihrer Kindheit werden. Sie bezogen ein kleines Häuschen in einem Dorf am See, das zu Clarissas großer Freude ganz in der Nähe der Unterkunft lag, die Maria und Franz von einem Schreinermeister gemietet hatten. Dazu gehörten ein Atelier und ein großer Obstgarten, in dem sie sich oft an den lauen Sommerabenden trafen. Nach nur wenigen Tagen bot das Paar Clarissa an, bei sich im Atelier zu arbeiten. Die beiden jungen Leute hatten einen Narren an ihr gefressen, und Maria wurde nicht müde, immer wieder Porträts von ihr anzufertigen. Da ihre Tante nachmittags ohnehin mit den Malkursen beschäftigt war, nahm Clarissa das Angebot liebend gern an. Schon fühlte sie sich bei Maria und Franz wie zu Hause. Es war eine herrliche und unbeschwerte Zeit. Niemand schrieb ihr etwas vor, keiner schickte sie früh zu Bett oder störte sich daran, dass sie die meiste Zeit ohne Schuhe herumlief. Franz beschaffte ihr sogar eine eigene Staffelei, an der sie voller Stolz ihre ersten großen Bilder malte.

Eines Tages wurde die Idylle jäh getrübt. Eine fremde Frau stand ohne jede Ankündigung vor der Tür des Ateliers.

»Hier bin ich also«, verkündete sie gut gelaunt und ließ eine große Reisetasche mit einem Plumps auf den Boden fallen. Damit hatte sie die Aufmerksamkeit aller auf sich gezogen. Maria, die ganz in ihre Malerei vertieft gewesen war, sah die Frau an, als wäre sie ein Geist, während Franz seinen Pinsel wegwarf und mit einem breiten Lächeln und offenen Armen auf sie zutrat.

»Marie Christine! Mein Gott, warum hast du kein Telegramm geschickt? Ich hätte dich doch am Bahnhof abgeholt.« Er schloss die Frau, die gut und gern zehn Jahre älter war als er, in die Arme und gab ihr einen innigen Kuss auf den Mund, den sie viel zu lange erwiderte. Clarissa konnte es nicht fassen. Wieso küsste Franz diese Fremde, wo doch Maria seine Freundin war? Mit einem unbehaglichen Gefühl linste sie zu Maria hinüber, die rot geworden war und sich ganz offensichtlich auch nicht wohlfühlte. Franz und die Fremde hielten sich immer noch umarmt, als Maria sich schließlich beklommen von ihrem Hocker erhob, um die Frau ebenfalls zu begrüßen. Die Art, wie sie dieser Marie Christine die Hand reichte, war alles andere als herzlich. Franz hingegen schien mit der merkwürdigen Situation keinerlei Probleme zu haben. Er legte seine Arme ganz selbstverständlich um die Schultern der beiden Frauen und küsste erst Maria und dann die andere herzlich auf die Wange. »Nun sind wir also komplett«, verkündete er bestens gelaunt. »Wir werden eine wunderbare kreative Zeit miteinander verbringen, ihr werdet schon sehen! Maria, lass uns was zusammen kochen. Unser Gast wird sicherlich hungrig sein.«

In Anbetracht der neuen, höchst verstörenden Umstände wagte sich Clarissa in den nächsten Tagen nicht wieder ins Atelier. Sie fürchtete auch, nicht mehr willkommen zu sein. Doch als sie Maria eines Morgens beim Milchholen vom Bauern zufällig begegnete, fragte sie diese direkt nach dem Grund ihres Ausbleibens.

»Ich ... ich weiß nicht«, stammelte sie verlegen. »Ihr habt doch jetzt einen anderen Gast.«

»Gast ist gut«, brummelte Maria grimmig. Dann lächelte sie ihr aber herzlich zu. »Du störst überhaupt nicht. Im Gegenteil. Komm einfach wieder, ja?«

Clarissa versprach es, musste ihr Vorhaben jedoch verschieben. Da ihr erster Malkurs beendet war, fand ihre Tante es an der Zeit, mit ihr einen Ausflug zu unternehmen. Gemeinsam fuhren sie an den nahe gelegenen Walchensee, um Lubas Freund, den Maler Lovis Corinth, zu besuchen. Der lud sie zu einer Ruderpartie über den herrlich blauen See ein. Dabei kam das Gespräch auf Franz Marc und seine beiden Frauen.

»Im Dorf herrscht große Aufregung wegen der Ménage à trois im Hause Marc«, wusste ihre Tante kichernd zu berichten. »Schlimm genug, dass Maria und Franz nicht verheiratet sind, aber dass sich nun auch noch die Schür in der Ferienunterkunft eingenistet hat, das ist für die armen Dorfbewohner kaum noch nachzuvollziehen.« Clarissa wusste weder, was eine Ménage à trois war, noch, was »einnisten« zu bedeuten hatte, deshalb lauschte sie umso aufmerksamer den beiden Erwachsenen, die völlig vergessen zu haben schienen, dass ein achtjähriges Kind anwesend war. Lovis Corinth, der an den Riemen saß, hörte mit dem Rudern auf und fuhr sich amüsiert über seinen buschigen Schnurrbart.

»Hört, hört«, machte er sich offen lustig. »Der Franz konnte noch nie von den Weibsbildern lassen. Ich bin ja nur noch selten in München, aber sein Ruf eilt ihm voraus. Wenn es stimmt, was man sich erzählt, soll er neben der Franck und der Schür eine dritte Geliebte haben. Wie er das nur aushält? Mich persönlich hält meine Charlotte genug auf Trab.«

Die beiden Erwachsenen lachten ausgelassen. Sie schienen nichts weiter daran zu finden.

»Mir wäre das ganze Hin und Her auch zu anstrengend. Und dann die ständigen Eifersüchteleien ...« Luba schüttelte sich. Doch sie ergriff Partei für Maria. »Ich bin mir ziemlich sicher, dass Maria sich das nicht mehr lange gefallen lässt«, behauptete sie. »Sie liebt Marc innig und wird ihn nicht kampflos ihren Rivalinnen überlassen. Außerdem ist mir aufgefallen, dass sich Marc von keiner anderen so viel sagen lässt wie von ihr. Die Schür ist ein gerissenes Luder. Es heißt, dass sie erst im Februar in Paris ein uneheliches Kind zur Welt gebracht hat und das im stolzen Alter von siebenunddreißig Jahren! Angeblich ist Angelo Jank der Vater, aber selbst das ist nicht sicher ...« Sie sah Lovis Corinth vielsagend an. »Da sie ihren Sohn nach deutschem Recht nicht allein aufziehen darf«, fuhr sie fort, »hat sie ihn zu ihrer verwitweten Mutter nach Swinemünde gebracht. Angeblich ist ihr das nicht leichtgefallen ...« Während Corinth gebannt und amüsiert ihren Ausführungen zuhörte, erfuhr auch Clarissa mehr über Marias Rivalin. Marie Schür unterrichtete wie ihre Tante an der Damenakademie in München und war für die Klassen Stillleben und Blumenbilder zuständig. Maria war nicht nur Maries Schülerin gewesen, sondern hatte Franz auch mit ihr bekannt gemacht. »Das wird sie am meisten geärgert haben«, schloss Luba seufzend. »Maria ist in mancherlei Hinsicht doch sehr konventionell. Ich fürchte, sie leidet schrecklich.«

Lovis Corinth, dem erst jetzt bewusst zu werden schien, dass ein Kind mit im Boot saß, lenkte die Aufmerksamkeit pflichtbewusst auf eine Haubentaucherfamilie, die sich vom offenen Wasser ins Schilf flüchtete. »Sieh nur, wie brav sie ihrer Mutter folgen«, wandte er sich an Clarissa und beendete damit endgültig das Thema.

Beim anschließenden Besuch in seinem Ferienhaus, das er mit seiner Frau Charlotte und seinem kleinen Sohn Thomas bewohnte, bekamen sie noch die Ölskizzen zu Corinths neuestem Werk *Kreuzabnahme* zu sehen. Clarissa war beeindruckt von Corinths kräftigem Pinselstrich, der an die Impressionisten erinnerte, aber inhaltlich sehr viel Dramatik zeigte. Sein Stil war so anders als der von Franz Marc und doch nicht minder beeindruckend. Gebannt hörte sie zu, wie Corinth von einer Ausstellung des französischen Malers Paul Cézanne erzählte, die ihn nachhaltig in seinem Stil beeinflusst hatte. Instinktiv begriff sie, dass die Art eines Menschen, zu denken und zu fühlen, eine bedeutende Wirkung auf die Art seiner Bilder und ihren Stil hatte. Erfüllt von vielen neuen Eindrücken versuchte sie auf dem Heimweg, Luba mit Fragen zu löchern. Die hatte der Ausflug allerdings ermüdet, und so zeigte sie nicht viel Verständnis für Clarissas Gedankenspiele.

Gleich am nächsten Morgen machte Clarissa sich auf den Weg zu ihren Malerfreunden, in der Hoffnung, dort mehr zu erfahren. Sie erreichte das Atelier über den Obstgarten und fand es wie immer unverschlossen vor. Da Franz und Maria manchmal länger schliefen, hatten sie ihr erlaubt, jederzeit einzutreten, um zu malen. Kaum hatte sie es sich an ihrer Staffelei bequem gemacht, kam Marie in den Raum. Sie trug einen halb offenen Morgenmantel, unter dem sie völlig unbekleidet war. Direkt hinter ihr erschien Franz mit nacktem Oberkörper, er knöpfte sich gerade seine Hose zu. Als er sie entdeckte, grinste er verlegen und fuhr sich durch seinen verwuschelten dunklen Haarschopf. Clarissa sah schnell zur Seite. Ihr war die Situation peinlich, obwohl sie noch zu jung war, um richtig zu begreifen.

»Ich … ich wollte nicht stören«, stammelte sie und legte ihren Pinsel beiseite.

Sie wollte aufbrechen, doch Marie hielt sie zurück. »Maria macht uns gerade einen Tee«, erklärte sie ohne jegliche Scham. »Ich bin sicher, dass sie sich freut, dich zu sehen.«

»Ich komme lieber ein anderes Mal wieder.«

»Unsinn! Du bleibst!« Auch Franz ließ ihre Ausrede nicht gelten. »Wir gehen gleich auf den Berg, um zu malen. Von dort oben hat man heute eine spektakuläre Aussicht über den Kochel- und den Walchensee. Du wolltest doch schon längst einmal mit, stimmt's?«

Clarissa fühlte sich immer noch unwohl. Dann aber kam Maria mit einer Teekanne herein und zeigte sich so erfreut über ihre Anwesenheit, dass sie blieb. Wenig später stiefelten sie zu viert den Berg hinauf – Franz mit Staffelei, Farben und Leinwand ausgerüstet, sie selbst und die Frauen mit Skizzenblöcken und Aquarellfarben. Während Franz mit Marie munter vornewegspazierte, hielt sich Maria auffällig zurück. Immer wieder hielt sie an und ließ ihren Blick über die Landschaft schweifen. Sie wirkte bedrückt und zeigte sich nicht sonderlich gesprächig, dabei hätte sich Clarissa allzu gern mit ihr über ihren Ausflug zum Walchensee und Lovis Corinth unterhalten. Schweigend stapfte sie neben ihrer Freundin her.

Sie bereute, dass sie sich zu diesem Ausflug hatte überreden lassen. Als sie nach eineinhalb Stunden die Almwiese erreichten, verflog ihre düstere Stimmung aber umgehend. Der Ausblick war einfach zu schön. Unter ihr breiteten sich die beiden türkisfarbenen Seen aus, umrahmt von Wäldern und steil ansteigenden Felswänden. Sie hatte noch nie etwas Schöneres gesehen. Franz baute sofort die Staffelei mit der Leinwand auf und vertiefte sich umgehend in eine Arbeit, die er bereits angefangen hatte. Weil ihm heiß war, zog er sein Hemd aus und arbeitete mit freiem Oberkörper. Auch Marie zog ganz selbstverständlich Bluse und Strümpfe aus, bevor sie sich im Unterrock zwanglos neben Franz ins Gras fallen ließ. Clarissa fühlte sich gleichzeitig gebannt und abgestoßen von dieser Freizügigkeit. Sie lugte zu Maria hinüber, die sich etwas abseits auf einem Stein niedergelassen hatte und mit verschlossenem Blick in die Landschaft starrte. Die beiden anderen nahmen davon keine Notiz.

Clarissa nahm ihren Skizzenblock zur Hand und überlegte, von wo aus sie malen sollte. Um sich inspirieren zu lassen, blickte sie Franz Marc über die Schulter. Die Ölskizze, die er gerade anfertigte, zeigte zwei Frauen – die eine liegend, die andere beherrschte im Vordergrund sitzend die Komposition. Obwohl sie nicht mehr als Umrisse erkennen konnte, war anhand der unterschiedlichen Staturen sehr deutlich zu erkennen, dass es sich dabei um Maria und Marie handelte. Die liegende Figur mit ihren weiblichen, runden Formen stellte eindeutig Maria dar, die schlankere, sitzende Person musste Marie sein. Neben Franz im Gras lag eine Fotografie, die dasselbe Motiv zeigte, nur dass Franz auch mit darauf zu sehen war. Clarissa wandte rasch den Blick ab, als sie erkannte, dass alle drei splitterfasernackt waren.

Da niemand ihre Scham registrierte, wagte sie nach einer Weile einen zweiten Blick auf die Fotografie. An der Art, wie jeder der drei sich unterschiedlich vor der Kamera zeigte, konnte sie allerlei ablesen. Marie genoss eindeutig, sich vor der Kamera zu präsentieren. Ihre Pose war selbstbewusst, während sie ihren schönen Körper mit herausforderndem Blick präsentierte. Auch Franz zeigte seine Nacktheit mit großer Selbstverständlichkeit. Zwischen den beiden lag Maria, die sich nicht sehr wohl zu fühlen schien. Ihr Blick war jedenfalls unwillig auf den Boden gerichtet. Sie tat Clarissa leid.

Clarissa wandte sich ab und ging zurück zu Maria. Irgendwie hatte sie plötzlich keine Lust mehr zu malen. Mit dem Skizzenblock auf den Knien schaute sie hinunter ins Tal.

»Bist du wegen Marie so verunsichert?«, wollte Maria nach einer Weile plötzlich wissen.

Clarissa löste ihren Blick von der Landschaft und sah zu ihr hinüber. »Sie wirkt sehr ... vertraut mit Franz«, gestand sie. »Bist du nicht eifersüchtig?«

Maria lachte freudlos. »Eifersucht ist ein unnötiges Gefühl, sagt Franz. Er liebt mich und begehrt die Schür rein körperlich. Für ihn ist das völlig normal. Und er wünscht von mir dieselbe Offenheit für meine Gefühle.«

Clarissa verstand nicht, was sie meinte. »Aber so etwas ist doch nicht erlaubt!« In ihrer Vorstellung waren alle Paare per Gesetz dazu verpflichtet, treu zu sein.

»Erlaubt oder nicht ...« Maria zuckte mit den Schultern. »Menschen wie Franz und die Schür finden, dass wir uns von solch bürgerlichem Ballast befreien müssen. Sehr gut möglich, dass sie recht haben. Das Spießbürgertum, so sagt er, erstickt unsere Kreativität.« Sie lächelte tapfer. »Ich bin nur noch nicht so weit. Manchmal fühle ich mich überfordert. Und du, du musst das alles noch nicht verstehen.«

Clarissa wusste nichts darauf zu sagen. Mehr oder weniger aus Verlegenheit begann sie endlich doch, die Landschaft zu skizzieren.

Als Marie Schür zwei Wochen später abreiste, kehrte wieder Ruhe ein. Marias Stimmung hob sich merklich, und schon bald war sie wieder so ausgeglichen wie zuvor. Clarissa kam täglich zum Malen ins Marc'sche Atelier, und abends saßen alle zusammen im Obstgarten, machten ein Lagerfeuer und sangen Lieder. Ab und zu kamen andere Künstler vorbei und sorgten mit ihrer Anwesenheit für launige Abwechslung. Clarissa fühlte sich frei und unbeschwert. Es gab kaum Vorschriften. Luba tat alles, um ihr eine unvergessliche Zeit zu bieten. Auf diese Weise geriet auch die Sorge um ihre Mutter in den Hintergrund. Sie standen in regelmäßigem Briefkontakt, nichts wies darauf hin, dass die Krankheit fortschritt. Rahels Worte waren immer voller Zuversicht, sodass Clarissa davon ausging, dass es ihr allmählich besser ging. So neigte sich der Sommer langsam seinem Ende zu.

Eines Tages teilte ihre Tante ihr mit, dass ihnen nur noch wenig Zeit bis zur Abreise blieb. Als Franz und Maria bemerkten, wie traurig Clarissa darüber war, beschlossen sie, ihr zum Abschied ein Kostümfest mit dem Thema Fabelwesen auszurichten. Alle Bekannten aus dem Dorf sollten dazu eingeladen werden. Die nächsten Tage verbrachten sie damit, Kostüme anzufertigen. Franz wollte sich als grüner Faun verkleiden, Maria wählte das Kostüm eines Koboldmädchens. Luba arbeitete an einer Verkleidung als schwarze Hexe, Clarissa sollte zu einer zauberhaften Waldfee werden. Maria schneiderte ihr ein eng anliegendes waldgrünes Oberteil mit einem weit ausgestellten Tüllröckchen in derselben Farbe. Franz hatte für sie spitze Ohren aus Knetmasse geformt, und Maria vervollkommnete ihr Aussehen mit der passenden Schminke. Am meisten freute sich Clarissa auf den Feentanz, den sie mit Franz und dem Schreinermeister als Akkordeonspieler eingeübt hatte, um damit ihre Tante und Maria zu überraschen. Dieses Vorhaben war ein gut gehütetes Geheimnis und sollte den Höhepunkt des Festes darstellen.

Als es schließlich so weit war, herrschte bestes Wetter, sodass das Ereignis wie geplant draußen stattfinden konnte. An den Bäumen im Garten hingen Lampions, darunter waren Tische und Bänke aufgestellt, es gab reichlich Kuchen und andere Leckereien. Von einem Grammophon klang muntere Tanzmusik, während die ersten Gäste eintrafen. Die Stimmung war aufgekratzt und fröhlich. Clarissa fühlte sich wie im Märchen, als sie half, die Dorfkinder mit Kostümen und Schminke zu verkleiden, die Luba und Maria mit viel Einsatz und Kreativität aus einfachen Dingen zusammengeheftet hatten.

Dann kam endlich der große Augenblick ihrer Tanzvorführung. Franz hatte extra eine kleine Bühne aufgebaut, auf der sie für alle gut zu sehen waren. Mit einem großen Satz sprang er in seinem Faunkostüm auf das Podest. Er trug eine Fellhose mit Klauenfüßen, sein nackter Oberkörper war blau bemalt, spitze Eselsohren und Ziegenhörner krönten sein Haupt.

»Liebe Gäste, liebes Fabelwesenvolk!«, rief er. »Nun kommt der große Augenblick, in dem wir, meine verehrte Freundin die Waldfee und ich, euch mit unserem Zaubertanz erfreuen werden. Lasst euch von uns in die Welt der Fabelwesen entführen.«

Er nickte Clarissa zu, die nun mit klopfendem Herzen ebenfalls die Bühne betrat und sich unter den Zurufen der Gäste verneigte. Dann setzte die Musik ein, und Franz der Faun wirbelte sie, seine Waldfee, in wilden Pirouetten über die Bühne. Ihr Tanz stellte ein kleines Stück dar. Die Waldfee floh vor dem aufdringlichen Faun, um ihn durch Feenstaub gefügig zu machen. Am Ende der Darbietung lief der gebändigte Faun hechelnd auf allen vieren hinter ihr her – sehr zum Gelächter des Publikums. Der sich anschließende Applaus wollte nicht aufhören, und als Franz sich erhob und sie beide sich verbeugten, war Clarissa glücklicher denn je.

Während sie erfüllt von diesem schönen Erlebnis durch die Menge lief, erkannte sie auf einmal ihren Vater, der sich am Rande des Geschehens mit Luba unterhielt. In der Annahme, dass er ihren Auftritt bewundert hatte, stürmte sie voller Vorfreude auf ihn zu. Doch noch bevor sie ihn erreicht hatte, sah sie seine tieftraurige Miene. Ihre Schritte verlangsamten sich, und sie wusste im selben Augenblick, dass etwas Schreckliches geschehen war.

13

Zwei Jahre nach dem Tod ihrer Mutter heiratete Clarissas Vater Ava Rubinstein. Der Rabbi hatte die beiden bekannt gemacht. Ava war Witwe, hatte keine Kinder, war aber noch jung genug, um welche bekommen zu können. »Kein kleines Mädchen sollte ohne Mutter aufwachsen müssen«, hatte der Rabbi gesagt. »Ava wird diese Rolle gut erfüllen.« Clarissas Vater hatte lange gezögert. Nach Rahels Tod war er in eine tiefe Depression verfallen, er hatte sich nicht vorstellen können, dass jemand die Lücke jemals schließen konnte, die seine geliebte Frau in seinem Leben hinterlassen hatte.

Doch mit der Zeit änderte er seine Meinung. Avas ruhige, aber sehr klare Art gab ihm in seiner Trauer neue Zuversicht, ebenso wie ihr festes Gottvertrauen und das Einhalten der Bräuche und Gebete ihres gemeinsamen Glaubens. Auch wenn er Ava niemals so lieben konnte, wie er einst ihre Mutter geliebt hatte, das spürte Clarissa, obwohl sie noch so jung war, gab sie ihm neuen Halt und Lebensmut.

Für Clarissa bedeutete die Heirat, dass sie nicht nur eine fremde Stiefmutter bekam, sondern sich auf deren Eigenarten einstellen musste. Sie hatte den Verlust ihrer Mutter noch nicht richtig verarbeitet, zumal ihr Vater ihr kaum in ihrer Trauer beiseitegestanden hatte. Bald nach der Beerdigung stürzte er sich wieder in seine Arbeit, und wenn er das nicht tat, suchte er stundenlang die

Synagoge auf. Manchmal schien es Clarissa, als hätte sie nicht nur ihre Mutter, sondern auch ihren Vater verloren. Ihr einziger Bezugspunkt blieb ihre geliebte Luba. Die gab ihr Bestes, um Clarissa zu trösten, doch da sie viele Verpflichtungen hatte, war es ihr nicht gegeben, allzu viel Zeit mit ihr zu verbringen.

Clarissa tröstete sich mit Malerei und verbrachte ihre ganze Freizeit in ihrem Atelier. Ava missfiel es von Anfang an, dass sie sich so auf die Kunst konzentrierte, und machte Luba für den schlechten Einfluss verantwortlich. Ihre Stiefmutter fand, dass es an der Zeit war, dass Clarissa sich mit den Dingen beschäftigte, die ihrer Ansicht nach für ein gut erzogenes jüdisches Mädchen notwendig waren. Da Clarissas bisheriges Leben voller Freiheiten gewesen war, wehrte sie sich dagegen und fand in ihrer Tante eine wertvolle Verbündete. Schon nach kurzer Zeit gerieten die beiden Frauen aneinander, wobei Luba Ava als Ignorantin beschimpfte.

Ava, die als orthodoxe Jüdin ganz andere Vorstellungen vom Leben hatte, beschwerte sich empört bei Clarissas Vater, der dadurch in ein Dilemma geriet. Clarissa war sein Augenstern, auch wenn sie ihn so sehr an ihre Mutter erinnerte, dass er ihre Gegenwart seit deren Tod kaum noch ertrug. Er war froh gewesen, dass seine Schwägerin sich um sie gekümmert hatte, doch nun waren die Bedingungen anders – sie waren eine neue Familie. Ava war nun Clarissas Mutter und hatte jedes Recht, ihre Tochter so zu erziehen, wie sie es für richtig hielt.

Schweren Herzens redete ihr Vater mit Luba und machte ihr deutlich, dass sie zwar weiterhin gern in seinem Haus gesehen war, dass aber in erzieherischen Dingen Ava künftig das Sagen hatte. Ihre Patentante nahm ihm das übel und zog sich schmollend zurück. So kam es, dass Clarissa sie nur noch selten sah. Ava hingegen stürzte sich mit vollem Eifer auf ihre neue Erziehungsaufgabe. Ihr dringendstes Anliegen bestand darin, Clarissa mit dem jüdischen Glauben vertrauter zu machen. Viel zu lange war im Hause Sternberg darauf kein Wert gelegt worden. Auch ihr Vater hatte schließlich erst durch seine Trauer wieder zum Glauben zurückgefunden.

Clarissa musste sich fortan nicht nur an das strenge Einhalten des Sabbats gewöhnen, sondern auch regelmäßig in die Synagoge gehen. Dort traf sie sich mit anderen weiblichen Gemeindemitgliedern, um aus der Heiligen Schrift zu lesen und darüber zu reden. Sie fand diese Sitzungen fürchterlich und suchte, so oft es ging, nach Ausreden. Überhaupt begann Ava immer mehr über ihre freie Zeit zu bestimmen. Jedes Mal, wenn sie sich ins Atelier zurückziehen wollte, hielt Ava sie unter einem Vorwand auf. Mal wollte sie ihr unnütze Handarbeiten aufzwingen, mal sollte sie sich mit dem Zubereiten koscherer Nahrung beschäftigen. Clarissa war von ihrem Naturell her keine geborene Kämpferin. Sie fügte sich erst einmal in die unabwendbaren Dinge, auch weil sie sah, dass es ihrem Vater besser ging und er wieder mehr Zeit mit ihr verbrachte. Außerdem war Ava stets freundlich zu ihr und gab sich von ihrem Standpunkt aus viel Mühe, ihr eine gute Mutter zu sein. Eine große Nähe kam zwischen ihnen beiden jedoch nicht zustande. Am meisten vermisste Clarissa die Fröhlichkeit und die Toleranz ihrer Mutter. Sie hatte immer Verständnis für all die Dinge gehabt, die ihr, ihrer geliebten Tochter Clarissa, wichtig gewesen waren.

Immer häufiger schlich sie sich abends, wenn sie längst hätte schlafen sollen, hoch ins Atelier, um noch etwas zu arbeiten. Als Ava sie eines späten Abends dort ertappte, wurde sie so ungehalten, dass sie ihr das Malen dort verbot. Damit hatte die Stiefmutter allerdings eine Schwelle überschritten, die Clarissa nicht akzeptieren konnte. Beim nächsten gemeinsamen Abendessen mit ihrem Vater begehrte sie zum ersten Mal lautstark auf.

»Mama wäre niemals so streng«, platzte es aus ihr heraus. »Sie hat immer verstanden, wie wichtig mir das Malen ist. Stiefmutter Ava hat mir nichts zu verbieten!«

»Du vergreifst dich im Ton, Clarissa«, mahnte Ava milde, aber unnachgiebig wie immer. »Du sollst Vater und Mutter ehren, das ist das vierte Gebot.« Clarissa wartete empört auf eine Entgegnung ihres Vaters, Ava legte jedoch mit einem begütigenden Lächeln ihre Hand auf die seine. »Das Kind ist in den letzten Jahren ziemlich verwahrlost«, erklärte sie ihm so, als wäre Clarissa gar nicht anwesend. »Es hat viel nachzuholen. Schon in zwei Jahren kommt unsere Tochter ins Backfischalter und wird als Mitglied in die Gemeinde aufgenommen. Du willst sicherlich nicht, dass sie sich blamiert.«

Clarissas Vater warf ihr einen unsicheren Blick zu. Ganz offensichtlich spürte er, wie sie sich fühlte. Aber anstatt sie nun zu unterstützen, gab er klein bei.

»Nun ...«, begann er räuspernd, »ich habe volles Vertrauen in deine Urteilsfähigkeit, liebe Ava. Wenn du denkst, dass unsere Tochter noch viel aufzuholen hat, wird sie sich daran gewöhnen müssen, dir zu gehorchen.« Er vermied es, sie anzusehen, und wandte sich demonstrativ seinem Bratenstück zu.

Clarissa fühlte sich verraten. Da sie jedoch wusste, wie wenig sie mit lautem Aufbegehren erreichen konnte, versuchte sie es mit einer anderen Taktik.

»Aber Papa«, erklärte sie liebenswürdig. »Ich wollte Ava doch nicht verärgern. Wenn ihr möchtet, werde ich mir noch mehr Mühe mit dem Haushalt geben und auch brav in die Synagoge gehen. Das Einzige, um das ich dich bitte, ist, dass man mir wenigstens ab und zu das Malen erlaubt. Früher hat es mir ja auch nicht geschadet.«

»Hm ...«

Bevor ihr Vater etwas sagen konnte, mischte sich allerdings ihre Stiefmutter wieder ein. »Du hast schon viel zu viel Zeit mit dieser Malerei vergeudet. Langsam solltest du dich mit den wichtigen Dingen im Leben beschäftigen. Kunst ist nichts als billiger Zeitvertreib. Und damit du das verstehst, musst du endlich lernen, was passiert, wenn man Regeln bricht. Mein Verbot bleibt bestehen.«

»Nun, wenn deine Mutter das so sieht, dann stimmt es auch«, pflichtete ihr Vater bei, der das Thema vom Tisch haben wollte. »Du wirst dich fügen.« Er legte seine Serviette beiseite und erhob sich.

»Das kann ich nicht!«, erwiderte Clarissa nun panisch. Allein die Vorstellung, dass sie in den nächsten Wochen weder zeichnen noch malen sollte, versetzte sie in solche Angst, dass sie ihre Wut nicht mehr zurückhalten konnte. »Diese Frau hat doch keine Ahnung, was sie mir damit antut!«

Die letzten Worte waren ihr einfach so über die Lippen gerutscht. Sie hörte, wie Ava empört nach Luft schnappte.

»Deine Reaktion zeigt, wie recht deine Mutter hat«, antwortete der Vater nun ebenfalls ungehalten. Er warf ihr einen strengen Blick zu. »Du wirst dich bei deiner Mutter für deine Unbeherrschtheit entschuldigen.«

»Das werde ich bestimmt nicht«, fauchte Clarissa außer sich.

Ava sah in Erwartung einer angemessenen Reaktion zu ihrem Vater. »Damit lässt du mir leider keine Wahl«, reagierte dieser folgsam. »Bis auf Weiteres wirst du das Atelier nicht mehr betreten. Vielleicht sollten wir den Raum ohnehin wieder für einen anderen Zweck nutzen.«

Gleich am nächsten Tag machte sich Ava daran, Clarissas Atelier auszuräumen. Nicht einmal die Farben und Leinwände ließ sie ihr. Clarissa war darüber so empört, dass sie keinen anderen Rat wusste, als mit ihrer Patentante zu reden. Die war mindestens ebenso entsetzt wie sie.

»Eine erneute Konfrontation mit deiner Stiefmutter oder deinem Vater wäre wohl nicht sehr zielführend«, grübelte sie nachdenklich. Doch schon wenig später erschien ein verschmitztes Lächeln auf ihrem Gesicht. »Ich habe deiner Mutter versprochen, immer für dich da zu sein«, flüsterte sie geheimnisvoll. »Also werden wir einen Weg finden, wie wir dieses alberne Verbot umgehen können.«

Luba hielt ihr Versprechen. Von nun an schmuggelte sie regelmäßig Papier und Malstifte ins Haus. Clarissa spielte ein doppeltes Spiel. Die nächste Zeit gab sie sich als folgsame Tochter, die alles tat, was Ava von ihr forderte. Heimlich setzte sie sich jedoch in jeder unbeobachteten Minute hin, um zu zeichnen.

Luba tat aber noch mehr für sie. Eines Tages bat sie ihren Vater um eine Unterredung unter vier Augen. Nachdem ihr Gespräch beendet war, wurde Clarissa – sehr zum Missfallen von Ava – erlaubt, ihre Tante alle vierzehn Tage in deren Atelier zu besuchen, um dort für einige Stunden zu arbeiten. Außerdem durfte sie Luba wieder zu Ausstellungen begleiten. Als Clarissa sie fragte, wie sie das angestellt habe, lächelte diese geheimnisvoll.

»Selbst deine Stiefmutter musste einsehen, dass ich als deine Patin und somit Erbtante in gewissen Dingen ein Mitspracherecht habe.«

Im Dezember 1911 nahm Luba sie mit in die Münchner Galerie Thannhauser. Sie freute sich schon seit Tagen auf die Ausstellung, die den Titel *Der Blaue Reiter* trug. Vor allem aber freute sie sich auf das Wiedersehen mit Maria und Franz Marc, denen sie lange nicht mehr begegnet war. Das Künstlerpaar sorgte mal wieder für

Gesprächsstoff, denn seit einigen Monaten trat es selbstbewusst als Ehepaar auf, auch wenn es von Amts wegen gar nicht verheiratet war. Über die »vorgetäuschte Ehe« wurde nicht nur in Künstlerkreisen viel getuschelt. Wie Clarissa von ihrer Tante wusste, hatte Franz Marc nur wenige Monate nach ihrem gemeinsamen Sommer am Kochelsee ausgerechnet Marie Schür einen Heiratsantrag gemacht und diese 1907 geheiratet. Clarissa mochte sich gar nicht vorstellen, wie es der armen Maria dabei ergangen sein musste. Luba hatte versucht, ihr die komplizierten Zusammenhänge zu erklären.

»Der Franz hat eben ein großes Herz. Er glaubt, dass darin mehrere Frauen Platz haben«, hatte sie behauptet.

»Aber wenn er doch die Maria mehr liebt als Marie, wie kann er ihr das dann antun?« Clarissa hatte sich geweigert, das zu verstehen.

Luba hatte damals gleichgültig mit den Schultern gezuckt. »So eine Heiratsurkunde ist doch auch nicht mehr als ein Stück Papier«, hatte sie argumentiert. »Für Franz hat die Hochzeit mit der Schür keine große Bedeutung. Er hat sie nur geheiratet, damit sie ihren unehelichen Sohn endlich zu sich holen kann. Wie du vielleicht weißt, darf eine ledige Frau kein Kind allein erziehen. Und was Maria betrifft: Er ist fest überzeugt, dass sie damit zurechtkommt. Du wirst schon sehen.«

Luba sollte auf ihre Weise recht behalten. Zwar war Maria nach Franz' und Marie Schürs Hochzeit erst einmal wieder nach Berlin verschwunden, doch schon im darauffolgenden Jahr war sie nach München zurückgekehrt und hatte ihr Verhältnis zu Franz wieder aufgenommen. Offenbar war es Franz gelungen, Maria davon zu überzeugen, dass er nur sie liebte. Um ihr das zu beweisen, trennte er sich von der Schür und reichte die Scheidung ein. Auch einer dritten Freundin gab er endgültig den Laufpass.

Leider kam Marie Schür mit dieser Abfuhr weniger gut zurecht, obwohl die Ehe mit Franz von Anfang an auf eine baldige Scheidung ausgelegt gewesen war. Kurz nachdem Franz sich endgültig von ihr abgewandt hatte, reichte Marie Schür eine Klage wegen Ehebruchs mit Maria Franck ein. Zwar wurde die Ehe 1908 dennoch geschieden, doch für eine neue Eheschließung benötigte Franz einen Dispens. Diese Sondererlaubnis wurde ihm aufgrund von Marie Schürs Klage verwehrt. Als Anfang des Jahres eine erneut beantragte Bewilligung für die Eheschließung abgelehnt worden war, reiste das Paar nach London, um dort die Ehe nach englischem Recht zu schließen. Allerdings wurde auch dort die Heirat verhindert, denn seit Kurzem durften deutsche Staatsbürger in England nur dann eine Ehe schließen, wenn es in deren Heimatland kein Hindernis gab. Marias und Franz' Versuch, bei diversen Pfarrern eine kirchliche Trauung zu erwirken, scheiterte ebenso wie eine Heirat in Schottland, wo ein längerer Aufenthalt, den sie sich aber finanziell nicht leisten konnten, erforderlich gewesen wäre. Hätte das Paar nicht schon vor seiner Abreise doppelseitige Anzeigen in Zeitungen veröffentlicht, in denen es seine Vermählung groß bekanntgegeben hätte, wäre wohl alles beim Alten geblieben. Um sich eine Blamage zu ersparen, vielleicht aber auch aus reinem Trotz, bezeichneten sich Franz und Maria kurzerhand als Ehepaar. Davon ließen sie sich auch nicht abhalten, als ihr kleiner Betrug durchsickerte.

Für Clarissa war das alles nicht wichtig. Sie freute sich einfach, ihre beiden Freunde endlich wiederzusehen. Franz und Maria begrüßten sie herzlich und erkundigten sich nach ihren künstlerischen Fortschritten. Während Franz von den anderen Ausstellungsteilnehmern schnell wieder in Beschlag genommen wurde, blieb Maria noch eine Weile bei Luba und ihr stehen. Verliebt und stolz sah sie ihrem schönen Mann hinterher, wie er sich elegant durch die Menge bewegte und mit ebenso launiger wie gewandter Art mit seinem Publikum und den anderen Künstlern parlierte.

»Ich wünsche mir so sehr, dass diese Ausstellung ein Erfolg wird«, bekannte sie. »Franz, Kandinsky und die Münter haben so viel Energie hineingesteckt, nachdem sie vor zwei Wochen unter Protest aus der Neuen Künstlervereinigung München ausgetreten sind. Sie wollen die Kunst verändern und nennen sich *Redaktion Der Blaue Reiter*«, erklärte sie begeistert. »Ursprünglich sollte es nur der Name eines Almanachs sein. Sie verstehen sich auch nicht als feste Gruppe oder Vereinigung. Jeder Künstler, der sich mit unseren Vorstellungen von Malerei und Kunst anfreunden kann, soll mitmachen. Neben Heinrich Campendonk und August Macke hat sich Robert Delaunay aus Paris zu ihnen bekannt und zudem Arnold Schönberg als Musiker. Auch ich gehöre neuerdings dazu. Wir hoffen, die Kunstwelt damit zu revolutionieren.«

»Und das alles nur, weil Erbslöh und Kanoldt Kandinskys *Komposition V* zu abstrakt fanden«, bemerkte Luba kopfschüttelnd. »Auf jeden Fall ist es ganz schön mutig, die Ausstellung parallel zur Ausstellung der bereits etablierten Neuen Künstlervereinigung München stattfinden zu lassen.«

»O nein«, widersprach Maria heftig. »Wir sind genau vom Gegenteil überzeugt! Dadurch, dass die Ausstellungen zeitgleich und im selben Haus stattfinden, werden die meisten Betrachter beide Schauen besuchen und können sich so ein eigenes Urteil bilden.«

Clarissa wurde von der Unterhaltung abgelenkt. Sie war fasziniert von der Energie, die um sie herum zu verspüren war. Die Gespräche der Menschen empfand sie wie das Summen eines Bienenvolkes, das es nicht erwarten konnte, endlich auszuschwärmen. Alles vibrierte und war voller Spannung. Sie murmelte eine

Entschuldigung und begann, auf eigene Faust umherzuschlendern. Auch wenn der Andrang nicht übermäßig groß war, waren doch wichtige arrivierte Kunstkenner und -liebhaber zur Vernissage erschienen. Ebenso Journalisten sowie Künstlerinnen und Künstler, die in der Parallelausstellung ihre Kunstwerke zeigten. Clarissa war überwältigt. Allein die Tatsache, dass die Bilder in ihren leuchtenden Farben in einfachen Holzrahmen auf schwarzem Grund hingen, machte sie überaus wirkungsvoll. An zentraler Stelle sah sie Kandinskys *Komposition V*, was für die Veranstalter der anderen Ausstellung als Provokation gelten sollte. Auf dem über fünf Quadratmeter großen Bild war nichts Gegenständliches zu erkennen. Doch allein der Aufbau mit dem geschwungenen schwarzen Flatterband, das durch die farbige Fläche wirbelte und für Unruhe sorgte, erregte Clarissa, und sie konnte nicht aufhören, es anzusehen. Welch eine Inspiration! Sie begriff sofort, dass der Inhalt zugunsten der Formfrage und der Farbe zurücktrat. Kandinskys scheinbar wirre Pinselstriche berührten sie emotional.

Die neben ihr stehende Betrachterin, augenscheinlich wohlbetucht, schien das ganz anders zu sehen. »Was für ein unverschämter Lausbub dieser Russe doch ist!«, schimpfte sie und wandte sich ihrem Mann zu. »So einen Schmarrn bekommt ja jedes Kind hin.«

»Diese Infantilisierung zieht sich wie ein roter Faden durch diese Veranstaltung«, gab dieser ihr recht. Ungehalten stieß der stattliche Herr mit Monokel seinen Silberknaufstock auf den Boden. »Komm, Gunhilde, das Geschmiere brauchen wir uns nicht länger anzusehen ...«

Auch andere Besucher verließen die Ausstellung bereits nach wenigen Minuten. Doch es gab viele, die sich nicht abschrecken ließen von der Vielfalt der dargebotenen Kunstwerke. Für Clarissa bedeutete das eine Offenbarung. Es weckte in ihr die Lust, ganz neue Wege in der Malerei zu wagen. Ihre eigenen Bilder erschienen ihr mit einem Mal schrecklich brav, viel zu figurativ und bezüglich der Farbgebung zu bieder. Wie ein Schwamm saugte sie all die neuen Anregungen in sich auf und wandelte auf einer Wolke schwebend durch die Räume voller Bilder, während im Hintergrund Musik von Alban Berg und Arnold Schönberg lief. Als sie vor Franz Marcs großflächigem Bild *Die gelbe Kuh* stand, grübelte sie gerade darüber nach, was Franz wohl mit der dynamisch springenden gelben Kuh ausdrücken wollte, die vor einer bunten, aber ruhig strukturierten Landschaft dargestellt war.

»Das ist mein Lieblingsbild. Es zeigt so viel von der Farbsymbolik, die Franz mitentwickelt hat.« Unbemerkt hatte Maria sich ihr wieder zugesellt.

Clarissa begann sogleich zu schwärmen. »Die warmen, dominierenden Farben verleihen ihm nicht nur einen freundlichen Ausdruck, sondern wirken so ausgewogen. Mein Herz beginnt vor Freude schneller zu schlagen, wenn ich es ansehe.«

»Du bist und bleibst eine sehr gute Beobachterin, Clarissa.« Marias Lächeln war warmherzig und aufrichtig. »Ich werde Franz erzählen, dass es dir gefällt.«

»Es ist so anders als das, was Kandinsky malt«, überlegte Clarissa, »und doch ist es mit dessen abstrakter Malweise verbunden.«

»Das kommt durch die Farbsymbolik«, erklärte ihr die ältere Freundin. »Franz gibt seinen Gegenständen eine Wesensfarbe. Die symbolisiert sein Seelenleben, sein persönliches Empfinden beim Sehen. Die Dinge haben eine suggestive Wirkung, indem er sie so malt, wie sie für *ihn* wirklich sind, und nicht so, wie wir sie neutral sehen.«

»Er versucht sich in die Kuh hineinzuversetzen und sie von innen heraus zu sehen. Deshalb wirkt sie so lebendig und stark – wie du.« Clarissa lächelte schelmisch.

»Du bist ganz schön frech geworden.« Maria gab ihr einen freundschaftlichen Knuff. »Was hältst du davon, wenn wir uns in nächster Zeit wieder öfter sehen? Luba hat mir erzählt, dass deine neue Stiefmutter von der Kunst nicht sehr angetan ist und dass sie dir deshalb hilft, so gut sie kann. Es wäre mir eine große Freude, dich ebenfalls zu unterstützen. Warum kommst du nicht in mein Atelier in der Giselastraße?«

»Ich fürchte, das ist unmöglich. Meine Stiefmutter ist furchtbar streng.«

»Der Franz wird das schon richten«, behauptete Maria selbstsicher. »Du weißt doch, wie charmant er sein kann.« Sie verdrehte vielsagend die Augen.

»Ich wäre der glücklichste Mensch auf Erden«, erwiderte Clarissa zurückhaltend. Sie glaubte nicht, dass Franz' Charme auch nur das Geringste bei Ava auslösen konnte.

Als Clarissa einige Tage später mit ihrer Stiefmutter aus der Stadt, wo sie Besorgungen gemacht hatten, zurück nach Hause kam, erteilte ihr Vater ihr zu ihrem großen Erstaunen die Erlaubnis, einmal pro Woche Malunterricht bei Maria Marc zu nehmen. Wie sie später erfuhr, hatten Luba und Franz Marc in ihrer und Avas Abwesenheit diese Vereinbarung getroffen. Ava war über die Eigenmächtigkeit ihres Vaters so empört, dass sie mehrere Tage nicht mit ihm sprach. Als das nichts nutzte, versuchte sie, Clarissas Vater mit anderen Mitteln von dem »Unsinn«, wie sie die Malerei nannte, abzubringen. Doch in diesem einen Fall blieb ihr Vater seiner Frau gegenüber unnachgiebig. Clarissa durfte endlich wieder regelmäßig kreativ sein.

Leider sollte dies nur ein kurzer Triumph sein.

14

»Clarissa, dein Vater und ich haben dir etwas mitzuteilen.«

Avas schwer zu deutender Gesichtsausdruck ließ sie sofort stutzig werden. Sie linste auf die Uhr im Salon und sah, dass sie wieder einmal zu spät dran war. Die Zeit in Marias Atelier verflog immer viel zu schnell. Gerade malte sie an ihrem ersten richtig großen Bild, das stark von der Symbolhaftigkeit der Marc'schen Farben inspiriert war. Es war die Umsetzung eines der neuen Ringelnatz-Gedichte, die sie immer wieder aufs Neue beflügelten. Die Arbeit daran war ebenso anstrengend wie erfüllend.

»Es tut mir leid, dass ich nicht pünktlich war«, tat sie schuldbewusst.

Das Schnauben ihrer Stiefmutter machte ihr nur allzu deutlich, dass sie damit nicht durchkam.

»Mit diesem Thema beschäftigen wir uns ein anderes Mal«, erwiderte Ava jedoch. »Bitte mach dich frisch, und komm dann sogleich hinunter in den Salon. Wir erwarten dich.«

Während sie der Aufforderung Folge leistete, rätselte Clarissa, was um Himmels willen so wichtig sein mochte. Für eine Strafpredigt hätte sie sich nicht umkleiden müssen. Außerdem lief es im Großen und Ganzen ganz gut. Sie tat alles, was Ava von ihr verlangte, und war der Meinung, dass sie dadurch eine Art Burgfrieden erreicht hatten. Auch ihre Leistungen in der Schule waren ordentlich. Es gab also ihrer Meinung nach keinerlei Grund zur

Beanstandung. Als sie wenig später den Salon betrat, wurde sie bereits erwartet. Ava saß auf dem Lieblingssessel ihres Vaters, er hatte ihr von hinten die Hände auf die Schultern gelegt. Für Clarissa war dies ein unbekannt vertraulicher Anblick. Normalerweise verhielten sich die beiden in ihrer Anwesenheit immer sehr distanziert.

»Wir haben dir etwas mitzuteilen.«

Papa sieht glücklich aus, schoss es ihr durch den Kopf. Auch Ava wirkte sehr viel weicher als sonst, sie strahlte geradezu von innen heraus. Mit einem Mal dämmerte ihr, dass sie viel fülliger geworden war.

»Ich erwarte ein Kind«, sagte ihre Stiefmutter, ohne den Stolz in ihrer Stimme zu verbergen. »Du wirst also in naher Zukunft einen Bruder oder eine Schwester bekommen.«

»Das ist ja allerhand«, rutschte es Clarissa unvermittelt heraus.

Der Gedanke an ein Geschwisterchen war tatsächlich überraschend. Sie war immer davon ausgegangen, dass Ava dafür schon zu alt war.

»Dein Bruder oder deine Schwester wird schon im Sommer geboren werden«, teilte ihr Vater mit. »Das bedeutet, dass sich hier einiges verändert.«

»Aber das ist ja schon sehr bald!«

Ihr Vater warf ihr einen enttäuschten Blick zu. »Ich dachte, du freust dich über ein Geschwisterchen. Früher wolltest du immer eines haben.«

»Das war, als Mama noch gelebt hat«, stellte Clarissa nüchtern fest. Dann besann sie sich. »Aber ich freue mich natürlich für euch.« Sie lächelte ihrem Vater und Ava zu und meinte es ehrlich. Vermutlich würde sich durch das Baby nicht allzu viel verändern. Doch sie sollte sich täuschen.

»Etwas anderes hätte ich von dir auch nicht erwartet …« Ihr

Vater zögerte einen Moment, bevor er weitersprach. »Es gibt noch etwas, das ich mit dir besprechen möchte«, fuhr er mit einem Räuspern fort. »Es geht um deine Zukunft. Ava und ich sind zu der Überzeugung gekommen, dass du deine Schulausbildung besser in einem Internat zu Ende bringen solltest. Dort hast du mehr Ruhe, um dich auf das Wesentliche zu konzentrieren. Mir ist ein sehr gutes Haus in der Schweiz empfohlen worden. Mit der Direktorin habe ich bereits gesprochen.«

»Das ist nicht dein Ernst!«, rief Clarissa fassungslos. »Ich komme bestens zurecht, und meine Schulnoten sind auch sehr gut.«

»Es geht nicht nur um deine Schulnoten«, stellte Ava klar. »Es geht um dein zukünftiges Leben als erwachsene Frau.«

»Ich lerne hier alles, was ich brauche«, erwiderte Clarissa empört. »Alles, was ich will, ist, Malerin zu werden wie Luba. Maria und Franz Marc bringen mir bei, was ich dafür können muss.«

»Das sind Flausen, die du in deinem Alter noch gar nicht beurteilen kannst.« Ava sah sie erst scharf an und bat danach ihren Mann mit einem Blick um Unterstützung.

»Sieh mal, hier im Haus wird es in nächster Zeit unruhig werden. Das Baby wird viel Aufmerksamkeit von uns verlangen, und wir wollen nicht, dass du zu kurz kommst.«

»Ihr wollt mich nur loswerden, das ist alles!«, rief Clarissa aufgebracht.

»Das ist nicht wahr! Du wirst später verstehen, dass wir immer nur dein Bestes wollten. Du bist gerade einmal vierzehn Jahre alt, meine Liebe«, erinnerte er sie sanft. »Das Pensionat in Lausanne hat einen hervorragenden Ruf. Du wirst endlich unter Gleichaltrigen sein und kannst dich ganz anders entfalten. Wenn du möchtest, kannst du dort sogar dein Abitur ablegen, obwohl du ein Mädchen bist.«

»Ich will nicht dorthin!« Clarissa wollte weiter widersprechen, doch ihr Vater hob die Hand und gebot ihr Einhalt. »Luba ist übrigens ganz ähnlicher Auffassung«, überrumpelte er sie. »Sie findet, dass ein Ortswechsel für deine Entwicklung nur von Vorteil sein kann.«

»Aber das ist nicht ...«

»Es ist bereits beschlossene Sache«, beendete ihr Vater die Diskussion. »Ich habe dich angemeldet. Ab September wirst du in Lausanne leben.«

Als Clarissa einige Monate später zum Schuljahresbeginn in die Schweiz abreiste, fiel ihr der Abschied gar nicht mehr so schwer. Seit der Geburt des kleinen Vitus im Juli 1912 drehte sich alles im Hause Sternberg nur noch um den Thronprinzen, der lautes Schreien und ständiges Quengeln zu seiner Lieblingsbeschäftigung erkoren hatte. Jeder im Hause hatte sich an die Bedürfnisse des Paschas anzupassen. Allein das schnelle Hinablaufen von Treppen führte zu missfälligen Blicken oder einem strengen Tadel, aus Furcht, es könnte einen neuen Schreianfall provozieren.

Die immer so beherrschte Ava war schon kurz nach Vitus' Geburt mit ihren Nerven am Ende und schien auch sonst mit ihrer Rolle als junge Mutter komplett überfordert zu sein. Clarissas Vater war ihr dabei keine große Hilfe, denn außer guten Ratschlägen hatte er nicht viel beizutragen. Hinzu kam, dass Franz, Maria und auch Luba den Sommer außerhalb von München verbrachten. Nicht einmal Marias Atelier bot ihr einen Rückzugsort.

Nun saß sie also allein im Zug in Richtung Lausanne. In Zürich bekam sie Gesellschaft. Eine elegante Dame klopfte an die Abteiltür.

»Hier ist doch noch frei?«, erkundigte sie sich mit einem höflichen Lächeln und trat wenig später mit ihrem Koffer ein.

Clarissa half der neuen Mitreisenden, ihr Gepäck in der Ablage zu verstauen. Dabei stieg ein Hauch von deren Parfüm in ihre Nase. Es erinnerte sie an eine würzige Blumenwiese und ließ sie sofort an den Sommer am Kochelsee denken. »Wohin geht denn die Reise?«, begann ihr Gegenüber nach einer Weile ein Gespräch.

Clarissa legte ihr Buch beiseite und sah die Dame lächelnd an. »Nach Lausanne«, antwortete sie bereitwillig.

Jetzt, da die Mitreisende ihren Hut abgelegt hatte, stellte sie fest, dass sie etwas älter war, als sie anfangs geschätzt hatte – mindestens dreißig Jahre alt.

»Ach, in ein Pensionat ...«, bemerkte sie.

»Wie haben Sie das erraten?«

Die Fremde schmunzelte amüsiert. »Nun, das liegt eigentlich auf der Hand. Auf dieser Strecke haben die meisten allein reisenden jungen Mädchen dieses Ziel. Die Frage ist für mich eigentlich nur, welches Institut sie besuchen.«

Clarissa blinzelte verwirrt. »Ich reise ins Pensionat Bellevue«, verriet sie schließlich.

»Dann musst du Clarissa Sternberg sein«, stellte ihre Reisebegleitung erfreut fest. Sie reichte ihr die Hand. »Ich bin Mademoiselle Lucille Beerenbourg. Ich unterrichte dort Kunst und Mathematik. Ach ja, ich kenne deine Patentante ganz gut. Sie hat mich bereits vorab über deine Ankunft unterrichtet.«

»Sie kennen Luba? Wie kann das sein?« Clarissa war sprachlos.

»Überrascht dich das etwa?« Mademoiselle Beerenbourgs Lächeln vertiefte sich. »Nach dem Lehrerinnenseminar verbrachte ich ein halbes Jahr in München und hatte Malunterricht bei deiner Tante. Sie war damals meine Mentorin und hat mir sogar die Teilnahme an einer Ausstellung ermöglicht. Es war eine wunderschöne Zeit, für die ich ihr immer dankbar sein werde. Luba hat mir verraten, dass du eine sehr begabte Künstlerin bist und dich in Lausanne weiterentwickeln würdest. Nun, dabei will ich dir gern helfen, wenn es sich irgendwie einrichten lässt.«

Clarissa fühlte sich plötzlich erleichtert. Sie hatte es Luba übel genommen, dass sie sich auf die Seite ihres Vaters gestellt hatte, was den Besuch des Internats betraf. Sie hatte es als Verrat empfunden. Doch auch dieses Mal hatte sie im Hintergrund wieder ihre Arrangements getroffen. Mit dem Wissen gelang es ihr ganz leicht, sich ihrer neuen Lehrerin zu öffnen. Sie führten ein anregendes Gespräch, das erst endete, als sie ihr Ziel erreichten. Clarissa erfuhr, dass Mademoiselle Beerenbourg schon seit zwei Jahren an ihrer künftigen Schule unterrichtete und das Amt der stellvertretenden Schulleiterin innehatte.

Dank dieses positiven Einstiegs gelang es Clarissa überraschend leicht, sich an das Internatsleben zu gewöhnen. Zwar waren die Stunden des Tages bis auf die Wochenenden streng mit Unterricht verplant, doch gab es zumindest an drei Nachmittagen in der Woche die Möglichkeit, sich seinen Vorlieben zu widmen. Neben Rudern, Leichtathletik und Gymnastik gab es eine Theatergruppe, einen Schülerchor sowie einen Zeichenkurs, den die Elevinnen wahlweise besuchen durften. Clarissa meldete sich für den Zeichenkurs und die Theatergruppe, die beide von Mademoiselle Beerenbourg geleitet wurden. Die Theaterproben machten Clarissa viel Spaß, die Aufgaben des Zeichenunterrichts, die an ihre weniger begabten Mitschülerinnen angepasst waren, langweilten sie dagegen sehr. Da sie sich mit dem einfachen Abzeichnen von Gegenständen nicht ständig befassen wollte, begann sie heimlich wieder mit dem Illustrieren von spaßigen Ringelnatz-Gedichten. Luba hatte ihr vor ihrer Abreise einen Gedichtband des Autors geschenkt, und so fand sie genügend Anregungen.

Eines Tages war sie so vertieft in ihre Arbeit, dass sie nicht wahrnahm, wie Mademoiselle Beerenbourg ihr über die Schulter sah. Als sie es bemerkte, war es schon zu spät. Sie errötete vor Verlegenheit und versuchte, ihre Zeichnungen verschwinden zu lassen, doch die Lehrerin war schneller und griff nach dem Blatt, um es sich genauer anzusehen. Clarissa schloss die Augen. Die Illustration zeigte einen Wal auf einer Waage, was vielleicht noch erklärbar war, wenn sie auf Ringelnatz' Gedicht verwies. Dass der Wal eindeutig Ähnlichkeit mit der Köchin des Internats hatte, würde sich dagegen nur schwer vermitteln lassen.

»Eine interessante Betrachtungsweise«, stellte Mademoiselle Beerenbourg fest. Ohne eine Miene zu verziehen, gab sie Clarissa ihr Werk zurück. »Komm nach der Stunde bitte zu mir. Wir müssen reden.«

Damit wandte sie sich wieder den anderen zu. In Erwartung einer Strafe oder zumindest eines strengen Tadels ging sie später mit ihrem Blatt zu der Lehrerin.

»Es tut mir leid, dass du dich in meinem Unterricht langweilst«, begann Mademoiselle Beerenbourg zu ihrer Überraschung.

Sie setzte sich auf ihr Pult und forderte Clarissa mit einer Handbewegung auf, sich ebenfalls zu setzen.

»Es liegt nicht an Ihrem Unterricht ...«, versuchte Clarissa sich zu rechtfertigen. »Ich ... ich war nur schon mit meinen Zeichnungen fertig, also hab ich mich mit etwas anderem beschäftigt.«

»Mit Joachim Ringelnatz, wie ich sehe.« Ein Lächeln erschien auf ihrem Gesicht. »*Es stand nach einem Schiffsuntergange eine Briefwaage auf dem Meeresgrund. Ein Walfisch betrachtete sie bange, beroch sie dann lange, hielt sie für ungesund, ließ alle Achtung und Luft aus dem Leibe, senkte sich auf die Wiegescheibe und sah – nach unten schielend – verwundert: Die Waage zeigte über hundert.*«

»Sie kennen das Gedicht?« Clarissa war so verblüfft, dass sie die Lehrerin mit offenem Mund anstarrte.

»O ja, ich hatte letzten Sommer das Vergnügen, an einer von Ringelnatz' Lesungen teilnehmen zu dürfen. Ich habe mich sehr amüsiert.«

»Seine Gedichte sind urkomisch, aber auch tiefgründig. Sobald ich sie lese oder höre, kommen mir Bilder in den Kopf, die ich sofort malen möchte, am liebsten in Öl und ganz groß«, platzte es aus Clarissa heraus.

»Ringelnatz inspiriert dich so sehr, dass du sogar unsere Köchin in deine Zeichnung integriert hast. Frau Künzel sollte das besser nicht sehen, obwohl sie wahrscheinlich den Spaß verstünde ...«

Clarissa wurde knallrot. »Das ... das tut mir leid. Ich wollte niemanden verletzen, vor allem nicht Frau Künzel. Sie ist so nett. Aber sie kam mir einfach spontan in den Sinn. Bitte verstehen Sie mich nicht falsch.«

»Nun, das macht deine Illustration zu einer Karikatur«, stellte die Lehrerin fest.

Clarissa glaubte, ein Funkeln in ihren Augen zu erkennen, und war sich nicht sicher, was es zu bedeuten hatte. »Ich werde das nicht wieder tun«, versprach sie schnell.

»Damit ist die Angelegenheit allerdings nicht vom Tisch.« Mademoiselle Beerenbourg suchte nach den richtigen Worten. »Ich werde mit Frau Ackerbaum reden müssen ...« Clarissa wurde bleich. Nun würde es also doch noch ein Nachspiel geben. »Ich werde sie um Erlaubnis bitten, dir einen der Räume im Dachgeschoss zur Verfügung zu stellen«, hörte sie dann überraschend Mademoiselle Beerenbourg sagen. »Sie sind groß genug, damit du dort künftig auch malen kannst. Allerdings wäre das an einen kleinen Handel zwischen uns geknüpft ...«

Clarissa sah ihr Gegenüber ungläubig an. Ein dankbares Gefühl überkam sie zusammen mit heftigem Herzklopfen.

»Was wollen Sie, was ich dafür mache?«

»Nichts Schlimmes«, beruhigte sie die Lehrerin. Ihre Stimme klang warm wie ein Sommerregen. »Ich wünsche mir, dass du dich um die Kulissen unseres Theaterstücks kümmerst. Meinst du, du bekommst das hin?«

Clarissa strahlte. »Auf jeden Fall!«

Kurze Zeit später verfügte Clarissa über einen ausreichend großen Raum, der ihr volle Entfaltungsmöglichkeiten bot. Staffelei, Leinwand und Farben wurden ihr ebenso zur Verfügung gestellt wie Gips, Draht und andere Materialien, die sie zur Herstellung von Kulissen benötigte. Zum ersten Mal in ihrem Leben konnte sie sich auch in anderen künstlerischen Techniken versuchen. Das war eine ganz neue Herausforderung. Vielleicht war Mademoiselle Beerenbourg nicht so künstlerisch begabt wie ihre beiden früheren Mentorinnen Luba und Maria Marc, doch was ihre Lehrerin besonders auszeichnete, war, dass sie ihr noch weit mehr zutraute. Bei den Kulissen musste sie mit sehr großen Formaten arbeiten und viele Dinge dreidimensional denken. Zu den Prospekten sollte sie auch Statuen und Figuren aus Draht und Pappmaché entwerfen, die sie hinterher aufwendig bemalte.

Auch das Theaterspielen selbst erfüllte sie mit großer Freude. Es war eine ganz neue Erfahrung, sich intensiv in fremde Rollen hineinzufinden und dadurch wenigstens für kurze Zeit zu einer anderen Person zu werden. Sie war erstaunt, wie leicht es ihr gelang, aus ihrer eigenen Haut in eine andere zu schlüpfen. Manchmal hatte sie sogar das Gefühl, dass es wie eine Befreiung war. Normalerweise war sie eher ruhig, beobachtete gern aus der Ferne und hielt sich meist im Hintergrund. Doch in ihrer ersten Rolle als kecke Dienstmagd in einem Commedia-dell'arte-Stück entdeckte sie plötzlich auch ihre komische, heitere Seite, die ihr half, sich selbst aus der Distanz zu sehen. Und das alles verdankte sie nur Mademoiselle Beerenbourg.

Clarissa war sehr wohl bewusst, dass sie die beliebteste Lehrerin an der ganzen Schule war und von vielen ihrer Mitschülerinnen angehimmelt wurde. Doch ihr Verhältnis zueinander war etwas ganz Besonderes. Sie fühlte einfach, dass es zwischen ihnen eine ganz außergewöhnliche Beziehung gab. Das hatte nicht nur damit zu tun, dass Lucille, wie sie sie längst heimlich nannte, mit Luba bekannt war, es war etwas viel Tiefgreifenderes. Jedes Mal, wenn Lucille ein persönliches Wort mit ihr wechselte, fühlte sie am ganzen Körper einen wohligen Schauer, während ihr Herz bis zum Hals schlug vor Aufregung. Außerdem wurde sie immer wieder von beunruhigenden Träumen heimgesucht, in denen sie mit der Lehrerin Zärtlichkeiten austauschte, die weit über einen Kuss hinausgingen. War sie etwa nicht normal? Sie hätte so gern mit jemandem darüber gesprochen, doch sie wollte sich keiner ihrer Mitschülerinnen anvertrauen.

Mit der Ankunft von Victoria Belrose zwei Jahre später gewann Clarissa endlich eine Freundin, wie sie es sich immer gewünscht hatte. Die zwei Jahre jüngere Pariserin war erfrischend anders als die meisten ihrer Mitschülerinnen. Sie scherte sich nicht darum, was man von ihr dachte, sondern sagte frank und frei ihre Meinung. Dafür bewunderte sie ihre Freundin. Torie, wie sie genannt werden wollte, hatte ebenfalls eine Leidenschaft und eine besondere Begabung. Sie begeisterte sich für Motoren und Fahrzeuge. Für dieses recht ungewöhnliche Hobby war naturgemäß an einer Höheren-Töchter-Schule kein Platz. Doch auch hier schaltete sich Mademoiselle Beerenbourg auf ihre unnachahmliche Art ein, indem sie der Freundin zu einer Assistentenstelle in der

Werkstatt vom Hausmeister Fritz Ackerbaum verhalf. Die Lehrerin verlangte auch von ihr eine Gegenleistung – sie sollte in der Theatergruppe mitwirken.

Sie und Torie waren so unterschiedlich, doch sie teilten ab nun eine Leidenschaft. Bis zu dem Tag, an dem sich ihre Wege wieder trennten.

Clarissa schreckte aus ihren Gedanken auf, als der Kondukteur rief, dass der Zug bald den Münchner Hauptbahnhof erreichte. Sie setzte sich aufrecht hin, ordnete ihre Kleidung und versuchte, die verwirrenden Gefühle für Lucille Beerenbourg abzuschütteln. Manchmal hatte sie schon geglaubt, sie überwunden zu haben. Doch dann war der Tag der Aufführung gekommen, und der schicksalhafte Kuss zwischen ihnen hatte sie wieder zutiefst aufgewühlt. Es hatte sich so richtig angefühlt, als sie sich berührt hatten. Sie war sich sicher gewesen, dass Lucille ebenso empfand wie sie. Ihr Abschiedsbrief hatte ihr jedoch auf unmissverständliche Weise klargemacht, dass dem nicht so war.

TEIL 2

1916

Es ist nicht leicht, Glück in sich selbst zu finden, aber unmöglich, es anderswo zu finden.

Agnes Repplier (1855–1950)

1

Torie nahm Maurice' Arm und reihte sich mit ihm in den Trauerzug ein. Alles um sie herum kam ihr so fern und unwirklich vor. Wie konnte es sein, dass an einem Tag wie diesem die Sonne schien und die Vögel so unbeschwert und fröhlich zwitscherten, wo ihr doch das Wichtigste in ihrem Leben abhandengekommen war. Waren es wirklich ihre Eltern, die da in den beiden Särgen lagen? Die dunkel gekleideten Männer, die die sterblichen Überreste ihrer Eltern trugen, kamen ihr wie Marionetten vor. Wie sie es wohl schafften, im Gleichschritt zu gehen, obwohl sie einander gar nicht sahen? Mit wiegenden Schritten hielten sie stur auf das Familiengrab der Belroses zu, dessen Gruft bereits geöffnet war.

Maurice und sie schritten direkt hinter dem Priester und zwei Ministranten her. Einer der Jungen trug ein Kreuz, der andere schwenkte einen Weihrauchkessel. Der Priester ging mit gesenktem Blick voran, auf seinem Kopf das schwarze Barett, dessen Quaste bei jedem Schritt hin und her pendelte. Die ebenfalls schwarze Soutane schlotterte um seine hagere Gestalt wie die erschlafften Flügel einer Fledermaus.

Sie hörte, wie die Leute hinter ihr Rosenkranzgebete vor sich hinmurmelten und immer wieder das *Ave Maria*.

»*Gegrüßet seist du, Maria, voll der Gnade, der Herr ist mit dir. Du bist gebenedeit unter den Weibern, und gebenedeit ist die Frucht deines*

Leibes, Jesus. Heilige Maria, Mutter Gottes, bitte für uns Sünder, jetzt und in der Stunde unseres Todes. Amen.«

Torie warf einen raschen Blick hinter sich auf den Trauerzug, der sich so weit erstreckte, dass sie sein Ende nicht sehen konnte. Statt darin Trost zu finden, dass so viele Menschen ihren Eltern das letzte Geleit gaben, spürte sie nur einen undefinierbaren Unwillen. Bestenfalls die Anwesenheit von Fernand, seiner Frau und Julien konnte sie ertragen. Als sie bemerkte, dass der Freund ihr einen aufmunternden Blick zuwarf, wandte sie sich schnell wieder ab. Maurice, der ihre Regung bemerkte, schenkte ihr ein schmallippiges Lächeln, das seine Augen jedoch nicht erreichte. Auch ohne die Trauer über den Verlust der Eltern erkannte sie, dass er sich verändert hatte. Er war ihr so fremd geworden, so unnahbar und verschlossen. Der Krieg, der Unfalltod von Maman und Papa … Wieso ließ Gott so etwas geschehen? Ob es ihn überhaupt gab? Wenn dieser Gott wirklich so gütig wäre, wie man es immer behauptete, dann müsste er gerade so etwas doch verhindern. Ihre Eltern hatten nie jemandem etwas Böses angetan. Warum bestrafte er gerade sie? Und weshalb mussten sie und Maurice diese Ungerechtigkeit erdulden?

Trotz und Wut mischten sich in ihren Schmerz und brachten ihre Gefühle noch mehr durcheinander. Im Nachhinein kamen ihr die Worte des Requiems wie eine Verhöhnung vor, vor allem der Psalm 23: *Der Herr ist mein Hirte, mir wird nichts mangeln …* Am liebsten hätte sie geantwortet: Meine Eltern fehlen mir! Du hast sie mir gestohlen! Ihr mangelte es an allem, was ihr wichtig war.

Maurice drückte ihren Arm, als hätte er ihre Gedanken erraten. Er musste ihre Erregung gespürt haben. Torie schämte sich plötzlich und nahm sich wieder zusammen. Mit stur nach vorne gerichtetem Blick setzte sie ihren Weg fort. Doch Gedanken und Gefühle ließen sich nicht so einfach unterdrücken.

Erinnerungsfetzen schossen ihr durch den Kopf: Julien, den sie grob zurückgestoßen hatte, nachdem er versucht hatte, sie zu trösten. Seine Unbeirrbarkeit, ihr dennoch beizustehen. Er hatte sie, obwohl sie kaum noch ein Wort mit ihm gewechselt hatte, nach der schlimmen Nachricht zum Krankenhaus begleitet, in das man ihre Eltern nach dem Unfall gebracht hatte. Dann das sterile Zimmer mit den beiden nebeneinanderstehenden Liegen in der kalten Krankenhausatmosphäre. Darauf zwei mit hellen Leinentüchern abgedeckte Körper. Eine Krankenschwester hatte vorsichtig die Köpfe ihrer Eltern enthüllt. Wie vertraut und gleichzeitig fremd sie ihr erschienen waren. Die bleichen, so friedlich wirkenden Gesichter hatten nichts von ihrem schrecklichen Ende ahnen lassen. Selbst das ihres Vaters, das von Glas zerschnitten war, hatte nichts Abschreckendes gehabt. Man hatte es sorgfältig gesäubert. Das Gesicht ihrer Maman war so makellos gewesen, wie sie es bei ihrer Abfahrt in Erinnerung gehabt hatte. Torie erinnerte sich an die Scheu, die sie plötzlich empfunden hatte, als die Krankenschwester sie ermuntert hatte, sich mit einem Kuss von den Eltern zu verabschieden. Es war ihr einfach nicht möglich gewesen, sie noch einmal zu berühren, auch wenn sie sich dafür jetzt noch schämte.

Die nächste Erinnerung war die Ankunft von Maurice, der direkt von der Front nach Hause gereist war. Sie bildete sich ein, dass es seine Uniform war, die sie daran gehindert hatte, ihm sofort um den Hals zu fallen. Selbst als er sie schließlich von sich aus umarmt hatte, war eine merkwürdige Distanz zwischen ihnen geblieben, die sie vorher so noch nie gespürt hatte. Maurice hatte für die Beerdigung und das Regeln des Nachlasses einige Tage Fronturlaub bekommen. Als einziger männlicher Nachfolger der Belroses war er nun der Herr im Haus. In Bezug auf die Beerdigung hatte er alles unternommen, was notwendig gewesen war.

Doch mit ihm über die Zukunft der Firma zu reden, war nicht möglich gewesen. »Lass uns erst die Beerdigung hinter uns bringen«, hatte er sie wiederholt vertröstet. »Danach wird sich alles andere schon fügen.«

Nicht nur Torie war mit dieser Antwort unzufrieden. Sie wusste, dass Fernand und die Arbeiter der Fabrik wissen wollten, wie es nun weiterging. Doch Maurice war stur geblieben. Und so hatten sie in den vergangenen Tagen das Thema nicht mehr angesprochen.

Der Trauerzug erreichte die Familiengruft und kam zum Stehen. Die Grablege bestand aus einem schlichten rechteckigen Gemäuer mit einem flachen Steindach. Das schmiedeeiserne Tor, das hinunter zu den Sargnischen führte, war bereits geöffnet. Während sich die Trauergemeinde in einem Halbkreis vor dem Mausoleum versammelte, brachten die Träger die Särge hinunter zu ihrem letzten Ruheort. Der Priester folgte ihnen, um die Grabstätte mit Weihwasser und Weihrauch zu segnen. Die darauffolgende Zeremonie mit den Fürbitten und dem abschließenden *Vater unser* nahm Torie kaum wahr. Als der Priester sich von ihnen verabschiedete, blieben Maurice und sie wie aus der Zeit gefallen vor dem noch offenen Grab stehen und ließen die Beileidsbekundungen der Trauergäste über sich ergehen. Neben der Gruft häufte sich ein Berg von Blumen und Gestecken. Je größer er wurde, desto trauriger wurde Torie. Am liebsten wäre sie so schnell wie möglich verschwunden, gleichzeitig fühlte sich ihr Körper bleischwer an und zwang sie dazu, höflich zu nicken, jedem, der vorbeikam, die Hand zu drücken und zu hoffen, dass sie bald aus dem Albtraum aufwachte. Als Fernand ihr sein Beileid ausdrückte und sie die Tränen in den Augen des Freundes ihres Vaters sah, konnte auch sie sich nicht mehr zurückhalten.

»Ich werde nie vergessen, was dein Vater für mich und all die anderen hier getan hat. Er hat immer gewusst, was in seiner Verantwortung lag.«

Seine belegte Stimme war voller Anteilnahme. Torie begriff, dass in seinen Worten auch eine Botschaft an sie verborgen lag. Bevor sie über deren Sinn nachdenken konnte, stand Julien vor ihr. Sie erschrak, als sie bemerkte, dass er in Uniform war.

»Ich wünschte, unser Wiedersehen wäre etwas glücklicher verlaufen.«

Er sah sie hilflos an, und als sie nicht antwortete, machte er Anstalten, sich seinem Vater anzuschließen.

»Musst du zurück an die Front?« Sie konnte ihn nicht einfach so gehen lassen.

Julien hielt inne und wandte sich ihr nochmals zu. »In einer Stunde geht mein Zug.«

»So bald?« Torie fröstelte mit einem Mal. Sie wollte nicht, dass er einfach so wieder verschwand. »Wo schicken sie dich hin?«

Er zuckte mit den Schultern. »An die Somme, dort ist gerade am meisten los …«

Sein Lächeln sollte ironisch wirken, doch sie begriff, dass er sich nur verstellte. Plötzlich hatte sie Angst, auch ihn zu verlieren. Sie bereute, dass sie in den letzten Tagen so abweisend gewesen war. Jedes Mal, wenn er zu ihr gekommen war, um ihr seine Hilfe anzubieten, hatte sie ihn schroff abgewiesen. Nicht, weil er ihr lästig gewesen war, im Gegenteil, sie hatte einfach seine Nähe nicht ertragen. Seine Anwesenheit hatte sie an den schrecklichen Moment erinnert, in dem sie vom Tod ihrer Eltern erfahren hatte. Wie gern hätte sie ihm das jetzt erklärt.

»Es tut mir leid …«, begann sie hilflos.

Doch Julien fasste es als Mitleid auf. »Das muss es nicht«, erwiderte er. »Ich bin schließlich nicht der Einzige, der wieder an die Front muss.« Sie begriff, dass er damit ihren Bruder meinte, und erschauderte. »Verzeih, das war nicht sehr taktvoll.« Julien sah sie unglücklich an. »Ich weiß, wie schwer du es gerade hast ...« Zaghaft berührte er ihren Arm. »Aber du bist stark, Torie, so stark wie kein anderes Mädchen«, sagte er leise. »Ich wünschte, ich hätte ein wenig von deinem Mut.« Seine Worte taten ihr gut. Sie wünschte, dass er ihr noch mehr Tröstliches sagen würde. Doch für ihn schien alles gesagt zu sein. »Mach's gut, Torie.« Mit diesen Worten entfernte er sich raschen Schrittes.

Torie fühlte, wie die Leere in ihrem Inneren größer wurde, und fand keine Kraft, ihre widerstreitenden Gefühle zu analysieren. Also konzentrierte sie sich auf ihre Pflicht. Mechanisch stand sie die Prozedur durch, bis auch der letzte Besucher ihr seine Anteilnahme ausgedrückt hatte.

Nach einem einfachen Essen am Abend bat Maurice sie in den Salon, um die nächsten Schritte mit ihr zu besprechen. Während sie noch auf ihn wartete, sortierte sie die eingegangene Post, die hauptsächlich aus Kondolenzbriefen bestand. Maurice hatte vorgeschlagen, ein vorgefertigtes Dankesschreiben drucken zu lassen. Nur Freunde und Nahestehende sollten einen persönlichen Brief erhalten. Sie merkte, wie gut ihr die Ablenkung tat, und beschloss, gleich am nächsten Tag wieder in die Fabrik zu gehen. Seit dem Tod der Eltern war sie nicht mehr dort gewesen. Ihr Vater hätte bestimmt gewollt, dass alles seinen gewohnten Gang ging. Gemeinsam mit Fernand Ruiz als Werkstattleiter und mit Monsieur Mandel, dem Buchhalter, würden sie es schon schaffen, die Fabrik weiterzuführen. Vertieft in ihre Gedanken merkte sie gar nicht, dass Maurice ihr Gesellschaft geleistet hatte. Zum ersten Mal seit seiner Ankunft sah er etwas entspannter aus.

»Ich habe Neuigkeiten«, verkündete er.

Ganz selbstverständlich nahm er ihr gegenüber auf dem Sessel des Vaters Platz und legte die Beine übereinander.

»Das ist ...« Torie schluckte und sah ihn vorwurfsvoll an. »Da darfst du nicht sitzen!«

Maurice sah sie irritiert an. »Papa braucht den Sessel nicht mehr. Stört es dich?«

»Vielleicht ... Ich weiß nicht ...« Sie spürte, wie sie erneut gegen Tränen ankämpfen musste. Gleichzeitig schämte sie sich dafür. »Nein, es stört mich nicht.« Sie besann sich auf den Grund ihres Gesprächs und sah ihren Bruder tapfer an. »Was sind das für Neuigkeiten?«

Maurice lehnte sich zurück und atmete tief durch. »Es geht um Papas Fabrik.«

Torie war plötzlich in Habachtstellung. »Was ist damit? Ich habe mir ebenfalls Gedanken gemacht. Soweit ich informiert bin, läuft alles bestens. Fernand Ruiz und Alphonse Mandel halten die Produktion am Laufen. Und ab morgen werde ich auch wieder arbeiten.« Sie sah ihrem Bruder entschlossen in die Augen. »Wir werden Papas Fabrik in seinem Sinne weiterführen. Das gewährleisten die Aufträge von Monsieur Citroën. Papa und er ...«, sie räusperte sich, »... ich meine *wir* werden alles dafür tun.«

Maurice schloss die Augen. »Nun mal langsam, kleine Schwester. Du weißt ja gar nicht, von was du da redest!« Er lachte gekünstelt.

»Natürlich weiß ich, wovon ich rede«, protestierte Torie vehement. »Papa hat mich immer in die geschäftlichen Dinge einbezogen. Ich habe bereits die relevanten Abteilungen durchlaufen. Alle waren sehr zufrieden mit mir, besonders Papa. Nicht mehr lange, und ich kann die Fabrik ohne jede Hilfe führen.«

Ihr selbstsicheres Auftreten war mehr der Verzweiflung geschuldet als ihrer Überzeugung. Die Tatsache, dass sie in den letzten Monaten nur hospitiert hatte, versuchte sie für den Augenblick zu verdrängen. Doch ihr Bruder ließ sich nicht täuschen.

»Da lehnt sich aber jemand gewaltig weit aus dem Fenster«, zog Maurice sie auf. Dann wurde er ernst. »Schlag dir diese Hirngespinste lieber gleich aus dem Kopf. Du überschätzt dich gewaltig. Und das weißt du auch. Zwar mag ich mich nie für Papas Fabrik interessiert haben, das bedeutet jedoch nicht, dass ich mir keinen Überblick verschaffen kann.«

»Vielleicht bin ich tatsächlich noch nicht so weit«, schränkte Torie freiwillig ein. »Aber ich bin lernwillig und begreife schnell. Außerdem stehen mir Fernand Ruiz und Alphonse Mandel zur Seite. Sie haben genügend Erfahrung und Wissen. Lass es uns wenigstens versuchen! Oder hast du einen besseren Plan?«

»Schön, dass du mich auch einmal zu Wort kommen lässt.« Torie überhörte geflissentlich seinen ironischen Unterton und sah ihren Bruder erwartungsvoll an. Erst dann bemerkte sie seine Nervosität. Offenbar war ihm unangenehm, was er ihr zu sagen hatte. Er rieb sich die Handflächen an den Hosenbeinen ab, bevor er endlich damit herausrückte. »Monsieur Citroën will Papas Fabrik kaufen, zumindest die Maschinen und seine Patente.«

Torie war im ersten Augenblick einfach nur fassungslos. »Aber das ist unmöglich, das … das hätte Papa nie gewollt«, stammelte sie, bis ihr die Tragweite richtig bewusst wurde und sich Empörung in ihr breitmachte. »Weißt du, was du damit unseren Arbeitern und ihren Familien antust? Was soll aus Fernand und all den anderen werden? Jetzt im Krieg werden sie niemals eine andere Arbeit finden!« Sie funkelte ihren Bruder empört an. »Willst du wirklich Papas Lebenswerk verscherbeln, nur weil es für dich bequemer ist?«

»Ich fürchte, darum geht es nicht«, gestand Maurice. Er wirkte nun noch nervöser als zuvor. Torie wollte gerade Luft holen, um ihn weiter zu beschimpfen, als er ihr mit einer Handbewegung Einhalt gebot. »Papas Fabrik ist stark verschuldet«, gestand er sichtlich aufgewühlt. »Ich habe es auch erst vorgestern erfahren. Die Banken haben uns den Kredit aufgekündigt, weil sie kein Vertrauen mehr in uns haben. Mit anderen Worten: Wir sind pleite!«

»Das ... das kann nicht sein!« Torie weigerte sich, seinen Worten Glauben zu schenken. »Die Geschäfte liefen doch gut. Wir haben mehr als genügend Aufträge seit wir für Citroën arbeiten. Du musst dich irren.« Sie versuchte sich einzureden, dass ihr Bruder einfach keine Ahnung hatte.

Maurice richtete sich in seinem Sessel auf und griff nach ihrer Hand, sie verweigerte sie ihm jedoch trotzig. »Du wirst dich damit abfinden müssen«, teilte er ihr schließlich mit betrübter Miene mit. »Monsieur Citroën bietet uns einen fairen Preis für die Maschinen und die Patente. Ich habe mich erkundigt. Wir müssen froh sein, dass er uns überhaupt das Angebot gemacht hat. Wenn wir es nicht annehmen, stehen wir mit leeren Händen da. Es wäre nicht mal mehr etwas für dein Auskommen übrig.«

»Und wenn schon!« Torie war nicht bereit, das einfach so hinzunehmen. »Wir können unsere Arbeiter nicht im Stich lassen. Vielleicht übernimmt ja eine andere Bank die Schulden.«

Maurice antwortete mit einem freudlosen Lachen. »Denkst du wirklich, irgendeine Bank gäbe uns auch nur den kleinsten Kredit? Ich bin Arzt und kein Unternehmer, und du hast noch nicht einmal die Schule richtig abgeschlossen. Glaub mir, ich habe alles versucht, doch die Zahlen sind eindeutig. Ohne Papa haben wir keine Chance. Die Bank hat ihm das Geld nur geliehen, weil er an neuen, vielversprechenden Entwicklungen gearbeitet hat. Mit einer Firma wie Citroën im Hintergrund, die bereit war, seine Erfindungen abzukaufen, war das kein Risiko. Die Erfindungen unseres Vaters sind nur leider noch nicht produktionsreif und damit für alle wertlos. Weder du noch irgendjemand anderer kann ihn im Augenblick ersetzen. Es ist, wie es ist«, endete er. Diesen Argumenten konnte sich selbst Torie nicht verschließen. Benommen von dem Unausweichlichen schwieg sie ihren Bruder eine Zeit lang an. »Morgen früh um zehn Uhr kommt Monsieur Citroën, um mit mir die Einzelheiten zu besprechen«, versuchte Maurice schließlich die Stille zwischen ihnen zu durchbrechen.

Torie reagierte nicht darauf. Sie hatte ihre Hände um die Stuhllehne gekrallt, so aufgewühlt war sie. Ihre Zukunft hatte sie immer in der Fabrik ihres Papas gesehen, und nun wurde ihr auch das genommen. Ohne ihren Bruder eines weiteren Blickes zu würdigen, stand sie auf und verließ den Raum.

Die ganze Nacht tat Torie kein Auge zu. Einsamkeit, Trauer und das Gefühl, alles verloren zu haben, was ihr jemals wichtig gewesen war, ließen sie in tiefes Selbstmitleid verfallen. Sie dachte an Fernand und all die anderen Arbeiter, denen nun ebenfalls eine ungewisse Zukunft bevorstand. Wie konnte sie ihnen nur jemals wieder unter die Augen treten? Irgendwann in den frühen Morgenstunden fiel sie in einen unruhigen, kurzen Schlaf. Als sie daraus erwachte, kamen ihr Fernands Worte am Grab ihrer Eltern in den Sinn. *Ich werde nie vergessen, was dein Vater für mich und all die anderen hier getan hat. Er hat immer gewusst, was in seiner Verantwortung lag.* Sie erschienen ihr plötzlich wie ein Vermächtnis. Trug sie nicht dieselbe Verantwortung wie ihr Vater für all diese Menschen? Doch wie konnte sie ihnen gerecht werden? In nur wenigen Stunden würde André Citroën bei ihnen auftauchen und ihnen alles nehmen.

Ihre Gedanken wanderten weiter zu Julien und seinen Abschiedsworten.... *du bist stark, Torie, so stark wie kein anderes*

Mädchen! Wenn er nur wüsste, wie falsch er damit liegt, dachte sie und starrte von ihrem Bett zum Fenster hinaus. Das Schwarz der Nacht war längst dem Morgengrauen gewichen. Vögel zwitscherten vor dem Fenster und begrüßten die aufgehende Sonne. Mit einem Mal färbte sich der Himmel in Orange- und Rottöne vor einem türkisfarbenen Horizont. Zarte milchige Federwolken zogen langsam ihres Weges. Dann verwandelte sich der Himmel in ein immer intensiver werdendes Rot, er schien zu glühen. Im selben Maße, wie der Tag langsam die Herrschaft über die Nacht zurückgewann, wuchs auch Tories Zuversicht. Mit einem Mal wusste sie, was sie versuchen musste.

2

Maurice wartete im Herrenhaus auf die Ankunft von André Citroën. Er hatte lange überlegt, an welchem Ort er den Geschäftsmann am besten erwarten sollte, und sich dann für die Privaträume entschieden. Die Fabrik seines Vaters war ihm immer fremd geblieben. Sie hatte für ihn Zeit seines Lebens etwas Einschüchterndes gehabt mit ihren steinernen Toren und großen Werkshallen. So erschien sie ihm auch jetzt eher wie ein Mahnmal seiner eigenen Unzulänglichkeit – den Ansprüchen des Fabrikanten Alain Belrose hatte er nie genügt. Sein Vater hatte lange gebraucht, um ihm das zu verzeihen, auch wenn er mit Torie längst jemanden gefunden hatte, der viel besser dazu geeignet war, seine Nachfolge anzutreten. Jetzt würde sich auch dieser Traum nicht erfüllen.

Da er Citroën nicht persönlich kannte, konnte er nur hoffen, dass der Unternehmer ihm ein faires Angebot machte. Er wusste, dass Vater ihn immer sehr geschätzt hatte. Was ihm Sorgen bereitete, war, dass er als Geschäftsmann wenig taugte. Das Gefühl, auf Citroëns Wohlwollen angewiesen zu sein, behagte ihm ganz und gar nicht. Und dennoch blieb ihm nichts anderes übrig. Das Wasser stand ihnen bis zum Hals. Das hatte der Bankier seines Vaters ihm leider allzu deutlich gemacht. Wenn alles gut lief, konnte er mit dem Verkauf der Patente, Maschinen und ihres Elternhauses die meisten Schulden begleichen. Er hoffte, dass noch etwas übrig blieb, um wenigstens für Torie ein bescheidenes Auskommen zu sichern, bis sie in drei, vier Jahren hoffentlich eine gute Partie machte. Es tat ihm in der Seele weh, dass all die hochtrabenden Träume seiner kleinen Schwester nun begraben werden mussten. Er hatte Tories unabhängigen Geist immer bewundert und sich mit ihr gefreut, dass der Vater sie ihren Weg hatte gehen lassen. Sie würde schwer daran zu tragen haben, sich damit abzufinden, dass dies nun nicht mehr möglich war. Aber auch für ihn war die Verantwortung eine Bürde, die ihn stark belastete. Er sehnte sich danach, bald wieder an die Front zu kommen.

Ein Motorengeräusch, das immer lauter wurde, riss ihn aus seinen Gedanken. Er machte sich bereit, den Geschäftsmann zu empfangen. Zu seiner Überraschung kam er nicht allein, sondern in Begleitung einer bemerkenswerten Frau südländischen Aussehens.

»Das ist Giorgina«, stellte Citroën sie wenig später vor.

Maurice begrüßte die Dame, die ihren Mann um mehr als einen halben Kopf überragte, mit einer Verbeugung und einem auf ihre behandschuhte Hand hingehauchten Kuss – wenigstens in Gesellschaft von weiblichen Wesen fühlte er sich einigermaßen sicher. Madame Citroën belohnte ihn mit einem charmanten, offenen Lächeln. Während sie einige Höflichkeitsfloskeln wechselten, besah sie sich unverhohlen die Kunstwerke im Foyer.

»Ihre Eltern haben bei der Einrichtung sehr viel Geschmack bewiesen«, lobte sie anerkennend.

»Meine Mutter war der gute Geist des Hauses«, tönte es unvermittelt vom Fuß der Treppe.

Alle wandten sich dorthin und sahen Torie in einem eleganten dunklen Kleid auf sie zuschreiten. Maurice war zu perplex, um auf ihr unangekündigtes Erscheinen gleich reagieren zu können. Er erkannte, wie hübsch seine kleine Schwester geworden war, schon fast eine erwachsene junge Frau. Doch was zum Teufel wollte sie? Ihm schwante nichts Gutes. Misstrauisch blickte er ihr entgegen. Zu seiner Verblüffung schien André Citroën weniger überrascht zu sein.

»Ah, Mademoiselle Belrose«, begrüßte er sie herzlich. »Wie schön, dass Sie auch dabei sein werden.« Sofort nahm er wieder Haltung an. »Meine Frau und ich möchten Ihnen nochmals in aller Form unser Beileid ausdrücken. Wir waren zwar gestern bei der Beisetzung Ihrer Eltern anwesend, wollten aber nicht in den Vordergrund rücken. Ich hoffe, das war auch in Ihrem Interesse.«

Ein Augenblick beklommenen Schweigens herrschte, in dem Maurice nochmals die schreckliche Tragweite des Unglücks bewusst wurde.

»André hat mir schon viel von Ihnen erzählt«, durchbrach Giorgina die bedrückende Stille und wandte sich mit entwaffnender Herzlichkeit Torie zu. »Er wünscht sich in hoffentlich nicht allzu ferner Zukunft eine Tochter, die sein Interesse für Technik in dem Maße teilt, wie Sie es tun.« Sie lächelte warmherzig. »Ihr Vater muss sehr stolz auf Sie gewesen sein.«

Maurice bemerkte den Schatten, der über Tories Gesichtszüge glitt. Doch er hatte sich getäuscht, wenn er annahm, dass sie die Haltung verlieren könnte. Im Gegenteil – sie reagierte äußerst souverän.

»Ja, das war er, und ich war immer stolz auf ihn! Er hat mir alles beigebracht, was ich heute kann«, antwortete seine kleine Schwester selbstbewusst.

»Na, was habe ich dir gesagt, *chérie?*« Citroën schmunzelte, als hätte er keine andere Reaktion erwartet.

»Sie haben wirklich Courage, Mademoiselle. Junge Frauen wie Sie werden in Zukunft unsere Welt bestimmen«, bemerkte seine Gemahlin galant. »Ich setze mich persönlich für die Gleichberechtigung von Männern und Frauen ein«, erklärte sie. »Darf ich Sie vielleicht Victoria nennen?«

»Torie wäre mir lieber!«

Maurice warf seiner Schwester einen warnenden Blick zu. Er wollte nicht, dass sie den Bogen überspannte, doch Citroëns Frau war offenbar von ihrem Selbstbewusstsein angetan.

»Dann nennen Sie mich doch bitte Giorgina.«

Wie selbstverständlich hakte sich die ältere Frau bei Torie unter, während Maurice die kleine Gesellschaft hinüber in den Salon führte. Tories unerwartetes Erscheinen bereitete ihm immer größeres Unbehagen. Er kannte seine Schwester nur allzu gut, er ahnte, dass sie etwas im Schilde führte. Das Beste würde sein, wenn er sie so schnell wie möglich loswurde – auf jeden Fall, bevor die Verhandlungen begannen. Während er die Tür zum Salon öffnete, wandte er sich an Torie.

»Nun, da du schon einmal hier bist, Victoria, könntest du Madame Citroën ein wenig Haus und Garten zeigen. Vielleicht nehmt ihr im Anschluss daran noch eine Tasse Kaffee oder Tee im Wintergarten ein. So können Monsieur Citroën und ich alle geschäftlichen Dinge in Ruhe besprechen.«

Er ging davon aus, dass Citroën ihm zustimmen würde, doch auch darin hatte er sich geirrt. Ausgerechnet Madame Citroën machte ihm einen Strich durch die Rechnung.

»Sie müssen nicht versuchen, mich loszuwerden«, schalt sie ihn mit einem spöttischen Lächeln. Sie hatte seine Absicht eindeutig durchschaut. »Mein Mann hat mich ausdrücklich darum gebeten, bei diesen Verhandlungen anwesend zu sein.«

»Und ich möchte ebenfalls dabei sein«, fügte Torie entschieden hinzu. »Schließlich geht es hier auch um meine Zukunft.«

Maurice fühlte sich überfahren. »Das kannst du schon mir überlassen«, fuhr er Torie unbeherrscht an und wandte sich dann entschuldigend an die Gäste. »Meine kleine Schwester vergisst hin und wieder, wo ihre Grenzen sind.«

»Oh, Ihr Herr Vater hätte sicherlich ganz und gar nichts dagegen gehabt, dass Ihre Schwester bei unseren Verhandlungen dabei ist«, widersprach auch er ihm. Begütigend legte er seine Hand auf Maurice' Schulter. »Vielleicht ist Ihnen ja gar nicht bewusst, wie viel Ihr Vater von Ihrer Schwester hielt. Und mir und Giorgina ist daran gelegen, dass wir eine für alle befriedigende Lösung finden. Lassen Sie uns nun keine Zeit mehr verschwenden und endlich reden.«

Er lächelte Torie aufmunternd zu und übernahm ganz selbstverständlich die Gesprächsführung. Maurice blieb gar nichts anderes übrig, als einzulenken. Wenig später saßen sie um den großen Esstisch und hörten sich an, was André Citroën ihnen vorschlug. Maurice musste zugeben, dass der Unternehmer bestens informiert war. Er wusste nicht nur über all ihre Verbindlichkeiten Bescheid, sondern auch darüber, was die Patente seines Vaters wert waren. Alles in allem war er bereit, für den Fuhrpark an Maschinen und die Patente so viel zu bezahlen, dass die Schulden annähernd beglichen waren. Ihnen blieben das Herrenhaus sowie Fabrikgelände und -gebäude, um diese zugunsten der Restschulden und Tories Auskommen zu veräußern. Dafür mussten sie allerdings in Kauf nehmen, dass die Firma geschlossen und alle Arbeiter entlassen wurden.

Maurice war durchaus bewusst, wie bitter es sein würde, den Angestellten dies zu vermitteln. Doch er sah auch, dass er keine andere Wahl hatte. Ein besseres Angebot würden sie nicht bekommen. In Zeiten wie diesen war jeder sich selbst der Nächste. Er schluckte seine Bedenken hinunter und wollte gerade zustimmen, als Torie sich mit hochrotem Kopf zu Wort meldete.

»Ihr Angebot in allen Ehren, Monsieur Citroën«, brach es aus ihr heraus. »Aber das wird nicht genügen!« Mit durchgedrücktem Rücken saß sie auf ihrem Stuhl und wandte sich unerschrocken gegen den Fabrikanten. Ihre Hände, mit denen sie sich an der Tischkante festkrallte, zitterten.

»Halt dich da raus, Victoria!«, fuhr Maurice erschrocken dazwischen.

Hatte seine Schwester denn völlig den Verstand verloren?

Citroën schien allerdings keineswegs verärgert zu sein, er ging sogar auf ihren Einwand ein.

»Fünfhundert Millionen Francs scheinen mir ein mehr als gerechtfertigter Preis zu sein«, wandte er sich mit vor Erstaunen erhobenen Augenbrauen an sie. »Ich liege damit um rund dreißig Prozent über dem geschätzten Wert. Das werden Ihnen alle Fachleute bestätigen. Ich habe Ihnen den Mehrpreis nur angeboten, weil ich mich Ihrem Vater verpflichtet fühle. Mit meinem Angebot sind Sie, sofern Sie auch noch Ihr Elternhaus verkaufen, all Ihre finanziellen Sorgen los …«

»Und was ist mit unseren Arbeitern und deren Familien?«, unterbrach Torie ohne Rücksicht auf ihre Position seine Erläuterungen. »Wenn wir Ihr Angebot annehmen, werden sie alle auf der Straße stehen. Das dürfen wir nicht zulassen.«

Mit funkelnden Augen sah sie in die Runde, sie hielt auch seinem Blick stand. Vor Ärger konnte Maurice kaum noch an sich halten.

Citroën ließ sich durch Tories Ausbruch nicht beeindrucken, auch seine Frau folgte dem Gesprächsverlauf mit wachsender Aufmerksamkeit.

»Der Hauptsitz meiner Firma ist nun mal in Javel«, erklärte André Citroën ihr geduldig. »Es ist sinnvoll, an einem Standort zu produzieren. Wir sparen dadurch Kosten und Transportwege. Die Pläne für neue Werkshallen sind bereits in Auftrag gegeben.

Außerdem ist diese Entscheidung für Sie beide von Vorteil.« Er lächelte Torie wohlwollend zu. »Die Fabrikgebäude und Ihr Elternhaus bleiben weiterhin in Ihrem Besitz. Sie können damit einen höheren Wert erzielen, als ich Ihnen dafür bieten könnte. Denken sie daran, Sie werden Geld für Ihre Zukunft brauchen.«

»André fühlt sich in der Schuld Ihres Vaters«, mischte sich nun Giorgina ein. »Natürlich hat mein Gatte daran gedacht, den Gesamtbesitz zu kaufen. Es wäre auch für ihn viel einfacher, alles beim Alten zu belassen. Aber das stattliche Haus und die Fabrik sind eine Einheit. Es wäre für ihn nicht profitabel, in solch eine teure Immobilie zu investieren. Andrés Vorschlag gewährleistet, dass Sie und Ihr Bruder wenigstens eine Zeit lang versorgt sind. Um die Arbeiter tut es uns natürlich auch leid. Dafür werden andere Menschen in Javel eine neue Beschäftigung finden.«

Torie konnte sich den vorgetragenen Argumenten kaum verschließen. Dennoch sträubte sich alles in ihr, so leicht aufzugeben. Viele der Angestellten waren schon älter und würden in Zeiten wie diesen kaum noch eine andere Beschäftigung finden. Dazu kam der Krieg und der damit verbundene Mangel.

»Wir sind uns also einig?«

»Auf jeden Fall! Wir können die Verträge gern aufsetzen lassen«, sagte Maurice kurz entschlossen.

»Dann lassen Sie uns noch ein paar Kleinigkeiten klären.«

Während André Citroën und ihr Bruder sich über einige Details zu unterhalten begannen, saß Torie auf ihrer Unterlippe kauend daneben und dachte über das scheinbar Unvermeidliche nach. Mit einem Mal hatte sie eine ebenso einfache wie geniale Idee.

»Wenn es Ihnen nur darum geht, dass Ihnen das Fabrikgebäude mit dem Haus zu teuer sind, und es wahr ist, dass Sie sich um meine Zukunft sorgen, habe ich die ideale Lösung«, platzte es aus ihr heraus. Und dann redete sie einfach drauflos, ohne nachzudenken. André und Giorgina wirkten überrascht, ihr Bruder versuchte, ihr mit nachdrücklichem Blick Einhalt zu gebieten. Doch sie war viel zu überzeugt von ihrer Idee, als dass sie jetzt noch hätte schweigen können. »Sie bekommen Haus und Fabrikgebäude zu Ihrem Kaufpreis dazu, wenn Sie im Gegenzug dafür garantieren, dass alle Arbeiter weiter beschäftigt werden. Sie müssten in keine neuen Fabrikgebäude investieren und könnten von dem Wissen und der Erfahrung unserer Leute profitieren. Fernand Ruiz, unser Werkstattleiter, könnte die Produktion sicherlich mit Monsieur Mandel, dem Buchhalter, zusammen leiten, und ich könnte hier meine Ausbildung zur Mechanikerin machen. So wäre uns allen geholfen, nicht wahr?« Vollkommen überzeugt von ihrer Idee, strahlte sie in die Runde, doch die Reaktion war verhalten.

»Das ist kompletter Blödsinn!« Maurice schlug die Hände vors Gesicht. »Vergessen Sie einfach, was sie gesagt hat, Monsieur Citroën. Es sind die unbedachten Worte eines jungen Mädchens, das vom Tod seiner Eltern völlig aus der Fassung gebracht wurde. Bitte sehen Sie Victoria ihre vorlaute Art nach. Wir machen es selbstverständlich ganz genau so, wie Sie es vorgeschlagen haben!«

»Mhmm ...« André Citroën räusperte sich vernehmlich. »Der Vorschlag Ihrer Schwester kommt zwar in der Tat überraschend ...«

»Er ist völlig indiskutabel!«

»... dennoch möchte ich kurz darüber nachdenken.«

Torie hielt die Luft an. Ihr entging allerdings nicht, dass ihr Bruder blass wurde.

»Die Überlegungen von Mademoiselle Belrose haben gewisse Vorteile ...«, begann Citroën laut nachzudenken.

»Du verlierst eindeutig keine Zeit mit der Umrüstung«, führte seine Frau die Gedanken fort, »und kannst die Produktion gleich an Ort und Stelle weiterführen. Außerdem wirst du den Platz in Javel für deine anderen Pläne brauchen. Nicht zu vergessen sind die Arbeitsplätze, die du hier erhalten kannst. Die Mechaniker sind mit den Maschinen vertraut und erwiesenermaßen zuverlässig, neue müssten erst eingewiesen, unter Umständen sogar angelernt werden.« Sie streifte Torie mit einem anerkennenden Lächeln. »Ich finde, du solltest unter ein, zwei Vorbehalten darauf eingehen, André!«

Torie sah, dass Maurice' Gesichtsfarbe von Bleich zu Rot wechselte.

»Auch wenn Sie sich für Tories törichten Vorschlag erwärmen sollten, muss ich Einwände erheben …«, sagte er mit verzweifelt erhobenen Händen in die Runde. »Wir können es uns unmöglich leisten, darauf einzugehen … Wir …«

»Ich weiß, was Sie damit sagen wollen, Maurice«, nahm Citroën ihm das Wort aus dem Mund. »Sie blieben auf einem nicht unbeträchtlichen Teil Ihrer Schulden sitzen, wenn Sie mir die Immobilien mitüberließen, und für Ihre Schwester wäre auch noch nicht gesorgt.«

Maurice stimmte ihm mit grimmigem Nicken zu. »Auch wenn Victorias Vorschlag durchaus ehrenhaft ist und Papas Arbeiter dadurch versorgt wären – wir können es uns schlichtweg nicht leisten. Es tut mir leid!« Plötzlich brach er ein, seine abwehrende Haltung ihr gegenüber wich Mitgefühl. Er warf ihr einen traurigen Blick zu. »Ich würde alles tun, um dir deinen Traum zu erfüllen, Schwester. Aber ich kann Papas Restschulden nicht auf mich nehmen, selbst wenn ich wollte. In wenigen Tagen muss ich wieder in den Krieg. Keine Bank würde mir jetzt Geld leihen …«

»Nun, so weit braucht es nicht zu kommen«, beharrte Citroën, als wären er und seine Frau sich längst einig. »Ich habe Ihren Vater geschätzt und weiß, wie sehr er an seiner Fabrik hing. Aus diesem Grund möchte ich Ihnen einen neuen Vorschlag machen. Ich übernehme all Ihre Schulden, und Sie überlassen mir das gesamte Anwesen. Gleichzeitig biete ich Ihrer Schwester eine Ausbildung zur Mechanikerin an, allerdings in meiner Fabrik in Paris ...« Er wandte sich mit forschem Blick an Torie. »Ich beabsichtige, in nicht allzu ferner Zukunft dort Automobile bauen zu lassen, wie ich es ursprünglich mit Ihrem Vater gemeinsam geplant habe. Wäre das etwas für Sie?«

»Da fragen Sie noch? Wann soll ich anfangen?«

Für Torie gab es kein Halten mehr. Sie ergriff André Citroëns Hand und drückte sie vor Freude. Danach umarmte sie Georgina. Die beiden Unternehmer lachten herzlich, bis auch ihr Bruder zu begreifen schien, dass sie dank ihr schließlich eine gute Lösung gefunden hatten.

»Ich sichere Ihnen zu, dafür zu sorgen, dass Torie vor ihrer Ausbildung die Schule beendet«, versprach Georgina Maurice und sah ihn herausfordernd an, denn er zögerte noch mit einer Reaktion.

Da stimmte er endlich zu.

3

»Pass auf dich auf, großer Bruder«, hörte Maurice seine Schwester sagen. Sie hatte es sich nicht nehmen lassen, ihn zum Bahnhof zu bringen. Ihre Stimme war tränenerstickt. Mit einer Heftigkeit, die ihn beinahe aus dem Gleichgewicht gebracht hätte, umarmte sie ihn. Im nächsten Augenblick löste sie sich auch schon wieder, tupfte ihre Tränen ab und sah ihn mit festem Blick an. »Und außerdem musst du mir versprechen, wieder heil nach Hause zu kommen.«

Er ahnte, welche Kraft sie diese Zuversicht kostete. Beklommen dachte er an das, was ihn an der Front erwarten mochte.

»Du weißt doch, dass ich unverwundbar bin«, entgegnete er so sorglos wie möglich. »Und du versprichst mir, dass du gut auf dich achtgibst.«

»Mach dir um mich keine Sorgen.«

Als er sie wenige Minuten später vom abfahrenden Zug aus so einsam und verlassen auf dem Bahnsteig stehen sah, tat ihm ihr Anblick von Herzen weh. Hatte er wirklich die richtige Entscheidung für seine kleine Schwester getroffen? Im Grunde genommen hatte Torie nichts anderes in den Händen als das Versprechen, bei Citroën eine Ausbildung zur Mechanikerin machen zu dürfen. Ein Beruf statt einer Abfindung. Ihre Mutter hätte das mit Sicherheit nicht gut gefunden, umso mehr aber ihr Vater.

Maurice seufzte. Torie war auf jeden Fall zufrieden, und das war die Hauptsache. Seit der Entscheidung war sie aufgeblüht. Sie wirkte selbstsicherer und war auf eine positive Art erwachsener geworden. Und dennoch war sie noch ein Kind, das er mehr oder weniger schutzlos zurücklassen musste. Er konnte nicht mal sicher sein, dass er sie jemals wiedersehen würde. Der Krieg fraß seine Kinder.

Er verbat sich jeden weiteren negativen Gedanken und zwang sich, positiv in die Zukunft zu sehen. Das Ehepaar Citroën hatte einen sehr verantwortungsvollen Eindruck gemacht. Er hatte ein gutes Gefühl, wenn er Torie in ihre Obhut gab. Sie würden seiner Schwester zumindest den Weg in ein eigenverantwortliches Leben ermöglichen. War es nicht gerade das, was einen voranbrachte? Für ihn selbst traf das in jedem Fall zu. Er hatte schon als kleiner Junge gewusst, dass er einmal Medizin studieren wollte, und war unbeirrt seinen Weg gegangen, auch gegen den Willen seiner Eltern. Seine Aufgabe war es, Leben zu retten, und er war sicher, dass er dies besser konnte als so manch einer seiner Kommilitonen. Natürlich hatte er es als Mann bei seinen Entscheidungen viel einfacher gehabt. Doch die Zeiten schienen sich gerade zu ändern. Frauen waren angeblich keinesfalls schwächer oder unfähiger als Männer, im Gegenteil. Er dachte an Mathilde, eine Krankenschwester, mit der er bei seinem letzten Einsatz zusammengearbeitet hatte. Sie war nicht nur geschickt gewesen, sondern auch viel anpackender und pragmatischer als so mancher Arzt, den er kannte. Wo sie wohl jetzt sein mochte?

Um Torie musste er sich keine Sorgen machen. Sie würde ihren Weg finden. Auch wenn der Tod der Eltern ein schwerer Schicksalsschlag war, würde sich ihre niedergeschlagene Stimmung mehr und mehr legen. Zwischen den dunklen Schatten ihrer Trauer blitzte bereits hin und wieder ein wenig von ihrer alten Unbekümmertheit auf, das machte ihm Hoffnung. Zudem wusste er sie in guten Händen. Fernand und seine Frau hatten ebenfalls versprochen, während seiner Abwesenheit ein Auge auf sie zu werfen.

In Reims verließ Maurice den Zug und schloss sich einem Truppentransport an, der ihn in die Nähe seiner Einheit bringen sollte. Laut seines Marschbefehls lag das Lazarett, dem man ihn zugeteilt hatte, wenige Kilometer hinter den französischen Linien in der Nähe des von den Deutschen besetzten Fort Douaumont. Die Schlacht um Verdun tobte schon seit Februar ohne nennenswerte Gebietsgewinne der Deutschen. Ebenso wenig gelang es der französischen Armee, die Angreifer wieder zurückzudrängen. Auf beiden Seiten wurde mit unverminderter Heftigkeit gekämpft. Verdun entwickelte sich zu einer Materialschlacht von noch nie da gewesenem Ausmaß.

Ursprünglich hatte die deutsche Heeresleitung nach den zermürbenden Stellungskriegen an der Marne wieder etwas Bewegung in die Westfront bringen wollen. Ihre Absicht, Verdun, ein Symbol der französischen Stärke, rasch einzunehmen und damit deren Armee zu demotivieren sowie das britische Expeditionskorps zur Abkehr von seinen Bündnisverpflichtungen zu bringen, war gründlich gescheitert. Nun steckten beide Seiten fest, sie lieferten sich zahlreiche Scharmützel und Schlachten mit sinnlos vielen Todesopfern und Verletzten.

Frankreichs Moral wurde immerhin durch General Pétain gestärkt. Er wollte Verdun um jeden Preis halten und hatte auf ebenso einfache wie geniale Weise das Prinzip der Noria erfunden, mit dem er die Versorgung seiner Soldaten sicherstellte. Der Begriff Noria stand für ein in Afrika gebräuchliches Wasserschöpfrad, das aus Seil und Eimer bestand und unentwegt Wasser schöpfte und wieder entleerte. Es war ein Rotationsprinzip, das er auf militärische Bedürfnisse umgemünzt hatte. Regelmäßig ließ er Verpflegung und Kriegsgerät an die Front bringen und im Gegenzug Verwundete aus der Gefahrenzone holen. Er entlastete zudem die kämpfenden Divisionen, indem die Soldaten ungefähr alle zwei Wochen abgezogen und durch neue ersetzt wurden. Diese Maßnahme wirkte sich positiv auf die Kampfkraft und Moral der französischen Verbände aus.

Vor Pétains Eingreifen war Verdun über eine Bahnstrecke versorgt worden, die die Deutschen jedoch unter Beschuss genommen hatten. Pétain wich deswegen auf eine von seinen Truppen bewachte Landstraße aus, die von dem sechzig Kilometer entfernt liegenden Bar-le-Duc direkt an die Front führte. Auf diesem Weg wurden pro Woche ohne Unterlass an die achttausend Fahrzeuge zur Front gefahren, die bis zu neunzigtausend Soldaten und fünfzigtausend Tonnen Kriegsgerät transportierten. In dieser Beziehung waren sie den Deutschen eindeutig überlegen. Deren Truppen verbrachten in der Regel fünf bis sieben Tage an den vordersten Linien, anschließend wurden sie vier bis fünf Tage in einem Ruheraum direkt hinter der Front zusammengepfercht, wo sie in banger Erwartung darauf harren mussten, wieder eingesetzt zu werden. Die deutschen Truppen wurden nur selten ausgewechselt, da ihnen nicht ausreichend ausgeruhte Kämpfer zur Verfügung standen. Die Heeresleitung sorgte erst für eine neue Mannschaft, wenn eine Kompanie von dreihundert Mann auf unter sechzig geschrumpft war. Kein Wunder, dass sich die deutschen Soldaten ausgebeutet fühlten und nur noch wenig Kampfmoral besaßen.

Maurice erreichte das Lazarett mit einer Kompanie erholter Soldaten über die Voie Sacrée, wie die Versorgungsstraße mittlerweile genannt wurde. Es befand sich knapp zwei Kilometer hinter der Front auf dem Gelände eines ausgebombten Bauernhofes. Sanitätszelte sowie die noch einigermaßen intakte Scheune des

Anwesens dienten zur Unterbringung und Versorgung der Verwundeten. Ärzte und Sanitäter hatten alle Hände voll zu tun. Maurice hielt sich nicht damit auf, erst in sein Quartier zu gehen, sondern steuerte gleich auf den nächstbesten Offizier zu. Zu seiner freudigen Überraschung handelte es sich um seinen alten Kameraden Eric Thomas, den er bereits von der Stellung an der Marne kannte. Die beiden Männer lagen sich sofort in den Armen.

»Dich schickt der Himmel!« Eric klopfte ihm freundschaftlich auf die Schulter. »Wir warten schon seit Tagen auf Ersatz. Hier geht es drunter und drüber.«

Bevor er ihm Näheres erklären konnte, traf ein Konvoi mit Verwundeten ein, um die sich Maurice' Freund sofort kümmern musste. »Du kannst das Zelt hinter diesem hier benutzen. Ich schick dir gleich Mathilde vorbei. Sie wird sich freuen, dich wiederzusehen.«

»Mathilde ist hier?« Maurice Herz schlug sofort schneller.

Eric zwinkerte ihm im Davoneilen zu. »Das wirst du gleich sehen!«

Maurice griff nach der Tasche mit seinen wenigen Habseligkeiten und begab sich sofort in eines der Sanitätszelte. Mit einem Mal freute er sich fast, wieder im Einsatz zu sein. Er hatte nicht damit gerechnet, dass Mathilde und er schon so bald wieder miteinander arbeiten würden. Trotz der widrigen Umstände war sie ihm sehr schnell vertraut geworden, und er hätte sie gern näher kennengelernt. Bevor es dazu hätte kommen können, war ihm die Nachricht vom Tod seiner Eltern überbracht worden.

Kaum hatte er das Zelt betreten, kam Mathilde auch schon herein. Sie stutzte kurz, als sie ihn erblickte, dann errötete sie. Leider blieb keine Zeit für eine ausführliche Begrüßung, denn ihr auf den Fuß folgten zwei Sanitäter, die einen stark blutenden Verletzten brachten.

»Stumpfes Bauchtrauma mit Verdacht auf innere Blutungen«, teilte sie ihm mit. »Außerdem Granatsplitter im linken Bein.«

Die Sanitäter hievten den Patienten von ihrer Trage auf die Behandlungsliege im Zelt und verzogen sich, so schnell wie sie gekommen waren. Maurice machte sich sofort daran, die Vitalfunktionen des Verletzten zu überprüfen. Der Mann war bewusstlos, doch einigermaßen stabil.

»Wir kümmern uns erst um das Bein, dann um den Rest«, teilte er Mathilde mit. Er sah kurz zu ihr rüber, zog sich die Jacke aus und nahm den Arztkittel entgegen, den sie ihm reichte. Dann begann er, sich gründlich die Hände zu waschen. »Schön, dass wir uns wiedersehen!«

»Er wacht auf«, bemerkte Mathilde, ohne aufzusehen.

Bildete er es sich nur ein, oder war sie erneut rot geworden? Konzentriert machte sie sich daran, mit einer Schere die Hose des Verletzten, die an der Beinwunde haftete, zu zerschneiden. Sie ging dabei sehr geschickt vor. Ihr Patient begann vor Schmerzen zu stöhnen.

»Eine Ruptur der Beinarterie, schnell!«

Ohne zu zögern drückte Maurice seine Faust in die offene Wunde, während Mathilde ihm Tücher reichte, damit er einen Druckverband anlegen konnte. Sie arbeiteten Hand in Hand, ohne dass sie dabei etwas bereden mussten. Als die große Blutung gestillt war, machten sie sich daran, die Granatsplitter aus dem Bein zu entfernen, Maurice untersuchte den Mann schließlich auf innere Verletzungen. Glücklicherweise bestätigte sich der Verdacht auf Blutungen nicht, offenbar hatte der Soldat nur einen kräftigen Stoß in den Bauch erhalten. Alles in allem hatte er großes Glück gehabt.

Als sie mit der Versorgung des Patienten fertig waren, wies Mathilde zwei Sanitäter an, ihn in die Scheune zu bringen, in der die Operierten untergebracht waren. Maurice nutzte die Zeit, um den Medikamentenschrank zu inspizieren und sich eine Übersicht zu verschaffen. Erleichtert stellte er fest, dass er einigermaßen gut bestückt war. Es gab genügend Betäubungs- und Schmerzmittel, und auch Verbandsmaterial war ausreichend vorhanden.

Noch bevor er mit seiner Durchsicht zu Ende war, brachte man ihnen auch schon den nächsten Mann, dem beide Beine bei einer Explosion abgetrennt worden waren. Ebenso fehlten ihm Teile seines Kiefers. Durch das offen gelegte Gebiss wirkte es so, als ob er sein Gesicht zu einer blutigen Grimasse verzöge. Es war ein Wunder, dass der Mann noch lebte. Maurice spritzte Morphin, um ihm wenigstens die Schmerzen zu nehmen.

Während er die Beinstümpfe versorgte, fragte er sich nicht zum ersten Mal, ob dieser verdammte Krieg wirklich solche Opfer wert war. Im Laufe der letzten beiden Jahre hatte seine Kriegsbegeisterung nicht nur nachgelassen, sondern sich ins Gegenteil verkehrt. Dass er noch nicht so abgestumpft war wie viele seiner Kollegen hatte er seinem immer aufs Positive gerichteten Naturell zu verdanken und der Fähigkeit, sich im entscheidenden Moment immer auf das Wesentliche zu konzentrieren. Sobald ein Verwundeter vor ihm lag, wurden seine Gedanken nur noch davon beherrscht, wie er dank der ihm zur Verfügung stehenden Möglichkeiten helfen konnte. Das zu erwartende Schicksal seiner Patienten und wie sie mit ihren oft gravierenden Verstümmelungen zurechtkommen würden, versuchte er weitgehend auszublenden.

Bisher war er damit einigermaßen gut gefahren, aber in Momenten wie diesen fiel es ihm schwer. Als er sich in einer anschließenden Operation, für die er den Patienten in Narkose versetzt hatte, dem Gesicht des Mannes widmete und es notdürftig zusammenflickte, wurde ihm ganz mulmig zumute. Er gab sich alle

Mühe, ihm wenigstens die Fähigkeit zum Kauen zu bewahren. Mit etwas Glück würde ihm das wohl auch gelingen, doch das Resultat täuschte nicht darüber hinweg, dass es in Zukunft kaum noch ein Mädchen geben würde, das den schwer kriegsversehrten jungen Mann eines Blickes würdigte.

»Sie haben alles getan, was in Ihrer Macht steht. Man kann nur hoffen, dass er eine Familie hat, die sich in Zukunft um ihn kümmern wird.« Mathilde schien seine Gedanken erraten zu haben. Sie wirkte bedrückt.

»In Augenblicken wie diesen bin ich mir nicht sicher, ob es wirklich gut ist, ein Leben zu retten.« Im nächsten Moment schämte er sich für den laut ausgesprochenen Gedanken. Er streckte seine Glieder und nahm wieder Haltung an. Es war unverzeihlich, was er da gerade gesagt hatte. »Vergessen Sie, was ich da von mir gegeben habe«, fügte er beinahe unwirsch hinzu. »Machen wir uns lieber wieder an die Arbeit!«

Mathilde sah ihn ohne Vorwurf an. »Sie müssen sich für Ihre Gefühle nicht schämen«, erwiderte sie ruhig. »Sie haben nur ausgesprochen, was Ihnen auf der Seele lag. Jeder hier weiß, dass Sie ein guter Arzt sind.«

Ihre aufmunternden Worte taten ihm gut. Er lächelte ihr kurz zu, dann konzentrierten sie sich wieder auf ihre Arbeit. Sie und er hatten noch bis spät in den Abend zu tun. Als endlich alle versorgt und die Instrumente gereinigt waren, schickte er die Krankenschwester in ihre Unterkunft.

»Sie müssen umfallen vor Müdigkeit. Wir sehen uns morgen.«
»Haben Sie schon ein Quartier?«
»Ich werde Eric suchen und ihn fragen. Doch vorher sehe ich noch mal nach unserem Amputierten. Er müsste mittlerweile wieder aufgewacht sein.« Er lächelte ihr müde zu. »Und nun legen Sie sich aufs Ohr. Morgen wird sicherlich wieder ein harter Tag.«

»Wenn Sie erlauben, würde ich Sie gern begleiten«, widersprach Mathilde.

Sie sah elend aus und war eindeutig noch erschöpfter als er. Er fragte sich, wie viele Tage sie schon so hart arbeitete. Und dennoch ließ die Sorge um ihren gemeinsamen Patienten sie nicht ausruhen. Er konnte das gut verstehen. Außerdem freute er sich über ihre Gesellschaft. Gemeinsam gingen sie hinüber zu der Scheune. Die operierten Patienten lagen nur durch Tuchwände abgetrennt auf ihren Feldbetten, ein schwerer Geruch aus diversen Ausdünstungen und Desinfektionsmitteln hing in der Luft. Schwestern huschten zwischen den schmerzgeplagten Männern umher. Stöhnen und auch verzweifeltes Schreien waren zu hören, statt Ruhe und nächtlichem Frieden eine geballte Ansammlung von Leid. Der junge Mann mit den amputierten Beinen lag mit geöffneten Augen auf seiner Pritsche und starrte an die Balken, die das Scheunendach trugen, als würde die Dunkelheit dort oben ihm Fragen zu seinem traurigen Schicksal beantworten. Mathilde nahm seine Hand und drückte sie. Ihre Geste schien ihm neue Kraft zu geben, und er sah sie beide mit traurigen, aber erstaunlich klaren Augen an.

»Mein Vada … wollt imma, dass isch tapfa bin«, drang ein kaum verständliches Nuscheln aus der Höhle, wo einmal sein Mund gewesen war. Maurice war sich nicht sicher, ob dem jungen Mann überhaupt bewusst war, was ihm widerfahren war. »Isch sch… schpüre meine Beine nisch«, war das Nächste, was er zu verstehen glaubte. »Was isch geschehn?«

»Sie müssen sich ausruhen«, ergriff Mathilde mit bewundernswerter Ruhe die Initiative. Sie streichelte sanft über den Unterarm des Patienten. »Morgen sieht die Welt schon wieder anders aus.«

Der junge Mann wandte ihr seinen Kopf zu, und obwohl sein Gesicht grotesk entstellt war und der Kieferbereich verbunden, glaubte Maurice in seinen Augen ein vertrauensvolles Lächeln zu erkennen.

»Sie ... schind so schön«, hauchte er.

Maurice fühlte den Puls des Patienten und nickte Mathilde zu. Sie strich ihm nochmals sanft über dessen Arm, dann überließen sie ihn seinen Gedanken. Als sie wieder hinaus ins Freie traten, atmeten sie beide gleichzeitig tief auf. Für einen Augenblick genossen sie die laue Sommerluft. In der Ferne war das Getöse von Kanonen und Gewehren zu hören. Irgendwo fand ein nächtliches Scharmützel statt, das in bizarrem Kontrast zu dem friedvollen Abend stand.

»Wollen wir noch ein Stück gehen?«, schlug er vor. »Vorausgesetzt, Sie fallen nicht um vor Müdigkeit.« Er warf ihr einen erwartungsvollen Blick zu, den sie mit einem Lächeln erwiderte.

»Warum nicht?«

Als wäre es eine längst vertraute Gewohnheit, liefen sie nebeneinander ein Stück hinaus auf die Felder. Sie sprachen nur wenig. Doch während jeder seinen eigenen Gedanken nachhing, war eine Nähe zwischen ihnen, die Maurice als überaus wohltuend empfand. Er hatte auch während des Krieges kein mönchisches Leben geführt. Immer wieder hatten er und Eric sich in die umliegenden Dörfer aufgemacht und sich Liebschaften unter den Bauernmädchen gesucht. Nicht selten waren sie dabei erfolgreich gewesen. Maurice hatte nie einen Hehl daraus gemacht, dass es ihm dabei hauptsächlich um ein sexuelles Abenteuer ging – die Nähe eines weiblichen Körpers half ihm, seine innere Anspannung abzubauen. Ein schlechtes Gewissen plagte ihn dabei nicht, denn er war immer offen und ehrlich zu den Mädchen gewesen.

An Krankenschwestern hatte er sich jedoch nie gewagt. Nicht, weil es von der Heeresleitung untersagt war, sondern weil er keine Schwierigkeiten bei der Zusammenarbeit haben wollte. Mathilde war die erste Frau, bei der er mehr empfand, und er wünschte sich, sie näher kennenzulernen. Er wollte sie nicht ins Bett bekommen, sie bedeutete ihm wirklich etwas. Sie kannten sich noch nicht lange und überhaupt nicht gut, und dennoch fühlte er sich in ihrer Gegenwart wie zu Hause.

Sie gelangten an einen See, der nicht weit hinter dem Lazarett lag. In friedlichen Zeiten mochten sich hier Enten und Gänse tummeln. Jetzt lag er ruhig und klar im Sternenlicht vor ihnen. Auf einem Anglersteg setzten sie sich nieder und betrachteten das silberne Glitzern des Wassers.

»Das, was mit Ihren Eltern passiert ist, tut mir wirklich leid«, sagte Mathilde in die Stille hinein. Sie musste es von Eric erfahren haben. Und obwohl sie damit wieder an seinen Schmerz rührte, fühlte er sich durch ihre Anteilnahme getröstet. Er erzählte ihr von der Beerdigung und seiner kleinen Schwester, die sich mutig trotz des Verkaufs der Firma eine eigene Zukunft erkämpft hatte. Im Gegenzug berichtete ihm Mathilde, die aus Valence in Südfrankreich stammte, von ihrer Familie und deren Schicksal. Zwei ihrer Brüder hatte sie bereits durch den Krieg verloren. Sie war das letzte noch lebende Kind ihrer Eltern, und dennoch hatte sie sie verlassen, um als Krankenschwester ihren Anteil fürs Vaterland zu leisten. »Es ist meine Berufung, kranken Menschen zu helfen«, erklärte sie schlicht und sprach damit erneut etwas aus, das ihm ebenfalls am Herzen lag.

Als sie irgendwann vor dem Gebäude standen, in dem die Schwestern untergebracht waren, küsste er sie zum ersten Mal.

4

So irrsinnig das Leben im Feldlager auch war, für Maurice und Mathilde wurden die nächsten Wochen zu den erfülltesten ihres bisherigen Lebens. Maurice hätte niemals gedacht, dass sich durch die Liebe zu einer Frau so viel für ihn verändern könnte. In Anbetracht des allgegenwärtigen Todes fühlte er sich paradoxerweise sehr lebendig. Jeder Morgen begann mit einem Glücksgefühl, weil er an Mathilde dachte, es tröstete ihn über die schlimmen Erlebnisse mit den grausam körperlich und seelisch Verwundeten hinweg. Sie verstanden einander, ohne dass es vieler Worte bedurfte.

Und nicht nur in ihrer aufopfernden Aufgabe, Leben zu retten, waren sie Seelenverwandte. Nur wenige Tage nach jenem Abend, an dem sie sich das erste Mal geküsst hatten, schliefen sie miteinander. Obwohl Mathilde unerfahren gewesen war, hatte ihn die körperliche Liebe mit ihr mehr erfüllt als alles, was er früher erlebt hatte. Noch nie war eine Frau so bedingungslos auf ihn eingegangen und hatte damit eine Nähe geschaffen, die so schmerzlich wohltuend war. In ihren Armen konnte er die Trauer um seine Eltern und die schrecklichen Kriegserlebnisse für Momente vergessen. Wenn die Zahl der Verwundeten nach einem Gefecht sehr groß war, mussten sie sie mit allen verfügbaren Männern direkt vom Schlachtfeld abholen. Was er dort erlebte, war so grauenvoll, dass es ihn bis tief in seine Träume verfolgte. Doch dank der Gewissheit, dass Mathilde ihn liebte, fand er immer wieder die Kraft, sich auf seine Patienten zu konzentrieren.

Sooft es ging, beendeten Maurice und Mathilde ihren Tag, indem sie bei dem beinamputierten Soldaten mit dem zerschossenen Kiefer vorbeisahen. Der junge Mann mit Namen Albert hatte sich nach der schweren Operation erstaunlich gut erholt. Besonders Mathildes tröstende Worte schienen ihm Kraft und Zuversicht zu geben.

Seine Beinstümpfe verheilten gut, Albert schien sich mit seinem Schicksal abgefunden zu haben, nie mehr laufen zu können. Doch sein Gesicht war immer noch in dicke Verbände gehüllt, sodass er das wahre Ausmaß seiner Verletzung noch nicht mit eigenen Augen hatte sehen können.

Eines Abends, als sie gemeinsam nach ihm sahen, bat er Mathilde, ihm bei einem Verbandswechsel einen Spiegel zu reichen. Immerhin konnte er wieder fast normal sprechen.

»Sind Sie sicher?« Mathilde zögerte. »Vielleicht warten wir noch ab, bis die Heilung weiter vorangeschritten ist.«

»Ach was! Geben Sie schon her! Je schneller ich mich sehe, desto eher kann ich mich an meine neue Visage gewöhnen.« Albert sah sie herausfordernd an.

Maurice gab Mathilde ein Zeichen. Er glaubte, dass der junge Mann stabil genug war, der Realität ins Auge zu sehen, denn er hatte Albert bereits schonend beigebracht, dass ein Teil seines Kiefers fehlte.

Als Mathilde ihm den Spiegel reichte und er das sah, was das Schicksal ihm angetan hatte, reagierte er zunächst scheinbar gelassen. Eine ganze Weile sagte er kein Wort, dann schloss er für einen Moment die Augen. Noch wenige Wochen zuvor musste Albert ein hübscher junger Mann gewesen sein, dem die Mädchen mit Sicherheit hinterhergesehen hatten. Und nun? Mathilde legte ihm behutsam die Hand auf den Unterarm, und sie sahen die Tränen, die aus seinen geschlossenen Augenlidern rannen.

»Sie brauchen kein Mitleid mit mir zu haben«, sagte Albert unvermittelt. Er öffnete die Augen und versuchte ein tapferes Lächeln. »Mit dem Gesicht und meinem nutzlosen Körper kann ich nach dem Krieg bestimmt auf dem Jahrmarkt als Kuriosität mein Geld verdienen.«

Maurice sah, dass es Mathilde in der Seele wehtat, den jungen Mann in dieser Situation allein lassen zu müssen. Wie gern wäre sie noch länger bei ihm geblieben, um ihn zu trösten, doch ihre Pflicht rief sie beide zu einem anderen Patienten, dessen Wunden sich entzündet hatten.

»Ich komme später noch einmal wieder«, versprach Mathilde Albert mit einem aufmunternden Lächeln. »Sie sind so ein wunderbarer tapferer junger Mann.«

Es war das letzte Mal, dass sie ihn lebend sahen. Man fand nie heraus, wie Albert an die Pistole gekommen war, mit der er sich kurz darauf durch einen Kopfschuss das Leben nahm. Vielleicht hatte einer seiner Kameraden sie ihm heimlich besorgt.

Sie trauerten um ihn wie um einen gemeinsamen Freund. Besonders Mathilde machte sich Vorwürfe, weil sie ihm den Spiegel gereicht hatte. Maurice gab sich alle Mühe, ihr die Schuldgefühle auszureden, er hatte sie ja auch dazu ermutigt. Schließlich wäre über kurz oder lang dieser Moment nicht zu verhindern gewesen.

Das traurige Ereignis schweißte sie nur noch enger zusammen. Maurice war sich sicher, endlich die Frau seines Lebens gefunden zu haben. Da beim Militär ein Verhältnis zwischen Arzt und Krankenschwester nicht geduldet wurde, hatten sie bislang ihre Beziehung geheim gehalten. Nur Eric wusste davon und sorgte als treuer Freund dafür, dass sie hin und wieder etwas freie Zeit miteinander verbringen konnten.

Nachdem die Briten gemeinsam mit französischen Truppen durch ein gewaltiges Geschützfeuer die Schlacht an der Somme eröffnet hatten, waren die Deutschen in eine defensive Position gekommen, die sie zwang, weitere Einheiten aus dem Maas-Gebiet abzuziehen. Unter großen Mühen zogen sie ihre schweren und schwersten Geschütze über das unwegsame Trichterfeld des Schlachtfelds von Verdun, um es mit der Eisenbahn an die Somme zu verladen. Endlich war Schluss mit den heftigen Offensiven, durch die die Deutschen ihnen schwere Verluste zugefügt hatten. Vor allem der Einsatz von Grünkreuzgranaten, die in der Lage waren, über weite Entfernung den Lungenkampfstoff Diphosgen zu verteilen, hatte bei den Franzosen zu heftigen Verlusten geführt. Die aufgeschlagenen Geschosse explodierten nicht direkt und wurden deshalb von so manchem französischen Soldaten als Blindgänger eingeschätzt. Das tückische Giftgas entfaltete erst mit der Zeit seine Wirkung und breitete sich über weite Flächen aus, sodass die Folgen – auch wegen unzureichender Giftmasken – verheerend waren. Zahlreiche Franzosen flohen in Panik, andere hielten unter Qualen ihre Stellung.

Schließlich befahl der deutsche General Falkenhayn die Einstellung jeglicher Offensivbemühungen in Verdun. Er bündelte die Kräfte seines Heeres an der Somme in der Hoffnung, die Franzosen würden es den Deutschen gleichtun – Verdun sollte zu einer ruhigen Front werden. Und tatsächlich wurde es etwas friedlicher, was nicht nur den Soldaten, sondern auch den Ärzten und dem Pflegepersonal im Lazarett die Möglichkeit gab, sich von den Mühen der vergangenen Wochen zu erholen.

Eric, Maurice und Mathilde nutzten die Zeit, um sich ein wenig zu amüsieren. Mittlerweile war der Sommer fast vorüber, und die Nächte wurden schon etwas kühler. Nicht weit von ihrem Standort gab es im Hinterland ein kleines Dorf mit einem Bistro, das bei den Soldaten beliebt war. Dort hatten sie sich verabredet. Da Mathilde noch etwas zu erledigen hatte, war Maurice mit Eric schon am frühen Abend vorausgegangen. Sie saßen bereits bei einem Bier und unterhielten sich über die Zukunft. Eric war Ingenieur und träumte davon, Brücken in aller Welt zu bauen.

»Suzanne und ich werden so schnell wie möglich heiraten, wenn das hier vorüber ist«, schwärmte Eric. »Sie ist eine wundervolle Frau. Und dann werden wir nach Argentinien auswandern, wo ich Eisenbahnbrücken errichten werde. Sie suchen dort händeringend nach fähigen Ingenieuren.«

Auch Maurice verriet seine Pläne. »Ich habe ebenfalls die Liebe meines Lebens gefunden«, gestand er seinem Freund. Es war das erste Mal, dass er darüber sprach. »Leider hatte ich noch nicht die richtige Gelegenheit, aber heute Abend auf dem Nachhauseweg möchte ich sie um ihre Hand bitten.«

Eric klopfte ihm freundschaftlich auf die Schulter. »Dann viel Glück, mein Lieber! Mit Mathilde hast du mit Sicherheit die richtige Wahl getroffen. Sie wird dir keinen Korb geben, darauf wette ich.« Er zwinkerte ihm verschwörerisch zu.

Maurice strahlte. »Sie ist der wichtigste Mensch für mich geworden. Ich weiß gar nicht, wie ich jemals ohne sie leben konnte.« Sein Blick fiel zur Tür, durch die Mathilde gerade trat. »Sieht sie nicht hinreißend aus?«

Er winkte ihr zu, doch sie entdeckte ihn nicht, weil ihre Aufmerksamkeit von einem großen, kräftigen Soldaten beansprucht wurde.

»Kennst du den Typen?«, erkundigte sich Maurice.

»Das ist Mattéo Calvin vom Nachschub. Ein unangenehmer Mensch, wenn du mich fragst. Wie es scheint, hat er heute Abend schon ordentlich gezecht.«

»Den Eindruck hab ich auch«, stimmte Maurice ihm zu.

Er erhob sich, um Mathilde gegebenenfalls Beistand zu leisten. Sie versuchte gerade vergeblich, den Soldaten auf Abstand zu halten.

»Lassen Sie mich bitte durch, ich bin bereits verabredet«, machte sie ihm höflich klar. Doch der Kerl schien davon kaum beeindruckt. »Ich seh hier niemanden, der es mit mir aufnehmen könnte, Süße«, bedrängte er sie weiter auf unverschämte Weise. »Stell dich nicht so an! Lass uns zusammen ein Glas Wein trinken. Ich lade dich ein.«

Vertraulich legte er einen Arm um ihre Schultern und drängte sie in Richtung Bar.

Maurice erkannte Mathildes Not und eilte herbei. »Gibt es Probleme?«, fragte er mit hochgezogenen Augenbrauen.

Calvin senkte seinen Arm und musterte ihn abfällig. »Keine, die dich etwas angehen«, raunzte er ihn unfreundlich an.

Maurice behielt seinen Kontrahenten fest im Auge. Er stand im Rang über dem Soldaten, was diesen jedoch nicht zu beeindrucken schien.

»Lass die Frau einfach in Ruhe«, riet er ihm immer noch höflich. »Das hat sie dir gerade klar und deutlich zu verstehen gegeben, oder?«

Sein Gegenüber fokussierte ihn aus glasigen Augen. Seine Miene bekam etwas Brutales. »Wenn du nicht gleich von hier verschwindest, hau ich dir eins in die Fresse, verstanden?«

»Davon würde ich dringend abraten«, erwiderte Maurice. Er hielt seinem Blick stand, gleichzeitig versuchte er, Mathilde aus dem Einflussbereich ihres Bedrängers zu schieben. »Geh zu Eric. Er sitzt dort drüben«, raunte er ihr zu. »Ich komme gleich nach.«

Doch so leicht ließ sich Calvin nicht abwimmeln. »Du meinst

wohl, du wärst was Besseres, nur weil du Offizier bist«, ging er ihn kampfeslustig an. »Heute Abend sind wir aber nicht im Dienst.«

Sich seiner körperlichen Überlegenheit bewusst, trat er auf Maurice zu und rempelte ihn mit seiner breiten Brust provozierend an. Maurice hatte sich noch nie gern geprügelt. Gewaltsamen Auseinandersetzungen war er bislang meist erfolgreich aus dem Weg gegangen. Daran dachte er auch nichts zu ändern. Er wich freiwillig einen Schritt zurück.

»Lass es gut sein«, forderte er Calvin ein letztes Mal auf. Der ließ sich jedoch nicht einschüchtern.

»Du hast mir gar nichts zu sagen!«, blaffte er.

»Dann verschwinde einfach!«

Ehe Maurice sich's versah, versetzte ihm sein Gegenüber mit seinem Schädel eine so gewaltige Kopfnuss, dass er Sterne sah. Offenbar hatte er die Situation falsch eingeschätzt. Instinktiv hielt er sich seine blutende Nase, während er Mathildes entsetzten Aufschrei hörte. Im nächsten Augenblick erhielt er einen heftigen Faustschlag in den Magen, der ihn endgültig zu Boden brachte.

Calvin wollte gerade mit Fußtritten nachsetzen, als Eric sich einmischte. Er rammte dem anderen seinen Kopf in den Magen und fasste gleichzeitig seinen Arm. In einem geschickten Manöver drehte er ihn auf den Rücken und hatte Calvin so unter seiner Kontrolle.

»Schluss jetzt!«, rief er befehlsgewohnt.

Calvin wollte sich wie ein Aal aus dem Klammergriff winden, doch Eric hielt ihn nur noch fester. Der Trunkenbold jaulte auf vor Schmerz. Statt endlich zur Vernunft zu kommen, steigerte er sich immer weiter in seine Wut hinein. Irgendwann musste er jedoch klein beigeben.

»Gut«, keuchte er erschöpft.

Eric ließ los und stieß Calvin verächtlich ein Stück von sich weg. Ohne ihn eines weiteren Blickes zu würdigen, ging er hinüber zu Maurice, um den sich Mathilde kümmerte. Das Taschentuch, das er sich vor die Nase hielt, war blutdurchtränkt.

»Ich glaube, wir sollten ihn zurück ins Feldlager schaffen«, sagte Mathilde besorgt.

Eric begutachtete die Verletzung. Plötzlich wurde er von Calvin am Kragen gepackt und herumgewirbelt. Vergeblich versuchte er, seine Hände vors Gesicht zu halten, als er auch schon einen Kinnhaken verpasst bekam, der ihn aus dem Gleichgewicht brachte. Er prallte hart mit dem Rücken auf die Tischkante. Nach einem Moment der Überraschung rappelte er sich auf, um dem unfairen Angriff ein endgültiges Ende zu setzen. Doch Calvin erwartete ihn bereits. Im Nu war eine wilde Schlägerei im Gange, der erst durch das Eintreten eines Stabsoffiziers, der zufällig hereinkam, ein Ende bereitet wurde. Ohne der Ursache der Rauferei genauer auf den Grund zu gehen, verdonnerte dieser beide Männer für den nächsten Tag zum Latrinendienst. Maurice bekam eine Verwarnung, er wurde, da er als Arzt gebraucht wurde, von der Strafe ausgenommen. So endete dieser so launig begonnene Abend, ohne dass Maurice Mathilde seinen Heiratsantrag hatte machen können.

Während der folgenden Tage war Maurice als Begleitung des Sanitätstrupps eingeteilt, da es eine neue Offensive gegeben hatte. Sie näherten sich mit einem Lastwagen der Front und bargen Verletzte. Diese Einsätze waren nicht nur gefährlich, sondern auch psychisch gesehen eine große Herausforderung, die jeden an die Grenze dessen brachte, was er ertragen konnte. So weit das Auge reichte, war die einst fruchtbare Landschaft von Verdun durchpflügt von Gräben und Schutzwällen aus Schlamm, Steinen und Dreck. Über dem Elend der Schützengräben hing der Gestank nach Blut und Schweiß, der sich mit dem Kanonendampf sowie dem süßlichen Geruch nach Verwesung mischte. Das Donnern von unsichtbaren Geschützen stand in gespenstischem Kontrast zu der oft bleiernen Stille in den Tiefen der Schützengräben.

Bis weit in seine Träume hinein verfolgte Maurice der Anblick der Soldaten, die apathisch im Dreck ihrer Stellungen saßen, während sie darauf warteten, dass ein Befehl sie in irgendein sinnloses Gemetzel treiben würde. Am meisten setzte ihm jedoch zu, dass er darüber zu entscheiden hatte, bei welchen der zahllosen Verwundeten es sich überhaupt noch lohnte, sie ins Lazarett zu bringen. Viele, denen er vielleicht hätte helfen können, musste er zurücklassen, um die auszuwählen, die eine bessere Chance aufs Überleben hatten. Und selbst dann waren ihre Möglichkeiten begrenzt. Am schlimmsten setzten ihm die Opfer von Giftgasangriffen zu. Meist blieb ihm nichts anderes übrig, als mitanzusehen, wie seine Patienten an den Folgen des grausamen Lungenkampfstoffes elend zugrunde gingen. Selbst der verstärkte Einsatz von Gasmasken brachte kaum Linderung, da sie nicht dicht genug waren, um das Gas zu filtern.

Erschlagen und zutiefst deprimiert kam er schließlich spät am Abend des zweiten Tages nach dem unschönen Erlebnis im Bistro wieder zurück ins Lazarett. Sein einziger Lichtblick war Mathilde, die er wenigstens für einen Augenblick in seinen Armen zu halten hoffte. Leider war sie bereits in ihrem Quartier, zu dem er keinen Zutritt hatte, sodass ihm nichts anderes übrig blieb, als sich bis zum nächsten Tag zu gedulden. Obwohl er sich kaum mehr auf den Beinen halten konnte, sah er noch bei Eric vorbei. Nach der Prügelei hatte er ihn nicht mehr gesehen. Er hatte ihm noch nicht einmal für seinen Einsatz gedankt, für den er auch noch eine Strafe kassiert hatte. Sein Freund lag bereits auf seinem Lager.

»Haben sie dich so rangenommen, dass du schon schlafen musst?«, begrüßte Maurice seinen Freund. Eric sah blass und erschöpft aus. Mit einem ungnädigen Grunzen setzte er sich auf.

»Hast du Muskelkater?«

»Halb so schlimm …« Erics schmerzverzerrtes Gesicht strafte seine Worte Lügen. »Ich hab es ja jetzt hinter mir, während Calvin noch zwei Tage länger die Latrinen ausschaufeln darf.« Er grinste schadenfroh. »Der Idiot hat sich bei seinem Vorgesetzten über mich beschwert, weil ich angeblich zu langsam war. So was kommt bei den meisten Kameraden nur sehr schlecht an.«

»Und ich dachte schon, du bist sauer auf mich, weil ich ungeschoren davongekommen bin.« Maurice hatte tatsächlich ein schlechtes Gewissen.

»Vergiss es! Ich hätte auch nicht mit dir tauschen mögen. So ein Fronteinsatz ist noch viel heftiger. Das seh ich dir doch an.« Maurice stimmte müde zu. Mehr wollte er nicht sagen. Eric schien seine Gedanken zu erraten. »Hast du Mathilde mittlerweile fragen können, ob sie dich will?«, verlangte er zu wissen.

Das war ein Thema, das Maurice ohnehin ansprechen wollte. »Wenn alles klappt, dann mache ich es morgen«, verriet er ihm. »Ich hab auch schon einen Plan …« Er erzählte ihm, dass er versuchen wollte, ihre Schichtpläne heimlich zu tauschen, damit sie gemeinsam eine halbe Stunde Freizeit bekämen. Eric wirkte merkwürdig abwesend, während er ihm zuhörte. Offenbar hatte er doch mehr schuften müssen, als er zuzugeben bereit war. Da er selbst zum Umfallen müde war, hielt er es für das Beste, sich bald zu verabschieden. Vorher musste er seinen Freund allerdings noch etwas fragen. »Wirst du unser Trauzeuge sein, wenn Mathilde Ja sagt?«

»Auf jeden Fall!« Eric grinste, wenn auch mit schmerzverzerrtem Gesicht. »Es wird mir eine große Ehre sein!«

Mit einem sehr viel besseren Gefühl begab sich Maurice in sein Quartier.

Nach einer viel zu kurzen, traumlosen Nacht wurde er früh am nächsten Morgen von einem Sanitäter aus dem Schlaf gerissen.

»Schnell, kommen Sie! Caporal Thomas verlangt nach Ihnen. Es geht ihm gar nicht gut.«

Maurice eilte zu seinem Freund. Er erkannte sofort, wie schlecht es um ihn stand. Erics Gesicht war so grau und fahl, dass ihm angst und bange wurde. Auf seiner Stirn glänzte kalter Schweiß, und er zitterte am ganzen Körper. Sein leises Stöhnen verriet die Schmerzen, die er haben musste. Der Puls raste. Bei der Untersuchung stellte er fest, dass die Bauchdecke massiv angespannt war. Das war ein äußerst besorgniserregendes Zeichen. Alles deutete auf innere Blutungen hin – wahrscheinlich verursacht durch den Stoß gegen die Tischkante, den Calvin ihm versetzt hatte. Maurice machte sich heftige Vorwürfe, weil er Eric nach der Schlägerei nicht untersucht hatte. Sein Freund hätte sich schonen müssen. Die harte Arbeit an den Latrinen hatte seinen Zustand sicherlich noch verschlimmert. Wieso war ihm am Abend zuvor nicht aufgefallen, wie schlecht es ihm ging?

»Wir müssen ihn sofort operieren«, rief er dem Sanitäter zu.

Er wollte alles versuchen, auch wenn er längst wusste, dass es zu spät war. Im nächsten Augenblick begannen Erics Augenlider zu flattern. Er kam zu sich. Zwei Sanitäter standen bereit, doch Maurice gab ihnen ein Zeichen zu warten. Eric öffnete die Augen. Sein Blick wirkte verwirrt und unsicher. Sobald er Maurice erkannte, lächelte er aber.

»Nun werde ich es doch nicht mehr zu deiner Hochzeit schaffen«, sagte er leise keuchend.

»Und ob du das wirst!«, protestierte Maurice verzweifelt. »Ich werde dich gleich operieren. Du wirst schon sehen, wie schnell wir dich wieder auf die Beine bekommen.« Hilflos musste er mit ansehen, wie sein Freund kaum noch die Kraft hatte, bei Bewusstsein zu bleiben. »Bleib bei mir, verdammt!«, flehte er und schlug seinem Freund auf die Wangen. Wieder und immer wieder.

Eric riss die Augen weit auf und gab ihm mit seinem Blick zu verstehen, dass er ihm etwas zu sagen hatte. Maurice beugte sich über ihn.

»Du ... du musst Mathilde noch heute fragen ... Versprich mir ... versprich mir das!« Etwas wie Erstaunen huschte über sein Gesicht, bevor sein Blick starr wurde.

Maurice sank wie eine Marionette, deren Fäden abgeschnitten worden waren, in sich zusammen. Alles in ihm sträubte sich dagegen, Erics Sterben zu akzeptieren, auch wenn er dem Tod jeden Tag in die Augen sah. Erst als er Mathildes Hände auf seinen Schultern spürte und ihre beruhigende Stimme vernahm, gelang es ihm, sich aus seiner Starre zu lösen.

Maurice blieb keine Zeit, lange um seinen Freund zu trauern. Bereits wenige Minuten später kam die Nachricht von einem neuen Verletztentransport, um den sie sich kümmern mussten. Mathilde war bereits auf dem Weg, als Maurice sie zurückhielt.

»Es sollte eigentlich feierlicher werden«, sagte er hilflos. »Aber Eric würde es so wollen.«

Mathilde hielt irritiert inne. »Was würde er wollen?«, fragte sie.

Plötzlich wusste Maurice nicht mehr, wie er seine Worte wählen sollte. Die Trauer drohte ihn zu ersticken. Doch dann fasste er sich ein Herz.

»Ich möchte dich bitten, meine Frau zu werden, Mathilde«, sagte er leise. »Heirate mich!«

Mathilde sah ihn lange an. In ihren Augen lag ein Glanz, den er nicht ergründen konnte. Dachte sie darüber nach, ihm eine Abfuhr zu erteilen? Maurice glaubte nicht, dass er das auch noch ertragen konnte.

Auf einmal erhellte ein engelsgleiches Lächeln ihr Gesicht. »Das möchte ich von Herzen gern«, antwortete sie schlicht. Er nahm sie in die Arme und hielt sie fest umfangen. Eine ganze Weile verharrten sie so, bis sie sich sanft von ihm löste. »Ich muss dir auch etwas sagen …«, gestand sie ihm mit einem hoffnungsfrohen Blick. »Wir bekommen ein Kind!«

Maurice spürte jäh eine Woge von Glück. Bei all dem Leid um sie herum und der Trauer um seinen besten Freund, hielt das Schicksal anscheinend auch etwas Gutes für sie bereit. Seine Augen füllten sich mit Tränen, und er riss Mathilde erneut an sich, um seine Freude durch einen ungestümen Kuss zu zeigen. Sie lachten und weinten gleichzeitig, bis die Rufe der Sanitäter nicht mehr zu überhören waren.

»Lass uns heute Abend alles in Ruhe besprechen.« Mit diesen Worten verabschiedete sich Maurice von Mathilde.

Während er sich in einem der Operationszelte um die frisch eingelieferten Verwundeten kümmern musste, wurde Mathilde einem neuen Konvoi zugeordnet, der ein weiteres Mal an die Front fahren sollte – eine heftige deutsche Offensive hatte zahlreiche Opfer gefordert. An allen Ecken und Enden wurde Hilfe gebraucht. Maurice musste sich zu seinen ärztlichen Pflichten nun auch noch um die Verteilung der Verletzten kümmern, und hatte alle Hände voll zu tun. Immer wieder spürte er die Trauer um Eric in sich hochsteigen und den damit einhergehenden Schmerz, doch dann dachte er wieder an Mathilde und ihr gemeinsames Kind. Wie nah Tod und Glück beieinanderliegen können, dachte er verwirrt, bevor er sich auf die nächste Operation konzentrierte.

Mathilde saß mit zwei anderen Krankenschwestern auf der ruckelnden Pritsche eines Armeelastwagens, während sie durch die zerstörte Landschaft in Richtung Front ratterten. Trotz all des Leids und der Trostlosigkeit spürte sie eine unerklärliche Zuversicht. Unwillkürlich legte sie ihre Hand auf ihren Bauch. Wie gern hätte sie Maurice bei sich gehabt. Sein Heiratsantrag war für sie völlig unerwartet gekommen und doch zur rechten Zeit. Egal, wohin es ihn nach dem Krieg verschlug, sie würde an seiner Seite sein – mit ihm und dem Kind wären sie eine richtige kleine Familie.

Ein warmes Glücksgefühl machte sich in ihr breit und ließ sie blind werden für die Schrecken um sie herum. So bemerkte sie auch nicht die dunkle Rauchwand, die sich wie eine Walze auf ihren Transport zubewegte. Erst als sie die aufgeregten Rufe ihrer Mitfahrerinnen hörte und man ihr rasch eine Gasmaske in die Hände drückte, fiel ihr auf, dass etwas nicht stimmte. Im nächsten Augenblick schlugen Granaten ganz in ihrer Nähe ein. Die Frontlinien mussten sich verschoben haben, sie waren mitten hineingeraten. Ihr Lastwagen bremste scharf ab und versuchte zu wenden, als der Einschlag weiterer Geschosse die Reifen zum Platzen brachte und der Fahrer die Kontrolle über den Wagen verlor. Mathilde versuchte, sich an den Holmen des Aufbaus festzuhalten, während ihr Gefährt ins Schwanken geriet und schließlich umstürzte. Sie spürte, wie sie den Halt verlor und hoch in die Luft geschleudert wurde.

Im Bruchteil der Sekunden vor dem tödlichen Aufprall, der ihr Hals und Wirbelsäule brechen sollte, sah sie noch einmal Maurice und sein unvergessliches Lächeln in dem Moment, als sie seinen Heiratsantrag angenommen hatte.

5

Mathildes Tod war ein Schicksalsschlag, von dem sich Maurice' Seele nicht mehr erholen wollte. Ihr Verlust war mehr, als er ertragen konnte. Mit ihr war ihm nicht nur die Frau seines Lebens und überdies ihr gemeinsames Kind genommen worden, sondern auch sein ganzer Lebensmut. Der Optimismus, der ihm bislang über alle Widrigkeiten hinweggeholfen hatte, hatte sich für immer von ihm verabschiedet. Verbitterung und Selbstzweifel traten an seine Stelle. Als er die schreckliche Nachricht von Mathildes Tod erhielt, stürzte für ihn endgültig die Welt zusammen. Neben der Trauer, die ihm jeden klaren Gedanken vernebelte, befiel ihn eine schier ausweglose Hoffnungslosigkeit. Er fühlte sich nicht nur menschlich als ein Versager, sondern war auch nicht länger fähig, seine Tätigkeit als Arzt auszuüben. Zwar begab er sich schon bald nach der Beerdigung wieder in ein Operationszelt, doch sobald der erste Patient eingeliefert wurde, bekam er eine Panikattacke und musste das Feld einem anderen Arzt überlassen. Jede noch so kleine Entscheidung stellte ihn plötzlich vor ein riesiges Problem. Er hatte Angst zu versagen und fühlte sich unfähig, gegen die trostlose Leere in seinem Inneren anzugehen.

Maurice blieb kein anderer Ausweg, als den Stabsarzt um seine Entlassung aus dem Ärztecorps zu bitten, womit er auch noch den letzten Halt verlor. Wofür lohnte es sich jetzt noch zu leben? Um seine Schwester machte er sich keine Gedanken. Sie war stark genug, ihr Leben allein zu meistern. Er bedauerte nur, zu feige zu sein, selbst Hand an sich anzulegen, also bat er um eine Versetzung zur Infanterie, wo er als einfacher Gefreiter dienen wollte. Anfang November 1916 wurde er der 6. Armee unter General Fayolle an der Somme zugeteilt, um im V. Korps von General Baucheron zu kämpfen. Hier lernte Maurice die Schrecken des Stellungskrieges kennen.

Die seit Juni von den britischen Streitkräften initiierte Offensive an der Somme half, die bei Verdun bedrängten französischen Streitkräfte zu entlasten, indem sie das Deutsche Heer zwang, von dort Militär abzuziehen. Ziel war es, die Front am Fluss Somme in Nordfrankreich zu durchbrechen und die Deutschen zurückzudrängen.

Maurice marschierte, wie alle anderen Soldaten, schwer beladen mit Arbeitsmaterial in Richtung Front. Ihre Aufgabe war es, die Linien, die die Franzosen zerstört und erobert hatten, sogleich wieder zu befestigen, damit sie einen deutschen Gegenstoß aushalten konnten. Womit jedoch keiner von ihnen gerechnet hatte, war, dass die Deutschen während der schon beinahe zwei Jahre andauernden Somme-Besetzung die Verteidigungssysteme zu unterirdischen Festungen ausgebaut hatten.

Trotz eines einwöchigen Artilleriefeuers gelang es der britischen und französischen Infanterie nicht, die deutschen Stellungen zu zerstören. Die massiven Angriffe brachten kaum Gebietsgewinn. Hinzu kam, dass die aufgrund ihres Marschgepäcks nur schwerfälligen Soldaten reihenweise den noch intakten Maschinengewehrstellungen zum Opfer fielen. Der britische Vorstoß brach unter dem Abwehrfeuer sogar völlig zusammen. In zwei neuen Angriffswellen mit schweren und schwersten Geschützen gelang es den Alliierten zwar, weit zur deutschen Front vorzudringen, dennoch waren die Geländegewinne minimal. Innerhalb weniger Monate kamen mehr als eine Million Soldaten auf allen Seiten ums Leben.

Der Stellungskrieg folgte fast immer demselben Ablauf. Die Deutschen verharrten in ihren durch unterirdische Gänge verbundenen Geschützgräben, die sie mit schweren Maschinengewehren und Stacheldrahtverhauen vor dem Angriff der Feinde zu schützen versuchten. Die gegnerischen Angriffe der Alliierten begannen stets mit stundenlangem Trommelfeuer der Artillerie, die den Feind mürbe machen sollte, bis sie dessen Befestigungsbollwerk sturmreif geschossen hatten.

Im Gegensatz zu seinen Kameraden hatte Maurice keine Angst vor seinem ersten Einsatz. Selbst das tagelange Verharren in den nassen Schützengräben, in denen sich Schlamm, Dreck und Wasser oft bis zu den Knien staute, war im Vergleich zu seiner inneren Leere für ihn ohne Bedeutung. Nur am Rande bekam er mit, wie sein Trupp immer unruhiger wurde, je näher ihr Einsatz rückte. Vor allem die jungen Soldaten, die noch nie an der Front gekämpft hatten, wurden zunehmend nervös. Manche schrieben Briefe nach Hause, andere rauchten eine Zigarette nach der anderen oder saßen apathisch herum. Maurice spürte stattdessen nur den Wunsch, Mathilde und Eric endlich in den Tod folgen zu dürfen.

Als es darum ging, Freiwillige für die Sturmtruppen auszuwählen, meldete er sich als Erster. Im dämmrigen Tageslicht eines novembergrauen Morgens begann das Gefecht. Das ohrenbetäubende Getöse des einsetzenden Geschützfeuers war der Auftakt eines nicht enden wollenden Tages. Stundenlang versuchten die Kameraden, die Deutschen in ihren Stellungen so lange zu zermürben, bis ihnen die Munition ausging, während die eigenen Männer mit immer neuer aus dem Nachschub versorgt wurden. Als die gegnerischen Feuer nicht mehr allzu heftig waren, gab ihr

Anführer das Zeichen zum Angriff. Im Schutz der vorausrollenden »Feuerwalze« – wie das Geschützfeuer seiner Kameraden genannt wurde – verließen sie rennend ihre Schützengräben und versuchten, die feindliche Linie zu durchbrechen.

Maurice stürmte mit seinem Gewehr in der Hand einfach voran. Nicht nur die Geschützfeuer der Deutschen waren eine Gefahr, sondern auch die der eigenen Leute. Oft genug geriet ihr Beschuss zu kurz und traf die eigenen Kameraden. Maurice registrierte, wie sich die Anzahl seiner Mitkämpfer immer mehr reduzierte. Der Ansturm auf das gegnerische Befestigungsbollwerk war für sie weitaus verlustreicher als für den Feind. Er kümmerte sich nicht darum, sondern rannte in gebückter Haltung und wild um sich schießend weiter, bis es ihm und einigen anderen Kameraden gelang, den ersten Schützengraben zu stürmen. Die Schüsse, die er abgab, waren ziellos. Es war nicht seine Absicht, jemanden zu töten. Die Gegner hatten sich zum größten Teil bereits in die unterirdischen Gänge zurückgezogen.

Er kletterte über die Barrikade in den eroberten Graben und hätte Position beziehen müssen, um den nachrückenden Männern Schützenhilfe zu geben, denn die Deutschen eröffneten schon wieder aus der dahinterliegenden Stellung das Feuer. Doch anstatt es wie seine Kameraden zu erwidern oder sich an den Befestigungsarbeiten zu beteiligen, stand er nur da und starrte über die Sandsäcke auf den Feind. Der Krieg in seiner grausamen Sinnlosigkeit kam ihm mit einem Mal so lächerlich vor.

»Runter, du Idiot!« Er wurde von einem Kameraden auf den schlammigen Boden gerissen. Helle Augen in einem dreckverschmierten Gesicht richteten besorgt den Blick auf ihn. »Bleib hier sitzen, bis du dich wieder beruhigt hast«, riet ihm der Mann hektisch. »Es wird gleich wieder besser!« Im nächsten Moment erhob er sich, um sein Maschinengewehr in Stellung zu bringen.

Maurice sah ihn einen Augenblick dastehen und dann plötzlich erstarren. Wie eine Gliederpuppe sank der Kamerad, der ihn soeben gerettet hatte, in sich zusammen. Ein feindliches Geschoss hatte sein Gesicht zersprengt. Maurice starrte entsetzt auf den Toten. Ich müsste an seiner Stelle hier liegen, dachte er. Mit einem Mal ergriff ihn die Wut. Die Wut auf sein ungerechtes Schicksal und auf sich selbst, weil er wieder einmal einen Tod verursacht hatte. Mit einem Schrei der Verzweiflung sprang er auf, riss sich seine Marke vom Hals und warf sein Gewehr achtlos in den Schlamm. Entschlossen kletterte er aus dem Schützengraben und rannte direkt auf den Feind zu. Seine irrwitzige Aktion kam so unerwartet, dass für eine kurze Zeit auf beiden Seiten tatsächlich Verwirrung herrschte. Keines der Geschützfeuer richtete sich auf ihn. Für einen Augenblick hatte es den Anschein, als würde er im Alleingang die feindliche Linie überrennen.

Ein Granateinschlag nur wenige Meter neben ihm setzte seinem Vormarsch schließlich ein Ende. Wie in Zeitlupe bekam Maurice mit, wie ihn die Druckwelle erfasste und hochschleuderte. Mit ihm flogen Schlamm und Grassoden durch die Luft. Dem harten Aufprall folgte ein jäher Schmerz in seinem Oberschenkel und die Erkenntnis, dass sich irgendetwas zwischen Hals und Schulter gebohrt hatte. Röchelnd fasste er sich an die blutende Stelle, bevor die Welt um ihn herum immer dunkler wurde.

Erstaunt stellte er fest, dass der Tod gar nicht so grausam war, wie er es sich vorgestellt hatte. Rund um ihn breitete sich ein weites, leeres Grau aus, das bis in den Himmel reichte. Für einen Moment fühlte er sich leicht und befreit, bis die grauenvollen Schreie sterbender Kameraden ihn wieder zurück ins Diesseits brachten. *Mon Dieu*, lass mich sterben, bettelte er. Als der Schmerz ihn überwältigte, versuchte er zu schreien, doch mehr als ein Röcheln brachte er nicht zustande. Die Bewusstlosigkeit erlöste ihn für eine Weile. Als er wieder erwachte, wurde ihm voller Entsetzen bewusst, dass er immer noch in der erbärmlichen Realität seines Lebens steckte. In einem kurzen Moment der Klarheit begriff er, dass er mit vielen anderen Verletzten und Toten im Niemandsland zwischen zwei Schützengräben lag. Von allen Hoffnungen verlassen und unfähig, seinen geschundenen Körper zu bewegen, starrte er in den wolkenverhangenen grauen Himmel.

In den folgenden Stunden löste sich Bewusstlosigkeit mit Momenten verschwommener Wahrnehmungen ab. Das Geschrei und Wehklagen der Kameraden hatte nachgelassen, es war Wimmern und Stöhnen gewichen. Der graue Himmel war von der dunklen Nacht verschluckt worden. Geblieben war eiskalter Regen, der Maurice längst bis auf die Knochen durchnässt hatte. In seinem letzten klaren Augenblick kniete Mathilde neben ihm im Schlamm. Sie trug ein helles Sommerkleid und war so schön, dass es ihm die Tränen in die Augen trieb. Als sie ihm die Hand reichte, um ihn mit sich zu nehmen, war er froh, es endlich geschafft zu haben.

Doch das Leben ließ Maurice nicht so einfach gehen. Als er beim nächsten Mal die Augen aufschlug, lag er auf einem Feldbett in einer zugigen Scheune. Der Geruch – eine Mischung aus Desinfektionsmitteln, Äther und Chloroform – war ihm nur allzu vertraut. Verzweifelt schloss er die Augen in der Hoffnung, seine Illusion von Mathilde wieder zurückholen zu können – es wurde ihm genauso verwehrt wie sein Wunsch, endlich zu sterben. Er versuchte sich aufzurichten, um seine Umgebung zu inspizieren, ein heftiger Schmerz hinderte ihn daran. Seine Hände tasteten sich zum Verband um Schulter und Hals vor, er konnte nicht einmal seinen Kopf bewegen. Auch mit seinem linken Bein schien etwas nicht in Ordnung zu sein. Entmutigt schloss er erneut die

Augen und lauschte auf die Geräusche hinter den Stellwänden, bis er wieder wegdämmerte.

Beim nächsten Aufwachen sah er das Gesicht einer Krankenschwester in weißer Haube über sich. Sie war über ihn gebeugt und musterte ihn aus klugen graublauen Augen.

»Willkommen zurück«, hörte er ihre warme, freundliche Stimme auf Deutsch.

Torie und er hatten eine Zeit lang eine Kinderfrau aus dem Saarland gehabt, weshalb er nicht nur mit der Sprache bestens vertraut war, sondern sie auch zu lieben gelernt hatte.

Wo bin ich?, wollte er fragen, doch statt Worten konnte er sich nur ein heiseres, schmerzvolles Krächzen abringen.

»Nicht reden! Um Gottes willen.« Besorgt legte die Schwester ihren Finger an den Mund und sah sich um. »Sie bringen mich noch in Teufels Küche.« Er sah sie verständnislos an. »Verstehen Sie mich?«, flüsterte sie. Maurice nickte zur Bestätigung. »Das ist gut.« Sie wirkte erleichtert. Noch einmal lauschte sie, ob niemand in der Nähe war. »Sie hatten einen Granatsplitter im Hals, deswegen fällt Ihnen das Sprechen schwer. Eine Weile wird es wohl noch dauern, bis Sie es wieder können. Aber das ist auch gut so …« Er merkte, dass sie aufgeregt war und nachdachte. »Antworten Sie einfach nur mit Nicken und Kopfschütteln, vor allem, wenn einer der Ärzte kommt«, meinte sie schließlich. »Haben Sie verstanden?« Maurice reagierte nicht darauf, sondern starrte zu den Deckenbalken hoch über ihm. Erst als sie seine Hand ergriff, wandte er ihr seinen Blick wieder zu. »Ich weiß, dass Sie Franzose sind, ich habe Ihre Uniform entsorgt«, teilte sie ihm mit. Mit einem Mal schien sie ärgerlich zu sein. »Keiner hat mitbekommen, dass Sie ein Feind sind, aber wenn herauskommt, dass ich das verschwiegen habe, werde ich wie eine Verräterin behandelt.«

»Warum?«, krächzte Maurice mühsam. Er verstand nicht, weshalb die junge Frau sich für ihn eingesetzt hatte.

»Ich finde, dass jeder Verwundete das Recht auf Hilfe hat. Für mich sind alle Menschen gleich, egal aus welchem Land sie stammen. Dr. Novak hätte Sie nicht operiert, wenn er erfahren hätte, dass Sie Franzose sind, und dann wären Sie jetzt tot.« Maurice schloss resigniert die Augen. Wie sollte diese Frau auch ahnen können, dass genau das sein größter Wunsch war. »Sie könnten ruhig ein wenig dankbarer sein«, tadelte sie ihn. Ihre hübsche Stirn legte sich unwillig in Falten. Da er nicht sprechen konnte, griff er nach ihrem Arm und sah sie ungehalten an. Sie machte sich unwillig los und begann seine Verbände zu kontrollieren. »Sie haben verdammt großes Glück gehabt«, klärte sie ihn auf. »Dr. Novak konnte Ihr Bein vor der Amputation retten. Der Granatsplitter in Ihrem Hals hat nur die Stimmbänder angeritzt und glücklicherweise nicht die Halsschlagader zerfetzt.« Ihr Vortrag wurde durch immer lauter werdende Männerstimmen gestört. »Das ist Dr. Novak. Halten Sie bloß Ihren Mund, auch wenn Sie bald wieder sprechen können«, beharrte sie. »Sobald herauskommt, dass Sie Franzose sind, bringt man Sie sofort in ein Gefangenenlager. Das überleben Sie in Ihrem Zustand nicht!«

»Ah, Schwester Mia! Wie ich sehe, ist der Patient wieder bei Bewusstsein«, stellte der eintretende Arzt zufrieden fest.

Er war ein kleiner drahtiger Mann mit einem getrimmten grauen Schnurrbart. Ohne Zeit zu verlieren, nahm er das Stethoskop aus der Kitteltasche und begann, Maurice abzuhorchen.

»Keine Schädigung der Lunge, und das Herz scheint auch in Ordnung zu sein.« Dann prüfte er kurz die Verbände an Bein und Hals, bevor er sich ihm zuwandte. »Können Sie sich an Ihren Namen und Ihre Einheit erinnern?«, erkundigte er sich, während er die Reaktion seiner Augen mit einer Stablampe testete. Mit dem Blick auf Schwester Mia gerichtet, die ganz blass wurde, schüttelte er den Kopf. »Partielle Amnesie«, stellte Dr. Novak fest und notierte es in seiner Kladde. Ein kurzes Lächeln huschte über sein zerfurchtes Gesicht. »Das kommt schon wieder in Ordnung, mein Junge«, fügte er väterlich hinzu.

Er gab an Schwester Mia noch einige Anweisungen, bevor er gemeinsam mit ihr verschwand.

In den folgenden Tagen erholte sich Maurice langsam von seinen schweren Verletzungen, was ihn jedoch nicht davon abhielt, weiter mit seinem Schicksal zu hadern. Wieso durfte er nicht einfach sterben? Sein Leben war so sinnlos wie dieser verdammte Krieg. Verzweiflung und Mutlosigkeit breiteten sich wie ein Brand in seinem Inneren aus. Statt Gefühlen empfand er nur eine allumfassende Leere, die ihn immer apathischer werden ließ. Einzig die regelmäßigen Besuche von Schwester Mia lockten ihn hin und wieder aus seiner Lethargie. Sie versuchte nicht, ihn durch ständige Ermunterungen oder Ermahnungen von seiner Schwermut zu erlösen, was er eigentlich hätte gutheißen müssen, aber seltsamerweise war ihm ihre Gleichgültigkeit nicht egal – im Gegenteil, er ärgerte sich sogar hin und wieder darüber.

Als seine Stimmbänder sich so weit erholt hatten, dass er wieder sprechen konnte, warf er ihr vor, dass sie ihn gedeckt hatte.

»Sie hätten mich sterben lassen sollen!«

Schwester Mia wandte sich ihm mit erhobenen Augenbrauen zu. »Ach ja?«, erwiderte sie beinahe spöttisch. »Das hab ich mir schon gedacht, dass Sie das als Erstes zu mir sagen würden.« Mit geschickten Händen befestigte sie einen neuen Verband an seiner Halswunde. »Nun ja, anscheinend ist Ihre Zeit einfach noch nicht gekommen«, bemerkte sie beiläufig. Dann konzentrierte sie sich auf sein verletztes Bein. Vorsichtig nahm sie die Binden ab, die zum Teil an der noch nicht verheilten Wunde kleben blieben. Maurice biss die Zähne zusammen. Das Bein tat immer noch höllisch weh, gut, dass er die Schmerzen als gerechte Strafe empfand.

»Sie haben Glück, dass Dr. Novak Ihr Bein erhalten konnte«, sagte sie, ohne weiter auf seinen Vorwurf einzugehen.

»Für mich hätte es keinen Unterschied gemacht, wenn ich es verloren hätte«, erwiderte Maurice finster.

Dennoch richtete er sich etwas auf, um einen Blick auf seine Verletzung zu werfen. Sein Bein erinnerte ihn an ein Trümmerfeld, das übersät war von Kratern und blutigen Einschnitten. Ganze Teile seiner Oberschenkelmuskulatur fehlten, ebenso Muskeln an seiner Wade, die der Chirurg offenbar bei der Entfernung der Granatsplitter nicht mehr hatte retten können. Einige der Wunden hatten sich entzündet und eiterten. Es war ein Wunder, dass sie noch nicht brandig waren. Trotz des desolaten Zustands seines Beines erkannte Maurice, dass sein Kollege gute Arbeit geleistet hatte. Ebenso wurde ihm klar, dass er wahrscheinlich nie wieder normal würde gehen können. Aber das kümmerte ihn herzlich wenig.

»Besser ein lädiertes Bein als gar keins«, sagte Schwester Mia. Sie interpretierte seine Gleichgültigkeit wohl als Entsetzen.

»Das Äußere meines Beines entspricht in etwa meinem inneren Zustand«, bemerkte Maurice sarkastisch.

Schwester Mia reagierte wieder nicht so, wie er es erwartet hatte.

»Na, dann scheint also doch noch ein Fünkchen Lebenswille in Ihnen zu stecken«, neckte sie ihn munter.

Was war sie nur für eine renitente Person! Mathilde hätte niemals so reagiert. Im nächsten Augenblick schämte er sich dafür, dass er diesen Vergleich angestellt hatte.

»Lassen Sie mich einfach in Ruhe«, brummte er wütend über sich selbst und diese irrwitzige Situation, in der er sich befand.

Er kam sich wie ein Verräter vor, der unrechtmäßig Hilfe vom Feind in Anspruch nahm. Lief denn gar nichts in seinem Leben so, wie es sollte? Im nächsten Moment fasste er einen Entschluss. Sobald Dr. Novak wieder zu ihm kam, würde er ihm seine Identität verraten. Das war er Mathilde und seinem Leben schuldig.

In der folgenden Nacht hingegen bekam Maurice Wundfieber und geriet in eine neue lebensbedrohliche Krise. Innerhalb kurzer Zeit verschlimmerte sich sein Befinden drastisch, und er fiel in ein Delirium, das ihn für die nächsten Tage außer Gefecht setzte. Fieberträume versetzten ihn in einen Zustand tiefster Verwirrung. Er begann zu halluzinieren, sah seine Eltern, Mathilde und Torie, die im grausamen Bombenhagel zerfetzt wurden. Schreiend wälzte er sich auf seinem Bett und konnte nur mit Mühe gebändigt werden. Ab und zu hatte er lichte Augenblicke, in denen er Schwester Mia besorgt neben sich sitzen sah. Sie machte ihm Fieberwickel und redete sanft auf ihn ein. Einmal glaubte er mitzubekommen, wie sie und Dr. Novak neben seinem Bett erhitzt diskutierten, doch dann verschwamm wieder alles hinter dem diffusen Vorhang seiner fiebrigen Fantasien.

Als er nach vielen Tagen in der Morgendämmerung wieder zu sich kam, fühlte er sich zum ersten Mal etwas besser. Der hämmernde Schmerz hinter seiner Stirn hatte sich auf ein erträgliches Maß reduziert. Er blickte um sich und erkannte Schwester Mia, die neben ihm auf einem Stuhl eingenickt war. Ihre Haube hatte sich verschoben, sodass er ihr braunes, zu einem Knoten gebundenes Haar erkennen konnte. Ihre sonst so beherrschten Gesichtszüge wirkten friedlich und entspannt. Dieser Eindruck verblasste in dem Augenblick, als sie aus ihrem Schlaf aufschreckte. Hastig richtete sie ihre Haube, bevor sie routiniert an seine Stirn griff.

»Gott sein Dank, das Fieber ist gesunken«, bemerkte sie erleichtert. Sie reichte ihm einen Becher mit frischem Wasser. »Hier, trinken Sie.« Überrascht registrierte er ihren besorgten Gesichtsausdruck. Es passte so gar nicht zu ihrer sonst so distanzierten Haltung. »Sie müssen jetzt rasch wieder zu Kräften kommen«, mahnte sie ihn mit leiser Stimme. Bildete er es sich nur ein, oder huschte da ein Schatten über ihr Gesicht? »Dr. Novak hat herausgefunden, dass Sie Franzose sind«, verriet sie ihm. »Man wird Sie schon bald in ein Kriegsgefangenenlager bringen.« Schwester Mia wirkte mit einem Mal aufrichtig bekümmert. »Sie haben sich während Ihres Deliriums selbst verraten. Eine der Schwestern hat mitbekommen, wie Sie auf Französisch fantasiert haben. Sie hat es sofort Dr. Novak gesteckt.« Hilflos zuckte sie mit den Schultern. »Es tut mir leid. Ihre einzige Chance besteht darin, Dr. Novak und den Kommandanten vom Gegenteil zu überzeugen. Behaupten Sie, dass Sie eine französische Mutter haben und zweisprachig erzogen wurden. Vielleicht kommen Sie damit durch!«

Maurice fühlte sich wider Willen gerührt von ihrer Hilfsbereitschaft. Doch das änderte nichts daran, dass er einen Entschluss gefasst hatte.

»Ein Kriegsgefangenenlager ist genau das, was ich verdiene«, erklärte er ihr ungerührt.

»Nein, das ist es nicht«, widersprach Mia ärgerlich. »Sie sind noch viel zu schwach, als dass Sie die Strapazen dort überleben könnten.«

»Das ist mir egal! Mein Leben ist ohnehin nichts mehr wert.«

»Sie sagen das nur, weil Sie im Augenblick keinen Ausweg für sich sehen«, konterte Mia überraschend heftig. Ihr Blick trübte sich für einen Moment. »Glauben Sie mir, ich weiß, wovon ich rede«, fügte sie niedergeschlagen hinzu. »Ich war auch einmal an solch einem Punkt.« Sie schüttelte den Kopf, als wollte sie die Erinnerung daran abschütteln. Dann sah sie ihm direkt in die Augen. »Es gibt immer etwas, für das es sich zu leben lohnt.«

In ihren Augen lag eine Verletzlichkeit, die er noch nicht an ihr wahrgenommen hatte. Genau das gab ihm das Gefühl, sich erklären zu müssen.

»Die Liebe meines Lebens, mein bester Freund, meine Eltern, sie alle sind innerhalb weniger Monate gestorben. Ich habe nichts mehr, wofür es sich zu leben lohnt«, brachte er mit Tränen in den Augen hervor. Eine Welle von Schmerz überrollte ihn. »Ich bringe über alle, die mir etwas bedeuten, Unglück. Selbst als Arzt tauge ich nichts mehr.«

»Sie sind Arzt?« Mia zeigte sich überrascht. »Aber dann haben Sie doch eine Aufgabe! Das ist ein Grund mehr, um weiterzumachen.«

»Und Sie haben keine Ahnung!« Maurice ärgerte sich schon wieder über ihre Besserwisserei. »Ich habe nicht erkannt, wie schwer mein bester Freund verletzt war, und das nach einer Schlägerei, die er an meiner Stelle für meine Verlobte angefangen hat, weil ich selbst zu feige dazu war.« Die Erinnerung an jenen Abend brannte plötzlich wie Feuer in ihm.

»Das mag ja schlimm gewesen sein, und vielleicht machen Sie sich ja auch zu Recht Vorwürfe ...« Ihre Züge bekamen etwas Mitfühlendes, im nächsten Augenblick warf sie ihm neue Ungeheuerlichkeiten an den Kopf. »Sie müssen endlich aufhören, sich selbst zu bemitleiden«, mahnte sie ihn. »Glauben Sie mir, damit helfen Sie niemandem. Weder Ihre Eltern noch Ihr Freund würden wollen, dass Sie sich so gehen lassen, und Ihre Verlobte ganz gewiss auch nicht. Sie müssen jetzt für sie weiterleben und sie über ihren Tod hinaus stolz machen.«

»Wie können Sie nur so herzlos sein?«, schimpfte Maurice fassungslos. Seine Hände krampften sich in das Bettlaken vor Empörung.

»Ich bin nicht herzlos, ich will Sie zur Vernunft bringen. Herrgott, wir haben nicht unendlich Zeit, Sie Sturkopf!« Mia wirkte fast verzweifelt. Sie horchte auf und lauschte auf herannahende Geräusche. »Gleich werden Novak und ein Offizier hier vorbeisehen«, versuchte sie ihm erneut den Ernst der Lage klarzumachen und griff nach seiner Hand. »Hören Sie, Sie müssen vor ihnen behaupten, Sie wären Gustav Weibel aus Schorndorf«, drängte sie ihn. Dann nannte sie ihm dessen Regiment und Befehlshaber. Maurice begriff immer noch nicht. »Der richtige Gustav Weibel ist gestorben. Ich habe seine Marke zurückgehalten, sodass sein Tod noch nicht registriert ist, verstehen Sie?« Ungeduldig ließ sie seine Hand wieder los und fuhr sich nervös übers Gesicht. »In Ihrem Zustand überleben Sie die Kriegsgefangenschaft keine zwei Tage. Behaupten Sie einfach, Sie seien Gustav Weibel. Keiner wird es herausfinden. Sein ganzes Regiment ist ausgelöscht worden. Erzählen Sie, dass Ihre Mutter Französin war, wie ich schon sagte. Das erklärt Ihre Sprachkenntnis.«

»Ich soll mich für jemand anderen ausgeben?«

Maurice lachte zynisch auf. Diese Frau hatte den Verstand verloren.

Im nächsten Augenblick betrat Dr. Novak mit einem Offizier seine Kabine.

»Hier ist der Mann, von dem ich Ihnen erzählt habe«, verkündete der Arzt. »Er hat auf Französisch deliriert, behauptet Schwester Lina.«

Der Offizier, ein hochgewachsener Stabsgefreiter, betrachtete ihn neugierig. »Spricht er nur französisch?«

Noch bevor Maurice antworten konnte, mischte sich Mia ein. »Seit er wieder bei sich ist, habe ich nichts als nahezu akzentfreies

Deutsch von ihm gehört«, erklärte sie mit einem unschuldigen Lächeln. »Möglicherweise hat er ja eine französische Mutter. Das würde sein französisches Gemurmel erklären.«

»Was ist mit seiner Uniform?«, erkundigte sich der Offizier.

Wieder antwortete Mia für ihn. »Die Sanitäter haben ihn vom Schlachtfeld mitgebracht. Seine Kleidung war schlammverschmiert und vollkommen zerfetzt. Wir haben sie verbrannt, wie es üblich ist. Er trug allerdings diese Marke bei sich. Für mich ist klar, dass er Deutscher ist.« Sie wollte dem Offizier gerade die Marke geben, als Maurice sich einschaltete.

»*Je suis* Maurice Belrose, Soldat«, sagte er mit fester Stimme, noch bevor Mia sich weiter in ihre Lügen verstricken konnte. »Und ja, ich bin Franzose«, fügte er auf Deutsch hinzu. »Schwester Mia muss da offenbar etwas durcheinandergebracht haben. Es war meine Schuld. Ich habe ihr vorgegaukelt, Deutscher zu sein.« Er streckte dem Offizier seine Hände entgegen, als Zeichen dafür, dass er sich ergab. »Tun Sie mit mir, was Sie wollen!«

6

Zu Mia Köpkes frühesten Kindheitserinnerungen gehörten die »Vorsicht, Pisse!«-Rufe vom Fenster der Obergeschosswohnung der Kassiske, denen beinahe gleichzeitig ein Schwall Urin aus deren Nachttopf folgte. Wer sich da nicht rechtzeitig in Sicherheit brachte, der konnte schon mal Opfer eines stinkenden Regens von oben werden. Trotz gelegentlich heftiger Proteste aus der Nachbarschaft ließ sich die Witwe eines Sargtischlers diese Angewohnheit partout nicht nehmen.

»Wat macht et schon für'n Unterschied, wenn de janze Nachbarschaft sich vor aller Oogen ungeniert im Hinterhof erleichtert?«, konterte sie kampfeslustig. »Bei mir verteilt sich dit wenigstens jleichmäßig, wa?«

Den Anwohnern blieb nichts anderes übrig, als sich an diese Unsitte zu gewöhnen wie an so viele andere auch im dritten Hinterhof der Berliner Ackerstraße im Wedding. Der Kiez bestand aus einem Mietskasernenkomplex, die Wohnblocks waren durch mehrere Innenhöfe miteinander verbunden. Das Gestöhne aus dem Waschkeller, wenn Hausmeister Alfred wieder mal mit einem Weibsstück zugange war, lernte die kleine Mia ebenso hinzunehmen wie betrunken grapschende Männer oder die ständigen Keifereien im Treppenhaus. Wichtig war für sie als Kind nur, dass ihre Mutter sie liebhatte und ihr versprach, dass sie einmal ein besseres Leben haben würde, wenn sie sich nur fleißig darum bemühte.

Eine Vorstellung von solch einem zukünftigen Leben bekam Mia jeden Abend vor dem Schlafengehen. Dann las ihre Mutter ihr aus einem mit Kupferstichen illustrierten Märchenbuch vor, das sie als einzige Erinnerung an ihr Leben in Ostpreußen nach Berlin gerettet hatte. Mia liebte diese Geschichten, die immer demselben Muster folgten: Arme, benachteiligte Helden besiegten das Böse und alles Unrecht und erhielten als Belohnung ein Leben in Wohlstand und Zufriedenheit. In ihrer naiven Vorstellung war auch sie dazu auserkoren, einmal einen Prinzen zu finden, der sie in ein Märchenreich brachte. Das armselige Leben, das sie und ihre Eltern in der feuchten, dunklen Souterrainwohnung führten, war nur der Ausgangspunkt zu einem großen Abenteuer.

Weil ihr das Vorlesen schon bald nicht mehr reichte, lernte Mia im zarten Alter von vier Jahren dank ihrer großen Neugier ganz nebenbei das Lesen. Das befähigte sie, sich mit den Geschichten auch dann zu befassen, wenn ihre Mutter bei der Arbeit war. Während sich diese aufrichtig freute, dass sie solch ein kluges Töchterchen hatte, war die Reaktion ihres Vaters alles andere als verständnisvoll. Als er sich eines Abends einmal nicht wie sonst in seiner Stammkneipe herumtrieb, sondern zu Hause blieb, griff Mia, der langweilig war, nach dem Zeitungspapier, in das der Lebensmittelhändler den Kohl eingewickelt hatte, und glättete es. In der Annahme, ihren Eltern eine Freude zu machen, begann sie, daraus vorzulesen.

»Spinnste jetzt?«, fuhr ihr Vater sie barsch an.

Mia schreckte seine Reaktion nicht. Sie dachte, dass der Artikel über Arbeitslosigkeit ihn nicht interessierte, und las etwas anderes: »*Die Burenrepublik Transvaal erklärt Großbritannien den Krieg. Aufgrund der schon länger schwelenden Differenzen wurde dieses Ereignis...*«

Weiter kam sie nicht. Im nächsten Augenblick riss der Vater ihr den Zeitungsfetzen aus den Händen und verpasste ihr eine saftige Ohrfeige.

»Erich!«, entrüstete sich die Mutter. »Das Kind wollte dir doch nur eine Freude machen!«

»Willste mir verarschen?«, brüllte ihr Vater jedoch noch mehr verärgert. »Wenn die noch mal mit so 'nem Unfug kommt, bekommt ihr alle beede 'ne Tracht Prügel, die sich jewaschen hat.« Wütend zerriss er das Stück Zeitung und sprang auf.

Mia, die nicht sicher war, was schlimmer war – die wie Feuer brennende Backe oder ihre Enttäuschung –, versteckte sich ängstlich hinter der Mutter.

»Statt dich zu freuen, dass Mia lesen kann, verprügelst du sie«, empörte sich ihre Mutter. »Die wird's mit ihrem klugen Kopf mal besser haben als wir beide zusammen.«

»Flausen hat se im Kopf, und du bist schuld dran, du olle Schlampe«, ereiferte sich ihr Vater nicht im Mindesten einsichtig. »Wenn ick euch noch mal mit 'nem Buch ertapp, dann setzt et nich' nur mit der Hand Schläje, habt er mir verstanden? Dit hat mir eh nie jepasst, wat ihr beede da mit dem Buch jemacht habt!«

Er erblickte das Märchenbuch auf Mias Bett und griff danach. Entschlossen ging er zum Ofen und öffnete die Tür. Mia und ihre Mutter schrien beide gleichzeitig auf, als er das Buch den Flammen übergab.

»Das war die einzige Erinnerung an meine Eltern. Das werd ich dir niemals vergessen ...« Die Mutter schluchzte auf. Mia hatte sie noch nie so traurig gesehen.

»Und ich vergess dir das auch nie«, schrie Mia zornig. »Du bist ein Dummkopf!«

Den Vater kümmerte das Gejammer seiner Frauen nicht. Er nahm seine Jacke und verschwand grußlos in die nächste Eckkneipe. Nicht viel später verließ er sie und ihre Mutter wegen eines Flittchens aus dem Nachbarkiez. Mia begegnete ihrem Vater nie wieder.

Mit dem Verschwinden ihres Vaters Erich Köpke kehrte zunächst einmal Ruhe in ihr Zuhause ein. Mia dachte, dass dies der Beginn für ein besseres Leben war. Jetzt, wo der gewalttätige und stets übel gelaunte Vater nicht mehr da war, konnte alles nur besser werden. Sie musste lediglich auf den Prinzen warten, der sie aus ihrer Armut befreite. Doch schon bald musste sie einsehen, dass die Ankunft des Prinzen noch eine Weile dauern konnte. Statt sich über ihre neue Freiheit zu freuen, wurde ihre Mutter immer bedrückter, und arbeitete bis zum Umfallen. Neben täglich zehn Stunden in den AEG-Werken ging sie putzen und half abends in der Eckkneipe aus. Mia blieb die meiste Zeit sich selbst überlassen. Zwar konnte sie sich zur Not an Frau Kassiske wenden, doch deren Nörgelei war für sie kaum zu ertragen.

Wenn das Wetter gut war, verbrachte Mia viel Zeit im Hinterhof mit den anderen Kindern. Leider stieß oft Ede, ein älterer Junge aus dem Nachbarblock, zu ihnen und drangsalierte die Kleineren. Eines Tages machte Mia den Fehler, sich gegen ihn behaupten zu wollen, und wurde prompt übel verdroschen. Als sie sich mit blau geschlagenem Gesicht nach oben in ihre Wohnung schleppte, saß ein Mann mit Schiebermütze auf der Treppe vor der Wohnungstür. Er grinste sie unverhohlen an, als sie sich an ihm vorbeischob.

»Na, haste dein Maul zu weit aufjerissen und wat uff de Fresse jekricht?«, meinte er ohne einen Anflug von Mitleid. Erschrocken erkannte Mia, dass es ihr Onkel Otto war, der jüngere Halbbruder ihrer Mutter. An ihn hatte sie nur schlechte Erinnerungen. Ihre Mutter nannte ihn Wanze, weil er sich wie ein Parasit verhielt. »Willste deinen Onkel nich' endlich ma ordentlich bejrüßen?«

Otto nahm ihr im nächsten Moment den Schlüssel aus der Hand und schloss die Wohnung auf. Wie selbstverständlich trat er ein und sah sich in Ruhe um. »Hübsch habt ihrs hier«, stellte er fest und begann sogleich, den Küchenanrichtenschrank zu durchwühlen, bis er eine halb leere Flasche Schnaps fand, die noch von ihrem Vater übrig geblieben war. »Hab schon jehört, dass der Erich sich dünne jemacht hat.« Otto grinste schadenfroh und nahm einen großen Schluck aus der Flasche. »Aber nu bin ick ja da.« Er kniff Mia vertraulich in die Wange und betrachtete sie mit einem Blick, der ihr gar nicht gefiel. »Aus dir kann mal wat werden«, meinte er vertraulich.

»Ich darf normalerweise niemand Fremden in die Wohnung lassen«, begehrte Mia mutig auf. »Das gibt Ärger!« Sie sah ihren Onkel finster an und hoffte, dass er verschwand.

»Aba ick bin doch dein Onkel und damit ne jute Ausnahme.« Er zwinkerte ihr zu. »Haste wat zu essen da?«

»Noch ein bisschen Kohlsuppe, aber die reicht nur für Mama und mich«, erklärte Mia bestimmt. »Du kannst also gleich wieder gehen«, fügte sie rasch hinzu.

Otto hob den Topfdeckel an und nickte bestätigend. »Stimmt, dit reicht jerade mal für 'nen anständigen Mann wie mir! Los, mach die Suppe heiß«, forderte er sie im Kommandoton auf.

Mia, die noch genug von ihrer Tracht Prügel im Hof hatte, wagte nicht, ihm zu widersprechen. Sie schürte den Ofen an und erhitzte die Suppe. Währenddessen fand ihr Onkel auch noch den letzten Kanten Brot im Küchenschrank. Hilflos musste sie mit ansehen, wie er sich über ihr Essen hermachte.

Als ihre Mutter spät am Abend nach Hause kam, war die Flasche Schnaps leer und der Topf ebenfalls. Ihr Onkel Otto lag schlafend auf dem einzigen Bett und schnarchte.

»Was macht denn der hier?« Ihre Mutter ließ sich erschöpft auf einen Küchenstuhl fallen.

Sie war über den Besuch alles andere als erfreut. Mia fiel auf, wie ausgelaugt sie aussah, und setzte sich zu ihr.

»Er hat die ganze Suppe verputzt«, erklärte sie unglücklich. »Wir haben gar nichts mehr zu essen!«

Ihre Mutter wandte sich ihr zu und entdeckte ihr blaues Auge. »War er das?«, fragte sie entsetzt.

Mia schüttelte den Kopf. Wie gern hätte sie ihr von Ede erzählt und sie um Rat gefragt, wie sie sich gegen den älteren Jungen zur Wehr setzen konnte, doch dann sah sie in das erschöpfte Gesicht ihrer Mutter und brachte es nicht übers Herz, sie auch noch damit zu belästigen.

»Ich bin nur auf der Treppe gestürzt«, log sie.

Mit einem lauten Schnarcher wachte im selben Augenblick ihr Onkel auf. Als er sah, dass seine Halbschwester da war, dehnte er seine Glieder mit einem genüsslichen Gähnen und setzte sich auf.

»Ick hab dir vermisst, Schwesterherz«, begrüßte er sie so vertraulich, als hätten sie das allerbeste Verhältnis. »Hastet wirklich schön hier.« Er sah sich anerkennend um. »Und reichlich Platz für euch beede, wa?«

»Was willst du hier?« Ihre Mutter kniff unfreundlich die Augen zusammen. »Hast wohl vergessen, dass du bei mir nicht willkommen bist.«

»Det war dein Erich, der olle Tunichtgut, der mir damals rausjeworfen hat. Aber du bis' schließlich die einzije Schwester, die mir jeblieben ist. Du kannst jar nich' so jrausam sein wie der.« Er deutete auf Mia. »Ick seh doch, dass ihr 'nen ordentlichen Kerl im Haus braucht, der euch beschützen tut. Jemand muss sich ja um dit Jör kümmern, wenn de arbeiten jehst, wa?«

»Wir kommen allein zurecht«, erwiderte Käthe unnachgiebig.

»Hier ist kein Platz für dich.« Die Stimme ihrer Mutter klang nicht mehr ganz so selbstbewusst wie noch zuvor.

»Soll dit heißen, du willst mir nich' hierham?« Die Augen ihres Onkels verengten sich zu einem schmalen Schlitz. Er erinnerte Mia an ein Frettchen. »Du weeßt aber schon, wat dit bedeutet, wa?«

Er erhob sich vom Bett und baute sich vor ihnen auf. Unwillkürlich rutschte Mia auf den Schoß ihre Mutter, die plötzlich zu zittern begann.

»Bitte, Otto, geh wieder dorthin, woher du gekommen bist! Ich geb dir auch 'nen Fünfer, wenn du uns in Ruhe lässt! Mehr ist hier nicht zu holen! Wir kommen selbst kaum über die Runden.«

»Umso besser, dass ick jetzt hier bin.« Otto strich sich selbstgefällig über seinen runden Wanst. »Zusammen mit meene Lina wuppen wir dit hier lässig.«

»Lina?«, erkundigte sich Mias Mutter argwöhnisch.

»Det is meene Zukünftije. Ihr Vatta ist der Wirt von der Fetten Ecke. Wie de siehst, hat deen Bruderherz et zu wat jebracht.«

»Und was willst du dann hier?«

»Na wohnen, wat denn sonst? Lina und ick steuern auch wat zu deener Miete bei, sobald ick was Passendes jefunden hab«, behauptete er großzügig. »Wir sind jerade in de Bredouille. Linas Oller hat se vor de Tür jesetzt, jetzt wo se meenen Balg im Bauch hat. Nu sitzen wir beede uff der Straße, und da dacht ick mir, dit kann deener süßen Schwester nich' lieb sein. Hab ick recht?« Er versuchte, ihre Mutter mit einem charmanten Lächeln zu umgarnen. »Die hat doch so'n jutet Herz, unsere Käthe, jenauso jut, wie dat von unserer jeliebten Mutta! Und du weeßt ja, wie die jeendet hat, als se nich' dit jemacht hat, wat ihr Oller von ihr verlangt hat.«

Mia sah, wie ihre Mutter erstarrte. Selbst sie begriff, dass ihr Halbbruder Otto sie bedrohte. Er hatte etwas Gewalttätiges und

Gemeines an sich, das sie zutiefst verabscheute. Dennoch hoffte sie, dass ihre Mutter standhaft blieb und den widerlichen Kerl endlich aus der Wohnung warf.

Als diese jedoch keine Anstalten machte, wagte sie sich vor.

»Wir wollen aber nicht, dass du bei uns wohnst«, rief sie empört.

»Sach dem Jör, et soll det vorlaute Maul halten, sonst wird et mir kennenlernen!«, drohte Otto.

»Lass bloß die Kleine in Ruhe!« Ihre Mutter legte entschlossen den Arm um ihre Schulter. »Das musst du mir hoch und heilig versprechen! Und in ein paar Wochen seid ihr wieder verschwunden. Ist das klar?«

Mia sah ihre Mutter ungläubig an. Das konnte nicht ihr Ernst sein.

»Versprochen«, gab sich Otto generös. Er setzte sich ihnen gegenüber an den Küchentisch und grinste. »Und nu will ick wat Ordentlichet zu trinken, damit wir dit jebührend feiern können!«

Bereits am nächsten Tag brachte ihr Onkel Otto die hochschwangere Lina mit in die Wohnung in der Ackerstraße. Mia begriff schnell, dass Lina zwar freundlich und hilfsbereit war, aber nicht besonders helle. Sie ließ sich von Otto herumschubsen und alles gefallen. Selbst als er sie kurz vorm Geburtstermin noch schlug und es zu einer früheren Niederkunft kam, die Lina beinahe nicht überlebt hätte, reagierte diese nur mit Demut und Unterwürfigkeit. Klaglos ertrug sie, dass Otto sie wie ein Stück Dreck behandelte. Mia wusste damals noch nicht, dass er nur mit Lina angebändelt hatte, weil deren Vater eine gut gehende Kneipe besaß und ihnen ab und zu etwas zusteckte. Sie fragte sich, weshalb Frauen das mit sich geschehen ließen, und war fest entschlossen, sich niemals so von einem Mann behandeln zu lassen wie Lina und ihre Mutter.

Auch wenn Mia nun tagsüber nicht mehr allein war, wurden die Lebensumstände nur noch bedrückender. Lina war faul und ging ihrer Mutter kaum im Haushalt zur Hand. Finanziell trug ihr Onkel kaum etwas zum gemeinsamen Unterhalt bei. Das meiste von dem Geld, das Linas Vater ihnen zusteckte, nahm er an sich, um es in den Kneipen unter die Leute zu bringen. Von den paar Reichsmark Mietzuschuss, die er Mias Mutter für die Miete gab, konnten sie sich nicht mal einen zusätzlichen Sack Kartoffeln leisten.

Das Leben in der Ackerstraße war geprägt von Armut, Entbehrung und Gewalt. Und doch verlor Mia niemals den Glauben daran, dass sie eines Tages dem Elend entkommen würde. Die Gewissheit, dass auch Aschenputtel zu einer Prinzessin geworden war, ließ sie vieles ertragen. Am einfachsten waren für sie die Tage, an denen ihr Onkel zum Saufen verschwand. Wenn er abgebrannt zurückkam, war er meist zerknirscht und versprach Besserung. Hin und wieder ging er auch einer Gelegenheitsarbeit nach. Doch er war faul und konnte seinen Mund nicht halten. Ständig bekam er Streit mit Arbeitskollegen, was dazu führte, dass man ihn schnell wieder entließ. Danach ließ er seinen Frust an ihnen allen aus. Dies waren die schlimmen Tage. Mia bekam oft mit, wie er sich hinter dem Vorhang rücksichtslos an seiner Frau verging. Sie hielt sich die Ohren zu, um das lustvolle Gestöhne von ihrem Onkel nicht hören zu müssen. Ihn kümmerte es wenig, wer gerade anwesend war. Sobald er seine Lust befriedigt hatte, setzte er sich mit offenem Hosenladen und herunterhängenden Hosenträgern an den Küchentisch und verlangte etwas zu essen. Er achtete weder auf die angewiderten Blicke seiner Schwester noch auf das Geschrei seines neugeborenen Sohnes, der für ihn nur wichtig war, wenn er mit ihm angeben konnte.

Mia verachtete ihren Onkel und gab sich keine Mühe, das zu

verbergen. Er spürte ihre Abneigung natürlich und reagierte darauf mit Gehässigkeit. Vor allem, wenn er mitbekam, wie sie eifrig über ihren Schulbüchern saß und lernte. Da in der kleinen Wohnung nur der Küchentisch für Schulaufgaben zur Verfügung stand, sah Mia zu, dass sie mit ihren Sachen verschwand, sobald ihr Onkel hereinkam. Sein Gespött konnte leicht ausarten, und sie fürchtete, dass er ihre Hefte und Bücher verbrannte, wie seinerzeit ihr Vater es mit dem Märchenbuch getan hatte.

Für Mia war die Schule ein wunderbarer Ort. Die Welt des Wissens eröffnete ihr einen völlig neuen Horizont und gab ihr Halt in der alltäglichen Tristesse. Sie konnte gar nicht genug davon bekommen, von den aufregenden Dingen zu erfahren, die draußen in der großen weiten Welt geschahen. Ihre Wissbegierde war so groß, dass sie schon bald mit den Großen mithalten konnte. Es fiel ihr leicht, komplexe Dinge zu begreifen und sie wiederzugeben. Außerdem fand sie es fantastisch, dass ihr Lehrer Herr Pielke sie mit zusätzlichen Büchern versorgte, wenn sie über ein Thema noch mehr wissen wollte. Schon bald stand ihr Wunsch fest, dass sie einmal Lehrerin werden wollte.

Eines Tages suchte Herr Pielke ihre Mutter auf, um sie zu bitten, Mia in die höhere Töchterschule zu schicken. »Ich kann Ihrer Tochter bald nichts mehr beibringen«, erklärte er und malte ihnen aus, welch gute Berufsaussichten Mia haben würde, sollte sie einen höheren Schulabschluss machen.

Ihre Mutter versprach ihm, darüber nachzudenken, was Mia innerlich jubeln ließ. Kaum hatte der Lehrer sich verabschiedet, kam ihr Onkel nach Hause.

»Wat war denn dit für'n feiner Pinkel?«, verlangte er zu wissen.

»Das war Herr Pielke, Mias Lehrer. Sie soll in die höhere Schule gehen, um es mal besser zu haben«, berichtete ihre Mutter stolz. »Vielleicht wird sie ja sogar mal eine Lehrerin.«

»Hör mir bloß mit dem Schwachsinn uff!«, wetterte Otto angriffslustig. »Det braucht keen Mensch!«

Als er sah, dass Mias Schulsachen noch auf dem Tisch lagen, fegte er sie mit einer ausholenden Bewegung einfach herunter. Die Schiefertafel knallte auf den Steinboden und sprang. Die Mine ihres Griffels brach. Dieses Mal gelang es Mia nicht, sich zu beherrschen.

»Wie kannst du nur so gemein sein!«, wütete sie und funkelte den Onkel an. Sie hob die kaputte Schiefertafel vom Boden auf und hielt sie ihm vor die Nase. »Die musst du mir ersetzen!« Das höhnische Gelächter ihres Onkels brachte sie nur noch mehr auf. »Wenn du das nicht tust, bekommst du Ärger mit Herrn Pielke!«

»Bekommst du Ärger mit Herrn Pielke...«, äffte ihr Onkel sie nach. »Is doch mir egal.«

»Nun reicht's, ihr beiden«, mischte sich die Mutter ein. Wie immer versuchte sie nur zu schlichten, anstatt sich auf ihre Seite zu stellen.

Doch der Halbbruder ihrer Mutter hatte längst Gefallen an dem Streit gefunden.

»Du regst dir tatsächlich wejen 'nem Griffel und 'ner Tafel uff?«, begann er Mia nur noch mehr zu reizen. Seine Augen verengten sich vor Schadenfreude. »Det is mir aber eene Freude, dit ick die kleene Madam mal so richtig uff de Palme bringen kann.« Mit einem hämischen Lachen nahm er Mia die Tafel aus der Hand und ließ sie erneut auf den Boden fallen, sodass sie endgültig zerbrach. »So, und nu brauchste och nich' mehr deene Zeit in der Schule zu verplempern. Kannste mir dankbar sein für, wa?«

»Du gemeiner, hinterhältiger Kerl«, kreischte Mia und schluchzte auf vor Wut.

Ohne nachzudenken, rammte sie dem Onkel den Kopf in den

Bierbauch und schlug wild auf ihn ein. Doch der lachte nur. Mit grobem Griff packte er sie am Genick.

»Wenn dit Jör mir anjreift, muss ick mir schließlich wehren«, erklärte er und erhob seine Faust.

Mia schloss die Augen in Erwartung des ersten Schlages.

»Wag ja nicht, das Kind anzurühren!«, hörte sie aber plötzlich ihre Mutter rufen.

Sie traute sich, die Augen wieder zu öffnen. Mit einer Entschiedenheit, die sie ihr nicht zugetraut hatte, löste ihre Mutter sie aus dem Griff des Onkels und zog sie an sich. Otto war so überrascht, dass er es geschehen ließ.

Doch schon im nächsten Augenblick zerrte er Mia an seine Seite. »Sonst wat?«

Mit zusammengekniffenen Augen maß er drohend seine Halbschwester.

Dieses eine Mal ließ sie sich allerdings nicht einschüchtern. »Lass sofort meine Tochter los!«, brüllte sie.

Mia hörte die Angst in der Stimme ihrer Mutter und wusste plötzlich, dass sie sich nicht mehr lange diesem Unhold würde widersetzen können. Und das durfte einfach nicht sein. Kurz entschlossen biss sie Otto so fest sie konnte in die Hand, die ihren Oberarm umschlossen hielt. Mit einem lauten Jaulen ließ der prompt von ihr ab, Lina schrie entsetzt auf. Mia versuchte, sich in Sicherheit zu bringen. Doch ihr Onkel war nun so zornig, dass er aufsprang und ihr nachsetzte. Als er gerade nach ihr zu greifen versuchte, schob sich ihre Mutter vor ihn.

»Wag es nicht!«, drohte sie erneut. Sie hielt ein Küchenmesser in der Hand. Ihre fest entschlossene Miene ließ selbst Otto innehalten. »Du hast versprochen, dass du sie niemals anrührst!«, erinnerte sie ihn mit eiskalter Stimme und trat noch einen Schritt auf ihn zu, sodass die Spitze des Messers seinen Bauch berührte.

Otto hob die Hände, als Zeichen dafür, dass er sich ergab. »In Ordnung, ick hab's bejriffen«, schnaubte er.

Er warf Mia noch einen bösen Blick zu, dann setzte er sich an den Küchentisch und aß die Kohlsuppe, die Lina ihm eilig hingestellt hatte.

Seit jenem Zwischenfall war Mia vor ihrem Onkel besonders auf der Hut. Sie achtete darauf, ihm möglichst wenig in die Quere zu kommen. Immer wenn sie wusste, dass er in der Wohnung war, streunte sie nach der Schule stundenlang im Kiez herum, bis sie sicher sein konnte, dass er sich zu seinen abendlichen Sauftouren aufgemacht hatte oder bei Linas Vater in dessen Kneipe kellnerte, wozu er genötigt wurde, wenn er wieder einmal Schulden gemacht hatte. Die Erfahrung hatte ihr aber auch gezeigt, dass es sich sehr wohl lohnen konnte, sich zur Wehr zu setzen.

Das bekamen nun auch Typen wie Ede zu spüren, die es darauf angelegt hatten, die jüngeren und schwächeren Kinder zu schikanieren. Mia war nicht besonders stark, doch sie hatte mit der Zeit ein freches Mundwerk bekommen und Einfälle, wenn es darum ging, sich aus einer kniffligen Situation zu retten. Bei einer dieser Gelegenheiten lernte sie die blinde Luise Nordmann kennen, ein Berliner Original, das weit über die Stadtgrenzen hinaus bekannt war. Luise trat mit ihrer Harfe als Straßensängerin auf und amüsierte mit ihren selbst verfassten Liedern das einfache Volk in den Hinterhöfen. Alle kannten sie als Harfenjule. Dort, wo sie auftrat, versammelten sich rasch die Bewohner, die Lieder waren eine willkommene Ablenkung im Alltag.

Als Mia der alten Frau zum ersten Mal persönlich begegnete, konnte sie noch nicht wissen, wie viel sie ihr einmal bedeuten sollte. Durch sie lernte sie, dass nicht die äußeren Umstände einen Menschen glücklich machten, sondern die Einstellung zu sich selbst. Bei ihrer ersten Begegnung war Mia gerade auf der Flucht vor Ede und zweien seiner Freunde. Vorausgegangen war, dass Willi von der Molkerei Moltke ihr ein Stück Käse geschenkt hatte. Er war ein Verehrer ihrer Mutter und erhoffte durch beharrliche kleine Aufmerksamkeiten, bei ihr landen zu können. Mia war über das willkommene Geschenk höchst erfreut gewesen und hatte nicht mitbekommen, dass Ede Zeuge geworden war. Er fand, dass der Käse ihm und seinen Spießgesellen viel eher zustand. Noch bevor Mia die Gefahr wittern konnte, hatten die älteren Jungen sie umringt, sie versuchten, ihr den Käse streitig zu machen. Doch Mia dachte gar nicht daran, den wertvollen Besitz herzugeben. Sie tat so, als würde gerade ein Gendarm um die Ecke kommen und rief laut um Hilfe. Verunsichert sahen sich die Angreifer um. Dieser kleine Augenblick der Verwirrung reichte ihr, um zu fliehen.

Leider gaben sich Ede und seine Kumpane damit nicht zufrieden und setzten sofort zur Verfolgung an. Mia war schnell und wendig und wand sich zwischen den Karren und Fuhrwerken hindurch, wechselte geschickt auf die andere Straßenseite, wo sie in einem der Hinterhöfe unterzutauchen hoffte. Ede und seine Jungs errieten allerdings ihren Plan und teilten sich auf, um ihr den Fluchtweg abzuschneiden. Mit einem Mal kamen sie von drei Seiten. Ihr blieb nur der Ausweg in den Hinterhof durch einen schmalen Gang in ihrem Rücken. Dummerweise war der eine Sackgasse, was auch ihre Verfolger zu wissen schienen. Siegessicher grinsend näherten sie sich Schritt für Schritt. Sie überlegte gerade, ob sie ihnen den Käse einfach vor die Füße werfen sollte, damit sie wenigstens den Prügeln entkam. Doch Edes Miene verriet nichts Gutes, er würde den Käse nehmen und sie trotzdem verdreschen. Sie entschied sich für den dunklen Durchgang und stieß auf Widerstand. Eine Frau mit einer Harfe schob sich vor sie und verstellte den Jungen den Weg, es war Luise.

»Kacke, det is die Harfenjule«, zischte einer der Rüpel.

Unschlüssig, was sie nun tun sollten, zögerten alle drei.

Mia hielt sich hinter der Frau, die eine Melodie auf der Harfe zu zupfen begann. Jeder im Kiez wusste, dass die Harfenjule blind war, doch selbst Ede wagte sich nicht näher an sie heran. Bereits nach den ersten Tönen öffneten sich Fenster, aus denen neugierige Menschen lugten. Etliche Passanten blieben stehen, als die alte Frau zu singen begann.

»*Emsig dreht sich meine Spule, immer zur Musik bereit, denn ick bin die Harfenjule schon seit meiner Kinderzeit.*« Schon bald hatte sich eine kleine Menschenmenge um sie versammelt. Mia atmete erleichtert auf. Solange die Harfenjule sang, war sie erst einmal sicher. Ihren Käse fest in den Händen haltend, verharrte sie dicht bei Luise, so als gehörte sie zu ihr. Sie hoffte darauf, dass Ede und seine Freunde verschwinden würden, doch die dachten gar nicht daran. »*Ick bin die Harfenjule mit jroßem Pompadour, in janz Berlin und Rixdorf spiel ick die Harfe nur!*«

Mit diesen Versen beendete die Sängerin ihre Darbietung schließlich, und Mia wurde klar, dass ihre Galgenfrist zu Ende war. Während die Menge applaudierte, erkannte sie, dass ihr nur noch die Hoffnung blieb, nicht allzu sehr vermöbelt zu werden. Dann allerdings bekam sie ausgerechnet von der Harfenjule Schützenhilfe.

»Und nu, meen verehrtet Publikum, nu zeigt euch ma nich' von eurer jeizijen Seite. Dit Mädel hier neben mir wird jetzt de Jroschen für mir einsammeln«, wandte sich die Straßensängerin an ihr Publikum. Ohne ihr das Gesicht zuzuwenden, stupste sie Mia in die Seite, bis sie begriff, dass sie damit gemeint war. »Nu mach schon«, fuhr die alte Frau sie an. »Und den Käse kannste ruhig bei mir lassen. Der is fürn Oogenblick hier sicherer.«

Mia konnte sich nicht erklären, wie die blinde Frau ihre missliche Situation erkannt hatte, doch das war ihr egal. Hastig griff sie nach dem Schälchen und machte sich daran, von den Menschen Geld einzusammeln. Ede und seine Freunde warfen ihr finstere Blicke zu, als sie auch ihnen die Schale frech vor die Nase hielt. Denn eines war ihr mittlerweile klar: Solange sie sich in der Nähe der Harfenjule aufhielt, würden die drei sie in Ruhe lassen. Mia brachte das Geld zurück, das die Harfenjule mit kundigen Fingern zählte. Ein zufriedenes Lächeln erschien auf ihrem Gesicht.

»Du bringst mir Jlück, Kleene«, sagte sie schmunzelnd. »Wenn de von deene Verfoljern noch 'ne Weile Ruhe haben willst, kannste mir ruhig noch 'n kleenet Stück bejleiten.«

Das ließ sich Mia nicht zweimal sagen. Sie bot sich an, die Harfe zu tragen, und begleitete die Harfenjule zu ihren nächsten Auftritten. Für eine kurze Zeit folgte ihr Ede noch, doch irgendwann verlor er die Lust und zog mit seinen Kumpanen wieder seines Weges. Mia hatte das Vergnügen, die betagte Sängerin in ihrem dunklen Kleid und dem zerfaserten schwarzen Strohhut näher kennenzulernen. So kauzig die Alte auch aussah mit ihrem viel zu großen Mund und dem ins Leere gehenden Blick aus den großen blinden Augen, so liebenswert und weise war sie. Die Harfenjule wusste genau, wo um welche Zeit die meisten Menschen vorüberkamen und welche Plätze und Hinterhöfe besonders spendierfreudige Anwohner hatten. Dorthin begleitete Mia sie fast den ganzen Tag. Da die meisten im Kiez recht arm waren, bekam die Sängerin nicht viel, aber es war genug. Die Menschen, die ihr aus den Fenstern der oberen Stockwerke etwas zuwarfen, wickelten die Groschen in Stullenpapier. Mia sammelte das Geld für sie ein und begriff, dass die Zuhörer, wenn sie ihnen freundlich zulächelte, hin und wieder etwas mehr herausrückten. Erst als es dunkel zu werden begann, trennten sie sich.

»Meene Schwäjerin, die Trude, wartet uff mir. Se is krank und braucht dringend wat zu beißen«, verabschiedete sich ihre neue Freundin. Mit einem wohlwollenden Nicken steckte sie Mia ein paar Groschen zu und gab ihr den Käse zurück, den sie die ganze Zeit für sie verwahrt hatte. »Det haste dir redlich verdient«, knurrte sie.

»Darf ich dich morgen wieder begleiten?«, fragte Mia hoffnungsfroh.

»Ach, dit entscheidet der Herrjott«, bekam sie Harfenjules vage Antwort, »aber wenn de morjen zum Nollendorfplatz kommen willst, da könntste mir finden.«

Von diesem Tag an ließ Mia keine Gelegenheit aus, die Straßensängerin zu begleiten. Obwohl ihre neue Freundin ihre Großmutter hätte sein können, fühlte sie sich ihr sehr vertraut. Nach und nach erzählte die kauzige Alte Mia ihre Lebensgeschichte. Luise war in Potsdam in ähnlich armen Verhältnissen aufgewachsen wie sie selbst. Als Tochter eines Brettschneiders und noch dazu blind geboren, waren ihre Aussichten auf ein gutes Leben von Anfang an gering gewesen. »Ick hatte dennoch immer Jlück in meinem Leben«, erklärte Luise ohne jegliche Spur von Bitterkeit. »Als ick zum Beispiel noch janz kleen war, hat mir der Armenarzt 'ne Operation spendiert und et jeschafft, dat ick 'n kleen wenig sehen konnte.« Sie lächelte versonnen. »Nun kann ick 'nen Nebelschimmer weit sehen, jerade jut jenuch, um mitzubekommen, wenn 'n paar jrößere Jungs 'nem so hübschen Mädchen wie dir det Leben schwermachen wollen.«

»Sie haben mir damals zum Glück aus der Patsche geholfen«, sagte Mia treuherzig. »Das Dumme ist nur, dass es mir so schwerfällt, mir alles gefallen zu lassen.«

»Und det is auch richtig so«, bekräftigte Luise mit stetigem Kopfnicken. »Et is nich' jut, sich zu verbiejen, nur um Ärjer us'm

Weg zu jehn. Allerdings isses manchmal auch weiser, mit Kritik uff'n richtijen Oogenblick zu warten.«

Diesen Ratschlag zu beherzigen fiel Mia jedoch nicht immer leicht.

Otto machte ihnen im Laufe der Jahre das Leben immer schwerer. Und er dachte gar nicht daran, wieder auszuziehen. Er bescherte Lina immer mehr Kinder, und da ihr Leben durch das Stopfen von noch mehr Mäulern noch armseliger wurde, scheute er nicht davor zurück, seine Schwester zu bestehlen. Eines Tages fand Mias Mutter heraus, dass ihr einziges Schmuckstück nicht mehr da war. Es war die Halskette ihrer Großmutter, an der sie ganz besonders hing. Wie sich herausstellen sollte, hatte ihr Halbbruder sie bei einem Pfandleiher versetzt. Doch anstatt Einsicht oder gar Reue zu zeigen, tat er es als Bagatelle ab und erklärte den Verkauf als eine Notwendigkeit, um ihr Leben zu finanzieren.

Mia war darüber so empört, dass sie ihre Mutter aufforderte, den Diebstahl bei der Gendarmerie zu melden. Doch die hatte längst aufgegeben, sich ihrem Halbbruder zu widersetzen. Sie hatte einfach nicht mehr die Kraft dazu. Um die Gesundheit ihrer Mutter stand es seit einiger Zeit nicht besonders gut. Die harte Arbeit in der Fabrik und ihre Nebentätigkeiten hatten sie völlig ausgelaugt. Mia tat es in der Seele weh, ihre Mutter so leiden zu sehen, und mindestens genauso groß war ihre Wut auf Otto, der mit seiner letzten Dreistigkeit nur noch mehr die Oberhand über sie alle gewonnen hatte.

Eines Abends, als er wieder einmal Lina verprügelt hatte und sie alle zu terrorisieren begann, hielt Mia es nicht mehr aus. Wutschnaubend verließ sie die Wohnung, obwohl es draußen schon längst dunkel war. Ziellos irrte sie durch die Gegend, bis ihre Schritte sie instinktiv nach Schöneberg in die Steinmetzstraße führten, wo die Harfenjule in einer Kellerwohnung ihr Zuhause hatte. Sie war schon öfter dort gewesen, und jetzt schien es ihr die einzige Zuflucht, die sie noch hatte. Luise wohnte dort mit ihrer kränkelnden Schwägerin, um die sie sich kümmerte.

Ihre großmütterliche Freundin war über ihren Besuch nicht überrascht und nahm sie herzlich auf. Bei einem Glas Wasser redete sich Mia ihren ganzen Kummer von der Seele. Luise hörte aufmerksam zu, während ihre Schwägerin hinter einem Vorhang im einzigen Zimmer laut vor sich hin schnarchte. Mia tat es gut, ihre Wut loszuwerden. Sie beklagte sich aber auch über die Ungerechtigkeiten, die Frauen allgemein widerfuhren.

»Als Mädchen taugt man ohnehin nichts. Das wird einem jeden Tag vor Augen geführt. Mein neuer Lehrer hat mich ausgelacht, als ich ihm gesagt habe, dass ich Lehrerin werden möchte. Mädchen aus meinem Milieu gehören an den Herd und müssen Kinder bekommen, hat er gesagt, aber mir nicht erklärt, warum. Das ist doch nicht gerecht!« Die Aussicht, dass sie niemals eine Chance haben würde, trieb ihr Tränen in die Augen. »Nur weil ich ein Mädchen aus der Arbeiterklasse bin, soll ich keine Chance haben? So will ich nicht leben!«

Die Harfenjule unterbrach ihr Schweigen und gab ihr erneut einen guten Rat. »Kiek mal, mir hat der Herrjott meene Stimme mitjejeben«, erklärte sie, während ihre trüben Augen an ihr vorbeiblickten. »Dafür bin ick ihm ordentlich dankbar, denn so hab ick mehr als die meesten anderen hier im Kiez. Ick hab in meenem janzen langen Leben jelernt, immer nach vorne zu kieken. Als meen juter Emil und meene beeden Kinder an der Tuberkulose jestorben sind, war ick noch anständig jung. Dit hat mir fast dit Herz jebrochen, dit kannste mir globen! Wie soll denn eene arme, mittellose Witwe wie mir in Zeiten wie diesen über die Runden kommen?, hab ick mir jefragt. Doch denn hat dit Schicksal mir jeholfen und mir zu meene Schwäjerin jeführt. Sie hat mir an meene Stimme erinnert. Und denn hab ick mit dem Tingeltangel bejonnen. Wat soll ick sajen? Dit Leben is nich' einfach. Ick muss bei Wind und Wetter raus, und eijentlich reicht meen Verdienst für meene kranke Schwäjerin und mir hinten und vorne nich'. Aber die Leute da draußen, die freuen sich, mir zu hörn. Und weeßte wat?« Sie sah vage in ihre Richtung. »Mir schenkt dit jenüjend Freude, um dit alles hier zu ertrajen, weil ick meenen Sinn im Leben jefunden hab.«

»Ich hab nur keine gute Stimme, und singen kann ich auch nicht«, beklagte sich Mia unglücklich.

»Du hast dafür 'ne Menge Mut und 'nen ordentlichen Verstand. Mach wat draus, und jib nicht auf.« Schwerfällig erhob sich Luise von ihrem Stuhl und reichte ihr eine Decke. »Kannst dich dahinten hinlejen. Und morjen früh jehste zu deine Mutta und stehst ihr jejen den Unhold bei. Allet wird jut, du musst nur darauf vertrauen.«

7

Mit vierzehn Jahren schloss Mia als Schulbeste die Volksschule ab. Ihren Traum, eine weiterführende Schule und später das Lehrerinnenseminar oder gar die medizinische Fakultät einer Universität zu besuchen, musste sie erst einmal begraben. Ihre Mutter kränkelte noch immer und brauchte teure Medikamente, sodass ihr gar nichts anderes übrig blieb, als mit eigener Arbeit zu ihrem Lebensunterhalt beizutragen. Sie fand eine Anstellung bei den AEG-Werken, wo auch ihre Mutter beschäftigt war. Für einen Monatslohn von knapp achtzig Reichsmark erwartete man von ihr, dass sie genau wie diese an sechs Tagen die Woche mindestens zehn Stunden arbeitete.

Dem Lärm ratternder Maschinen ausgesetzt, verpackte sie fortan im Akkord Ventilatoren und Bogenlampen für die Auslieferung in den Handel. Die Arbeit war nicht sonderlich schwer, dafür eintönig. Damit sie die täglich festgesetzte Stückzahl erreichten, wurden sie von Aufsehern beobachtet, kontrolliert und wenn nötig getadelt. Bummeleien und Ungenauigkeiten wurden umgehend mit einer Entlassung bestraft. Jeden Abend kehrte Mia mit brummendem Schädel und völlig erschöpft in ihr immer unerträglicher werdendes Zuhause zurück. Ottos Familie hatte längst den meisten Platz für sich in Anspruch genommen. Mittlerweile wohnten sie zu neunt in der kleinen Wohnung. Kindergeschrei und Zankereien ließen niemanden zur Ruhe kommen.

Mias Onkel steuerte weiterhin nur einen geradezu lächerlich kleinen Anteil zur Miete bei, nahm sich aber dennoch das Recht heraus, sich als Hausherr aufzuführen. Es reichte hinten und vorne nicht. Der Lärm, die Enge und das ständige Geschrei wurden für Mia so unerträglich, dass sie ihrer Mutter vorschlug, sich einfach eine neue Bleibe zu suchen. Sollten die anderen eben sehen, wie sie allein zurechtkamen. Doch Käthe war dazu nicht bereit.

»Wenn wir weggehen, wird es auch nicht besser«, versuchte sie ihr weiszumachen.

Dabei klang sie so desillusioniert und traurig, dass es Mia ins Herz schnitt. Ihre Mutter hatte längst resigniert und sich in ihr unausweichliches Schicksal ergeben. Diese Erkenntnis wühlte sie auf. Waren Menschen ihrer Gesellschaftsschicht tatsächlich dazu verdammt, sich alles gefallen zu lassen? Sie jedenfalls wollte auf Dauer nicht so leben, das hatte sie schon viele Jahre zuvor beschlossen. Und wenn ihre Mutter zu schwach war, würde sie eben die Initiative ergreifen, um der Tyrannei endgültig zu entkommen.

Sie entschied, auf eigene Faust nach einer neuen Unterkunft zu suchen, und fand auch gleich ein bezahlbares Zimmer in einem anderen Mietshaus in der Ackerstraße. Dann aber wurde ihre Mutter ernsthaft krank. Ein hartnäckiger Husten mit immer wiederkehrenden Fieberschüben schwächte sie so sehr, dass sie über eine längere Zeit nicht arbeiten konnte. Das bedeutete nicht nur, dass sie auf ihren Lohn verzichten, sondern auch, dass sie einen großen Teil von Mias Lohn für Medikamente ausgeben mussten. Am Monatsende war nicht genügend da, um die Miete für den nächsten Monat aufzubringen, auch nicht mit Ottos Zuschuss.

In dieser ausweglosen Situation begriff sogar Mias Onkel, dass sie alle bald auf der Straße sitzen würden. Großspurig erklärte er sich bereit, das notwendige Geld zu besorgen. Mia vertraute ihm kein bisschen. Er war faul und aufsässig und hatte noch nie eine Anstellung länger als ein paar Tage behalten. Doch zu ihrer aller Überraschung tauchte er nur wenige Tage später mit einem Bündel Geldscheine auf, mit dem sie die Mietschulden und die Miete für die nächsten beiden Monate bezahlen konnten. Auch neue Kleidung hatte er besorgt.

»Na, hat Otto euch zu viel versprochen?«, prahlte er selbstgefällig. Er legte Lina noch einen Extraschein auf den Tisch. »Davon kannste endlich mal Fleesch koofen. Ick bin von nu an meen eijener Unternehmer.«

Lina himmelte ihren Otto an, als wäre er ein Held, und auch ihre Mutter dankte ihm mit einem Lächeln. Während sich ihr Onkel in seiner Rolle als Ernährer der Familie immer besser gefiel, dachte Mia darüber nach, wie er wohl zu dem Wohlstand gekommen war. Sie war sich ziemlich sicher, dass etwas faul an der Sache war. Ob es mit den beiden zwielichtigen Männern zu tun hatte, die sie am Vorabend zusammen mit Otto gesehen hatte? Jeder bei ihnen im Kiez wusste, dass sie mit den Prostituierten zu tun hatten. Otto als Zuhälter? Mia würde sich nicht wundern. Doch was brachte es schon, sich darüber Gedanken zu machen? Für die nächsten beiden Monate waren sie ihre Sorgen los, danach würde ihre Mutter, so hoffte sie, wieder arbeiten gehen.

Sobald alles wieder seinen gewohnten Gang ging, erledigte sich die Großzügigkeit ihres Onkels, und er verschwand erneut aus ihrem Leben, um sich mit seinen Kumpanen in den Eckkneipen rumzutummeln. Mia sah ihn mit Luden und kiezbekannten Gaunern herumstehen und war sich bald ziemlich sicher, dass ihr Onkel mit ihnen dunkle Geschäfte betrieb.

Die nächsten Jahre vergingen in ewig gleicher Trostlosigkeit. Mia und ihre Mutter schufteten sich in den AEG-Werken ab, während Lina sich mit ihrer Kinderschar herumplagte und Otto sich zunehmend auf seine krummen Geschäfte konzentrierte. Eines Tages tauchten Gendarmen auf und erkundigten sich nach ihm. Ihr Onkel blieb danach für mehr als drei Monate verschollen, bevor er wie aus dem Nichts wieder auftauchte und sich in gewohnter selbstherrlicher Manier bedienen ließ.

Mia wuchs zu einer hübschen jungen Frau heran. Ihre hagere Gestalt war etwas weiblicher geworden, was ihr Onkel eines Tages obszön kommentierte. Plötzlich behandelte er sie nicht mehr wie ein unliebsames Gör, sondern sah sie mit den Augen eines lüsternen Mannes an. Erst waren es widerliche Komplimente, mit denen er bei ihr zu landen versuchte, dann wurden seine Blicke immer eindeutiger, und mehr als einmal berührte er sie angeblich ohne Absicht unsittlich. Sie giftete ihn zwar jedes Mal an und machte ihm deutlich, wie verabscheuungswürdig er war, doch er amüsierte sich darüber nur. Eines Tages begann er, ihr schlüpfrige Angebote zu machen. Dabei achtete er darauf, dass weder Lina noch ihre Mutter etwas davon mitbekamen. Mia hatte das Gefühl, dass die beiden gar nichts mitbekommen wollten, und mit Absicht weghörten und -sahen. Die Zeiten, zu denen ihre Mutter sie mit dem Küchenmesser beschützt hatte, waren endgültig vorüber.

Mia hätte längst das Weite gesucht, wenn ihre Mutter nicht gewesen wäre. Sie weigerte sich weiter standhaft, woanders hinzuziehen. Mia blieb nichts anderes übrig, als ihrem Onkel so gut es ging aus dem Weg zu gehen. Ihre wenige freie Zeit verbrachte sie nach wie vor mit der Harfenjule. Die alte Frau war bereits weit über achtzig und zog immer noch durch die Straßen und Hinterhöfe Berlins. Ihr unverwüstlicher Optimismus und ihre lebenskluge Art halfen Mia oft über die misslichen Zustände in ihrem Zuhause hinweg. Luise war für sie wie ein Leuchtturm im grauen

Meer ihrer Armut. Als sie Anfang Januar 1911 starb, brach für Mia eine Welt zusammen. Mit ihrem Tod verschwand die Leuchtkraft aus ihrem Leben, und sie brauchte Monate, um über den Verlust hinwegzukommen. Das Leben kam ihr mit einem Mal noch grauer und sinnloser vor. Sie vermisste die alte Freundin, die sich durch nichts hatte verbiegen lassen. Auch die Arbeit fiel ihr immer schwerer, nicht einmal die Lektüre von Büchern konnte sie mehr aufmuntern.

Eines Abends nach der Arbeit machte Mia die Bekanntschaft einer Gewerkschafterin. Sie traf sie beim Verlassen der Fabrik, wo sie an jeden, der herauskam, Flugblätter verteilte.

»Für mehr Lohn und Gerechtigkeit, nieder mit den Fleisch- und Wohnungspreisen«, skandierte sie und drückte auch Mia ein Flugblatt in die Hand. Mia war nicht in der Stimmung, sich für Fleisch- und Wohnungspreise zu interessieren. Ohne das Blatt anzusehen, ging sie weiter. »Nun lies doch erst mal«, rief die junge Frau ihr nach. »Wegwerfen kannst du es immer noch. Oder geht es dir so gut, dass du gar nichts verändern willst?«

Mia fühlte sich unter dem forschen Blick der Gewerkschafterin unangenehm ertappt und fand sich bemüßigt, auf das Flugblatt zu sehen. *Aufruf an die Arbeiter und Arbeiterinnen Berlins*, las sie. *Darf die Berliner Arbeiterschaft zugeben, dass in der Rixdorfer Konservenindustrie unsoziale Verhältnisse bestehen? Nein, das darf sie nicht, weil sonst die Gefahr der Übertragung in andere Industriezweige besteht.* Es war ein Aufruf, sich nicht alles gefallen zu lassen. Das weckte Mias Neugier.

»Und was genau geht das uns an?«, wollte sie von der Frau wissen.

»Nun lies doch weiter«, insistierte diese. »Wir sitzen alle im selben Boot!«

Auf dem Flugblatt stand, dass die Arbeiterorganisation zu einer Versammlung aufrief, um für alle Arbeiter einer Konservenfabrik in Rixdorf eine Regelung zu finden, die zu viele viel zu schlecht bezahlte Überstunden regulieren sollte. Sechzig Stunden Arbeitszeit statt sechsundneunzig pro Woche.

»Und wieso verteilst du das nicht in Rixdorf?«, wollte Mia erneut wissen. Ihr Interesse wuchs langsam.

»Na, weil uns das alle was angeht«, beharrte die andere, die sie um einige Jahre älter schätzte, als sie selbst es war. »Wir von der Gewerkschaft kämpfen für eine Regelung, die unsere Arbeiter schützt und nicht bis an den Rand ihrer Leistungsfähigkeit ausbeutet. Gleicher Lohn für alle, begrenzte Arbeitszeit und Überstunden nur nach angemessener Mehrleistung.«

»Und was ist mit den Frauen?«, wollte Mia wissen. »Wir schuften genauso wie die Männer und bekommen oft nur die Hälfte an Lohn. Tretet ihr auch dafür ein?«

»Na, da hat es ja jemand faustdick hinter den Ohren!« Die Frau lachte herzlich. »Ich bin übrigens Jette und arbeite in der Montageabteilung. Komm doch heute Abend zu unserer Versammlung. Dort beehrt uns die Dozentin für Wirtschaftsgeschichte an der SPD-Parteischule, Rosa Luxemburg. Sie erzählt etwas über die Notwendigkeit von Massenstreiks.« Sie zwinkerte ihr zu. »Und sie ist eine Frau! Das wird dir gefallen.« Sie drückte ihr eine Adresse in die Hand und wandte sich anderen Arbeitern der Fabrik zu.

Nach einigem Überlegen entschloss sich Mia, der Versammlung beizuwohnen. Schon allein die Tatsache, dass eine Frau als Hauptrednerin auftrat, fand sie spannend. Etwas nervös mischte sie sich unter das immer größer werdende Publikum in einem Gemeindesaal des Stadtteils Moabit. Überrascht stellte sie fest, dass nicht nur Arbeiter und Handwerker zur Veranstaltung kamen, sondern auch angesehene Bürgerinnen und Bürger. Etwas unsicher hielt sie sich in der Nähe des Eingangs auf. Argwöhnisch beobachtete sie, wie sich immer mehr bewaffnete Polizeibeamte unter das Volk mischten, was mit Unmutsgemurmel aus der Menge kommentiert wurde. Besonders stach Mia eine Frau ins Auge, die burschikos den Saal betrat. Sie trug einen Männeranzug und hatte die Haare kurz geschnitten. Prüfend sah sie sich um, dann marschierte sie zielstrebig in Richtung Rednerbühne.

»Das ist Anita Augspurg, die Herausgeberin der *Zeitschrift für Frauenstimmrecht*«, hörte Mia plötzlich eine Stimme neben sich. Es war Jette, die sie in der Menge entdeckt hatte. »Schön, dass du da bist«, wurde sie herzlich begrüßt. »Komm mit mir, vorne sind die besseren Plätze.« Mia drängte dicht hinter Jette in Richtung Bühne, wo sie in einer der vorderen Reihen tatsächlich noch zwei Sitzplätze ergatterten. Und ehe sie sich's versah, saß sie neben der Frau im Männeranzug, die Jette bestens bekannt zu sein schien. »Dieses junge Fräulein möchte gern wissen, wieso wir Frauen es immer schlechter haben als die Mannsbilder«, stellte sie Mia der Frau vor. »Da dachte ich, ich mach euch beide mal bekannt.«

»Mitstreiterinnen für die Gleichberechtigung sind uns immer willkommen«, sagte die Frauenrechtlerin mit einem herzlichen Lächeln und streckte ihr offen die Hand hin. »Anita Augspurg aus München.« Mia schüttelte ihr die Hand und stellte sich ebenfalls vor. Sie kam sich der vor Selbstbewusstsein strotzenden Frau gegenüber schrecklich einfältig vor. Mit ihren funkelnden Augen und der großen gekrümmten Nase hatte sie etwas Einschüchterndes an sich. Wie hatte sie dummes Huhn sich nur in diese Situation manövrieren lassen können? »Bist du zum ersten Mal auf solch einer Veranstaltung?«, wollte ihre Sitznachbarin nun wissen, die um einiges älter war als sie und sie ganz selbstverständlich duzte.

Mia rutschte unsicher auf ihrem Stuhl herum. Ihr wurde immer unbehaglicher zumute. Wieso gab die Frau sich überhaupt mit ihr ab?

»Ich hab keine Ahnung, was mich hier erwartet«, gestand sie zurückhaltend. »Jette meinte, dass Frau Luxemburg was zu den Massendemonstrationen sagt.«

»O ja, Rosa ist eine famose Rednerin und zudem wirklich überzeugend. Ihre Rede wird dir bestimmt gefallen. Ah, da kommt sie ja!«

Eine kleine rundliche Person mit hochgestecktem dunklem Haar betrat die Bühne, woraufhin sofort das Gemurmel im Saal verstummte. Die Frau ließ in aller Ruhe ihren Blick über die Menge gleiten, bevor sie sich mit einem ernsten Lächeln an ihr Publikum wandte.

»Parteigenossen und Parteigenossinnen! Werte Anwesende! Ich muss gestehen, dass ich genauso überrascht war wie Sie, als ich hier in der außerordentlichen Mitgliederversammlung mehrere uniformierte Vertreter unserer Obrigkeit auf Erden erblickt habe. Ich habe erfahren, dass außer den hochgestellten Herren, die in diesem Raume weilen, noch eine ansehnliche Anzahl von Kommissaren und Schutzleuten in der nächstliegenden Wache zusammengetrommelt worden sind.« Rosa Luxemburg legte eine Kunstpause ein, die das Publikum nutzte, um sich umzusehen. Vereinzeltes ungnädiges Gemurmel war zu hören.

»Rosa versteht wie keine andere, das Publikum auf ihre Seite zu ziehen«, bemerkte Anita Augspurg schmunzelnd.

Mit einer kaum sichtbaren Handbewegung verschaffte sich die Rednerin erneut Ruhe. »Parteigenossen und werte Anwesende! Ich muss gestehen, dass auf mich diese Überraschung anders gewirkt hat als auf Sie. Nicht mit Entrüstung habe ich sie aufgenommen, sondern es ist ein wundervolles Gefühl der Sicherheit über mich gekommen.«

Der Blick aus ihren dunklen Augen schweifte spöttisch in Richtung der Gendarmen und Polizeibeamten. Aus dem Publikum ertönten ironische »Bravo!«-Rufe und Gelächter.

»Wir haben gelernt, Parteigenossen, dass die preußische Polizei, die Sicherheit und Ordnung bewahren will, unentbehrlich ist.« Gelächter. Mia beobachtete, wie die Polizeibeamten sich mit Blicken zu verständigen begannen. Die Rednerin war davon jedoch unbeeindruckt, sie schien die Situation zu genießen. »Verehrte Anwesende!«, fuhr sie fort. »Erst seit ich die Nachricht bekommen habe, dass unser Versammlungslokal so ausgezeichnet vom polizeilichen Schutz gesegnet worden ist, bin ich ganz ruhig – wir werden es mit heilen Nasen, Ohren und Augen und sonstigen Körperteilen verlassen können.« Sie ließ dem Publikum für sein Gelächter Zeit.

»Rosa spielt auf die Moabiter Unruhen im letzten Herbst an«, erklärte Anita geduldig, »da hat die Polizei während einer Demonstration hart eingegriffen und zahlreiche Teilnehmer zusammengeschlagen. Viele wurden verhaftet. Eine üble Sache!«

Bevor Mia nachfragen konnte, fuhr Rosa zu reden fort.

»Ich werde im Laufe des heutigen Abends hoffentlich noch eine Gelegenheit haben, den speziellen Zusammenhang zwischen den Massenaktionen und Massendemonstrationen des Proletariats und der löblichen Polizeiarbeit zu beleuchten. Ich glaube, es ist gut, wenn diese Herren einmal die Gelegenheit haben zu hören, was wir von ihnen denken.«

»Haut endlich ab!«, tönte eine weitere mutige Stimme aus dem Saal.

Mia registrierte beunruhigt, wie einer der Kommissare ein Zeichen gab und kurz darauf noch mehr Polizisten in die Versammlung drängten.

»Ich verliere nie die Hoffnung, dass auch Sie mal etwas lernen können«, hieß Rosa Luxemburg die hereinkommenden Beamten mutig willkommen, »und daher sollten wir doch nicht so geizig sein mit unseren Worten und Lehren.« Für einen Augenblick sah es so aus, als würde es einen Tumult geben, Rosa brachte die Zuhörer kraft ihrer natürlichen Autorität allerdings sofort wieder zum Schweigen. »Parteigenossen und werte Anwesende! In der Tat kann kein Thema im gegenwärtigen Moment in einer deutschen Gewerkschaftsversammlung aktueller sein als das Thema Massenstreik und Gewerkschaften. Wir haben uns hier versammelt, um es zu diskutieren, nachzudenken, gewissermaßen zwischen zwei gewaltigen Schlachten.«

Rosa schilderte im Folgenden die vergangenen Kämpfe der klassenbewussten Arbeiterschaft gegen ihre materielle und seelische Ausbeutung und stimmte das Publikum auf weitere Auseinandersetzungen ein. Sie sprach von Solidarität und Klassenbewusstsein der Arbeiter, von Kampfenergie und dem Kampf der Gewerkschaftsorganisationen gegen das übermächtige Kapital.

Gebannt lauschte Mia den mitreißenden Worten der Politikerin, die sich keinen Deut darum zu kümmern schien, wie die Obrigkeit auf ihre anheizende Rede reagierte. Sie bewunderte ihren Mut und fühlte sich zum ersten Mal seit dem Tod der Harfenjule wieder lebendig und an neuen Dingen interessiert. Sie verstand nicht alles, was Rosa Luxemburg erklärte, aber sie begriff, dass sich am lausigen Leben der Arbeiterklasse nur etwas ändern würde, wenn sie selbst die Dinge in die Hand nahm.

Und wie sie zu ihrem Erstaunen erfuhr, hatte es bereits Massenstreiks auf der ganzen Welt gegeben. Einen Bergarbeiterstreik im Jahr 1900 im amerikanischen Pennsylvania, einen Streik in Österreich und Frankreich, bei dem ein Achtstundentag erkämpft worden war, sowie einen Streik 1902 in Belgien, der das allgemeine Wahlrecht durchsetzte. Es waren die Eisenbahner in Holland im Jahr 1904 gefolgt und 1905 die in Italien. Dann Aufstände im Zarenreich in St. Petersburg mit an die zweihunderttausend Proletariern, die politische Freiheit und ebenfalls einen Achtstundentag forderten. Langsam kam Rosa Luxemburg in Fahrt. 1909 hatte es einen Generalstreik in Schweden gegeben. In Amerika hatten erst kürzlich siebzigtausend männliche und weibliche Arbeiter der Frauenindustrie durchgesetzt, dass in der ganzen Branche in sämtlichen Werkstätten nur das als Gesetz galt, was die Gewerkschaft der Arbeiter bestimmte.

Mia fiel in die »Bravo«-Rufe des Publikums mit ein. Die allgemeine Euphorie hatte sie endgültig ergriffen. Rosa Luxemburg sprach vom Geist und Idealismus der Masse, die bei allen Opfern, die der Einsatz bringen mochte, letztendlich zur endgültigen Befreiung vom Kapitalismus hin zu einer sozialistischen Gesellschaftsordnung führen musste. Sie endete mit einem Zitat aus dem *Manifest der Kommunistischen Partei* von Marx und Engels.

»*Die Proletarier dieser Welt haben nichts zu verlieren als ihre Ketten. Sie haben eine Welt zu gewinnen.*«

Mia beteiligte sich begeistert am tosenden Abschlussapplaus, während Rosa Luxemburg, ohne sich umzusehen, die Bühne verließ und durch einen Nebeneingang verschwand. Nach dem Abflauen des Beifalls blieb sie noch eine Weile auf ihrem Stuhl sitzen, um ihre Eindrücke zu verarbeiten. Jette hatte sie bereits verlassen, Anita Augspurg unterhielt sich angeregt mit einem Herrn aus der vordersten Reihe.

Mit einem Mal registrierte Mia eine stärker werdende Unruhe im Saal. Es hatten sich mehrere Grüppchen gebildet, die eifrig zu diskutieren begannen. Nicht alle schienen derselben Meinung zu sein. Hin und wieder wurde sogar gebrüllt. Die Stimmung war aufgeheizt, jedoch gab es keine Gewalttätigkeiten. Dies schien die Polizei allerdings anders zu sehen. Offenbar waren einem der verantwortlichen Kommissare die Diskussionen zu heftig. Er gab die Order, den Saal sofort zu räumen.

»Ab nach Hause«, donnerte sein Befehl in die Menge.

Gleichzeitig schoben sich die Gendarmen in die Gruppen hinein, sie versuchten gemeinschaftlich, die Versammlung aufzulösen. Doch die Leute waren nicht willens, sich so einfach vertreiben zu lassen, selbst die gesetzten Herren protestierten. Die Arbeiter taten ihren Unmut mit Beschimpfungen und lautem Geschrei kund. Es gab Rangeleien, die für die Gendarmen der willkommene Anlass waren, ihre Prügelstöcke einzusetzen. Die Situation drohte aus dem Ruder zu laufen.

Mit einem Mal drängten alle durcheinander. Mia, die den Saal durch den Haupteingang verlassen wollte, musste ihr Vorhaben aufgeben, da dieser von den sich prügelnden Massen blockiert wurde. Die Situation spitzte sich immer mehr zu.

Neben ihr stand auf einmal Anita Augspurg. »Da kommen wir niemals heil raus«, stellte sie beunruhigt fest. Sie atmete viel zu schnell und schien kurz vor einer Panik zu stehen. »Ich kann so etwas nur schwer aushalten«, gestand sie.

»Es gibt noch den Nebeneingang, durch den Rosa Luxemburg den Saal verlassen hat«, bemerkte Mia.

Anita schien sie nicht zu hören, sie begann zu hyperventilieren. Kurz entschlossen nahm Mia sie bei der Hand und zog sie mit sich. Sie mussten sich beeilen, denn in der Zwischenzeit waren auch andere auf den Nebeneingang aufmerksam geworden. Während sie sich einen Weg durch die Menge bahnten, wurde das Gerangel immer bedrohlicher. Mia zog ihre Begleitung energisch hinter sich her und schob sich rücksichtslos hinaus.

Draußen auf der Straße war es allerdings nicht viel besser. Auch hier gab es mittlerweile gewalttätige Auseinandersetzungen mit den Gendarmen. Ein Mannschaftswagen war gerade vorgefahren, ihm entströmten noch mehr Gendarmen, die mit Prügelschlägen die Menschen auseinandertrieben. Mia spürte plötzlich einen heftigen Schmerz an der Schläfe, sie war von einem Stock getroffen worden. Im nächsten Augenblick wurde ihr schwarz vor Augen. Das schien Anita ihre Panik vergessen zu lassen. Energisch packte sie sie unter den Armen und schleifte sie mit sich in eine sichere Nebengasse, wo sie sie gegen eine Hauswand lehnte. Benommen fasste Mia sich an den Kopf. Sie hatte Blut an den Händen.

»Hier, nimm das!« Anita Augspurg reichte ihr ein Taschentuch, das sie an die blutende Stirn pressen konnte. Sie wirkte äußerst besorgt. »Sollen wir zu einem Arzt gehen?«, fragte sie.

Mia schüttelte den Kopf. »Es geht schon wieder«, sagte sie tapfer, obwohl ihr Kopf dröhnte, als hätte dort eine Explosion stattgefunden. »Vielen Dank, dass Sie mich gerettet haben.« Sie reichte das Taschentuch zurück. »Ich muss jetzt nach Hause.«

Doch nach nur wenigen Schritten wurde ihr so schwindlig, dass sie auf dem Boden zusammensackte. Der Schlag war wohl heftiger gewesen, als sie vermutet hatte.

»Du kommst erst mal mit mir«, entschied Anita Augspurg kurzerhand. »Eine gute Freundin wohnt gleich da vorne um die Ecke. Widerspruch zwecklos!«

Wenig später saß sie auf einem gemütlichen Sessel im Zimmer einer kleinen Pension und drückte einen feuchten Lappen an ihre Schläfe. Anita Augspurgs Freundin war Ärztin und hatte bei ihr eine Gehirnerschütterung diagnostiziert.

»Am besten, du bleibst heute Nacht bei uns«, riet sie ihr freundlich. »Morgen früh sieht die Welt schon wieder ganz anders aus.«

8

Jener ereignisreiche Abend auf der Gewerkschaftsveranstaltung sollte für Mia ein wichtiger Wendepunkt in ihrem Leben werden. Es war nicht nur die mitreißende Rede von Rosa Luxemburg, die sie beeindruckt hatte, sondern mehr noch die Erkenntnis, dass es Menschen gab, die sich nicht einfach mit ihren Lebensumständen abfanden, sondern für Verbesserungen kämpften. Über ihre Freundschaft zur Harfenjule hatte sie erfahren, dass man sich als Mensch vom Schicksal nicht unterkriegen lassen durfte, von Anita Augspurg und ihren Freundinnen sollte sie lernen, dass es lohnte, sich für Veränderungen politisch einzusetzen.

Mias mutiger Einsatz für Anita Augspurg war nicht so glimpflich abgelaufen, wie es zu Beginn ausgesehen hatte. Der Schlag mit der Holzstange hatte ihr eine schwere Gehirnerschütterung beschert, die sie komplett außer Gefecht setzte. Als sie am Morgen nach der Versammlung in der Wohnung ihrer Gönnerin aufwachte, war ihr so übel, dass sie sich sofort übergeben musste. Anitas Freundin zwang sie, sich wieder hinzulegen, obwohl man sie auf der Arbeit längst erwartete. Wenn sie auch nur versuchte, ihre Augen zu öffnen, drohte ihr Schädel zu zerplatzen.

»Du brauchst jetzt absolute Ruhe«, hörte sie die fremde Frau noch sagen, bevor sie wieder in einen unruhigen Dämmerzustand abglitt.

An die folgenden beiden Tage konnte sich Mia später kaum erinnern. Nur dass man sie in ein Bett hinter einem Vorhang verfrachtet hatte, das sie vom Rest der Wohnung etwas abschirmte. Ab und zu bekam sie mit, wie Rieke, so hieß Anita Augspurgs Freundin, in ihr kleines Separee kam, um ihr etwas Tee oder Brühe einzuflößen oder ihr ein kühlendes Tuch auf die Stirn zu legen. Den Rest der Zeit verschlief sie. Als sie schließlich wieder erwachte und sich zum ersten Mal einigermaßen gut fühlte, hörte sie Stimmen hinter dem Vorhang, anscheinend hatte Rieke Besuch. Eine Stimme schien zu Anita Augspurg zu gehören.

Noch etwas wacklig auf den Beinen erhob sich Mia von ihrem Lager und wagte einen Blick hinter dem Vorhang hervor. Die anwesenden Frauen bemerkten sie nicht, denn sie waren in eine rege Diskussion vertieft. Sie saßen um den ovalen Tisch des Wohnzimmers und unterhielten sich über die Herausgabe einer Zeitschrift, die kurz vor der Veröffentlichung stand. Zum ersten Mal in ihrem Leben wurde Mia Zeugin einer Redaktionssitzung, während der es durchaus Reibungspunkte gab.

»Seit wir Frauen uns dank der Liberalisierung der Vereinsgesetze endlich in Vereinen präsentieren dürfen, haben wir zwar die Möglichkeit, unsere Auffassungen in der Öffentlichkeit zu präsentieren, doch das reicht längst nicht aus, um unsere Absichten auch wirklich durchzusetzen. Vielen Frauenvereinen geht es nur darum, eine spezifisch weibliche Kultur herauszubilden. Kein Wunder, dass sich damit auch die Mannsbilder abfinden können. Im Grunde genommen sind die bürgerlichen Frauenbewegungen nichts anderes als ein gemütlicher Kaffeeklatsch«, eiferte sich eine groß gewachsene Frau mit nachlässig hochgestecktem Haar. »Dagegen müssen wir uns abgrenzen.«

»Wie wahr! Diese Vereine sind zahnlose Tiger, die uns Frauen nur scheinbar zu mehr Rechten verhelfen«, unterstützte Anita die Meinung der Frau, während die anderen Anwesenden beifällig

Zustimmung murmelten. »Solange diese bürgerlichen Frauenvereine hierarchisch strukturiert sind, wird sich daran nichts ändern. Wir müssen unseren irregeleiteten Mitstreiterinnen klarmachen, dass sie nur mithilfe eines demokratischen Systems etwas an der Gesellschaft verändern können. In meinem Artikel geht es darum aufzuzeigen, wie sinnlos Frauenvereine sind, die sich einer dominanten, hierarchisch geordneten Führungselite unterordnen, statt sich dafür einzusetzen, dass jede Einzelne dasselbe Mitspracherecht hat. Nur über demokratisch gewählte Vereinsvorsitzende ist gewährleistet, dass die Meinungen aller Mitglieder respektiert werden. Deshalb plädiere ich dafür, dass mein Artikel der Leitartikel wird.«

Eine kleine Frau am Tischende ergriff das Wort. Sie schien mit Anitas Vorschlag nicht einverstanden zu sein. »Wir müssen aggressiver vorgehen und öffentliche Demonstrationen veranstalten wie die Suffragetten in England«, warf sie kampfeslustig ein. »Warum nicht im Hauptartikel dazu aufrufen? Auf Clara Zetkins Unterstützung können wir schon einmal zählen. Sie ist bereit, einen Leitartikel für uns zu schreiben!«

»Damit werden wir aber zu politisch«, widersprach Anita vehement. »Muss ich dich daran erinnern, dass unser Verband für Frauenstimmrecht damals gegründet wurde, weil wir uns von Claras Position deutlich abgrenzen wollten? In unseren Statuten ist festgehalten, dass wir keine politische Partei und ebenso wenig eine Partei oder Richtung innerhalb der Frauenbewegung vertreten. Wenn wir Clara so eine gewichtige Stimme erlauben, wird unser Verband in ein völlig falsches Licht gerückt.«

So ging es noch eine ganze Weile hin und her, immer wieder flogen verbal die Fetzen. Schließlich einigte man sich darauf, dass Anitas Artikel in der von ihr redaktionell betreuten neuen Zeitschrift *Frauenstimmrecht* erscheinen sollte, während ihre Kontrahentin Minna Cauer ihren Beitrag in ihrer Zeitung *Die Frauenbewegung* veröffentlichen würde, die zukünftige Beilage von Anitas Zeitung. Trotz aller Unstimmigkeiten löste sich die Runde schließlich in gutem Einvernehmen auf. Zum Abschied bot Rieke ihren Gästen Likör an.

Während sich die Damen vergnügt zuprosteten und belangloseren Themen zuwandten, beobachtete Mia, wie sich die Frau mit den lässig hochgesteckten Haaren zu Anita hinüberbeugte und dieser unverhohlen einen Kuss auf den Mund drückte. Im selben Augenblick wurde sie von Rieke entdeckt und hereingebeten, schüchtern trat sie vor, als Rieke sie den anwesenden Frauen reihum vorstellte. Anita gab sie als ihre Lebensretterin aus, woraufhin die Frau mit den Wuschelhaaren ihr herzlich beide Hände entgegenstreckte und sich überschwänglich bei ihr bedankte.

»Das werden wir dir nie vergessen«, versprach sie. »Sag mir, wenn wir etwas für dich tun können!« Sie hieß Lida Gustava Heymann und war, wie sie ebenfalls von Rieke erfuhr, Anita Augspurgs Lebensgefährtin.

Noch lange, nachdem die anderen sich verabschiedet hatten, saß sie mit Rieke, Anita und Lida zusammen. Die drei wollten alles über ihr Leben erfahren, was für sie nicht nur ungewohnt, sondern zudem peinlich war. Die Gesellschaft dieser wohlgebildeten Frauen verunsicherte sie anfangs, doch das Interesse an ihr war so vorbehaltlos, dass sie rasch ihre Hemmungen ablegte und sogar gestand, dass sie liebend gern eine höhere Schulausbildung gemacht hätte.

»Ich wäre am liebsten Lehrerin oder Ärztin geworden wie du, Rieke«, gestand sie schließlich verschämt. »Aber das steht jemandem wie mir nun mal nicht offen.«

»Heute vielleicht noch nicht«, stellte Lida energisch fest. »Eines nicht so fernen Tages wird hoffentlich auch jemand aus einfachen

Verhältnissen die Möglichkeit erhalten, den Beruf zu erlernen, den er möchte. Selbst die Mädchen.«

»Das wird Mia kein Trost sein«, bemerkte Anita und rieb den Finger nachdenklich an ihrer Nase.»Was meinst du, Rieke?« Sie suchte den Blick der Freundin.»Wir können Mia vielleicht nicht helfen, Ärztin zu werden, aber wir könnten ihr eine Ausbildungsstelle zur Krankenschwester beim Lazarus-Werk verschaffen. Du hast doch gute Verbindungen dorthin.«

»Sie müsste eine Aufnahmeprüfung bestehen«, warf Rieke ein. »Die Anforderungen sind sehr hoch.«

»Dann werden wir ihr eben dabei helfen«, meinte Lida gut gelaunt.»Das ist doch das Mindeste, was wir für die Kleine tun können.«

So kam es, dass Mia im Frühjahr 1911 mit ihrer Ausbildung zur Krankenpflegerin im Lazarus-Werk im Berliner Norden begann. Dank Riekes Unterstützung bestand Mia die Aufnahmeprüfung in der erst wenige Jahre zuvor gegründeten Krankenpflegeschule mit Leichtigkeit. Auch wenn damit ihr Traum, Medizin zu studieren, erst einmal nicht in Erfüllung ging, bedeutete dieser neue Lebensabschnitt eine grundlegende Verbesserung im Vergleich zu ihrem vorigen Leben. Mit einher ging auch, dass sie künftig nicht mehr zu Hause wohnen konnte. Die Diakonissen, zu denen sie als Krankenpflegeschülerinnen nun gehören sollte, lebten als Lebens- und Dienstgemeinschaft auf dem Gelände des Krankenhauses. Dank Einrichtungen wie dieser fanden evangelische Frauen aus allen sozialen Schichten eine sinnvolle Arbeit, die ihnen Unterhalt und eine spirituelle Gemeinschaft bot. Trotz strenger Verhaltensregeln, die in mancherlei Hinsicht an katholische Ordensgemeinschaften erinnern mochten, gab es für die Frauen kein Gelübde, das sie ablegen mussten, und damit auch keinen Zölibat.

Mia hatte keinerlei Probleme, sich unter diesen Bedingungen zurechtzufinden. Im Gegenteil. Zum ersten Mal in ihrem Leben musste sie ihr Zimmer nur mit einer weiteren Person teilen. Es gab regelmäßig zu essen, und die Arbeit war trotz unregelmäßiger Arbeitszeiten und dem strengen Regime der Oberschwester sehr viel befriedigender als die monotone Arbeit in den AEG-Werken. Allein, dass sie ihre kränkelnde Mutter bei ihrem Onkel und dessen Anhang zurücklassen musste, bereitete ihr Sorgen, auch wenn diese nicht aufhörte, ihr zu versichern, dass sie sich nichts Besseres für sie wünschen konnte. Um ihr schlechtes Gewissen zu beruhigen, besuchte Mia ihre Mutter möglichst oft und ließ ihr beinahe ihren ganzen Lohn zukommen, auch wenn der um einiges geringer ausfiel als der Fabriklohn.

Auch ihr Kontakt zu Rieke riss nicht ab. Die Ärztin war ihr längst zur Freundin geworden, ebenso wie Anita Augspurg und Lida Gustava Heymann, die sie fast immer aufsuchte, wenn sie aus ihrer Heimatstadt München wieder einmal in Berlin waren. Die kritische, alles hinterfragende Art der drei Frauen färbte mit der Zeit auf sie ab. Ihr Bewusstsein für Ungerechtigkeiten und politische Einflussnahme wurde gestärkt. In ihrer Freizeit nahm sie immer wieder an Veranstaltungen unterschiedlicher Frauenvereine teil. Dabei lernte sie auch Clara Zetkin kennen, die eine sehr viel radikalere Ansicht zur Gleichberechtigung der Frauen hatte als der Kreis um Anita und ihre Freundinnen. Mia konnte ihr in mancherlei Hinsicht nur zustimmen. Aus eigener Erfahrung wusste sie, dass selbst wenn eine Gesetzgebung für die Gleichberechtigung von Frauen und Männern zustande kam, die wirtschaftliche Abhängigkeit der Frauen von den Männern weiterhin bestehen bleiben würde. Zetkin nannte das die »gesellschaftliche Versklavung der Frau« und die »wirtschaftliche Abhängigkeit von ihren Ausbeutern«. Sie wollte also nicht nur ein

Frauenwahlrecht wie Anita, sondern gesellschaftliche Gleichberechtigung.

Als sie bei Anitas nächstem Besuch in Berlin darauf zu sprechen kam, versuchte die ältere Freundin ihr zu erklären, dass sie der Zetkin zwar durchaus recht gab, dass die Verwirklichung dieser Schritte jedoch noch eine lange Zeit in Anspruch nähme.

»Zuerst müssen wir juristisch das Frauenwahlrecht durchsetzen, dann erst können wir uns für die gesellschaftlichen Veränderungen einsetzen.«

Für Mia waren die unterschiedlichen politischen Ansätze ziemlich verwirrend. Pragmatisch, wie sie nun mal veranlagt war, kam sie zu dem Schluss, dass weniger die ideologische Ausrichtung der unterschiedlichen Frauenvereine eine Rolle spielen sollte als die gemeinschaftliche Anstrengung aller Frauen, für mehr Gerechtigkeit zu sorgen. Sie brauchte lange, um zu verstehen, dass ein bestimmtes politisches Umfeld auch eine bestimmte politische Meinung hervorbrachte. Aus diesem Grund fühlte sich die Arbeiterklasse eher zu der sozialistischen Clara Zetkin hingezogen.

Überhaupt wurde ihr einfaches, von Armut und Entbehrungen eingeschränktes Weltbild durch die häufigen Diskussionen und Gespräche völlig auf den Kopf gestellt. Oft war sie verunsichert. Anita ließ in ihren Gesprächen nie zu, dass sie sich so einfach mit Gegebenheiten abfand. Ihre Provokationen ärgerten Mia oft, und doch musste sie anerkennen, dass die Gespräche mit dieser überaus unkonventionellen Frau ein neues Bewusstsein in ihr auslösten, das sie zunehmend mündiger machte. Es wäre ihr nie in den Sinn gekommen, ein Leben wie Anita zu führen, dafür war sie viel zu nüchtern und realistisch veranlagt. Sie bewunderte ihre Mentorin und konnte nicht genug davon bekommen, über ihr aufregendes Leben zu erfahren. An so manchen gemeinsamen Abenden geriet Anita ins Erzählen, und Mia lauschte hingebungsvoll ihren Anekdoten, eines Tages erzählte sie ihr auch ihre Lebensgeschichte.

Sie stammte aus dem norddeutschen Verden an der Aller und war seit jeher von Bildungshunger und Freiheitsdrang besessen gewesen. Sobald sie volljährig gewesen war, hatte Anita ihre gut situierte Familie – ihr Vater war Anwalt – verlassen, um in Berlin eine Lehrerinnenausbildung zu machen. Den Beruf übte sie jedoch niemals aus, sie entschied, stattdessen Schauspielunterricht zu nehmen, und arbeitete an verschiedenen europäischen Theatern. Nachdem sie ihre erste große Liebe Sophia Goudstikker kennengelernt hatte, gab sie das Theaterspielen auf, um mit ihr in München zu leben und ein Fotostudio zu eröffnen, das ihr finanzielle Unabhängigkeit garantierte. Schon stand Anita im Mittelpunkt der Münchner Literaten und inspirierte durch ihre gelebte finanzielle und geistige Unabhängigkeit die damalige literarische Elite. Anita tat einfach alles, was den Konventionen widersprach. Sie rauchte, fuhr Fahrrad, trug Männeranzüge und schnitt sich die Haare kurz. In ihren unerschrockenen feministischen Reden trat sie für die Verbesserung der Mädchenbildung ein. Und als auch das ihr nicht genug erschien, begann sie in Zürich Jura zu studieren. Mit vierzig Jahren war sie die erste Juristin in Deutschland und setzte sich fortan mit ihrem juristischen Wissen und ihrer Redegewandtheit immer vehementer für die Frauenrechte ein.

»Du musst lernen, stets für deine Meinung einzutreten, solange du von ihr überzeugt bist. Uns Frauen wurde das im Laufe der Geschichte systematisch ausgetrieben«, mahnte sie eines Abends in Riekes Wohnung, in der sie sich zu einer gemütlichen Runde zusammengefunden hatten. Dabei nahm sie genüsslich einen tiefen Zug aus ihrer Zigarre. »Mir sind dabei die liberalen Ideale der 1848er-Revolution wegweisend, nämlich Freiheit und Gleichheit, die durch einen funktionierenden Rechtsstaat abgesichert und vor allem auch Frauen zugesprochen werden müssen. Wir Frauen haben ein Recht auf Gleichberechtigung, und deshalb müssen wir ein Stimmrecht bei Wahlen haben. Um das durchzusetzen, dürfen wir uns nicht von möglichen Konsequenzen abschrecken lassen.«

Lida und Rieke begannen zu kichern. »Das hat Anita bereits genügend unter Beweis gestellt«, meinte Lida, um auf Mias fragenden Blick zu antworten. »Ich erinnere mich noch gut daran, als unsere gute Anita sich in aller Öffentlichkeit als Prostituierte ausgab und sich vor der anwesenden Presse verhaften ließ, um gegen das geltende Sexualstrafrecht zu protestieren.«

»Und wenig später hat sie in einem öffentlichen Brief zum Eheboykott aufgerufen«, fügte Rieke vergnügt hinzu. »Die Wellen, die dieser Aufruf geschlagen hat, sind immer noch nicht ganz verebbt.«

»Das war die Absicht«, bemerkte Anita trocken und erhob ihr Cognacglas, um mit ihnen anzustoßen.

Auch wenn die Treffen in diesem illustren Kreis nicht allzu häufig waren, führten sie dazu, dass Mia sich auch während ihrer Ausbildung im Krankenhaus nichts gefallen ließ und es als Einzige unter den Auszubildenden wagte, der Oberschwester Paroli zu bieten, wenn diese ihnen zu viele Sonderschichten aufbrummte oder sie ungerecht behandelte. Das machte sie nicht unbedingt bei ihren Vorgesetzten beliebt, doch da sie fleißig war und ihre Arbeit gewissenhaft erledigte, kam sie mit ihrer forschen Art meistens durch. Mit der Zeit stellte sie fest, dass der Umgang mit den Patienten ihr nicht nur leichtfiel, sondern sie auch erfüllte. Sie interessierte sich für sie als Menschen, und noch mehr lag ihr daran, ihnen zu helfen. Wann immer es ging, versuchte sie, mehr über ihre Krankheiten zu erfahren, indem sie die behandelnden Ärzte ausfragte und in der Krankenhausbibliothek ihr Wissen vertiefte.

Nachdem sie ihre Ausbildung zur Krankenschwester im Frühjahr 1914 erfolgreich abgeschlossen hatte, richtete Rieke ihr zu Ehren eine kleine Feier aus. Anita und Lida waren ebenfalls anwesend, und es wurde ein munterer Nachmittag bei Sahnetorte und frisch aufgebrühtem Bohnenkaffee, der Mia noch lange in Erinnerung bleiben sollte.

»Wir haben beschlossen, dir ein wenig Dampf unter dem Hintern zu machen«, ergriff Anita mit einem Mal das Wort. Ihr spitzbübisches Zwinkern stand in krassem Gegensatz zu dem, was sie nun sagte. »Wir finden nämlich, dass Krankenschwester für dich kein geeigneter Beruf ist. Du bist völlig fehl am Platz im Krankenhaus.« Mia runzelte befremdet die Stirn.

»Das kommt jetzt aber ein wenig überraschend. Ohne Rieke hätte ich doch niemals diese Stelle erhalten.«

»Da hast du zweifelsohne recht«, meinte Lida mit undurchsichtiger Miene.

»Wenn ich damals gewusst hätte, was ich heute weiß, hätte ich mich nie dazu entschieden, dir zu helfen«, stimmte nun auch noch Rieke mit ein.

Mia wusste nicht, ob sie lachen oder sich empören sollte. Unsicher blickte sie in die Runde. »Wollt ihr mich verulken?«, fragte sie schließlich.

»Das käme uns niemals in den Sinn.« Anita griff in die Innentasche ihres Anzugs und zog eine Zigarre hervor, die sie nachdenklich betrachtete. »Manchmal macht man eben Fehler, die man nicht hätte machen müssen.«

»Und die wären?« Mia spürte plötzlich Unmut in sich aufsteigen. »Mir macht die Arbeit im Krankenhaus Spaß! Selbst die Oberschwester und die Ärzte haben an meinem Umgang mit den Patienten nichts auszusetzen. Und an meinen Abschlussnoten kann es wohl auch nicht liegen!«

»Genau, da liegt der Hund begraben«, stellte Rieke mit ernstem Blick fest.

»Nun spannt sie doch nicht länger auf die Folter«, verlangte Lida, die von dem Spiel genug zu haben schien. »Mia hat es nicht verdient, dass ihr euch auf ihre Kosten lustig macht!«

»Ein wenig Spaß muss aber erlaubt sein.« Anita grinste selbstgefällig, während sie sich die Zigarre genüsslich anzündete und zu paffen begann. »Wir wollten dir eigentlich nur sagen, dass wir dir deine Ausbildungszeit als Krankenschwester hätten ersparen können, wenn wir dich gleich aufs Abitur vorbereitet hätten.«

»Das Abitur?« Mia verstand kein Wort. »Aber ich will doch gar keine Lehrerin mehr werden!«

»Das sollst du auch gar nicht! Wir wollen, dass du Medizin studierst! Nach allem, was ich in den letzten Jahren gesehen habe, ist es genau das, wozu du bestimmt bist.« Rieke lächelte ihr aufmunternd zu. »Ich würde mich bereit erklären, dich bei den Vorbereitungen zu unterstützen. Du könntest nach oder vor deinen Schichten mehrmals die Woche zu mir kommen. Ich versorge dich mit den nötigen Unterrichtsmaterialien und helfe dir, so gut es geht. Was hältst du davon?«

Mia schwirrte der Kopf. Der Vorschlag ihrer drei Mentorinnen kam so überraschend, dass sie nicht gleich wusste, was sie dazu sagen sollte. Als sich ihr Verstand wieder einstellte, äußerte sie ihre Bedenken.

»Das ist sehr nobel von euch«, sprudelte es schließlich aus ihr heraus. »Aber was soll ich mit einem Abitur, wenn ich danach doch nicht die finanziellen Möglichkeiten für ein Studium habe? Ich werde wohl kaum studieren und gleichzeitig als Krankenschwester arbeiten können. Außerdem muss ich meine Mutter finanziell unterstützen. Es ist kurz gesagt unmöglich!«

»Nicht, wenn wir dich unterstützen«, meinte Lida vergnügt.

»Wir wären bereit, dir ein Darlehen zu geben, das du uns später, wenn du Ärztin bist, wieder zurückbezahlen kannst.«

»Aber das dauert viele Jahre. Und was ist, wenn ich die Prüfungen nicht schaffe und versage?« Mia war nicht bereit, sich so schnell überzeugen zu lassen. »Ich kann euer Angebot einfach nicht annehmen!«

»Dann fang doch einfach mal damit an, dich auf dein Abitur vorzubereiten«, schlug Rieke diplomatisch vor. »Du musst zwar mehr arbeiten als deine Kolleginnen, aber kannst auf der anderen Seite auch nichts dabei verlieren. Bis du dein Abitur in der Tasche hast, wärst du ohnehin noch finanziell unabhängig.«

»Und danach investieren wir in deine Zukunft«, fuhr Anita fort. »Du musst uns dafür nicht dankbar sein. Es ist ein Geschäft, das wir mit dir abschließen, und wir sind der festen Überzeugung, dass unser Geld sich mehrfach für uns auszahlen wird.«

»Wir nennen das Frauensolidarität«, setzte Lida nach.

Es dauerte noch eine ganze Weile, bis sie Mia von ihrem Vorschlag überzeugt hatten. Doch am Ende des Nachmittags hatten sie ein Abkommen. Mia fand sich ab sofort neben ihrer Arbeit im Krankenhaus häufiger bei Rieke ein und begann für die Abiturprüfungen zu büffeln, die sie als externer Prüfling bereits im kommenden Jahr abzulegen gedachte. Trotz aller Anstrengungen, die das zusätzliche Lernen mit sich brachte, dem wenigen Schlaf, den sie dadurch bekam, und den ständigen Triezereien ihres Onkels, der immer unverschämter wurde, ließ sie sich nicht unterkriegen. Schließlich hatte sie ein Ziel vor Augen, das genau der Zukunft entsprach, von der sie immer geträumt hatte.

Doch sollte wie so oft einmal wieder alles anders kommen. Als das Deutsche Reich Russland den Krieg erklärte und dann auch den Franzosen, machte sich in Berlin mit einem Mal eine Welle von Euphorie breit, die bei sehr vielen Menschen ein regelrechtes Glücksgefühl hervorrief. Überall wehten Fahnen in der Stadt. Die Menschen versammelten sich in den Straßen und jubelten den Soldaten zu, die lachend in Richtung Front zogen. An Mauern waren Sprüche zu lesen wie *Auf zum Preisschießen nach Paris!*

Mia beobachtete diese Entwicklung mit Argwohn. Es war ihr einfach schleierhaft, wie ihre Landsleute einen Krieg als gerecht empfinden konnten. Wieso war Deutschland der Meinung, sich verteidigen zu müssen, wo ihr Vaterland doch gar nicht angegriffen wurde?

Rieke, die als überzeugte Pazifistin dem Geschehen ebenfalls skeptisch gegenüberstand, erklärte sich das durch übersteigerten Nationalismus im Land. »Die Männer heutzutage sind ganz verrückt nach Uniformen«, bemerkte sie abfällig. »Waffentragen, Strammstehen, Marschieren, Denken den anderen überlassen – so was kann nicht gut gehen. Nach dem Krieg von 1870/71, in dem wir den Franzosen allzu schnell den Garaus gemacht haben, fühlt sich Deutschland unbesiegbar. Dazu der kaiserliche Aufrüstungswahn der Kriegsmarine gepaart mit Selbstüberheblichkeit, und schon haben wir den Salat. Wir können nur hoffen, dass der Spuk schnell vorüber ist.«

Dem konnte Mia nur beipflichten, doch auch darin sollte sie sich täuschen. Aus dem schnellen Aufmarsch wurde rasch ein erbitterter Stellungskrieg, der auf allen Seiten unzählige Opfer und mindestens ebenso viele Verletzte forderte. Die ersten Monate versah Mia ihre Arbeit in der Klinik wie bisher. Sie versuchte, die Schrecken des Krieges auszublenden. Doch spätestens, als die ersten Verstümmelten und Verletzten von der Front nach Berlin heimkehrten, konnte auch sie sich nicht länger vor den Grausamkeiten verschließen. Die Rotkreuzschwestern, die sich von Anfang an für die Verwundetenpflege an den Fronten eingesetzt hatten, suchten händeringend nach Verstärkung. Mia musste nicht lange überlegen. Als ausgebildete Krankenschwester konnte sie da Hilfe leisten, wo sie am notwendigsten war. Anfang 1915 meldete sie sich als freiwillige Krankenschwester an die Westfront.

TEIL 3

1922–1925

Bonheur: faire ce que l'on veut
Et vouloir ce que l'on fait.

Glück: Tun, was man will,
und wollen, was man tut.

Françoise Giroud (1916–2003)

1

Der schrille Ton der Werkssirene schallte durch die Fabrikhalle. Feierabendrufe erklangen von allen Seiten. Kurz darauf verstummte das Rattern der Maschinen, und man sah die meisten Arbeiter das Werk verlassen. Calvin hatte sein Werkzeug längst beiseitegelegt und strebte dem Ausgang zu. Doch dann entdeckte er Gabriel, der sich zusammen mit dieser kleinen Belrose am Heckantrieb des neuen Prototyps zu schaffen machte. Es ärgerte ihn, dass sich der Vorarbeiter ausgerechnet diese junge Frau als Assistentin ausgesucht hatte. Seiner Meinung nach gehörte die Arbeit eindeutig nicht in ihren Zuständigkeitsbereich. Das Weib nahm sich viel zu viel heraus, meinte wohl, was Besonderes zu sein.

Er schlenderte zu den beiden hinüber, positionierte sich mit in die Hüfte gestemmten Fäusten direkt neben ihr und beobachtete ihr Tun argwöhnisch. Als Victoria Belrose den Schraubenzieher aus den Händen legte, weil Gabriel sie bat, ein Blech von unten zu halten, damit er es festschrauben konnte, schritt er ein.

»Geh mal weg, Mädchen. Das kann ich besser«, blaffte er unwirsch und schob sie einfach beiseite, um ihre Aufgabe zu übernehmen.

Torie Belrose blieb für den Moment nichts anderes übrig, als ihn gewähren zu lassen. Sie war gleichermaßen verärgert wie machtlos in diesem Augenblick. Dieser Mattéo Calvin war erst seit kurzer Zeit in ihrer Abteilung und spielte sich bereits auf, als wäre er ihr weit überlegen. Er gehörte zu der Sorte Männer, die keinen Hehl daraus machten, wie sehr sie Frauen in Berufen verachteten. In den ersten Wochen hatte er sie wie Freiwild betrachtet und sich ihr in unbeobachteten Momenten auf widerliche Weise genähert. Weil sie Ärger vermeiden wollte, hatte sie anfangs seine Kniffe in den Hintern zu ignorieren versucht. Aber als er eines Tages an ihre Brust gegriffen hatte, war ihr kein anderer Ausweg eingefallen, als ihm mit dem Schraubenschlüssel kräftig eins auf die Finger zu geben. »Besser du lässt deine Pfoten ein für alle Mal da, wohin sie gehören«, hatte sie sein schmerzhaftes Jaulen kommentiert. Von diesem Moment an war Calvin ihr Feind gewesen.

Doch auch damit lernte sie zu leben. Sie versuchte einfach, seine hasserfüllten Blicke zu übergehen, genau wie die abfälligen Bemerkungen, die er über sie zu machen begann. Torie kam zugute, dass sie in den Jahren ihrer Ausbildung zur Mechanikerin gelernt hatte, sich gegen die männlichen Kollegen durchzusetzen. Einfach durch die Tatsache, dass sie sich mindestens so geschickt anstellte wie diese und ein schlagfertiges Mundwerk besaß. Die meisten ließen sie jetzt in Ruhe, doch Calvin war nachtragend und gehörte nicht dazu.

Mittlerweile hatte Gabriel das Blech befestigt.

»Und was nun?«, wandte sich Calvin selbstbewusst an ihn. Er tat so, als wäre sie gar nicht mehr da, und grinste selbstgefällig. »Du hättest gleich mich fragen sollen, ob ich dir helfen kann. Also, was steht an?«

»Danke, aber du kannst jetzt Feierabend machen«, meinte Gabriel.

Calvin protestierte. »Die hat doch gar nicht die nötige Kraft ...«

Der Vorarbeiter zuckte mit den Schultern. »Sie hatte nun mal die Idee mit dem Blech als Verstärkung unter dem Chassis. Also ist es ihre Aufgabe, mir zu helfen.«

»Pah, bestimmt lässt du sie nur, weil sie dir schöne Augen gemacht hat«, erwiderte Calvin verächtlich. Er warf den Lappen, mit dem er sich die Finger gesäubert hatte, ärgerlich zu Boden und verschwand.

»Der ist nicht gerade dein Freund, oder?« Gabriel sah Calvin kopfschüttelnd hinterher. »Ein unangenehmer Typ, der sich gern mit jedem anlegt. Ich kenne ihn aus dem Krieg.«

»Calvin ist mir egal«, behauptete Torie. »Erzähl mir lieber davon, wann es endlich für dich nach Algerien geht.«

»Wenn alles klappt, in zwei Wochen.« Gabriel grinste. »Nächste Woche machen wir noch ein paar Testfahrten an der Küste. Dann wird der Prototyp verladen.«

»Ich wünschte, ich könnte auch dabei sein.« Torie seufzte sehnsüchtig.

Leider schien niemand in ihrer Abteilung auch nur in Erwägung zu ziehen, dass sie ebenfalls für solche Arbeiten geeignet war. Angeblich war eine Frau den Anstrengungen nicht gewachsen.

»Du bist hier eindeutig besser aufgehoben.« Gabriel versuchte gar nicht erst, sie zu trösten, sondern versetzte ihr stattdessen einen freundschaftlichen Stoß. »Selbst für eine so patente Frau wie dich ist Afrika eine Nummer zu groß. Vor allem jetzt, wo Citroën noch viel Größeres plant.«

»Ach ja?« Torie sah den älteren Kollegen erwartungsvoll an.

»Das würdest du jetzt wohl gern wissen, was?« Gabriel machte es Spaß, sie ein wenig hinzuhalten.

»Hat es etwa mit dem Prototyp Rallyewagen zu tun?« Sie ließ nicht locker.

Gabriel grinste bestätigend. »Wenn wir in Algerien sind, werden wir seine Widerstandsfähigkeit in der Felswüste testen, und wenn wir während unserer Sahara-Mission alle Probleme lösen, ist schon bald eine viel größere Sache geplant, nämlich eine Expedition durch den afrikanischen Kontinent.«

»Eine Expedition mit unseren Fahrzeugen?« Torie war sofort begeistert.

»Es wäre die erste transafrikanische Automobilexpedition von der Sahara Algeriens bis Südafrika oder gar nach Madagaskar – durch Gebiete, die noch niemals befahren wurden.«

»Aber das ist ja ebenso verrückt wie fantastisch!«

»Angeblich ist der *patron* schon dabei, mit der Regierung zu verhandeln, damit die Expedition von verschiedenen Wissenschaftlern begleitet werden kann. Auch ein Filmteam und ein Maler sollen mitkommen.«

»Wenn das stimmt, werde ich alles tun, um daran teilnehmen zu können«, brach es aus ihr heraus.

Gabriel lachte. »Vergiss es«, sagte er. Er hielt ihre Idee ganz offensichtlich für einen Scherz. »Frauen bringen nichts als Schererein«, fügte er augenzwinkernd hinzu. »Das weiß auch Monsieur Citroën.«

Torie warf dem Vorarbeiter einen bitterbösen Blick zu, verzichtete aber auf eine weitere Bemerkung. Insgeheim reifte ihr fester Entschluss, alles zu tun, um Teil dieser Expedition zu werden. Sie hatte Grund, an sich zu glauben. Schließlich hatte sie es gegen jeden Widerstand geschafft, in die Entwicklungsabteilung der Raupenfahrzeuge zu kommen, der Adolphe Kégresse mittlerweile als technischer Direktor vorstand.

Seit dem Tod ihrer Eltern hatte sie vieles lernen müssen, unter anderem, sich in der Männerwelt durchzusetzen und zu behaupten. André Citroën und ganz besonders seine Frau Giorgina waren dabei wie versprochen ihre Mentoren gewesen. Entsprechend ihrer Abmachung hatte Torie zunächst den höheren Schulabschluss bestanden und danach in der Fabrik am Quai de Javel in Paris ihre Ausbildung zur Mechanikerin begonnen. Dabei hatte sie keinerlei Bevorzugung erfahren. Wie alle anderen Auszubildenden hatte sie ihre Lehre in der Fertigungsabteilung für Automobile gemacht. Statt an technischen Entwicklungen zu arbeiten, wie sie es sich immer erträumt hatte, war sie monatelang am Fließband tätig gewesen. Auch wenn dort die ersten französischen Fahrzeuge in Serie hergestellt wurden, waren die Tätigkeiten nicht besonders anspruchsvoll. Wochenlang war sie immer mit denselben Handgriffen beschäftigt gewesen, zum Beispiel dem Montieren des Lenkrads, bevor man sie an anderer Stelle mit dem Einbau des elektrischen Anlassers oder anderer Einzelteile vertraut gemacht hatte.

Die stupiden Arbeiten waren irgendwann unerträglich geworden. Sie hatte sich nach etwas Anspruchsvollerem gesehnt, das sie technisch mehr herausforderte, hatte aber lange nicht gewagt, sich bei ihrem Meister zu beschweren. Nachdem sie sich zwei Jahre lang klaglos untergeordnet hatte, hatte sie beim Werkmeister einen Vorstoß gemacht und ihn inständig gebeten, ihr eine interessantere Tätigkeit zu geben. Leider war sie dabei nicht nur auf taube Ohren, sondern auf Unverständnis gestoßen und grob in ihre Schranken gewiesen worden. Der Meister hatte ihr sogar mit der Kündigung gedroht. »Weibsbilder haben ohnehin im Werk nichts verloren«, hatte er gepoltert. »Von mir aus kannst du gleich deine Sachen packen, wenn es dir nicht mehr gefällt!«

Diese Auseinandersetzung hatte Torie jedoch nicht eingeschüchtert, in einem Brief hatte sie Citroën an seine Versprechungen erinnert. Schließlich hatte die Vereinbarung gelautet, dass er sie ausbilden und fördern wollte. *Am Fließband kann je-*

der arbeiten, der keine zwei linken Hände hat, hatte sie ihm aufgewühlt geschrieben, *aber Sie haben mir damals, nach dem Tod meiner Eltern, mehr versprochen, und daran muss ich Sie im Gedenken an meinen verstorbenen Vater jetzt erinnern. Bitte lassen Sie mich mein letztes Ausbildungsjahr in Ihrer Entwicklungsabteilung zu Ende bringen. Ich bin überzeugt davon, dass ich dort sehr viel besser aufgehoben bin und Ihrem Unternehmen von großem Nutzen sein werde.*

Dass sie sich womöglich im Ton vergriffen haben könnte, war ihr allerdings erst in den Sinn gekommen, als sie an einem der nächsten Tage in das Büro des Chefs beordert und missbilligend von Citroëns Sekretärin beäugt worden war.

Sie sah die Szene vor sich, als wäre es am Tag zuvor gewesen.

Sie stand in ihrer schmutzigen Arbeitsmontur aus grobem Drillich in Citroëns vornehmem Büro vor seinem leeren Schreibtisch und wartete darauf, dass er sich einfand. Längst fühlte sie sich nicht mehr so mutig wie zuvor. Sie war nicht länger die Tochter eines wohlhabenden Unternehmers, sondern nichts anderes als ein winzig kleines Rädchen im Getriebe. Wenn Citroën es gefiel, konnte er sie hier und jetzt entlassen. Doch sie war sich auch keines Fehlers bewusst. Trotzig nahm sie sich vor, ihr Schicksal mit Würde zu ertragen, sollte ihr gekündigt werden. Als André Citroën schließlich sein Büro betrat, sah sie ihm mit stolz erhobenem Kopf entgegen.

»Ah, Mademoiselle Belrose«, sagte er beim Hereinkommen. »Ich habe leider nicht viel Zeit, aber das, was ich Ihnen zu sagen habe, dauert auch nicht lange.« Ihr Schicksal schien also besiegelt. Er nickte ihr kurz zu, bevor er ihren Brief unter einer Mappe auf dem Schreibtisch hervorzog, um nochmals einen Blick hineinzuwerfen. »Wie Sie schreiben, sind Sie mit Ihrer Ausbildung unzufrieden?« Er sah sie über seine Nickelbrille hinweg an.

»Die Aufgaben, die man mir gibt, unterfordern mich. Ich könnte für Ihr Unternehmen sehr viel Nützlicheres tun, wenn man mich nur ließe.« Sie sah ihn herausfordernd an. »Sie sollten mir eine Chance geben, mich zu beweisen, und …«

»Sie haben sich offenbar nicht verändert«, unterbrach Citroën sie mit einem milden Lächeln. »Auch wenn wir uns lange nicht gesehen haben, habe ich nicht vergessen, wie energisch Sie sein können.«

»Mir geht es nicht um mich! Mir geht es um die Sache. Ich wollte weder undankbar noch kritisch erscheinen, und ich …«, versuchte Torie sich zu rechtfertigen.

»Davon bin ich auch nicht ausgegangen«, unterbrach er sie erneut. »Übrigens soll ich Sie ganz herzlich von Giorgina grüßen. Sie würde sich gern einmal wieder mit Ihnen unterhalten …« In diesem Augenblick erschien Citroëns Sekretärin an der Tür und erinnerte ihn an einen wichtigen Termin. »Leider werde ich bereits erwartet, Mademoiselle«, fuhr er also fort. »Machen wir es kurz.« Torie sah ihn erwartungsvoll an. Immerhin sah Monsieur Citroëns Verhalten nicht nach einem Rauswurf aus. Sie sollte sich nicht getäuscht haben. »Gleich kommt Monsieur Lebec, um Sie abzuholen«, wurde sie prompt informiert. »Er ist der Chefmechaniker in unserem neuen Halbraupenwerk. Sie führen ab sofort Ihre Ausbildung als Lehrling in der Entwicklungsabteilung fort. Wenn Lebec und Kégresse Sie für geeignet halten, dürfen Sie bleiben. Anderenfalls geht es zurück ans Fließband. Sind Sie damit einverstanden?«

Das war eine rein rhetorische Frage. Citroën wartete ihre Antwort gar nicht ab, sondern verließ im nächsten Augenblick das Büro. Torie glaubte erst an die glückliche Fügung ihres Schicksals, als wenig später ein kleiner schnauzbärtiger Mann auftauchte und sie mit fröhlich funkelnden Augen begrüßte.

»Robert Lebec, dein künftiger Vorgesetzter. Möchte nur wissen, wie du es angestellt hast, in unsere *équipe* zu kommen.«

Der Chefmechaniker schüttelte den Kopf, und sie machten sich auf den Weg zur Werkshalle. »Du hast dem unnahbaren Kégresse doch nicht etwa den Kopf verdreht?« Er lachte herzlich, als er Tories empörten Blick sah. »Das war ein Scherz. Daran wirst du dich bei uns gewöhnen müssen«, fügte er gutmütig hinzu.

Torie fühlte sich mit einem Mal ganz sonderbar, sie würde den von ihr so verehrten Monsieur Kégresse nach so vielen Jahren wiedersehen. Ob er sich noch an ihre peinliche Begegnung erinnerte?

»Wie lange arbeitet Monsieur Kégresse schon für Monsieur Citroën?«, wollte sie von Robert Lebec wissen.

»Oh, Monsieur Kégresse ist kein Angestellter unseres *patrons*. Er ist sein Partner und selbstverantwortlicher technischer Direktor der Halbkettenfahrzeuge«, stellte dieser zunächst richtig. »Nach der Ermordung des russischen Zaren floh Kégresse mit seiner Familie aus Russland und landete schließlich wieder in Frankreich. Außer seinen Patenten hatte er alles verloren. Auf der Suche nach neuen Partnern für seinen Raupenantrieb stieß er auf Jacques Hinstin, mit dem Citroën während des Krieges Granaten produziert hat. Die beiden begannen eine Zusammenarbeit und entwickelten Kégresse' Raupenantrieb weiter. Vor etwa zwei Jahren bekam Citroën davon Wind und ließ sich das neue Raupenkettenprinzip präsentieren. Er war so begeistert, dass er sofort den Auftrag erteilte, einige Citroën-Fahrzeuge entsprechend der Vorgaben von Kégresse auszurüsten. *Et voilà!* Drei Wochen später waren drei Citroën-Raupen auf Basis unseres ersten Serienwagens 10 HP B2 fertig. Unser *patron* ließ es sich nicht nehmen, selbst bei den Testfahrten in Saint-Denis anwesend zu sein. Citroën hat ein Näschen für neue Entwicklungen und ist ein

Meister darin, sie auch auf dem Markt zu verkaufen.« Die Begeisterung des Chefmechanikers für den *patron* war ansteckend. Torie ließ sich gern noch mehr von ihm erzählen. »Und dann?«, fragte sie.

»Citroën erkannte sofort das Potenzial der neuen Halbkettenfahrzeuge, nicht nur im zivilen Bereich, auch in militärischer Hinsicht. Mit gepanzerten Kettenfahrzeugen lassen sich Frontlinien durchbrechen. Außerdem kommen sie über alle Hindernisse mühelos hinweg. Kurzerhand erwarb er die Rechte an den Kégresse-Patenten und gliederte die Produktion der Raupenfahrzeuge in sein Automobilwerk ein. Und nun wirst auch du bei Autochenilles Citroën-Kégresse-Hinstin arbeiten.«

»Darf ich fragen, wie Sie in Kégresse' Abteilung gekommen sind?« Sie hoffte, dass Robert Lebec ihr die Frage nicht übel nahm.

Doch er war anscheinend ein gutmütiger Kerl. »Ganz schön neugierig für jemanden, der noch nicht einmal richtig dazugehört«, zog er sie auf. Torie biss sich auf die Lippen, Lebec lachte aber nur. »Wir duzen uns hier alle. Ich bin Robert, und es ist schon in Ordnung, dass du fragst. Bin erst seit gut einem Jahr dabei, mehr oder weniger zufällig, weil ich im Krieg als Flugzeugmechaniker einige Erfahrung mit unkonventionellen Zusammenbauten gemacht habe. Mittlerweile bin ich auch Testfahrer der Prototypen. Die Zusammenarbeit mit Kégresse und Citroën ist für mich als Abenteurer ein Glücksfall, *compris?*«

Unterdessen hatten sie ihr Ziel erreicht, und Robert führte sie in eine geräumige Werkshalle, in der zwei bis drei Mechaniker an jeweils einem von sechs Halbkettenfahrzeugen montierten. Der Unterschied zur Fließbandarbeit hätte nicht größer sein können. Die Männer verrichteten unterschiedliche Arbeiten, die sie hin und wieder unterbrachen, um über aufgetretene Probleme zu diskutieren. Torie war beeindruckt von der positiv angespannten Atmosphäre und konnte ihr Glück kaum fassen, von nun an ein Teil dieses Teams zu sein. Allerdings bekam ihre Euphorie schnell einen Dämpfer. Robert reichte ihr einen Besen und gab Anweisung, die Werkstatt auszukehren.

»So fängt hier jeder an«, kommentierte er mitleidlos ihren Blick. »Und wenn du damit fertig bist, kannst du dahinten Kaffee für alle kochen. In der Pause stelle ich dich dann den Kollegen vor.« Torie blieb nichts anderes übrig, als dem Folge zu leisten.

In den nächsten beiden Stunden war sie mit dem Auskehren der Halle beschäftigt. Bis auf ein paar neugierige Blicke nahmen die neuen Kollegen kaum Notiz von ihr. Nachdem sie Kaffee gekocht hatte, kamen alle für eine kurze Pause zusammen. Robert stellte Torie gerade vor, als sich ein Mann mit grauem Kittel zu ihnen gesellte. Sie erkannte Adolphe Kégresse sofort wieder. Sein Auftreten war genauso einschüchternd, wie sie es noch aus ihrer ersten Begegnung in Erinnerung hatte.

»Das ist also unser neuer Lehrling«, begrüßte er sie beiläufig. »Mal sehen, ob Sie halten können, was Citroën mir über Sie erzählt hat. Strengen Sie sich an.«

Damit war für ihn das Gespräch mit ihr erledigt, und er wandte sich an einen der Mechaniker, mit dem er etwas zu besprechen hatte. So schnell, wie er gekommen war, war er auch schon wieder verschwunden.

»Kennst du Citroën persönlich?«, wollte ein Mann, den Robert ihr als Christian vorgestellt hatte, wissen.

»Ich wurde vorhin zum ersten Mal in sein Büro gerufen«, antwortete Torie ausweichend.

Sie hielt es für klüger, nichts über ihre Vergangenheit verlauten zu lassen. Alle hielten sie für ein Mädchen aus einfachen Verhältnissen, das sich aus unerfindlichen Gründen in den Kopf gesetzt hatte, einen Männerberuf zu ergreifen. Mit dieser Entscheidung war sie bislang gut gefahren. Ihrer Erfahrung nach war es nämlich für eine Frau im Beruf am einfachsten, wenn man um ihre Person keine Umstände machte. Sobald die Kollegen erst einmal begriffen hatten, dass sie genauso gut arbeiten konnte wie ein Mann, ließen sie die meisten in Ruhe. Mehr brauchte sie nicht.

In den darauffolgenden Wochen fügte sich Torie gut in ihrem neuen Team ein. Die Männer lernten rasch ihre unkomplizierte Art zu schätzen und erkannten ihre Fähigkeit im Umgang mit Werkzeugen neidlos an. Als sie nach einiger Zeit eigene konstruktive Vorschläge machte, begann man sie ernst zu nehmen. Vor allem Robert und Gabriel erkannten ihr Potenzial und förderten sie. Als sie schließlich ein Jahr später erfolgreich ihre Gesellenprüfung ablegte, erklärte sich Kégresse bereit, sie in seiner *équipe* als Mechanikerin weiterzubeschäftigen. Torie hätte eigentlich glücklich sein müssen. Sie hatte die Arbeit in den Citroën-Werken nicht nur schätzen gelernt, sondern darin ihre Erfüllung gefunden, und sie träumte davon, noch mehr Verantwortung übertragen zu bekommen, indem man sie eigene Ideen entwickeln ließ. Unglücklicherweise wurde sie als Frau dafür nicht in Betracht gezogen. Ebenso wenig wurde sie als Testfahrerin eingesetzt. »Das ist was für richtige Männer und viel zu anstrengend für eine Frau«, wurde sie mehrfach zurückgewiesen, nachdem sie sich ins Spiel gebracht hatte.

Doch auch damit wollte sie sich auf Dauer nicht abfinden.

2

Als Torie am Tag der unschönen Begegnung mit Calvin spät nach Hause kam, wurde sie von ihrer Vermieterin mit einem Brief überrascht. Sie wohnte mittlerweile in einer Pension ganz in der Nähe der Fabrikhallen, in die sie gezogen war, nachdem sie ihren Schulabschluss bestanden hatte. Seit Maurice im Krieg verschollen war, bekam sie kaum noch Post. Und die ungelenke Schrift auf dem Umschlag war ihr unbekannt.

»Da hat Ihnen aber jemand eine Menge zu erzählen ...«, bemerkte Madame Renier neugierig und bezog sich damit offensichtlich auf den beträchtlichen Umfang des Briefes. »Etwa ein Verehrer?«

»Ich habe keinen Verehrer, Madame«, entgegnete Torie barsch und nahm ihr den Brief aus den Händen. Während sie auf der Rückseite den Absender entzifferte und feststellte, dass er von Fernand Ruiz stammte, wartete ihre Pensionswirtin ungeduldig darauf, dass sie den Umschlag endlich öffnete. Torie tat es und fragte sich, was der alte Fernand ihr wohl mitzuteilen hatte. Das können nur schlimme Nachrichten sein, dachte sie voller Furcht, denn Juliens Vater hatte ihr noch niemals geschrieben. Madame Reniers Hals wurde immer länger, als sie zwei Briefe im Umschlag entdeckte, einer war etwas dicker. Auf einmal wurde ihr die unangenehme Nähe ihrer Wirtin bewusst. »Schönen Abend, Madame«, murmelte sie ungehalten und ging in Richtung Treppe.

»Und was ist mit dem Abendessen? Ich habe extra ein Pot-au-feu gemacht. Wenn Sie noch was davon haben wollen, müssen Sie sich beeilen!«

»Ich habe heute keinen Hunger«, entschied Torie. Sie wollte nur noch wissen, was in dem Brief stand.

»Das hat man nun von seiner Gutmütigkeit«, maulte Madame Renier beleidigt.

Torie scherte sich nicht darum. Ihre Wirtin würde ihre Portion einem anderen Pensionsgast andrehen und somit doppelt kassieren, da in ihrem Mietpreis das Abendessen bereits enthalten war.

In ihrem Zimmer besah sich Torie genauer, was Fernand ihr geschickt hatte. Auf dem Umschlag des dickeren der beiden Briefe erkannte sie zu ihrer Überraschung Clarissas Handschrift. Sie hatte sehr lange nichts mehr von ihrer Schulfreundin gehört und den Kontakt in den vergangenen Jahren völlig aus den Augen verloren. Doch bevor sie sich näher mit Clarissa beschäftigen wollte, nahm sie den Brief von Fernand zur Hand. In seiner ungelenken Handschrift teilte der alte Freund ihres Vaters ihr mit, dass Clarissas Schreiben über einige Umwege bei ihm gelandet und deswegen schon älter sei. Weiter schrieb er von seinem baldigen Ruhestand und dass er und seine Babette sich nun auf ein paar ruhige Jahre freuten. Die letzten Zeilen weckten besonders Tories Interesse. Sie handelten von Julien, an den zu denken sie immer noch schmerzte.

Julien arbeitet nun für eine amerikanische Zeitung in New York, las sie. *Babette und ich sind uns nicht sicher, ob wir uns darüber freuen können. Reporter ist doch kein anständiger Beruf! Wie will der Junge nur jemals seine Familie ernähren? Das wird mein Sohn mir erklären müssen, wenn er uns besuchen kommt, und das hat er bald vor.*

Torie las die Zeilen noch einmal und dann ein drittes Mal. Wieso fiel es ihr so schwer, Julien zu vergessen? Er hatte ihre

Freundschaft einfach so beendet, obwohl sie einander immer vertraut hatten. Die vielen Briefe, die er ihr von der Front geschrieben und die sie gleich beantwortet hatte, waren plötzlich aus irgendeinem Grund belanglos gewesen. Dabei hatten sie einander immer offen ihre Sorgen, Freuden und Ängste geschildert. Die Nähe, die darin zum Ausdruck gekommen war, war offenbar nur eine Täuschung gewesen. Julien hatte kein Vertrauen zu ihr.

Seitdem er während eines Gefechts verwundet worden war und lange Zeit in einem Hospital hatte verbringen müssen, hatte er ihr nicht mehr auf ihre Briefe geantwortet. Torie wusste von seinen Eltern, dass seine Verletzungen so schwer waren, dass er nicht länger als Mechaniker arbeiten konnte, doch ihrer Ansicht nach war das kein Grund, sich nicht mehr zu melden. Wahrscheinlich schämte er sich, kriegsversehrt zu sein.

Sie war bereit gewesen, alles zu tun, um ihm diese Scham zu nehmen, aber Julien kehrte nicht mehr nach Hause zurück. Irgendwann erfuhr sie von seinem Vater, dass er nach Amerika gegangen war, um dort ein neues Leben zu beginnen. Noch immer empfand sie seine Entscheidung als eine persönliche Verletzung. Dieser unsägliche Krieg hatte ihr nicht nur ihren Bruder genommen, sondern auch noch ihren besten Freund. Mit einem tiefen Seufzer wandte sie sich dem zweiten Brief zu. Sie war gespannt, was Clarissa ihr zu erzählen hatte.

Chère Torie!, begann Clarissas Brief, der laut Datum bereits im Oktober 1921 verfasst worden war. *Wenn ich dies schreibe, stelle ich mir ganz genau dein Gesicht vor, das du machst, während du diese Zeilen liest. Ich sehe vor mir, wie du deine feine Stirn kritisch kräuselst, bevor sich deine erstaunte Miene in ein hoffentlich fröhliches Lächeln verwandelt. Du siehst, du bist mir noch genauso nah wie damals, als der Große Krieg uns trennte, weil unsere Vaterländer miteinander verfeindet waren. Damals haben wir uns geschworen, uns regelmäßig zu schreiben, was anfangs ja auch ganz gut lief. Doch nachdem der Postweg über die Schweiz wegfiel, gab es leider keine Möglichkeit der Kommunikation mehr. Und später, als längst wieder Frieden war, geschah so vieles, das mich immer wieder davon abhielt, Kontakt zu dir aufzunehmen. Vielleicht kannst du mir diese Nachlässigkeit verzeihen, wenn ich dir von meinem Leben erzähle und dem, was mir in der Zwischenzeit widerfahren ist. Wenn ich damit fertig bin, wirst du sehen, dass auch du in meiner Geschichte eine Rolle spielst.*

Neugierig?

Dann lass mich am besten gleich beginnen. Allerdings musst du mir versprechen, den Brief der Reihe nach zu lesen und nicht vorschnell auf das Ende zu sehen. O ja, ich erinnere mich noch sehr gut an deine unbändige Neugier, und gerade deshalb ermahne ich dich, sie zu zügeln.

Torie musste schmunzeln. Es tat gut, Clarissas Brief zu lesen. Ihre beste Freundin kannte sie wie keine andere. Sie las weiter:

Vielleicht erinnerst du dich noch, wie traurig ich war, das Pensionat verlassen zu müssen. Während du dich auf neue Aufgaben zu Hause freuen konntest, bei Eltern, die dich wertschätzen und dir ermöglichen, das zu tun, was du dir immer erträumt hattest, erwartete mich eine griesgrämige Stiefmutter, die keinen Hehl daraus machte, wie ungelegen ihr mein erzwungenes Erscheinen war. Auch meinem Vater schien ich eher eine Last als eine Freude zu sein. Während meiner Abwesenheit war mein kleiner Halbbruder Vitus zu seinem Augenstern geworden. Von ihm erfuhr er nur Bewunderung, während ich der Quell stetiger Streitigkeiten für alle war – zumindest versuchte ihm das meine Stiefmutter Ava weiszumachen. Kurzum: Ich war ein Störfaktor, den es galt, möglichst schnell wieder loszuwerden.

Da der Krieg es nicht zuließ, mich in ein anderes Pensionat abzuschieben, versuchte Ava, aus mir eine heiratsfähige junge Frau zu machen. Um des lieben Friedens willen nahm ich ihr diese Illusion nicht, aber wann immer ich konnte, floh ich zu meiner Patentante Luba, die mir wieder ihr Atelier zum Malen zur Verfügung stellte. Mir ist sehr wohl bewusst, dass es bei euch in Frankreich nicht anders war, aber in jenen letzten Kriegsjahren lag über München eine schwere Wolke der Hoffnungslosigkeit, die kaum Freude zuließ. Bei jedem gesellschaftlichen Zusammentreffen wurde fast nur über Tod und Entbehrung gesprochen. In bald jeder Familie gab es Verluste zu beklagen. Die Leichtigkeit der Vorkriegszeit war ebenso verschwunden wie die damit einhergehende Unbekümmertheit. Sehr erschüttert hat uns alle die Nachricht vom Tod Franz Marcs, der 1916 in der grausamen Schlacht von Verdun ums Leben gekommen ist. Wie seine Witwe Maria es mir beschrieb, war er während eines Erkundungsritts durch Granatsplitter an der Schläfe tödlich verwundet worden. Maria erfuhr die schreckliche Nachricht, als sie gerade in Bonn bei Lisbeth Macke gewesen war, die ihren Mann August nur wenige Monate zuvor verloren hatte.

Was für eine schreckliche Zeit, die so viele Menschen aus dem Leben gerissen hat! Der Tod von Freunden und alten Bekannten ging auch an Luba nicht spurlos vorüber. Sie, die immer zuversichtlich und voller Energie gewesen war, wurde plötzlich niedergeschlagen und zog sich weitgehend von all ihren Verpflichtungen zurück. Nur selten gelang es mir, sie etwas aufzumuntern, und selbst dann wurde sie rasch wieder schwermütig. Ich glaube, sie verließ einfach der Lebensmut, was auf ihr Herz schlug und sie schwach und anfällig machte. Nur in einer Hinsicht gab sie nicht nach. Sie setzte alles daran, mir möglichst lange meine Unabhängigkeit zu sichern. Mehr als einmal musste ich ihr hoch und heilig versprechen, mich nicht von meinen Lebenszielen abbringen zu lassen: »Bewahre wenigstens deine innere Freiheit«, ermahnte sie mich dann. »Lass nicht zu, dass ein Mann über dein Leben bestimmt, solange er nicht dasselbe will wie du!«

Ihre Worte haben sich tief in meine Seele eingegraben. Aber das war nicht alles. Luba hatte noch zu ihren Lebzeiten dafür gesorgt, dass ich die Möglichkeit bekam, ein unabhängiges Leben zu führen. Nachdem sie im Dezember 1918, noch vor dem offiziellen Ende des Krieges, starb, erfuhr ich, dass sie mich zu ihrer Alleinerbin gemacht hatte – unter der Bedingung, dass mein Vater einwilligte, mir bis zu meinem vierundzwanzigsten Geburtstag alle Freiheiten zu gewähren, die ich haben wollte. Dazu gehörte die Wahl meines Wohnortes und meine vollkommene Eigenständigkeit. Der einzige Wermutstropfen blieb, dass ich danach heiraten musste, wollte ich weiterhin über das Vermögen verfügen. Sie vermutete wohl, dass ich bis dahin den Richtigen gefunden haben würde.

Du kannst dir vorstellen, wie aufgebracht Ava über diese List Lubas war. Sie hätte mich am liebsten bald unter der Haube gesehen. Doch Lubas Vermögen war zu beträchtlich, als dass man es hätte ausschlagen können. Außerdem ersparte es meinem Vater, mir eine Mitgift aus seinem Vermögen zu finanzieren. Wohl oder übel mussten meine Eltern also ihr Einverständnis geben, was mir wenigstens für ein paar Jahre Freiheit ermöglichte.

Ich ergriff die Chance und beschloss, erst einmal meinen Horizont durch Reisen zu erweitern, sobald dies wieder möglich war. Im Juni 1919 sollte es losgehen. Mein Plan war, über die Schweiz nach Paris zu reisen, um mich dort künstlerisch weiterzubilden. In den Monaten zuvor hatte ich erfolgreich Kontakt zu der amerikanischen Schriftstellerin Gertrude Stein aufgenommen, die in ihrem Pariser Salon in der Nähe des Jardin du Luxembourg unbekannte Künstler und Schriftsteller empfängt, um ihnen einen Austausch zu ermöglichen. In einem Brief von ihrer Sekretärin Alice Toklas wurde ich tatsächlich ermuntert, Kontakt aufzunehmen, sobald ich Paris erreicht hatte. Auch wenn ich mir keine großen Hoffnungen machte, dass meine Bilder dort Beachtung finden könnten, hoffte ich, lehrreiche Begegnungen mit anderen Künstlern haben zu können, die mir Anregungen für eigene Arbeiten bieten würden.

Nur mit einem Handkoffer als Gepäck machte ich mich also froh-

gemut auf die Reise, die so anders werden sollte, als ich sie mir vorgestellt hatte. Meine erste Etappe war Lausanne, denn ich wollte unbedingt unserer lieben Mentorin Mademoiselle Beerenbourg einen kleinen Besuch abstatten. Auch wenn sie sich nie wieder bei mir gemeldet hatte, wollte ich ihr unbedingt noch einmal unter die Augen treten. Meine jugendliche Schwärmerei, für die ich mich heute noch manchmal schäme, war längst einer tiefen Dankbarkeit gewichen. Das wollte ich ihr so gern noch einmal sagen.

Liebe Torie, nun folgt ein trauriger Abschnitt in meinem Brief. Es fällt mir immer noch schwer, darüber zu berichten. Der Besuch in unserem Lausanner Pensionat war alles andere als erfreulich, auch wenn mich Direktorin Ackerbaum freundlich empfing. Zunächst war ich über das Aussehen unserer ehemaligen Schulleiterin erschrocken. Du glaubst nicht, wie sehr sie in den letzten Jahren gealtert ist! Des Weiteren war mir schon beim Betreten der Schule aufgefallen, wie gedämpft die Atmosphäre in den Fluren war. Sie erinnerte eher an ein Krankenhaus als an eine Schule. Sehr bald erfuhr ich, dass eine größere Anzahl von Schülerinnen an der Spanischen Grippe erkrankt war, weshalb mich Frau Ackerbaum bat, möglichst schnell wieder abzureisen. Mit versteinerter Miene erzählte sie mir, dass die Krankheit auch vor dem Lehrpersonal nicht Halt gemacht habe. Als ich mich mit bangem Gefühl nach Mademoiselle Beerenbourg erkundigte, teilte sie mir mit, dass unsere geliebte Lehrerin nur wenige Tage zuvor verstorben war.

Ach, Torie, kannst du dir vorstellen, wie sehr mich das erschüttert hat? Wie gern hätte ich ihr von meinen Zukunftsplänen erzählt, und nun war ich nur eine kleine Zeit zu spät dran! Leider war das nicht die einzige schlechte Nachricht. Auch Herr Fritz, mit dem du so viele Stunden an seinem Rennauto gebastelt hast, wurde ein Opfer dieser unbarmherzigen Pandemie. Er starb bereits während der Herbstwelle und war das erste Opfer im Internat. Als mir Frau Ackerbaum von sei-

nem Tod erzählte, verlor selbst dieser Fels in der Brandung die Fassung. So unvorstellbar es auch klingen mag, aber wir vergossen tatsächlich gemeinsam Tränen. Was für ein trauriges Wiedersehen!

Über dieser Reise stand kein guter Stern. Noch während meines Aufenthalts in Lausanne – ich hatte mich in einem kleinen Hotel am See eingemietet – überfielen mich plötzlich heftige Kopf- und Gliederschmerzen. An dem Morgen, an dem ich eigentlich weiterreisen wollte, bekam ich so hohes Fieber, dass daran nicht zu denken war. Ich musste einen Arzt kommen lassen, der mir nur das bestätigte, was ich schon befürchtet hatte. Ich hatte mich während meines Aufenthaltes im Pensionat mit der Spanischen Grippe infiziert.

Die folgenden Tage verbrachte ich in einem diffusen Delirium mit Schüttelfrost, hohem Fieber und einem quälenden Reizhusten, der sich schließlich zu einer Lungenentzündung ausweitete. Man wies mich in ein Hospital ein, in dem ich die nächsten Wochen verbrachte. Für ein paar Tage war ich dem Tod näher als dem Leben. Ich bekam nicht einmal mit, dass mein Vater angereist war, um sich um mich zu kümmern. So schlimm diese Krankheit auch war, sie brachte uns einander wieder näher. Er entschuldigte sich unter Tränen, mich die letzten Jahre so vernachlässigt zu haben. Als ich endlich nach über zwei Wochen über den Berg war, war an eine Weiterreise nach Paris leider nicht zu denken. Die Grippe hatte meine Gesundheit so sehr angegriffen, dass ich den ganzen Sommer und den folgenden Herbst dazu benötigte, wieder zu Kräften zu kommen.

Nun denn! Bis zu meiner völligen Genesung war ich also gezwungen, in München zu bleiben. Doch gleich zu Beginn des Jahres 1920 packte ich meine Koffer erneut, um dieses Mal nach Berlin aufzubrechen. Über Bekannte von Maria Marc, die ja aus Berlin stammte, hatte man mir ein Praktikum in einer Berliner Kunstgalerie angeboten, das ich als gute Gelegenheit sah, das dortige kulturelle Leben kennenzulernen. Was nun folgte, war eine überaus unbekümmerte Zeit.

Über die Galerie lernte ich einige der beeindruckendsten Künstler der Berliner Szene kennen. Was soll ich sagen? Ich fing Feuer und stürzte mich in das Berliner Kulturleben, ohne im ersten Jahr auch nur einen Pinsel anzurühren. Immer wieder zog es mich ins Künstlerlokal Die Insel, *das von einem ehemaligen Preisboxer auf der Innsbrucker Straße in Schöneberg eröffnet worden war.*

Dort traf ich auf einen alten Bekannten meiner Mutter und Lubas, den hoch verehrten Joachim Ringelnatz. Joachims ebenso amüsanten wie eigenwilligen Gedichte hatten mich schon in meiner Kindheit beeindruckt. Einige meiner besten Bildzyklen beruhen auf seiner Lyrik, wie du dich vielleicht noch erinnerst. Als ich ihm davon erzählte, war Joachim so angetan, dass er mir anbot, für seine neue Kunstfigur, den Matrosen Kuttel Daddeldu, Skizzen anzufertigen, die in seinem neuen Lyrikband Die gebatikte Schusterpastete *erscheinen sollten. Zwar wählte sein Verlag dann doch einen anderen Illustrator, ich durfte allerdings für Ringelnatz' Kabarettauftritte ein Bühnenbild des Matrosen Kuttel Daddeldu anfertigen. Du musst wissen, dass dieser unkonventionelle Seemann in Ringelnatz' langen Erzählgedichten haarsträubende Abenteuer erlebt. Er hat überhaupt keine Manieren und ist völlig ungehemmt, während er seinen obszönen Augenblicksgelüsten nachgibt und in abstruse Schlägereien gerät.*

Nun, die Beschäftigung mit dem Seemann führte mir zumindest vor Augen, wie konventionell und eingesperrt ich aufgewachsen bin und dass es gewisser Freiheiten bedarf, um sein wahres künstlerisches Ich zu entdecken. Leider ist es mir noch nicht so recht gelungen, dies in allen Konsequenzen in die Tat umzusetzen. Vielleicht ist auch mein ernsthaftes Naturell schuld daran, dass ich immer noch allzu sehr bemüht bin, den Anforderungen meines Vaters zu genügen.

Nach einem kurzen Ausflug ins zügellose Nachtleben mietete ich mir also kurzerhand ein günstiges Atelier, in dem ich endlich wieder zu malen begann. Dank der Kontakte zu der Galerie, in der ich eine Zeit lang gearbeitet hatte, wurde mir sogar die Beteiligung an einer Ausstellung für junge Nachwuchskünstler ermöglicht. Auf der Vernissage begegnete mir ein junger Mann, von dessen Ausstrahlung ich vom ersten Augenblick an fasziniert war. Düsternis und Trauer schienen über ihm wie eine dunkle Wolke zu schweben. Ernst und in sich gekehrt, wie er war, blieb er ausgerechnet vor meinen Gemälden lange stehen. Er war so tief in seine Gedanken versunken, dass ich gar nicht anders konnte, als ihn anzusprechen und zu fragen, was ihm beim Anblick der Bilder durch den Kopf ging. Den Blick weiterhin auf meine Werke gerichtet, begann er sogleich, sie zu interpretieren, und ging dabei so analytisch und scharfsinnig vor, dass es mir eiskalt über den Rücken lief.

»Warum wollten Sie das wissen?«, fragte er mich plötzlich unvermittelt und sah mich zum ersten Mal direkt an. Da gestand ich ihm, dass die Bilder von mir waren. Es war der Beginn eines sehr anregenden Gespräches, in dem er sich mit großer Sachkunde für meine Malerei interessierte. »Eine Frau, die solche Bilder zu malen versteht, kann selbst in die dunkelste Seele wie meine noch Licht holen«, murmelte er nachdenklich. Für einen kurzen Augenblick hob sich der düstere Schatten über ihm, und es ging eine Verwandlung mit ihm vor. Seine Miene erhellte sich, und aus der Laune des Augenblicks heraus griff er vom Tablett eines vorbeiwandelnden Obers zwei Gläser Champagner, von denen er mir eines reichte. »Auf den strahlenden Stern dieser großartigen Ausstellung«, sagte er und prostete mir mit einem charmanten Lächeln, das ihn zu einem anderen Menschen machte, zu.

Für den Rest des Abends wich Moritz nicht mehr von meiner Seite. Ich habe mich selten besser unterhalten. Unsere Gespräche waren weder langweilig noch oberflächlich, auch wenn wir an jenem Abend über kein persönliches Thema sprachen. Am meisten gefiel mir, dass er zurückhaltend blieb und mich in keiner Weise bedrängte.

Meine liebe Torie, bestimmt denkst du nun, dass ich mich in diesen Mann verliebt habe. Weshalb sonst sollte ich dir von ihm erzählen?

Lass mich ein wenig Spannung aufbauen, bevor ich zum Kern meines Briefes komme.

Typisch Clarissa, dachte Torie schmunzelnd. Immer muss sie aus allem ein Theaterstück machen. Sie ahnte natürlich, was nun kommen würde.

Unbestritten ist, dass ich ehrliche Gefühle für Moritz hege und mich ihm auf eine wohltuende Art verbunden fühle. Von Anfang an hatte er für mich etwas sehr Vertrautes, so als würde ich ihn schon lange kennen. Moritz und ich verbrachten seit jenem Abend, an dem wir uns kennenlernten, viel Zeit miteinander. Wir verabredeten uns in Cafés, besuchten Lichtspielhäuser ebenso wie Theater- und Kabarettvorstellungen. Erst nach Wochen gestand er mir, dass er gar nicht aus Deutschland stammte, sondern Franzose war. Auf die Frage, weshalb er keinen Akzent habe, antwortete er, dass er ein deutsches Kindermädchen gehabt und außerdem lange Zeit in deutscher Kriegsgefangenschaft verbracht habe. Weshalb er nach dem Krieg nicht mehr in seine Heimat zurückgekehrt war, wollte er mir noch nicht verraten. Moritz sprach nicht gern über seine Vergangenheit, und ich mochte ihn auch nicht bedrängen. Wie bei so vielen Männern unserer Generation haben die fürchterlichen Erfahrungen während des Krieges einen tiefen Schatten auf seine Seele geworfen. Wie schwer diese Last auf ihm lag, sollte ich erst nach und nach erfahren.

Es mag dir seltsam erscheinen, aber Moritz' Interesse an mir war eher geistiger Natur. Vielleicht ist es gerade das, was ihn für mich so anziehend macht. Ich mochte nie körperliche Berührungen, wie du dich vielleicht erinnern magst. Das Maß von Anziehung habe ich schon immer im Geist gesehen. An Moritz schätze ich unsere anregenden Gespräche, seinen Verstand, der so vieles kritisch infrage stellt, und seine Unabhängigkeit, die ihm erlaubt, in viele Richtungen zu denken. Selbst seine oft mit verletzendem Sarkasmus gewürzten Ansichten und seine überraschenden Stimmungsschwankungen waren und sind für mich attraktiver als jede Berührung sein könnte. Er kann in einem Moment so lustig und charmant sein und im nächsten völlig unerwartet in eine tiefe Traurigkeit fallen. Sein Wesen hat manchmal etwas Irrlichterndes, Unstetes, wie ein führerloses Schiff, das auf dem Meer treibt. Es ist schwer, ihn festzuhalten, und doch kommt er immer wieder zu mir zurück ...

Torie wurde für einen kurzen Augenblick von schweren Schritten im Treppenhaus abgelenkt. Sie hörte, wie ihr Nachbar von einem lauten Rülpser begleitet seine Tür öffnete und schließlich mit einem Poltern gegen etwas stieß. Vermutlich kam er von einem ausgiebigen Besuch einer Bar zurück. Beim Lesen des Briefes hatte sie aus heiterem Himmel eine merkwürdige Melancholie befallen. Auch Clarissas Freund war ein Opfer dieses schrecklichen Krieges geworden. Es erinnerte sie wieder einmal schmerzlich an ihren Bruder und an Julien. Um ihrer Trauer nicht noch mehr Raum zu geben, las sie weiter.

Eines Tages erschien Moritz nicht zu einer unserer Verabredungen. Wir wollten gemeinsam im Lichtspielhaus Das indische Grabmal *ansehen, einen Monumentalfilm in zwei Teilen von Joe May, dessen Drehbuch Fritz Lang geschrieben hat. Ich wartete vergeblich vor dem Eingang und konnte mir sein Ausbleiben beim besten Willen nicht erklären, denn Moritz hatte alles darangesetzt, Karten für dieses Ereignis zu organisieren.*

Auch an den nächsten Tagen meldete er sich nicht, und als ich ihn in seiner Bude aufsuchte, war er nicht zu Hause. Mehr als eine Woche später machte mich ein gemeinsamer Bekannter darauf aufmerksam, dass die Gendarmen Moritz kurz zuvor im Grunewald pöbelnd und völlig betrunken aufgelesen und ihn zur Ausnüchterung in eine Zelle gesperrt hatten. Außerdem erwartete ihn eine Anklage wegen Beamtenbeleidigung, weshalb man ihn vorläufig in Haft behielt. Ich erkundigte mich, auf welches Revier man ihn gebracht hatte, und ging hin, um ihn aus seiner misslichen Lage zu befreien. Nach einigem Hin und Her und Zahlung eines nicht geringen Geldbetrags ließ man ihn frei. Moritz war immer noch in einem schrecklichen Zustand. Er war kaum bei Sinnen und lallte unzusammenhängendes Zeug. Kurzerhand nahm ich ihn mit in meine Atelierwohnung und kümmerte mich um ihn. Als er sich wieder einigermaßen beruhigt hatte, erzählte er mir seine unglaubliche Geschichte.

Liebe Torie, du wirst dich fragen, weshalb ich hier so ausführlich werde, aber diese Geschichte hat auch etwas mit dir zu tun. Um dich nicht länger auf die Folter zu spannen, will ich nun endlich auf den Punkt kommen. Im Laufe seiner Erzählung stellte sich nämlich heraus, dass mein Freund Moritz dein Bruder Maurice ist …

Sie las die letzten Zeilen noch einmal und legte dann fassungslos den Brief beiseite. Schmerz und Empörung stiegen in ihr hoch. Wie konnte Clarissa sich solch einen üblen Scherz mit ihr erlauben? Das war nicht nur geschmacklos, sondern abscheulich. Nur ein letzter Rest von Neugier hielt sie davon ab, den Brief sofort zu zerreißen. Aufgewühlt über die Ungeheuerlichkeit von Clarissas Behauptung zwang sie sich zum Weiterlesen, bis sie einsehen musste, dass es Clarissa ernst war, dass sie tatsächlich auf wundersame Weise den Weg ihres Bruders gekreuzt hatte. Mit einem Mal war sein Schicksal kein Geheimnis mehr, sondern nachvollziehbar und dann auch wieder nicht.

Tories Gefühle fuhren Achterbahn, als sie mehr über Maurice' Schicksal erfuhr. Er hatte so viel Schreckliches erleben müssen – erst den Tod seines besten Freundes, an dem er sich auch noch die Schuld gab, und dann den Verlust seiner schwangeren Geliebten. Wie grausam das Leben manchmal war! Sie konnte nur erahnen, wie sehr ihrem Bruder das Erlebte zugesetzt hatte. Im letzten Brief, den sie von ihm erhalten hatte, hatte Maurice ihr von Mathilde geschrieben und wie groß seine Liebe zu ihr war. Von

Clarissa erfuhr sie nun, dass er von da an nur noch von dem Wunsch zu sterben besessen gewesen war, dass er sich zum Fronteinsatz gemeldet hatte und später in Kriegsgefangenschaft geraten war. In einem Massenlager für Gefangene in einem Bergwerk in Thüringen hatte er schwere Arbeiten verrichten müssen, die er als gerechte Strafe empfunden hatte. Damals war in ihm auch der Entschluss gereift, nie wieder in sein Heimatland zurückzukehren.

Tories Herz verkrampfte sich. Dieser Punkt verletzte sie sehr. Wie hatte Maurice ihr das nur antun können? Wieso hatte er keinen Gedanken daran verschwendet, wie sie mit seinem Verlust umgehen würde? Es kostete sie viel Kraft, ihre Gefühle wieder einigermaßen unter Kontrolle zu bekommen. Noch einmal konzentrierte sie sich, um die letzten Zeilen zu lesen.

Ich kann mir nur ansatzweise vorstellen, liebe Torie, wie aufgebracht du nun sein musst. Du hast alles Recht und auch jeden Grund dazu, dich verletzt zu fühlen, weil Maurice dich einfach im Ungewissen gelassen hat. Doch urteile nicht zu hart über ihn. Sein Schicksal hat ihm besonders übel mitgespielt. Der Krieg hat ihm sein Selbstvertrauen geraubt. Nur aus diesem Grund hat er alle Brücken zu seinem früheren Leben und auch dir abgebrochen. Ich bitte dich seinetwegen, ihm zu verzeihen. Er hat längst bereut, sich nicht bei dir gemeldet zu haben.

Und es gibt noch etwas, das wir dir mitteilen möchten. In dieser Beziehung hoffen wir beide von ganzem Herzen auf deinen Segen. Maurice und ich werden bald heiraten.

In der Hoffnung auf ein baldiges Wiedersehen umarmt dich deine Clarissa

3

Tief erregt und aufgewühlt fand Torie in der folgenden Nacht kaum Ruhe. Dass Maurice noch am Leben war, grenzte zwar an ein Wunder, das sie glücklich machen sollte, aber er hatte sie auch einfach vergessen. War ihm nicht einmal der Gedanke gekommen, dass das Leben seit dem Tod der Eltern auch für sie nicht immer leicht gewesen war? Längst war aus dem verwöhnten Töchterchen aus gutem Hause eine Handwerkerin geworden, die hart auf dem Boden der Tatsachen gelandet war. Ihren Traum, einmal Ingenieurin zu werden, um eigene Erfindungen zu machen, hatte sie so gut wie begraben müssen. Sie konnte froh sein, dass sie bei Citroën überhaupt noch arbeiten durfte. Und warum überhaupt hatte Maurice, wenn es ihm doch leidtat, dass er nicht zu ihr nach Frankreich zurückgekommen war, nicht selbst geschrieben, nachdem er von Clarissa erfahren hatte, dass sie Freundinnen waren? Das konnte nur bedeuten, dass sie ihm nicht mehr wichtig genug war. Diese Erkenntnis machte sie noch trauriger, als sie gewesen wäre, wenn sie erfahren hätte, dass er gestorben war.

Da ihr außer Fernand und Babette niemand einfiel, mit dem sie über solche Dinge reden konnte, besuchte sie am folgenden Wochenende ihre Pflegeeltern in Bagnolet. Kaum stand sie vor dem kleinen Arbeiterhäuschen der Familie Ruiz, wurde ihr auch schon wehmütig ums Herz. So viele Erinnerungen verbanden sie mit diesem Ort – schöne wie die unbeschwerte Kindheit mit Julien, aber auch schmerzliche wie der Tod ihrer Eltern und später tröstliche, denn Fernand und Babette hatten ihr bis zu ihrem Schulabschluss hier eine Heimat gegeben. Gemeinsam mit ihnen hatte sie um Julien und Maurice gebangt, die im Krieg gekämpft hatten. Auch wenn sie ihn überlebt haben, sind eigentlich beide verloren, dachte sie.

Torie wurde aus ihren Gedanken gerissen, als jemand von innen an das Küchenfenster klopfte. Sie winkte fahrig zurück und ging endlich hinein. In der Küche mit ihrer niedrigen Decke sah sie außer Babette und Fernand noch jemanden am Tisch sitzen – sie hätte Julien um ein Haar nicht erkannt. Er war größer und kräftiger geworden, als sie ihn in Erinnerung hatte. Sein Gesicht trug einen markanten, harten Zug.

»Wir haben gerade in diesem Augenblick von dir geredet«, sagte Julien. Durch sein Lächeln verwandelte er sich wieder in den Jungen, den sie in Erinnerung hatte.

»Julien ist gestern Abend gekommen«, Babette, die aufgestanden war, um Torie zu umarmen, strahlte, »ich kann es noch gar nicht glauben.«

Auch Fernand nahm sie in den Arm. »Leider bleibt der Junge nur für ein paar Tage«, brummte er vorwurfsvoll. Doch Torie sah, wie glücklich er war. »Er ist jetzt ein Schreiberling.«

»Ich bin Journalist!« Julien rümpfte scheinbar beleidigt die Nase. Etwas zu beiläufig wies er auf den Stuhl neben sich. »Setz dich zu mir. Ich hab ein steifes Bein und kann schlecht aufstehen.«

Torie nickte. Natürlich wusste sie davon, doch normalerweise machte Julien kein Aufhebens um körperliche Schwächen.

»Ich kann ein anderes Mal wiederkommen«, sagte sie zurückhaltend. »Ich möchte nicht stören.«

Fernand hatte ihr aber schon den Stuhl zurechtgerückt und nötigte sie, sich zu setzen. »Nichts da. Du gehörst schließlich zur Familie.«

Babette schenkte ihr eine Tasse frisch aufgebrühten Tee ein und hörte nicht auf zu versichern, wie glücklich sie sei, dass sie alle nun hier beisammensaßen. Die herzliche Art von Juliens Eltern konnte die angespannte Stimmung allerdings nicht lösen. Auch Julien schien sich nicht recht wohl zu fühlen in seiner Haut. Er wirkte fahrig, fast so, als hätte er ein schlechtes Gewissen. Seine Mutter fragte ihn nach seinen Erlebnissen in Amerika, und so erfuhr auch sie ganz beiläufig, wie es ihm in letzter Zeit ergangen war.

Julien hatte sich nach seiner Verletzung an der Westfront im Lazarett mit einem amerikanischen Soldaten angefreundet, der ihn dazu ermuntert hatte, mit ihm nach Kriegsende nach New York zu gehen. Er hatte in der Druckerei einer Zeitung einen Job gefunden und beim Korrigieren der Druckfahnen seine Liebe für die Sprache neu entdeckt. Mehr als Zeitvertreib hatte er irgendwann begonnen, Artikel über technische Erfindungen zu verfassen und diese dann der Zeitung anzubieten. Seine Artikel wurden tatsächlich gedruckt, irgendwann hatte er es schließlich geschafft, eine feste Anstellung zu finden und als Journalist zu arbeiten.

»Nun arbeite ich für die *New York World* von Joseph Pulitzer Jr.«, beendete er stolz seine Erzählungen. »Sie haben mich nach Europa geschickt, weil ich über André Citroëns demnächst stattfindende Sahara-Mission berichten soll.«

»Gratuliere. Dann hast du es ja zu etwas gebracht«, bemerkte Torie mit einem Hauch von Eifersucht.

Gleichzeitig lag ihr auf der Zunge zu fragen, weshalb er sich nie wieder bei ihr gemeldet hatte. Doch sie war nicht wegen Julien hier, sondern wegen ihres Bruders.

Als hätte Fernand ihre Gedanken erraten, fragte er nach dem Brief, den er ihr geschickt hatte. »Du wärst wohl kaum hier, hätte darin nicht etwas Wichtiges gestanden. Hab ich recht?«, fragte er mit einem verschmitzten Lächeln.

Torie, dankbar für den Themenwechsel, rückte nun endlich mit der Ungeheuerlichkeit heraus. »Stellt euch vor, mein Bruder Maurice ist noch am Leben, und er wird demnächst meine beste Freundin Clarissa in Berlin heiraten«, verkündete sie rundheraus.

»Das sind ja wirklich mal gute Neuigkeiten!« Babette strahlte, und auch Fernand und Julien freuten sich für sie.

Torie versteifte sich. Verstand denn niemand, wie verletzt sie sich fühlte? Verbittert musste sie einsehen, dass es ein Fehler gewesen war, in diesem Familienkreis auf Verständnis zu hoffen. Mit einem Mal hatte sie es sehr eilig. Statt über ihre widerstreitenden Gefühle zu reden, wie sie es vorgehabt hatte, wollte sie nur zurück nach Paris. Doch sie hatte sich getäuscht. In dem Moment, als sie sich mit einer vorgetäuschten Entschuldigung von ihrem Platz erheben wollte, spürte sie plötzlich Juliens Hand fest auf ihrer.

»Ich kann mir vorstellen, dass du sehr wütend auf deinen Bruder bist«, sagte er mitfühlend. »Möchtest du darüber reden?«

Torie befreite ungeduldig ihre Hand. Mitleid war das Letzte, was sie jetzt gebrauchen konnte.

»Maurice hat mich über all die Jahre in dem Glauben gelassen, dass er tot ist«, erwiderte sie aufgebracht. »Und jetzt erfahre ich, dass es ihm prima geht. Mein Bruder hat nicht einmal den Anstand, es mir selbst zu schreiben.«

»Er wird seine Gründe haben, glaub mir«, ergriff Julien zu allem Übel auch noch Partei. »Der Krieg hat viele Männer verändert und sie aus der Bahn geworfen. Er wollte dich sicher nicht verletzen.«

Seine friedenstiftenden Worte erreichten bei Torie das genaue

Gegenteil. »Dann passt ihr zwei Männer ja hervorragend zusammen!«, blaffte sie.

»Wie meinst du das?« Julien wirkte betroffen.

»So, wie ich es sage. Du wolltest doch plötzlich auch nichts mehr mit mir zu tun haben.« Torie nahm nun keine Rücksicht mehr. »Und ich dachte immer, wir wären Freunde.«

»Aber ... aber ich hab dir geschrieben!« Julien schüttelte entrüstet den Kopf. »Du warst es, die mir nicht geantwortet hat, nachdem ich dir aus dem Lazarett geschrieben hatte.« Seine Miene versteinerte sich. »Ist ja auch wohl verständlich. Wer will sich schon mit einem Krüppel abgeben!«

Torie sah ihn entrüstet an. »Ich hab von deiner Verwundung über deine Eltern erfahren«, stellte sie richtig. »Von dir kam nie ein Brief an mich. Du musst nicht die Unwahrheit sagen, nur weil es dir jetzt peinlich ist.«

»Ich hab's nicht nötig zu lügen.« Julien war nun ebenso verärgert wie sie. »Ich könnte dasselbe dir unterstellen ...«

»Nun ist es aber genug!«, unterbrach Fernand ungeduldig den Streit. »Viele Briefe haben während des Krieges ihr Ziel nicht erreicht.« Er sah sie beide strafend an. »Vielleicht schafft ihr zwei Streithähne das ja einfach zu akzeptieren.«

Torie warf Julien einen kurzen Blick zu, doch für sie war die Sache noch nicht ausgestanden. »Und wenn schon! Wenn dir etwas an unserer Freundschaft gelegen wäre, hättest du mir auch aus Amerika schreiben können. Wir wollten einmal zusammen die Technik von Fahrzeugen verbessern. Wieso hast du nicht den Mut gehabt, mir zu sagen, dass du lieber mit Wörtern hantierst?«

Ihre aufgestauten Gefühle suchten sich mit einem Mal ein Ventil. Ihr war es in diesem Augenblick sogar egal, dass sie sich eine Blöße gab.

»Mit einem kaputten Bein taugt man eben nicht mehr zum

Mechaniker«, entgegnete Julien nicht minder angriffslustig. Demonstrativ erhob er sich von seinem Stuhl und zeigte ihr sein steifes Bein. »Dieser Traum war ausgeträumt, bevor er überhaupt begonnen hat«, fügte er verbittert hinzu. Sein Blick wurde hart. »Du solltest nicht über Menschen urteilen, deren Beweggründe du nicht kennst. Das gilt für mich wie für deinen Bruder!«

Obwohl Torie wusste, dass in Juliens Worten zumindest ein Fünkchen Wahrheit lag, war sie viel zu verletzt, um noch irgendetwas zugeben zu können. »Nun, dann ist ja alles zwischen uns beiden geklärt«, erwiderte sie feindselig.

Sie entschuldigte sich bei Fernand und Babette für die Ungelegenheiten. Ohne auf Babettes Bitte zu bleiben zu reagieren, verließ sie das Haus.

Die unliebsame Auseinandersetzung mit Julien brachte Torie, nachdem sich ihr Gemüt etwas beruhigt hatte, allerdings dazu, Maurice' Situation auch einmal von einer anderen Seite zu betrachten. Konnte sie sich überhaupt eine Vorstellung davon machen, was der Verlust der Geliebten, eines ungeborenen Kindes und des besten Freundes bedeutete? Ihr Bruder musste eine schreckliche Zeit durchlitten haben. Vermutlich hatte es gar nichts mit ihr zu tun, dass er sie im Glauben gelassen hatte, verschollen zu sein. Sie schämte sich für ihren Egoismus, auch wenn das Gefühl des Verletztseins blieb.

Was ihr im Nachhinein zudem leidtat, war der Streit mit Julien. Sie hatte ihre Enttäuschung über Maurice einfach auf ihn übertragen. Nach längerem Nachdenken entschloss sie sich schließlich zu einer ausführlichen Antwort auf Clarissas Brief. Sie schrieb auch an Maurice, dem sie mitteilte, wie sehr sie sich freute, wieder von ihm zu hören. Seine Antwort ließ nicht lange auf sich warten. Er bat sie zwar nicht ausdrücklich um Verzeihung, wie sie es sich gewünscht hätte, doch er lud sie zu seiner Hochzeit ein. Leider war es Torie in der Kürze der Zeit nicht möglich, nach Berlin zu reisen. In der Werkstatt war viel zu tun, da die Sahara-Mission bevorstand und jede Hand gebraucht wurde. Sie versprach ihrem Bruder jedoch, ihn und Clarissa sobald wie möglich in Berlin zu besuchen. Bis dahin sollte allerdings noch einige Zeit vergehen.

Torie stürzte sich in ihre Arbeit. Schon bald zeigte ihr Einsatz erste Erfolge, ihre Findigkeit und ihr Pragmatismus weckten das Interesse von Adolphe Kégresse. Dem Ingenieur war längst aufgefallen, wie geschickt sie an komplizierte Probleme heranging – oft fand sie ebenso einfache wie raffinierte Lösungen. Als der technische Direktor sie eines Tages aufforderte, sich an der École Polytechnique für ein Ingenieursstudium zu bewerben, fühlte sich Torie sehr geehrt. Doch dann musste sie feststellen, dass sie sich gar nicht mehr so sicher war, ob sie überhaupt noch studieren wollte. Die Arbeit bei Citroën war zu einer Leidenschaft geworden, und sie fand ihre Erfüllung darin. Sie identifizierte sich mehr mit dem Unternehmen Citroën, als sie es jemals für möglich gehalten hatte. Der quirlige Unternehmer verstand es nicht nur, immer wieder neue technische Herausforderungen anzupacken, sondern die Menschen über die Grenzen hinaus mit seiner Begeisterung anzustecken.

Die unerschöpfliche Kreativität, die Citroën an den Tag legte, steckte nicht nur Torie an. Erst neulich hatte er alle Welt zum Staunen gebracht, als er anlässlich des 17. Salon de l'Automobile in Paris damit geworben hatte, dass es von nun an technisch möglich war, riesige Spuren an den Himmel zu malen. Am Tag zuvor hatte Citroën durch Zeitungsanzeigen die Pariser neugierig gemacht. *Wenn morgen schönes Wetter ist, schauen Sie in den Himmel!*, hatte er schreiben lassen und damit zahlreiche Besucher an die

Ufer der Seine gelockt. Torie und ihre Kollegen waren selbst Zeugen geworden, als er mit einem Flugzeug, das Rauchwolken ausstieß, kilometerhoch am Himmel das Wort CITROËN schreiben ließ. Damit hatte er seinen Namen in aller Munde gebracht.

Aktionen wie diese, aber viel mehr noch die Herausforderungen bei ihrer Arbeit hatten in Torie den Wunsch immer größer werden lassen, Teilnehmerin der nächsten Citroën-Expeditionen zu werden. Zweifel an ihrer Qualifikation hatte keiner. Doch jedes Mal, wenn sie einen ihrer Vorgesetzten daraufhin ansprach, wurde sie nur milde belächelt. Sowohl Kégresse als auch Citroën erkannten ihre Fähigkeiten an, eine Frau war ihrer Meinung nach dennoch kein geeignetes Expeditionsmitglied. »Als Mann wären Sie unschlagbar«, versuchte Kégresse sie einmal zu trösten. »Als Frau dagegen würden Sie nur Unruhe in den Kader bringen.«

Torie war nicht bereit, das einzusehen. Sie wusste, dass sie das Zeug zu einer Expeditionsmechanikerin hatte. Außerdem fand sie, dass das Problem bei den Männern lag und nicht bei ihr. Deshalb nahm sie sich fest vor, einen Weg zu finden, den Expeditionsleiter Audouin bei einem seiner nächsten Besuche in Paris von ihrer Nützlichkeit zu überzeugen.

Als die erste Wüstendurchquerung am 14. Dezember 1922 in Touggourt im Nordwesten Algeriens gestartet war, verfolgte Torie noch ohne Chance auf eine Teilnahme von Paris aus die Ereignisse. Fünf Halbkettenfahrzeuge, an deren Entwicklung sie mitgearbeitet hatte, durchfuhren erfolgreich die Sahara, bis sie am 7. Januar 1923 Timbuktu in Mali erreichten. Von dort ging es dieselbe Strecke wieder zurück.

Tories Kollege Gabriel hatte als Mechaniker die Ehre gehabt, an der Expedition teilzunehmen. Als er mit einem Koffer voller Anekdoten Anfang April von seiner Reise heimkehrte, ließ Torie ihn nicht mehr in Ruhe, bis er ihr jedes Detail geschildert hatte. Gabriel schwärmte immer wieder von Maurice Penaud, dem Chefmechaniker der Expedition.

»Er ist ein Pfundskerl«, schwärmte er, »und kann gar nicht genug kriegen vom Abenteuer. Gerade ist er auf der Suche nach Dokumenten, die der deutsche Afrika-Forscher Rohlfs dort 1874 zurückgelassen hat. Ich bin dagegen froh, wieder mein ruhiges Leben in Paris leben zu dürfen.«

Torie konnte das nicht verstehen. Sie beneidete Gabriel glühend für seine Erlebnisse und Erfahrungen. Sie las alle Artikel in jeder Zeitung in allen Sprachen, denen sie mächtig war. Dabei stieß sie zu ihrer großen Überraschung auf einen Bericht von Julien in der *New York World*, für die er als Auslandskorrespondent berichtete. Er schilderte in allen Einzelheiten die Vorbereitungen und die Durchführung der Sahara-Mission. Der Artikel war ebenso kenntnisreich wie sorgfältig recherchiert, was Torie Julien plötzlich mit ganz anderen Augen sehen ließ.

Noch im selben Jahr stand eine zweite Sahara-Mission an. Torie kam zu ihrem großen Bedauern auch dieses Mal nicht in die engere Auswahl, obwohl sie sich erneut um einen Expeditionsplatz beworben hatte. Doch dann tat sich unerwartet eine Chance auf. Einer der gesetzten Mechaniker fiel wegen Krankheit überraschend aus. Kégresse musste schnell für Ersatz sorgen. Um herauszufinden, wer dazu am besten geeignet war, veranstaltete er einen kleinen Wettbewerb zwischen den Bewerbern, zu denen auch Torie gehörte: Wer ein bestimmtes Werkstück innerhalb kürzester Zeit mit möglichst wenigen Werkzeugen reparieren konnte, sollte der richtige Kandidat sein.

Da nicht alle Mechaniker von Kégresse so abenteuerlustig wie Torie waren, hatte sich außer ihr nur noch Mattéo Calvin gemeldet. Auf den ersten Blick war er ihr in allen Bereichen überlegen.

Er war ein guter Autoschlosser mit soliden Kenntnissen und hatte viel mehr Erfahrung als sie. Außerdem strotzte er vor Selbstbewusstsein und kannte bereits den Expeditionsleiter. Sein größter Vorteil aber war, dass er ein Mann war. Torie fürchtete anfangs, dass man ihr bereits die Teilnahme an dem Wettbewerb untersagen würde, doch Kégresse hatte überraschenderweise keine Einwände. Allerdings beschwerte sich Calvin bereits im Vorfeld.

»Der Test ist völlig überflüssig. Jeder hier weiß, dass ich der Beste bin«, tönte er großspurig.

Kégresse ließ sich davon nicht beeindrucken. »Wenn dem so ist, wird es Ihnen ja nicht schwerfallen, das auch zu beweisen.«

Er stellte Torie und ihrem Kontrahenten die Aufgabe, eine gebrochene Lenkstange für einen Anhänger zu reparieren. Ein scheinbar einfacher Auftrag, der zwar Kraft, aber keinerlei Erfindungsreichtum erforderte. Calvin erkannte sofort seinen Vorteil und demonstrierte Torie seine Überlegenheit.

»Du brauchst gar nicht erst anzutreten, du Hänfling«, spottete er. »Bis du das Schweißgerät am Laufen hast, bin ich längst fertig.«

»Das werden wir ja sehen!«

Torie gab sich unbeeindruckt, obwohl sie fürchtete, dass er recht haben konnte. Aber dann kam ihr die Idee, dass die gebrochene Stange nicht nur repariert, sondern verbessert werden konnte. Wie erwartet war Calvin mit dem Schweißen schneller. Während er die Stange bereits wieder am Anhänger montierte, konstruierte Torie einen Sicherheitshaken, der sich in die Anhängerkupplung einsetzen ließ, damit sich der Anhänger nicht mehr so leicht aus der Verankerung lösen konnte. Sie hatte in einem der Technikberichte der ersten Expedition gelesen, dass dies auf unwegsamem Gelände öfter der Fall gewesen war. Calvin hatte sich offenbar nicht die Mühe gemacht, so tief in die Materie einzudringen.

Als Torie ihr Werkstück präsentierte, sah Calvin sich längst als Sieger des Wettbewerbs. Lässig rauchend lehnte er an seinem Anhänger und wartete darauf, dass Kégresse ihn als neues Expeditionsmitglied ernannte. Doch der Ingenieur besah sich die Arbeiten genauer. Als er Tories einfache, aber effektive Konstruktion sah, zeigte er sich auf seine zurückhaltende Art angetan.

»Das ist in der Tat eine Verbesserung«, brummte er kopfnickend. »Keine Ahnung, weshalb da nicht schon jemand früher drauf gekommen ist.«

Torie schöpfte zaghaft Hoffnung.

»Ich war aber eindeutig der Schnellere«, mischte sich Calvin sofort selbstbewusst ein. »Das war die Aufgabe und nichts anderes.« Er lachte hämisch. »Außerdem hat sie sowieso keine Chance.«

»Nun, in erster Linie ging es mir tatsächlich um Schnelligkeit.« Kégresse strich sich über den Schnurrbart. »Tories Lösung bringt uns allerdings mehr Vorteile als Ihre, Calvin«, sagte er schon sehr viel entschiedener. »Technisch gesehen ist sie Ihnen eindeutig überlegen.«

»Das ist doch lächerlich!«, begehrte Calvin auf.

Er wurde unterbrochen, denn ein zackig auftretender Mann in einem eleganten Anzug hatte soeben die Werkstatt betreten und eilte auf Kégresse zu.

»Bonjour, Adolphe«, begrüßte er diesen mit einem herzlichen Handschlag. Gleichzeitig nickte er Torie und Mattéo Calvin kurz zu. »Ich wollte nicht gehen, ohne mich auch von Ihnen zu verabschieden«, verkündete er. »Gleich morgen geht es wieder zurück nach Algier und von dort in die Sahara ...«

Die beiden Männer tauschten ein paar Höflichkeiten aus, denen Torie entnahm, dass der Mann Louis Audouin-Dubreuil war, der Expeditionsleiter der Sahara-Missionen, den alle der

Einfachheit halber nur Audouin nannten. Sie hatte schon viel über ihn gelesen. Er war ein hochdekorierter Offizier im Krieg gewesen und hatte als Pilot in der Sahara erfolgreich gekämpft.

Eben erzählte Kégresse ihm, dass er gerade dabei war, den Ersatz für den ausgefallenen Mechaniker zu wählen.

Calvin nutzte die günstige Gelegenheit, um sich ins Spiel zu bringen. »Es ist mir eine große Ehre, dass ich der neue Mann in Ihrem Mechanikerteam sein werde, Monsieur Audouin«, mischte er sich in die Unterhaltung ein. »Ich habe soeben Monsieur Kégresse bewiesen, wie schnell und gründlich ich arbeite, nicht wahr?« Er warf seinem Chef einen lauernden Blick zu.

Calvins selbstsicheres Auftreten brachte Torie beinahe aus der Fassung. Sie linste in Kégresse' Richtung, in der Hoffnung, dass er wiederholte, was er gerade zu ihr gesagt hatte, nämlich, dass sie die bessere Mechanikerin war. Tatsächlich war er loyal genug, um auf ihr Werkstück zu deuten.

»Ich befinde mich in einem Dilemma, das vermutlich nur Sie entscheiden können«, meinte der Ingenieur, wobei er vermied, Torie anzusehen. »Diese junge Dame, eine sehr begabte Mechanikerin, hat einen Sicherheitshaken für das Ankoppeln von Anhängern erfunden.« Er führte kurz die Technik vor. »Eine ebenso einfache wie effektive Idee«, lobte er Torie mit einem anerkennenden Nicken. »Nun, ich habe versprochen, dass derjenige, der ein bestimmtes Werkstück innerhalb kürzester Zeit mit möglichst wenigen Werkzeugen reparieren kann, die nächste Expedition als Mechaniker begleiten darf ...« Kégresse hob die Schultern. »Calvin war eindeutig der Schnellere, Tories Kreativität dagegen könnte von noch größerem Vorteil sein.«

Audouin hob missbilligend die Augenbrauen. »Verlangen Sie jetzt etwa, dass ich entscheide, welcher Ihrer beiden Leute uns begleiten soll?« Er sah von Calvin zu Torie und dann wieder zu

Calvin. »Nun, da muss ich nicht lange nachdenken«, meinte Audouin schließlich. »Es wird zweifelsohne Calvin sein.« Er lächelte Torie galant zu. »Bitte verstehen Sie mich nicht falsch, Mademoiselle, aber Frauen bringen in einer reinen Männertruppe nur Ungemach. Trotzdem Chapeau! Ihre Erfindung wird uns immerhin begleiten!«

Torie blieb nichts anderes übrig, als dem hämisch triumphierenden Mattéo Calvin den Vortritt zu lassen.

4

Torie konnte sich nicht damit abfinden, dass man sie erneut zurückgewiesen hatte. Jeder in der Mannschaft wusste, wie geschickt sie war, und dennoch wurden ihre Leistungen immer gering geschätzt. Enttäuscht über diese Ungerechtigkeit beschloss sie, sich erneut an Citroën zu wenden. Doch als man ihr im Sekretariat unfreundlich mitteilte, dass der *patron* derzeit in Detroit bei Henry Ford weilte, musste sie unverrichteter Dinge wieder abziehen. Da sie die Sache keinesfalls auf sich beruhen lassen wollte, schrieb sie Citroën erneut einen ausführlichen Brief, in dem sie ihm darlegte, weshalb sie der Meinung war, dass gerade in Zeiten wie diesen Frauen dieselbe Chance bekommen mussten wie Männer.

Ungefähr einen Monat später bestellte Kégresse Torie zu sich ein. »Trauen Sie sich zu, Ihr praktisches Wissen auf die Theorie zu übertragen?«, erkundigte er sich zu ihrer Überraschung. »Ich möchte, dass Sie künftig direkt in meiner Entwicklungswerkstatt mitarbeiten. Es geht um die technischen Details des neuen P2.«
»Des P2?«
Torie hielt vor Aufregung die Luft an. Nur ganz wenige Mechaniker waren in die Entwicklung des neuen Prototyps der Halbraupenfahrzeuge eingeweiht.
»In spätestens zwei Jahren muss er in der Lage sein, Afrika

zu durchqueren«, fuhr Kégresse fort. »Sie werden viel Neues lernen müssen: Konstruktionspläne erstellen, komplizierte Berechnungen machen und so weiter ... Trauen Sie sich zu, sich darauf einzulassen?« Er sah ihr prüfend in die Augen. »Das bedeutet Überstunden, jede Menge technische Probleme und vor allem absolute Geheimhaltung. Wir müssen uns auf Sie verlassen können!«

»Ich werde Sie nicht enttäuschen!«

Mit der Arbeit in der Entwicklungsabteilung musste Torie sich ganz neuen Herausforderungen stellen. Kégresse stellte sich als guter Lehrmeister heraus, auch wenn er sie mit Aufgaben überschüttete. Außer täglichen Überstunden verlangte er, dass sie sich nach Feierabend weiterbildete. Beinahe jede Woche schleppte er neue Bücher an, die sie an den Abenden und am Wochenende durcharbeiten sollte. Torie gehörte nun zu dem engen Kreis von Mitarbeitern, die an den technischen Herausforderungen der nächsten Afrika-Tour beteiligt waren. Je mehr sie damit zu tun bekam, desto schmerzlicher wurde ihr bewusst, dass ihre Chancen, an weiteren Expeditionen teilnehmen zu dürfen, wieder nicht sehr gut standen. Immerhin war nicht ganz ausgeschlossen, dass sie mit der Ausrüstungsmannschaft in die Sahara reisen durfte.

Im Frühjahr 1924 kehrten die Mitglieder der zweiten Sahara-Mission erfolgreich zurück. Das Unterfangen war zu einem Wettrennen zwischen den Geländefahrzeugen der Firma Renault und der Firma Citroën geworden. André Citroën, der sich wie die Leute von Renault als Sieger fühlte, ließ am Quai de Grenelle einen festlichen Empfang ausrichten.

Torie und ihre Abteilung waren ebenfalls eingeladen. Anlässlich der Festlichkeiten hatte sie sich zum Friseur begeben und einen modischen Bob schneiden sowie eine Wasserwelle legen lassen. Sie fand die Kurzhaarfrisur praktischer als die lästigen langen Haare. Außerdem hatte sie sich ein modisches Hemdkleid von ihrem Gehalt geleistet, dessen Fransen am Saum locker ihre Waden umspielten, dazu Mary-Janes-Schuhe mit hohen Absätzen. Es hatte ihr sogar Spaß gemacht, sich endlich einmal wieder hübsch zu machen, nachdem sie wochenlang nicht mehr aus ihrem verschmutzten Overall herausgekommen war. Die neue Garderobe hatte sie sich allerdings hauptsächlich wegen ihrer bevorstehenden Reise nach Berlin zugelegt – das Wiedersehen mit ihrem Bruder und der besten Freundin hatte sie schon viel zu lange aufgeschoben. Sie wollte sich unbedingt mit Maurice aussprechen.

Torie platzierte sich in der Nähe der Tribüne und sah zu, wie Monsieur Citroën in Begleitung seiner Gemahlin auf die Bühne trat, um die Anwesenden zu begrüßen. Giorgina nickte ihr freundlich zu, was sie mit einem dankbaren Lächeln erwiderte. Die Frau des Unternehmers sah immer noch umwerfend aus, auch wenn sie in der Zwischenzeit bereits drei Kinder bekommen hatte. Etwas wehmütig erinnerte sich Torie an jenen Nachmittag einige Jahre zuvor, als sie sich zum ersten Mal beim Verkauf der väterlichen Fabrik begegnet waren. Seither war sie einige Male zum Tee eingeladen worden, doch in letzter Zeit waren ihre Treffen seltener geworden – Giorgina hatte mit ihrer wachsenden Familie und ihren gesellschaftlichen Verpflichtungen offenbar genug zu tun. Torie bedauerte dies sehr. Unter anderen Umständen wären Giorgina und sie womöglich Freundinnen geworden. Doch sie gehörte nun mal einer anderen Gesellschaftsschicht an, die sie mit ihrer Entscheidung, Technikerin zu werden, bewusst in Kauf genommen hatte.

André Citroën hob seinen Stock und machte damit das Publikum auf sich aufmerksam. Das Gespräch der Anwesenden verebbte beinahe sofort.

»Mesdames! Messieurs! Darf ich Ihre geschätzte Aufmerksamkeit zunächst auf die Messieurs Louis Audouin-Dubreuil und Georges-Marie Haardt lenken, die uns nach ihrer erfolgreichen Sahara-Mission heute beehren? Im Namen aller hier Anwesenden möchte ich die Herren Expeditionsleiter und ihre Mannschaft herzlich in unserem großartigen Vaterland Frankreich zurückbegrüßen ...« Citroën legte eine gekonnte Kunstpause ein, um dem Publikum die Gelegenheit zu geben, die beiden Ehrengäste, die in der ersten Reihe der Zuhörer saßen, zu begutachten. Nachdem er sorgfältig seine Weste glatt gestrichen hatte, kam er zum Kern der Rede. »Dank dem unermüdlichen Einsatz aller Beteiligten ist es unserem Unternehmen ein weiteres Mal gelungen, bahnbrechend Neues auf den Weg zu bringen. Wir leben im 20. Jahrhundert, das nach der Industrialisierung des letzten Jahrhunderts noch viel größere technische Errungenschaften für uns bereithalten wird. Ich sage Ihnen hier und jetzt voraus, dass bereits in wenigen Jahrzehnten fast jeder Bürger in unserem Land ein eigenes Automobil fahren wird. Mit dem 5CV Torpedo, auch Kleeblatt genannt, haben wir den ersten wirtschaftlichen Kleinwagen in Europa geschaffen. Nach dem Vorbild des T-Modells meines werten Kollegen Henry Ford aus Detroit in den USA sind auch wir seit einiger Zeit in der Lage, Automobile auf dem Fließband herzustellen. Mittlerweile sind wir zu Vorreitern in der Welt der Automobiltechnik geworden.«

Das Publikum applaudierte.

»Bravo!«, rief jemand.

»Wie Ihnen vermutlich bekannt sein dürfte«, fuhr Citroën dankend lächelnd fort, »haben wir zum ersten Mal Karosserien geschaffen, die komplett aus Stahl bestehen, statt wie bisher aus Holz und Stahlblech. Diese Robustheit erlaubt es uns, auch in anderen Bereichen zu expandieren. Bei CITROËN geht es nicht nur um Autos, nein! Der Transport vieler Menschen in Bussen ist für uns ebenso wichtig. Lassen Sie mich hier erwähnen, dass unser Hochgeschwindigkeitsnetz aus Bussen mittlerweile großen Anklang in der Bevölkerung findet. Vielen Reisenden wird dadurch ermöglicht, zwischen verschiedenen Städten hin- und herzufahren. So kommen auch diejenigen in den Genuss eines Citroën-Fahrzeugs, die bislang noch keines unserer Automobile ihr eigen nennen …« Citroëns Augen blinzelten vergnügt hinter seiner Nickelbrille, als er aus dem Publikum erneut »Bravo«-Rufe vernahm. »Nun haben wir unser Händlernetz erweitert, um auch Städte wie Brüssel, Amsterdam und Mailand versorgen zu können. Jeder in Europa soll bald in der Lage sein, eines unserer Fahrzeuge benutzen oder erwerben zu können …«

»Ein Hoch auf Citroën!«, rief ein Herr aus der ersten Reihe, was erneuten Beifall und lautes Gemurmel nach sich zog.

André Citroën war nicht nur ein begnadeter Redner, er wusste auch, wie er sein Publikum auf seine Seite ziehen konnte. Seine eigene Begeisterung sprang wie ein Funke auf die Anwesenden über. Wie kein anderer Unternehmer verstand er es, alle einzubinden, vor allem seine Mitarbeiter, die das Gefühl vermittelt bekamen, Teil dieses wunderbaren Organismus CITROËN zu sein. Genau im richtigen Augenblick erhob Citroën erneut die Hände, um die Aufmerksamkeit zurückzubekommen.

»Das alles soll Ihnen, werte Gäste, nur zeigen, wozu wir fähig sind. Während der erfolgreichen zweiten Sahara-Mission, die wir im Wettstreit mit unserem Konkurrenten Renault durchgeführt haben, haben wir wertvolle Erkenntnisse gewonnen, die unsere Überlegenheit in Zukunft nur noch mehr herausstreichen wird. Auch wenn es während des Rennens zwischen Monsieur Audouin und Monsieur Georges Estienne von Renault keinen eindeutigen Sieger gab, haben wir die Sahara bezwungen!« Torie stimmte in das wohlwollende Gelächter der Zuhörer mit ein. »Was wie eine sportliche Rallye anmutete, war in Wahrheit für uns nur die Testfahrt für neue Konstruktionstechniken. Was ich Ihnen hier und jetzt verkünden werde, wird jedoch alles, was bislang auf die Beine gestellt wurde, in den Schatten stellen. Schon in wenigen Monaten werden wir eine Langstreckenfahrt wagen, die bislang noch kein Mensch auf dieser Erde gewagt hat. Wir werden die Ersten sein, die mit motorisierten Fahrzeugen nicht nur die Sahara, sondern ganz Afrika durchqueren.«

Ein Raunen ging durch die Menge. Torie war natürlich bereits in die Idee eingeweiht und umso gespannter, wie viel Citroën von der bevorstehenden Expedition verraten würde. Seit Monaten waren alle aus Sicherheitsgründen zu strengster Geheimhaltung verpflichtet worden, obwohl jeder Einzelne nur wenige Details kannte. Ihre Spezialabteilung, die mittlerweile den Namen »Afrika« trug, stand seit geraumer Zeit in engem Kontakt mit einem Technikbetrieb in Colomb-Béchar in der algerischen Sahara. Von dort erhielten sie von Ingenieur Charles Brull technische Informationen über die in der Wüste erprobten Halbkettenfahrzeuge. Maurice Penaud, der an diesem Tag nicht anwesend war, unternahm Testfahrten, um die Widerstandsfähigkeit der Raupen in der Felswüste zu prüfen. Ziel war es, die Prototypen zu verbessern, um jedes noch so kleine technische Problem im Vorfeld zu lösen. Sämtliche abgenutzten und kaputten Teile wurden abfotografiert und ihnen zur Untersuchung zugeschickt. Alle arbeiteten auf Hochtouren und suchten fieberhaft nach technischen Lösungen. Sie waren darüber informiert, dass Renault ebenfalls eine Afrika-

Expedition plante. Es stand zu befürchten, dass der Konkurrent Spione auf sie ansetzte.

Citroën kam zum Ende seiner Rede. »Gestatten Sie mir, Mesdames, Messieurs, Ihre Ungeduld noch ein wenig länger zu strapazieren«, verkündete er mit seinem spitzbübischen Grinsen, »aber ich verspreche Ihnen hoch und heilig, dass man schon bald von nichts anderem als dieser neuen Afrika-Expedition reden wird. Merken Sie sich den Namen CITROËN Centre Afrique! Er wird in die Geschichtsbücher eingehen und nicht nur eine technische Herausforderung werden, sondern neue wissenschaftliche Erkenntnisse mit sich bringen! Genießen Sie den Tag, werte Herrschaften, und vergnügen Sie sich nun am Büfett. *Vive la France!*«

Unter jubelndem Applaus trat Citroën am Arm seiner Gattin von der Bühne und gesellte sich zu den Ehrengästen. Torie wartete, bis sich die Menge ein wenig zerstreut hatte. Dann spazierte sie zum Getränkebüfett, um sich ein Glas Bowle zu holen. Mit ihrem Glas in der Hand begab sie sich schließlich weiter an den Rand des Geschehens und beobachtete in Ruhe die anwesenden Gäste. Es war ein wunderschöner milder Tag, der den nahenden Sommer ankündigte. Während sie an ihrer Bowle nippte, schlenderte Giorgina Citroën auf sie zu.

»Sie sollten nicht allein hier stehen, Torie.« Die vertraute Ansprache tat ihr gut. Die Unternehmergattin lächelte ihr wohlwollend zu. »Ich freue mich, Sie zu sehen. André berichtet mir hin und wieder von Ihrem Tatendrang.«

»Oh, hoffentlich nichts Unangenehmes.« Torie errötete, weil sie davon ausging, dass sie auf ihren letzten Brief anspielte.

»Ganz im Gegenteil. Uns beiden gefällt, über was Sie sich Ihre Gedanken machen ...« Giorgina zwinkerte ihr verschwörerisch zu. »Und gerade deswegen möchte ich mich mit Ihnen unterhalten.« Selbstverständlich hakte sie sich bei ihr unter. »Lassen Sie uns ein wenig durch den Park spazieren«, schlug sie gut gelaunt vor. »Und dann erzählen Sie mir, wie es Ihnen geht!«

»Wie Sie wünschen, Giorgina.« Torie fühlte sich geschmeichelt und sofort wieder an ihre erste Begegnung erinnert. Diese Frau machte es einem leicht, sie zu mögen.

»André und ich haben einen Narren an Ihnen gefressen«, verriet Giorgina, als hätte sie Tories Gedanken erraten. Sie blieb stehen und sah sie an. »Hat sich denn Ihr Herzenswunsch erfüllt?«, fragte sie aufrichtig interessiert.

Torie war sich nicht sicher, wie offen sie sein durfte. »Ist das wichtig?«, antwortete sie ausweichend.

Giorgina lachte amüsiert. »Kommen Sie, Torie! Sie können in meiner Gegenwart ruhig reden. Ich weiß mehr, als Sie denken! Als Sie damals in Ihrem jugendlichen Alter den Wunsch äußerten, Mechanikerin zu werden, war mir sofort klar, dass Ihnen das auf Dauer nicht reichen wird. Sie sind viel zu klug und neugierig, um sich damit zufriedenzugeben. Sie wollen selbst etwas auf die Beine stellen. In Ihnen steckt eine Abenteurerin, aber auch eine Unternehmerin. Das habe ich längst erkannt.«

»Das waren die Träume eines kleinen unbedarften Mädchens«, sagte Torie, ohne sich den Anflug an Sarkasmus verkneifen zu können.

»Da spricht eine Menge Bitterkeit aus Ihnen«, stellte Giorgina bedauernd fest. »Aber ich weiß sehr genau, was Sie denken. Sie fühlen sich als Frau benachteiligt, das kann ich sehr gut nachvollziehen! André hat mir Ihren Brief gezeigt.« Sie blieb stehen und musterte Torie eingehend. »Hätten Sie wirklich den Mut, an der Mission Centre Afrique teilzunehmen?«

»Ich habe fachlich alle Voraussetzungen dazu«, entgegnete Torie trotzig. »Selbst Monsieur Kégresse dürfte mir mittlerweile allerhand zutrauen. Und was das Wagnis betrifft, davor fürchte ich mich nicht.« Sie schnaubte verächtlich.

Giorgina lachte kurz auf. »Ich kann Ihren Unmut sehr gut verstehen«, gab sie ihr nochmals recht. »Es ist nicht fair, dass man uns Frauen in vielen Bereichen immer noch keine Mitbestimmung gewährt. In Zukunft wird sich bei uns in Frankreich so einiges ändern müssen. In Deutschland sind die Frauen schon seit über fünf Jahren wahlberechtigt. Und wir sind noch meilenweit davon entfernt ...« Sie runzelte nachdenklich die Stirn. »Vielleicht müssen wir einfach kreativer werden, um unsere Ziele zu erreichen.«

»Und wie soll das gehen?« Torie hielt Giorginas Meinung für eine alberne Utopie.

»Mit Intelligenz und Einfallsreichtum. Im Krieg sind alle Waffen erlaubt.« Giorginas Aufmerksamkeit wurde plötzlich von einem winkenden Mann abgelenkt. »Oh, ich glaube, ich werde erwartet.« Sie ließ Tories Arm los. »Es tut mir leid, dass wir unser anregendes Gespräch vorläufig beenden müssen«, bedauerte sie aufrichtig. »Lassen Sie den Kopf nicht hängen, ich werde sehen, was ich für Sie tun kann. Wir Frauen müssen schließlich zusammenhalten!« Mit einem erneuten Augenzwinkern eilte sie davon.

Das Knurren ihres Magens, das sie kaum ignorieren konnte, lenkte Tories Gedanken auf weltlichere Dinge. Sie schlenderte zum Büfett und reihte sich in die lange Schlange davor ein. Kurz vor ihrem Ziel näherte sich ein groß gewachsener Mann und stellte sich dreist vor sie, um sich einen Teller mit Leckereien zu nehmen.

»Unverschämtheit!«, entrüstete sich Torie. »Stellen Sie sich gefälligst hinten an!« Sie entriss ihm kurzerhand den Teller.

»Ich kann aber nicht warten«, beschied sie der Mann unfreundlich. Sein starker Akzent wies ihn als Ausländer aus. »Geben Sie schon her!«

Er griff tatsächlich nochmals nach dem Teller, doch Torie brachte ihn mit einer geschickten Drehung aus seiner Reichweite. »Das könnte Ihnen so passen!«, schnaubte sie wütend und machte sich unter dem beifälligen Gemurmel einiger der Umstehenden aus dem Staub.

Der Mann rief ihr etwas Unverständliches hinterher, was sie stoisch ignorierte. Sie suchte sich einen ruhigen Platz an einem der Stehtische am Rande des Geschehens, um endlich zu essen.

»Darf ich?«

Torie sah ungehalten auf, stellte aber zu Ihrer Überraschung fest, dass sie den Störenfried kannte. »Julien!«

Seit der unangenehmen Auseinandersetzung fast zwei Jahre zuvor hatten sie sich nicht mehr gesehen. Ihr einstiger Jugendfreund stellte wie selbstverständlich seinen Teller neben dem ihren ab.

»Du ... du siehst irgendwie verändert aus«, stellte er perplex fest.

»Du ebenfalls«, gab Torie zurück. Die modischen Knickerbocker und das helle, kurzärmelige Hemd standen ihm überraschend gut. Die Schiebermütze verlieh ihm ein beinahe verwegenes Aussehen. »Was machst du hier?«

»Ich bewundere deine Kratzbürstigkeit.« Julien grinste vergnügt. »Dem Iacovlew hast du es auf jeden Fall gerade gezeigt!«

»Wieso wundert es mich nicht, dass du diesen ungehobelten Kerl kennst?«

»Kennen ist zu viel gesagt. Ich weiß nur, dass er bei der CITROËN Centre Afrique mitmacht.« Torie horchte auf. Sie hätte gern mehr darüber erfahren. Doch Julien hatte ein anderes Anliegen. »Ich bin froh, dich zu sehen«, wechselte er das Thema. »Unser letztes Zusammensein ist ziemlich schiefgelaufen.« Er grinste. »Ich glaube, dass du einiges falsch verstanden hast. Deshalb wollte ich jetzt die Gelegenheit ergreifen, um dir zu erklären, weshalb ich dir nach meiner Verwundung nicht mehr geschrieben habe. Damals …«

Torie war keinesfalls bereit, jetzt darüber zu reden. »Das ist vorbei und mittlerweile völlig ohne Bedeutung für mich«, unterbrach sie ihn grober, als beabsichtigt. »Lass uns über etwas anderes reden. Wieso bist du hier?«

Julien sah sie betroffen an, doch dann fasste er sich und schlug denselben nüchternen Ton an wie sie. »Ich bin hier als Vertreter der Presse. Die *New York World* möchte, dass ich über die neue Citroën-Expedition berichte. Sie wollen, dass ich von Anfang an dabei bin.«

»Das freut mich für dich!« Torie gönnte ihm tatsächlich seinen Erfolg. »Dann gehörst du zum Team?«

»Leider nicht.« Julien verzog das Gesicht und deutete auf sein steifes Bein. »Während der Tour wäre ich wohl mit dem hier ein Hindernis, aber ich werde mit einigen anderen Kollegen immer wieder von unterwegs berichten. Wir werden der Gruppe mit Flugzeugen nachzureisen versuchen.«

»Das wird bestimmt eine Herausforderung.« Sie deutete mit dem Kopf auf Iacovlew, der sich gerade mit Kégresse unterhielt. »Und was spielt er für eine Rolle?«

»Alexander ist ein anerkannter russischer Maler. Er soll von den Völkern Afrikas Porträts anfertigen für ethnografische Studien.«

»Du bist ja bestens informiert.« Tories sah ihn interessiert an.

Julien hob gleichmütig die Schulter. »Sonst wäre ich kein guter Reporter.« Er tat geheimnisvoll, aber dann rückte er mit einigen Details heraus, die ihr noch nicht bekannt waren. »Citroën plant nicht nur ein technisches Abenteuer. Er plant die größte Expedition, die jemals durch Afrika gemacht wurde«, verriet er ihr. »Ich habe herausgefunden, dass sogar der französische Staatspräsident ihm seine Unterstützung zugesagt hat. Auf seine Weisung hin haben das Kolonialministerium, die Luftfahrtbehörde, die Société de Géographie und das Naturkundemuseum ihm Forschungsaufträge erteilt. Auch ein Filmteam soll die Gruppe begleiten. Wenn Monsieur Citroën diese motorisierte Expedition tatsächlich gelingt, schreibt er Weltgeschichte. Hinzu kommt ...«

Ihre Unterhaltung wurde unterbrochen, als ausgerechnet der russische Rüpel mit zwei Gläsern Champagner auf sie zusteuerte und Torie eines davon auf den Tisch stellte. »Ich muss mich für meine Rücksichtslosigkeit gerade eben entschuldigen«, sagte er mit einem so gewinnenden Lächeln, dass sie ihm sein Benehmen spontan verzieh. Er schob das Glas in ihre Richtung, ohne von Julien Notiz zu nehmen. »Ich hatte seit zwei Tagen nichts mehr gegessen und war völlig unterzuckert ...« Er verzog das Gesicht. »Natürlich ist das keine akzeptable Entschuldigung, schon gar nicht vor einer so bezaubernden Dame, ich hoffe dennoch, Sie werden es mir verzeihen, Mademoiselle!« Seine zerknirschte Miene wirkte so komisch, dass Torie unwillkürlich lächeln musste. »Ich hatte allerdings nicht damit gerechnet, dass Sie sich wie ein Mann zur Wehr setzen«, fuhr der Maler theatralisch fort, was ihn endgültig für sie einnahm.

»Nun, wenn das so ist, werde ich noch einmal Gnade vor Recht ergehen lassen«, meinte sie mit einem huldvollen Augenzwinkern, bevor sie endlich das angebotene Glas nahm und seinen Toast erwiderte.

»*Santé!*« Iacovlew sah sie intensiv an, während er mit ihr anstieß. Seine hellbraunen Augen hatten etwas Hypnotisches. Überhaupt begann sie den Mann plötzlich auf eine andere Art zu sehen. »Leider muss ich mich auch schon wieder verabschieden«, meinte er jedoch viel zu schnell, nahm ihre Hand und hauchte einen Kuss darauf. »Wir sehen uns gleich wieder, in Ordnung?«, verabschiedete er sich mit einem charmanten Lächeln.

»Du bist ja ganz schön leicht zu beeindrucken«, hörte Torie Julien verstimmt sagen, während sie den Maler mit ihrem Blick verfolgte.

»Wie kommst du denn auf diesen Unsinn?«

»Merkst du nicht, dass der Kerl nur auf leichte Beute aus ist? Ich hätte dir wirklich mehr Augenmaß zugetraut!«

Torie ärgerte Juliens kritische Bemerkung. »Ach ja?«, kanzelte sie ihn unfreundlich ab. »Mal abgesehen davon, dass es dich rein gar nichts angeht, mit wem ich mich einlasse, hat dieser Iacovlew immerhin den Mumm, sich für seine Fehler zu entschuldigen. Das zeigt, dass er ein Ehrenmann ist. Außerdem hast du überhaupt kein Recht, eifersüchtig zu sein.«

»Ich bin nicht eifersüchtig«, knurrte Julien ungehalten. »Ich will dich nur vor Unheil bewahren.«

»Das kannst du dir sparen!«

»Dann möchte ich dir und deinem Ehrenmann auch nicht länger im Wege stehen. Ich habe ohnehin Wichtigeres zu tun.«

Mit einem knappen Kopfnicken stapfte Julien davon.

Noch während er davonging, bedauerte Julien seine einfältige Reaktion. Er wusste selbst nicht, was in ihn gefahren war. Wieso hatte er nicht einfach den Mund gehalten, als sich dieser russische Lackaffe an Torie herangemacht hatte? Sie war eine erwachsene junge Frau, die sehr gut auf sich allein aufpassen konnte. Und er hatte mit seiner dummen Bemerkung, jede Möglichkeit auf eine Aussöhnung verwirkt. Eigentlich hatte er nur ihre Nähe gesucht, um ein paar Dinge geradezurücken und ihr zu sagen, wie beeindruckt er davon war, wie sie ihr Leben in den letzten Jahren in die eigenen Hände genommen hatte.

Jedes Mal, wenn er ihr begegnete, stellte er erneut fest, wie viel sie ihm bedeutete. Seine Gefühle für sie waren nach wie vor vorhanden, auch wenn er sich alle Mühe gegeben hatte, sie zu vergessen. In Amerika hatte er die eine oder andere Frau kennengelernt, jedoch war keine von ihnen mit Torie zu vergleichen gewesen. Schon immer hatte er ihre Kraft und Entschiedenheit bewundert. Keine Frau, die er kannte, würde auf eine finanzielle Absicherung verzichten, nur um ihre Selbstständigkeit zu behalten. Anstatt auf eine standesgemäße Hochzeit mit einem vermögenden Mann ihrer Gesellschaftsklasse zu hoffen, hatte sie sich für ihren großen Traum entschieden und damit jedem Luxus entsagt.

Seit ihrer letzten Begegnung hatte er viel nachgedacht. Sein Vater hatte ihm mehrfach vor Augen geführt, wie sehr Torie unter Maurice' vermeintlichem Tod gelitten hatte. Dummerweise hatte er eine sehr lange Zeit gebraucht, bevor er begriffen hatte, dass es nur allzu verständlich war, dass sie Maurice' Untertauchen als Verrat gesehen hatte. Aufgrund seiner traumatischen Kriegserfahrung hatte er für ihren Bruder Partei ergriffen und schlimmer noch: Auch er hatte sich ihr entzogen. Damals, als er ins Lazarett eingeliefert worden war und hatte erkennen müssen, dass er niemals wieder so leben konnte wie zuvor, war er so verzweifelt gewesen, dass es ihm als das Beste erschienen war, sich Torie nicht mehr zuzumuten. Er hatte sich so wertlos gefühlt. Was sollte sie schon mit einem Nichtsnutz wie ihm anfangen, der nicht einmal mehr zum Mechaniker taugte? Erst in Amerika hatte er begriffen, dass sein Leben keinesfalls vorüber war, dass es noch andere Ziele gab, für die es sich zu leben lohnte.

Das Schicksal straft mich für mein Zuspätkommen, dachte er bitter. Er nahm sich ein Glas Champagner von der Theke und trank es in einem Zug leer, danach ging es ihm etwas besser. Er überlegte, es noch einmal bei Torie zu versuchen, doch dann sah er sie erneut mit diesem Iacovlew zusammenstehen und gab sein Vorhaben auf. Die beiden schienen sich prächtig zu verstehen. Torie wirkte so unbeschwert. Frustriert beschloss er zu gehen. Sein einziger Trost war, dass der russische Maler schon in den nächsten Tagen Paris verlassen würde.

5

»Das ist ihr Zug! Na endlich!«

Clarissa stellte sich auf die Zehenspitzen und reckte den Hals, als die ersten Reisenden im Qualm der Dampflokomotive aus dem Fernzug ausstiegen. Sie musste sich jedoch noch eine ganze Weile gedulden, denn ihre Freundin kam als eine der letzten Fahrgäste aus ihrem Waggon. Sie winkte ihr eifrig zu.

Endlich wurde sie auch von Torie entdeckt, die sich eilig einen Weg zu ihnen bahnte. Sie liefen freudestrahlend aufeinander zu und umarmten einander fest. Dann begannen sie beide gleichzeitig loszuplappern und sich zu versichern, wie sehr sie sich all die Jahre vermisst hatten. Erst als Maurice sich mit einem Räuspern bemerkbar machte, besann sich Clarissa. Torie hatte ganz offensichtlich nicht mit der Anwesenheit ihres Bruders gerechnet, denn sie versteifte sich plötzlich und wirkte sehr reserviert. Sie konnte nur ahnen, was gerade in ihrer Freundin vorging.

Auch Maurice zögerte, bevor er seiner Schwester unsicher zulächelte. »Herzlich willkommen in Berlin.« Er streckte ihr die Hand steif entgegen.

Torie musste sich sichtlich einen Ruck geben, bevor sie diese ergriff. »Bilde dir nur nicht ein, dass ich wegen dir gekommen bin«, sagte sie mit frostigem Lächeln.

»Wir sollten uns beeilen. Die nächste Elektrische kommt schon in wenigen Minuten«, versuchte Clarissa die Situation zu retten.

Sie wollte auf keinen Fall, dass die Geschwister sich schon am Bahnhof in die Haare gerieten. »Wir wollen schließlich keine Zeit verlieren! Ich habe allerlei für die kurze Woche geplant, die du bei uns verbringen wirst.«

Maurice nahm sich Tories Koffer an, und sie hakte sich bei ihrer Freundin unter, um sie aus dem Bahnhofsgebäude hinaus auf den Askanischen Platz zu begleiten. Sie nahmen die nächste Straßenbahn und fuhren durch den Lindentunnel in Richtung Dahlem zu ihrer Wohnung. Sie und ihre Freundin hatten sich auf der Fahrt viel zu erzählen, während Maurice sich vollkommen zurückhielt. Clarissa war sich sicher, dass ihn sein schlechtes Gewissen plagte. Er tat ihr leid, doch gleichzeitig wusste sie, dass sie sich nicht in diese Angelegenheit einmischen durfte. Torie und Maurice mussten selbst wieder einen Weg zueinander finden. Eine Station vor ihrem Ziel bot Maurice sich an auszusteigen, um ihnen aus einer angesehenen Konditorei Kuchen zu besorgen. Clarissa war sein Vorschlag nur recht, denn so hatte sie noch ein wenig ungestörte Zeit mit Torie. Seit ihrer Heirat wohnte Maurice ebenfalls in ihrer Atelierwohnung im dritten Stock eines gutbürgerlichen Mietshauses am Rande des Grunewalds.

Torie war froh, dass sie ihre geplante Reise nach Berlin noch vor ihrer Abfahrt nach Afrika hatte antreten können. Das Wiedersehen mit Clarissa war es auf alle Fälle wert. Ob sie hingegen ihrem Bruder jemals verzeihen konnte, dessen war sie sich nicht sicher. Er sollte ruhig sehen, dass sie gut auf ihn verzichten konnte, gerade jetzt, wo sie endlich so kurz vor dem Ziel ihrer Träume stand. In den vergangenen Wochen war viel geschehen. Sie hätte nie gedacht, dass sich ihr Gespräch mit Giorgina Citroën auf dem Frühlingsfest so positiv auswirken sollte. Ihre mütterliche Wohltäterin hatte ihr Versprechen, sich für sie einzusetzen, tatsächlich eingehalten und ihren Einfluss bei ihrem Mann und Kégresse geltend gemacht. Anders konnte Torie sich nicht erklären, dass man sie nun plötzlich doch in die Vorbereitungsmannschaft der Expedition, die Ende Oktober starten sollte, aufgenommen hatte. Auch wenn sie diese nicht als Mechanikerin begleiten durfte, würde sie wenigstens im südalgerischen Tamanrasset bis zur Abfahrt für die technischen Probleme Lösungen finden dürfen. Das war mehr, als sie erwartet hatte, und sie freute sich darauf, zumindest einen Hauch des großen Abenteuers miterleben zu dürfen. In weniger als drei Wochen ging es los, doch vorher würde sie ihre Zeit in Berlin genießen. Der einzige Wermutstropfen waren die immer wiederkehrenden krampfartigen Bauchschmerzen, die sie seit einigen Tagen plagten. Sie musste sich irgendwo den Magen verdorben haben.

Clarissas und Maurice' Wohnung war überraschend groß und entsprach ganz ihrer Vorstellung von einem Künstleratelier. Lichte Fenster nach Süden und Westen tauchten die Räume in ein freundlich warmes Licht. Es herrschte ein Hauch von Chaos überall, so wie sie es in ihrer Erinnerung von Clarissa gewohnt gewesen war. In den Ecken standen Staffeleien mit halb fertigen Gemälden herum. Ihre Freundin schien an mehreren Bildern gleichzeitig zu arbeiten. Die spärliche Einrichtung war mehr auf Bequemlichkeit als auf großbürgerlichen Stil ausgerichtet. Überall auf den Sesseln lagen bunt verstreut Kleidungsstücke herum, die eindeutig von Clarissa stammten. Nach Maurice' Handschrift suchte sie vergeblich. Bis auf die Pfeifen auf einem Beistelltisch konnte sie keine persönlichen Gegenstände von ihm entdecken. Abgesehen davon, dass sie eher den Eindruck hatte, in einem großen Atelier als in einer Wohnung zu sein, konnte sie sich kaum vorstellen, dass ihr ordnungsliebender Bruder sich hier wohlfühlen konnte.

Clarissa führte sie durch die Wohnung und zeigte ihr schließlich auch das Arbeitszimmer ihres Bruders. Torie musste innerlich grinsen. Wie sie es erwartet hatte, war es penibel aufgeräumt, auch wenn nicht viel mehr als ein Bett und ein Schreibtisch darin standen.

»Maurice schläft sehr unruhig. Deswegen haben wir getrennte Schlafzimmer«, erklärte Clarissa, ehe Torie überhaupt auf den Gedanken gekommen war, danach zu fragen. Ihre Freundin schloss rasch wieder die Tür und führte sie zurück zum Salon. »Ich habe hier kein reines Nordlicht, was zum Malen ideal wäre. Deswegen arbeite ich je nach Tageszeit an unterschiedlichen Staffeleien«, wurde sie von Clarissa aufgeklärt. »Und ignorier die Unordnung. Du weißt ja, wie chaotisch ich sein kann. Das Durcheinander inspiriert mich irgendwie.«

»Stört Maurice sich nicht daran?« Torie konnte nicht anders, als danach zu fragen.

»Er ist sehr tolerant, und ich bin es auch.« Clarissa tat es mit einer leichten Handbewegung ab. »Er findet, dass dieses Chaos gut zu uns beiden passt.« Ihr Lachen klang dennoch etwas aufgesetzt. Torie stutzte. Sie hatte sich ein frisch verheiratetes Paar anders vorgestellt. »Komm, ich möchte dir noch meine kleine Sammlung zeigen, bevor Maurice kommt«, sagte ihre Freundin dann und setzte die Führung fort. Sie zeigte ihr einige Gemälde und Skulpturen und erklärte ihre Besonderheiten. Über einem Stuhl drapiert lag ein wundervoll farbiger Seidenschal voller abstrakter, ineinander verschobener Kreise, der Tories besondere Aufmerksamkeit auf sich zog. Clarissa, der dies sofort auffiel, griff nach dem Schal und legte ihn um ihre Schultern. »Damit wird selbst dein graues Reisekostüm zu einer extravaganten Besonderheit«, bemerkte sie schmunzelnd.

Torie drehte sich spielerisch damit im Kreis. »Man fühlt sich ganz frisch in den bunten Farben«, erwiderte sie und bewunderte das Schmuckstück. »Hast du das Muster entworfen?«

»O nein, der Schal ist von Sonia Delaunay. Sie und ihr Mann Robert sind Freunde und Künstlerkollegen, die ich sehr bewundere. Sie haben eine eigene Kunstrichtung, den Simultanismus, geprägt. Dabei geht es um das Verhältnis der drei Grundfarben zu den Mischfarben. Sieh nur, wie durch den Einsatz von reinen und leuchtenden Farben auf geometrischen Flächen die Illusion von Bewegung und Licht entsteht. Sie springen direkt auf die Seele über, finde ich. Sonia ist eine herausragende Künstlerin. Sie entwirft auch Kostüme für Theaterstücke und hat mittlerweile eine eigene Boutique in Paris. Wenn ich dich besuchen komme, müssen wir unbedingt dort vorbeischauen…« Tories Aufmerksamkeit wurde von einem heftigen Stechen in ihrem Unterbauch unterbrochen. »Ist etwas mit dir?« Clarissa nahm sofort ihren Arm und führte sie zu einem Sessel. »Soll ich einen Arzt rufen?«

»Es wird schon wieder besser«, stöhnte Torie. »Ich habe mir den Magen verdorben. Das ist nichts Schlimmes. Die Schmerzen hören ebenso rasch wieder auf, wie sie kommen.« Sie zwang sich zu einem Lächeln. »Außerdem kann sich zur Not ja Maurice gleich um mich kümmern.« Über Clarissas Gesicht huschte ein Schatten. »Das glaube ich kaum«, meinte sie kurz. »Er praktiziert nicht mehr als Arzt.«

»Aber hast du mir nicht geschrieben, dass er in der Charité arbeitet?« Torie blickte erstaunt zu ihrer Freundin hoch.

»Er arbeitet dort als Hausmeister«, erklärte Clarissa bedrückt. »Ich wollte dich nicht beunruhigen, deshalb habe ich dir nie davon berichtet.« Torie wollte gerade nachhaken, als der Schlüssel, der sich im Türschloss drehte, Maurice' Rückkehr ankündete.

»Ich habe die letzten Stücke Schwarzwälder Kirschtorte für

euch beiden Hübschen ergattert«, verkündete er beim Eintreten erstaunlicherweise viel munterer als zuvor. Torie hatte sich wieder ein wenig erholt. Der Schmerz war abgeklungen. Sie zwang sich aus dem Sessel und nickte Clarissa beruhigend zu. Ihre Freundin nahm ihrem Bruder den Karton mit den Tortenstückchen ab, Maurice lief in die Küche, um Wasser für den Kaffee aufzusetzen.

»Ich habe Stefan Reuter vor der Konditorei getroffen«, verkündete er, während Clarissa den Kaffeetisch deckte. »Er möchte, dass ich heute Abend mit ihm zur Versammlung der Deutschvölkischen Freiheitspartei gehe, dort wird auch ein Vertreter seiner Nationalsozialisten reden. Ich habe ihm zugesagt.«

»Muss das sein?« Clarissa wirkte gar nicht erfreut. »Mir gefällt nicht, wie die Deutschvölkischen ständig gegen uns Juden wettern! Außerdem ist deine Schwester doch gerade erst angekommen.« Maurice steckte seinen Kopf aus der Tür und sah mit strahlendem Lächeln zu ihnen. »Kommt schon! Ihr beide habt euch bestimmt auch ohne mich genug zu erzählen. Außerdem geht es heute nur um den Weg zu einem völkischen Staat ohne Klassenkampf und eine berufsständische Volksvertretung. Und deine Standpauke, Schwesterherz, kann ich mir auch noch morgen anhören!«

Torie konnte nicht anders, sie musste trotz ihres Grolls auf einmal schmunzeln. Maurice' Masche erinnerte sie an früher, als ihr Bruder damit seine Eltern und sie oft auf seine Seite gezogen hatte. Obwohl sie immer noch sauer auf ihn war, nahm seine Bemerkung ihrem Unmut die Spitze. Clarissa fiel es viel schwerer, sein Verhalten zu akzeptieren. Ganz offensichtlich mochte sie diesen Stefan Reuter nicht besonders. Doch ihr zuliebe begnügte sie sich damit zu schweigen, und so verbrachten sie zu dritt die nächste Stunde in entspannter Atmosphäre. Bei Kaffee und Kuchen plauderten sie und Clarissa weiter über die vergangenen Jahre, Maurice brachte sich nur bei allgemeinen Themen ein. So erfuhr sie wenigstens, wie es Clarissa ergangen war.

Ihre Freundin war mittlerweile einigermaßen vermögend. Ihren Wohlstand hatte sie ihrer verstorbenen Patentante Luba zu verdanken, die das Erbe allerdings an eine Heirat geknüpft hatte. Ob das Geld der wahre Grund ist, weshalb Clarissa meinen Bruder geheiratet hat?, fragte sie sich plötzlich. Richtig verliebt schienen die beiden nicht zu sein. Sie tauschten niemals Zärtlichkeiten aus, nicht einmal verstohlene Blicke warfen sie sich zu. Ihr Verhältnis war bestenfalls freundschaftlich zu nennen.

Maurice schenkte ihnen unterdessen von einem hervorragenden Cognac ein. Während sie und Clarissa nur daran nippten, trank ihr Bruder sein Glas zügig aus und schenkte sich sofort wieder nach. Torie nahm das mit gewisser Befremdung zur Kenntnis. Ihr Bruder hatte Alkohol immer nur in Maßen genossen.

»Erzähl mir, was du in dieser Automobilfirma treibst. Bist du tatsächlich Mechanikerin geworden?« Clarissa wollte unbedingt alles über ihre Arbeit bei der Firma Citroën erfahren.

Torie ergriff die Gelegenheit gern am Schopf. Endlich konnte sie Maurice ihre Unabhängigkeit demonstrieren. Sie erzählte begeistert von der bevorstehenden Afrika-Expedition und den Aufgaben, die sie in Algerien erwarteten. Mit einer gewissen Genugtuung beobachtete sie, dass ihr Bruder von ihrem Tun beeindruckt war. Ja, er zeigte sogar Interesse. Immer wieder stellte er aufmerksame Fragen und nahm regen Anteil an ihren Erzählungen. Dabei schenkte er sich ein drittes Mal einen Cognac ein. Torie begann sich erneut zu sorgen.

»Und wie ist es dir seit dem Krieg ergangen?«, begann sie vorsichtig, sich nach seinem Leben zu erkundigen.

Maurice schnaubte. »Das weißt du doch bereits«, blockte er unwillig ab. »Ich habe deine beste Freundin geheiratet und arbeite nun in der Charité.«

»Als Hausmeister, wie ich hörte. Wieso arbeitest du nicht als Arzt?«

»Weil ich keinen Sinn mehr darin sehe«, antwortete Maurice barsch.

Torie hatte nicht die Absicht gehabt, eine Wertung über seine neue berufliche Orientierung abzugeben. Dass er nun so unwillig reagierte, verletzte sie aufs Neue.

»Du kannst natürlich tun, was du willst«, gab sie beleidigt zurück. »Das tust du ja ohnehin schon seit Jahren!«

»Ich bin spät dran«, entschuldigte sich Maurice, ihm wurde die Unterhaltung sichtlich unangenehm. Ihr Bruder stand auf und griff nach seinem Mantel. »Wir sehen uns dann später.« Er nickte ihnen beiden zu und verschwand mit eiligen Schritten aus der Wohnung.

»Nimm es ihm nicht übel. Das meint er nicht so. Er kann manchmal einfach nicht aus seiner Haut«, entschuldigte Clarissa ihren Mann.

Torie hörte es kaum. Fassungslos sah sie ihrem Bruder hinterher. »Ich erkenne Maurice einfach nicht wieder«, beklagte sie sich traurig. Sie konnte nichts gegen das bittere Gefühl tun, das plötzlich in ihr aufstieg. »Er tut gerade so, als wären wir nur flüchtige Bekannte ... Ich bin kaum hier, da verschwindet er schon wieder ...« Sie schwieg, weil sie mit ihren aufsteigenden Tränen zu kämpfen hatte. »Wir waren uns früher so vertraut«, bekannte sie, »und nun habe ich das Gefühl, dass ich ihm völlig gleichgültig bin.«

»Das ist Unsinn! So offen wie gerade eben habe ich Maurice selten erlebt«, versuchte ihre Freundin zu widersprechen. »Er hat ein schlechtes Gewissen, weil er nicht weiß, wie er dir erklären soll, dass er seelisch einfach nicht in der Lage war, sich früher bei dir zu melden.« Sie nahm ihre Hand und streichelte sie sanft. »Maurice hat im Krieg Schreckliches durchgemacht. Aber am meisten quält ihn seine vermeintliche Schuld. Er fühlt sich für den Tod seiner Verlobten, seines ungeborenen Kindes und seines besten Freundes verantwortlich und kann es sich nicht verzeihen, dass er überlebt hat.«

»Deshalb muss er mich aber doch nicht verstoßen«, entgegnete Torie heftig. »Und zu dir ist er auch nicht gerade nett!«

»Du gehst mit ihm zu hart ins Gericht«, verteidigte Clarissa Maurice immer noch. »Seine Seele ist so verletzt, dass er nicht anders handeln kann. Gib ihm Zeit.«

Torie nickte schuldbewusst. »Vielleicht gehe ich wirklich zu sehr von mir aus«, gab sie zu. »Ich möchte einfach, dass alles wieder gut wird zwischen uns.«

Clarissa streichelte ihre Hand. »Das wird es schon«, meinte sie zuversichtlich.

»Hat er denn tatsächlich Schuld am Tod Mathildes und seines Freundes?«, fragte Torie zaghaft nach.

Ihre Freundin hob ratlos die Hände. Torie glaubte einen Hauch von Resignation auf ihrem Gesicht zu erkennen. »Vermutlich nicht, aber er lässt es sich einfach nicht ausreden. Zu Beginn unserer Beziehung war ich fest davon überzeugt, ihn aus seinem tiefen Loch heraushelfen zu können, aber nun ...«, sie stockte für einen Augenblick, »... aber nun glaube ich, dass er noch nicht bereit ist, die Geister seiner Vergangenheit loszulassen.« Mit vorgetäuschter Munterkeit ergriff sie Tories Hände und lächelte ihr zu. »Keine Sorge, irgendwann ist dein Bruder sicher wieder ganz der Alte.«

Mitten in der Nacht wurde Torie aus einem unruhigen Schlaf geweckt. Maurice kam unüberhörbar nach Hause. Erst öffnete er umständlich die Wohnungstür, dann warf er mit lautem Gepolter etwas um – wahrscheinlich den Schirmständer – und stolperte in sein Zimmer. Es bestand kein Zweifel daran, dass er betrunken war. Sie lauschte, bis Ruhe eingekehrt war, und versuchte, erneut einzuschlafen, doch es wollte ihr nicht mehr gelingen. Mit einem Mal kehrten auch die Bauchkrämpfe zurück, sie wurden immer schlimmer. Dieses Mal kamen die Schmerzen nicht in Wellen, sie blieben und ebbten nicht mehr ab. Bald fand sie kaum noch eine Stellung, in der sie es aushalten konnte.

In den frühen Morgenstunden verließ sie fiebrig und schweißnass ihr Bett, um sich ein Glas Wasser zu holen. Mühsam quälte sie sich durch den Flur in Richtung Küche. Sie konnte sich kaum noch auf den Beinen halten. Wimmernd sank sie vor Clarissas Zimmertür zu Boden, nahm ihre Umgebung nur noch schemenhaft wahr.

»Hilfe«, keuchte sie atemlos vor Schmerz.

Jeder Versuch, sich aufzurichten, misslang. Sie bekam kaum mit, wie sich Clarissas Zimmertür öffnete und ihre Freundin sich neben sie kniete, um sie mit Rufen bei Bewusstsein zu halten. Immer wieder rief sie nach Maurice, der schließlich schlaftrunken erschien. Sie spürte noch, wie er ihren Puls fühlte, danach ihren Bauch betastete, dann verlor sie mit einem Schmerzensschrei die Besinnung.

»Ruf sofort den Ambulanzwagen!«

Maurice schüttelte seine Benommenheit ab. Obwohl er sich nie wieder in seinem Leben in solch eine Situation hatte begeben wollen, funktionierte er, wie er es als Arzt gelernt hatte. Clarissa stand bereits am Telefon und rief das Amt. Während sie die notwendigen Anweisungen durchgab, hatte Maurice mit seiner Panik zu kämpfen. Die Angst, erneut wie bei seinem Freund zu versagen, wurde so übermächtig, dass er kaum noch gegen den Drang ankam, einfach zu fliehen.

»Was können wir tun, bis die Sanitäter kommen?«

Clarissas schrille Stimme holte ihn schließlich in die Gegenwart zurück. Ihre Hilflosigkeit gab ihm plötzlich Kraft.

»Leg ihr ein Kissen unter den Kopf«, wies er sie an, ohne nachdenken zu müssen. Er kniete sich neben Torie und drehte sie auf die Seite. Glücklicherweise kam sie in diesem Augenblick wieder zu Bewusstsein, auch wenn sie vor Schmerzen wimmerte. Eine neue Welle von Versagensängsten schwappte in ihm hoch. Nur mit Mühe gelang es ihm, dagegen anzukämpfen. »Du darfst jetzt nicht aufgeben«, sagte er mehr zu sich als zu seiner Schwester. Als würde sie spüren, was gerade in ihm vorging, griff sie nach seiner Hand.

»Lass mich nicht wieder allein«, stieß sie stöhnend aus und quälte ihn damit nur noch mehr.

»Ich bin doch bei dir«, sagte er mit rauer Stimme. Sie schien ihm aus schmerzgetrübten Augen direkt ins Herz zu sehen.

»Warum … warum hast du dich nicht gemeldet …?«, verlangte sie zu wissen.

Ihre Worte waren nicht mehr als ein Flüstern gewesen, hervorgebracht mit letzter Kraft. Sie trafen ihn tief. Wie sollte er ihr nur erklären, dass er sich einfach nicht würdig genug gefühlt hatte, um ihr unter die Augen zu treten?

»Weil ich ein verdammter egoistischer Idiot bin«, presste er gequält heraus. »Du hast alles Recht der Welt, mich zu hassen …«

Er wollte noch mehr hinzufügen, aber dann registrierte er, wie ihr Blick in die Ohnmacht abzugleiten drohte. »Bleib bei mir!«, flehte er, als ihre Lider nur noch flatterten. Mit sanften Schlägen auf die Wangen versuchte er, sie zurückzuholen. »Hierbleiben, Torie! Alles wird gut!«

Eine gefühlte Ewigkeit später trafen endlich die Sanitäter ein. Sobald die Männer seine Schwester auf die Trage gelegt hatten, wollte er nur noch weg. Er war froh, die Verantwortung endlich abgeben zu können.

Halb im Delirium streckte Torie die Hand nach ihm aus. »Lass mich nicht allein!«, hörte er sie erneut flüstern.

Seine mühsam errichtete Schutzmauer hielt ihrem Flehen nicht stand. Zögernd nahm er ihre Hand, die sie sofort erstaunlich fest umschloss. Ihm blieb gar nichts anderes übrig, als sie zu begleiten.

Während der holprigen Fahrt in die Charité hielt er ihre Hand fest in seiner. Die Berührung tat nicht nur Torie gut. Maurice bemerkte, wie ihr schweißüberströmtes Gesicht sich etwas entspannte, obwohl sie immer noch furchtbare Schmerzen haben musste. Ihr vertrauter Anblick löste eine Flut von Emotionen in ihm aus, er wehrte sich vergeblich dagegen. Es war das erste Mal seit Mathildes und Erics Tod, dass er wieder so stark empfand. Doch kaum war er sich dieser Gefühle bewusst, machten sie ihm auch schon wieder Angst.

Um einer neuen Panikattacke zu entgehen, flüchtete er sich in Aktionismus. Sobald der Ambulanzwagen vor dem Krankenhaus hielt, sprang er hinaus und half dabei, Torie möglichst schnell in ein Behandlungszimmer zu bringen. Als sich nicht umgehend ein Arzt einfand, wäre er fast durchgedreht. Er stürmte hinaus auf den Gang, um die Sache selbst in die Hand zu nehmen. Er war sicher zu wissen, was ihr fehlte, und ihr Zustand sagte ihm, dass jede Minute zählte. Ohne anzuklopfen, riss er die Tür zum Ärztezimmer auf.

»Kommen Sie schnell, meine Schwester stirbt«, rief er dem einzig anwesenden Arzt im Raum zu. Es war Dr. Abendroth, der ihn nur als Hausmeister kannte. Stirnrunzelnd sah er ihn an. Es war nicht zu übersehen, wie ungehalten er war, doch er ließ sich davon nicht beeindrucken. Er packte den Mann am Ärmel und zog ihn kurzerhand mit sich. Eine Krankenschwester folgte ihnen. »Akute Appendizitis mit möglicher Perforation«, stieß Maurice aufgeregt hervor. »Sie müssen sie sofort operieren!«

»Die Diagnose überlassen Sie mal schön mir«, knurrte der Arzt, machte sich jedoch sofort routiniert daran, Tories Unterleib abzutasten. Ungeduldig verfolgte Maurice die Untersuchungen und vernahm dann erleichtert, dass Dr. Abendroth zur selben Diagnose kam wie er. Im Gegensatz zu ihm behielt er allerdings die Ruhe und gab der Schwester zielsichere Anweisungen, damit Torie sofort operiert werden konnte. Nur wenig später wurde sie weggebracht. Der Arzt blieb noch einmal kurz in der Tür stehen und wandte sich ihm neugierig zu. »Für einen Hausmeister kennen Sie sich erstaunlich gut mit medizinischen Begriffen aus«, bemerkte er. »Haben Sie im Krieg als Sanitäter gedient?«

Maurice schüttelte heftig den Kopf. Er wollte keinesfalls, dass ihm jemand aus dem Krankenhaus auf die Schliche kam. »Hab ich wohl irgendwo im Haus aufgeschnappt«, erwiderte er vorgeblich unwissend. »Hauptsache, Sie retten meine Schwester!«

Dr. Abendroth runzelte die Stirn, gab sich aber zufrieden. Maurice atmete tief durch, als er endlich verschwunden war.

Die nächsten Stunden verbrachte er nervös in der Nähe des Operationssaales. Die Operation dauerte länger, als er vermutet hätte. Er war sich ziemlich sicher, dass es Komplikationen gegeben hatte, und konnte nur hoffen, dass die Entzündung noch nicht das Bauchfell erreicht hatte. In diesem Fall wären Tories Überlebenschancen nur sehr gering. Bitte, nimm mir nicht auch noch Torie, flehte er inbrünstig zu dem Gott, an den er längst aufgehört hatte zu glauben. Das lange Warten machte ihn mürbe. Außerdem spürte er die Nachwirkungen des Alkohols, dem er am Abend zuvor allzu sehr zugesprochen hatte. Er hatte noch lange mit Stefan und seinen Kumpanen diskutiert und dabei so einiges getrunken. Er mochte die Kameradschaft unter den Nationalsozialisten. Sie gaben ihm wenigstens etwas Halt. In seine Gedanken versunken merkte er nicht, wie sich ihm jemand näherte.

»Soll ich Ihnen ein Glas Wasser bringen?«, erkundigte sich jemand mit einer freundlichen Stimme.

Maurice schreckte auf und nahm die Hände vom Gesicht. Vor ihm stand eine junge Krankenschwester, die aus einem anderen Leben zu kommen schien.

»Das ... das ... das kann doch nicht sein«, murmelte er verwirrt und rieb sich die Augen. Die Frau in der dunkelblauen Schwesterntracht und der weißen Haube stutzte nun auch und schien mindestens so überrascht wie er. Er hatte sie niemals vergessen, auch wenn er sich oft im Kriegslazarett über sie geärgert hatte. »Schwester Mia!«

Sie hatte sich schnell wieder im Griff. »Mit Ihnen hätte ich hier nicht gerechnet«, sagte sie kühl.

Dann teilte sie ihm mit, dass seine Schwester die Operation überstanden hatte, aber nicht über den Berg war.

6

Tories Leben hing mehrere Tage am seidenen Faden. Wie ihr Bruder vermutet hatte, hatte sie einen Blinddarmdurchbruch erlitten, der zu einer Bauchhöhlenentzündung geführt hatte, durch die wiederum eine Sepsis entstanden war. Dass sie daran nicht gestorben war, glich einem wahren Wunder. Sie selbst hatte an diese Zeit ihres Lebens nur verworrene Erinnerungen. Als sie zum ersten Mal wieder zu sich kam, war sie benommen und nicht sicher, ob die Gestalt an ihrem Bett nicht nur eine Illusion war. Erst als sie die Stimme erkannte, wusste sie, dass sie nicht träumte.

»Da bist du ja endlich wieder, kleine Schwester!«

Torie fühlte sich plötzlich wohltuend aufgehoben. Maurice hatte sie seit ihrer Kindheit nicht mehr so genannt. Sie versuchte ihm zu sagen, wie sehr sie sich freute, dass er hier war, doch im nächsten Augenblick wurde ihr so speiübel, dass sie sich umgehend in die von Maurice bereitgehaltene Nierenschale übergeben musste. Danach war sie so geschwächt, dass ihr erneut die Sinne schwanden. Sie erwachte immer wieder für einen kurzen Moment, meinte Menschen neben ihrem Bett wahrzunehmen, war sich aber nicht sicher. Die kurzen Momente ihres Bewusstseins wurden von Übelkeit, diffusen Schmerzen und neblig verschwommenen Eindrücken überschattet. Erst am vierten Morgen nach ihrer Operation erwachte sie mit einem etwas klareren Kopf. Auch die Übelkeit hatte endlich etwas nachgelassen. Ihre Kehle fühlte sich jedoch so trocken an, dass sie kaum schlucken konnte. Außerdem pochte die Naht an ihrem Bauch.

»Wasser«, krächzte sie in Richtung der Gestalt an ihrem Bett, die sie nur schemenhaft gewahrte.

Sie spürte, wie man ihr einen feuchten Schwamm auf die Lippen drückte, dessen Flüssigkeit sie gierig aufsog. Sie verlangte nach mehr, doch man verweigerte ihr den Wunsch.

»Sie müssen sich noch ein wenig gedulden«, hörte sie eine Stimme aus großer Entfernung sagen. Wer war das? Eine Krankenschwester?

Torie war zu kraftlos, um zu protestieren. Erschöpft schloss sie die Augen und überließ sich erneut der angenehmen Dunkelheit. Wenige Stunden später fühlte sie sich um einiges besser. Zum ersten Mal sah sie sich in der Lage, ihre Umgebung klar wahrzunehmen. Sie befand sich in einem Krankenzimmer mit mehreren Betten. Eine Pflegerin war in ihrer Nähe. Dieses Mal gestattete sie ihr mehrere Schluck Wasser aus einer Tasse.

»Ich bin übrigens Schwester Mia«, stellte sich die freundliche Frau vor.

Sie schüttelte vorsichtig ihr Kissen auf. Torie fiel ein, wie sie auf dem Flur zusammengebrochen und dann in Maurice' Begleitung ins Krankenhaus transportiert worden war. Alles, was danach geschehen war, hatte sie nur noch verschwommen in Erinnerung.

»Wie lange bin ich schon hier?«, erkundigte sie sich misstrauisch.

»Seit vier Tagen«, klärte man sie auf. Torie zuckte zusammen. So lange schon? Sie rechnete sofort nach und erschrak. Dann musste sie ja schon am folgenden Tag zurück nach Paris reisen. Dabei hatte sie sich so auf die Zeit mit Clarissa und Maurice gefreut. »Sie werden sich bestimmt rasch erholen«, meinte Schwester Mia zuversichtlich. »In zwei bis drei Wochen können Sie schon wieder nach Hause.« Ihr aufmunterndes Lächeln tröstete Torie keineswegs.

»Das ist unmöglich!«, protestierte sie so heftig, dass ihre Wundnaht zu pochen begann. Stöhnend sank sie zurück auf ihr Kissen. »Ich muss so schnell wie möglich wieder nach Paris.« Der Gedanke, dass sie für längere Zeit ans Bett gefesselt sein würde, versetzte sie in helle Aufregung. Kégresse würde für ihre Lage kein Verständnis haben. Es war ihm ohnehin ein Dorn im Auge, dass sie als Frau mit zu der *équipe* gehörte, die nach Tamanrasset durfte. Eigentlich waren die Tage vor ihrer Abreise nach Afrika besonders wichtig, weil sie für die Zusammenstellung und Verladung der notwendigen Spezialwerkzeuge verantwortlich war. Doch das konnte zur Not auch jemand anderer übernehmen. Die einzige Lösung war, dass sie direkt von Berlin aus nach Algerien reiste. »Können Sie für mich ein Telegramm abschicken?«, bat sie die sympathische Schwester. »Ich muss unbedingt meinen Vorgesetzten darüber informieren, dass ich im Hospital liege!«

»Ich werde sehen, was ich tun kann«, versprach diese bereitwillig. Sie organisierte ihr ein Blatt Papier und einen Stift und versprach, den fertigen Text in ihrer Mittagspause abzuholen. »Ich werde das Telegramm dann gleich aufgeben«, versicherte sie ihr. »Nicht dass Sie noch Ärger bekommen!«

Torie fand die zugewandte Art der Krankenschwester sehr angenehm. Sie war offen und schien zuverlässig zu sein.

»Es ist sehr wichtig, wissen Sie«, erklärte sie und begann, von ihrer Arbeit bei Citroën zu erzählen. »Es hat so viel Kraft gekostet, bis ich das als Frau endlich erreicht habe. Das darf mir dieser dumme Blinddarm jetzt nicht wegnehmen.«

»Das kann ich sehr gut verstehen«, stimmte Schwester Mia ihr zu, »auch ich habe mir viel erkämpfen müssen.« Torie tat die Anteilnahme gut, und sie fragte nach. Mia hatte eigentlich keine

Zeit, weil andere Patienten nach ihr riefen, doch sie begann trotzdem, aus ihrem Leben zu erzählen. Torie erfuhr, dass die Schwester in einfachsten Berliner Verhältnissen aufgewachsen war und nichts geschenkt bekommen hatte. »Eigentlich war mein größter Traum, Medizin zu studieren, um einmal Ärztin zu werden«, gestand sie, »aber das ist für Frauen und noch dazu aus der Arbeiterschicht leider fast unmöglich.« Torie hielt ihr Schulterzucken für Resignation, aber sie täuschte sich. Im nächsten Augenblick strahlte Mia große Zuversicht aus. »Doch dann habe ich einige wunderbare Frauen kennengelernt, die mir vorleben, was für uns möglich sein kann«, schwärmte sie. »Dank der Unterstützung von Anita Augspurg und Clara Zetkin, die diese Umstände ebenso ändern wollen wie ich, setze ich mich nun in jeder freien Minute für die Rechte der Frauen ein. Der Gedanke, dass wir in nicht allzu ferner Zukunft genauso viel zu sagen haben wie die Mannsbilder, treibt mich voran.« Sie sah Torie offen an. »Wir müssen zusammenhalten«, zeigte sie sich überzeugt. »Seit Jahrhunderten hat man uns auf die Rolle der treusorgenden, aufopfernden Mutter reduziert, doch wir sind mehr als Gebärmaschinen, dem Mann untertan. Wir sind ebenso intelligent wie die Männer und können ebenso erfolgreich sein wie diese, wenn man uns nur lassen würde!«

»Ich wünschte, es gäbe mehr Frauen, die so denken wie Sie!« Torie ließ sich trotz ihres erbärmlichen Zustands von Mias Worten mitreißen. Sie wusste erstaunlich gut zu argumentieren. »Nehmen Sie doch nur Marie Curie! Diese wunderbare Wissenschaftlerin wurde jahrelang als Laborantin unterschätzt, obwohl sie an der Entdeckung der Strahlungsphänomene des Radiums mindestens so sehr beteiligt war wie ihr Mann Pierre und Henri Becquerel. 1903 erhielt sie schließlich mit den beiden gemeinsam den Nobelpreis für Physik. Erst als ihr 1911 der Nobelpreis für

Chemie zuerkannt wurde und sie damit nicht nur die erste Frau, sondern die erste Person überhaupt war, der zum zweiten Mal dieser Preis zuerteilt wurde, hat man ihre wahren Fähigkeiten zu schätzen gelernt. Aber ist es gerecht, dass Frauen wie Marie Curie, Clara Zetkin, Rosa Luxemburg, Gott hab sie selig, und wie sie alle heißen, dafür hinnehmen müssen, dass man sie gehässig als Mannsweiber abtut?« Torie hörte Mia, die sich richtiggehend in Rage redete, fasziniert zu. Diese scheinbar unauffällige Frau war wie ein Vulkan, der ständig neues Feuer spuckte. Sie hatte bislang immer nur für sich allein gekämpft und es anstrengend genug gefunden. Umso beeindruckender fand sie es, dass Mia sich für all ihre Geschlechtsgenossinnen einsetzte. Neidlos musste sie anerkennen, dass sie dazu niemals fähig sein könnte. Die Unterhaltung mit dieser Mia war für sie so anregend, dass sie für eine Weile ihre eigene Misere vergaß. »Eines Tages wird eine Frau an der Spitze unseres Staates stehen«, zeigte sich Mia am Ende überzeugt und lächelte ihr aufmunternd zu. »Und du solltest dich durch nichts auf der Welt von deinem Afrika-Abenteuer abbringen lassen«, verkündete sie fröhlich. Sie duzte Torie jetzt einfach, als wäre sie längst eine Mitstreiterin.

»Auf uns Frauen!«

Torie nahm den munteren Ton ihrer neuen Vertrauten auf und reckte ihren Arm in die Höhe, gleich darauf krümmte sie sich wieder vor Schmerzen.

Mia lachte ihr herzlich zu. »Aber erst einmal wirst du gesund!« Ihre Vertrautheit wechselte zurück in Professionalität. »Nun muss ich mich aber beeilen«, sagte sie mit einem erschrockenen Blick auf die Uhr.

Sie winkte Torie beim Hinausgehen zu und stieß dabei mit dem Mann zusammen, der gerade das Krankenzimmer betrat.

»Hoppla!«

Maurice hielt die aus dem Gleichgewicht geratene Mia kurz am Arm fest. Für einen Augenblick sahen sich die beiden in die Augen, bevor sich Mia rasch aus seinem Griff befreite und mit einer hastig gemurmelten Entschuldigung verschwand.

Torie stutzte. War es Einbildung oder kannten sich die beiden? »Es freut mich, dass es dir besser geht«, sagte Maurice, nachdem auch er sich wieder gefasst hatte. »Clarissa kommt auch gleich. Wir haben uns furchtbare Sorgen um dich gemacht ...« Er räusperte sich. »Du hast uns einen ganz schönen Schrecken eingejagt!« Sein Lächeln wirkte gequält.

»Jetzt geht es mir ja besser«, beruhigte Torie ihn, doch ganz offensichtlich lag ihm noch etwas auf der Seele.

»Ich glaube, ich muss dir so einiges erklären ...« Ihr Bruder sah sie verlegen an. »Ich habe in den letzten Jahren dir gegenüber vieles falsch gemacht. Das habe ich leider zu spät begriffen. Hoffentlich kannst du mir das irgendwann einmal verzeihen ...«

»Das kommt drauf an, wie deine Entschuldigung dafür lautet.«

Torie hob missbilligend die Augenbrauen, doch im Grunde ihres Herzens konnte sie ihrem Bruder schon jetzt nicht mehr böse sein. Dass er das Gespräch suchte, hielt sie für einen guten Anfang.

Torie würde zu ihrem großen Leidwesen tatsächlich für mindestens zwei Wochen an das Krankenhausbett gefesselt sein, das bestätigten auch die Ärzte. Zwar bekam sie Besuch von Clarissa und Maurice und freundete sich weiter mit Mia an, die ihr die Zeit auf höchst anregende Weise vertrieb, doch über allem hing die Sorge um ihre Zukunft. Als sie nach zwei Tagen immer noch keine Reaktion auf ihr Telegramm bekommen hatte, schickte sie ein weiteres hinterher. Darin versicherte sie, dass sie sofort nach ihrer Genesung von Berlin aus nach Tamanrasset zu reisen bereit war.

So verpasste sie zwar die letzten Vorbereitungen, aber wenn Kégresse nur ein wenig guten Willen zeigte, sollte das kein unlösbares Problem werden, und sie würde immer noch rechtzeitig an Ort und Stelle sein. Sie war sich so sicher, dass die *équipe* nicht auf sie verzichten konnte, dass sie sich einredete, Kégresse hätte sich nur deshalb noch nicht gemeldet, weil so viel vor der Expedition zu erledigen war.

Nach zehn Tagen traf statt eines Telegramms ein Brief mit dem unverkennbaren Citroën-Stempel im Krankenhaus ein. Eine große Last fiel von ihr ab. Das konnten nur gute Neuigkeiten sein! Das Couvert fühlte sich vielversprechend dick an, sodass Torie davon ausging, dass es außer Instruktionen für ihre Abreise auch die Eisenbahnfahrkarte nach Marseille und die Schiffspassage nach Algier enthielt. Voller Vorfreude öffnete sie es und zog den Inhalt heraus. Statt der erhofften Fahrkarten fand sie darin eine Genesungskarte, eine Fotografie des neuesten Prototyps P 2. Auf der Rückseite hatten alle Kollegen unterschrieben. Wie freundlich, dass sie Anteil nahmen. Sie legte die Fotografie beiseite und griff nach dem beigelegten Brief. Er war von Kégresse persönlich verfasst.

Chère Mademoiselle,

seien Sie versichert, dass ich Ihren krankheitsbedingten Ausfall bedaure. Sie haben hart gearbeitet, um sich einen Platz in der Vorbereitungsmannschaft zu erobern. Umso schwerer fällt es mir, Ihnen mitteilen zu müssen, dass dieser nun anderweitig vergeben wurde. Die Konkurrenzsituation mit Renault zwingt uns, schneller zu handeln als geplant. Der Kollege Mattéo Calvin hat sich bereit erklärt, für Sie einzuspringen, er ist schon mit den anderen Mechanikern auf dem Weg nach Tamanrasset. Damit sind Sie von dem Projekt Mission Centre Afrique abgezogen. Bitte melden Sie sich nach Ihrer Rückkehr nach Paris in den Automobilwerken, wo neue Aufgaben auf Sie warten werden. Mir ist Ihre Leidenschaft für die Halbkettenfahrzeuge bewusst, umso mehr tut mir Ihr Ausscheiden aus unserer équipe *leid – zumal ich weiß, dass Sie Ihre eigenen Interessen für den gemeinsamen Erfolg hintanstellen können.*

Mit aufrichtigen Grüßen
Adolphe Kégresse

Torie wollte einfach nicht einsehen, dass man sie schon wieder ausgebootet hatte. Sie las den Brief wieder und wieder und musste doch feststellen, dass sich der Inhalt nicht veränderte. Ihr blieb nichts anderes übrig, als das einzusehen. Zunächst empfand sie rein gar nichts: keinen Ärger, keine Empörung. Sie lag nur da und starrte die Wand an, ignorierte, dass die Grußkarte, der Brief von Kégresse und das Couvert zu Boden fielen. In ihre Gedanken vertieft nahm sie nicht einmal wahr, wie Mia mit dem Essen ihr Zimmer betrat.

»Schlechte Nachrichten?«

Tories Blick löste sich wie in Trance von der gekalkten Wand. »Ich bin raus aus der *équipe*«, brach es schließlich tonlos aus ihr hervor. Sie war grenzenlos enttäuscht. »Sie haben mich einfach so ersetzt.« Sie lachte freudlos auf. »Noch dazu von meinem größten Widersacher in der Firma, einem Blender und Opportunisten!«

Mia stellte das Essen auf den Nachttisch und sah sie betroffen an. »Das tut mir von Herzen leid«, sagte sie voller Anteilnahme.

Sie und Mia waren sich nähergekommen und dabei hatte sie Erstaunliches erfahren – nämlich dass Mia und Maurice sich bereits aus dem Krieg kannten. Dank der Krankenschwester hatte Torie so einige Hinweise erhalten, die ihr das sonderbare Verhalten ihres Bruders ein wenig zu verstehen halfen. Auch über ihre Afrika-Mission hatten sie geredet, sodass Mia eingeweiht war. Sie sah zu, wie diese die auf den Boden gefallene Post aufsammelte und sie wieder auf ihr Bett legte.

»Hier ist noch ein ungeöffnetes Couvert. Willst du nicht nachsehen, wer dir da noch geschrieben hat?«, fragte sie und reichte es Torie. Sie winkte lustlos ab, doch dann erkannte sie die Züge einer Frauenhandschrift, was sie neugierig machte. »Ich lass dich dann mal allein.« Mia zog sich zurück.

Torie ließ ihr Essen stehen und öffnete den Umschlag. Als sie sah, dass der Brief darin von Giorgina Citroën kam, wollte sie ihn fast schon wieder beiseitelegen. Vermutlich schickt sie ebenfalls nur Genesungswünsche, auf die ich gut und gern verzichten kann, dachte sie. Mehr aus Pflichtgefühl denn aus Lust begann sie zu lesen.

Chère Torie,

lassen Sie mich als Erstes meine Bestürzung über Ihre Erkrankung ausdrücken sowie die damit verbundene Erleichterung, dass Sie sich, wie ich hörte, bereits auf dem Weg der Besserung befinden. Als Ihre Freundin habe ich mir große Sorgen gemacht und schon das Schlimmste befürchtet – glücklicherweise ist nichts davon eingetreten. Gleichwohl ahne ich, was für ein Schock es für Sie gewesen sein muss zu erfahren, dass Sie nicht mit nach Afrika können! Seien Sie versichert, dass niemand das mehr bedauert als ich. Seitdem wir uns zum ersten Mal nach dem tragischen Tod Ihrer Eltern begegnet sind, verspüre ich Ihnen gegenüber eine herzliche Zuneigung, die weiter besteht. Es ist nicht nur Ihre erfrischende Art, sondern vor allem Ihre Beharrlichkeit, mit der Sie Ihre Ziele verfolgen, die mich beeindruckt. Umso mehr hoffe ich, dass Sie auch dieses Mal nicht einfach so aufgeben werden. Manchmal müssen wir Frauen einen etwas ungewöhnlichen Weg einschlagen, um an unser Ziel zu kommen. Ihr Schicksal scheint es zu sein, sich Ihren Weg durch Ideen, Mut und Erfindungsreichtum zu bahnen.

Ich habe mich entschieden, Ihnen zu helfen, das bedeutet, Ihnen gewisse Informationen zukommen zu lassen, die Sie in die Lage ver-

setzen können, Ihrem Traum näher zu kommen. Verfahren Sie mit meinem Vorschlag, wie Sie wollen, doch bitte behandeln Sie alles, was ich Ihnen schildere, absolut vertraulich! Nur weil ich mir sicher bin, dass ich mich auf Ihre Diskretion verlassen kann – und ja, weil es mir insgeheim natürlich große Freude macht, den Herren der Schöpfung, meinen Gemahl inbegriffen, einen Streich zu spielen –, habe ich mich zu einem kleinen Ränkespiel verleiten lassen.

Tories Neugier war geweckt, auch wenn sie nichts verstand. »Was schreibt sie da?«, murmelte sie vor sich hin und las mit wachsender Aufmerksamkeit weiter.

Wie Sie wissen, laufen die Vorbereitungen zur CITROËN Centre Afrique auf Hochtouren. Kurz gesagt: Die Finanzierung sowie die Route stehen endgültig fest, und nun geht es darum, die logistischen Herausforderungen zu bewerkstelligen. So einfach es auch erscheinen mag, eine Wegstrecke auf einer Karte einzuzeichnen, so schwierig wird die Durchführung des Vorhabens sein. Schließlich gibt es in der Wüste weder Straßen noch Wege, bestenfalls Pisten und unwegsames Gelände. Dementsprechend ist es ein großer Kraftakt, den Nachschub an Benzin und Öl, an Ausrüstungsmaterial und diversen Ersatzteilen für acht Fahrzeuge sowie die Verpflegung der zwanzigköpfigen Mannschaft zu organisieren. Bereits vor zwei Jahren hat André deswegen sechs Aufklärungstrupps entsandt, die als sogenannte Citroën-Kundschafter das notwendige Material, aber vor allem Benzin und Öl in geeignete Depots an unterschiedliche Plätze entlang der geplanten Route bringen sollen.

Nun, außer den notwendigen Materialien braucht die Expedition Ersatzmechaniker, die in der Lage sind, für diejenigen einzuspringen, die möglicherweise krank werden oder zu erschöpft sind, um weiterzuarbeiten. Als ich zufällig mitbekam, dass mein Mann händeringend auf der Suche nach geeigneten Leuten ist, kamen sofort Sie mir in den Sinn. Ich brachte sogleich Ihren Namen ins Spiel, doch André und

Kégresse winkten nur ab und meinten, das sei nichts für eine Frau. Ihre Haltung war ähnlich missbilligend wie die von den Messieurs Audouin-Dubreuil und Haardt, was mich sehr empört hat. Umso mehr reizt es mich seither, ihnen allen ein Schnippchen zu schlagen, und sei es nur, um den Herren der Schöpfung zu beweisen, wie unrecht sie haben.

Ich kann mir gut vorstellen, wie es nun in Ihrem Köpfchen rattert. Ich will Sie nicht länger auf die Folter spannen. Einer der Citroën-Kundschafter der Expedition ist mein guter Freund Eugène Bergonier. Dieser überaus bemerkenswerte Mann ist seit vielen Jahren Arzt in Französisch-Westafrika und nimmt Ende Oktober die aus Frankreich kommende Citroën-Ausrüstung im Hafen von Dakar im Senegal in Empfang, um sie zu den entsprechenden Depots zu bringen. Er wird der Expedition als ärztlicher Betreuer dienen, nachdem er seine Aufgaben erledigt hat. Die Fracht wird von einem Mechaniker aus Frankreich begleitet, der mit Bergonier nach Tessalit in Mali reist – der Ort liegt am Rande der Wüste Tanezrouft. Er wird dort auf die Expedition stoßen und einen anderen Mechaniker, der mit Bergonier zurückreisen wird, ablösen. Meine Idee war nun, dass Sie eben jener Ersatzmechaniker sein sollen. Ich habe mir lange den Kopf zerbrochen, wie wir das bewerkstelligen können. Als ich auf dem Schreibtisch von Andrés Sekretärin Mademoiselle Lamballe Bewerbungsunterlagen für jene Stellen liegen sah, kam mir eine einfache wie brillante Lösung. André hatte sich bereits für einen Mann namens Victor Moulin aus der Auvergne entschieden. Die briefliche Zusage samt den erforderlichen Papieren für Audouin-Dubreuil und den Zoll lagen bei Mademoiselle Lamballe fertig zum Versenden. Ich erbot mich kurzerhand, mich darum zu kümmern, und nahm die Unterlagen an mich. Durch diesen kleinen Schachzug befinde ich mich in der Lage, Sie anstatt dieses Monsieur Moulin nach Afrika zu entsenden. Keine Sorge, es wird nicht zum Schaden des Mannes sein. Meinen Erkundigungen zufolge ist Moulin weniger ein Abenteurer, als dass er das Geld braucht. Ich werde dafür sorgen, dass er eine andere Arbeit erhält, die ihn über eine Absage hinwegkommen lässt.

Nun bleibt allein die Frage: Sind Sie bereit, sich auf dieses waghalsige Abenteuer einzulassen? Sie müssten sich als Mann verkleidet in die équipe einschleusen, was vielleicht nicht einfach, aber dank meines ausgetüftelten Plans möglich sein müsste. Ist Ihnen dies erst mal gelungen, glaube ich kaum, dass man Sie wieder zurückschicken wird, selbst wenn der Schwindel auffliegen sollte.

Torie rieb sich ungläubig die Augen und las die letzten beiden Abschnitte noch einmal. Giorginas Idee war ebenso verrückt wie waghalsig. Am besten, sie vergaß den Brief sofort wieder. Doch natürlich war sie viel zu neugierig und las weiter.

Wir Frauen müssen unbedingt zusammenhalten, um uns einen ebenbürtigen Platz in dieser von Männern dominierten Welt zu schaffen, fühlen Sie sich dennoch zu nichts gedrängt. Sie gehen schließlich das Wagnis ein und werden für alle Konsequenzen geradestehen. Ich hingegen ziehe mir schlimmstenfalls den Rüffel meines Gemahls zu.

Sollten Sie sich tatsächlich dazu entschließen, meinen Vorschlag anzunehmen, schicken Sie mir schnellstmöglich ein Telegramm mit folgendem Codewort: Danke für die Genesungswünsche. *Sobald ich es in den Händen halte, werde ich Monsieur Moulin mitteilen, dass er für die Stelle nicht infrage kommt. Gleichzeitig lasse ich Ihnen seine Unterlagen zukommen, die Sie als Mechaniker der Mission Centre Afrique ausweisen. Außerdem erhalten Sie von mir eine Eisenbahnfahrkarte nach Marseille sowie eine Schiffspassage nach Afrika. Von diesem Zeitpunkt an werden Sie Victor Moulin sein und diese Rolle eine ganze Weile durchhalten müssen.*

Während der Expedition könnten immer wieder Journalisten Ihre Wege kreuzen. Sollte man Sie entlarven, werden sie sich wie die Aasgeier auf diese Story stürzen, was weder Audouin-Dubreuil noch

Haardt gefallen dürfte, zieht es doch die Aufmerksamkeit der Medien weg vom eigentlichen Ziel der Expedition. Das stellt allerdings eindeutig einen Vorteil für Sie als Frau dar, die bewiesen hat, dass sie den Männern in nichts nachsteht – was Sie wiederum nutzen können, sollte es wirklich notwendig sein.
In herzlicher Freundschaft
Ihre Giorgina Citroën

7

Ungeduldig stapfte Eugène Bergonier den Pier des Hafens von Dakar auf und ab, um nach dem längst überfälligen Frachtschiff aus Marseille Ausschau zu halten. Nun hatte das Schiff auch noch Verspätung, wo doch die Ladung schon vor Wochen hätte angekommen sein müssen. Wegen mehrerer Umstände waren sie bedenklich in Verzug gekommen. Er konnte nur hoffen, dass das Löschen der Fracht nicht allzu viel Zeit in Anspruch nehmen würde, andernfalls würde der letzte Zug nach Bamako im Tal des Niger in diesem Monat ohne sie abfahren. Gar nicht auszudenken, welche Folgen dies für den Start der Expedition haben würde. Man hatte ihn mit dem Anlegen und der Organisation der ersten drei Versorgungsdepots betraut. Erst danach würde er als weiteres Mitglied zur Mission Centre Afrique stoßen. Seine Aufgabe würde es sein, sich als Mediziner um die Gesundheit der Mitglieder zu kümmern.

Sein Herzblut hing jedoch an einer anderen Sache. Als Professor an der Ecole de Medecine von Dakar hatte er sich im Laufe der Jahre einen Ruf als Spezialist für Tropenkrankheiten erworben. Er hatte sein Leben dem Kampf gegen Malaria und die Schlafkrankheit verschrieben. Um sich einen Überblick über deren Verbreitung zu machen, hatte er vor, eine Karte der Epidemien zu erstellen, die in den zu durchquerenden Regionen existierten. Soweit es möglich war, wollte er die in den einheimischen Dörfern angewandten Prophylaxemethoden studieren und gegebenenfalls andere Behandlungsmöglichkeiten vorschlagen. Außerdem hoffte er, mehr über die Infektionsgründe der Tsetsefliege erforschen zu können, die die Schlafkrankheit übertrug. Es gab so vieles, was es auf der Forschungsreise für ihn zu entdecken gab.

Die Aufregung trieb Bergonier den Schweiß auf die Stirn, obwohl die Temperaturen durch den ständig wehenden Wind eigentlich erträglich waren. Die Anspannung der letzten Monate waren nicht so spurlos an ihm vorübergegangen, wie er sich hatte weismachen wollen, und doch freute er sich auf sein großes Abenteuer. Am Cap Manuel tauchte endlich ein größeres Frachtschiff auf, das seinen weißen Dampf unübersehbar in den tiefblauen Himmel stieß. Endlich! Er zog sein Taschentuch hervor, um sich damit die Stirn abzutupfen. Dann machte er sich auf den Weg an die Landestelle.

Während das Schiff anlegte, hielt er Ausschau nach dem Mann, der die Ersatzteile, Werkzeuge und anderes wertvolles Ausrüstungsmaterial begleitete. Wie hieß er noch? Er konnte nur hoffen, dass er ein handfester Kerl war, der gleich richtig mit anpackte. Umso größer war seine Enttäuschung, als ihm wenig später ein schmächtiger junger Mann gegenüberstand, dem noch nicht einmal der Bart richtig spross. Noch dazu hatte er eine Gesichtsfarbe, die irgendwo zwischen käsebleich und schimmelgrün lag. Offenbar war ihm die Seefahrt nicht besonders gut bekommen.

»Da sind Sie ja endlich«, empfing er ihn unfreundlich. »Haben Sie wenigstens dafür gesorgt, dass unsere Fracht als Erstes gelöscht wird?«

Bergonier war sehr wohl bewusst, dass der junge Mann weder Schuld an der Verspätung des Schiffes hatte, noch dass es in seinen Aufgabenbereich fiel, sich um das Löschen der Fracht zu kümmern. Seine Laune war allerdings so schlecht, dass er ihm keinen herzlicheren Empfang bieten konnte.

»Ihnen auch einen schönen guten Tag. Mein Name ist Victor Moulin, und Sie sind bestimmt Professor Dr. Bergonier«, erwiderte der junge Mann mit einem entwaffnenden Lächeln, das so gar nicht zu seiner Gesichtsfarbe passen wollte. »Und ja, ich habe mich beim Frachtmeister vergewissert, dass unsere Ladung als Erstes von Bord kommt.«

Er überreichte ihm prompt die Frachtpapiere und machte ihn darauf aufmerksam, dass er sich mehrmals auf der Reise vergewissert hatte, dass alles in Ordnung war. Bergonier grunzte, um seine Überraschung zu kaschieren. Mit diesem Engagement hatte er nicht gerechnet.

»Dann stehen Sie nicht länger herum! Uns läuft die Zeit davon.« Mit einer ungeduldigen Handbewegung bedeutete er ihm mitzukommen.

Er war noch nicht davon überzeugt, dass dieser Hänfling zu viel nütze war. Auch wenn der Mann mitdachte, bezweifelte er stark, dass er körperlich dem gewachsen sein würde, was sie erwartete. Doch in den folgenden Stunden fand er keinerlei Anlass, sich zu beschweren. Tatsächlich hatte Moulin nicht zu viel versprochen. Als mit dem Löschen der Ladung begonnen wurde, waren die Kisten von Citroën die ersten, die von Bord gebracht wurden. Der junge Mann schien seine Augen überall zu haben. Er achtete darauf, dass die Männer an den Hebekränen genauso sorgsam mit der Fracht umgingen wie die von ihm angeworbenen Arbeiter, die die Kisten auf Lastwagen verluden. Bergonier blieb nichts anderes zu tun, als seine Liste mit deren Inhalt abzugleichen. Alles ging reibungslos und viel schneller vonstatten, als er gedacht hatte.

Knapp drei Stunden später setzte sich der Konvoi mit der Ladung in Richtung Bahnhof in Bewegung. Auch beim Verladen der Fracht von den Lastwagen in die Waggons stellte sich Moulin als wertvolle und unermüdliche Hilfe heraus. Als sie kurz vor Mitternacht schließlich alles verladen hatten, musste Bergonier zugeben, dass er sich in dem schmalen Bürschchen getäuscht hatte. Moulin ließ keinerlei Schwäche erkennen, obwohl er vor Hunger und Müdigkeit sicher längst an seine Grenzen gekommen war.

»Kommen Sie! Wir machen es uns schon mal in dem Waggon gemütlich«, brummte er versöhnlich. Er freute sich bereits auf das Nachtlager, wenn es auch kärglich war, und auf die kräftige Mahlzeit, die er geordert hatte. »Wir werden die paar Stunden bis zur Abfahrt des Zuges hier verbringen, eine Übernachtung im Hotel lohnt sich nicht«, erklärte er. »Sehen Sie mal in den Körben nach, darin müssten sich Wein, Käse und Brot befinden.« Stöhnend ließ er seinen schweren Körper auf das Strohlager sinken, das seine Leute vorbereitet hatten. Er forderte Moulin auf, etwas Wasser zum Waschen aus einem der Kanister in die Emailschüssel zu schütten, die für sie bereitstand. »Fangen Sie ruhig an. Ich muss erst meine Stiefel loswerden«, bot er ihm großzügig an. Seine Füße brannten wie Feuer, da er sie noch nicht richtig eingelaufen hatte. Offene Blasen bestätigten seine Befürchtung. Während er sie notdürftig versorgte, begann Moulin, sich Gesicht und Hände zu waschen. Sein Hemd ließ er merkwürdigerweise an, obwohl es schweißdurchtränkt war. »Sie müssen sich vor mir nicht genieren«, zog Bergonier ihn gutmütig auf. »Nur runter mit den Klamotten! Ich bin schließlich Arzt und mit der Anatomie eines Mannes durchaus vertraut.«

»Das ist nicht nötig«, gab Moulin verschämt zurück und schüttete das gebrauchte Wasser in hohem Bogen aus der geöffneten Waggontür.

Bergonier sparte sich eine weitere Bemerkung und machte sich ebenfalls daran, sich zu erfrischen. Allerdings zeigte er nicht so viel Zurückhaltung – er zog sich ungeniert aus. Dass Moulin peinlich vermied, ihn anzusehen, überging er ebenfalls. Danach machten sich die beiden Männer über den Proviant her. Immerhin konnte der junge Mann ordentlich essen, was nach der schweren Arbeit kein Wunder war. Wahrscheinlich hatte er während der Überfahrt nur wenig zu sich genommen, so seekrank, wie er ausgesehen hatte. Bergonier beschloss, seinen neuen Reisekumpan nicht mehr allzu kritisch zu sehen und ihn ein wenig auszufragen.

»Wie ein Mann aus der Auvergne redest du nicht gerade, Victor«, bemerkte er, nachdem er ihm das vertraute Du angeboten hatte. Die Wüste war nicht der Ort für übertriebene Höflichkeiten.

»Meine Familie stammt ursprünglich aus der Gegend von Paris«, gab der junge Mann zurück. »Wir haben nur die letzten zehn Jahre in der Auvergne verbracht.«

»Und was hat dich auf die Idee gebracht, dich auf die Mechanikerstelle zu bewerben? Vermutlich hast du keine Ahnung, auf was du dich da einlässt.«

»Weißt du denn, was dich erwartet?«, konterte sein Begleiter schlagfertig. Er hob seine schmalen Schultern und sah ihn von der Seite an. »Ich liebe eben Herausforderungen genauso sehr wie das Lösen technischer Probleme. André Citroën ist ein Visionär, was die Zukunft der Technik anbelangt. Ich will ihm helfen, seine Ideen zu verwirklichen.«

»Du bist ein Träumer, Victor!« Bergonier musste über so viel Enthusiasmus schmunzeln. »Wir sprechen uns noch einmal in ein paar Tagen und dann wieder in ein paar Wochen. Wetten, dass du deine Sicht auf die Dinge dann grundlegend verändert hast?«

»Das werden wir ja sehen!« Victor grinste selbstsicher. »Auf jeden Fall haben wir nach unserer Rückkehr viel zu erzählen.«

»Von krank machenden Mücken, wilden Tieren und unendlicher Plackerei«, prophezeite Bergonier und hob dabei seinen Becher mit Wein ein letztes Mal. »Und nun sollten wir die paar Stunden bis zur Abfahrt nutzen, um ein wenig zu schlafen.«

Während Bergonier nur wenige Minuten später tief und gleichmäßig zu schnarchen begann, lag Torie hellwach mit hinter dem Kopf verschränkten Armen auf ihrem Strohlager und ließ die letzte Zeit Revue passieren.

Der Brief von Giorgina hatte eine wahre Flut an Emotionen in ihr ausgelöst. Nie im Leben wäre sie von selbst auf so eine verrückte Idee gekommen. Aufgeregt, wie sie war, erzählte sie erst Clarissa und später dann auch Mia von der Idee. Während die eher vernünftige Clarissa ihr das Abenteuer auszureden versuchte, war Mia als eingefleischte Frauenrechtlerin sofort Feuer und Flamme.

»Du hast überhaupt nichts zu verlieren«, sagte sie und machte ihr damit Mut. »Wenn du es schaffst, dich in die *équipe* einzuschleusen, ohne dass jemand herausfindet, dass du eine Frau bist, hast du schon gewonnen«, behauptete sie. »Stell dir vor, was für einen Wirbel das entfachen wird, wenn herauskommt, wie du die Mannsbilder an der Nase herumgeführt hast.« Sie rieb sich vergnügt die Hände. »Damit zeigst du allen Frauen, was wir wirklich zu leisten imstande sind. Du könntest eine Vorreiterrolle übernehmen wie die Amerikanerin Amelia Earhart. Neulich habe ich in einem Journal einen Artikel über sie gelesen. Sie ist genauso technikbegeistert wie du und fliegt als Pilotin auf Flugschauen. Erst kürzlich hat sie einen Weltrekord aufgestellt. Sie hat als erste Frau mit ihrem Flugzeug *Canary* eine Flughöhe von vierzehntausend Fuß erreicht. Das sind fast viertausenddreihundert Meter, stell dir das nur vor!«

So begeistert sich Mia zeigte, so kritisch blieb Clarissa. »Es wird dich deine Stellung bei Citroën kosten«, gab sie zu bedenken. »Er wird es nicht hinnehmen, dass du ihn hintergehst!«

»Aber Giorgina gibt mir doch Rückendeckung«, erwiderte Torie. »Außerdem war es Ihre Idee.«

Clarissa zeigte sich dennoch nicht überzeugt. »Sie weiß gar nicht, was sie da tut«, behauptete sie. »Und sie hat in der Firma garantiert rein gar nichts zu sagen. Sie gehört bestimmt zu denjenigen, die zwar vorgeben, für die Rechte der Frauen einzustehen, aber wenn es dann darauf ankommt, wird sie nichts für dich tun können ...«

»Das ist mir egal«, behauptete Torie. Je mehr Clarissa ihr widersprach, desto mehr begann sie, sich für den Plan zu erwärmen. »Ich bin eine gute Mechanikerin, sogar in mancherlei Hinsicht besser als viele meiner Kollegen. Das weiß ich ganz genau, auch wenn es sich wie Angeberei anhört. Wieso soll ich mich mit einer Zurückweisung abfinden? Nur weil ich eine Frau bin?« Die Worte von Fritz Ackermann kamen ihr plötzlich wieder in den Sinn und der Moment, als er ihr seine Medaille geschenkt hatte. »Keine noch so große Schwierigkeit soll dich an der Verwirklichung deiner Zukunftspläne hindern, und erst recht nicht die Tatsache, dass du ein Mädchen bist«, hatte er zu ihr damals gesagt. Erst jetzt begann sie zu begreifen, wie recht er damit hatte.

Noch vom Krankenhaus aus schickte sie Giorgina das verabredete Telegramm und erhielt bereits kurz nach ihrer Entlassung die notwendigen Unterlagen für ihre Reise nach Marseille und die Passage nach Dakar. Nun musste sie sich nur noch eine Ausrede einfallen lassen, weshalb sie nicht zurück ins Citroën-Werk kommen konnte. Da man sie aufgrund ihrer Krankheit in eine neue

Abteilung versetzt hatte, wurde sie ohnehin noch nicht vermisst. Mit einiger Überredungskunst gelang es ihr schließlich, Maurice davon zu überzeugen, ihr eine mehrmonatige Krankschreibung auszustellen, die er damit begründete, dass sie sich erst noch von den Komplikationen ihrer Operation erholen müsse. Damit war auch dieses Problem gelöst.

Clarissa, die aus ihrer gemeinsamen Schulzeit noch über ausreichende Erfahrungen als Schauspielerin und Maskenbildnerin verfügte, unterstützte sie schließlich doch tatkräftig. Sie ging nicht nur mit ihr zum Frisör, der ihr eine Kurzhaarfrisur verpasste, sondern stand ihr auch bei der Auswahl passender Männerkleidung bei. Eine Schirmmütze, die sie tief in die Stirn ziehen konnte, ergänzte ihre Ausrüstung. Damit gelang es ihr perfekt, ihre weiblichen Gesichtszüge zu kaschieren. Unter viel Gekicher studierten sie männliches Gehabe ein, angefangen vom breitbeinigen Gang bis hin zum Sprechen mit einer tieferen Stimme.

Beim Abschied am Bahnsteig, wo sie auf den Zug nach Marseille warteten, war Clarissa mindestens ebenso aufgeregt wie Torie.

»Ich wünsche mir, auch so mutig sein zu können wie du, Torie«, sagte Clarissa nachdenklich. »Mir wird erst jetzt bewusst, wie eingeengt ich mich in meinem jetzigen Leben fühle.«

»Bist du denn nicht glücklich?«

Torie kannte die Antwort längst, dennoch stellte sie die Frage. Selbst einem Blinden wäre es aufgefallen, dass ihre Ehe nicht glücklich war. Es lag nicht nur daran, dass sich Maurice durch seine Kriegserlebnisse stark verändert hatte, sondern auch an den fehlenden Gemeinsamkeiten zwischen den beiden. Zwar war ihr Verhältnis stets von freundlicher Zuneigung und respektvollem Miteinander geprägt, doch sie hatte in den Wochen ihrer Anwesenheit nie einen Hauch von Innigkeit oder gar Liebe zwischen den beiden gespürt. Maurice lebte ganz offensichtlich in seinem eigenen Kosmos, in dem weder sie noch Clarissa eine wichtige Rolle zu spielen schienen. Dass er nicht mit an den Bahnhof gekommen war, sondern wieder einmal ein Treffen mit diesem Nationalsozialisten Stefan Reuter vorgezogen hatte, sagte alles.

»Ich würde so gern nach Paris ziehen«, erwiderte Clarissa und wich damit ihrer Frage aus. »Ich habe Briefkontakt zu Sonia Delaunay und nun auch zu Gertrude Stein. Sie haben mich mehrfach eingeladen, Teil ihres Zirkels zu werden. Doch Maurice möchte nicht mehr zurück.« Sie seufzte. »Deswegen wird es wohl erst mal ein Traum bleiben.«

»Du könntest allein reisen«, schlug Torie vor.

Clarissa blieb unschlüssig. »Ich käme mir wie eine Verräterin vor«, meinte sie nur und wechselte rasch das Thema.

Auch von Mia hatte sich Torie herzlich verabschiedet und ihr versprochen, sich bei ihr zu melden, sobald ihr Abenteuer überstanden war. Sie beide verband nicht nur der Wille, sich ihren eigenen, selbstbestimmten Weg zu bahnen, sondern auch herzliche Zuneigung. Seltsam fand sie nur die Beziehung zwischen Mia und Maurice. Zweifellos fühlten sich die beiden zueinander hingezogen, doch jedes Mal, wenn sie aufeinandergetroffen waren, war die Atmosphäre zwischen beiden angespannt gewesen. Mia nahm es ihm übel, dass er sich nicht von ihr hatte retten lassen. Wegen dieser Angelegenheit hätte sie sich um ein Haar vor dem Kriegsgericht verantworten müssen. »Dein Bruder läuft vor sich selbst davon«, hatte sie ihr ohne Umschweife erklärt. »Wir haben alle unsere Probleme, aber es hilft nicht, sich ihnen nicht zu stellen. Wir brauchen dringend Ärzte, aber dein Herr Bruder spielt hier lieber den mittelmäßigen Hausmeister. Dafür habe ich keinerlei Verständnis.«

Torie hatte das unbestimmte Gefühl, dass sich dahinter noch mehr verbarg.

Sie schreckte aus ihrer Erinnerungsreise auf. Und nun war sie tatsächlich in Afrika. Sie konnte es immer noch nicht glauben, dass es ihr tatsächlich gelungen war, auch die nächste Hürde zu nehmen. In Marseille hatte es bereits die ersten Schwierigkeiten gegeben. Die Abfahrt ihres Schiffes hatte sich um mehrere Wochen verzögert, weil wichtige Ersatzteile verloren gegangen waren, neu gefertigt und besorgt werden mussten. Torie hatte die Zeit in einer Schlosserei verbracht, die mit der Firma Citroen zusammenarbeitete. Es war die erste Bewährungsprobe in ihrer neuen Rolle als Mann gewesen. Zum Glück hatte keiner ihrer Kollegen Verdacht geschöpft. Sie hatte festgestellt, dass die Männer ihre Arbeit verband und sie so gut wie gar nicht auf Äußerlichkeiten achteten. Statt der geplanten Abfahrt Ende August war es bereits November gewesen, als sie endlich in See gestochen waren. Auch Bergonier hatte bislang keinerlei Verdacht geschöpft, und wenn das Schicksal ihr weiterhin gewogen blieb, würde sie auch den letzten Schritt schaffen und Mitglied der Expedition werden.

Irgendwann übermannte sie die Müdigkeit. Das Ruckeln des anfahrenden Zuges weckte sie schließlich unsanft aus einem bleiernen Schlaf. Bergonier war längst auf den Beinen und stand an der immer noch offenen Waggontür, um die Abfahrt zu überwachen. Ein Bote aus der Stadt hatte ihm soeben noch ein Telegramm überbracht. Der Expeditionsarzt strich sich besorgt über seinen buschigen Schnurrbart, während er die Worte las.

»Schlechte Nachrichten?«

»Kann man wohl sagen«, brummte er besorgt. »Dieser verdammte Gaston Gradis ist mit seiner Planung weiter, als wir dachten. Seine Renault-Expedition soll zeitgleich mit unserer Mitte November starten. Das ist eine Katastrophe!«

Torie warf ihm einen verständnislosen Blick zu. »Ist das schlimm? Ich dachte, dass die Renault-Leute ganz andere Ziele verfolgen als wir. Die wollen doch nur die Land- und Luftkommunikation zwischen Algerien und der Kolonie Niger untersuchen. Wir werden schließlich Afrika durchreisen.«

»Das ist wohl wahr. Leider deckt sich Renaults Strecke mit dem ersten Teil unserer Etappe. Die Presse wird das Unternehmen zu einem Wettlauf hochspielen. Dem Sieger winkt dann die erhöhte Aufmerksamkeit. Das könnte den Erfolg unserer gesamten Expedition infrage stellen.«

»Ich verstehe.« Torie war durch ihre Arbeit bei Kégresse, von der Bergonier natürlich nichts wusste, ziemlich gut über den Konkurrenten informiert. »Die sechsrädrigen Fahrzeuge von Renault sind zwar störanfälliger als die Citroën-Raupen, dafür aber auf Sandstrecken schneller«, begriff sie sofort. »Mit nur wenig Glück werden sie also schneller im Ziel sein als unsere.«

»Davon müssen wir leider ausgehen, denn die Renault-Leute haben noch einen weiteren Vorteil. Dieser Hund von Gradis ist im März die Strecke von Colomb-Béchar bis in die Region Gao schon einmal gefahren. Er kennt die befahrbaren Pisten.«

»Und die Brüder Georges und René Estienne wollen einen Rekord für Langstreckengeschwindigkeit aufstellen.« Auch das hatte Torie von Kégresse mitbekommen.

»Deswegen blieb Audouin und Haardt auch nichts anderes übrig, als früher aufzubrechen«, teilte Bergonier ihr kopfschüttelnd mit. »Und das bringt uns in gewaltige Zeitnot.« Plötzlich stutzte er. »Du weißt erstaunlich viel über die Renault-Expedition.«

Torie überging seine Bemerkung. »Nur das, was in den Zeitungen steht«, antwortete sie rasch.

Bergonier hielt einen Moment inne, sprach dann aber weiter. »Wie auch immer. Wir müssen rasch eine Lösung finden, wie wir schneller von Bamako nach Bourem gelangen können, wo wir auf die Expedition treffen sollen. Unsere Leute werden vermutlich schon erheblich früher als geplant eintreffen.« Er nahm eine Landkarte zur Hand und breitete sie vor ihr aus. »Die Eisenbahnstrecke endet in Bamako. Zwischen dort und Bourem befindet sich nichts als unwegsames Gelände – Urwald, Steppen und Wüste. Ursprünglich wollte ich die Fracht auf Dromedare verladen lassen, die bereits in Bamako auf uns warten. Doch das kommt nun nicht mehr infrage. Die Karawane wäre zu langsam, um rechtzeitig in Bourem zu sein.«

Torie konnte seine zunehmende Nervosität gut nachvollziehen und begann mit Blick auf die Karte ebenfalls nach Lösungen zu suchen.

»Von Bamako ist es nur ein kurzes Stück bis an den Niger«, stellte sie fest. »Ist der Fluss dort schiffbar?«

Bergonier warf ihr erst einen überraschten, dann einen anerkennenden Blick zu. »Du meinst, wir sollen die Fracht auf Pirogen transportieren?«

Sie hatte sich auf der Reise einiges angelesen und vieles von Mitreisenden gelernt. Deshalb wusste sie, dass eine Piroge ein mit seitlich aufgesetzten Planken erhöhter Einbaum war, der von den Einheimischen vorwiegend als Wassertransportfahrzeug genutzt wurde.

»Warum nicht?«, erwiderte sie. »Wenn das möglich ist.«

»Die Idee ist nicht übel.« Bergonier nahm ihren Gedanken tatsächlich auf. »Pirogen gibt es am Niger wie Sand am Meer.« Die Sorgenfalten auf seiner Stirn verschwanden zusehends. »Das ist womöglich die Lösung.« Wie auf Knopfdruck war seine gute Laune wiederhergestellt. »Nicht übel, Victor!« Er schlug Torie so heftig auf den Rücken, dass sie husten musste. »Mit den Booten schaffen wir die Strecke vermutlich in ein bis zwei Tagen.«

Einen guten Teil der zweitägigen Eisenbahnfahrt half Torie Bergonier beim Pläneschmieden. Die Zeit während eines etwas längeren Zwischenstopps nutzte ihr Reisebegleiter, um ein Telegramm nach Bamako zu schicken, er wollte seine Leute vorab informieren. Die Antwort erwartete ihn auf einem der nächsten Stopps. Bergonier war guter Dinge. Schon bald zeigte er sich von seiner geselligen Seite, und Torie bot sich die Gelegenheit, den kauzigen Wissenschaftler ein wenig näher kennenzulernen. Dabei erfuhr sie viel über die Ziele der Expedition.

»Du musst dir bei allem, was in den kommenden Monaten auf dich zukommen wird, im Klaren darüber sein, was für eine Ehre es ist, zu Monsieur Citroëns Mannschaft zu gehören«, wurde sie zu Beginn ihrer Unterhaltung erinnert. »Egal, was an Strapazen auf dich zukommen mag, du gehörst zu den wenigen, die für die Mission ausgesucht wurden. Offenbar verfügst du über gewisse Fertigkeiten, die Monsieur Citroën an dir schätzt. Vor Kraft strotzen tust du ja nicht gerade.« Bergonier lachte laut auf, als er bemerkte, dass Torie errötete. »Keine Sorge, wenn du das alles heil überstehst, wird selbst aus dir ein richtiger Mann geworden sein.« Sie enthielt sich eines Kommentars und kam auf die anderen Teilnehmer zu sprechen. So erfuhr sie, dass ihre Expedition mittlerweile von drei Ministerien und zwei wissenschaftlichen Gesellschaften unterstützt wurde und nun offiziell wirtschaftliche, humanitäre, wissenschaftliche und kulturelle Expedition genannt werden durfte. »Alle Teilnehmer zeichnen sich durch ihre Kompetenz und Erfahrung aus«, erklärte der Arzt, ohne sich Mühe zu geben, seinen Stolz zu verbergen. »Haardt und der gute Audouin haben sich samt einiger Mechaniker wie Penaud und Rabaud bereits bei der ersten Sahara-Mission im Automobil einen Namen gemacht. Major Bettembourg, ein ausgezeichneter Soldat mit Expeditionserfahrung, hat vierzehn Jahre im Sudan, der Kolonie

Niger und im Tschad verbracht. Er ist übrigens maßgeblich an der Routenfestlegung der Mission Centre Afrique beteiligt. Ebenso wie meine Wenigkeit hat er beim Anlegen der verschiedenen Versorgungsdepots entlang unserer Strecke einen Anteil. Seine Aufgabe während der Reise wird das Kartografieren der Strecke sein, damit dort künftig Straßen und Pisten entstehen können. Das Kolonialministerium erwartet zudem von ihm einen Bericht über die Entwicklung des Kolonialbesitzes. Für die Logistik unserer technischen Versorgung ist Ingenieur Charles Brull zuständig. Der Gute ist begeisterter Hobbygeologe, was uns ebenfalls von Nutzen sein wird.« Bergonier zupfte genüsslich an seinem Schnurrbart und lachte verschmitzt. »So wie es mein Hobby ist, besondere Exemplare der Tierwelt zu präparieren. Auf unserer Reise werde ich eine zoologische Sammlung für Monsieur Citroën erstellen.«

»Muss das denn sein? Heutzutage gibt es doch Fotografien und sogar Filme, die die Tiere in ihrer natürlichen Umgebung zeigen. Wozu muss man sie dann noch töten und ausstopfen?« Torie machte keinen Hehl daraus, wie wenig ihr das gefiel.

Bergonier nahm ihr den Einwand nicht übel. »Wahrscheinlich möchte der *patron* einfach ein paar außergewöhnliche Bildmotive für die Presse haben«, mutmaßte er. »Mir persönlich macht das Präparieren nicht nur Spaß, ich sehe eine Kunst darin. In meinen Augen erweise ich einem toten Tier die Ehre, seinen Charakter den Menschen in ausgestopfter Form nahezubringen.« Er stieß Torie robust in die Seite. »Nun mach nicht solch ein Gesicht. Wir werden unterwegs an der einen oder anderen Großwildjagd teilnehmen. Da wird aus dir schon noch ein ordentlicher Mann werden.«

Torie verzichtete auf jede weitere Bemerkung. Dafür wurde ihr umso deutlicher bewusst, auf was für eine Reise sie sich eingelassen hatte. Bergonier erzählte ihr unterdessen einiges über die drei Expeditionsteilnehmer, die für die ethnografische Dokumentation zuständig waren. Alexander Iacovlew hatte sie ja bereits kennengelernt. Der ebenso charmante wie rücksichtslose Mann hatte auf dem Sommerfest in Paris einen bleibenden Eindruck bei ihr hinterlassen. Nun hoffte sie, dass ihre Verkleidung gut genug war, um ihn und auch Audouin zu täuschen. Mia hatte ihr jedenfalls optimistisch versichert, dass ihr Plan, sich als Mann auszugeben, schon deshalb funktionieren musste, weil niemand damit rechnen würde, dass sich eine Frau in diese Männerwelt vorwagte. Sie hoffte, dass sich das bewahrheitete. Die beiden anderen Männer, Léon Poirier und Georges Specht, waren ein Filmemacher und ein Fotograf und Kameramann. Sie würden eine Dokumentation über die Mission Centre Afrique drehen.

Als sie gegen Mittag des nächsten Tages die über zweihundert Meter lange Eisenbahnbrücke von Kidira über den Falémé überquerten, war es nicht mehr weit bis zu ihrem Ziel.

8

Julien stand auf der Dachterrasse des aus Lehm und Steinen erbauten Forts von Bourem und hielt mit seinem Fernglas Ausschau nach aufwirbelndem Staub. Es war der Abend des 18. November, und die Teilnehmer der Mission Centre Afrique mussten seinen Informationen nach am heutigen Tag eintreffen. Bislang war er der einzige Journalist vor Ort, was ihm einen eindeutigen Vorteil gegenüber seinen Konkurrenten verschaffte. Die meisten Kollegen kannten weder die genaue Route noch besonders viel Einzelheiten. Außerdem scheuten sie die Anstrengungen solch einer Reise und begnügten sich damit, nur aus der Wüste Tanezrouft zu berichten. Er wiederum hatte bewusst nicht über diesen Abschnitt der Reise berichtet, da über die vorangegangenen Sahara-Missionen bereits genug geschrieben worden war. Er beabsichtigte, den unbekannten Teil der Expedition zu schildern. Dafür würde er sich den Teilnehmern, so gut es eben ging, an die Fersen heften.

Über einen Bekannten von Major Bettembourg war er an Informationen über den geplanten Routenverlauf gekommen und deshalb im Bilde. Es hatte ihn eine Stange Geld gekostet. Doch wenn er der einzige Reporter war, der darüber berichtete, würde das einige Aufmerksamkeit in der Branche wecken und seinem Ruf als Journalist zuträglich sein. Auch seine Berichterstattung unterschied sich von der vieler anderer Journalisten. Die meisten

Kollegen begnügten sich mit technischen Details und komplizierten Routenbeschreibungen. Er hingegen wollte auch die weibliche Leserschaft ansprechen, die technischen Details allgemeinverständlich erklären und darüber hinaus die menschliche Seite der Expedition beleuchten. Dafür musste er unbedingt einzelne Teilnehmer interviewen. Von Ingenieur Brull oder von dem scharfsinnigen Mechaniker Penaud versprach er sich technische Informationen. Menschliche Aspekte hoffte er von dem blasierten russischen Maler zu erhalten, der bestimmt selbstverliebt genug war, um ihn mit amüsanten Details zu versorgen.

Der stumpfe Schmerz in seinem versteiften Bein machte ihn darauf aufmerksam, dass er schon viel zu lange stand. Doch darauf wollte Julien jetzt keine Rücksicht nehmen. Er vergewisserte sich nochmals, dass seine Kamera schussbereit war. Von seiner Position aus erhoffte er sich ein gutes Motiv, wenn die Raupenfahrzeuge mit ihrer Begleitmannschaft eintrafen. Sein Gegner war die einsetzende Dämmerung, bald würde es zu dunkel für eine Fotografie werden. Doch das Glück war ihm hold. Zu der Stunde kurz vor Sonnenuntergang, als das Fort sich violett zu färben und das Wasser des Niger in atemberaubenden Farben zu schillern begann, wurde seine Geduld belohnt. Noch bevor die Staubwolke die Fahrzeuge ankündigte, übertönte das Brummen starker Motoren die Alltagsgeräusche der Umgebung. Aus allen Winkeln der Stadt strömten plötzlich Neugierige herbei, die das ungewöhnliche Spektakel mit eigenen Augen erleben wollten.

Julien schoss mehrere Bilder und hoffte inständig, dass eines davon brauchbar war. Dann machte auch er sich auf den Weg vor die Stadttore. Er wollte unbedingt weitere Fotos machen, bevor er sich an die Teilnehmer ranmachte.

Mit steifen Gliedern und schmerzendem Rücken kämpften sich Alexander Iacovlew und seine Mitfahrer von den Sitzen ihres Raupenfahrzeugs, das den vielversprechenden Namen Pegasus trug. Gut drei Wochen waren sie nun schon unterwegs, sie hatten gut ein Zehntel von achtzehntausend geplanten Kilometern hinter sich gebracht. Während sich Specht und Poirier sofort an ihren Kameras zu schaffen machten, um die Schar heraneilender Kinder und Frauen zu filmen, begnügte sich Iaco, wie er von seinen Mitreisenden genannt wurde, mit dem Blick des Beobachters. Für ihn war es jedes Mal ein erhebendes Erlebnis, wenn die Bewohner der Orte, durch die sie fuhren, heraneilten, um die Fremden in ihren merkwürdigen Fahrzeugen in Augenschein zu nehmen. Wie so oft zeigten die Kinder die wenigsten Berührungsängste. Die Frauen und Männer verhielten sich meist abwartend, manchmal sogar feindlich, doch an diesem Abend wurden sie freundlich empfangen.

Welch wundervolles Licht, dachte Iaco beim Anblick der im Sonnenuntergang rötlich schimmernden Lehmmauern. Wie überall im Sudan wurden die Häuser von Bourem aus *banco* gebaut, einer Mischung aus Erde und Stroh, die an der Sonne getrocknet wurde. Vermutlich verfügte fast jedes Haus in dieser Region über einen Innenhof und eine Dachterrasse. Besonders aber faszinierten ihn die abwechslungsreichen Ornamente an den Balustraden und Fensteröffnungen. Zu dieser Tageszeit zeichneten ihre Schatten grafische Muster in den Sand. Er wurde von einem neugierigen Jungen von etwa zehn Jahren bei seiner Betrachtung unterbrochen, der gerade versuchte, auf den *Pegasus* aufzusteigen, um ihn näher zu inspizieren. Iaco verscheuchte ihn mit einer ungeduldigen Handbewegung, doch dann fiel ihm das wunderschöne Profil des Kleinen auf und er pfiff den Jungen zurück. Er erwog, ihn für eines seiner Porträts auszuwählen, falls sich überhaupt Zeit dafür fand. Die Neugier des Jungen siegte über seine Angst, er kam tatsächlich wieder näher.

Iaco winkte Baba Touré, der Koch und Dolmetscher seiner Truppe war, zu sich und bat ihn, den Jungen zu fragen, ob er sich etwas Geld verdienen wolle. Der Kleine willigte sofort ein und streckte frech grinsend seine Hand aus. Geduldig begann Baba Touré dem Jungen zu erklären, dass er erst arbeiten musste und dann das Geld erhalten würde. Iaco steckte ihm dennoch eine Münze zu und versprach ihm mehr, falls er sich am nächsten Morgen rechtzeitig bei den Autos einfände. Der Junge riss ihm die Münze aus der Hand und verschwand wie ein geölter Blitz in der Menge.

»Du sein eine schlaue Mann«, lobte ihn Baba Touré mit einem Augenzwinkern. »Du wecken Gier von Junge. Du wollen sein sicher, dass wiederkommt.«

»Das funktioniert meistens.« Iaco grinste. »Nun muss ich nur noch hoffen, dass Bergonier sich mit dem neuen Mechaniker ein wenig Zeit lässt.«

»Sie heute werden erwartet«, wusste der Koch, der seine Ohren überall zu haben schien. »Monsieur Haardt hat Nachricht bekommen soeben.«

»Schade«, entfuhr es Iaco, der sich um etwas freie Zeit betrogen fühlte. Nach den Strapazen der letzten Tage hätte sie ihm gutgetan.

Baba Touré zuckte nur mit den Schultern und verabschiedete sich, um sich um das Abendessen zu kümmern. *Der Kerl ist nicht nur ein Sprachgenie, sondern noch dazu ein Organisationstalent, von seinen Fähigkeiten als Koch einmal ganz abgesehen*, ging es Iaco schmunzelnd durch den Kopf. Nur dass Haardt ihn als persönlichen Butler benutzte, missfiel ihm ebenso wie einigen anderen seiner Mitreisenden. Zwischen den Menschen, die ihre Raupenfahrzeuge umringten, entdeckte Iaco mit einem Mal einen winkenden, europäisch aussehenden Mann, der auf ihn zuhumpelte. Als er den Fotoapparat in seinen Händen erkannte, wusste er, dass er es mit einem Zeitungstypen zu tun bekommen würde. Auch das noch! Er sehnte sich nach einer anständigen Mahlzeit und etwas Ruhe und nicht nach lästigen Fragen. Doch Teil ihrer aller Verträge mit Citroën war es, dass sie sich diesen lästigen Schmeißfliegen gegenüber auskunftsbereit zeigen mussten. Zum Glück stand nicht dabei, dass man auch freundlich zu sein hatte.

»Willkommen in Bourem, Monsieur Iacovlew«, begrüßte ihn der Mann mit einem überraschend offenen Lächeln. Er nahm den anderen ungnädig ins Visier und verzichtete darauf, den Gruß zu erwidern. Plötzlich kam ihm der Journalist bekannt vor. Waren sie sich schon in Colomb-Béchar begegnet? »Mein Name ist Julien Ruiz, und ich arbeite für die *New York World*«, stellte er sich dann prompt vor. »Darf ich Ihnen bei Gelegenheit ein paar Fragen zu Ihrer ersten Etappe stellen?«

»Warum gerade mir?«, raunzte Iaco unfreundlich. »Suchen Sie sich doch ein geeigneteres Opfer. Monsieur Audouin oder Monsieur Haardt zum Beispiel. Die können Ihnen viel mehr erzählen. Ich bin hier nur der Maler.«

Er hoffte, ihn durch seine Unfreundlichkeit zu vergraulen. Dieser Ruiz dachte aber gar nicht daran zu verschwinden.

»Sie als Künstler werden eine ganz andere Sicht auf die Dinge haben als die Techniker der Croisière«, gab sich der Journalist unbeeindruckt. »Ich möchte die technischen und die menschlichen Sichtweisen gern einander gegenüberstellen. Das wird die Aufmerksamkeit meiner Leserinnen und Leser mit Sicherheit erhöhen.«

»Vermutlich«, brummte Iaco ungehalten. »Dann nehmen Sie Monsieur Poirier. Er beabsichtigt, einen Dokumentarfilm über die Expedition zu drehen. In der Tanezrouft hatte er eine Vision, die ihm sogar schon den Titel eingeflüstert hat: *Croisière Noire – Schwarze Kreuzfahrt*. Wenn Sie mich jetzt entschuldigen wollen!« Iaco wollte sich abwenden, aber da hielt Ruiz ihm eine Flasche Cognac vor die Nase.

»Wollen wir unsere Unterhaltung später vielleicht bei einem Glas Cognac fortsetzen?«, schlug er einschmeichelnd vor. »Kommen Sie schon, alter Freund! Das können Sie nicht ausschlagen. Sie sind der interessanteste Typ von allen. Ich werde Sie auch nicht allzu lange aufhalten!«

»Ihre Beharrlichkeit ist wirklich beeindruckend«, gab Iaco mit Blick auf den verlockenden Cognac zu. Dann grinste auch er. »Aber wirklich überzeugend ist nur der Weinbrand. Kommen Sie nach dem Abendessen zu meinem Zelt.«

Als Julien sich zwei Stunden später an Iacovlews Zelt einfand, war der Maler zum Glück besserer Stimmung. Er saß an einem Feuer und bot Julien einen Stuhl an, was sein geschundenes Bein ihm dankte. Anscheinend hatten etwas Ruhe und eine ordentliche Mahlzeit Iacovlevs schlechter Laune entgegengewirkt.

»Mir kommt Ihr Gesicht irgendwie bekannt vor«, bemerkte der Maler und schenkte ihnen beiden ein Glas Cognac ein. »Ich komme nur noch nicht drauf, wo wir uns begegnet sind. Haben Sie mich schon einmal interviewt?«

Julien zögerte einen Moment mit der Antwort. Seine Gefühle dem Mann gegenüber waren ambivalent. Die Erinnerung an das Frühlingsfest in Paris hallte immer noch unangenehm in ihm nach. Damals hatte er Torie zum letzten Mal gesehen, obwohl er sich endlich mit ihr hatte aussöhnen wollen. Das war allerdings gründlich misslungen, nicht zuletzt wegen dieses eingebildeten Schnösels, dem er jetzt sogar noch Honig um den Bart schmieren musste, um an seine Story zu kommen. Julien schob seine Gedanken beiseite und konzentrierte sich auf seine Aufgabe.

»Möglich, dass wir uns während der Vorbereitungen der Expedition in Paris begegnet sind«, antwortete er ausweichend.

Der groß gewachsene Mann runzelte nachdenklich die Stirn, dann kam ihm die Erleuchtung. »Jetzt erinnere ich mich!« Er lachte auf. »Sie waren der Begleiter dieser entzückenden kratzbürstigen Kleinen, die als Mechanikerin bei Citroën arbeitet. Was macht die Süße denn mittlerweile?«

»Keine Ahnung. Sie ist immer noch bei Citroën, denke ich. Wollen wir nun vielleicht mit den Fragen beginnen?«

Iacovlew nickte und trank sein Glas in einem Zug leer, sofort schenkte er sich nach. »Guter Tropfen«, lobte er anerkennend.

Julien zückte demonstrativ sein Notizbuch, um ihm zu signalisieren, dass sie jetzt endlich zum Punkt kommen sollten. »Wollen Sie mir vielleicht einfach die Erinnerungen an die erste Etappe mit Ihren eigenen Worten wiedergeben, Monsieur Iacovlew?«, fragte er.

»Aber nur, wenn Sie mich wie alle hier einfach nur Iaco nennen.« Der Maler grinste und nahm einen neuen großzügigen Schluck, bevor er endlich theatralisch zu deklamieren begann.

»Der 28. Oktober 1924 wird mir ewig in Erinnerung bleiben. Ein aufwühlender Moment, das sag ich Ihnen.« Iaco blickte versonnen in die Glut des Lagerfeuers. »Wir waren alle sehr stolz, auch wenn wir uns äußerlich natürlich nichts haben anmerken lassen. Unserem fulminanten Aufbruch in Colomb-Béchar ging ein Aufzug unserer afrikanischen Truppen samt dem Musikzug der Legion voran. Im ersten Fahrzeug, das Scarabée d'Or, Goldskarabäus, genannt wird, stand Haardt und gab das Zeichen zum Aufbruch. Sieben beflaggte Raupenfahrzeuge reihten sich sodann hinter dem Wagen des Expeditionsleiters ein. Sie müssen wissen, dass all unsere Fahrzeuge etwas merkwürdige Namen haben.« Iaco lachte. »Mit dem Pegasus habe ich es noch ganz gut getroffen, es gibt noch Reitelefant, Sonnenwagen, Silberhalbmond, Taube, Zentaur und Geflügelte Schnecke.« Julien schrieb eifrig mit. Das waren genau die lebendigen Informationen, auf die er gehofft hatte. »Wir waren kaum unterwegs«, fuhr Iaco fort, »als Brull, unser Ingenieur und Hobbygeologe einen Halt einlegen ließ, weil er meinte, dass die Steine zu ihm sprächen. ›Seht euch nur diesen Faustkeil an!‹« Iaco imitierte die etwas hohe Stimme des Ingenieurs. »›Er wurde von den Kriegern der Chelléens gefertigt. Ach, und hier diese Pfeilspitzen, die wie ein Lorbeerblatt geformt sind!‹« Seine Stimme kehrte wieder zur Normalität zurück. »Haardt hat sich nur die Haare gerauft, weil sein Zeitplan schon auf den ersten Kilometern durcheinanderzugeraten schien. Poirier hat ihn schließlich zum Verstummen gebracht, woraufhin Brull sich schmollend in seinen Wagen verkrochen hat.«

»War die Stimmung deswegen angespannt?«, erkundigte sich Julien, um seinen Erzählfluss am Laufen zu halten. Iaco ließ sich nicht bitten. »Die Stimmung ist so gut, fröhlich und kameradschaftlich wie sie unter Männern nur sein kann«, meinte er, als würde ihn die Frage belustigen. »Wir sind schließlich Auserwählte. Von unserer Unternehmung wird die Welt noch in hundert Jahren reden!«

»Das wird sie zweifellos«, erwiderte Julien.

Hätte er kein lahmes Bein und steckte noch in seinem alten Leben, hätte er sicherlich alles darangesetzt, um Teil der Expedition zu werden. In dieser Hinsicht konnte er Torie nur allzu gut verstehen. Ich werde ihr in einem Brief ausführlich darüber berichten, nahm er sich vor, egal, was auf dem Fest geschehen ist.

Iaco fuhr mit seiner Berichterstattung fort. »Nicht weit hinter Colomb-Béchar beginnt die Hamada, das ist eine Felswüste, die von Sanddünen unterbrochen ist. Die Felsbrocken sind unter der Einwirkung des extremen Temperaturgefälles zwischen Tag und Nacht geborsten. Ihre Formen erinnern an bizarre Tiergestalten, einige auch an im Sand kauernde Frauen. Sie sind Wegweiser für die Beduinen, aber für unsere Raupen waren die Felsen die erste Herausforderung – wir mussten uns einen Weg hindurch bahnen. Der gute Penaud hat den Abschnitt treffenderweise als Reifenfresserstrecke bezeichnet, so oft haben er und seine Männer damit zu tun gehabt, die Reifen zu reparieren. Als wir ihn schließlich erschöpft hinter uns gebracht hatten, sahen wir über den letzten Ausläufern der Ksour-Berge zwei Flugzeuge auftauchen. Sie gingen tiefer und zogen mit einem Mal Kreise über uns. Einer der Piloten warf ein Paket ab, darauf stand: *Nur Mut, ihr wackeren Automobilisten! Bis Adrar. Eure Freunde vom Geschwader des Südens.* Daran kannst du sehen, wie angesehen unsere Truppe ist.« Im Folgenden erfuhr Julien, wie sie die Oase Béni Abbès erreichten, die in Iacos Augen alles überstieg, was er sich je unter einer Oase vorgestellt hatte. »Von unserem erhöhten Standpunkt aus haben wir den atemberaubendsten Sonnenuntergang beobachten dürfen: Im Süden die schwarze Felswüste, die ganz in der Ferne im trüben Horizont verschwamm, in unmittelbarer Nähe eine alles überragende Düne, jenseits des ausgetrockneten Flusstals einen düsteren Palmenhain und dazwischen grüne Wasserflächen, die in der Abenddämmerung glitzerten. An unserem ersten Abend wurden wir vom Oberhaupt der Oase zu einer prunkvollen *diffa* eingeladen. Auf dem Fest wurde zu unseren Ehren ein ganzes Lamm gebraten. Es fand im Lehmpalast des Moulay Ahmed Kaid statt, womit uns aus seiner Sicht eine große Ehre erwiesen wurde. Am besten hat mir aber das Mädchen gefallen, das zu Flötenmusik getanzt hat. In ihrer blauen *fouta*, die sie wie eine Toga um ihre zarten Schultern geschlungen hatte, war sie ebenso anmutig wie begehrenswert. Das Klimpern ihrer Silberreifen, die sie um Hand- und Fußgelenke trug, erinnerte an sanftes Wasserplätschern, das werde ich nie vergessen ...« Iaco bekam einen sehnsüchtigen Blick. »Leider war dieses Mädchen nicht so einfach zu erobern. Ich hätte ihren Körper gern näher erkundet.« Julien nickte, obwohl er sich von der Lüsternheit des Künstlers abgestoßen fühlte. Es bestätigte ihm nur, dass er mit seiner Einschätzung damals recht gehabt hatte. Dieser Mann ließ nichts anbrennen.

»Und wie ging es dann weiter?«, fragte er.

»Langsam und mühselig arbeitete sich unser Konvoi zwischen dem Fluss Oued Saoura und den Dünen voran, die bis zu hundertfünfzig Meter in die Höhe ragten. Sie formen die Wellen der Wüste, bilden große Sandberge, die sich über viertausend Kilometer bis nach Libyen ziehen. Wir passierten Guerzim und sahen die Mauern und mittelalterlichen Türme von Kerzaz. Die Stadt war unter marokkanischer Herrschaft ein wichtiger strategischer Punkt und hat einige sehr wichtige heilige Stätten, die von den Muslimen sehr verehrt werden. Über die mächtige Festung Timoudi ging es weiter nach Tilemsi, wo wir endlich wieder Wasser bunkern konnten. Wir hatten zuvor mehrere ausgetrocknete Brunnen passiert und begannen uns langsam Sorgen um unsere Flüssigkeitsvorräte zu machen. Schließlich erreichten wir in einem leichten Sandnebel Adrar. Ein bemerkenswerter Anblick: Ringmauer, Wälle, Zinnen, Ziehbrücken – das Abbild einer richtigen Wüstenstadt mit würfelförmigen Häusern und stillen Straßen, deren Geräusche vom Sand gedämpft werden. Frauen huschten eilig in blauen Gewändern vorüber, ihre Schleier wehten im Wind, der einen Hauch von Weihrauch mit sich trug ...« Iaco geriet erneut ins Schwärmen. »Während Haardt und Audouin mit den Piloten des Sahara-Geschwaders, die hier ihre äußersten Landepunkte haben, die Wüste und ihre Oasen überflogen, um

Vorarbeiten für die Schaffung künftiger transafrikanischer Luftwege zu leisten, versuchte ich mein Glück beim Porträtieren der Bevölkerung …« Er grinste, während er sich einen dritten Cognac einschenkte. »Die Frauen hier besitzen eine anmutige, natürliche Schönheit. Schamgefühl scheint ihnen trotz der dichten Gewänder fremd. Nie habe ich schönere Brüste gesehen. Haben Sie schon mal mit einer Araberin …«

»Habe ich nicht, aber ich würde gern noch etwas über einen gewöhnlichen Tagesablauf auf der Expedition erfahren. Gab es Routinen, die sich eingespielt haben, oder war jeder Tag anders?« Julien wechselte absichtlich das Thema, weil er fürchtete, dass der mittlerweile schon reichlich angetrunkene Maler ihm Details berichtete, die er nicht wissen wollte.

»Sind Ihnen Frauen etwa unangenehm?«

Julien ertrug Iacos spöttischen Blick gelassen. »Für mich sind Frauen keine Jagdbeute«, beschied er ihn knapp.

Iaco grinste erneut, dieses Mal mitleidig. Doch dann fuhr er zu reden fort. »Vor unserer Weiterfahrt erreichte uns leider eine schlechte Nachricht. Wir hatten ohnehin schon mit mechanischen Problemen zu kämpfen. Die Achse einer Raupe musste überholt werden, zwei andere Fahrzeuge hatten geborstene Laufrollen, die ersetzt werden mussten, und nun erfuhren wir noch, dass die gelieferten Benzinmengen reduziert worden waren und die Qualität nur sehr mittelmäßig war. Jede Panne barg also die Gefahr, uns den Tod zu bringen. Glücklicherweise hatte Penaud eine wunderbare Idee. Wir fuhren einfach gestaffelt zum nächsten Depot, sodass sich die einzelnen Teams im Notfall gegenseitig Hilfe leisten konnten. *Et voilà!* Wir haben es geschafft bis zu einer künstlich angelegten Oase, die sich zur Tanezrouft öffnet, der Mutter der Sahara. Die nächsten Tage kämpften wir uns durch die Hölle. Es waren Tage voller Angst und Wasserknappheit. Als wir uns in der Entfernung verschätzten und Umwege nehmen mussten, wurde das Benzin knapp. Manchmal fanden wir die angelegten Depots nur sehr schwer. Lauter Unwägbarkeiten, wenn Sie wissen, was ich meine. Aber wir haben die Tanezrouft bezwungen und eine neue Route zum Fluss Niger geöffnet.«

Julien hörte Stolz aus Iacos Stimme heraus. »Was hat Sie in der Wüste am meisten beeindruckt?«, erkundigte er sich.

»Der schier endlose Horizont, der immer weiter zurückweicht, je näher man sich ihm wähnt, und so der Unendlichkeit Raum gibt. Die Leben verheißenden Brunnen, die immer wieder unvermutet in Dünentälern im Schutz von Palmen zu finden sind. Das Wunder einer halb verwehten Piste, die eine Karawane hinterlassen hat, und das Schweigen. Man ist eins mit den Elementen, dem Himmel, den Steinen und den Sternen über sich. Wo sonst findet man solch eine Landschaft auf unserer Welt?« Iaco wurde plötzlich ernst. »Doch wir haben auch die Schrecken der Wüste hautnah miterleben müssen«, sagte er traurig. »Während der Horizont in der gleißenden Hitze als feiner Streifen vor unseren brennenden Augen auf und ab tanzte, entdeckten wir plötzlich ein verdurstetes Kamel. Ein Stück weiter fanden wir ein menschliches Skelett, von einer Sandschicht bedeckt. Eine Hand ragte aus diesem natürlichen Leichentuch hervor. Wenige Meter entfernt fanden wir ein weiteres menschliches Skelett. Es war das eines Kindes. Nie werde ich vergessen, wie es dort lag. Die Arme ausgebreitet wie ein Kreuz.« Die Erinnerung ließ Iaco frösteln. Erneut füllte er sein Glas, trank es leer und schenkte sich gleich wieder nach. »Keiner im Pegasus sprach auch ein Wort, bis wir Tessalit erreichten. Unterwegs stießen wir immer wieder auf die Spuren von Überfällen – anscheinend räuberischer Tuareg. Wir hatten Glück, dass wir von ihren Lanzen oder Musketen verschont blieben. Und nun sind wir hier im Süden der Sahara, am

Kreuzweg zahlreicher Völker und Religionen. Wussten Sie, dass die arabischen Geografen und die ersten Entdecker im 18. Jahrhundert diesem Land den Namen Land der Schwarzen gaben?«

Plötzlich stand Iaco auf und wankte hinter das nächste Zelt, um sich zu erbrechen. Julien nahm es ohne großes Mitleid zur Kenntnis. Geschieht dem Kerl ganz recht, dachte er, ohne sich für seine Schadenfreude zu schämen. Schließlich hatte er seine einzige Flasche Cognac, die er nur schweren Herzens geopfert hatte, fast allein geleert. Er erhob sich und beschloss, Iaco seinem Schicksal zu überlassen. Er sagte ihm nicht einmal Adieu. Vermutlich war dem Russen das in seinem Zustand ohnehin egal. Er hatte mehr bekommen, als er sich erhofft hatte.

Auf dem Weg zurück zu seiner Unterkunft überließ er sich zufrieden für einen Augenblick der Faszination des endlosen Sternenhimmels. Er breitete sich wie ein weites Zelt über ihm aus – so klar und weit hatte er ihn noch nie erlebt. Zunächst hatte er Mühe, den Polarstern ausfindig zu machen, um den die benachbarten Sternbilder zu kreisen schienen. Sobald er die hell leuchtenden Sterne des Großen Wagens im Sternbild Großer Bär gefunden hatte und danach den Sternenhaufen der Kassiopeia entdeckt hatte, die sich gegenüberstanden, zog er gedanklich eine Linie und fand den Polarstern etwa in der Mitte. Im schwach leuchtenden Band der Milchstraße vermochte er am Ende noch die Sternbilder von Perseus, dem Schwan und den Zwillingen zu entdecken.

So vertieft in seine Himmelsstudien bekam er nicht mit, dass er nicht der Einzige an diesem Abend war, der sich dem Wunder der Natur hingab. Erst als er seinen Blick wieder seiner Umgebung zuwandte, entdeckte er einen schlanken jungen Mann ganz in seiner Nähe. Da der Mond bereits aufgegangen war, erkannte er an dessen westlicher Kleidung, dass er zu Citroëns Mannschaft gehörte. In der vagen Hoffnung, vielleicht noch ein paar zusätzliche Informationen erhalten zu können, ging er auf ihn zu. Julien winkte, um zu signalisieren, dass er mit ihm plaudern wollte, doch der junge Mann hatte es plötzlich eilig. Ohne auf seine Geste zu reagieren, wandte er sich um und eilte raschen Schrittes davon.

Julien blieb verblüfft stehen. Wieso kam ihm der Gang dieses Mannes so vertraut vor? Er schüttelte verwirrt den Kopf. Vermutlich hatte er zu viel Sonne erwischt. Bis er sich wieder gefasst hatte, war der junge Mann längst in der Dunkelheit verschwunden.

9

Torie versuchte, ihre Nervosität zu unterdrücken, als Bergonier sie zu Audouins Zelt führte, wo die beiden Expeditionsleiter gerade über einer Karte brüteten. Sie und ihr Begleiter waren am Vortag im Gefolge von acht weiteren Pirogen voller Materialien und Benzin in Bourem angekommen. Gerade noch rechtzeitig, um das Vorankommen der Expedition nicht weiter zu gefährden. Im Trubel des Löschens ihrer Fracht war zunächst keine Zeit gewesen, um sich mit den Expeditionsleitern bekannt zu machen. Bis weit in den Abend hinein war sie von wichtigeren Dingen in Anspruch genommen worden. Die Materialien hatten verteilt und zugeordnet werden müssen. Als Mechanikerin war sie für die Ersatzteile zuständig gewesen und sofort für einige Reparaturen eingesetzt worden. Sie hatte sich in ihrem Element gefühlt und die anderen Mechaniker kennengelernt. Einige von ihnen waren erfahrene Füchse, die bereits bei der ersten Sahara-Mission dabei gewesen waren.

Maurice Penaud war als Chefmechaniker nicht nur der Anführer, sondern mit Sicherheit auch der erfahrenste Tüftler der Expedition. Sein trockener Humor und seine pragmatische Art gefielen Torie auf Anhieb. Sie hatte ihn schon einige Male in der Pariser Werkstatt bei Kégresse gesehen und musste darauf vertrauen, dass ihre Verkleidung so gut war, dass er sie nicht erkannte. Eine viel größere Gefahr bestand darin, dass Audouin sie entlarvte. Sie hatte sich ja schon einmal um die Teilnahme an der Sahara-Mission beworben und war zurückgewiesen worden. Die Demütigung steckte ihr immer noch in den Knochen. Mattéo Calvin, dieser hinterhältige Opportunist, war dieses Mal zu ihrer Genugtuung nicht mit von der Partie. Wie sie erfahren hatte, war er nur als Ersatzmann in die *équipe* berufen worden.

Bergonier machte sich durch ein lautes Räuspern bei den zwei Anführern der Expedition bemerkbar. Mehr als ein fahriger Blick war von ihnen im Augenblick jedoch nicht zu erwarten. Die Karte beanspruchte viel zu sehr ihre Aufmerksamkeit.

»Wir sind gleich fertig«, murmelte Audouin entschuldigend, während er eine letzte Zahl, die Haardt errechnet hatte, in sein Notizbuch eintrug. »Etwa zweitausend Kilometer von hier bis zum Tschadsee«, stellte er fest.

»Dann lass uns mit zweitausendzweihundert Kilometern kalkulieren«, forderte Haardt. »Wir müssen schließlich mit weiteren Umwegen rechnen.« Sobald sie sich darauf geeinigt hatten, wandten sie sich endlich ihr und Bergonier zu.

»Willkommen als Mitglied der Croisière Noire«, wurde Torie von Haardt begrüßt.

»Hoffentlich haben Sie etwas mehr Glück als Ihr Vorgänger«, meinte Audouin und schob sich seinen Tropenhelm etwas aus dem Gesicht. »Der arme Kerl wurde von einem Skorpion gebissen und kann seither seinen Arm kaum noch gebrauchen. Wir mussten ihn zurück nach Frankreich schicken.«

»Das tut mir leid«, meinte Torie. Sie verlieh ihrer Stimme einen festen Ton. »Ich werde mich vor den Biestern schon in Acht nehmen!«

Audouin grinste freundlich, während Haardt, der ein wenig angeschlagen schien, nur die Stirn runzelte.

»Wenn Victor ein ebenso guter Mechaniker ist wie Organisator, dann braucht ihr euch um den keine Sorgen zu machen«, mischte sich Bergonier launig ein. »Von mir aus, könnt ihr ihn gern meinem Wagen zuordnen. Ich glaube, der Junge bringt uns Glück. Es war übrigens seine Idee, mit Pirogen herzukommen.«

»Ich wollte Moulin eigentlich zu Iaco, Specht und Poirier ins Automobil stecken«, widersprach Audouin skeptisch.

Torie erschrak. Sie dachte an das Frühlingsfest und ihre Begegnung mit dem Maler. Ob er sie womöglich wiedererkennen würde? Rasch redete sie sich ein, dass dies unmöglich war. Schließlich hatte sie ihr Äußeres grundlegend verändert und trug Männerkleidung. Audouin hatte sie auch nicht erkannt.

Glücklicherweise lösten sich ihre Bedenken von selbst auf, denn Bergonier verlangte nachdrücklich, sie in seinem Wagen mitfahren zu lassen. Erleichtert nahm sie die Entscheidung zur Kenntnis. Dann war ihre Begegnung mit den beiden Expeditionsleitern auch schon vorüber. Bergonier musste allerdings zunächst allein weiterreisen. Die Versorgung der Depots war noch nicht abgeschlossen, und er wurde dringend erwartet.

»Wir sehen uns dann in Niamey!«, rief er und winkte Torie zum Abschied zu.

Sie war gespannt, welche Fahrgelegenheit sich in der Zwischenzeit für sie ergeben würde, und freute sich schon, den ebenso humorvollen wie lebenslustigen Mann bald wiederzutreffen. Niamey lag gut fünfhundert Kilometer südöstlich von Bourem im Niger. Gedankenverloren machte sie sich auf den Weg zu den anderen Mechanikern, um mit ihnen gemeinsam die Bestandsaufnahme der Ersatzteile zu sichten und letzte Handgriffe an den Raupen zu tätigen. Dabei kam ihr ausgerechnet Alexander Iacovlew entgegen.

»Bist du Moulin, unser Neuzugang?«, erkundigte er sich. Torie nickte, wich seinem Blick jedoch aus. »Na, dann herzlich willkommen in der *équipe!*« Er setzte seinen Weg ohne ein weiteres Wort fort.

Die Stimmung unter den Mechanikern war so, wie sie es aus dem Werk gewöhnt war. Man konzentrierte sich in allererster Linie auf die technischen Probleme und verzichtete weitgehend auf private Themen. Abends würden sie sicher mal zusammensitzen, um ein wenig zu plaudern oder einen Schluck gemeinsam zu trinken, doch bestimmt nie sehr lange, denn alle waren darauf bedacht, ihre Kräfte zu schonen. Keiner wusste, was am nächsten Tag von ihnen verlangt werden würde. Torie hielt sich während ihrer Vorstellung bei persönlichen Fragen an das, was Giorgina ihr über Victor Moulin erzählt hatte. Sie hoffte nur, dass niemand anderem auffiel, dass ihr Dialekt nicht aus der Auvergne war. Tatsächlich achteten die Männer nicht darauf. Als sie merkten, dass sie sich eher zurückhaltend verhielt, akzeptierten sie dies und ließen sie in Ruhe.

Am Abend hatte sie das dringende Bedürfnis, sich gründlich zu waschen. Um ungestört zu sein, machte sie sich, lange bevor die Männer in ihre Zelte gingen, zu dem Sichtschutz aus Planen auf. Glücklicherweise bestanden Audouin und Haardt auf diese Privatsphäre, sodass es ihr wohl auch in Zukunft möglich sein würde, sich ihrer Körperhygiene zu widmen. Das frische Wasser vertrieb sofort ihre Müdigkeit und anstatt, wie sie es vorgehabt hatte, sofort in ihr Zelt zu gehen, um zu schlafen, beschloss sie, noch einen kleinen Spaziergang in die Wüstennacht zu unternehmen.

Sie lief bis zu einer kleinen Anhöhe und fand einen wunderbaren Platz, von dem sie in den Sternenhimmel blicken konnte. Der volle Mond beleuchtete die malerische Szenerie fast taghell. Torie konnte sich nicht erinnern, wann sie zum letzten Mal Muße für so einen entspannenden Moment gehabt hatte. Früher, als sie noch Kinder gewesen waren, waren Julien und sie oft im Sommer auf einen der Hügel in der Nähe von Bagnolet gegangen, um die Sternschnuppen zu beobachten und sich mit geschlossenen Augen etwas zu wünschen. Natürlich hatte keiner von ihnen seine Wünsche verraten, doch sie erinnerte sich noch genau daran, wie sie sich gewünscht hatte, einmal gemeinsam mit Julien in der Firma ihres Vaters zu arbeiten. Die Erinnerung daran stimmte sie traurig. Alles war so anders gekommen, als sie es sich immer vorgestellt hatte. Ihre Eltern waren gestorben, Julien war nicht länger Mechaniker, und die Firma ihres Vaters gehörte nun zu André Citroëns Werken.

Du bist undankbar, schimpfte sie mit sich selbst, fokussier dich lieber auf all das Aufregende, das vor dir liegt. Sie hatte sich über so viele Hindernisse hinweggesetzt und war nun tatsächlich Mitglied der Croisière Noire. Nichts und niemand würde sie davon abbringen, diese Reise fortzusetzen. Noch einmal atmete sie tief die kühle Saharaluft ein, bevor sie sich wieder auf den Weg zum Lager machte. Es war wie eine Wagenburg vor den Mauern der Stadt errichtet worden. Auf dem Weg entdeckte sie eine Gestalt, die humpelnd auf sie zuhielt. Der Schreck durchfuhr sie bis ins Mark, als sie Julien erkannte. Was zum Teufel machte er hier? Dann fiel ihr ein, dass Bergonier erwähnt hatte, dass etliche ausländische Journalisten die Expedition an geeigneten Orten abpassten, um darüber zu berichten. Julien gehörte offenbar zu ihnen. Und ja – er hatte bei ihrer Begegnung in der Küche seiner Eltern selbst davon erzählt, nur dass er das von Europa aus hatte machen wollen. Obwohl sie ihm auf keinen Fall begegnen wollte, freute sie sich auch ein wenig für ihn. Er war genauso beharrlich wie sie.

Einen Augenblick lang hing sie noch der Erinnerung an die schönen Zeiten mit ihm nach, dann beeilte sie sich, in den Schatten der Dunkelheit zu verschwinden.

10

Am nächsten Morgen saßen alle zwanzig Mitglieder der Expedition aufbruchbereit in den Raupenfahrzeugen. Das Tuckern und Brummen der Motoren übertönte beeindruckend den normalen Lärmpegel der Stadt und sorgte allein schon deshalb in der Bevölkerung für Aufmerksamkeit. Wie üblich wurden die fahnengeschmückten Wagen von Haardts Goldskarabäus angeführt. Für die zweite Etappe würde es von Bourem den Niger entlang bis Niamey und dann nach N'Guigmi am Tschadsee gehen – durch noch niemals befahrenes Gelände. Ein weiterer Abschnitt des großen Abenteuers, von dem die Männer seit über zwei Jahren träumten, nahm nun seinen Lauf.

Torie hatte vor Aufregung die ganze Nacht kein Auge zugetan. Ihren Tropenhelm tief ins Gesicht gezogen, versuchte sie in der sie umgebenden Menschenmenge irgendwo Julien auszumachen. Sie entdeckte ihn bei Audouin und Haardt, die ein letztes Mal vor seiner Kamera posierten, und atmete erleichtert auf. Allem Anschein nach hatte er sie am Abend zuvor nicht erkannt. Als der Konvoi endlich losfuhr, achtete sie darauf, ihm beim Vorbeifahren nicht das Gesicht zuzuwenden. Doch ihre Sorge, entdeckt zu werden, war unnötig, Julien war bereits verschwunden.

Als sie Stunden später nichts als die Weite der Wüste um sich spürte, wurde ihr erstmals richtig bewusst, dass ihr großes Abenteuer begonnen hatte. Sie drangen in völlig isolierte Regionen im

Herzen Afrikas vor, die möglicherweise noch nie ein Europäer vor ihnen gesehen hatte. Frankreich war zwei Monate Reiseweg entfernt, allein diese Vorstellung ließ ihr Herz höher schlagen.

Mit dem ersten Morgengrauen hatten sie und die anderen Mechaniker ein letztes Mal alle Motoren überprüft, sich nochmals vergewissert, dass genügend Benzin für die Fahrzeuge und Wasservorräte für die Menschen in den Tanks war. Torie hatte einen defekten Luftfilter entdeckt, den selbst der erfahrene Penaud übersehen hatte. Der Chefmechaniker war ganz offensichtlich beeindruckt gewesen, denn er hatte sie gebeten, zu ihm und Major Bettembourg ins Fahrzeug zu kommen. Dort saß sie nun als dritter »Mann« auf dem erhöhten Rücksitz und genoss den noch nicht allzu heißen Fahrtwind.

Die Piste wurde von stark verzweigten Doumpalmen, stacheligen Rieseneuphorbien, Dattelbäumen und Dornbüschen gesäumt. Die Dörfer entlang des Niger kündigten sich schon lange, bevor man sie erreichte, durch das Tam-Tam ihrer Trommeln an. Über den runden Hütten aus Flechtmatten befanden sich auf Pfählen stehende Kornspeicher. Am Ende des Tages näherten sie sich der Siedlung eines nomadisierenden Hirtenvolkes mit Namen Fulbe und beschlossen, dort die Nacht zu verbringen. Fasziniert von der Schönheit und Freundlichkeit der Frauen, ließ Iacovlew sofort ein behelfsmäßiges Atelier aus Zeltplanen einrichten. Torie, die dabei half, beobachtete stirnrunzelnd, wie der Maler sich ungeniert unter die jungen Frauen in ihren wallenden bunten Gewändern mischte und mit ihnen offen zu flirten begann. Ohne jegliche Scheu strich er einer besonders gut aussehenden Nomadin wenig später über ihr mit Hennamustern verziertes Gesicht und umgarnte sie mit schönen Worten in französischer Sprache, die sie sicherlich nicht verstand. Keiner der Fulbe-Männer schien dagegen Einwände zu haben. Dabei sahen sie in ihren weiten Gewändern und den Turbanen mit den konischen Strohhüten darauf durchaus kampferprobt aus.

Als Iacovlew, den alle nur Iaco nannten, wenig später mit der Frau in seinem Atelier verschwand, konnte Torie ihre Verärgerung über seine Schamlosigkeit kaum noch verbergen. Wie konnte er sich nur so offen mit einer dieser Frauen einlassen? Doch dann wurde sie gewahr, dass ihr Verhalten nicht lasterhaft, sondern für sie ganz natürlich war – es diente nur dazu, ihre Herzlichkeit und Gastfreundschaft zu zeigen. Am Abend am Lagerfeuer fiel es ihr nicht mehr schwer, den Gesang und die Tänze ihrer freundlichen Gastgeber zu genießen. Auch Iaco hatte sie scheinbar unrecht getan.

Am nächsten Morgen, kurz vor ihrer Abfahrt, lief sie ihm zufällig über den Weg.

»Moulin, sieh dir mal das Porträt von dieser Nomadin an, das ich gestern gemalt habe«, forderte er sie gut gelaunt auf. »Ich finde, es ist mir wirklich gut gelungen.« Torie folgte ihm zu seiner Staffelei, die immer noch vor seinem bereits abfahrtbereiten Fahrzeug stand. Die Farbe war noch feucht. »Sieht ihr Gewand nicht aus wie das auf dem Jungfrau-und Kind-Gemälde von Piero della Francesca?«, schwärmte Iaco voller Begeisterung. »Und dann der ernste Blick in dem so ebenmäßigen Gesicht. Hast du je eine schönere Frau gesehen, Victor?«

Er sah sie an und strahlte eine solche Begeisterung aus, dass sie gar nicht anders konnte, als sich von ihm anstecken zu lassen.

»Es ist wunderschön«, gab sie verlegen zu.

»Sag bloß, du hast noch nie etwas mit einer Frau gehabt!« Iaco lachte auf, als er ihre Verlegenheit falsch interpretierte.

Torie errötete. »Ich mache mir nicht besonders viel aus ihnen. Außerdem geht dich das gar nichts an!«

»Nichts für ungut.«

Iaco wollte noch etwas hinzufügen, doch ihrer beider Aufmerksamkeit wurde von Major Bettembourg abgelenkt, der gut gelaunt auf ihre Abfahrt drängte. Sie hatte schon einiges über ihn erfahren, auch über seine Aufgaben bei der Expedition. Bettembourg war afrikaerfahren und strotzte nur so vor Energie. Der energisch auftretende Mann mit dem Schnurrbart und den ausdrucksstarken, dicht bewimperten Augen übernahm während dieses Teils der Expedition ganz selbstverständlich die Führung. Im Bewusstsein seiner Wichtigkeit stellte sich der Major auf die Kühlerhaube seines Fahrzeugs und hielt an die Anwesenden eine ebenso kurze wie flammende Rede.

»Meine Herren, nun folgt der nächste Abschnitt unseres großen Abenteuers, der uns so einiges abverlangen wird«, tönte er gut gelaunt über ihre Köpfe hinweg. »Die Wüste liegt hinter uns und vor uns liegt Afrika mit seinen für uns Europäer vielleicht gewöhnungsbedürftigen Gepflogenheiten. Prägen wir ihm unseren Stempel auf, oder lassen Sie uns wenigstens versuchen, alles hier heil zu überstehen!« Allgemeines Gelächter begleitete seinen Sprung von der Kühlerhaube in den Sand, und dann ging es auch schon los.

Unweit einer Düne passierten sie einen riesigen Friedhof, aus dem ein monumentales Grabmal herausragte, das an ägyptische Stufenpyramiden erinnerte. Bettembourg erklärte ihr und Penaud, dass es das Grab der Songhai war, die über diese Region seit Jahrhunderten herrschten. Im flirrenden Licht der Mittagshitze sahen sie plötzlich mehrere bewaffnete Reiter auf Kamelen, die direkt auf sie zuhielten. Bettembourg richtete sich auf seinem Sitz auf und gab allen anderen Fahrzeugen das Zeichen für einen Stopp. Wenig später waren sie von den Reitern auf ihren hohen Reittieren umzingelt. Ihre feindseligen Mienen lösten sich erst auf, als der Major einige Worte an den Anführer richtete. Torie staunte, dass er ihre Sprache mühelos zu beherrschen schien. Nach einigem Palaver, dessen Sinn sie nicht verstand, lachte der Mann herzlich auf, dann richtete er noch ein paar letzte Worte an Bettembourg, bevor er mit seinen Männern wieder verschwand.

»Diese Tuareg haben uns zu einer Krokodiljagd eingeladen«, verkündete Bettembourg überaus erfreut. »Sie erwarten alle, die Vergnügen daran finden, noch heute Abend in ihrem Dorf einige Kilometer von Ansongo entfernt. Ich werde gern die Führung übernehmen, die anderen dürfen sich beim Small Talk mit dem Gouverneur des Militärpostens amüsieren.«

»Was ist, Victor? Bist du auch dabei?«, rief Penaud Torie über die Schulter zu. Er saß am Lenkrad ihres Fahrzeugs und war sofort Feuer und Flamme für die bevorstehende Jagd. »Das wird ein Riesenspaß, die Bestien vom Schleppkahn aus abzuknallen!«

»Bestimmt die bessere Wahl«, Bettembourg grinste zustimmend, »der Gouverneur ist ein berüchtigter Langeweiler.«

»Ich möchte lieber Ansongo sehen«, antwortete Torie rasch, der allein die Vorstellung einer Krokodiljagd Furcht und Abscheu einflößte.

»Hast wohl keinen Mumm in den Knochen«, begann Penaud sie sogleich aufzuziehen. »Wenn du ...«

»Jeder ist seines Glückes Schmied«, unterbrach Bettembourg Penauds Frotzeleien. »Ansongo ist zwar nur ein verlorener Militärposten, aber weithin bekannt wegen Chekou ...«

»Chekou?« Torie war dankbar für den Themenwechsel.

»Sie ist eine berühmte Wahrsagerin der Tuareg. Man nennt sie auch Tochter des Flusses. Ihre Lieder und Dichtungen kennt hier jedes Kind. Allerdings ist sie launisch und zeigt sich nur, wenn ihr danach zumute ist.« Bettembourg grinste. »Audouin fühlte sich so angezogen von ihr, dass er noch heute von ihr schwärmt, obwohl er ihr nur einmal begegnet ist.«

Einige Stunden vor Sonnenuntergang erreichten sie Ansongo, das in einem Dickicht aus Palmen und Akazien verborgen lag. Audouin, Haardt, Iaco und Torie beabsichtigten, über Nacht in dem Militärposten zu bleiben, die anderen zogen weiter auf die Krokodiljagd. Am nächsten Morgen sollten sich alle kurz nach Sonnenaufgang zur Weiterfahrt versammeln.

Torie und ihre drei Begleiter wurden von einem lustlosen Kolonialbeamten des Gouverneurs empfangen und zu ihren Unterkünften geleitet. Der Gouverneur selbst ließ sich entschuldigen, lud sie aber zum Abendessen in seinen Palast ein. Torie, die zum ersten Mal einen Gouverneursposten besuchte, war enttäuscht. Das einzig Bemerkenswerte in diesem heruntergekommenen Militärposten mit den einfachen Gebäuden war der Ringwall, der immer wieder von marmorweißen Steinsockeln unterbrochen wurde, auf denen riesige Elefantenschädel thronten, die dem Ort etwas Martialisches verliehen.

Auch Haardt schien nicht zu gefallen, was sich ihnen bot. »Hier hat sich trotz aller Ermahnungen des Kolonialministeriums rein gar nichts getan seit meinem letzten Besuch«, konstatierte er ungehalten. »Weder das Wohl der Einheimischen hat sich verbessert noch gibt es wirtschaftliche Entwicklungen. Der Gouverneur scheint mir einer jener Verwaltungsbeamten zu sein, den man einfach auf einen Posten im fernen Kolonialreich abgeschoben hat.«

»Ich fürchte, so etwas wird uns auf unserer Reise noch öfter begegnen«, stimmte ihm Audouin zu. »Lass uns das für eine Weile vergessen und lieber noch einen kleinen Apéro nehmen, bevor wir zum Gouverneur gehen«, schlug er vor. Haardt fand dies eine gute Idee, während Iaco sich entschuldigte.

»Ich erkunde lieber noch ein wenig die Gegend. Vielleicht stoße ich dabei auf das eine oder andere Motiv.«

Die beiden Expeditionsleiter verabschiedeten sich und zogen davon, ohne Torie nach ihren Absichten gefragt zu haben. Auch Iaco stapfte los. Da sie nicht wusste, was sie sonst tun sollte, folgte sie ihm mit einigem Abstand. Eigentlich hatte sie sich fest vorgenommen, keine unnötige Zeit mit Iaco zu verbringen, also handelte sie gegen ihren Vorsatz. Es war weniger die Angst, dass der Maler sie entlarven könnte, eher der Umstand, dass seine Gegenwart sie beunruhigte. Er steuerte mit großen Schritten auf einen Aussichtspunkt über dem Niger zu, wo er schließlich stehen blieb und sich versonnen dem Anblick der untergehenden Sonne überließ.

Torie entschied sich jetzt für die entgegengesetzte Richtung und hielt auf das Ende des Ringwalls zu, das dem Nigerufer zugewandt war. Neben einem der mannshohen Elefantenschädel entdeckte sie eine wunderschöne Frau, die ihrem Aussehen nach eine Tuareg-Frau sein musste. Ihr Blick war ebenfalls der untergehenden Sonne zugewandt, sodass Torie sie in Ruhe beobachten konnte. Mit stolz erhobenem Kopf stand die noch junge Frau da. Ein Geflecht aus goldberingten Zöpfen war kunstvoll um ihren Kopf drapiert. Der schlanke Hals war mit Ketten und Amuletten behängt, ein entblößter Arm ragte aus dem Faltenwurf ihres ärmellosen Gewands heraus.

Plötzlich hob sich die feingliedrige Hand, deren zartes Handgelenk von einem Elfenbeinarmband umschlossen war, zu einem Winken, das nur ihr gelten konnte, da niemand sonst in der Nähe war. Fasziniert trat Torie näher. Sie staunte, als die fremde Frau sie in nahezu perfektem Französisch ansprach.

»Ich habe dich erwartet«, sagte sie, als wären sie längst miteinander vertraut. Sie musterte Torie aufmerksam. »Weshalb trägst du Männerkleidung, gefällt dir die Frauenkleidung deines Volkes nicht?« Torie zuckte zusammen und sah sich rasch nach Iaco um, der glücklicherweise noch keine Notiz von ihnen genommen hatte.

»Sie ... Sie müssen mich verwechseln«, antwortete sie rasch.

Ein kehliges, spöttisches Lachen kommentierte ihre Antwort. »Ich bin Chekou«, stellte sich die geheimnisvolle Frau vor und lud sie ein, sie ein Stück zu begleiten. Torie war das nur recht. Je schneller sie sich von Iaco entfernte, desto besser. Sie folgte der Frau über einen Pfad, bis sie an eine kleine Tür in der Ringwallmauer kamen, die hinunter zum Ufer führte. Dort setzten sie sich beide auf einen Stein und blickten hinaus auf das Wasser des träge dahinfließenden Flusses.

»An diesem Ort flüstern mir die Ahnen Gedanken und Melodien zu«, verriet ihr Chekou, während ihr verschleierter Blick sich auf einen unbestimmten Punkt in der Ferne richtete. »Manches erschließt sich mir sofort, anderes erst später, wenn ich bereit bin, es zu verstehen ... Kannst du die Zauberkraft spüren?« Zum ersten Mal suchten die glänzenden schwarzen Augen Chekous die ihren. Ihr Blick war so fest und unnachgiebig, dass es ihr nicht gelang, ihm auszuweichen. Gleichzeitig war er warm und schien ihre Seele zu durchleuchten. Die Kraft und Intensität, die von ihm ausgingen, ließen sie zittern. Nach einer gefühlten Ewigkeit schwand die Energie, und Chekous Blick normalisierte sich ebenso wie Tories beschleunigter Pulsschlag. Unwillkürlich atmete sie tief ein. Was zum Teufel war da gerade vorgegangen? Bettembourg hatte bereits während der Fahrt angedeutet, was für eine Kraft und Eigenwilligkeit von dieser Frau ausgingen. Und dass sie nur dem über den Weg lief, dem sie etwas zu sagen hatte. Noch mehr verwirrte sie allerdings, dass die Frau ihre Verkleidung sofort durchschaut hatte. »Verkleidungen können mich nicht täuschen«, meinte Chekou amüsiert, als hätte sie ihre Gedanken gelesen. »Ich habe an deiner Aura erkannt, dass du eine Frau bist. Keine Sorge, ich werde dein Geheimnis bewahren.«

Torie wurde bei aller Erleichterung immer neugieriger. »Wieso wollten Sie, dass ich mit Ihnen hierherkomme?«, fragte sie schüchtern.

Die Wahrsagerin deutete mit ihrem schlanken Arm an den Himmel, an dessen Horizont sich eine dunkle Gewitterfront gebildet hatte. »Die Wolken haben es mir verraten. Du bist die Wildkatze, deren Schicksal mit einem Schwan und einem kleinen wendigen Raubtier, das wir hier in der Wüste nicht kennen, verbunden ist ...«

Sie sah die Wahrsagerin mit einer Mischung aus Skepsis und Ungläubigkeit an. Von einer angeblich schicksalhaften Verbundenheit mit einem Schwan und einem Wiesel hatte sie schon einmal gehört. Im nächsten Augenblick kam ihr wieder der Jahrmarktsbesuch an ihrem vierzehnten Geburtstag in den Sinn, an dem sie zusammen mit ihrem Bruder diese russische Wahrsagerin besucht hatte. Madame Odessa war ihr Name gewesen oder so ähnlich. Sie hatte von unverständlichen Dingen gefaselt, die ihr Bruder spöttisch als Humbug abgetan und die sie selbst längst vergessen geglaubt hatte. Nun erinnerte sie sich wieder daran. Die Wildkatze, die zwischen Zahnräder geriet – das konnte tatsächlich sie sein. Und der Schwan, der auf einem Meer von Farben umherschwamm? Torie erschauderte. Mit nur ein wenig Fantasie konnte man Clarissa hineininterpretieren, mit dem Wiesel, das sich mutig einem Rudel Wölfe entgegenstellte, konnte Mia gemeint sein. Sie schüttelte den lächerlichen Gedanken ab und beschloss, sich nicht länger in die Irre führen zu lassen.

»Ich weiß nicht, wovon Sie reden«, behauptete sie. »Wir Franzosen glauben nicht an solche Dinge.«

Chekous kehliges Lachen zeigte ihr, dass sie ihr auch diese Behauptung nicht abnahm. »Du bist nicht ehrlich mit dir selbst, und blind bist du auch«, stellte sie plötzlich viel ernster fest. »Die Ahnen sehen in deiner Zukunft einen Strudel von Leidenschaft, in den du dich leichtfertig hineinbegibst. Dabei wartet das Glück schon eine ganze Weile auf dich. Du musst es nur erkennen und im richtigen Moment zugreifen …«

Sie wurden unterbrochen, als Iaco, der sie nun doch entdeckt hatte, auf sie zusteuerte.

Sobald Chekou ihn bemerkte, beeilte sie sich aufzustehen. »Ich muss jetzt gehen«, teilte sie Torie mit. Bevor sie zwischen den Felsen verschwand, gab sie ihr allerdings noch einen Ratschlag: »Pass auf, mit wem du dich einlässt!«

11

Als sie sechs Tage später die mittelalterliche, aus weißen Lehmbauten bestehende Stadt Niamey erreichten, war Torie längst als vollwertiges Mitglied der Expedition akzeptiert worden. Ihre pragmatische Art, die mit einem außerordentlichen Ideenreichtum bei der Lösung technischer Probleme gepaart war, halfen ihr rasch, sich eine anerkannte Position unter den Mechanikern zu erobern. So manches Mal holte selbst Penaud ihren Rat ein, wenn er keine Lösung mehr sah. Sie war überraschenderweise noch nicht aufgeflogen mit ihrer Verkleidung, obwohl es die ein oder andere Situation gegeben hatte, die sie hätte entlarven können. Zu ihrem einzigen Leidwesen mangelte es an Körperhygiene, denn sie musste immer darauf achten, dass sie beim Waschen und bei den Toilettengängen allein war, und das war nicht so oft möglich, wie sie es sich gewünscht hätte. So manches Mal musste sie Spott einstecken, weil sie nicht wie alle anderen Männer am Wegrand urinieren konnte. Selbst Audouin und Haardt zogen sie auf, und was noch schlimmer für sie war – sie verhielten sich genauso ungeniert wie alle anderen. Sie achtete darauf, dass sie immer nur dann größere Mengen Wasser zu sich nahm, wenn sie sicher sein konnte, dass sie sich später ungesehen erleichtern konnte. Nach Tagen in der Wildnis freute sie sich auf den Aufenthalt in Niamey, wo sie im Palast des Residenten untergebracht sein würden.

Kaum waren sie vorgefahren, trat ihnen auch schon Bergonier entgegen, der es kaum erwarten konnte, endlich ein festes Mitglied der Croisière Noire zu werden. Torie hatte seine stattliche Erscheinung und seine enthusiastische, urwüchsige Art richtig vermisst.

»Morgen findet hier ein großes Fest statt«, verkündete er den ankommenden Männern. »Das wird ein Heidenspektakel.«

Alle freuten sich auf etwas Abwechslung nach den langen Tagen voller Entbehrungen und technischen Pannen. Vor allem die Mechaniker waren manchmal über sechzehn Stunden auf den Beinen gewesen, was nicht nur Torie an die Grenzen ihrer Belastbarkeit gebracht hatte. Während die meisten sich sofort nach dem Abendessen mit dem Residenten in den Luxus ihrer Räumlichkeiten zurückzogen, machten Poirier und Specht noch lange Pläne, von welchen Orten aus sie das Reiterspektakel und angekündigte Schauspiel filmen und fotografieren konnten. Iaco vervollständigte wie besessen Skizzen eines einheimischen Würdenträgers, der zu einem beeindruckenden Hut aus Stroh und Leder eine *gandoura* trug, ein langes, farbig besticktes Gewand. Torie sehnte sich nach den Anstrengungen nur noch nach ihrem Bett. Mit viel Glück hatte sie sich ein Einzelzimmer erobern können und freute sich schon auf die ungestörte Ruhe. Bevor sie schlafen ging, wollte sie jedoch unbedingt die Gelegenheit nutzen, sich gründlich zu waschen.

Da sie in Soldatenunterkünften untergebracht waren, gab es auf ihrem Stockwerk nur ein Gemeinschaftsbad. Obwohl sie sich vor Müdigkeit kaum noch auf den Beinen halten konnte, musste sie sich gedulden, bis auch das letzte Mitglied ihrer Mannschaft sich seiner Körperpflege hingegeben hatte. Die Umstände waren besser als sie erwartet hatte. Es gab sogar Duschen, auch wenn das Wasser eher spärlich aus den Duschköpfen rann und zudem von rötlicher Farbe war. Sie zog sich rasch aus und konnte es gar nicht erwarten, sich darunterzustellen. Seit ihrer Abreise aus Dakar hatte sie sich solch einen Luxus nicht mehr gönnen können.

Den Mann auf dem Weg zu den direkt angrenzenden Toiletten, der einen Blick in den Duschraum warf, bemerkte sie nicht.

Am nächsten Tag hatten die Mechaniker alle Hände voll zu tun, um ihre Fahrzeuge wieder auf Vordermann zu bringen. Die Laufketten der Raupen mussten ausgebessert, Lüftungsfilter gereinigt und neue Reifen montiert werden. Außerdem mussten sie die Fahrzeuge auftanken. Penaud, Rabaud und de Sudre kümmerten sich um das Aufstocken wichtiger Ersatzteile, die sie bis zum nächsten Depot gebrauchen könnten, Torie war damit beschäftigt, die Bremsleitungen zu überprüfen. Schon am darauffolgenden Tag würden sie Niamey in Richtung Dosso verlassen und dann über Dogondoutchi nach Zinder weiterfahren. Die Hauptstadt der französischen Niger-Kolonien wollten sie am 1. Dezember erreichen. Der Filmemacher Poirier und sein Kameramann Specht waren gemeinsam mit Iaco auf der Suche nach bestmöglichen Motiven an den verschiedenen Schauplätzen des großen Festes, das kurz vor Sonnenuntergang stattfinden sollte.

Bereits am Nachmittag füllte sich Niamey mit Menschen aus dem Umland. An allen Ecken und Enden tauchten mit einem Mal Spielleute auf, die in ihrer zusätzlichen Funktion als Herolde den hohen Besuch ankündigten. Den Beginn der Feierlichkeiten kündigten drei Reiter in Paradeuniform und federbesetzten Helmen an. Auf ihren prächtigen Streitrossen, die mit bunten Tüchern geschmückt waren, sahen sie sehr beeindruckend aus. Zum Gruß und als Zeichen ihrer Ehrerbietung zückten sie ihre kurzen Streitschwerter. Beinahe gleichzeitig begann das Schmettern von Hörnern und das Trommeln der Tuareg. Ihr Klang mischte sich mit dem Trillern der Frauen zu einem ohrenbetäubenden Geräusch. Staunend beobachtete Torie, die mit allen anderen Expeditionsmitgliedern nun von der Menschenmenge umringt war, das bunte Gemisch von Gewändern, aus dem die europäischen Anzüge einiger Schwarzer merkwürdig fremd hervorstachen. Die einheimischen Würdenträger trugen die *gandoura*. Die Spielleute geleiteten die Citroën-Männer nun zu den verschiedenen Schauplätzen des Festes, um sie dort anzukündigen.

Iaco hatte sich schon die ganze Zeit in ihrer Nähe aufgehalten. »Das ist Afrika, wie ich es mir immer vorgestellt habe«, wiederholte er begeistert. »Pass auf, Moulin, gleich bekommen wir einen Tanz zu sehen.«

In der Tat verstummte plötzlich die lärmende Menge wie auf ein unsichtbares Zeichen hin, und ein großer Kreis schloss sich um zwei Frauen, die die mächtige Herrscherin Songo und die Schönheit Kadi darstellen sollten. Songo sprang mit einer theatralischen Geste in den Kreis und warf jedem einzelnen Mann betörende Blicke zu. Sie war deutlich älter als ihre größere und verführerische Kontrahentin, die deswegen geopfert werden sollte. Nun setzten die Musiker und Trommler zum Vorspiel ein, schrille Klänge und ein harter Rhythmus heizten die Atmosphäre auf. Songo zog plötzlich zwei spitze Messer aus ihrem Umhang, kreuzte sie über ihrer Brust und blickte mordlüstern in die Menge.

»Ihr seid alle da, Frauen, versammelt euch hinter euren Männern!«, rief sie, wie einer der Spielleute ihnen übersetzte. »Keine von euch wagt es, zu mir zu kommen, denn ihr schämt euch, dass ihr an Schönheit und Wollust von der einen übertroffen werdet, die unweigerlich erwählt wird vom siegreichen Krieger wie vom durchreisenden Liebhaber …« Sie wies verächtlich auf Kadi, die sich in liebreizenden Bewegungen den Männern anzubieten schien. »Und so wird es für immer bleiben, solange Kadi unter euch weilt. Stets wird ihre Schönheit euch in den Schatten stellen.« Songo schwenkte rhythmisch ihre Messer. »Ich muss sie töten, wenn ihr lieben wollt. *Diaram, diaram, diaram ...* tötet sie, tötet sie, tötet sie.« Songo ließ eines ihrer Messer an Kadis Brüsten herabgleiten, fuhr damit über deren Bauch und hielt vor ihrem Geschlecht inne. »Oder aber ich verstümmle sie. Lasst sie nicht entkommen!« Ihre Bewegungen wurden im harten Rhythmus der Trommeln immer wilder, bis sie unvermittelt stehen blieb und erneut auf Kadi starrte, die sich in die Menge zurückgezogen hatte. »Schönste aller Schönen«, brüllte sie, »ich habe dich entdeckt. Da bist du! *Diaram, diaram, diaram ...*«

Nun löste sich Kadi, die nicht weit von Iaco und Torie entfernt stand, aus der Menge. Ihre Haltung war gebeugt, dann streckte sie die Hand aus und warf den Kopf leicht in den Nacken. Ihre Bewegungen waren anmutig und elegant. Mit einem Schrei, der gleichzeitig der Einsatz zu einem wilden Trommelspiel war, machte sich Songa an die Verfolgung der Schönen und trieb sie in die Enge, bis für Kadi kein Entkommen mehr war. Die beiden Messer glitten hautnah an Kadis Brüsten entlang über den Bauch, wieder hoch zu ihrem Hals und zuckten dabei bedrohlich.

Torie hielt unwillkürlich die Luft an. Sie stand nah genug, um zu bemerken, dass nicht nur die Musiker, sondern auch Songa sich in Trance versetzt hatten. Songa würde Kadi doch nicht wirklich ...?

»Das ist doch nur die Parodie auf ein Menschenopfer, oder?«, hörte sie Iaco neben sich sagen.

Die Stimmung wurde durch die Musik und Songas Bewegungen immer weiter aufgeheizt. »*Diaram, diaram, diaram ...*«, skandierte nun auch die Menschenmenge. Die Musiker begannen sich wie in Trance vor und zurück zu bewegen, während Songa ihre Arme ausbreitete und sich immer wilder im Kreis zu drehen begann, die Arme ausgebreitet und gellend *Diaram, diaram, diaram* kreischend. Wieder näherte sie sich bedrohlich Kadi, die nun wirklich verängstigt in die Enge getrieben war. Dieses Mal erhob Songa beide Messer gleichzeitig, um zuzustechen.

Plötzlich hallten Schreie durch die entsetzte Menge. Völlig unerwartet tauchte eine gewaltige Anzahl dunkel gekleideter Tuareg-Reiter auf und preschte rücksichtslos auf den Platz. Die Darstellerinnen des Tanzes flohen ebenso vor ihnen wie die Musiker und die Mitglieder der Croisière Noire. Angstschreie waren zu hören, Menschen stürzten zu Boden oder wurden umgeritten. Die Krieger begannen, die Menschen mit Säbeln und Lanzen zu provozieren. Torie sah, wie Poirier und Specht ihre Kameraausrüstung vergeblich vor der wilden Horde zu schützen versuchten. Ebenso bekam sie mit, wie die Tuareg einen der alten Würdenträger umringten und mit ihren Waffen bedrohten.

Endlich tauchten bewaffnete Vertreter der Kolonialmacht auf, sie bemühten sich, gemeinsam mit den einheimischen Ordnungshütern wieder Ruhe herzustellen. Den meisten Citroën-Männern gelang es nun, sich in Sicherheit zu bringen, doch Torie geriet unglücklicherweise zwischen die Fronten – sie fand sich inmitten der gewaltsamen Auseinandersetzungen wieder. Da hörte sie hinter sich das Getrappel galoppierender Pferde. Als sie sich umdrehte, sah sie, dass sie direkt auf sie zuhielten. Sie spürte, dass jemand sie am Ärmel packte und in einen schmalen Durchgang zog, im nächsten Augenblick preschten die Pferde auch schon an ihr vorbei. Es war Iaco, der sie gerettet hatte. Eine Weile blieben sie keuchend aneinandergepresst stehen. Torie zitterte vor Angst, dennoch fühlte sie eine seltsame Aufregung – es herrschte eine magische Anziehungskraft zwischen ihnen. Im nächsten Moment befreite Iaco sich grob aus ihrer beengten Situation und trat wieder hinaus auf die Straße.

»Am besten wir vergessen das hier möglichst schnell«, murmelte er kopfschüttelnd und stapfte davon.

Torie blieb umso verwirrter zurück.

Als sie auf den verwüsteten Platz kamen, fanden sie einen völlig aufgelösten Poirier vor. Neben ihm stand der vor Entsetzen wie gelähmte Specht und sah auf seine zerstörte Filmkamera. Nichts als Trümmer waren ihnen von dem großartigen Spektakel geblieben. Statt folkloristische Afrika-Romantik zu erfahren, waren sie in ein Kriegstreiben geraten.

Bei einem späten Abendessen im Gouverneurspalast erfuhren die Teilnehmer der Croisière, dass an die zweihundert Tuareg über hundert Kilometer weit durch die Wüste geritten waren, um die Feierlichkeiten zu stören. Hintergrund war Rache für die Schmach eines lange zurückliegenden Streites gewesen, bei dem einer der Würdenträger den Vater eines Stammoberhauptes im Kampf getötet hatte.

»Hier in Afrika sind unliebsame Erinnerungen oft an Gewalt gekoppelt«, meinte der Resident bitter. »Damit müssen wir hier alle leben.«

Torie zog sich an diesem Abend sehr früh zurück. Der Schrecken steckte ihr noch in den Gliedern. Außerdem wollte sie Iaco aus dem Weg gehen, dessen Gegenwart sie immer schwerer ertrug. Was um Himmels willen war nur in sie gefahren, dass sie Gefühle für ihn entwickelte, nachdem er sie vor dem Schlimmsten bewahrt hatte?

Ihr Aufenthalt in Niamey schien unter keinem guten Stern zu stehen.

Gleich am nächsten Morgen, kurz vor dem geplanten Aufbruch, erreichten sie nacheinander drei Hiobsbotschaften. Erst erhielt

Haardt ein Telegramm, in dem ihm der Tod seines Vaters mitgeteilt wurde. Die Nachricht erschütterte ihn so sehr, dass er vor ihnen in Tränen ausbrach. Alle zeigten großes Mitgefühl und Verständnis für seine Reaktion. Nicht einmal hinter seinem Rücken wurde gespottet. Doch das war noch nicht alles. Nur wenig später kam Audouin mit einer zweiten schlimmen Botschaft, für die er alle Teilnehmer zusammenrief.

»Die Expedition von Renault hat Bourem erreicht«, verkündete er, »ich habe soeben ein Telegramm erhalten. Die verflixten Hunde sind uns dicht auf den Fersen. Aber es kommt noch schlimmer: Was uns verwehrt war, hat Gaston Gradis bekommen. Er wurde von General Franchet d'Espèrey empfangen, nur weil er Journalisten mit sich reisen lässt. Dieser Umstand bringt ihm eine Menge Publicity ein und lenkt von unserer viel bedeutenderen Expedition auf ungute Art ab. Georges Estienne ist nebenbei gesagt ebenfalls mit von der Partie.«

»Der verdammte Verräter«, platzte unvermittelt heftig Haardt heraus. Sogar seine Trauer schien er für einen Augenblick vergessen zu haben. »Dieser Überläufer ist doch Abschaum«, echauffierte er sich. »Er wird unseren ganzen Erfolg noch zunichtemachen.«

»So schlimm wird es schon nicht kommen, Georges-Marie«, versuchte Audouin seinen Partner zu beruhigen. »Nur weil Estienne nicht mehr für Citroën arbeitet, wird er unseren Erfolg nicht schmälern können.«

»Die Renault-Fahrzeuge kommen viel schneller voran«, beharrte Haardt verbittert. »Sie werden uns noch überholen.«

»Verdammt, das werden sie nicht«, mischte sich nun Penaud ein. »Die Stunde unserer Raupen wird kommen. Spätestens wenn wir Sümpfe und Dschungel erreichen, werden wir ihnen überlegen sein. Da bin ich mir vollkommen sicher!«

»So sehe ich das auch«, gab Audouin ihm recht. »Außerdem veranstalten wir hier keine Autorallye, auch wenn Gradis das aller Welt weiszumachen versucht. Für uns steht anderes auf dem Spiel: Zwei Ministerien und drei Museen warten auf unsere Arbeiten, und die können wir nicht enttäuschen. Und nun lassen Sie uns endlich aufbrechen!«

»Da wäre leider noch was«, meldete sich Penaud zu Wort. »Charles Rubin fällt nun doch aus. Sein Fuß ist offenbar gebrochen. Außerdem hat er Fieber. Der Arzt des Gouverneurs meint, dass er die Reise nicht wird fortsetzen können.«

Alle sahen sich bestürzt an. Sie hatten gehofft, dass Rubins Fußverletzung nur eine Verstauchung war. Der Mechaniker war am Vortag auf seiner Flucht vor den wilden Reitern gestürzt, hatte allerdings kein großes Aufhebens darum gemacht, weshalb niemand von ihnen besonders beunruhigt gewesen war.

»Und was sollen wir nun tun?«, erkundigte sich Iaco, der als Erster die Sprache wiederfand.

Audouin nahm seinen Tropenhelm ab und kratzte sich am Kopf. Nach kurzem Nachdenken hatte er prompt die rettende Lösung. »Wie wäre es, wenn Citroën uns einen Ersatzmechaniker einfliegen ließe?«, fragte er. Alle nickten zustimmend. »Werden wir das bis dahin ohne Rubin schaffen?«, wandte er sich dann an Penaud.

Der Chefmechaniker blickte skeptisch. »Ich denke schon«, erwiderte er jedoch.

12

In Dosso verließen die acht Raupenfahrzeuge den Niger und wandten sich in Richtung Osten auf den Tschadsee zu. Die Ortschaften, die sie auf ihrer Strecke durchquerten, wurden mehr oder weniger gut von französischen Distriktkommissaren geführt. Von der Persönlichkeit der Beamten schien die Entwicklung der Region abzuhängen.

»Wenn wir den Menschen hier schon nicht das Glück gebracht haben, so doch zumindest den Frieden«, brummte Haardt, nachdem sie in einer kleinen Stadtgemeinde von einem nachlässigen Kolonialbeamten und dessen diensthabendem Leutnant zwei Stunden nach Sonnenuntergang empfangen worden waren. Der eine war in Hemdsärmeln, der andere nur notdürftig bekleidet. Ihre halb nackten Mätressen leuchteten den Männern der Croisière den Weg zu ihren Unterkünften mit Windlichtern.

»Und ich stelle fest, dass die Loyalität der Bevölkerung dieser Region den Herren einen guten Schlaf ermöglicht«, warf Bettembourg mit schneidender Stimme ein. Seine Verachtung für die Beamten war kaum zu überhören.

Ganz anders erging es ihnen in Dogondoutchi. Dort wurden sie schon lange vor der Ortschaft von einem Mann zu Pferd unter einem Baum empfangen, vor dem die französische Flagge wehte. Distriktkommissar Cook empfing sie mit ausgesuchter Höflichkeit und ließ es sich nicht nehmen, ihnen persönlich auf einer

Landkarte einige befahrbare Straßenabschnitte zu zeigen. Außerdem hatte er ein hundert Hektar großes Fliegerareal errichten lassen und bat Audouin und Haardt, dies doch bitte an den zuständigen Stellen bekannt zu geben.

»Langfristig soll unsere Versorgung durch Flugzeuge geschehen«, verkündete er euphorisch.

Cook sorgte dafür, dass alle Teilnehmer eine angenehme Unterkunft erhielten, und lud Audouin, Bettembourg und Haardt ein, seine persönlichen Gäste zu sein.

Nach der Durchquerung eines sumpfigen, grasbewachsenen Talkessels, der mit Palmen bepflanzt war, erreichten sie das Gebiet der Haussa. Im Sumpfgebiet von Maradi erwartete sie beim Sultan Serki Moussa ein wahrer Zaubergarten. Torie hatte noch nie zuvor so etwas Wundersames gesehen. Tamarindenbäume, Akazien, Baobabs, Zypressen und andere bizarr beschnittene Bäume bildeten eine Art Märchengarten, in dem Blauhäher, Paradiesvögel und Tukane lebten. Der Sultan höchstpersönlich ritt ihnen auf einem reich geschmückten Pferd entgegen. Eskortiert wurde er von seinen Leibwächtern, die einen riesigen europäischen Regenschirm gegen die Sonne über ihren Herrscher hielten. Die Haut des Hauptmanns der Sultanswache war von solch tiefem Schwarz, dass seine Gesichtszüge im Sonnenlicht kaum zu erkennen waren. Er trug einen roten Turban und eine Nilpferdpeitsche in der Hand, mit der er ständig herumwedelte.

In angemessener Würde führte der Sultan seine Gäste zu seinem Palast, wo sie von seinem Hofnarren durch tierische Schreie begrüßt wurden. Das alles ging in bleierner Gemächlichkeit vor sich, denn bei den Haussa kannte man das Wort »Eile« nicht, es gab nicht einmal einen Begriff für »rennen«.

Ins tiefe Mittelalter versetzt fühlte sich Torie spätestens, als ihr in Tessaoua die Ehre zuteilwurde, gemeinsam mit Poirier, Specht und Iaco den Harem des Sultans Barmou zu besuchen. Ausgerechnet Iaco hatte darauf bestanden, dass sie die drei Männer begleitete, obwohl sie keinerlei Interesse gezeigt hatte. Seit jenem Vorfall in Niamey fühlte sie sich von ihm beobachtet, weswegen sie sich alle Mühe gab, seine Nähe zu meiden, doch an jenem Nachmittag blieb ihr keine andere Wahl, als die Einladung anzunehmen.

Poirier, der wohl sah, wie sie sich zierte, versuchte sie zu beruhigen. »Keine Angst, der Sultan wird uns nichts tun, solange wir nicht ungebührlich unsere Augen auf seine Frauen richten«, interpretierte er ihre Zurückhaltung prompt falsch.

Torie lächelte bemüht. Als ob dies ihr größtes Problem wäre. »Ich würde lieber noch einmal nach den Motoren sehen«, murmelte sie, folgte den Männern aber dann doch zum Palast. Sultan Barmou war der Nachfahre eines berühmten Herrschers aus altem Haussa-Adel, was erklärte, dass er in einem besonders prächtigen Palast wohnte. Allein der Eingang seines Domizils bestach durch eine imposante Mauer, die mit schwarzen, weißen, blauen und ochsenblutroten Rauten verziert war. Im Inneren war es dank der Lehmbauweise angenehm kühl und schattig. Im großen Innenhof, der teilweise überdacht war, gab der Sultan ein eigens für sie ausgerichtetes Gastmahl.

Torie fühlte sich wie in einem Märchen aus Tausendundeiner Nacht. Der Harem des Sultans war größer, als sie es sich je hatte vorstellen können. Über hundert Frauen kauerten dicht aneinandergedrängt und verschleiert in einer Ecke des Innenhofes. Die Anwesenheit beim Gastmahl ihres Herrn war für sie eine große Ehre. Während das Essen aufgetragen wurde, setzte Musik ein, die auf merkwürdigen Saiteninstrumenten gespielt wurde, die mit einer Feder gestrichen wurden.

»Weshalb sind die Musiker alle blind?«, erkundigte sich Torie arglos.

»Nicht so laut«, zischte Poirier mit einem beunruhigten Blick in Richtung des Sultans, der in einiger Entfernung an der Seite seiner Lieblingsfrau saß und den albernen Verrenkungen eines nach Moschus riechenden, dickleibigen Mannes zusah. »Du könntest den Sultan damit beleidigen. Er versteht nur leidlich Französisch.«

»Die Musiker wurden geblendet«, flüsterte Iaco ihr zu. »Jeder Blick eines unwürdigen Dieners auf eine der Sultansfrauen stellt eine Beleidigung dar.« Torie erschauderte. Welch eine Grausamkeit. »Und den Wachleuten, die den Harem beschützen, hat man die Hoden ebenso abgeschnitten wie diesem Hofnarren dort, der die Ehre hat, auch vor der Lieblingsfrau des Sultans aufzutreten«, erklärte er und bedachte sie dabei mit einem spöttischen Blick.

Torie wandte sich rasch ab, damit er ihre Verlegenheit und die Abscheu nicht bemerkte. Die exotische fremde Welt der Sultane mit ihren Sitten und Gebräuchen erschien ihr auf den ersten Blick fremd und abstoßend, bis sie nach langen Gesprächen an den abendlichen Lagerfeuern zu verstehen begann, dass es nur ihre borniert französische Sichtweise war, die ein tieferes Einfühlungsvermögen in die fremden Kulturen nicht zuließ.

Schließlich erreichten sie Zinder – wegen der Farbe ihrer Lehmbauten auch die rote Stadt genannt. Ihre Geschichte war von Kriegen und Gewalttaten geprägt, die entweder von den Intrigen verfeindeter Dynastien ausgelöst worden waren, von den Überfällen feindlicher Tuareg-Stämme aus den sudanesischen Steppen oder durch Überfälle von Sklavenhändlern. Obwohl die Stadt schon lange islamisiert worden war, gab es in der Moschee noch fetischistische Kultobjekte, die hier ihre Verehrung fanden. Die bei Initiationsritualen tätigen Fetischpriester schienen in keinerlei Widerspruch zu den islamischen Gebräuchen zu stehen.

Wie bereits an anderen Orten auch, eilte die Kunde über die Ankunft der Croisière ihnen weit voraus. Zahlreiche Menschen, zu Fuß und auf Pferden, erwarteten sie bereits ein ganzes Stück vor der mit Lehmmauern bewehrten Stadt. Der zuständige Kolonialbeamte Fleury, ein älterer Mann mit einem gepflegten weißgrauen Vollbart, ließ es sich nicht nehmen, sie gemeinsam mit seiner Frau in Galauniform zu empfangen. Audouin, Haardt und Bettembourg nahmen die Begrüßung entgegen und ließen sich sogleich von Fleury zu einer Besichtigungsrunde durch Zinder und den anschließenden Besuch bei Sultan Barma Mata in dessen Palast einladen. Die anderen Teilnehmer kümmerten sich um die Fahrzeuge, bevor auch sie die Stadt auf eigene Faust zu erkunden begannen.

Torie schloss sich rasch de Sudre und Rabaud an, bevor Iaco sie wieder einmal unter seine Fittiche nehmen konnte. Allerdings schien er an diesem Tag ohnehin kein Interesse an ihrer Gesellschaft zu haben. Beim Weggehen entdeckte sie ihn in Gesellschaft einer bemerkenswert hübschen Französin, die sie zuvor in der Gesellschaft des Kolonialbeamten gesehen hatte. Die beiden schienen bereits auf befremdliche Weise miteinander vertraut zu sein. Torie sah, wie die Frau über eine Bemerkung Iacos herzlich zu lachen begann und ihm dabei verführerische Blicke zuwarf. Verletzt wandte sie sich ab und ärgerte sich gleichzeitig über ihre Gefühle.

Während de Sudre, Rabaud und sie durch Zinder schlenderten, vergaß Torie Iaco und konzentrierte sich auf das bunte Treiben um sie herum. Beeindruckt von den rötlichen Lehmbauten durchstreiften sie die engen Gassen und beobachteten das geschäftige Treiben. Die Bewohner von Zinder nahmen nach anfänglicher

Neugier keine Notiz mehr von ihnen, sodass sie unbelästigt ihrer Wege gehen konnten. Während de Sudre und Rabaud bald genug gesehen hatten, zog es Torie noch in die Moschee. Vor dem Sultanspalast, der im Herzen des Ortes als Festung vor ihnen aufragte, traf sie auf Bergonier, der sich gerade mit einem Einheimischen unterhalten hatte. Sie gesellte sich zu ihm.

»Was für eine beeindruckende Stadt. Ich komme mir vor wie im Märchen.«

Bergonier wandte sich ihr zu und grinste. »Wusste gar nicht, dass du ein Romantiker bist, Moulin«, zog er sie auf. »Ich dachte, dich interessieren nur Zahnräder und Schrauben.«

»Manchmal muss man eben auch mal über seinen Schatten springen«, konterte Torie vergnügt. »Was machen Sie eigentlich hier? Durften Sie nicht mit zum Sultan?«

»Ich warte auf Rubins Ersatzmann. Er müsste jeden Augenblick kommen.« Torie erbot sich, mit ihm zu warten. »Weiß man schon, wer kommt?«, erkundigte sie sich neugierig.

Bergonier zuckte mit den Schultern. »Er war schon bei einer der Sahara-Missionen dabei und stammt aus Kégresse' Team. Also muss er ja etwas taugen.« Im nächsten Augenblick tauchte aus dem Schatten einer Gasse eine Gestalt vor ihnen auf, die Torie viel lieber nicht gesehen hätte. Ihre schlimmsten Befürchtungen wurden wahr. Der Ersatzmann für den verletzten Rubin war ausgerechnet Mattéo Calvin! Ihr erster Reflex war, sich sofort aus dem Staub zu machen. Doch dafür war es leider schon zu spät – sie musste sich der Situation stellen. Rasch zog sie ihre Schirmmütze tiefer in die Stirn.

Calvin trat grinsend auf sie zu. »Da bin ich«, meinte er selbstbewusst und schüttelte erst Bergonier und dann auch ihr die Hand. Sein Blick streifte sie nur kurz und oberflächlich. Nichts deutete darauf hin, dass er sie erkannte. Einigermaßen erleichtert begleitete sie die beiden zurück zu den Raupen, wo sich Calvin sofort auf Penaud und de Sudre stürzte, die er bereits kannte. Torie sah zu, dass sie sich unsichtbar machte. Von nun an hatte sie ein Problem mehr zu bewältigen. Sie durfte auf keinen Fall Calvins Aufmerksamkeit auf sich ziehen.

Plötzlich bekam sie mit, wie Calvin auf sie zeigte und hörte ihn fragen, woher dieser Moulin denn käme. »Ich kenn den Kerl von irgendwoher. Mir fällt bloß nicht ein von wo.«

Torie hielt die Luft an und lauschte, was Penaud dazu zu sagen hatte.

»Victor Moulin kommt aus der Auvergne wie du. Vielleicht stammt ihr ja aus demselben Kaff und habt schon mal um ein Mädchen gebuhlt. Vor den Weibern musst du dich hier allerdings in Acht nehmen, Calvin! Hier schneiden dir die Männer die Eier ab, wenn du ihrem Eigentum auch nur schöne Augen machst. Also halt deine Gelüste gefälligst im Zaum.«

»Ich kann doch nichts dafür, dass ich auf die Weiber so unwiderstehlich wirke«, prahlte Calvin.

»Du lässt ihnen ja auch keine andere Wahl«, antwortete de Sudre spöttisch, was Penaud und Calvin mit einem lauten Lachen quittierten.

Damit wandten sich die Männer anderen Themen zu.

Torie beschloss, die verbleibende Zeit bis zum Abendessen zu nutzen, um ihren Pflichten nachzugehen. Sie hatte sich bereit erklärt, die Qualität des Benzins aus den Depots zu kontrollieren. Leider musste sie feststellen, dass es von miserabler Beschaffenheit war und nicht annähernd ihren Bedürfnissen genügte. Sie wollte Penaud informieren, damit er es an Audouin weitergab, der dann nach Alternativen suchen würde. Fürs Erste begnügte sie sich damit, das Benzin mühselig zu filtern, wobei ihr Rabaud und de Sudre zu Hilfe kamen. Calvin, den sie ebenfalls gut hätten gebrauchen können, hatte sich verdrückt, angeblich musste er noch seine Siebensachen aus seinem Quartier holen.

Als sie fertig waren, ging die Sonne bereits unter. Torie wusch sich gerade Benzin und Ölreste in einer Waschschüssel von den Händen, als sie Iaco in der weißen Ausgehuniform der Citroën-Truppe auf sie zukommen sah.

»Beeil dich, Victor«, rief er ihr munter zu. »Madame Castin erwartet uns in einer halben Stunde!«

»Madame Castin?«, fragte sie verständnislos. »Wer ist das?«

»Nun starr mich nicht so fassungslos an!« Iaco lachte amüsiert. »Offenbar hat Penaud vergessen, dir Bescheid zu geben. Madame Castin ist Offiziersgattin. Ihr Mann ist gerade auf einer Mission und wird vor morgen früh nicht zurückerwartet. Offen gesagt glaube ich, dass er ein Langweiler ist, aber auch überaus eifersüchtig, wie man so hört. Auf jeden Fall möchte Cécile seine Abwesenheit nutzen, um sich von uns einige unserer Abenteuer erzählen zu lassen. Sie hat uns formidable Cocktails und schottischen Whisky in Aussicht gestellt. Nun komm schon! Das können wir uns nicht entgehen lassen.«

»Cécile?« Torie konnte sich einen abfälligen Unterton nicht verkneifen. »Das hört sich ziemlich vertraut an!«

»Geht dich das was an?«, gab Iaco ruppig zurück. Er wandte sich zum Gehen, drehte sich aber noch mal zu ihr um und fügte mit funkelndem Blick hinzu: »Manchmal muss man sich eben mit etwas Einfachem begnügen, wenn man das Unerreichbare nicht bekommen kann.«

Torie hatte nun erst recht keine Lust zu dieser Madame Castin zu gehen. Doch man ließ ihr keine Wahl. Es blieb ihr nichts anderes übrig, als sich ebenfalls in die Ausgehuniform zu werfen und mitzugehen. Sie nahm sich fest vor, so schnell wie möglich wieder zu verschwinden.

Cécile Castin empfing sie nicht nur zu einem Cocktail, sondern hatte ein opulentes Abendessen mit musikalischer Begleitung vorbereiten lassen. Die überaus charmante Gastgeberin begrüßte jeden Einzelnen von ihnen persönlich mit Handschlag und verwickelte ihn in ein kleines Gespräch. Torie war als eine der Letzten an der Reihe, und ausgerechnet sie zog Madame Castins Aufmerksamkeit auf sich.

»Was für ein bunter Haufen Sie hier doch alle sind, wirklich inspirierend«, bemerkte die zartgliedrige Frau in ihrem grün schillernden Abendkleid mit einem verschwörerischen Lächeln. »Es wäre mir eine große Freude, wenn wir uns später noch eine Weile in Ruhe unterhalten könnten«, fügte sie augenzwinkernd hinzu.

Torie sah ihr unglücklich hinterher. Flirtete die Frau etwa mit ihr? Da sie nicht unhöflich sein wollte, nickte sie nur kurz und machte, dass sie davonkam. Sie wählte einen Platz möglichst weit von Iaco und Madame Castin entfernt und achtete ebenso darauf, dass Calvin Abstand zu ihr hatte. Ihren Wunsch, die Veranstaltung bald zu verlassen, vergaß sie allerdings gleich, als ihre Gastgeberin ein überaus wohlschmeckendes und zartes Boeuf Bourguignon mit Pommes dauphines auftragen ließ und dazu einen hervorragenden französischen Rotwein aus dem Burgund, der ständig nachgeschenkt wurde. Wie alle anderen der *équipe*, konnte sie sich kaum mehr daran erinnern, wann sie zuletzt so wunderbar gegessen und getrunken hatte. Was Baba Touré auf den Tisch brachte, war zwar durchaus genießbar, nur auf Dauer etwas monoton.

Auch Cécile Castin sprach dem Wein ordentlich zu. Sie genoss die ungewohnte Abwechslung ganz offensichtlich sehr. Bevor sie die Tafel aufhob, stieß sie gut gelaunt mit einem Löffel gegen ihr Kristallglas, um eine kleine Rede zu halten. Obwohl sich Torie vorgenommen hatte, die Frau nicht zu mögen, schwand ihre Voreingenommenheit, als sie auf launige Weise ein paar Eindrücke ihres Lebens in Zinder zu schildern begann.

»Bevor wir den Abend mit einem guten schottischen Whisky beschließen, lassen Sie mich einen Winter in unserer Stadt beschreiben. Wie Sie unschwer erkennen konnten, werte Herren, erwachen auch hier abends die Insekten, jede Art zu ihrer Zeit. Der Beginn des Winters kündigt sich durch die Libellen an, die zu Hunderten ihre Flügel an den Lampen verbrennen. Dann folgen die Nächte der Ohrwürmer, die sich lustvoll in Heerscharen in jeder kleinen Ritze tummeln. Sodann kommen die Abende, an denen Riesenspinnen an der Wand tanzen und Skorpione blitzartig über die Balustraden huschen – ein Veitstanz der ganz besonderen Art. Die Nächte der Kröten möchte ich ebenfalls erwähnen, sie machen selbst vor meinem Schlafzimmer nicht Halt.« Madame Castin verdrehte leidvoll die Augen. »Aber den ganzen Winter hindurch werden Sie hier Abend für Abend eines hören: nämlich das nervtötende Sirren der Moskitos!«

Nach dem abebbenden Gelächter erhoben sich alle von ihren Stühlen und begaben sich hinaus auf die Terrasse, um einen letzten Drink zu nehmen. Die Stimmung war ausgelassen, und so mancher ihrer Kumpane hatte ein Glas zu viel gehabt. Torie wollte die Gelegenheit nutzen, sich unbemerkt zurückzuziehen. Doch als sie die Gesellschaft durch den Garten verlassen wollte, verstellte ihr ausgerechnet Madame Castin den Weg.

»Gehen Sie nicht!«, rief sie. »Wir hatten ja noch keine Gelegenheit, uns zu unterhalten.«

»Das tut mir leid. Ich muss noch etwas Wichtiges erledigen«, schwindelte Torie.

Madame Castin hob amüsiert die Augenbrauen. »Ist es nicht eher so, dass Sie gehen wollen, weil Sie sich unwohl fühlen?«, erkundigte sie sich interessiert. Sie hakte sich wie selbstverständlich bei ihr unter und führte sie durch den stilvoll angelegten Garten hin zu ihren privaten Gemächern. Torie versuchte sich loszumachen, doch Madame Castin hatte sie fest im Griff und lachte sie aus. »Keine Angst, meine Liebe, ich habe nicht vor, Sie zu verführen. Ich stehe eindeutig auf Männer.«

»Auf ... auf ... Männer?« Torie spürte, wie ihr das Blut in den Kopf schoss, als ihr der wahre Sinn der Worte aufging.

»Hören Sie einfach auf mit Ihrem Versteckspiel«, schlug Cécile Castin vor. »Ich habe auf den ersten Blick erkannt, dass Sie eine Frau sind. Ihre Bewegungen haben Sie verraten, auch wenn Sie sich alle Mühe geben, sich wie ein Mann zu verhalten. Außerdem sprechen die Blicke, die Sie Iaco zuwerfen, Bände. Sie mögen den Maler, nicht wahr?«

Torie schluckte und hatte gleichzeitig das Gefühl, dass ihre Knie nachgaben. »Werden Sie mich verraten?«, fragte sie.

»Unsinn!« Sie lachte herzlich. »Wir Frauen müssen schließlich zusammenhalten. Kommen Sie. Wir gehen ein wenig in meine Privatgemächer. Dort können wir uns ungestört unterhalten. Ich möchte unbedingt erfahren, was eine junge Frau dazu bringt, sich als Mann verkleidet in solch ein Abenteuer zu stürzen. Und nennen Sie mich Cécile.« Torie blieb gar nichts anderes übrig, als der Offiziersfrau in ihre Privaträume zu folgen.

»Sie sind wirklich eine ganz besondere Person«, stellte Madame Castin enthusiastisch fest, nachdem Torie ihre Geschichte zu Ende erzählt hatte. »Was Sie erleben, hält keinem Vergleich zu der Ödnis hier stand ...« Ihre Miene verdüsterte sich. »Als ich meinem Gatten damals nach seiner Beförderung in den Niger folgte, glaubte ich noch an ein Leben voller Abenteuer und Abwechslung. In Wirklichkeit gleicht hier ein Tag dem anderen. Madame Fleury, die einzige Weiße außer mir, ist eine bigotte Frau, die sich außer für Handarbeiten allenfalls für ihr Gebetsbuch interessiert. Und mein Herr Gemahl hat außer dem Dienst und seiner ins Dramatische neigenden Eifersucht auch nicht sehr viel zu bieten. Er hat mir sogar schon unterstellt, mit dem Sultan Barma Mata ein Verhältnis zu haben ...« Sie kicherte albern. »Das stimmt nicht, obwohl ich wirklich nichts dagegen einzuwenden hätte. Barma Mata ist ein durchaus ansehnlicher Mann, mit dem man sich sicher gut vergnügen könnte. Nun werden Sie nicht gleich rot, Mädchen«, schalt sie Torie, die so viel Freizügigkeit nicht gewohnt war. Und Cécile war noch nicht fertig mit ihren Bekenntnissen. »Wer sich so einsam fühlt wie ich, ergreift nahezu jede Chance auf ein wenig Abwechslung im Bett. Gegen den Maler, der Sie begleitet, hätte ich wahrlich auch nichts einzuwenden. Heute Nachmittag habe ich ihm eindeutige Avancen gemacht, bis er ...«, sie verdrehte verklärt die Augen, »... bis er mir einen Korb gab.« Cécile gab ein bedauerndes Seufzen von sich. Torie hatte sich peinlich berührt abgewandt, jetzt wurde ihr wieder leichter ums Herz. »Ich hätte wirklich nichts dagegen gehabt. *Tant pis!* Was soll's! Ganz offensichtlich hat er sein Herz schon an jemand anderen vergeben.«

Cécile lachte und nahm Torie fest in die Arme.

Iaco befand sich mit einem Whiskyglas in der Hand in der Gesellschaft von Audouin, Haardt und Bergonier auf der Terrasse und unterhielt sich mit ihnen über den bevorstehenden Streckenabschnitt und seine Unwägbarkeiten. Der Abend war für alle eine willkommene Abwechslung gewesen, sodass die Stimmung recht ausgelassen war. Vor allem das ausgezeichnete Essen würde ihnen allen noch lange in guter Erinnerung bleiben.

»Es wird langsam Zeit, sich zur Ruhe zu begeben. Morgen wird wieder ein anstrengender Tag«, meinte Audouin mit einem Blick auf seine Taschenuhr. Doch anstatt seinen Worten Taten folgen zu lassen, ließ er sich bereitwillig von einem der zwei Bediensteten des Offiziershaushalts nachschenken. »Wo ist eigentlich Madame Castin? Ich muss mich noch einmal in aller Form bei ihr bedanken. Ich werde sie suchen gehen.« Audouin verabschiedete sich, gemeinsam mit Haardt ging er zurück ins Haus.

»Ich habe Moulin vorhin mit Madame Castin im Garten gesehen«, bemerkte Bergonier mit gerunzelter Stirn. »Die beiden schienen mir etwas zu sehr vertraut miteinander zu sein. Solche Eskapaden hätte ich unserem Hänfling gar nicht zugetraut. Auf mich wirkt er reichlich prüde.«

Ihre Unterhaltung wurde unterbrochen, als plötzlich vom Eingang her laute Stimmen zu hören waren und kurz darauf ein reichlich verschwitzter Major Castin hereintrat. Die massige Erscheinung des Mannes, der eine halb geleerte Cognacflasche in der Hand hielt, zog die Aufmerksamkeit aller auf sich.

»Oha!«, donnerte der Major mit polternder Stimme. Er war eindeutig angetrunken. »Kaum ist die Katze aus dem Haus, tanzen die Mäuse auf dem Tisch.«

Er trat in die Mitte des Raumes und betrachtete die Anwesenden abschätzig, alle schwiegen betreten. Mit einem Räuspern traten Audouin und Haardt auf den Besitzer des Hauses zu und stellten sich vor.

»Ihre Gattin war so freundlich, uns einen angenehmen Empfang zu bereiten«, meinte Audouin höflich. »Dafür möchte ich mich im Namen der Citroën-Expedition ganz herzlich bei Ihnen und Ihrer Frau bedanken.«

Der Major starrte die beiden aus glasigen Augen an, knurrte etwas Unverständliches und meinte dann sehr viel versöhnlicher: »Schon gut. Es wäre mir natürlich lieber gewesen, Sie persönlich zu empfangen, aber leider war ich verhindert ...« Er stieß einen lauten Rülpser aus, für den er sich entschuldigte. »Irgendein Gesindel hat einen Aufstand im Nachbardorf angezettelt. Ich musste hin, um mit meinen Leuten für Ordnung zu sorgen.« Er schniefte ungebührlich und rieb sich mit seinem schmutzigen Ärmel den Rotz ab. »Wo ist eigentlich meine Frau?« Sein Blick wanderte misstrauisch durch den Salon. Als er nirgendwo seine Gemahlin entdecken konnte, winkte er einen seiner Bediensteten herbei. »Yussuf! Wo ist Madame?« Der angesprochene Diener zeigte verschüchtert in Richtung Garten. Der Major horchte auf. Er war in Alarmbereitschaft. »Ist sie allein?«, herrschte er den Diener an.

Iaco beobachtete, wie sich seine Fäuste zusammenballten und seine Gesichtszüge eine gefährlich rote Farbe annahmen, als Yussuf den Kopf schüttelte. Er warf Bergonier einen besorgten Blick zu, den dieser mit sichtlichem Unbehagen erwiderte. Ohne sich zu entschuldigen, verließ der Major den Raum und stürmte hinaus.

»Wir müssen hinterher. Victor ist in Gefahr!«, raunte Iaco Bergonier zu.

Zu zweit eilten sie dem Major hinterher. Als sie kurz darauf Madame Castins Privaträumlichkeiten erreichten und der Major, ohne anzuklopfen, die Zimmertür aufriss, bot sich ihnen der Anblick eines ertappten Paares, das sich liebevoll in den Armen hielt. Iaco kämpfte mit widerstreitenden Gefühlen. Mit dieser Situation hätte er am allerwenigsten gerechnet. Plötzlich hielt der Major eine Pistole in der Hand, er zielte auf seine Frau und Moulin, die längst auseinandergefahren waren.

»Verdammte Hure«, brüllte er außer sich. »Ich habe immer gewusst, dass du mich betrügst.«

Cécile sprang auf. »Es ist nicht so, wie du denkst, Gustave«, rief sie entsetzt. »Lass es mich dir doch erklären.«

»Halt den Mund, Weib!«, schrie Castin. Seine Halsschlagadern traten dick wie Schläuche hervor.

Bergonier, der ein Mann der Tat war, zögerte nicht länger und stürzte sich auf den außer sich geratenen Major. Vergeblich versuchte er, ihm die Pistole zu entwenden. Castin ließ sich allerdings nicht so leicht überrumpeln. Er schlug Bergonier zu Boden und wandte sich wutentbrannt Moulin zu, der zitternd wie Espenlaub auf einem Canapé saß. Cécile Castin stürzte sich mit erhobenen Armen auf ihren Mann, um ihn an Schlimmerem zu hindern, doch sie war nicht stark genug. Er stieß seine Frau grob zur Seite und entsicherte die Pistole.

Cécile warf sich ihm entgegen. »Dieser Mann ist eine Frau, verdammt«, brüllte sie.

Alle Anwesenden erstarrten. Bergonier, der immer noch auf dem Boden lag, klappte seinen Mund auf und zu wie ein Karpfen auf trockenem Land. Iaco schloss erleichtert die Augen. Als er sie wieder öffnete, sah er Victor Moulin an, der schockiert mit weit aufgerissenen Augen dastand.

Der Major blickte verunsichert um sich. »Was soll der Blödsinn?«, blaffte er. »Ich lasse mich nicht täuschen!«

Iaco spürte, dass die Situation wieder zu kippen begann. Rasch stellte er sich vor Moulin. »Nun sag doch endlich auch was!«, rief er so eindringlich, wie er nur konnte. »Oder muss man dir die Kleider vom Leib reißen?«

Seine letzten Worte lösten Moulin endlich aus seiner Starre. »Es ... es stimmt«, stammelte er mit Tränen in den Augen. »Ich bin eine Frau. Mein Name ist Victoria Belrose.«

13

Als Torie in Begleitung von Iaco, Bergonier und dem Ehepaar Castin in den Salon zurückkehrte, kam sie sich wie ein Lamm vor, das man auf die Schlachtbank führte. Die Anwesenden empfingen sie nach dem Tumult mit unverhohlener Neugier. Haardt versuchte erst gar nicht, sein Missfallen auszudrücken. Bergonier, der in jeder Situation die richtigen Worte fand, klärte alle kurz über das Vorgefallene auf, was zu einem großen Durcheinander führte. Der Umstand, dass Victor Moulin in Wirklichkeit Victoria Belrose war, die sich unter Vorspiegelung falscher Tatsachen bei der Croisière eingeschmuggelt hatte, rief sehr unterschiedliche Reaktionen hervor. Sofort setzten heftige Diskussionen ein. Torie hörte neben Erstaunen und Empörung auch verhaltene Bewunderung heraus. Nur Mattéo Calvin – ihr alter Widersacher – forderte lautstark, dass Torie umgehend von der Expedition ausgeschlossen werden sollte.

»Belrose ist eine Betrügerin, die sich an keine Regel halten kann. Sie hat schon bei Kégresse ständig versucht, alle zu manipulieren«, behauptete Calvin dreist. »Ich war selbst dabei, als Monsieur Audouin sie als ungeeignet für eine Expedition bezeichnete!«

»Sie ist eine ausgezeichnete Mechanikerin«, widersprach Penaud. »Sie hat mehr als einmal bewiesen, wie zuverlässig und geschickt sie ist.«

»In unseren Statuten sind ausdrücklich keine Frauen erlaubt«, bemerkte Haardt. »Louis und ich haben uns von Anfang an darauf verständigt.« Er sah in Tories Richtung. »Sie mögen eine gute Mechanikerin sein, aber als Frau bringen Sie uns nur Scherereien. Das haben Sie gerade unter Beweis gestellt.«

»Ich habe mir rein gar nichts zuschulden kommen lassen«, verteidigte sich Torie, die langsam ihre Fassung zurückgewann. »Bewerten Sie mich bitte nach meiner Arbeit und nicht nach meinem Geschlecht!«

»Ihre Widerworte bestätigen nur, was ich sagte«, meinte Haardt unnachgiebig. »Frauen gehören an den Herd und sind zum Kindererziehen geboren. Dieser ganze aufkeimende Widerstand gegen gottgegebene Dinge kann nur in Zank und Unfrieden enden. Das sieht man allzu deutlich in England und Deutschland, wo Frauen jetzt sogar wählen dürfen!«

»Ich möchte weder einen Aufstand anzetteln noch für Unruhe sorgen«, wehrte sich Torie verzweifelt. »Lassen Sie mich nur meine Arbeit tun!«

»Was kümmert es uns, wenn Victor nun eine Victoria ist. Sie ist eine exzellente Mechanikerin«, meinte de Sudre.

Die anderen Mechaniker murmelten zustimmend. Nur Calvin sprach sich weiter offen gegen sie aus.

»Und wer soll Moulins beziehungsweise Belroses Aufgaben übernehmen, wenn sie gehen muss?«, wandte Penaud ein. »Die schwierigen Streckenabschnitte stehen uns erst noch bevor. Wir können jede Hand gebrauchen, vor allem, wenn es durch die Sümpfe geht!«

»Sie wird die Strapazen und den erforderlichen Drill wahrscheinlich nicht aushalten …«, tat Major Bettembourg kund. »Die Sümpfe und der Urwald stecken voller Widrigkeiten. Ich kenne die Gegend!«

»Sie ist ein zähes Luder«, verteidigte wiederum Bergonier Torie. »Schon in Dakar hat sie bewiesen, wie hart sie im Nehmen ist. Ihr war kotzübel von der Überfahrt, und dennoch hat sie sich ohne Murren sofort zuverlässig an meine Seite gestellt. Sie war es, die auf die Idee kam, die Fracht mit Pirogen zu transportieren, das sagte ich Ihnen ja schon bei unserer Ankunft.«

»Ich bin dafür, dass Victor bleibt«, mischte sich nun auch Iaco ein. »Warum stimmen wir nicht einfach ab?«

»Sehr gute Idee«, meinte Audouin, der der Unterhaltung bislang nur zugehört hatte. »Ich selbst habe wie Haardt kein gutes Gefühl, wenn Mademoiselle Belrose bei uns bleibt. Allerdings würde ich mich der Mehrheit anschließen, wenn sie uns verspricht, sich ... nun ja ...«, er räusperte sich verlegen, »... sich weiterhin wie ein Mann zu verhalten.«

»Mit anderen Worten, du enthältst dich deiner Stimme«, fasste Bergonier seine umständlichen Ausführungen knapp zusammen. Einige der Anwesenden grinsten amüsiert. »Und was ist mit euch anderen?« Bergonier hatte das Zepter ohne großes Federlesen an sich gerissen. »Wer von euch ist dafür, dass Victoria Belrose uns verlässt? Ich bitte um Handzeichen.«

Nach und nach erhoben sich die Hände. Torie wagte nicht hinzusehen.

Madame Castin, der ihre Aufregung nicht entgangen war, drückte ihre Hand. »Keine Angst, ich werde mich gut um Sie kümmern«, flüsterte sie ihr zu und ging damit ganz offensichtlich davon aus, dass sie die Abstimmung verlor. Torie konnte sich des leisen Verdachts nicht erwehren, dass es der Offiziersgattin sogar ganz recht wäre, etwas länger ihre Gesellschaft zu genießen. Major Castin hatte sich längst wieder beruhigt und lehnte lässig und mit ausdruckslosem Gesicht an der Bar mit einem Whiskyglas in der Hand.

Von den zehn Mechanikern stimmten außer Mattéo Calvin zwei weitere gegen Torie. Haardt und Bettembourg erhoben ebenfalls gegen sie ihre Hände, ebenso, nach einigem Zögern der Techniker Charles Brull. Von den Filmleuten sprach sich Specht gegen sie aus. Torie sank das Herz in die Hose, als sich auch noch Audouin, trotz seiner zunächst angedeuteten Enthaltung, auf die Gegenseite schlug. Damit waren von den abstimmenden Expeditionsteilnehmern genau die Hälfte der Anwesenden gegen sie. Sie selbst hatte natürlich kein Stimmrecht.

»Damit wäre es entschieden«, gab Audouin bekannt. »Mademoiselle Belrose wird uns verlassen.«

»Wir haben Baba Touré noch nicht nach seiner Meinung gefragt«, mischte sich zu Tories Überraschung nun Iaco ein. »Er ist ein vollwertiges Expeditionsmitglied wie jeder andere von uns auch. Bevor er nicht seine Stimme abgegeben hat, ist noch gar nichts entschieden! Und ich wage zu behaupten, dass unser Koch sich für Mademoiselle Belrose aussprechen wird!«

»Wieso sollte die Stimme eines Kochs plötzlich etwas zählen?«, warf Calvin verächtlich ein. »Der Kerl hat doch nichts zu sagen!«

»Ohne Baba Touré könnten wir uns kaum mit den Einheimischen verständigen«, wies ihn Bergonier grob zurecht. »Er zählt in unserer Truppe ebenso viel wie du!«

»Wir können auf keinen einzigen unserer Mechaniker verzichten«, warf Penaud erneut ein und entfachte damit noch einmal eine Diskussion.

Am Ende lenkte Audouin zu Tories Überraschung doch noch ein.

»Schluss mit dem Gerede!«, verkündete er entschieden. »Georges-Marie und ich sind uns einig! Sollte Baba Touré sich für Belrose aussprechen, wird sie bei uns bleiben.« Er wandte sich nun direkt an Torie. »Ich erwarte von Ihnen absolute Diskretion und Zurückhaltung in persönlichen Dingen. Außerdem darf kein Außenstehender mitbekommen, dass sich eine Frau bei uns eingeschmuggelt hat.« Er sah sie mit zusammengekniffenen Augen an. »Können wir uns darauf verlassen?«

»Das können Sie, Monsieur!«

In diesem Moment hätte Torie einfach alles versprochen.

14

Zwei Tage später verirrte sich die Expedition heillos in den Militärgebieten des Niger. Zwar war die Gegend immer noch französisches Hoheitsgebiet, doch gab es weder zuverlässige Karten noch irgendeine andere Struktur, die eine Orientierung ermöglicht hätte. Straßen und Pisten fehlten ebenso wie eindeutige Markierungspunkte. Obwohl sie immer wieder auf kleine militärische Posten stießen, konnte ihnen keiner der Verantwortlichen eine Auskunft geben, wie sie am einfachsten an den Tschadsee kamen. Ursprünglich war geplant, dort Weihnachten eine Ruhepause einzulegen, um sich ein wenig von den Strapazen der letzten Wochen zu erholen. Alle freuten sich darauf, nun schien die lang ersehnte Rast allerdings in weite Ferne gerückt. Durch die vielen Umwege, die sie zu fahren gezwungen waren, ging das Benzin langsam zur Neige. Schließlich mussten sie vier tote Flussarme überqueren, in denen sich ihre Raupenfahrzeuge immer wieder festfraßen, sodass sie mühsam aus dem Sumpfwasser befreit werden mussten. Schwülheiße Luft machte ihnen ebenso zu schaffen wie die Invasionen von Moskitos, die in ihnen eine willkommene Mahlzeit sahen.

In beinahe jedem Dorf, das sie durchfuhren, gerieten die Bewohner in helle Aufregung, wenn sich ihnen die Raupenfahrzeuge näherten. Oft rannten sie panikartig davon, und nachts, wenn sie irgendwo in der Wildnis ihr Lager aufgeschlagen hatten, näherten sie sich unvermutet. Einmal erschrak Torie bis ins Mark, als sie plötzlich im flackernden Schein des Lagerfeuers mehrere dunkle Gestalten im Dickicht ausmachte, die sie in einer Mischung aus Furcht und Feindseligkeit mit Speeren in den Händen beobachteten. Ihre Gesichter, vom Kupferrot der Glut beschienen, wirkten wie Fratzen wilder Geister. Major Bettembourg, der für diesen Teil der Reise verantwortlich war, hatte an jeden, der sich sicherer damit fühlte, Revolver austeilen lassen, allerdings mit der strengen Anweisung, diesen keinesfalls ohne ausdrücklichen Befehl zu gebrauchen. Nur Torie hatte er keinen angeboten. Er machte nach wie vor keinen Hehl daraus, dass er sie als Frau nicht als vollwertiges Expeditionsmitglied akzeptieren konnte. Zum Glück war ihr nichts geschehen.

Auch Calvin ließ weiter keine Gelegenheit aus, sie seine Verachtung spüren zu lassen. Glücklicherweise achtete Penaud darauf, dass sie nur selten mit ihm zu tun hatte. Mit allen anderen Mechanikern kam sie ohne Probleme weiterhin zurecht – ihr fiel nur auf, dass sich die Männer abends nicht mehr so ungezwungen mit ihr unterhielten wie zuvor. Der schrullige Bergonier und Baba Touré zeigten dafür unverhohlen, wie sehr sie Torie in ihr Herz geschlossen hatten. Der Koch steckte ihr oft heimlich kleine Extraportionen an Essen zu und gestand ihr eines Abends unter glucksendem Lachen, dass er bereits in Niamey entdeckt habe, dass sie in Wahrheit eine Frau war.

»Ich haben dich in Dusche gesehen«, verriet er ihr augenzwinkernd. »Und dann ich wollte verraten. Aber Monsieur Iaco mir hat verboten!«

»Iaco wusste auch Bescheid?«, fragte Torie entsetzt. Der dunkelhäutige Koch nickte eifrig. »Aber er nicht wollen, dass alle wissen«, kicherte er. »Er und ich viel Spaß gehabt zu sehen, wie du bist eine Mann.«

Torie wurde mit diesem Wissen im Nachhinein so einiges klar. Sie hätte Iaco sehr gern darauf angesprochen, doch seit dem Zwischenfall in Zinder hielt er sich demonstrativ von ihr fern. Ihre Gefühle für den Maler blieben weiterhin zwiespältig. Sie schätzte seine Offenheit und seinen Humor, in seiner Gegenwart schien alles so leicht zu sein. Es gab dennoch Seiten, die sie so gar nicht an ihm mochte, vor allem, dass er immer wieder mit den einheimischen Mädchen in seinem Atelierzelt verschwand, missfiel ihr. Abends, wenn sie allein in ihrem Zelt lag, kam ihr oft der Überfall der Tuareg in Niamey in den Sinn. Hatte er damals bereits gewusst, dass sie eine Frau war? Und falls ja, fand er sie so wenig attraktiv, dass er gar nicht in Versuchung gekommen war?

Torie ärgerte sich über diese Gedanken und versuchte, sie aus ihrem Kopf zu verbannen. Iaco war ein Frauenheld. Julien hatte sie gleich vor ihm gewarnt. Und somit war sie beim nächsten wunden Punkt. Sie hatte Julien gegenüber längst ein schlechtes Gewissen. Vielleicht hätte sie sich ihm in Bourem zu erkennen geben sollen. Bei allen Differenzen, die sie hatten, war er immer fair zu ihr gewesen. Sie hatte ihm oft unrecht getan. Wo er wohl gerade steckte? Beinahe wünschte sie sich, dass sie sich während der Croisière noch einmal über den Weg liefen.

Die folgenden Tage ließen jedoch keine Zeit für Grübeleien. Mitte Dezember fuhren sich mehrere Raupen so im Morast fest, dass sie mühevoll freigeschaufelt werden mussten. Die Männer arbeiteten bis an die Grenze ihrer Leistungsfähigkeit. Auch Torie half mit allen Kräften, ihr Ehrgeiz verbot ihr, dass man auf sie Rücksicht nahm. Nur weil sie eine Frau war, war sie nicht schwach.

Ihr Engagement beeindruckte sogar Major Bettembourg, der sie nach der erschöpfenden Aktion endlich mit mehr Respekt behandelte. Als kurz darauf auch noch das Benzin ausging und sie gezwungen waren, in der sumpfigen Wildnis ihr Lager aufzuschlagen, war die Stimmung auf dem Tiefpunkt. Das nächste Benzindepot war noch viel zu weit entfernt, als dass man es zu Fuß erreichen konnte. Um an den Treibstoff zu kommen, musste jemand losreiten, um eine Trägerkolonne zu rekrutieren, die die Benzinfässer zu ihnen brachte. Das bedeutete Zeitverlust und zusätzliche Anstrengungen. Bettembourg, der sich die Schuld an diesem Schlamassel gab, machte sich zerknirscht zu Pferd auf den Weg, um alles zu organisieren. Unterdessen verharrte der Rest der Truppe im Lager. Tagsüber herrschte unerträgliche Hitze, die Nächte waren oft feucht und kalt. Die trostlose Ödnis und das Klima zu ertragen war schwer genug, doch dann wurden einige Männer krank. Haardt, de Sudre und Rabaud laborierten an einer fiebrigen Erkältung, Ingenieur Brull hatte ein Furunkel, das ihm Bergonier aufschneiden musste. Um Iaco machte sich der Arzt besondere Sorgen. Er vermutete, dass er an einer Art von Malaria erkrankt war, deren Verlauf immer unvorhersehbarer wurde.

Das Lager glich schon bald eher einem Lazarett als einem Expeditionscamp. Die Forschungsaufgaben und technischen Probleme rückten zwangsläufig in den Hintergrund. Manche dachten gar ans Aufgeben. Erst nach ein paar endlos erscheinenden Tagen änderte sich die Lage. Die meisten Männer hatten sich von ihren Krankheiten erholt und waren wieder einigermaßen auf den Beinen. Nur Iacos Zustand wurde immer besorgniserregender. Keines der von Bergonier verabreichten Medikamente schlug richtig an. Das Fieber stieg und stieg, bis der Maler plötzlich in eine Art Delirium fiel, das sein Bewusstsein trübte. Niedergedrückt und ratlos saßen die Männer abends zusammen und stierten in die flackernden Lagerfeuer in der tiefschwarzen Nacht. Das erschien ihnen wie eine magische Wand, die sie vor der gefährlichen Außenwelt schützte.

»Vielleicht können wir Iaco retten, wenn wir ihn über Bangui evakuieren lassen«, überlegte Audouin besorgt.

»Das ist viel zu unsicher. Wir hätten keine Garantie, dass er dort sicher ankommt«, wandte Bergonier ein. »Allein Träger zu finden, die ihn die weite Strecke zuverlässig tragen würden, dürfte schwierig sein. Verdammt! Ich möchte das nicht verantworten müssen.«

Torie, die etwas abseits bei Rabaud, Brull und de Sudre saß, wurde ganz beklommen zumute. Es war das erste Mal, dass sie sich in einer schier ausweglosen Lage befanden. Keiner sprach aus, was sie alle dachten: Iacos Leben hing an einem seidenen Faden, und es gab nahezu keine Möglichkeit, ihm zu helfen.

»Monsieur Iaco möchten reden mit Victor«, störte Baba Touré aufgeregt die Unterhaltung. »Ich meinen Victoria. Es gehen immer mehr schlecht mit Maler.«

Torie erhob sich sofort. »Ist es in Ordnung, wenn ich nach ihm sehe?«, fragte sie anstandshalber.

»Wie kannst du fragen, Mädchen?«, blaffte Bergonier und scheuchte sie in Richtung des Atelierzeltes.

Auch Audouin gab müde nickend sein Einverständnis. »Möglicherweise ist dies sein letzter Wunsch«, murmelte er niedergeschlagen.

Torie eilte davon. Als sie in das Zelt trat, erschrak sie. Von Iacos smarter, jungenhafter Erscheinung war kaum noch etwas zu erkennen. Die ohnehin hagere Gestalt wirkte eingefallen, die Wangen waren hohl und blutleer, die Augenlider geschlossen. Und dennoch nahm er sie wahr.

»Danke, dass ... dass du gekommen bist«, krächzte er heiser.

Torie setzte sich auf einen Hocker, der neben seinem Bett stand, und spürte sofort, wie sehr sein Körper glühte. Rasch befeuchtete sie ein Tuch, das neben einer bereitgestellten Waschschüssel lag, um es Iaco auf die Stirn zu legen.

»Hier, trink!«

Sie flößte ihm vorsichtig etwas Wasser ein, er nippte widerwillig daran. Immerhin tat er, was sie von ihm verlangte. Wenig später öffnete er endlich seine Lider und sah sie aus trüben, verschwommenen Augen an.

»Du ... du bist so wild und mutig! Das ... das mag ich an dir«, begann er zusammenhangslos zu faseln. »Wusstest du, dass jeder Mensch ... jeder Mensch mit einem Tier in enger Verbindung steht? Und du ... du besitzt die Unabhängigkeit von einer ... einer Wildkatze.« Er streckte die Hand nach ihr aus, sie ignorierte sie. Iaco akzeptierte es mit einem Seufzen. Er verlangte nach einem weiteren Schluck Wasser, schien etwas wacher zu werden und klarer denken zu können. »Es ist ... es ist fast unmöglich, eine Wildkatze zu zähmen, da hatte ich es mit meinem Pfau Bella schon leichter ...« Er lachte freudlos auf, bis sein Körper von einem heftigen Hustenanfall erschüttert wurde. »Bella ... meine Frau, sie ist schön wie ein Pfau. Ich habe leider nie verstanden, sie glücklich zu machen. Bist du ... bist du glücklich?«

Bevor Torie etwas darauf erwidern konnte, hustete Iaco erneut und sank danach erschöpft und leise wimmernd auf sein Laken. Torie rief nach Bergonier, der sofort kam und ihm ein Schmerzmittel verabreichte. Wenig später schlief er ein.

»Ich bleibe bei ihm«, erbot sie sich, was Bergonier mit einem dankbaren Grunzen zur Kenntnis nahm.

Sie wusste, dass der Arzt in den letzten Nächten kaum ein Auge zugetan hatte. Auch sie fühlte sich erschöpft und hätte sich am liebsten hingelegt. Sie wollte Iaco aber nicht allein lassen, schließlich hatte er auch schon genug für sie getan. Außerdem gingen ihr seine Worte nicht mehr aus dem Sinn, so seltsam seine Fantastereien auch gewesen waren. Es verwirrte sie, dass nun auch er sie mit einer Wildkatze in Zusammenhang brachte. Nach der

Wahrsagerin Odessa aus ihrer Kindheit und der ebenso mysteriösen Chekou war er der Dritte.

Sie schob ihre wirren Gedanken beiseite. Die Strapazen der letzten Tage beflügelten auf ungute Weise ihre Fantasie. Mit einem Mal bäumte sich Iaco auf und erbrach kurz darauf einen Schwall blutigen Schleim, dann hielt er beide Hände an den Kopf und wimmerte fürchterlich. Zu Tode erschrocken rief sie erneut nach dem Arzt, der kurz darauf schlaftrunken erschien und dem Maler Morphium verabreichte.

»Er hat großes Glück, wenn er diese Nacht überlebt«, bemerkte Bergonier besorgt. »Mehr kann ich leider nicht für ihn tun. Sein Leben liegt nun in anderen Händen als in meinen.«

»Ich bleibe bei ihm«, erbot sich Torie wieder, woraufhin der Arzt müde nickend wegschlurfte.

Immerhin beruhigten die Medikamente Iaco, sie ließen ihn in einen tiefen, ruhigen Schlaf fallen. Torie wachte die ganze Nacht über an seinem Bett. Einmal murmelte er etwas Unverständliches. Als er noch einmal seine Hand ausstreckte, ließ sie zu, dass er ihre ergriff und umschlossen hielt. Irgendwann übermannte auch sie die Müdigkeit, und ihr Körper sackte einfach vornüber auf Iacos Bett. Sie schlief tief und fest ein.

Als Torie am nächsten Morgen die Augen aufschlug, lag ihr Kopf direkt neben Iacos, und sie blickte in seine hellbraunen Augen, die sehr viel klarer wirkten als noch am Abend zuvor. Peinlich berührt richtete sie sich auf.

»Katzen sehen im Schlaf besonders schön aus«, meinte Iaco mit für seinen Zustand erstaunlich kräftiger Stimme.

»Dann geht es Ihnen also wieder besser?« Torie entzog ihm hastig ihre Hand, die er immer noch umschlossen hielt.

»Waren wir nicht schon mal beim Du?«, wollte Iaco wissen. Ein feines Lächeln umspielte seinen Mund. »Du musst dich nicht länger verstecken, Victoria! Alle wissen, dass du eine Frau bist.«

»Ich verstecke mich nicht.«

»O doch! Du ziehst dich vor mir zurück, weil dich deine Gefühle für mich verunsichern.«

»Ich hege keine Gefühle für Sie!« Torie ärgerte Iacos Arroganz, auch wenn sie sich noch so sehr über die Besserung seines Zustandes freute. Selbst im Angesicht des Todes strotzte dieser Mann nur so vor Eitelkeit. Iaco lachte heiser auf, was jedoch sofort wieder in einem heftigen Hustenanfall mündete. Sie reichte ihm rasch etwas zu trinken, was die Verfänglichkeit des Augenblicks zum Glück zerstreute. »Ich muss nun los. Es gibt noch einiges zu tun«, verkündete sie kurzerhand. »Penaud und de Sudre erwarten mich für die nächste Inspektion.« Iaco ließ sie kommentarlos ziehen.

Während sie mit steifen Gliedern aus dem Zelt trat, stellte sie fest, dass es noch früh am Tag war. Ihr Lager, das von unwirtlichen Dornenbüschen umgeben war, wurde von der feuchten Morgendämmerung in milchiges Licht getaucht. Außer ihr war nur Audouin auf den Beinen. Frisch rasiert trat er ihr entgegen und erkundigte sich nach Iacos Zustand.

»Er hat die ganze Nacht fantasiert, wirkte heute Morgen aber etwas munterer«, erwiderte Torie erschlagen.

»Dem Himmel sei Dank! Der Gedanke, sein Schicksal in die Hände irgendwelcher unbekannter Träger zu legen, hat mich fast die ganze Nacht nicht schlafen lassen«, bekannte der Expeditionsleiter. Er sah sie besorgt an. »Mein Gott, dafür sehen Sie umso schrecklicher aus! Legen Sie sich noch ein paar Stunden aufs Ohr. Sobald der Benzinkonvoi eintrifft, werden wir alle erneut gefordert sein. Ich brauche Sie gesund. Also: hopphopp!«

Torie nahm das Angebot ihres Chefs nur allzu gern an und zog sich sofort in ihr Zelt zurück. Einen Augenblick später fiel sie in einen bleiernen Schlaf. Erst das Rufen eines der Expeditionsteilnehmer riss sie unsanft aus ihren Träumen. Major Bettembourg war gerade zurückgekehrt, hoch zu Ross und mit einer guten Nachricht.

»Der Benzinkonvoi ist im Anmarsch«, verkündete er frohgemut und löste damit die Anspannung der letzten Tage.

Zum ersten Mal machte sich wieder gute Stimmung breit. Alle liefen hinaus, um die Lastenträger zu empfangen. Schon von Weitem konnte man den klagenden Rhythmus der Träger hören. Ihr Singsang half ihnen, die schwere Last zu tragen. Wenig später bot sich ihnen eine eindrucksvolle Szene. Sechzig Männer trotteten langsam auf sie zu. Jeweils acht trugen eine Trage auf ihren Schultern, auf die je ein riesiges Benzinfass gebunden war. Torie konnte kaum glauben, dass die Fulbe-Männer auf diese Weise über hundert Kilometer in nur drei Tagen zurückgelegt hatten. Wie hatte Bettembourg das in dieser kurzen Zeit organisiert? Was hatte er ihnen versprochen?

Später erfuhr sie, dass der Major die außergewöhnlichen Dienste mit Ziegen entlohnt hatte. Es musste die reinste Schinderei gewesen sein, die Fässer heranzuschaffen, denn das Gelände war mit Sicherheit so sumpfig gewesen wie das, welches sie durchquert hatten.

»Mein Gott, das ist ja Sklaverei!«

De Sudre sprach entsetzt aus, was Torie und vermutlich noch viele andere dachten. Der Major fühlte sich sofort angegriffen. »Ja, was glauben Sie denn, de Sudre?«, begehrte er auf. »Als wir die Versorgungsdepots und Benzinlager im Vorfeld der Expedition angelegt haben, blieb uns gar nichts anderes übrig, als die Ausrüstung mit Trägerkolonnen über viele hundert Kilometer an ihren Bestimmungsort zu bringen. Ohne die Hilfe der Einheimischen müssten wir unser Unterfangen sofort aufgeben!«

Auch Audouin verteidigte die Schinderei. »Mag ja sein, dass die Lastenträger Unmenschliches leisten müssen, aber in Anbetracht unseres Auftrages werden solche Aktionen ja schon bald nicht mehr nötig sein. Noch finden unsere Automobile unter Strapazen Wege, doch schon bald können diese zu Straßen ausgebaut werden. Denken Sie nur, wie viel Schweiß und Schmerz den Menschen durch den Bau erspart bleibt!«

»Dann lassen Sie uns endlich zur Tat schreiten«, brummte Penaud, der es nicht mehr abwarten konnte, endlich die Fahrzeuge wieder startklar zu bekommen.

Sein Pragmatismus beendete die moralische Diskussion. Mit einem Mal herrschte Aufbruchstimmung, und jeder besann sich auf seine Pflichten. Torie hatte wie die anderen Mechaniker alle Hände voll zu tun, bis die Raupen für die Weiterreise gerüstet waren. Erst spät am Abend fand sie Zeit, sich bei Bergonier nach Iaco zu erkundigen.

»Er ist ein verdammt zäher Hund«, verkündete dieser. »Ich gehe davon aus, dass er in wenigen Tagen wieder einigermaßen auf dem Damm ist.«

Ausgestattet mit neuem Proviant und ausreichend Benzin bahnten sich die Raupenfahrzeuge gleich am nächsten Morgen eine Piste durch die Dornbüsche. Plötzlich tauchten drei bis auf einen Lendenschurz unbekleidete Reiter, mit Speeren, Lanzen und Schilden bewaffnet, vor ihnen auf, sie umringten den Goldskarabäus, ihr Führungsfahrzeug. Nach einigem aufgeregten Hin und Her stellte sich heraus, dass die Männer von der Expedition gehört hatten und sich ihnen als schützende Eskorte anboten.

Audouin und Haardt blieb gar nichts anderes übrig, als ihre Hilfe anzunehmen. Dank Kompass und eines kundigen Fulbe-Führers erreichten sie schließlich das grenzenlose Schwemmland des Tschadsees. Mittlerweile hatten sie beinahe viertausend Kilometer zurückgelegt. Da die überfluteten Ufer wegen ihrer periodischen Überschwemmungen keine Durchfahrt erlaubten, waren sie gezwungen, einen großen Bogen von N'Guigmi bis Fort Lamy zu schlagen, wo sie nun doch Weihnachten verbringen konnten. Dazwischen lag ein Gebiet, das sie nur in schleppend langsamem Tempo durchquerten, da Poirier und Specht trotz sengender Hitze die wilden Tänze der vielen unterschiedlichen Stämme filmen wollten. Iaco, der sich erstaunlich schnell erholt hatte, besuchte die Dörfer ebenso und hielt auf seinen Skizzen die typischen Merkmale eines jeden Volkes fest.

Torie erstaunten die merkwürdigen Sitten und Gebräuche. Was sie am eindrücklichsten in Erinnerung behielt, war das alle Stämme verbindende Trommeln, das sie auf ihrem Reiseweg immer wieder begleitete. Abends schlugen sie oft, ohne große Worte zu verlieren, ihr Lager auf, aßen stumm, was Baba Touré ihnen vorsetzte, und verkrochen sich sogleich hundemüde in ihre Zelte, bevor die Moskitos in Schwärmen um ihre Köpfe schwirrten, um sich an ihrem Blut zu laben.

Eines Tages versagte das Getriebe eines Raupenfahrzeugs, und sie waren gezwungen, viel früher ein Lager aufzuschlagen, als sie geplant hatten. Während de Sudre zusammen mit Torie und Rabaud die letzten Stunden vor der Dunkelheit nutzte, um sich den Schaden anzusehen, schlugen die anderen das Lager in einem Fächerpalmenwäldchen auf. Bergonier entdeckte bei einem ersten Rundgang durch den Hain einige interessante Insekten und kleine Säugetiere, die er fangen, töten und seiner Sammlung hinzuzufügen gedachte. Als einer der wenigen ihrer Truppe war er bestens gelaunt, denn die unerwartete Zwangspause verschaffte ihm endlich einmal die Gelegenheit, sich in seiner Funktion als Tierpräparator zu bewähren. Pfeifend und mit einer Behändigkeit, die man seiner massigen Statur gar nicht zugetraut hätte, sah man ihn wenig später mit einem Netz bewaffnet auf eine der Fächerpalmen klettern, in deren Wipfeln er etwas entdeckt zu haben schien. Kurz darauf hörte Torie einen erschrockenen Schrei, im nächsten Moment sah sie den Arzt am Fuß der Palme liegen. Danach nur noch Stille.

Sofort rannten die Nahestehenden hin, um dem Verunglückten zu helfen. Torie war als Erste bei Bergonier. Was sie zu sehen bekam, löste nicht nur bei ihr Erleichterung sondern auch unfreiwillige Heiterkeit aus. Bergonier lag wie ein dicker Käfer auf dem Rücken und war gerade dabei, mit beiden Händen Zentimeter für Zentimeter seines Körpers zu betasten, während zwei aufgescheuchte Schakale erschreckt aus dem naheliegenden Gebüsch flohen. Sobald der Tierpräparator festgestellt hatte, dass er nicht verletzt war, begann er laut zu schimpfen und behauptete, dass jemand heimlich am Baum gerüttelt haben müsse, denn sonst wäre er wohl kaum heruntergefallen. Torie half ihm auf die Beine und führte ihn gemeinsam mit de Sudre zu Baba Touré, der ihm sogleich ein Glas Whisky reichte, das er sofort leerte.

»Was für ein verdammter Schrecken«, verkündete er nach dem zweiten Glas. »Das verlangt nach einem deftigen Mahl. Baba, heute übernehme ich deine Aufgaben!«

Diese Ankündigung erfreute nicht nur Torie. Bergonier war ein begnadeter Koch, was er ihnen schon so manches Mal bewiesen hatte. Keiner verstand es wie er, aus wenigen Zutaten etwas Geschmackvolles herbeizuzaubern. Die Stimmung hob sich, als Bergonier sich theatralisch seiner selbst gestellten Aufgaben annahm. Da es am Abend wieder kalt zu werden drohte, zog sich der Tierpräparator seinen Mantel über und stülpte darüber einen weißen Umhang.

»Er sieht aus wie ein römischer Kaiser«, bemerkte Iaco.

Amüsiert beobachteten sie, wie Bergonier nah am Feuer stehend Baba Anweisungen gab, die dieser gehorsam befolgte.

»Er ist immer für eine Überraschung gut«, bestätigte Torie, die sich plötzlich Iacos Nähe bewusst wurde.

Ihre Worte sollten sich als prophetisch erweisen, denn nur wenige Augenblicke später zerrissen gellende Schmerzensschreie die Luft. Bergoniers Umhang hatte Feuer gefangen, worauf er sich sämtliche Kleidungsstücke – Umhang, Mantel, Jacke, zwei Westen, Pullover und schließlich sein Hemd – vom Leib riss. Sofort richteten sich alle Taschenlampen auf den armen Kerl, der, so beleuchtet, ungläubig auf seinen dicken weißen Bauch starrte. Als schließlich für alle offensichtlich war, dass der Arzt wie durch ein Wunder erneut unverletzt geblieben war, wenn auch seine Kleidung einigen Schaden erlitten hatte, musste er sich auch noch so allerlei Gespött anhören.

»Und die Moral von der Geschicht': Trink Whisky du am Feuer nicht«, verkündete einer der Mechaniker weise.

Woraufhin Iaco hinzufügte: »Vor allem, wenn du alles anhast, was du besitzt!« Das Gelächter, das nun folgte, war so ansteckend, dass sogar der arme Bergonier nicht anders konnte, als darin einzustimmen.

Doch dann steuerte die Stimmung auf einen neuen Tiefpunkt zu. Nach tagelangem mühseligem Vorrücken durch die Sumpflandschaft näherten sie sich dem Nebenarm eines größeren Flusses. Um zu ihrem nächsten Etappenziel Fort Lamy zu gelangen, mussten sie ihn überqueren oder, wie Audouin vorschlug, ihn weiträumig umfahren. Haardt erinnerte seinen Kollegen an ihren Zeitplan, zu dem sie sich verpflichtet hatten, auch weil Presse und Empfänge bereits auf sie warteten.

»Es muss einen anderen Weg geben«, beharrte er stur.

»Zum Teufel mit der ganzen Debatte«, schimpfte Audouin.

»Wir können nicht riskieren, dass einige unserer Fahrzeuge verloren gehen. Der Fluss ist zu reißend, zu breit und zu tief, um ihn auf Rädern zu passieren. Es gibt keine Fähren und keine Brücken. Wir müssen den Bogen, den der Fluss schlägt, umfahren.«

Torie dachte daran, wie sie mit Bergonier von Dakar aus nach Bourem gelangt war. »Wir könnten es mit Pirogen versuchen«, wagte sie, einen Vorschlag zu machen.

Audouin rümpfte abfällig die Nase. »Das ist Blödsinn, Belrose! Wie bitte sollen diese schmalen Bötchen unsere schwere Last tragen?«

»Tatsächlich sind sie stabiler, als Sie denken«, wehrte sich Torie, die Audouins überhebliche Art ärgerte. Im selben Augenblick hatte sie jedoch noch eine bessere Idee. »Wir könnten aus den Pirogen ein Floß bauen und über den Fluss ein Seil spannen«, schlug sie mutig vor. »Es wird kein Problem sein, das bei der einheimischen Bevölkerung einzuhandeln. Wir binden einfach zwei Pirogen zusammen und legen starkes Astwerk darüber. An dem Seil können wir das Gefährt dann sicher über den Fluss führen.«

»Das sind Methoden aus grauer Vorzeit«, spottete Audouin, »das funktioniert niemals.«

Er bekam von Penaud heftigen Widerspruch. »Das ist gar nicht so übel. Oder hat jemand eine bessere Idee?«

Auch Brull, Haardt, Bergonier, Iaco und die Mechaniker waren nach einigem Nachdenken dafür. So wurde Tories Vorschlag tatsächlich angenommen.

»Ich weigere mich, die Verantwortung zu übernehmen«, verkündete Audouin beleidigt, weil man ihn überstimmt hatte. »Wenn auch nur eine Raupe verloren geht, musst du, Haardt, dich dafür bei Citroën verantworten.«

»Das werde ich, lieber Louis, aber wer nicht wagt, der nicht gewinnt!«, erwiderte Haardt.

Audouin zog sich griesgrämig in sein Zelt zurück, während die anderen den Plan in die Tat umzusetzen versuchten. Sie arbeiteten im Licht von Fackeln und Scheinwerfern bis spät in die Nacht hinein. Bereits bei Sonnenaufgang sollten die Pirogen sie übersetzen, denn gegen Mittag des übernächsten Tages wurden sie in Fort Lamy erwartet.

Als alles vorbereitet war, schleppte sich Torie hundemüde in ihr Zelt, um die wenigen Stunden, die bis zum Sonnenaufgang blieben, auszuruhen. Doch kaum lag sie auf ihrem Feldbett, wurde sie von einem gellenden Schrei zum Aufstehen gezwungen. Alle anderen standen vor Audouins Zelt, der anscheinend hinausgestürmt war, denn er lag in einem Dornbusch gegenüber mit weit aufgerissenen Augen. Einer der Mechaniker half ihm aus dem stachligen Gebüsch.

»Holt mir eine Waffe!«, rief er. »Unter meinem Bett liegt eine Riesenschlange!«

Iaco griff nach einem Scheinwerfer und richtete ihn auf das Zelt, während einer der anderen Männer die Plane mit einem Stecken beiseiteschob. Alle starrten auf Audouins Feldbett, das sich plötzlich bewegte. Bergonier hatte bereits ein schussbereites Gewehr in den Händen. In diesem Moment kam völlig verängstigt Baba Touré unter dem Bett hervorgekrochen.

»Nicht schießen! Nicht schießen!«, rief er panisch.

Einen Augenblick waren alle sprachlos, dann brachen sie in schallendes Gelächter aus. Der Koch hatte sich unter das Bett seines Chefs gelegt, weil sein eigener Schlafplatz zu feucht gewesen war.

Torie machte in der Nacht kein Auge mehr zu. Die Aufregung um die vermeintliche Riesenschlange, aber vor allem das Bewusstsein, dass ihr ihre Idee, sollte sie scheitern, angelastet werden würde, ließen sie nicht schlafen. In der Dämmerung stand sie wieder auf und vergewisserte sich noch einmal, ob die Pirogen auch wirklich stabil genug waren.

Schließlich brach das Morgenlicht durch das neblige Grau, das über dem Fluss waberte, und alle waren bereit für das Abenteuer. Als Erstes wurde Haardts und Audouins Goldskarabäus verladen. Torie atmete auf, als sie feststellte, dass die Äste, die sie über die Pirogen gelegt hatten, hielten. Die Boote bestanden aus Planken, die mit genähten Tierhäuten zusammengefügt waren. Obwohl jede einzelne Piroge nicht allzu viel Last tragen konnte, hielten zwei zusammengebunden das schwere Gewicht eines Raupenfahrzeugs.

Beim Übersetzen über den Fluss halfen ihnen die Bewohner eines nahen Dorfes. Die ersten Meter verlief alles wie gewünscht, doch sobald das provisorische Floß die Mitte des Stromes erreicht hatte, geriet es in einen Strudel und kam nicht mehr frei. Wasser schwappte über den Rand der Pirogen, sie waren in Gefahr zu sinken. Torie dachte nicht länger nach, sondern sprang mit zwei Mechanikern in die Fluten. Haardt und Audouin ritten ihnen auf Pferden hinterher, um beim Treideln zu helfen. Zu allem Überfluss kamen ganze Geschwader von Moskitos angeschwirrt, die ihnen zusetzten. Nach fast einer Stunde mühseligen Kämpfens gegen die Kraft des Wassers stand der Goldskarabäus endlich sicher auf der anderen Flussseite. Die Männer jubelten, doch die Zeit drängte. Das Floß wurde wieder an dem Seil zurückgezogen und erneut beladen. Um das Gewicht der Raupenfahrzeuge zu mindern, mussten die Männer Gepäck und Ersatzteile abladen, gesondert hinüberschiffen und die Raupen dann auf der anderen Flussseite wieder mit der Fracht bepacken.

Sie arbeiteten den ganzen Tag bis zum Sonnenuntergang. Die Mechaniker, die den größten Teil der Verschiffung bewerkstelligt hatten, waren am Ende ihrer Kräfte. Torie, die sich auch nicht geschont hatte, fiel vor Erschöpfung einfach auf die Knie.

Penaud kam zu ihr und reichte ihr die Hand. »Gut gemacht, Belrose«, sagte er grinsend und half ihr auf.

Torie stöhnte und sah blinzelnd auf ihre Hände, die zu unförmigen Klumpen angeschwollen waren, die Haut war geschunden vom Seilziehen. Penauds Hände und die der anderen sahen nicht anders aus. Sie versuchte ein Grinsen, doch ihr Gesicht war von Moskitostichen so aufgequollen, dass sie es kaum zustande brachte. Bergonier kam mit Verbandszeug und seinem Medikamentenkoffer und leistete Erste Hilfe. Auch Audouin und Haardt ließen es sich nicht nehmen, ihr für ihre Idee und die Anstrengungen zu danken.

»Der Professor muss wohl heute seine Chinindosis erhöhen«, bemerkte Penaud trocken. »Aber unsere Aktion hatte auch etwas Gutes: Wir haben mit Sicherheit sämtliche Krokodile verscheucht!«

Torie war zu entkräftet, um lachen zu können. Sie war weit über ihre Grenzen gegangen und konnte sich kaum noch auf den Beinen halten. Nur ein paar Stunden Schlaf, dann bin ich wieder ganz die Alte, dachte sie und wankte tapfer auf ihr notdürftig errichtetes Lager zu. Sie konnte kaum einen Fuß vor den anderen setzen. Vergeblich versuchte sie, den Schwindel in ihrem Kopf zu ignorieren. Ihr war, als schritte sie durch einen Tunnel, der immer enger wurde, bis er schließlich in einem schwarzen Loch endete.

Als sie wieder zu sich kam, lag sie auf einem Feldbett in einem Zelt. Iaco kniete neben ihr und trug sorgfältig Salbe auf die Schwellungen in ihrem Gesicht auf. Auch ihre Hände waren zwischenzeitlich versorgt worden. Auf einem Hocker neben ihr befand sich eine Schale mit dampfender Suppe. Bevor sie etwas sagen konnte, legte Iaco seinen Zeigefinger auf ihre Lippen.

»Pscht! Jetzt bin ich an der Reihe, dir zu helfen!«

Zu schwach, um sich dagegen zu wehren, überließ sie sich seiner Fürsorge und schloss die geschwollenen Lider. Als Iaco fertig war, half er ihr auf, damit sie ihre Suppe essen konnte. Er blieb bei ihr und sah ihr aufmerksam zu. Nach ein paar Löffeln Brühe spürte Torie, wie langsam ihre Kräfte zurückkehrten. Kein Wunder, sie hatte den ganzen vergangenen Tag über nichts gegessen.

»Ich liebe dich, Victoria Belrose«, sagte Iaco auf einmal so unerwartet, dass ihr der Löffel aus der Hand fiel. Völlig überfordert mit dieser Situation starrte sie ihn nur fassungslos an. Doch er lächelte und strich ihr zärtlich mit dem Handrücken über die Wange. »Selbst die grässlichen Schwellungen in deinem Gesicht können deine Schönheit nicht verbergen, meine Kleine«, fuhr er fort. »Du hast ja keine Ahnung, wie lange ich diesen Augenblick hier schon herbeisehne ...«

Er nahm Torie den Teller aus den Händen, was sie wehrlos geschehen ließ. Als sie seine warmen, fordernden Lippen auf den ihren spürte und seine Zunge ihren Mund zu erkunden begann, reagierte ihr Körper mit einer Heftigkeit, die sie überraschte. Eine Begierde, die sie nie für möglich gehalten hatte, überkam sie, und sie erwiderte seinen Kuss voller Leidenschaft. Für einen kostbaren, glücklichen Augenblick waren alle Anstrengungen und Schmerzen vergessen.

15

»Auf ein Uhr liegt Fort Lamy!« Paolacci legte das Propellerflugzeug quer, sodass sein hinter ihm sitzender Mitflieger einen ersten Blick auf ihr Ziel werfen konnte. »In wenigen Minuten landen wir.«

Fasziniert, wenn auch etwas angespannt, überließ sich Julien den Flugkünsten seines Piloten, der über dem Tschadsee in einen steilen Sinkflug überging, bevor er seine Maschine wieder hochzog, um in einer Schleife auf den Landeplatz zuzusteuern. Paolacci machte es ganz offensichtlich Spaß, seinen Magen und seine Nerven auf ihre Flugfähigkeit zu testen. Er konnte ja nicht wissen, dass er selbst einen Pilotenschein besaß, den er in den USA gemacht hatte.

Es hatte ihn einige Mühen und Zeit gekostet, Paolacci davon zu überzeugen, ihn in das Herz des Tschad mitzunehmen. Weder angebotene Bestechungsgelder noch das Versprechen, einen Artikel über die waghalsigen Einsätze seines Sahara-Geschwaders zu verfassen, hatten ihn beeindruckt. Erst nachdem er ihm beim Überholen seines Flugzeugmotors auf einen kleinen Defekt, den Paolacci übersehen hatte, hatte hinweisen können, war der Pilot nachgiebig geworden und hatte ihn schließlich zur Mitreise eingeladen. Damit war Julien seinen Reporterkonkurrenten wieder einmal eine Nasenlänge voraus.

Während der letzten Wochen hatte er ein gutes Netzwerk an

Kontakten innerhalb der Expeditionsunterstützer geschaffen, und es war ihm gelungen, die jeweils nächsten Etappenziele in Erfahrung zu bringen. Manchmal bekam er auch einfach nur heraus, wo die Versorgungsdepots angelegt worden waren, und konnte sich seinen eigenen Reim darauf machen. Seine verbindliche Art und sein technisches Interesse und Wissen machten ihn überall zu einem beliebten Gesprächspartner. Oft erfuhr er mehr oder weniger nebenbei beim Fachsimpeln, worum es in der nächsten Etappe ging. Damit war er seinen Kollegen gegenüber eindeutig im Vorteil. Sie waren auf das angewiesen, was die Citroën-Pressestelle ihnen offiziell mitteilen ließ.

Eigentlich müsste ich wirklich zufrieden sein, dachte Julien, während er unter sich die braun gefleckte Landschaft mit dem großen See betrachtete. Seine Arbeit machte ihm Spaß, und seine Zeitung hatte ihm nicht nur freie Hand gelassen, sondern nahezu unbegrenzte finanzielle Mittel zur Verfügung gestellt. Warum gab es dann trotzdem immer wieder Augenblicke, in denen er mit seinem Schicksal haderte und dabei an Torie dachte, die mit ihrem Mut und Engagement ihren Kindheitstraum verwirklicht hatte? Er bewunderte sie, verspürte aber auch Wehmut und Trauer bezüglich seines eigenen Schicksals.

Als er den Flugzeugmotor des Piloten repariert hatte, hatte er endlich wieder einmal tiefe Zufriedenheit bei einer Tätigkeit empfunden. Er hatte viel zu lange verdrängt, wie sehr ihn das Lösen kniffliger technischer Probleme erfüllte, viel mehr, als es die Schreiberei jemals würde tun können. Und dennoch hatte er sich für Letzteres entschieden. Du bist ein elender Krüppel und kannst nicht länger als Mechaniker arbeiten, rief er sich in Erinnerung. Doch im Grunde seines Herzens wusste er, dass dies nur eine Ausrede gewesen war und dass er längst bereute, es nicht wenigstens versucht zu haben. Während sie in Richtung Landepiste flogen, entdeckten sie unter sich Staubwolken und im nächsten Moment den Fahrzeugkonvoi der Citroën-Expedition. Rasch zog Julien seine Fotokamera hervor und schoss eine Aufnahme. Noch einmal stahl sich Torie in seine Gedanken.

»Die Aufnahme ist für dich!«, murmelte er.

Gerade noch rechtzeitig, bevor Paolacci mit einem unsanften Holpern auf der steinigen Piste aufsetzte, konnte er seine Fotokamera in Sicherheit bringen.

Als die Teilnehmer der Croisière Noire am Heiligen Abend erschöpft, aber glücklich auf Fort Lamy zusteuerten, wurden sie von einer begeisterten Menschenmenge empfangen. Der Sultan Mohamed Salek empfing sie ebenso feierlich wie sämtliche wichtigen Kolonialbeamten, die örtliche Presse und eine stattliche Anzahl von Einwohnern. Die noch junge Stadt lag am Zusammenfluss zweier Flüsse, die gemeinsam den Tschadsee speisten. Helle Lehmmauern und ein stattliches Tor umgaben die Stadt mit ihren flachen Lehmbauten. Die französische Verwaltung der Region war in repräsentativen Kolonialgebäuden untergebracht. Der Kommandant ließ es sich nicht nehmen, innerhalb dieses Komplexes jedem einzelnen Teilnehmer der Expedition eine komfortable, angenehm kühle Behausung anzubieten. Seit Niamey war dies das erste Mal, dass sie wieder ein Dach über dem Kopf hatten. Die Expeditionsleiter und Forscher, Iaco und die beiden Filmeleute wurden in der Gouverneursfestung untergebracht, für die Mechaniker hatte man in den Mannschaftsunterkünften der Soldaten Platz geschaffen. Jeder von ihnen erhielt ein Einzelzimmer und damit eine sehr willkommene, wenn auch einfache Privatsphäre.

Torie lag auf ihrem Bett und starrte die weiß getünchte Decke ihrer Kammer an. Sie war nach Iacos Kuss am Tag zuvor und seinem überraschenden Geständnis immer noch völlig durcheinander. Ihre leidenschaftlichen Gefühle für den Maler überraschten und erregten sie im selben Maße, wie sie sie verunsicherten. Jedes Mal, wenn sie an die unmögliche Situation dachte, überkam sie ein wohliger Schauer, der gleichzeitig mit Angst vor ihren eigenen Gefühlen gepaart war. Sie hatten für einen kostbaren Augenblick alles um sich herum vergessen. Iacos Berührungen waren immer fordernder und stürmischer geworden, und sie hatte es mehr als genossen.

Sie war nicht sicher, was noch alles hätte geschehen können, hätte nicht Bergonier nach ihr gesehen. Glücklicherweise hatte er sein Kommen so laut angekündigt, dass sie sich gerade noch rechtzeitig voneinander lösen konnten, bevor er ins Zelt getreten war. Sie hatte sich ertappt gefühlt und war puterrot angelaufen, doch es war unter der dicken Salbenschicht in ihrem angeschwollenen Gesicht wohl nicht aufgefallen. Iaco hatte auf beneidenswerte Art die Ruhe bewahrt, Bergonier über ihren Gesundheitszustand aufgeklärt und war dann ohne großes Aufhebens mit dem Suppenteller verschwunden. Erst da war ihr bewusst geworden, was sie mit dieser leichtsinnigen Aktion aufs Spiel gesetzt hatte.

Seither ging sie Iaco aus dem Weg, obwohl sie sich mit jeder Faser ihres Leibes nach ihm verzehrte. Wenn du auch nur einen Funken Verstand hast, hältst du dich weiterhin an diesen Plan, ermahnte sie sich im Stillen.

Ein lautes Klopfen an der Tür unterbrach ihre Gedanken.

»Hey, Belrose«, hörte sie ausgerechnet Calvins Stimme. »Mach dich fertig. Sie erwarten uns alle beim Festessen. Und zieh dir was Anständiges an. Der Kommandant weiß, dass du eine Frau bist!«

Sie hörte, wie er sich mit einem hämischen Lachen entfernte. Diesem Idioten machte es offenbar Spaß, sie bei jeder Gelegenheit zu erniedrigen. Torie stand auf und besah sich im Spiegel, was sie schon lange nicht mehr getan hatte. Die Schwellungen von der Moskitoattacke am Fluss waren dank der Salbe zurückgegangen. Eigentlich sah sie wieder einigermaßen passabel aus.

»Du kannst mir gar nichts, Mattéo Calvin«, zischte sie ihrem Spiegelbild trotzig zu. Er wusste genau, dass sie keine Damengarderobe dabeihatte. Also fand sie sich damit ab, wie ein Mann gekleidet den Weihnachtsabend zu bestreiten.

Als hätte jemand ihre Wünsche geahnt, klopfte es wenig später erneut an ihre Tür. Herein trat ein vielleicht zwölfjähriges schüchternes Mädchen, das ihr ein in Zeitungspapier gewickeltes Paket überreichte.

»Das schickt Herr für heute Abend«, verkündete die Kleine und blieb zögernd stehen, bis Torie das Päckchen ausgepackt hatte. Der Inhalt entpuppte sich als samtblaues Fransenkleid mit Pailletten im angesagten Flapper-Stil und dazu passende Schuhe mit hohem Absatz. Ein Paar Ohrringe, eine einfache Perlenkette und sogar etwas Schminke vervollständigten das Ensemble. Torie konnte ihr Glück nicht fassen und hielt sich das Kleid spielerisch vor ihren Körper. Sie sah sofort, dass es ihr passen würde. Die knieumspielende Länge und der großzügige Ausschnitt waren vielleicht etwas gewagt für sie, aber das Kleid war hinreißend und allemal passender als die Galauniform. »Gefällt?«, erkundigte sich das Mädchen schüchtern.

»Es ist bezaubernd! Sag deinem Herrn, dass ich mich sehr darüber freue.« Die kleine Dienerin wollte sich zurückziehen, doch Torie hielt sie auf. »Wer hat dir den Auftrag gegeben, mir das Kleid zu bringen?«, wollte sie wissen, obwohl sie bereits eine starke Vermutung hatte.

»Nicht wissen«, meinte die Kleine rasch und hatte es plötzlich sehr eilig zu verschwinden.

Torie ließ sie ziehen. Sie war sicher, dass nur Audouin der Auftraggeber sein konnte. Der Expeditionsleiter war ein Mann von Anstand. Vermutlich wollte er ihr mit dem Geschenk die Peinlichkeit ersparen, bei ihrem ersten offiziellen Auftritt als Frau auf dieser Expedition in Männerkleidung erscheinen zu müssen. Männer wie er wussten eben, was sich gehörte.

Nachdem sie sich umgekleidet und sorgfältig zurechtgemacht hatte, wurde ihr doch etwas bange, so vor ihre Kollegen zu treten. Würden sie nun denken, dass sie sich für etwas Besonderes hielt? *Tant pis!* Es war zu spät. Mutig trat sie vor die Tür, wo die anderen Mechaniker bereits auf sie warteten. Das Erstaunen der Männer über ihr ungewohntes Aussehen hätte nicht größer sein können. Penaud fiel vor Staunen die Zigarette aus dem Mund, Rabaud und de Sudre pfiffen vor Bewunderung und boten ihr sogleich ihre Arme zum Geleit an.

»Du siehst umwerfend aus«, sagte Penaud grinsend, als er sich wieder gefasst hatte. »So kannst du uns künftig gern öfter aufmuntern.«

Torie grinste zurück. Der Chefmechaniker hatte immer einen flotten Spruch parat. Selbst Calvin verzichtete auf eine seiner bissigen Bemerkungen. Allerdings wäre ihr das fast lieber gewesen, denn seine lüsternen Blicke waren ihr weitaus unangenehmer. Im Geleit der Mechanikertruppe begab sie sich zum nahe gelegenen Anwesen des Kommandanten. Der Garten war festlich von Fackeln erleuchtet, das Innere des Hauses erstrahlte im Schein unzähliger Kerzen. Der Gastgeber empfing jeden Einzelnen von ihnen mit ein paar freundlichen Worten. Als Torie ihm vorgestellt wurde, wurde sie mit einem formvollendeten Handkuss begrüßt.

»Sie sehen bezaubernd aus, Mademoiselle Belrose«, meinte der gemütlich aussehende Kommandant mit einem galanten Lächeln unter seinem buschigen grauen Backenbart. »Monsieur Audouin-Dubreuil hat mir bereits von Ihrem Husarenstreich erzählt.

Chapeau! In diesem Jahrhundert werden wir Männer uns wohl noch warm anziehen müssen, wenn ihr Weibsbilder euch weiterhin so durchsetzt!« Er zwinkerte ihr freundlich zu und fügte an: »Und das meine ich durchaus als Kompliment.«

Ihr war die ungewohnte Aufmerksamkeit unangenehm, dennoch nickte sie freundlich und wandte sich rasch Audouin zu, der zusammen mit Haardt, Bergonier und Poirier neben dem Gastgeber stand.

»Sie sind tatsächlich immer für eine Überraschung gut«, meinte Audouin kopfschüttelnd. »Sie sehen ganz bezaubernd aus.«

»Wenn ich noch etwas jünger wäre, würde ich dir glatt den Hof machen«, bemerkte Bergonier. »Ich wusste gar nicht, dass unter deinem verschmierten Gesicht solch eine Schönheit versteckt ist!«

»Wir könnten einen Teil meines Filmes dieser wunderschönen jungen Frau widmen«, schlug Poirier enthusiastisch vor.

»Unterstehen Sie sich!«, unterbrach Audouin ihn ungehalten. »Citroën würde uns den Kopf abreißen! Hier geht es um Technik, Forschung, Wissenschaft und nicht um gesellschaftliche Trivialitäten.« Er wandte sich entschuldigend an Torie. »Das ist nicht gegen Sie persönlich gerichtet. Ich schätze Ihre Arbeit sowie Ihre konstruktiven Ideen sehr. Doch die Tatsache, dass Sie eine Frau sind, na ja …« Er räusperte sich und lächelte ihr schließlich väterlich zu. »Das Kleid steht Ihnen wirklich. Mich wundert nur, wie es Ihnen gelungen ist, es so unbeschadet die weite Strecke zu transportieren.«

Torie erbleichte. »Aber … aber das … das Kleid ist doch von Ihnen, oder nicht?«, platzte es aus ihr heraus.

»Das Kleid ist ein Weihnachtsgeschenk von Madame Castin«, sprang ihr in diesem Augenblick Iaco bei, der die Unterhaltung am Rande mitbekommen hatte. »Finden Sie nicht, dass sie einen ausgezeichneten Geschmack bewiesen hat, Audouin?«

Torie wäre am liebsten vor Scham im Boden versunken, als sie Audouins indignierten Blick bemerkte. Warum hatte Iaco ihr das nicht gleich verraten? Er musste wissen, dass er sie damit in eine peinliche Situation brachte.

»Ich möchte mich kurz entschuldigen«, murmelte sie und machte sich auf die Suche nach einem Bad.

Auf dem Weg dorthin begegnete ihr ausgerechnet Mattéo Calvin, der ihr prompt den Weg verstellte.

»Suchst du eine angemessene Begleitung?«, erkundigte er sich mit einem unverschämten Lächeln. »Ich habe heute Abend noch nichts Besseres vor. Also wenn du interessiert bist ...« Er machte eine eindeutige Geste mit seinem Unterleib, die ihr die Schamesröte ins Gesicht trieb.

»Du ekelhafter Widerling«, schnaubte sie empört. »Du kannst vielleicht anderer Leute Ideen stehlen und als deine eigenen ausgeben, aber zu mehr bist du nicht fähig! Bevor ich mich mit so jemandem wie dir einlasse, treib ich es lieber mit einem Schwein!«

Sie drehte sich auf dem Absatz um und stürmte in die entgegengesetzte Richtung davon.

Gedemütigt von der Heftigkeit ihrer Zurückweisung blickte Mattéo der davonstürmenden Torie hinterher.

»Die hat's dir aber gegeben, was?« Rabaud, der die kleine Szene mitbekommen hatte, lachte. »Du hättest dir gleich denken können, dass sie von dir nichts wissen will!«

»Halt's Maul!«, fauchte Mattéo wütend. »Sie hat mich heiß gemacht, nur um dann wieder einen Rückzieher zu machen! Was die braucht, ist, dass es ihr mal jemand ordentlich besorgt!« Er lachte laut auf, um seinen aufbrodelnden Zorn zu verbergen.

Rabaud trat erschrocken einen Schritt zurück. »Das solltest du lieber nicht so laut sagen«, bemerkte er beschwichtigend. »Du weißt genau, was Audouin gesagt hat. Keine Beziehungen während der Croisière!«

»Schon gut! Ich hab's kapiert!«

Rabaud machte, dass er davonkam, während Mattéo sich erneut zum Büfett begab, um sich noch einen Drink zu holen.

Bevor der Abend mit einem Festmahl seinen Höhepunkt finden sollte, wurden alle Anwesenden eingeladen, sich im Foyer des Palastes die in Eile zusammengestellte Ausstellung der Werke von Alexander Iacovlew anzusehen, die er seit ihrer Abreise von Colomb-Béchar angefertigt hatte. Audouin hielt eine kurze Ansprache, in der er seine Bewunderung für die großartigen Arbeiten des Künstlers ausdrückte. Torie hatte sich in der Zwischenzeit an der frischen Luft wieder etwas beruhigt, zum ersten Mal hatte sie die Gelegenheit, Iacos Werke mit Muße zu betrachten. Sie wartete allerdings damit, bis die meisten in Richtung Speisesaal weitergezogen waren. Dabei bekam sie mit, dass alles, was in Fort Lamy Rang und Namen hatte, an diesem Abend ebenfalls zu den geladenen Gästen gehörte.

Iaco genoss, umringt von der einheimischen Damenwelt, die allgemeine Bewunderung. Eigentlich freute sich Torie für ihn, andererseits weckten die Damen ihre Eifersucht. Der Kuss hatte wohl nichts zu bedeuten, dachte sie traurig. Um sich abzulenken, konzentrierte sie sich auf die Bilder. Schließlich hatte sie Audouin ein Versprechen gegeben. So rücksichtslos und ungeschickt Iaco seinen Mitmenschen gegenüber auch manchmal sein konnte, so viel Sensibilität und Feingefühl sprach aus seinen Werken. Seine Porträts beschworen auf unnachahmliche Weise die Seele Afrikas herauf – seine Malerei hatte etwas Magisches. Der kraftvolle, präzise Strich, die ach so lebendigen Farben, der Ausdruck der Gesichter, die die Schönheit ihrer Seelen wiedergaben. Jedes Detail zeugte von großer Anteilnahme für das Wesen der Völker, die ihnen auf ihrer Reise begegnet waren, sie zeigte das Interesse des Malers an ihren Traditionen und ihrer Kunst.

Torie machte sich normalerweise nur wenig aus Kunst, jetzt war sie hingegen so ergriffen, dass sie die Zeit ganz vergaß. Besonders fasziniert war sie vom Porträt einer jungen Einheimischen, die Iaco in N'Guigmi gemalt hatte. Ihr nachdenklicher, melancholischer Blick berührte ihre Seele.

»Ich möchte dich am liebsten sofort malen«, hörte sie da eine leise Stimme an ihrem Ohr. Ihre Nackenhaare stellten sich vor Erregung auf. Wie elektrisiert wandte sie sich um. Iaco stand so dicht vor ihr, dass sie seinen aufregenden Duft wahrnehmen konnte. »Und zwar am liebsten nackt«, flüsterte er erregt.

Erschrocken wich sie zurück. »Man könnte uns sehen!«

Iaco sah sich um. »Ich sehe niemanden, die anderen sitzen längst an der Festtafel«, flüsterte er unbesorgt und hauchte ihr einen eiligen Kuss auf den Mund. Die Berührung war nur flüchtig, und doch begann Tories Körper zu beben.

»Das führt zu nichts«, versuchte sie erneut, vernünftig zu bleiben.

»Niemand wird uns vermissen. Alle freuen sich aufs Essen«, erwiderte Iaco und nahm ganz selbstverständlich ihre Hand. Seine Tigeraugen strahlten vor Verlangen und Zärtlichkeit. »Mein Zimmer befindet sich im ersten Stock.«

Er wartete nicht auf ihr Einverständnis, sondern zog sie mit sich fort.

16

Dank seiner neuen Freundschaft zum Piloten Paolacci war es Julien gelungen, in allerletzter Minute ebenfalls eine Einladung zum Weihnachtsdiner des Gouverneurs zu erlangen. Sie waren spät dran und hatten sowohl den Empfang als auch die Ausstellung des russischen Malers verpasst, kamen aber gerade noch rechtzeitig zum Festmahl. Der Saal war so angefüllt mit Gästen, dass der Überblick schwerfiel. Die Kopftafel war dem Kommandanten, den höheren Kolonialbeamten und ihren Gattinnen sowie den leitenden Teilnehmern der Croisière Noire vorbehalten. Die Mechaniker, Ingenieure und die beiden Filmleute saßen an einem der Seitentische. Iacovlew konnte Julien nirgendwo entdecken.

Sie wurden von einem Bediensteten an einen Randtisch geführt, der sich weit weg vom eigentlichen Geschehen befand. Obwohl er hungrig und das Essen köstlich war, konnte Julien es kaum erwarten, bis die Tafel endlich aufgehoben wurde, damit er seinen eigentlichen Aufgaben nachgehen konnte. Doch nach jedem vermeintlich letzten Gang folgte ein weiterer, sodass das Festmahl sich in die Länge zog. Bislang hatte er noch nicht einmal erfahren, wie lange die Expeditionsteilnehmer in Fort Lamy blieben. Die nützlichste Strategie, um rasch an Informationen zu gelangen, schien ihm darin zu liegen, sich an den Chefmechaniker Penaud zu halten, der ihm bereits sehr gewogen war. Als er bemerkte, wie dieser in Richtung der Toiletten ging, erhob auch er sich von seinem Platz, in der Absicht ihn abzufangen und ein paar Fragen zu stellen. Doch Penaud wurde von einer wissbegierigen Dame aufgehalten, die ihn in ein längeres Gespräch verwickelte. Julien musste sich gedulden. Um seine Zielperson besser im Auge behalten zu können, hielt er sich in der Nähe des Treppenaufgangs auf und lehnte sich gegen das Geländer. Im ersten Stockwerk wurde eine der Türen geöffnet, und wenig später kam eine Frau die Treppe herunter. Julien traute seinen Augen nicht.

»Torie«, rief er fassungslos.

Sein Herz schlug plötzlich Purzelbäume. Aus einer ersten spontanen Reaktion heraus eilte er ihr entgegen, in der Absicht, sie zu umarmen. Kurz vor ihr hielt er jedoch inne. Etwas an ihrer Haltung hielt ihn auf Abstand. Von Torie ging ein strahlendes Leuchten aus, das er noch nie gesehen hatte. Als er aus den Augenwinkeln eine Bewegung auf der oberen Galerie wahrnahm und ein Mann die Treppe herunterkam, beschlich ihn allerdings ein ungutes Gefühl.

Torie schien genauso überrascht wie er.

»Was machst du denn hier?«, begrüßte sie ihn und streckte ihm förmlich die Hand entgegen.

Sie blickte über ihre Schulter nach oben und wandte sich ihm dann hastig wieder zu. Zwangsläufig war er ihrem Blick gefolgt und erkannte in dem Mann auf der Treppe Alexander Iacovlew. Ein Stich der Eifersucht durchzuckte ihn, während er ihre Hand schüttelte.

»Ich bin mit dem Flugzeug hier«, antwortete er verwirrt auf ihre Frage.

Eine bessere Bemerkung war ihm auf die Schnelle nicht eingefallen. Wie es so oft zwischen ihnen gewesen war, löste die simple Antwort plötzlich die Befangenheit, und sie begannen beide, erheitert zu lachen.

»Ich kann nicht glauben, dich hier zu sehen!«

Der Maler ging an ihnen vorbei, scheinbar ohne sie eines Blickes zu würdigen. Julien entging nicht, dass er dennoch wie zufällig Tories Hand streifte und sie errötete.

»Ich bin Mechanikerin bei der Croisière Noire«, sagte sie rasch. »Irgendwie hab ich es doch geschafft!«

Für einen Augenblick gelang es Julien, sich für sie zu freuen. »Ich wusste immer, dass du alles schaffen kannst, was du dir in den Kopf gesetzt hast, Victoria Belrose!« Er konnte nicht anders, als sie für ihren Mut zu bewundern. »Aber wie ist dir das gelungen? Ich war in Colomb-Béchar und habe die *équipe* losfahren sehen. Damals warst du mit Sicherheit nicht dabei!«

»Ich bin erst in Bourem mit Professor Bergonier zu der Croisière gestoßen, aber das ist eine lange Geschichte. Wenn du mir versprichst, nichts davon in deiner Zeitung zu veröffentlichen, dann erzähle ich dir gleich davon. Allerdings sterbe ich gerade vor Hunger und muss sehen, dass ich noch etwas von dem sicherlich köstlichen Essen abbekomme. Ich habe schrecklichen Hunger!«

Julien verkniff sich die Frage nach dem Grund für ihr spätes Erscheinen, obwohl es unschwer zu erraten war. Also folgte er ihr zurück zu der Tafel, wo gerade Käse gereicht wurde. Sie verabredeten sich für später im Garten des Anwesens.

Als Torie sich auf ihren Platz zwischen den Kollegen setzte, war sie einer Achterbahn von Gefühlen ausgesetzt. Wie im Rausch hatte sie sich Iacos Verführungskünsten hingegeben und dabei nicht nur ihre Unschuld verloren, sondern auch Empfindungen in sich entdeckt, die sie nie für möglich gehalten hätte. Allein der Gedanke daran, wie schamlos Iaco sie entkleidet und auf sein Bett geworfen hatte, trieb ihr immer noch einen Schauer der Wollust über den Rücken. Seine Begierde war ansteckend gewesen, doch als er mit seinen Lippen ihren Körper erkundet hatte, war er ungemein behutsam vorgegangen. Er hatte es verstanden, sie auf unerträglich schöne Weise immer mehr zu erregen, bis sie ihn angefleht hatte, sie zu erlösen.

Kaum war ihre Lust erloschen, war allerdings rasch wieder die Vernunft zurückgekehrt, und Iaco hatte sie daran erinnert, dass man sie bestimmt beim Diner vermissen würde. Um keinen Verdacht aufkeimen zu lassen, war sie vorausgegangen. Dass sie dann ausgerechnet Julien begegnet war, hatte sie mehr aus der Bahn geworfen, als sie sich eingestehen wollte. Neben Überraschung und Wiedersehensfreude hatte sie eindeutig ein schlechtes Gewissen. Das verunsicherte und ärgerte sie gleichermaßen. Schließlich gab es dafür keinen Anlass. Julien war immer nur ein guter Freund gewesen, der ihr noch dazu deutlich gemacht hatte, dass er sie nicht mehr in seinem Leben haben wollte. Sie war ihm keinerlei Rechenschaft schuldig.

Sie genoss die schmackhaften Speisen, und die Gesellschaft ihrer Tischnachbarn beruhigte sie, sodass sie sich eine Stunde später in der Lage sah, sich mit Julien zu treffen. Die Tafel hatte sich inzwischen fast aufgelöst, und so manch einer war hinaus in den Garten gegangen, um sich ein wenig die Beine zu vertreten, so würde sie nicht auffallen, wenn sie es auch tat. Beim Hinausgehen sah sie Iaco, der sich angeregt mit der Tochter des Kommandanten und deren Freundinnen unterhielt. Sie standen vor einem seiner Gemälde, das er seiner weiblichen Zuhörerschaft hingebungsvoll erklärte. Er blickte kurz in ihre Richtung, sah aber im nächsten Augenblick wieder weg, ohne ihr zuzulächeln. Seine Ignoranz versetzte ihr einen Stich, denn sie war sicher, dass er sie gesehen hatte.

»Der russische Maler versteht es zweifellos, die Frauen in seinen Bann zu ziehen, nicht wahr?«

Julian stand auf einmal vor ihr, und sie hörte sehr wohl die Verachtung aus seiner Stimme.

»Iaco ist eben ein gut aussehender Mann«, erwiderte sie trotzig.

Julien warf ihr einen merkwürdigen Blick zu, den sie nicht zu deuten vermochte. Dann schlug er ihr vor, sich ein abgeschiedenes Plätzchen auf der Terrasse zu suchen, wo sie sich in Ruhe unterhalten konnten.

Sie lehnten sich schließlich nebeneinander an die Balustrade, und Julien begann, von seinen Erlebnissen zu erzählen. Torie war sehr angetan von seinen farbenprächtigen, bildhaften Schilderungen. Auch er hatte einige Abenteuer erlebt. Vor allem lobte sie seine Findigkeit, immer wieder an neue Informationen über ihre Expedition zu gelangen. Bislang hatte sie nur seine technischen Fähigkeiten bewundert, aber dass er auch mutig und ideenreich andere Ziele zu verfolgen verstand, beeindruckte sie fast noch mehr. Als er ihr schließlich von seinem abenteuerlichen Flug mit Paolacci erzählte und wie er es angestellt hatte, dass der ihn mitgenommen hatte, kam sie aus dem Staunen nicht mehr heraus.

»Du hast seinen Motor reparieren können und durftest deswegen mitfliegen? Wieso kennst du dich mit Flugzeugmotoren aus?«

»Ein Motor ist im Prinzip wie der andere«, meinte Julien bescheiden. Ein feines Lächeln der Erinnerung umspielte seine Mundwinkel. »Außerdem habe ich während meiner Zeit in Amerika meinen Flugschein gemacht.«

»Das hast du mir nie erzählt!«

Torie merkte, dass er etwas darauf antworten wollte, doch dann bestand er darauf, dass sie nun ihre Geschichte erzählte. Sie tat ihm den Gefallen und begann mit ihrem Verhältnis zu Giorgina Citroën. Julien hörte ihr aufmerksam zu, stellte Zwischenfragen und gab ihr so die Möglichkeit, vieles von dem, was sie erlebt hatte, nochmals richtig einzuordnen. Nur ihre Beziehung zu Iaco ließ sie in ihren Schilderungen außen vor.

Die Zeit verging viel zu schnell. Erst, als sich die Weihnachtsgesellschaft nach und nach aufzulösen begann, wurde ihr bewusst, wie spät es war. Auch Tories Kollegen machten sich auf den Weg zu ihren Unterkünften. Penaud, der Julien freundschaftlich vertraut begrüßte, fragte sie, ob sie sich ihnen anschließen wolle.

»Es war schön, dich zu treffen«, sagte sie zum Abschied zu Julien und meinte, was sie sagte.

»Sehen wir uns morgen?«

»Möglich.« Sie blieb mit Absicht vage. »Audouin und Haardt teilen uns um neun Uhr die Pläne der nächsten Tage mit. Wir treffen uns hier im Palast.« Dann gab sie noch eine Information preis. »Wie ich hörte, möchten die Expeditionsleiter den Tschadsee mit der berühmten *Léon Blot* erkunden. Wer von uns Mechanikern mitkommen soll, wird wohl erst kurzfristig entschieden.«

»Mehr brauche ich nicht zu wissen. Ich werde da sein!«

Julien grinste schelmisch, und Torie grinste zufrieden zurück. Während sie zu ihren Kollegen ging, stellte sie überrascht fest, dass Julien und sie sich zum ersten Mal seit langer Zeit nicht im Streit voneinander getrennt hatten.

Julien blieb noch eine Weile an der Balustrade stehen und starrte gedankenverloren hinaus in die Dunkelheit. Er hätte Torie so gern noch mehr von sich erzählt. So hatte er ihr verschwiegen, dass er in den USA mit einem Ingenieurstudium begonnen, es jedoch nie beendet hatte. Auch Torie hat sich verändert, dachte er. Die Reise hat sie auf jeden Fall selbstbewusster, aber auch weicher gemacht. Ob er sich ihre Beziehung zu dem Maler nur einbildete? Er wünschte es sich sehr. Alexander Iacovlew hatte ihr den Abend über keinerlei Beachtung mehr geschenkt. Das war ihm sofort aufgefallen. Natürlich konnte es nur seine Taktik sein. Auf der anderen Seite schien er die Aufmerksamkeiten der Damenwelt sehr zu genießen. Auf jeden Fall wünschte er sich, wenn er Torie schon nicht haben konnte, dass der Maler sie anständig behandelte.

Ärgerlich über die müßigen Gedanken beschloss er, sich schlafen zu legen. Im nächsten Moment sah er eine anscheinend betrunkene Gestalt durch den Garten wanken. Der Gang des Mannes, der ein Mitglied der Croisière Noire sein musste, denn er trug deren Ausgehuniform, war so unsicher, dass Julien fürchtete, er würde stürzen. Rasch eilte er zu ihm, um ihn zu stützen. Doch der andere wollte keine Hilfe, er stieß ihn unfreundlich zurück.

»Lass mich gefälligst in Ruhe!«, raunzte er ihn an.

Julien hob friedfertig die Hände. »Schon gut!«

Er ließ ihn ziehen, aber dann stutzte er. Er hatte den Typen schon einmal gesehen, aber wo, zum Teufel? Dann fiel es ihm wie Schuppen von den Augen: Julien hatte nach der Abreise der Citroën-Leute aus Bourem auf die Renault-Truppe gewartet, um auch sie zu interviewen. Nach dem Gespräch mit Gaston Gradis von Renault, hatte er beobachtet, wie einer der Renault-Leute ebendiesem Mann ein Bündel Geldscheine zugesteckt hatte. Damals hatte er sich keine Gedanken darüber gemacht. Doch nun bekam seine Beobachtung eine ganz neue Bedeutung. Nachdenklich starrte er dem Davontorkelnden hinterher. Ob Audouin und Haardt wussten, wen sie da in ihrer Truppe hatten?

Gleich am nächsten Morgen machte er sich wieder zum Kommandantenpalast auf. Audouin und Haardt hatten nichts dagegen, dass er an ihrer Besprechung teilnahm. Im Gegenteil, sie luden ihn sogar ein, sie auf der *Léon Blot*, einem Dampfschiff, über den Tschadsee zu begleiten. Die Reise sollte bis zum Neujahrstag dauern.

»Das wird nicht einfach nur ein Abenteuer«, verkündete Audouin großspurig, »sondern eine wahre Erkundungsfahrt, noch dazu auf einem historischen Schiff. Das Naturkundemuseum in Paris erwartet von uns eine ornithologische Sammlung. Die Geografische Gesellschaft hat uns mit einer Hoch- und Niedrigwasserstudie beauftragt, da die Gezeiten hier rätselhaften Gesetzen zu gehorchen scheinen, die nichts mit den Regenzeiten zu tun haben. Brull vermutet, dass die Wassermassen aus unterirdischen Flüssen stammen, die periodisch dieses Binnenmeer überfluten. Ihre Ausdehnung wurde bislang noch niemals vermessen. Wenn Sie wollen, dürfen Sie von diesen großen Herausforderungen und unseren Beobachtungen berichten.«

Julien nahm das Angebot gern an. Insgeheim hoffte er, dass der Mechaniker, der sie auf dem Boot begleiten sollte, Torie war. Doch Penaud brauchte alle Leute für sein Team bei der Überholung der Raupenfahrzeuge, deren Chassis durch die Reise stark mitgenommen waren, sodass sie ohne Mechaniker aufbrechen mussten. Auch der Maler blieb zu seinem Leidwesen in Fort Lamy zurück. Noch am selben Tag brachen die beiden Expeditionsleiter Audouin und Haardt, Bergonier und die Filmemacher Poirier und Specht über den Fluss Schari zum Tschadsee auf. Julien erfuhr, dass die *Léon Blot* der einzige Dampfer auf dem Schari war und eine bemerkenswerte Geschichte hatte. Der Entdecker, Eroberer und Gründer von Fort Lamy Émile Gentil hatte das Boot 1898 – in Einzelteile zerlegt – vom weit entfernten Frankreich über den Äquatorial-Urwald bis Bangui transportieren lassen, es wieder zusammengesetzt und auf dem Schari zu Wasser gelassen. Von dort hatte er mit einem Kanonenboot im Schlepptau den Tschad erobert. Das war mehr als fünfundzwanzig Jahre zuvor gewesen.

Mit einem dumpfen Stampfen setzte sich der Motor in Bewegung. Er wurde mit Holz beheizt und brauchte seine Zeit, bis er auf Touren war. Julien achtete unwillkürlich auf das Knirschen der Pleuel und hoffte, dass sie der Belastung standhielten. Dann erbebte der lange Stahlrumpf, bis das Wasser des Flusses unter seinem Vordersteven brodelte, und das Boot setzte sich in Bewegung. Die Zurückgebliebenen, unter ihnen auch Torie, winkten ihnen fröhlich zu.

Julien bedauerte einmal mehr, dass Torie nicht mit von der Partie war. Allerdings nahm die Reise ihn voll in Anspruch. Auf den Spuren des Engländers Hugh Clapperton, der den See 1824 entdeckt hatte und der wiederum 1850 von den deutschen Forschern Heinrich Barth und Adolf Overweg erforscht worden war, schipperten sie aufregenden Tagen entgegen.

Nach etlichen müßigen Stunden auf dem Fluss wurden sie an der Mündung des Schari in den Tschadsee von ohrenbetäubendem Trommeln empfangen, in das sich der Klang eines Horns mischte, das einen preußischen Marsch blies. Eine Piroge legte längsseits bei, und ein runzliger alter Mann bestieg die *Léon Blot*, um sie durch das Labyrinth der Kanäle, die sich zwischen den vielen Inseln vor dem offenen See durchwanden, zu führen. Ohne der Besatzung besondere Aufmerksamkeit zu zollen, begab sich der Alte zum Bug, stützte sich auf ein langes Ruder und gab dem Steuermann Anweisungen, wohin der das Boot zu lenken hatte.

»Sieht er nicht aus wie Odysseus?«, bemerkte Poirier in Juliens Richtung.

»Hoffen wir nur, dass er uns nicht in die Irre führt«, erwiderte dieser schmunzelnd.

»Oder direkt zu den Boubouma«, unkte Bergonier. »Das sind angeblich hinterhältige Piraten, die schon so manches Boot hier aufgerieben und die Besatzung getötet haben.«

Doch ihnen begegneten nur die friedlichen Fischer auf ihren

Pirogen, deren Netze wie riesige Schmetterlinge aussahen. Sie passierten zahlreiche Inseln, die zum Teil bewohnt, zum Teil verlassen waren. Manche Bewohner waren einer Epidemie zum Opfer gefallen oder von anderen Stämmen vertrieben worden, das erfuhr er von Bergonier.

»Jetzt leben dort nur noch Krokodile, Boas und Nilpferde«, brummte der Arzt, der stets Ausschau nach seltenen Vögeln, aber auch anderen Kleintieren hielt, um sie zu fangen, anschließend zu identifizieren und zu präparieren.

Poirier und Specht filmten, wann immer sich die Gelegenheit bot, während er selbst sich die Zeit mit Tagebuchschreiben und dem Verfassen eines neuen Artikels vertrieb.

Gegen Mittag des zweiten Tages frischte der Wind auf, und der bislang so friedliche Tschadsee zeigte ihnen seine unfreundliche Seite. Innerhalb von wenigen Minuten verwandelte sich die glatte Seeoberfläche in eine wilde Landschaft mit hohen Wellen. Die *Léon Blot*, die nicht sehr wendig war, wurde bald zum Spielball der Wetterlaunen. Julien fürchtete schon, dass sie den Kräften des Wassers nicht trotzen konnte und zerbersten könnte. Auch die einheimischen Bootsleute, Muslime und Animisten, bekamen es mit der Angst zu tun.

»Der See verschlingt Menschen, wenn wir ihm nicht opfern«, rief der Steuermann unheilverkündend.

Sogleich rissen sich einige der Bootsmänner ihre Amulette vom Hals und übergaben sie den Fluten. Vom Horizont näherte sich ihnen mit Donnergrollen ein Gewitter. Innerhalb von Minuten verdunkelte sich der eben noch blaue Himmel, aus dessen schwarzen Wolken Blitze schlugen. Nur Odysseus, ihr alter Lotse, verließ seinen Posten am Bug nicht. Allerdings ließ auch er seine Gebetskette durch die Finger gleiten. Plötzlich einsetzender Regen durchnässte sie alle von Kopf bis Fuß, bevor sie sich unter Deck retten konnten. Julien hatte Mühe, seine Kamera zu schützen.

Nach schier unendlich langen Stunden, so kam es Julien jedenfalls vor, beruhigte sich der See, und das Unwetter verzog sich so schnell, wie es gekommen war. Am späten Nachmittag, kurz vor Sonnenuntergang, zeigte einer der Bootsleute aufgeregt auf ein Krokodil, das er im Schilf einer der Inseln entdeckt hatte. Es war ein Prachtexemplar von mindestens sechs Metern Länge. Audouin, der ein passionierter Großwildjäger war, zögerte nicht, sondern ließ sich sein Gewehr reichen und hielt mit mehreren Schüssen auf das Tier. Es bäumte sich immer wieder auf, bevor es tot unter der Wasseroberfläche liegen blieb. Sofort sprangen einige der einheimischen Männer in den See, um die Beute an Bord zu holen.

Audouin ließ nach Poirier und Specht rufen, die das Ereignis unter Deck verpasst hatten, um sich mit seiner Trophäe filmen zu lassen. Doch er hatte nicht mit der Empörung des Filmemachers gerechnet.

»Verdammt, Audouin, Sie hinterhältiger Schuft! Sie jagen einen Kaiman, er wird aus dem Wasser geholt, und niemand sagt mir Bescheid! Ich bin nicht hier, um einen Kadaver zu filmen. Meine Zuschauer wollen Dramatik und vor allem lebende Bilder!«

Audouin, der das nicht bedacht hatte, sah den Mann schuldbewusst an. »Was soll ich sagen?«, erwiderte er zerknirscht. »Das Krokodil ist tot, ich kann es nicht wieder lebendig machen.«

Um zu zeigen, dass er die Wahrheit sprach, beugte er sich über sein Opfer und hieb ihm mit der Faust auf den Kopf. In diesem Augenblick öffnete das Monster plötzlich die Augen und sah Audouin an. Dessen Schreckensschrei brachte das Krokodil vollends ins Leben zurück. Mit unbändiger Kraft schnellte es in die

Luft und begann, mit seinem langen, kräftigen Schwanz gegen die Reling zu schlagen. Einige der Einheimischen und auch Bergonier und Audouin reagierten schnell. Sie griffen nach Eisenstangen und Rudern und schlugen auf das Tier ein, bis es endlich reglos liegen blieb. Zur Sicherheit banden sie den Kadaver noch an eine Eisenstange. Poirier stand wie erstarrt mit seiner Filmkamera daneben.

»Lieber Freund, hat Sie nun etwa die einbrechende Dunkelheit daran gehindert, diese eindrucksvolle Szene zu filmen?«, fragte Audouin keuchend.

Julien, der die Szene aus sicherem Abstand verfolgt hatte, musste schmunzeln, als Audouin dem Filmemacher wie zum Trost auf die Schulter klopfte.

Die nächsten Tage waren angefüllt von ähnlichen aufregenden Erlebnissen. Julien half beim Vermessen der Pegelstände und begleitete die Männer der Expedition zu den Bewohnern der unterschiedlichen Dörfer. Während dieser Reise erfuhr er nebenbei viel Berichtenswertes über das Wesen der Croisière Noire und bekam zudem noch die Gelegenheit, sich für das Entgegenkommen der beiden Leiter zu bedanken, als mitten auf dem See plötzlich die Maschine des Dampfers ihren Geist aufgab. Sowohl der Kapitän als auch der Maschinist versuchten sich an einer Reparatur, doch sie waren bald am Ende ihrer Weisheit – es sah so aus, als müssten sie sich von den Beibooten zurück nach Fort Lamy schleppen lassen. Audouin und Haardt waren außer sich vor Sorge, denn es war bereits Silvester, und sie wurden am Tag darauf zurückerwartet. Im Schlepptau würden sie mindestens drei zusätzliche Tage benötigen.

Julien begab sich ohne großes Aufhebens in den Maschinenraum, um sich den Schaden zu besehen. Im Gegensatz zu dem offenbar nicht sehr routinierten Maschinisten erkannte er rasch, dass der Kolben im Zylinder einen Schlag bekommen hatte. Dadurch konnte er sich nicht mehr richtig heben und senken und deshalb keine Kraft übertragen. Obwohl er mit Dampfmaschinen keine besonderen Erfahrungen hatte, traute er sich zu, das Problem zu lösen. Er begab sich zu den beiden Verantwortlichen und bot ihnen seine Hilfe an, die sie gern annahmen. Innerhalb kürzester Zeit war der Schaden behoben.

Dankbar für die erfolgreiche Reparatur und den glücklichen Ausgang ihrer Erkundungen öffnete Audouin eine Flasche Champagner. »Auf Sie, werter Monsieur Ruiz! Schade, dass unsere Mannschaft schon komplett ist. Ich hätte Sie gern als Mechaniker bei uns!«

Julien freute sich über die Auszeichnung, zumal niemand der Herren sich an seiner Behinderung störte. Der Abend hätte entspannter nicht sein können. Sie ankerten vor einer Insel mit einem Wald voller Fächerpalmen und betrachteten Pfeife rauchend das Idyll. Vor ihnen lag der wieder friedliche See, am Ufer ein Meer riesiger rosa Tupfer. Beim genaueren Hinsehen stellte sich heraus, dass es nicht etwa Blüten, sondern Ibisse waren, die sich dort zum Schlafen niedergelassen hatten. Im Dickicht der schilfumsäumten Insel hörten sie das Rufen der Nilpferde und das schrille Pfeifen von Seeadlern. Julien fühlte sich wie auf der Arche Noah.

Als sie den Hafen von Fort Lamy am Neujahrstag 1925 erreichten, wurden sie bereits vom Rest der *équipe* erwartet. Penaud, der sie am Hafen persönlich begrüßte, berichtete Audouin und Haardt, dass die Raupenfahrzeuge allesamt wieder einsatzbereit waren und nichts dem Aufbruch am kommenden Morgen zur nächsten Etappe nach Bangui, der Hauptstadt von Ubangi-Schari, entgegenstand.

»Allerdings gab es einen unangenehmen Zwischenfall«, druckste Penaud schließlich herum. Die Angelegenheit schien ihm sichtlich unangenehm. Er winkte ausgerechnet den Typen herbei, der Julien schon am Weihnachtsabend aufgefallen war. »Calvin, erzähl den Messieurs am besten selbst, was du beobachtet hast.«

Der Angesprochene, der sich bislang im Hintergrund gehalten hatte, trat mit einem devoten Grinsen hervor. »Nichts für ungut, Messieurs«, gab er sich bescheiden. »Es ist mir wirklich unangenehm, und ich habe mir lange überlegt, ob ich die Angelegenheit überhaupt zur Sprache bringen soll ...« Er vermied es, seine Vorgesetzten anzusehen.

»Nun rücken Sie schon damit heraus, Calvin«, rief Haardt ungeduldig. »Wir haben noch andere Dinge zu erledigen ...«

»Selbstverständlich, Monsieur.« Calvin nickte unterwürfig. »Es handelt sich um Victoria Belrose ...« Er machte eine kurze Pause und linste mit gesenktem Blick umher, um die Wirkung seiner Worte abschätzen zu können. Erst als er sah, dass sich Audouins Augenbrauen ungeduldig hoben, fuhr er fort. Julien war sofort klar, dass jetzt Unangenehmes folgte. Bergonier, Poirier und Specht runzelten befremdet die Stirn. »Mademoiselle Belrose hat leider das Versprechen Ihnen gegenüber gebrochen und einen unserer Männer verführt. Es ist mir unangenehm, aber es war unser guter Monsieur Iacovlew, den sie sich ausgesucht hat. Ich habe sie ertappt, sie hat die letzten Nächte im Zimmer unseres Malers verbracht. Es ist wirklich empörend, mit welcher Schamlosigkeit sie dabei vorgegangen ist.«

»Das sind schwere Anschuldigungen«, sagte Audouin, sichtlich befremdet. »Gibt es dafür noch andere Zeugen?«

Penaud, der während Calvins Aussage betroffen zu Boden geblickt hatte, tat sich schwer zu antworten. »Calvin hat es mir erzählt, also habe ich mich selbst überzeugt. Ich habe Victoria tatsächlich gestern Morgen aus Iacos Zimmer kommen sehen. Leider muss ich davon ausgehen, dass er recht hat.«

»Haben Sie die beiden schon zur Rede gestellt?«, verlangte Haardt zu wissen.

Penaud zuckte unglücklich mit den Schultern. »Das ist nicht meine Aufgabe, Monsieur. Ich persönlich hätte darum kein Aufhebens gemacht. Sollen die beiden doch ein Paar sein. Mich stört das nicht.«

»Belrose hat damit bewiesen, dass man sich nicht auf sie verlassen kann«, protestierte Calvin.

»Das ist richtig. Sie hat gegen eine ausdrückliche Anweisung gehandelt«, sagte Audouin sichtlich pikiert. »Mademoiselle Belrose weiß genau, was das bedeutet. Für sie endet die Expedition hier!«

»Und was ist mit Iacovlew?«, mischte sich Bergonier nun ein. »Unser Maler ist an der Sache ja wohl nicht ganz unbeteiligt.«

»Sie hat ihn verführt«, meinte Specht. »So, wie die Kleine am Weihnachtsabend aussah, hätte sie doch jeden von uns schwach machen können, oder?« Er grinste in die Runde.

Julien sah, wie Poirier ihm offen zustimmte. Am liebsten hätte er sich nun auch eingemischt, um für Torie eine Lanze zu brechen. Unglücklicherweise gehörte er nicht zur Truppe und hatte nichts zu melden. Auch wenn es ihn noch so sehr schmerzte, dass Torie und dieser Widerling ein Paar waren, tat sie ihm doch leid. Es würde ein herber Schlag für sie werden, wenn sie erfuhr, was sie erwartete.

»Also ist es beschlossen«, fasste Haardt zusammen. »Mademoiselle Belrose wird uns hier in Fort Lamy verlassen.«

»Aber mit ihr fehlt uns einer der besten Mechaniker«, wandte Penaud erschrocken ein. »Wie sollen wir auf die Schnelle Ersatz bekommen?«

Audouin musste nicht lange nachdenken. »Da habe ich, denke ich, auch schon eine Lösung«, tat er zur Überraschung aller kund. »Wie wäre es, wenn Sie, Monsieur Ruiz ...«, er wandte sich direkt an Julien, »... Mademoiselle Belroses Aufgaben übernähmen? Sie haben schließlich die letzten Tage bewiesen, wie findig Sie sein können. Ich bin sicher, Sie lassen uns nicht im Stich!«

»Ich bin Journalist und habe andere Verpflichtungen ...«

Julien fühlte sich natürlich geehrt, hatte andererseits aber auch wegen Torie ein schlechtes Gewissen. Er wollte nicht, dass sie sich von ihm ausgebootet fühlte.

»Sie sind genau der richtige Mann zum richtigen Zeitpunkt«, insistierte Audouin. »Die Renault-Leute lassen schließlich auch einen Journalisten mit sich reisen. Wenn wir Sie an unserer Seite haben, haben wir zusätzlich den Vorteil, Sie als Mechaniker einzusetzen. Geben Sie zu, dass es Ihnen Spaß macht, auch mal zu schrauben ...« Er grinste und reichte ihm die Hand. »Was ist, schlagen Sie nun ein?«

Julien gab sich einen Ruck und ergriff Audouins Hand.

TEIL 4

1924–1926

Die höchste Form des Glücks ist ein Leben mit einem gewissen Grad an Verrücktheit.

Erasmus von Rotterdam (1466–1536)

1

Die Kirchturmuhr der Grunewaldkirche schlug bereits neun Uhr, und Maurice war immer noch nicht zu Hause. Es war Heiligabend, und aus den Wohnungen im Haus waren vereinzelt Weihnachtslieder zu hören. Überall herrschte fröhliche Feststimmung, während Clarissa vergeblich auf ihren Gatten wartete. Der Braten im Ofen war längst trocken geworden, die Knödel waren verkocht.

Wieso tat er ihr das an?

Obwohl sie jüdischen Glaubens war und das Kochen nicht ihre Leidenschaft, hatte sie sich ihm zuliebe viel Mühe gegeben. Er hatte ihr mehrfach beteuert, wie wichtig ihm das Weihnachtsmenü an Heiligabend war. Es sei eine Reminiszenz an seine französische Heimat. Und nun ließ er sie ohne Nachricht einfach warten? Je länger sie darüber nachgrübelte, desto trauriger wurde sie. Bestimmt war Maurice wieder mit seinen nationalsozialistischen Freunden unterwegs, ließ sich politisch von ihnen einwickeln oder spielte mit ihnen Karten um viel zu viel Geld. Dabei hatte er ihr versprochen, sich von ihnen fernzuhalten. Schon mehrere Male hatte sie ihm finanziell aus der Patsche helfen müssen, weil er seine Spielschulden nicht hatte begleichen können. Maurice wusste genau, wie sehr sie diese irregeleiteten Idioten verabscheute, allen voran diesen Reuter, der im Laufe der Monate einen immer größeren Einfluss auf Maurice gewonnen hatte.

Statt hier allein herumzusitzen, sollte ich lieber den Abend in Gesellschaft meiner Freunde verbringen, überlegte sie enttäuscht. Sie hatten sie mehrfach eingeladen. Je länger sie darüber nachdachte, desto besser gefiel ihr die Idee, einfach wegzugehen. Clarissa hatte Maurice' Unzuverlässigkeit endgültig satt. Trotzig griff sie nach Mantel, Schal und Fellmütze und verließ wenig später die Wohnung in Richtung Kurfürstendamm. Keine hundert Meter von ihrem Haus entfernt fiel ihr eine Gestalt auf, die sich gegen eine Hausmauer gelehnt hatte. Im trüben Licht der Straßenlaterne hielt sie sie zunächst für einen Bettler, der sich in ihr Viertel verirrt hatte, und wollte ihr ausweichen. Doch dann stutzte sie.

»Maurice?«, rief sie in die Dunkelheit.

Am Heben seiner Hand erkannte sie, dass sie sich nicht getäuscht hatte. Er löste sich von der Mauer und machte ein paar unbeholfene Schritte auf sie zu. Dann geriet er ins Stolpern und schlug der Länge nach auf den Asphalt. Clarissa fluchte, weil sie vermutete, dass er wieder einmal sturzbetrunken war. Ich sollte ihn einfach in der Kälte liegen lassen, dachte sie wütend, eilte aber zu ihm. Kaum dass sie bei ihm war, erkannte sie, dass man ihm übel mitgespielt hatte. Nase und Wangen waren geschwollen, ebenso ein Auge. Aus seinen aufgeplatzten Lippen sickerte Blut. Sein Mantel war voll von Erbrochenem. In einer Mischung aus Abscheu und Mitleid half sie ihm auf die Beine.

»Es tut mir so leid«, presste er mühsam hervor. »Ich wollte wirklich pünktlich sein.«

»Darüber reden wir später.« Trotz ihrer Sorge gelang es ihr nicht, ihren Unmut beiseitezuschieben. Sie legte seinen Arm um ihre Schultern und stützte ihn, so gut es ging. Dann half sie ihm nach Hause. Als sie die Tür aufschloss, ertönte aus der Wohnung der Familie im Parterre mehrstimmig *Stille Nacht, heilige Nacht*.

Was für ein Anachronismus, dachte Clarissa niedergeschlagen, während sie Maurice in Richtung Treppe bugsierte. Die einen feiern, die anderen leiden. Wäre die Situation nicht so ernst, hätte sie womöglich gelacht.

In der Wohnung angekommen half sie ihrem Mann auf das Canapé und zog ihm Mantel und Schuhe aus. Maurice stöhnte vor Schmerzen, als sie ihm half, sich hinzulegen. Vermutlich hatte er sich auch noch eine Rippe gebrochen. Sie kochte Wasser ab und holte saubere Tücher.

»Wer hat das getan?«, fragte sie ruhig, als sie ihm schließlich die Wunden säuberte.

Sie hätte gar nicht fragen müssen, doch sie wollte, dass er wenigstens ehrlich zu ihr war.

»Ich bin die Treppen unglücklich hinuntergestürzt ...«

Seine dreiste Lüge brachte das Fass endgültig zum Überlaufen. »Für wie dumm hältst du mich eigentlich?«, rief sie erbost, warf den Lappen auf den Boden und sah ihn finster an. »Du lässt mich den ganzen Abend auf dich warten, kommst betrunken und zusammengeschlagen nach Hause und lügst mich obendrein noch an?«

Maurice sah sie aus verschwollenen Augen an. »Ich bin ein Idiot, bitte verzeih«, bekannte er kleinlaut. »Ich wollte dich nicht beunruhigen, deshalb habe ich dir nicht gleich die Wahrheit gesagt.«

»Dann tu es jetzt!« Sie wollte ihm eine letzte Chance geben.

»Da waren zwei, drei Betrunkene am Nollendorfplatz. Sie kamen aus einer Eckkneipe und haben mich überfallen. Ich war wohl im falschen Augenblick dort.«

Sein schiefes Lächeln sollte sie offenbar von der erneuten Lüge überzeugen. Doch sie war plötzlich nicht mehr bereit, irgendetwas zu glauben.

»Damit hast du deine letzte Chance vertan«, bemerkte sie und machte Anstalten zu gehen. Ihren Mantel hatte sie noch gar nicht ausgezogen.

Maurice richtete sich unter Schmerzen auf.

»Warte«, bat er mit einem flehentlichen Blick. »Ich habe Geld verloren, viel Geld. Mehr, als ich aufbringen kann. Sie haben mir deswegen eine Abreibung verpasst.« Er hielt die Hände vors Gesicht und begann haltlos zu schluchzen.

»Du hast versprochen, nicht mehr zu spielen!«

Sie wusste nicht, was schlimmer war. Sein Selbstmitleid und die damit verbundene Selbsterniedrigung oder dass er schon wieder sein Versprechen gebrochen hatte.

»Stefan bat mich um ein einziges Spiel. Ich konnte es ihm bei unserer Kameradenehre nicht verwehren. Dann habe ich zweimal gewonnen und dachte, wenn ich ein drittes Mal gewinne, könnte ich dir endlich meine Schulden zurückzahlen«, erklärte er mit dem Hundeblick, der viel zu oft ihr Herz berührt hatte. »Glaub mir, ich wollte dich wirklich nicht damit belästigen. Verzeih mir bitte!«

Zum ersten Mal gelang es Clarissa, ihren Mann mit Abstand zu sehen. Bislang hatte sein Selbstmitleid sie immer dazu gebracht weichzuwerden. Maurice' Jammern und seine Hilflosigkeit hatten zuverlässig den Beschützerinstinkt in ihr ausgelöst, und sie hatte ihn bedingungslos unterstützt – mit Geld, mit Trost, mit Zuwendung und auch mit Verzicht in eigenen Dingen. Ohne sich zu beklagen, hatte sie ihre Lebenspläne viel zu lange vernachlässigt. Nur wegen Maurice hatte sie immer wieder die lange geplante Parisreise verschoben, obwohl man ihr sogar eine Ausstellung in Aussicht gestellt hatte. Sie hatte es für ihre Pflicht als Ehefrau gehalten. Doch welche Pflichten hatte Maurice jemals für sie übernommen? Wie verblendet war sie gewesen, dies erst jetzt einzusehen?

Die Erkenntnis fiel ihr wie Schuppen von den Augen. Wie falsch war ihre unreflektierte Unterstützung für Maurice all die Zeit gewesen! Sie hatte das Gegenteil von dem bewirkt, was sie beabsichtigt hatte. Statt ihm wirklich beizustehen, hatte sie ihn nur ermuntert, sich weiter vor der Realität und hinter seinem Kummer zu verstecken. Sie war das Gift gewesen, das sein Leiden am Leben gehalten hatte.

Ihr Ärger war mit einem Mal verblasst, er wich kühler Einsicht und auch Scham. Sie hatte Maurice für ihre eigenen Zwecke missbraucht, denn sie hatte ihn nur geheiratet, um ungehindert von Lubas Erbe profitieren zu können. Und um ihr schlechtes Gewissen zu beruhigen, hatte sie ihm immer wieder aus der Bredouille geholfen, ohne zu hinterfragen, ob es ihm guttat. Sie hatte ihn dadurch daran gehindert, sein Leben selbst in die Hand zunehmen. Sie brauchte einen Ausweg aus diesem Dilemma. Plötzlich wusste sie, was sie tun musste. Sie musste das alles hinter sich lassen.

»Es gibt nichts mehr zu verzeihen«, sagte sie sachlich. »Dieses Mal musst du sehen, wie du allein aus dem Schlamassel herauskommst.« Jetzt, da sie es ausgesprochen hatte, wurde ihr plötzlich ganz leicht ums Herz. »Ich werde nach Paris reisen und dort für einige Zeit bleiben«, teilte sie ihm mit, als ginge sie nur kurz zum Einkaufen. »Und jetzt lass ich dir erst einmal Zeit, über alles nachzudenken.«

Sie nahm ihre Handtasche und verließ die gemeinsame Wohnung.

2

Mia war gerade beim Verteilen der Medikamente, als sie die winkende Frau vor der Glastür zur Station entdeckte. Sie vergewisserte sich rasch, ob Oberschwester Gertrudis oder eine der anderen Ordensschwestern in der Nähe waren, dann eilte sie zu ihr. Die Frau trug eine schwere Tasche über der Schulter.

»Du bist viel zu früh, Clärchen«, tadelte Mia und sah sich sicherheitshalber noch einmal um. »Mein Dienst endet erst in zwei Stunden.«

»Ick weeß, aber dit Karlchen is' krank, und Olaf is noch zu kleen, um uff ihn uffzupassn«, meinte Clärchen. »Ick muss dir dit jetzt schon jeben!« Sie nahm die Tasche von der Schulter und reichte sie Mia. »Ick muss denn mal wieda!« Clärchen nickte ihr zu und verschwand eilig im Treppenhaus.

Mia fluchte und überlegte fieberhaft, wo sie die Tasche mit den Flugblättern unbemerkt bis Dienstende aufbewahren konnte. Es war streng verboten, politisches Material mit in die Klinik zu bringen. Es konnte sie ihre Stelle kosten, vor allem, weil der Inhalt hoch brisant war. Ausgemacht war, dass sie die Flugblätter nach der Arbeit erhalten sollte, um sie vor den Pforten der Klinik an die Angestellten und Pflegekräfte zu verteilen. Es ging um die unwürdigen Arbeitsbedingungen des Pflegepersonals. Es war noch immer gang und gäbe, dass die Schwestern achtzig oder mehr Stunden Dienst pro Woche leisteten, ohne dass ihnen eine längere Pause zugesprochen wurde. Bislang war es nicht gelungen, diese heilige Kuh zu schlachten, denn sowohl die Krankenhausträger und Chefärzte als auch die Ordensschwestern sahen im Beruf der Pflegekraft einen Akt der Nächstenliebe, die es verbot, sich über unzumutbare Zustände zu beschweren. Sie waren schließlich einem höheren christlichen Sinn unterstellt.

Mia kämpfte aus gesundem Menschenverstand gegen diese unsinnige ideologische Einstellung. Sie wusste aus eigener Erfahrung, dass lange Dienste zu Fehlern führten und sowohl die geistige als auch körperliche Gesundheit des Personals sowie der ihnen anbefohlenen Schutzbedürftigen bedrohte. Aus diesem Grund war sie Gewerkschaftsmitglied und forderte mit Unterstützung der sozialistischen Frauenbewegung die Einführung eines Zehnstundentages bei maximal sechzig Wochenstunden Arbeit. Mehrere Male war der Antrag schon abgelehnt worden, vor allem weil die kirchlich geführten Mutterhäuser sich dagegen wehrten. Sie fürchteten ihren Einfluss zu verlieren, wenn es weitreichende staatliche Kontrollen gab.

Kurzerhand stellte sie die Tasche auf den Rollwagen mit den Medikamenten, legte provisorisch ein Küchentuch darüber und schob ihn über den Gang bis zum Labor. Um diese Zeit war dort in der Regel niemand mehr. Sie öffnete die Tür, vergewisserte sich, dass niemand dort war, und versteckte die Tasche rasch unter einem der Glasschränke. Im nächsten Augenblick kam ausgerechnet Oberschwester Gertrudis mit Hausmeister Maurice herein. Die beiden hatten ihr gerade noch gefehlt.

»Schwester Mia, was haben Sie denn hier zu suchen?«, wurde sie prompt von der Oberschwester angefahren. »Sollten Sie nicht die Medikamente verteilen?«

»Ich habe nur etwas vergessen«, entschuldigte sich Mia rasch mit einem Lächeln und sah zu, dass sie in Richtung Ausgang kam.

Ihr Lächeln gefror, als sie entdeckte, dass der Tragegurt der Tasche unter dem Schrank hervorlugte. Sie hatte sie nicht weit genug daruntergeschoben. Während Schwester Gertrudis Maurice auf das Fenster hinwies, das nicht mehr ordentlich zu schließen war, versuchte sie so unauffällig sie konnte, den Gurt mit dem Fuß unter den Schrank zu bugsieren. Dummerweise richtete sich genau in diesem Augenblick Maurice' Aufmerksamkeit auf sie. Sie hielt die Luft an und rechnete schon mit einer entlarvenden Bemerkung, doch zu ihrer Überraschung lächelte er ihr nur unverbindlich zu und konzentrierte sich wieder auf seine Aufgabe. Mia verließ aufatmend den Raum, irritiert darüber, dass sein Gesicht seltsam malträtiert aussah. Er musste einen Unfall gehabt haben, sie würde ihn später fragen.

Bis zum Ende ihrer Dienstzeit fürchtete sie, doch noch von der Oberschwester zur Rede gestellt zu werden, aber nichts geschah. Rasch zog sie sich um und schlich zurück zum Labor. Die Tür war abgeschlossen. Verdammt, dachte sie. Sie hatte keine Ahnung, wie sie an die Tasche kommen sollte. Ihre einzige Chance bestand darin, im Ärztezimmer nachzusehen, ob sie an einen Generalschlüssel kam. Einige Ärzte nahmen die Schlüssel mit nach Hause, manche ließen sie dagegen einfach in den Taschen ihrer Arztkittel zurück. Sie hatte Glück. Niemand hielt sich im Ärztezimmer auf. In Dr. Abendroths Kittel wurde sie fündig und eilte zum Labor zurück. Alles ging gut. Nun musste sie nur noch den Schlüssel zurückbringen und verschwinden. Unglücklicherweise war das Ärztezimmer nun belegt. Ihr blieb nichts anderes übrig, als abzuwarten. Die Tür war angelehnt, und sie lauschte unbewusst der Unterhaltung, die nicht enden wollte. Mist! Üblicherweise hielten sich die Ärzte nur zu kurzen Besprechungen in diesem Zimmer auf. Ihr blieb nichts anderes übrig, als einen Notfall zu simulieren.

Plötzlich wurde das Gespräch lauter.

»Ich hab das Geld aber nicht!«, hörte Mia Maurice' Stimme. Er klang verzweifelt. »Meine Frau weigert sich, mir noch einmal aus der Klemme zu helfen. Kannst du mir nicht etwas leihen?«

Ein freudloses Lachen kam als Antwort. »Du weißt, dass ich gerade selbst einen finanziellen Engpass habe«, erkannte sie ausgerechnet die Stimme von Oberarzt Dr. Reuter. Was hatte Maurice nur mit diesem unangenehmen Typen zu schaffen? Offenbar kannten sich die beiden Männer näher. »Meine Verlobte erwartet eine standesgemäße Hochzeit. Da brauche ich jeden Pfennig.«

»Verdammt!« Maurice stöhnte. »Du kannst mich doch jetzt nicht im Stich lassen. Du hast mich schließlich zum Spielen überredet. Wenn ich bis übermorgen das Geld nicht auftreibe, bin ich erledigt. Sie haben mich schon beim letzten Mal fast totgeprügelt.«

»Ich kann nichts für dich tun«, sagte Dr. Reuter.

Mia horchte auf. Das erklärte die Hämatome in Maurice' Gesicht. Eigentlich war es nicht ihre Art zu lauschen, doch irgendwie wollte sie wissen, worum es ging. Seit sich ihre Wege im Krieg zum ersten Mal gekreuzt hatten, bestand eine unausgesprochene Verbindung zwischen ihr und Maurice. Vielleicht war es ja Schicksal, dass sie dem Mann immer dann begegnete, wenn er in Schwierigkeiten geriet. Irgendetwas reizte sie an ihm, vielleicht, weil sie ahnte, dass er trotz seiner oftmals schroffen Art ein liebenswerter Mensch war. Sie hätte ihn zu gern näher kennengelernt. Obwohl sie im selben Krankenhaus arbeiteten, konnte es sein, dass sie sich wochenlang nicht sahen. Und wenn ihre Wege sich kreuzten, war sein Verhalten immer unberechenbar. Mal war er freundlich und plauderte unbefangen über Nichtigkeiten, dann wiederum ging er grußlos vorbei oder reagierte unwirsch. Sie war lange genug im Krieg gewesen, um zu ahnen, dass er tief traumatisiert und deswegen psychisch so instabil geworden war. Doch anstatt gegen das Trauma anzukämpfen, wie es viele ehemalige Soldaten erfolgreich taten, ergab sich Maurice weiter seinem Selbstmitleid. Eines Tages würde er den Boden unter den Füßen verlieren. Mia war überzeugt, dass man nur einmal Tacheles mit ihm reden müsste, dann würde er sich bestimmt besinnen und wieder am Leben teilnehmen können. Aber natürlich ging sie das überhaupt nichts an.

»Bitte«, hörte sie Maurice erneut flehen. »Du musst wenigstens Gaetgens überzeugen, dass er mir noch einen Aufschub gibt, zwei Wochen würden genügen. Er ist dir doch noch was schuldig!«

»Ich kann es versuchen«, gab Dr. Reuter schließlich widerwillig nach, »aber mach dir nicht allzu große Hoffnungen. Gaetgens ist ein knallharter Ganove. Allerdings ...«

»Was? Spuck es aus!«

»Allerdings wüsste ich vielleicht eine andere Lösung für dich.«

»Ich mache alles, Hauptsache, Gaetgens' Leute lassen mich in Ruhe ...«

»Dann komm heute Abend zu unserer Versammlung«, schlug Dr. Reuter vor. Seine Stimme wurde leiser und vertraulicher. »Vielleicht hast du ja schon gehört, dass die NSDAP nicht länger verboten ist und unser Führer Adolf Hitler wieder frei ist. Man hat ihn Anfang Dezember aus der Festungshaft in Landsberg frühzeitig entlassen. Wie du weißt, bin ich ein treuer Gesinnungsgenosse. Schon in wenigen Wochen wird die Partei neu gegründet, mit altem Programm und alter Zielsetzung. Du könntest von Anfang an zum engsten Kreis gehören, wenn du dich hinter uns stellst und dich bereit erklärst, gegen die Weimarer Republik und den Weltbolschewismus einzutreten.« Nach einer kleinen Pause fügte er hinzu: »Du stündest dann unter dem Schutz der Sturmabteilung. Das ist der beste Schutz gegen Typen wie Gaetgens. Deine Schulden könntest du damit vergessen.«

»Ich weiß nicht, ich bin Franzose«, wehrte Maurice ab. »Was geht mich die deutsche Politik an?«

»Du lebst mit deiner deutschen Frau in Deutschland, oder etwa nicht?«, konterte Dr. Reuter geschmeidig. »Also überleg es dir. Es ist deine Chance, Gaetgens' Schlägern zu entkommen. Wir treffen uns heute Abend um acht Uhr in Vahlensteins Destille im Prenzlauer Berg.«

»Ich werd's mir überlegen.«

Das Telefon klingelte. »Ein Notfall! Ich muss los!«

Mia konnte sich gerade noch hinter einer Säule verbergen, als Dr. Reuter, gefolgt von Maurice, aus der Tür trat. Sie wartete, bis die Männer über den Gang verschwunden waren, dann brachte sie rasch den Schlüssel zurück und machte sich endlich vor dem Krankenhausgelände an das Verteilen der Flugblätter.

Sie hatte mittlerweile einen sicheren Blick dafür entwickelt, wem sie ein Flugblatt in die Hand drücken konnte und wem sie besser keines geben sollte. Sooft es ging, versuchte sie mit den Passanten in ein Gespräch zu kommen und sie persönlich von der Wichtigkeit einer Arbeitszeitbegrenzung zu überzeugen. Besonders die Ordensschwestern wehrten sich gegen eine Regulierung der Arbeitszeiten, obwohl sie ebenso betroffen waren. Doch die eine oder andere begann nach mehrmaligem Nachbohren bereits weich zu werden.

Mia gab die Hoffnung nicht auf. Im Laufe der Jahre war ihre politische Arbeit für sie zunehmend wichtiger geworden, und sie hatte begonnen, sich immer mehr zu engagieren. Sie war nicht nur aktiv im Bund Deutscher Frauenvereine, zu dem sie über ihre Fürsprecherin Anita Augspurg gekommen war, sondern auch für die sozialistische Frauenbewegung rund um Clara Zetkin. Neben dem Verteilen von Flugblättern und dem Besuch von Versammlungen nahm sie regelmäßig an Demonstrationen teil. Erst vor

Kurzem hatte sie ihr Debüt als Rednerin gewagt. Ihre Erfahrungen waren reichlich durchwachsen gewesen. Sie hatte versucht, eine Verbindung zu schaffen zwischen dem gemäßigten bürgerlichen Flügel der Frauenbewegung und dem radikaleren, zu dem auch der sozialistische Frauenverein gehörte. Den einen ging es hauptsächlich um die Anerkennung der Erwerbstätigkeit von besonders benachteiligten Berufsgruppen wie Dienstboten und Schauspielerinnen, während der radikalere Flügel die völlige Unabhängigkeit der Frau von der Bevormundung des Mannes forderte. Sie hatte versucht aufzuzeigen, wie wichtig es war, dass alle Vereine an einem Strang zogen, und für ihre Rede einigen Beifall erhalten, doch im Anschluss war eine heftige Diskussion zwischen den Flügeln ausgebrochen, die nur allzu deutlich zeigte, dass beide nichts von dem verstanden hatten, was sie sich wünschte. Frustriert hatte sie sich daraufhin gefragt, ob sie nicht besser geschwiegen hätte.

»Was du mit deiner Rede erlebt hast, ist das Wesen von Politik«, hatte Anita Augspurg, die sie immer noch als ihren Schützling sah, versucht, sie aufzumuntern. Anita war eigens aus München angereist, um sie zu hören. »Du versuchst Klarheit zu schaffen und hast das Gefühl, nur Chaos zu kreieren. Doch nur aus der Diskussion heraus können wir eine Veränderung bewirken. Das ist nun mal das Wesen der Demokratie.«

»Aber wenn wir Frauen nicht zusammenhalten, werden wir nie zu unserem Recht kommen«, hatte Mia sich beklagt.

Darauf hatte ihre Mentorin, aus der stets auch die Juristin sprach, weise erwidert: »Die Selbstbestimmung der Frauen ist in allererster Linie eine Rechtsfrage, weil auf der Grundlage verbürgter Rechte an ihre sichere Lösung überhaupt gedacht werden kann.«

Mia dachte seither oft über Anitas Worte nach. Mittlerweile glaubte sie erkannt zu haben, was die Freundin damit gemeint hatte. Die Gleichberechtigung zwischen Männern und Frauen war nur zu erreichen, wenn die Frauen es schafften, ihre Rechte auch in von Männern gemachten Gesetzen zu verankern. Es war wichtig, sich einen Platz in politischen Entscheidungsgremien zu erobern. Aus diesem Grund war sie auch in die Gewerkschaft und danach in die USPD eingetreten. Irgendwann hoffte sie gemeinsam mit ihren Mitstreiterinnen eine Allianz der Stärke bilden zu können, die die Gleichberechtigung der Frau in allen Lebensbereichen durchzusetzen vermochte.

Mia gab gerade ihre letzten Zettel aus, als Oberschwester Gertrudis durch das Tor der Charité trat und in Richtung Straßenbahn eilte. Mia drückte ihr mit einem trotzigen Lächeln ein Flugblatt in die Hand.

»Morgen stimmen wir im Personalrat über eine neue Wochenarbeitszeit ab«, klärte sie die Oberschwester mit einem zuckersüßen Lächeln auf. »Sie sind herzlich eingeladen, ebenfalls Ihre Stimme für mehr Gerechtigkeit abzugeben.«

Schwester Gertrudis, eine hagere, groß gewachsene Frau ohne Lebensfreude, warf ihr einen ebenso abschätzigen wie verächtlichen Blick zu. »Lehnen Sie sich nicht zu weit aus dem Fenster, Schwester Mia«, warnte sie sie giftig. »Nicht nur ich habe Sie schon länger in meinem Blickfeld. Ich werde nicht zulassen, dass Sie unsere ehrenwerte Charité mit Ihrem bolschewistischen Gedankengut infiltrieren.«

»Hier geht es nicht um Bolschewismus. Hier geht es um Gerechtigkeit, wie ich schon sagte«, antwortete Mia unerschrocken. »Auch Ihnen wird es zugutekommen, wenn Sie am Tag nur noch zehn Stunden anstatt vierzehn oder fünfzehn arbeiten müssen.«

Schwester Gertrudis' unnachgiebiger Blick sprach Bände. »Ich habe immer gewusst, dass Sie keine richtige Krankenschwester sind«, zischte sie abfällig. »Im Gegensatz zu uns von Gott Berufenen haben Sie keinerlei Berufsethos.« Damit wandte sie sich ab und stapfte davon.

»Und Sie wissen nicht, was Menschlichkeit ist«, murmelte Mia und sah der Oberschwester kopfschüttelnd hinterher.

Sie fühlte sich am Ende ihrer Kräfte. Eine halbe Stunde zuvor hatte es angefangen zu schneien, und ihr war erbärmlich kalt. Sie hatte die letzte Woche durchgearbeitet und auch an diesem Tag dreizehn Stunden hinter sich gebracht, bevor sie begonnen hatte, die Flugblätter zu verteilen. Und jetzt stand noch eine Versammlung an. Es ging darum, mit den Gewerkschaftsabgeordneten der anderen Berliner Kliniken den Schlachtplan für die nächsten Tage durchzusprechen. Sollten die Gespräche mit den Verantwortlichen der Klinikleitung fehlschlagen, würden Streiks folgen. Diese mussten nicht nur organisiert, sondern auch koordiniert werden. Als Mitverantwortliche durfte sie auf keinen Fall fehlen.

Müde schleppte sich Mia zum Prenzlauer Berg in die Schultheiss Brauerei, wo die Versammlung in einem der Nebenräume stattfand. Ihr Weg führte sie an Vahlensteins Destille vorüber, vor der es einen kleinen Menschenauflauf gab. Vor dem Eingang der Eckkneipe trieben sich Uniformierte des nationalsozialistischen Saalschutzes herum, obwohl es immer heftiger zu schneien begann. Eigentlich als Ordnungsdienst während Massenveranstaltungen gedacht, waren die SA-Leute rasch zu einer Schlägertruppe mutiert, die vor allem Zusammenstöße mit linksgerichteten Parteien provozierte, was oft zu Straßenkämpfen führte. Im Augenblick nannten sich die Schlägertruppen der Nationalsozialisten noch Frontbann, da die Organisation nach dem Hitlerputsch 1923 verboten worden war. Doch es war nur noch eine Frage der Zeit, wie man munkelte, dass sie wieder legalisiert wurden. Anita hielt die Typen für brandgefährlich und eine Bedrohung für die Weimarer Republik.

Mia wechselte rasch die Straßenseite, um den SA-Leuten weiträumig aus dem Weg zu gehen. Einer von ihnen tat sich besonders hervor. Mia drückte sich an eine der Häuserwände, als sie ausgerechnet Otto, den Halbbruder ihrer Mutter, erkannte, der sich lautstark und eindeutig alkoholisiert vor seiner Rotte hervortat.

»Die Bolschewiken werden sich heute Nacht noch umsehen! Reuter hat einen Tipp bekommen. Die werden sich noch wundern.«

Seine Kameraden stimmten ihm zu. »Nieder mit den Bolschewiken!«, skandierten sie.

Mia fröstelte und machte, dass sie weiterkam. Aus einem der Kellerräume der Schultheiss Brauerei hörte sie die *Internationale*.

»*Wacht auf, Verdammte dieser Erde, die stets man noch zum Hungern zwingt! Das Recht wie Glut im Kraterherde nun mit Macht zum Durchbruch dringt.*«

Sie hoffte für die Kommunisten, dass sie im Anschluss an ihre Versammlung dem Schlägertrupp nicht in die Quere kamen.

3

Maurice war auf dem Weg nach Hause. Während er durch den Schnee stapfte, hoffte er inständig, dass Clarissa sich endlich eines Besseren besinnen und ihm ein allerletztes Mal unter die Arme greifen würde. Ihm blieben nur noch vierundzwanzig Stunden Zeit, bis er bei Gaetgens die Spielschulden begleichen musste. Andernfalls war es um ihn geschehen. Clarissa lässt mich nicht hängen, dachte er guter Hoffnung, während er die schwere Haustür zum Treppenhaus aufschloss. Seit jenem unglücklichen Intermezzo an Heiligabend hatte sie sich unnahbar gezeigt – sie war die Feiertage über bei ihren Freunden geblieben, und nachdem sie zurückgekommen war, hatte sie sich in ihrem Atelier verkrochen.

Was war nur aus ihnen geworden? Maurice wusste sehr wohl, dass er nicht ewig auf Clarissas Gutmütigkeit hoffen durfte. Ebenso wusste er, dass vieles, was schieflief, an ihm lag. Seine Schwermut und seine Haltlosigkeit waren selbst für ein so ausgeglichenes Wesen wie Clarissa nur schwer zu ertragen, das wusste er in seinen klaren Momenten. Ständig geriet er in Schwierigkeiten, und immer war es Clarissa, die ihn da herausholte. Vielleicht musste er ihr wieder einmal versichern, wie wichtig sie für ihn war. Mit dem festen Vorsatz, Besserung zu geloben, schloss er die Tür auf.

»Clarissa?«

Im Flur brannte kein Licht. Für gewöhnlich hielt sich seine Frau um diese Zeit noch in einem der Atelierräume auf, doch er hörte weder Geräusche noch sah er Licht durch die Bodenspalten der Türen schimmern. Auch in der Küche war es dunkel. Er knipste das Licht an und entdeckte sofort den Brief auf dem Tisch. Auf dem erstaunlich dicken Umschlag stand unübersehbar sein Name. Neugierig nahm er ihn in die Hand und riss ihn ungeduldig auf, tatsächlich befand sich ein Bündel Geldscheine darin. Sie ist endlich wieder zur Besinnung gekommen, jubilierte er erleichtert. Dann widmete er sich dem beigelegten Brief.

Lieber Maurice,

wenn du diese Zeilen liest, bin ich schon auf dem Weg nach Paris. Es ist Zeit, dass ich meinen eigenen Weg beschreite. Meine Freundin Sonia Delaunay will mir dabei behilflich sein, eine hübsche kleine Wohnung am Montparnasse zu finden – unter dem Dach gibt es meist Platz für ein Atelier. Du weißt, dass dies ein lang gehegter Traum von mir war, den ich deinetwegen immer wieder aufgeschoben habe. Doch nun habe ich dank Sonias Fürsprache die Möglichkeit, an einer Sammelausstellung teilzunehmen. Diese Gelegenheit lasse ich mir nicht entgehen. Ich freue mich auf die neuen Herausforderungen und auf mein neues Leben.

Was uns beide betrifft, so habe ich endlich erkannt, dass meine ständige Hilfsbereitschaft dir eher Hindernis als Hilfe ist. Unsere Ehe, so vernünftig sie auch einmal erschien, war ein großer Irrtum. Wir zwei haben nie zueinander gepasst, auch wenn ich mir das immer versucht habe einzureden. Ich bin mir sicher, dass du es ähnlich siehst, lass uns deshalb in Frieden auseinandergehen. Du bleibst für mich ein überaus kostbarer Mensch, dessen Freundschaft ich mir gern erhalten möchte, nur die Verantwortung für dich mag ich nicht länger übernehmen. Lerne eigen-

ständig zu sein, das ist der Rat, den ich dir mitgeben möchte. Ich hoffe, das beigefügte Geld reicht aus, um deine Spielschulden zu begleichen. Es wird endgültig das letzte Mal gewesen sein, dass ich dafür aufkomme. Die Miete für unsere Wohnung ist noch bis April beglichen. Du hast also genügend Zeit, dir etwas anderes zu suchen.

Nun bleibt mir nicht viel mehr, als dir Glück für deinen neuen Lebensabschnitt zu wünschen. Vielleicht solltest du wieder da anknüpfen, wo deine wahre Bestimmung liegt!

Bonne Chance!

Clarissa

Maurice legte den Brief zurück auf den Tisch und fuhr sich über sein immer noch zerschundenes Gesicht. Er spürte nur eine große Leere. Nun war also der letzte Anker in seinem Leben gerissen. Clarissa hatte ihn verlassen. Er schenkte sich ein Glas Cognac ein und trank es in einem Zug leer. Dann ging er Zimmer für Zimmer durch die gemeinsame Wohnung und stellte fest, dass er sich hier niemals wohlgefühlt hatte. Wir haben uns immer etwas vorgemacht, erkannte er. Clarissa hatte wie immer recht. Eigentlich hätte sie mich schon viel früher verlassen müssen, dachte er. Ich war ihr immer nur ein Klotz am Bein.

Plötzlich hielt er es nicht länger in der Wohnung aus. Er nahm Clarissas Geld, steckte es in seine Geldbörse und zog seinen Mantel an. Er würde bei Gaetgens seine Schulden begleichen und dann seinen Kummer in Alkohol ertränken.

Als Maurice das Lokal Zur lässigen Lola verließ, war er endlich seine Spielschulden los. Gaetgens hatte sein Geld kommentarlos eingestrichen und so getan, als hätte es den Zwischenfall mit seinen Leuten nie gegeben. Dann hatte er ihn gefragt, ob er Lust auf eine neue Runde Poker hätte. Maurice hatte dankend abgelehnt, worauf Gaetgens ihm erst einen und dann einen weiteren Korn spendiert hatte, um ihn umzustimmen. Doch auch dann war er standfest geblieben. Eigentlich hätte er stolz auf sich sein müssen, er fühlte aber nur wieder diese bleierne Leere, die sein Leben schon seit Jahren begleitete. Um ihr zu entgehen, beschloss er, in Vahlensteins Destille zu gehen.

Auch wenn er immer noch nicht die Absicht hegte, in die NSDAP einzutreten, wie Reuter es ihm vorgeschlagen hatte, sehnte er sich nach Gesellschaft. Als er den großen Schankraum betrat, füllte dieser sich gerade mit Frontmännern, wie die SA-Leute nun genannt wurden. Sie kamen gerade von einer Versammlung und wirkten ziemlich aufgekratzt. Maurice bahnte sich einen Weg zur Theke, bestellte sich eine Molle und einen Korn und erkundigte sich nach Stefan Reuter.

»Wahrscheinlich noch oben«, teilte ihm der Wirt mit und stellte seine Bestellung vor ihm ab.

Maurice trank erst einen großen Schluck Bier und kippte dann den Korn hinterher. Der Alkohol zeigte allmählich seine Wirkung und hob seine Laune. Wenig später wurde er von Reuter entdeckt, der sich in Gesellschaft eines grobschlächtigen Frontmanns namens Otto befand. Sie bestellten sich dasselbe wie er und leisteten ihm Gesellschaft.

»Heute haben wir was zu feiern«, teilte ihm der Arzt munter mit. »Die Wiedergeburt der NSDAP. Unsere Männer stehen bereit! Nieder mit der korrupten Weimarer Republik und der Schmach von Versailles!«

»Nieder mit den Bolschewiken!«, fügte Otto hinzu und hob sein Glas. »Sieg Heil!«

»Sieg Heil!«, antwortete Reuter und sah Maurice erwartungsvoll an.

»Prost!«, antwortete er.

Reuter klopfte ihm kameradschaftlich auf die Schulter. »Hast du das Geld für Gaetgens anderweitig auftreiben können?«, erkundigte er sich. Maurice erzählte ihm von dem Brief, auch dass Clarissa nach Paris abgereist war. »Tut mir leid, alter Freund«, meinte Reuter und bestellte eine weitere Runde. »Sie kommt bestimmt wieder zurück.« Maurice schüttelte schon etwas benommen den Kopf. »Sie hat die Nase voll von mir, und irgendwie kann ich ihr das auch nicht verdenken.«

»Uff die Weiber is eben keen Verlass«, versicherte Otto grimmig, »machen alle nur Scherereien.«

»Nicht, wenn sie arisches Blut haben wie meine Hedwig«, behauptete Reuter gut gelaunt. »Es kommt eben immer auf die Zucht an«, fügte er mit einem Seitenblick auf Maurice hinzu. Maurice war bewusst, dass er damit auf Clarissas jüdische Abstammung anspielte. Er wollte gerade die Sache zurechtrücken, als ein Rottenführer zu Reuter kam und ihm etwas zuflüsterte. »In Ordnung.« Der Arzt nickte und wandte sich sofort an Otto. »Ruf die Männer«, befahl er ihm. »Es gibt noch was zu tun. Wir treffen uns in fünf Minuten vor der Tür.« Otto schlug die Hacken zusammen und tat, was Reuter ihm befohlen hatte. Maurice sah seinen Freund fragend an. Dieser lachte nur und klopfte ihm auf die Schulter. »Komm einfach mit und sieh selbst! Unsere Männer säubern nur ein wenig die Blöcke.«

Er hatte plötzlich ein ungutes Gefühl, doch Reuter ließ ihn nicht mehr von der Angel. Ihm blieb nichts anderes übrig, als ihm zu folgen. Draußen auf der Straße hatten sich etwa fünfundzwanzig bis dreißig uniformierte Frontmänner und ein halbes Dutzend Mitläufer versammelt.

»Wir ziehen in Richtung Neue Jakobstraße«, gab der Rottenführer bekannt. »Und immer schön leise sein. Wir wollen unsere

Schäfchen schließlich überraschen.« Dann setzten sie sich in Bewegung.

»Was habt ihr vor?«, erkundigte er sich. Ihm gefiel die Sache immer weniger.

»Wir kümmern uns nur um Recht und Ordnung«, behauptete Reuter selbstbewusst. Er musterte ihn, und als er sein Zögern bemerkte, interpretierte er es fälschlicherweise als Furcht. »Keine Sorge, wir halten uns im Hintergrund«, beruhigte er ihn. »Unsere Jungs wollen nur ein paar Bolschewiken aufmischen.« Der Pulk setzte sich in Bewegung, und da er mit Reuter mittendrin war, gab es für ihn keine Möglichkeit mehr, sich davonzumachen. »Die Kommunisten hatten eine Versammlung in der Schultheiss Brauerei«, verriet ihm Reuter auf dem Weg durch die dunklen Gassen. Seine Männer schienen genau zu wissen, was sie zu tun hatten. Auf halber Strecke teilte sich die Truppe, und sie schlugen unterschiedliche Wege ein.

Vor der Einfahrt in eine schmale Gasse ließ Reuter seine Leute anhalten und im Schutz einer Hausmauer Deckung suchen. »Wir schwärmen erst im letzten Moment aus. Lasst sie fast bis zu uns vorkommen«, teilte er ihnen mit. »Greift euch schon mal ein paar Pflastersteine. Auf meinen Befehl geht es los.« In angespannter Stille verharrten die Männer, bis halb lautes Stimmengewirr zu hören war. Maurice stand dicht hinter Reuter.

»Gleich haben wir sie«, zischte Otto.

»Noch fünfzig Meter«, raunte der Arzt seinen Männern zu. »Noch dreißig Meter, noch zwanzig ...« Er hob seinen Arm. »Und jetzt los!«

Auf sein Kommando schwärmten er und seine SA-Leute aus und bildeten eine Phalanx, die die Gasse absperrte.

»Nieder mit den Bolschewiken«, rief Otto erneut und gab damit den Befehl, die ersten Steine zu werfen.

»Dann sind wir uns also einig«, fasste Mia das Ergebnis ihrer Versammlung noch einmal kurz zusammen. »Um die Forderungen unserer Gewerkschaftsführer zu einem allgemein verbindlichen Tarifvertrag zu unterstreichen, werden wir ab morgen jeden Tag Posten mit Transparenten vor den Kliniken aufstellen. So erregen wir die Aufmerksamkeit der Öffentlichkeit und erzeugen hoffentlich Druck. Ihr kennt nun alle eure Aufgaben, viel Glück!«

Die anwesenden Frauen klopften auf die Tische, dann begann der allgemeine Aufbruch. Auch Mia packte ihre Unterlagen zusammen, sie war froh, dass dieser anstrengende Tag endlich zu Ende war. Es war bereits nach zehn Uhr, und sie sehnte sich nur noch nach ihrem Bett in der kleinen Dachkammer, die sie seit einiger Zeit in der Nähe der Charité angemietet hatte. Der einzige Wermutstropfen war, dass sie noch einmal hinaus in die eiskalte Nacht musste. Clärchen, die ihr die Tasche mit den Flugblättern am Nachmittag in die Charité gebracht hatte, begleitete sie noch ein Stück des Weges.

»Wie geht's dem Karlchen?«, erkundigte sich Mia bei ihrer Mitstreiterin.

»Schon viel besser! Et warn wohl nur die Zähne, dit konnt ick aba nich' wissen. Und nu is meene Mutta bei den Kleenen. Da muss ick mir keene Sorjen mehr machen! Wat mir aba beschäftigt, is, det der Rudi wohl bald wieda arbeitslos werden soll ...«

Clärchen begann, ihr von den Problemen ihres Mannes zu erzählen, während sie gemeinsam in Richtung Stadtmitte liefen. Die Mitglieder der kommunistischen Versammlung waren ebenfalls auf dem Nachhauseweg. Sie bildeten einen ganzen Pulk. Mia war viel zu müde, um an eine mögliche Bedrohung durch die Nationalsozialisten zu denken.

Mittlerweile hatte es aufgehört zu schneien, trotzdem war es bitterkalt. In einer Seitenstraße kurz vor der Prenzlauer Allee gab es plötzlich einen Tumult. Wie aus dem Nichts verstellte ein Trupp SA-Leute den überraschten Kommunisten den Weg. Sie und Clärchen hatten keine Chance, den Typen auszuweichen, denn ein zweiter Schlägertrupp versperrte ihnen den Rückweg. Mit einem Mal waren sie eingekesselt.

»Nieder mit den Bolschewiken!«, rief der Anführer der Rechten, und schon flogen die ersten Steine.

Maurice erstarrte. Unfähig sich zu rühren, stand er hinter einem Mauervorsprung und lauschte den Schrecknissen der gewaltsamen Auseinandersetzung, die ihn an den Krieg erinnerten. Schmerzensschreie, Wut, Kampfgebrüll und dann Schüsse. Er wagte sich etwas vor, um zu sehen, was da geschah. Plötzlich stürmten zwei Kommunisten direkt an ihm vorbei. Er wich ihnen aus und torkelte, fassungslos über die sinnlose Gewalt, auf die Straße. Die Kommunisten stellten sich als wehrhafter heraus, als die Nationalsozialisten angenommen hatten. Als einer von ihnen ebenfalls einen Pflasterstein aufhob und damit einen SA-Mann am Kopf traf, der besinnungslos niedersackte, folgte ein Wutgeheul auf Seiten der Schwarzuniformierten. Mit unbändiger Kraft prallten die Kontrahenten aufeinander.

Mia packte Clärchen am Ärmel und zog sie in einen dunklen Hauseingang, in der Hoffnung, dass die Tür offen war und sie sich in Sicherheit bringen konnten. Doch die Tür war verschlossen. Auf der Straße war im trüben Licht der Straßenlaternen mittlerweile eine üble Keilerei im Gange. Je heftiger sie wurde, desto mehr bekam Clärchen Panik.

»Ick will hier weg«, rief sie schluchzend und begann, wie Espenlaub zu zittern. Dann versuchte sie sich loszumachen, um ihr Heil in der Flucht zu suchen.

Mia gelang es nur mit Mühe, sie zurückzuhalten. »Bleib um Gottes willen hier«, flehte sie. »Hier sind wir am sichersten.«

»Ick kann nich'«, jammerte Clärchen und starrte mit angstweiten Augen auf die Geschehnisse auf der Straße.

Plötzlich hörten sie Schüsse, nur wenige Meter von ihnen entfernt ging einer der Kommunisten getroffen zu Boden. Wenig später beugte sich ein schwarz uniformierter SA-Mann über ihn und schoss ihm brutal in den Kopf.

Clärchen war von der Kaltblütigkeit des Mörders so geschockt, dass ihr ein gellender Schrei entfuhr. Wahnsinnig vor Panik, riss sie sich von Mia los und rannte mitten auf die Straße. Planlos sah sie sich um.

Als Maurice einigen Kommunisten, denen die Flucht gelang, hinterhersah, stürmte aus einem dunklen Hauseingang eine Frau mitten auf die Straße. Er hoffte, dass niemand auf sie aufmerksam wurde, doch dann sah er, wie Reuter seine Pistole aus der Tasche zog und auf sie zielte.

»Nein!«, brüllte er und rannte los. Er kam zu spät. Reuter drückte ab, und die Frau sackte getroffen zusammen. »Was hast du getan?«, schrie er außer sich vor Entsetzen.

Reuter beachtete ihn kaum. Er war wie im Rausch. Die Lust an der Gewalt spiegelte sich auf abscheuliche Art in seinen Augen wider. »Das hier ist was für richtige Männer«, rief er ihm kurz über die Schulter zu und befahl seinen Leuten, niemanden ungeschoren davonkommen zu lassen.

Ein weiterer Schuss folgte auf den letzten. Mia erstarrte eine Schrecksekunde lang, dann sah sie, dass Clärchen zusammensank und langsam zu Boden ging. Ohne nachzudenken stürzte sie zu ihr. Ihre Freundin lag wimmernd auf dem Straßenpflaster, die Kugel hatte ihre Schulter und möglicherweise eine Arterie verletzt. Voller Panik versuchte sie, Clärchen in Sicherheit zu bringen.

In diesem Augenblick wurde ein SA-Mann auf sie aufmerksam. Es war der Mann, der den wehrlosen Kommunisten erschossen hatte. Wieder zückte er seine Pistole, diesmal zielte er auf sie.

Mia zitterte vor Angst. Und dann ging alles ganz schnell. Sie nahm nur einen Schatten wahr, und einen Moment später stürzte der SA-Mann wie ein gefällter Baum direkt vor ihnen auf das Pflaster.

»Es ist noch nicht vorbei. Wir müssen Ihre Freundin hier wegschaffen, sie braucht Hilfe«, sagte ihr Retter und wies auf ein Haus, dessen Tor halb offen stand. Es führte in einen Hinterhof. Gemeinsam packten sie Clärchen unter den Armen und halfen ihr aufzustehen. Der Fremde wies auf einen Schuppen, in dem ein paar alte Jutesäcke lagen. »Legen wir sie dort hinein«, bedeutete er.

Clärchen atmete nur noch ganz flach. Vorsichtig betteten sie sie auf die Säcke. Es war stockdunkel im Schuppen, doch beim Hineingehen hatte Mia eine Petroleumlampe und Streichhölzer entdeckt. Sie tastete sich zurück zur Tür und zündete die Lampe an. Als das flackernde Licht schließlich den dunklen Raum erhellte, blickte sie verblüfft in ein Gesicht, das sie nur allzu gut kannte.

»Mia! Was machen Sie denn hier?«, entfuhr es Maurice überrascht.

»Dasselbe könnte ich auch Sie fragen«, meinte sie nicht minder verblüfft.

»Wir müssen die Blutung so schnell wie möglich stillen.«

Maurice konzentrierte sich wieder auf das Wesentliche. Er öffnete vorsichtig die Jacke der Verletzten, um sich die Wunde genauer anzusehen. Der Einschuss war nahe der Halsschlagader.

Möglicherweise war sie angerissen, was das viele Blut erklären würde. Er zog sich seinen Schal vom Hals und drückte ihn so fest es ging auf die Wunde. Mia kniete neben ihm und streichelte die Hand der Frau, die jeden Augenblick ihr Bewusstsein zu verlieren drohte.

»Bleib bei uns, Clärchen«, sagte sie immer wieder. »Denk an deine Kinder. Sie brauchen dich!« Von der Straße her war das herannahende Martinshorn eines Gendarmerieautomobils zu hören. »Gleich kommt Hilfe!«, versuchte Mia ihre Freundin zu beruhigen.

Maurice untersuchte die Frau auf weitere Verletzungen, doch bis auf die Schusswunde schien sie unversehrt. Die Blutung ließ nach einigen Minuten glücklicherweise etwas nach. Im Augenblick war sie stabil.

»Sie schaffen das!«, ermunterte nun auch er die Verletzte.

Die Worte kamen wie von selbst über seine Lippen. Zum ersten Mal seit langer Zeit hatte er das Gefühl, wieder einmal etwas Sinnvolles zu tun. Es tat ihm gut.

Mia berührte sacht seine Hand. »Das haben Sie gut gemacht. Ohne Sie wäre Clärchen jetzt tot«, bemerkte sie. Ihr ernster Blick ging ihm durch und durch. Was für warme, kluge Augen sie hat, stellte er fest und widmete sich wieder der Patientin. Doch Mia war noch nicht fertig. »Ich muss Ihnen etwas sagen, auch wenn Sie es nicht hören wollen …«

»Nur zu …« Maurice wollte gern mehr Positives hören. Ihre einfühlsamen Worte taten ihm gut.

Mia seufzte. »Ich kann mir vorstellen, wie sehr Sie die letzten Jahre gelitten haben«, fuhr sie fort, »und ich weiß nicht, ob ich an Ihrer Stelle solch einen Schmerz ausgehalten hätte.« Sie atmete tief ein, so als überlegte sie noch einmal, ob sie fortfahren sollte. Er nickte ihr aufmunternd zu. »Aber nun haben Sie den Schmerz lange genug mit sich herumgetragen und damit sich und Ihre Umwelt gequält. Es wird Zeit, ihn loszulassen. Schauen Sie endlich wieder nach vorne.«

Ernüchtert von ihren direkten Worten befreite sich Maurice von ihrer Hand. Wie konnte sie es nur wagen, so mit ihm zu reden? Er würde sie zurechtweisen.

»Ich habe niemanden gequält«, begann er, »ich …«

Doch sie unterbrach ihn. »Lassen Sie mich erst ausreden«, bat sie nachdrücklich. »Im Gegensatz zu Ihrer Frau und Ihrer Schwester habe ich nämlich kein Mitleid mit Ihnen. Aber weil ich Sie schätze, muss ich Ihnen sagen, was ich denke. Arbeiten Sie endlich wieder als Arzt. Die Menschen haben ein Recht darauf, dass Sie ihnen helfen. Als Hausmeister sind Sie ohnehin nur mittelmäßig!«

Er war erst sprachlos, aber dann zwangen ihm ihre Worte ein Lächeln aufs Gesicht. Sie waren so klar und wahrhaftig, dass es nicht viel zu erwidern gab.

»Ach ja?«, meinte er schließlich verblüfft.

»Es wird Zeit, das Leben wieder in die Hand zu nehmen!« Mia stand auf und horchte an der Schuppentür. »Ich glaube, die Gendarmen haben für Ordnung gesorgt«, sagte sie. »Es gibt keinen Grund, sich länger versteckt zu halten.«

»Ich schau nach, ob ich einen Wagen für Ihre Freundin organisieren kann«, erwiderte Maurice aufgewühlt. »Wir sollten sie schnell ins Krankenhaus bringen.«

Mias Worte hatten in ihm mehr freigesetzt, als er im Augenblick verkraften konnte.

4

Dank Maurice' beherztem Eingreifen und seiner guten Erstversorgung erholte sich Clärchen erstaunlich schnell von der Schussverletzung. Sie hatte großes Glück gehabt, denn die Kugel war tatsächlich nur einen halben Fingerbreit von ihrer Halsarterie entfernt eingedrungen.

»Ick würde mir sehr jern bei euerm Hausmeister für meine Rettung bedanken, bevor ick wieder zu meene Kleenen nach Hause jeh«, meinte Clärchen eines Tages zu Mia. »Wat für een Sejen, dat er ausjerechnet an dem Abend in der Nähe war.«

»Ich werde es ihm ausrichten«, erbot Mia sich, froh darüber, einen Grund zu haben, Maurice wieder einmal zu begegnen.

Er hatte sich seit jenem Vorfall nicht mehr bei ihr blicken lassen. Ob sie doch zu hart mit ihm ins Gericht gegangen war? Nein, beantwortete sie die Frage sofort für sich selbst. Jemand musste ihm mal den Kopf waschen. Sie erkundigte sich auf mehreren Stationen nach Maurice, aber niemand hatte ihn in der letzten Zeit gesehen. Also beschloss sie, in der Verwaltung nach ihm zu fragen.

Auf dem Weg dorthin kam ihr noch einmal in den Sinn, weshalb Maurice ausgerechnet an jenem Abend in der Nähe gewesen war. Sie musste zwangsläufig an das Gespräch denken, das sie im Ärztezimmer belauscht hatte. Dr. Reuter hatte ihn in Vahlensteins Destille eingeladen, die sich nicht weit vom Schauplatz der Schlägerei entfernt befand. Der Oberarzt war ein unangenehmer

Mensch, der aus seiner rechtsnationalen Gesinnung keinen Hehl machte. Hatte er solch einen Einfluss auf Maurice, dass er ihn überredet hatte, mit den Schlägertrupps mitzuziehen? Mia wollte sich das nicht vorstellen. Vielleicht musste sie Maurice selbst danach fragen.

In der Verwaltung teilte man ihr mit, dass Maurice fristlos gekündigt hatte. Das überraschte sie so sehr, dass sie ganz durcheinander war. Was für ein Teufel hatte diesen Mann jetzt schon wieder geritten? Hatte sie ihn in die Enge getrieben, statt ihm zu helfen, Klarheit für sich zu schaffen? Plötzlich schämte sie sich für ihre deutlichen Worte. Sie hatte sich eingebildet, dass sie an jenem furchtbaren Abend im Schuppen zu ihm durchgedrungen war. Hatte sie sich das alles nur eingebildet?

Sie seufzte enttäuscht. Er hätte sich wenigstens von mir hätte verabschieden können, dachte sie, aber dazu ist er wohl nicht fähig. Dennoch beschloss sie, den Grund für seine Kündigung herauszufinden, und wandte sich an Dr. Reuter. Als sein Freund würde er vermutlich wissen, was aus ihm geworden war.

Der Oberarzt reagierte anders, als sie erwartet hatte. »Keine Ahnung, wo sich Belrose jetzt herumtreibt«, wiegelte er unfreundlich ab. »Auf jeden Fall hat das Krankenhaus dadurch keinen großen Verlust erlitten.«

»Ich dachte, Sie waren Freunde«, bemerkte Mia spitz. »Sie wirkten zumindest auf mich sehr vertraut.« Sie konnte sich die Bemerkung nicht verkneifen.

»Der Schein trügt«, antwortete Dr. Reuter mit kühlem Blick. »Ich habe dem Franzosen ein paarmal aus der Patsche geholfen, als er Spielschulden hatte«, fügte er herablassend hinzu. »Aber auf Dauer war mir das sehr unangenehm. Ich habe mich deswegen von ihm distanziert.« Als er sah, wie befremdet sie reagierte, hob er schulterzuckend die Hände. »Wahrscheinlich ist er nun endgültig in der Gosse gelandet. Kein Wunder, nachdem ihn auch noch seine Frau verlassen hat.« Er lächelte hinterhältig. »Von einer Jüdin kann man eben keine Loyalität verlangen.«

Mia machte, dass sie davonkam, obwohl sie Reuter für seine Bemerkung am liebsten an die Gurgel gegangen wäre. Nach dieser Episode stand jedenfalls eindeutig fest, dass Maurice die Charité für immer verlassen hatte. Sie überlegte einen Augenblick, ob sie seiner Schwester Torie schreiben sollte, doch dann verwarf sie den Gedanken. Maurice war ein verheirateter Mann. Wahrscheinlich war er seiner Frau nach Paris nachgereist, um die Ehe zu retten. Es war ihm nur zu wünschen, wenn sie sein mürrisches Wesen auch ein wenig vermisste.

Über die vielen Aufgaben, die sie zu bewältigen hatte, vergaß Mia Maurice, und der Alltag nahm wieder all ihre Aufmerksamkeit in Anspruch. Seit die Gewerkschaft durchgesetzt hatte, dass die Arbeitszeit der Krankenpflegerinnen auf sechzig Stunden die Woche begrenzt war, war die Stimmung im Krankenhaus sehr viel besser geworden. Selbst die Oberschwester, die sich als Ordensfrau mit Händen und Füßen dagegen gesträubt hatte, wirkte nicht mehr so verkniffen und sah manche Dinge gelassener.

Mia fand nun endlich wieder mehr Zeit, um sich um ihre Mutter zu kümmern. Käthe wohnte immer noch mit ihrem Halbbruder Otto, dessen Frau Lina und der Kinderschar in ihrer Wohnung in der Ackerstraße. Mia hatte nie verstanden, wie ihre Mutter das Leben mit ihrem Halbbruder ertrug. Der Widerling tyrannisierte nach wie vor die ganze Familie, allerdings ließ er sich mittlerweile so selten zu Hause sehen, dass die Bewohner der Ackerstraße meistens ihre Ruhe vor ihm hatten.

Dass er nun bei den Nationalsozialisten Karriere machte, passte zu seiner früheren Laufbahn als Zuhälter und Ganove. Auch wenn sie sich von Otto längst nicht mehr einschüchtern ließ, achtete Mia darauf, dass er möglichst nicht zu Hause war, wenn sie Käthe besuchte. Ihre Mutter war in den letzten Jahren stark gealtert, und über den nicht enden wollenden langen Winter bereitete ihr ihr Husten große Sorgen. Nach jahrelanger Erfahrung als Krankenschwester befürchtete sie, dass es nicht nur die Bronchien waren, sondern auch die Lunge in Mitleidenschaft gezogen war. Immer wieder versuchte Mia ihre Mutter davon zu überzeugen, zu ihr in die Charité zu kommen, doch Käthe weigerte sich beharrlich.

»Mir geht es gut«, behauptete sie, obwohl sie sich an manchen Tagen kaum noch auf den Beinen halten konnte. »Einen alten Baum verpflanzt man nicht mehr. Ich hab fast mein ganzes Leben hier verbracht, da will ich nicht mehr weg.«

Mia musste es wohl oder übel akzeptieren.

Als sich nach einem langen, kalten Winter Ende März der Frühling endlich ankündigte, erholte sich Käthe ein wenig. Mia freute sich, dass es ihrer Mutter etwas besser ging, und schlug ihr vor, sie an ihrem freien Tag zu einem kleinen Spaziergang in den Volkspark Jungfernheide abzuholen. Dort wurde im neu eröffneten Freilufttheater eine kleine Komödie von einer Laienspielgruppe aufgeführt. Käthe sagte zu, und als es so weit war, zog sie sogar ihr gutes Kleid an. Stolz ließ sie sich von ihrer Tochter ausführen.

Die Sonne schien an diesem Tag schon recht warm, und selbst in den Häuserschluchten war das Gezwitscher von Vögeln zu hören. Als sie durch das Portal in den Park schritten, streichelte Käthe eine der beiden Skulpturen aus Muschelkalk auf den aus Backsteinen gemauerten Postamenten – es war ein Bär, zwischen seinen Beinen hockten spielende Kinder.

»Schau nur, wie friedlich sie aussehen«, sagte sie bewundernd. »So sollte das Leben sein!«

Mia konnte sich nicht erinnern, ihre Mutter jemals so glücklich gesehen zu haben. Auch als sie wenig später auf ihren Plätzen in dem Freilufttheater Platz genommen hatten, kam sie aus dem Staunen nicht heraus. Sie freute sich wie ein Kind über die Ränke und Verwicklungen der dargebotenen Geschichte und lachte immer wieder von Herzen. Mia nahm sich vor, solche Unternehmungen nun viel öfter mit ihrer Mutter zu machen. Zum Abschluss des schönen gemeinsamen Ausflugs lud sie ihre Mutter zu Kaffee und Kuchen ein. Auf dem Weg ins Café fiel ihr zum ersten Mal an diesem Nachmittag auf, wie schwach Käthe war. Sie stützte sich immer schwerer auf ihren Arm.

»Ich bin nur ein wenig erschöpft«, versuchte ihre Mutter, sie zu beruhigen. Dabei lächelte sie so zufrieden, dass Mia ihr nur zu gern glauben wollte. »Eine Pause und eine kleine Stärkung werden mir sicherlich guttun.« Mia bestellte Kaffee, Marmorkuchen und Schlagsahne. Doch ihre Mutter rührte kaum etwas davon an, auch wenn sie sich alle Mühe gab, so zu tun, als würde sie die Köstlichkeiten genießen. »Wir lassen die Reste für zu Hause einpacken«, verkündete sie auf Mias immer besorgteren Blick hin. »So hab ich noch etwas länger was von dem schönen Tag.«

Auf dem Weg nach Hause blieb ihre Mutter plötzlich stehen, und im nächsten Augenblick brach sie auf offener Straße zusammen. Ihr knickten einfach die Beine weg. Mia konnte sie gerade noch auffangen und zur nächsten Hauswand führen, wo sie mit geschlossenen Augen nach Luft rang.

»Gibt es hier irgendwo einen Arzt?«, fragte Mia vorbeilaufende Passanten.

Doch die meisten liefen nur achtlos vorüber oder zuckten mitleidlos mit den Schultern. Im Brunnenviertel war man Leid gewohnt.

Mia ließ ihre Mutter vorsichtig auf den Boden gleiten. Sie achtete darauf, dass ihr Oberkörper aufrecht blieb, denn Käthe atmete so schwer, dass sie Angst hatte, sie würde ersticken. Zu gern hätte sie sich selbst auf die Suche nach einem Arzt gemacht, doch sie wollte sie nicht allein lassen. In ihrer Verzweiflung rief sie laut um Hilfe.

Schließlich kam ein schmutziger kleiner Bengel des Weges, dem der Rotz bis zum Kinn hinunterlief. »Ick weeß, wo's 'nen Doktor jibt.« Er zeigte zum gegenüberliegenden Hauseingang. »Vierter Hinterhof, Parterre. Ick könnt den holen.«

»Dann beeil dich, um Himmels willen!« Der Kleine streckte trotzig seine Hand aus. Mia gab ihm fluchend einen Groschen. »Renn wie der Teufel und bring ihn her. Dann geb ich dir noch einen!«

Der Rotzlöffel grinste und rannte wie ein geölter Blitz davon. Nur wenige Minuten später kam er mit einem Mann mit Arzttasche zurück. Wenn Mia nicht ohnehin schon an die Fügung des Schicksals geglaubt hätte, hätte sie es spätestens jetzt getan.

Der Arzt war niemand anderer als Maurice Belrose.

5

Als Clarissa sich Paris näherte, fühlte sie sich wie ein Schmetterling, der sich aus seinem Kokon zu befreien begann. Zum ersten Mal in ihrem Leben hatte sie eine freie Entscheidung getroffen, sie tat das, was sie für richtig hielt. In dem Bewusstsein, allen alten Ballast mit gutem Gewissen hinter sich lassen zu können, fühlte sie sich frei und unabhängig. Sie hatte keine Ahnung, wie lange sie in Paris bleiben wollte, sie wusste nur, dass sie dort malen und endlich einige der Künstler treffen wollte, mit denen sie schon länger korrespondierte. Allen voran Sonia Delaunay und möglicherweise Gertrude Stein, mit der sie ebenfalls Briefe ausgetauscht hatte. Irgendwann hoffte sie auch, Torie wiederzusehen, die sie schrecklich vermisste.

Clarissa sorgte sich um ihre beste Freundin. Mindestens ebenso bewunderte sie jedoch ihren Mut und ihre Abenteuerlust. Nur ein Mensch wie Torie war verrückt genug, um sich als Mann verkleidet auf so ein waghalsiges Unternehmen wie eine Afrika-Expedition einzulassen. Das sah auch ihr Bruder Maurice so. Wo Torie nur stecken mochte? Die letzte Nachricht hatte Maurice kurz vor Weihnachten von Giorgina Citroën erhalten. Neben den üblichen Festtagswünschen hatte diese über den erfolgreichen Verlauf der bisherigen Expedition berichtet, alle Teilnehmer, auch Eugène Bergonier und der neue Mechaniker Victor Moulin, also Torie, waren wohlauf.

Mit qualmendem Schornstein fuhr die Dampflokomotive schließlich in den Gare du Nord ein. Clarissa konnte kaum glauben, dass sie endlich in der Stadt ihrer Träume war. Mit ihren zwei kleinen Koffern schritt sie in ihr neues Leben. Sonia Delaunay hatte ihr die Adresse einer älteren Dame im 14. Arrondissement geschickt, die eine kleine möblierte Wohnung zu vermieten hatte. Sie lag im Quartier de Plaisance direkt am Montparnasse und damit im Zentrum des künstlerischen Lebens von Paris. Das Dachgeschoss des Hauses konnte Clarissa als Atelier nutzen.

Sie wurde mit großer Herzlichkeit von Madame Livia, wie die ältere Dame hieß, empfangen. Sie waren sich sofort sympathisch und wurden sich, nachdem Clarissa ihr drei Monatsmieten im Voraus anbot, auch rasch handelseinig. Clarissa war angenehm überrascht über den dörflich anmutenden Charakter ihres neuen Zuhauses. Die schmalen Gässchen und nicht besonders hohen Häuserzeilen hätte man eher in einer Kleinstadt als in Paris vermutet. Die Bewohner waren kontaktfreudig und grüßten einander wie in einem Dorf. Mit ihrer Vermieterin freundete sich Clarissa rasch an. Sie war eine umgängliche Frau mit viel Lebenserfahrung, die sie leutselig bei einem Gläschen Likör mit jedem teilte, der sie anhören wollte. Madame Livia lebte im Parterre ihres nur dreistöckigen Hauses und nahm ihre Aufgabe als Vermieterin mit großer Menschlichkeit wahr. Clarissa fühlte sich sofort wohl.

In den nächsten Wochen erkundete sie in aller Ruhe die Stadt. Manchmal schlenderte sie einfach drauflos in die umliegenden Arrondissements und Quartiers und entdeckte immer wieder neue Kostbarkeiten. An anderen Tagen fuhr sie mit der Metro an die Seine und stöberte bei den Bouquinisten am Quai du Louvre nach Büchern. Dort traf sie auf interessante Menschen, mit denen sie Neuigkeiten austauschte oder einfach nur plauderte. Unter den Parisern herrschte eine Leichtigkeit, die sie von Deutschland nicht kannte. Natürlich besuchte sie auch den Eiffelturm und die wunderschöne Kathedrale Notre Dame auf der Île de la Cité. Im Louvre war sie besonders von den Skulpturen der Antikensammlung fasziniert, und sie fertigte erste Skizzen an. Die bombastische Pracht der Champs-Élysées zwischen der Place de la Concorde und dem Arc de Triomphe zog sie hingegen weniger an. Dafür liebte sie es, an schönen Tagen mit der Metro nach Montmartre zu fahren, über die große Freitreppe zur weiß strahlenden Kirche Sacré-Cœur hinaufzusteigen und von dort oben aus den unvergleichlich schönen Blick über ganz Paris zu genießen. Danach flanierte sie für gewöhnlich am Fuß des Hügels durch das Vergnügungsviertel von Pigalle, trank einen Milchkaffee in einem der zahlreichen Cafés und beobachtete dabei die Passanten.

Am liebsten hielt Clarissa sich jedoch in ihrem eigenen Viertel auf, wo das Leben noch sehr ursprünglich war und sie nach und nach die Bekanntschaft von anderen Malern, Schriftstellern und Lebenskünstlern machte. Ihre Freundin Sonia weilte gerade nicht in Paris. Sie befand sich mit ihrem Mann Robert Delaunay auf einer mehrwöchigen Reise durch Spanien. Vor ihrer Abreise hatte sie ihr noch La Ruche empfohlen, eine Künstlerkolonie, die zur Weltausstellung im Jahr 1900 von Gustave Eiffel errichtet worden war. Sie befand sich im 15. Arrondissement und war immer wieder Wohn- und Wirkungsort vieler französischer und ausländischer Künstler.

Eines Samstagnachmittags besuchte Clarissa eine Dichterlesung der besonderen Art. Der Dadaist Tristan Tzara aus Rumänien las abwechselnd mit dem Surrealisten André Breton in einem der Ateliers. Clarissa, die sich von Lyrik schon immer hatte begeistern lassen, war hingerissen von den kreativen Wortschöpfungen, Bildassoziationen und Gedankenströmen, die die sprachlichen Kunstwerke der Dichter in ihr auslösten. Eine ganze Flut möglicher eigener Bilder entstanden daraufhin in ihrem Kopf und wirbelten als neue Bildideen herum. Sie fühlte sich so inspiriert und angeregt, dass sie nach dem Ende der Darbietungen gar nicht gehen wollte.

Als sich die Freunde der Dichter im Anschluss noch auf ein Glas Wein zusammensetzten, begab sie sich mutig in deren Kreis und lauschte ihren Diskussionen. Als es sich ergab, stellte sie sich vor, und schon bald war sie Teil der angeregten Unterhaltung. Das alles erinnerte sie auf wohltuende Weise an ihre frühe Jugend, als ihre Mutter noch regelmäßig in ihrem Münchner Salon Dichter und Musiker zu ihnen nach Hause eingeladen hatte. Auch die Sommer mit Luba und dem Ehepaar Franz und Maria Marc mit ihren Künstlerfreunden kamen ihr wieder in den Sinn. Erst jetzt wurde ihr bewusst, wie sehr sie diese geistigen Anregungen in letzter Zeit vermisst hatte. André Breton, ein gut aussehender Mann in den Dreißigern mit einem dichten dunklen Lockenschopf, rückte ständig seine runde Nickelbrille zurecht, während er das Wesen des Surrealismus zu erklären versuchte.

»Der Surrealismus ist ein rein psychischer Automatismus«, führte er sehr anschaulich aus, »es gibt keine objektive äußere Wirklichkeit. Ich glaube an die künftige Auflösung dieser scheinbar so gegensätzlichen Zustände von Traum und Wirklichkeit in einer Art absoluter Realität, wenn man so sagen kann: Surrealität. Nach ihrer Eroberung strebe ich, auch wenn ich sicher bin, sie nicht erreichen zu können ...«

Clarissa fühlte sich erneut berührt. Breton sprach etwas an, das sie selbst ebenso so empfand. Wenn sie scheinbar absurde Gedichte hörte und daraufhin eigene Bilder sah, waren das nicht auch Traum und Wirklichkeit, die sich da manifestierten und wahr wurden? Als sich schließlich die Runde nach und nach auflöste, erstand sie bei Breton die Zeitschrift *La Révolution surréaliste*, die er mitherausgab.

»Dann hat Ihnen die Lesung also gefallen?«, erkundigte sich der Surrealist höflich.

»Ich bin so erfüllt von dem Nachmittag«, gestand sie offenherzig, »dass sich in mir eine ganze Flut an Bildern plötzlich übereinandergelegt, die ich unbedingt auf die Leinwand bannen möchte.«

»Dann sind Sie vom Geist des Surrealismus durchdrungen«, bemerkte er überrascht und sichtlich zufrieden. Er schob seine Brille zurecht und zwinkerte ihr zu. »Sie sind demzufolge Malerin?«

»Ja, das bin ich wohl!«

»Dann begleiten Sie Tristan und mich doch zu Gertrude Stein in ihren Salon. Ein Kollege von Ihnen, der von mir hoch geschätzte Pablo Picasso, wird heute Abend bei ihr im Salon erwartet. Einige seiner Sternenzeichnungen aus Juan-les-Pins sind übrigens in meiner Zeitschrift abgedruckt. Vielleicht lassen Sie sich von ihm ja inspirieren?«

»Ich weiß nicht ...«

Clarissa fühlte sich einerseits geschmeichelt von der Einladung, andererseits war ihr auch ein wenig mulmig zumute. Bislang hatte sie noch nicht den Mut aufgebracht, sich bei dieser Grande Dame der Kunstszene persönlich vorzustellen, auch wenn die Briefwechsel mit ihr stets mit einer Einladung geendet hatte. Denn nachdem sie erfahren hatte, dass die Einladungen nur eine Höflichkeitsfloskel waren, mit der alle Briefe von Gertrude Stein endeten, genauso wie auf jedem ihrer Briefköpfe stets *Rose is a rose is a rose is a rose* zu finden war, war sie sich nicht mehr sicher, ob so eine unbedeutende Malerin wie sie überhaupt willkommen war.

»Sie fürchten sich vor Gertrude, hab ich recht?«, erriet Breton prompt ihre Gedanken.

Clarissa zuckte unglücklich mit den Schultern. »Vermutlich ein wenig!«

»Umso mehr ein Grund, sie endlich kennenzulernen. Gertrude kann sehr direkt sein, manchmal auch ruppig und ungeduldig. Doch wen sie in ihr Herz schließt, dem öffnet sie alle Türen.« Er lächelte ihr aufmunternd zu. »Was ist? Sie haben nichts zu verlieren. Kommen Sie mit! Sie können auch einfach nur Gertrudes wundervolle Kunstsammlung bewundern. In ihrem Salon finden Sie Bilder von Cézanne, Monet, Renoir, Daumier und Gauguin und dann natürlich auch das, was gerade en vogue ist: Kubisten, Surrealisten, Expressionisten. Gertrude besitzt die beeindruckendste Bildergalerie Europas, sagt man.«

Clarissa ließ sich endlich überzeugen und schloss sich Breton und Tzara an. Gertrude Steins Residenz lag in der Rue de Fleurus, ganz in der Nähe des Jardin du Luxembourg. Sie bestand aus einem eingeschossigen Pavillon mit einem angebauten Studio, der sich in einem Innenhof befand.

»Keine Angst vor der Leitgans vom Montparnasse«, raunte Breton ihr verschwörerisch zu, nachdem sie durch die bereits geöffnete Tür in das Foyer kamen. »Ich werde Sie gleich mal Alice vorstellen.«

»Ihrer Sekretärin?«

Clarissa runzelte die Stirn. Es gelang ihr kaum, ihre Enttäuschung zu verbergen.

»Alice Toklas ist nicht nur Gertrudes Sekretärin«, wurde sie nun von dem stillen Tristan Tzara aufgeklärt. Sein rumänischer Akzent verlieh seiner Aussprache etwas Melodisches. »Sie ist in erster Linie Gertrudes Lebensgefährtin, ihre Muse, ihre Lektorin und außerdem eine hervorragende Köchin.«

»Kurzum, wer bei Gertrude Gefallen finden möchte, kommt an Alice Toklas nicht vorbei«, fasste Breton schmunzelnd zusammen. »Üblicherweise scharen sich an den *jours fixes* jeden Samstag die Damen um Alice, während die Herrenwelt mit Gertrude Zigarren raucht.« Er lachte. »Es wird Ihnen gefallen, Clarissa.«

Fasziniert folgte sie den beiden Männern in den Pavillon, der aus mehreren ineinander übergehenden Räumen bestand. Tzara verabschiedete sich gleich am Eingang, nachdem ihm ein kräftiger Mann mit einem Glas Cognac in der Hand zugewinkt hatte.

»Das war Ernest Hemingway«, klärte Breton sie beiläufig auf. »Er gehört zur Gruppe der Lost Generation, dazu zählt Gertrude die Vagabunden, die mit kranker Seele aus dem Großen Krieg zurückgekehrt sind. Sie hat einen Narren an dem hübschen Amerikaner gefressen«, verriet er ihr. »Eigentlich arbeitet der Kerl als Auslandskorrespondent und Kriegsberichterstatter für den *Toronto Star*, doch Gertrude hat ihn ermuntert, Schriftsteller zu werden. Sie ist ganz beeindruckt von seinen schmucklosen, kurzen Sätzen.« Breton blies verächtlich die Backen auf und wedelte mit den Händen. »Ein Realist, dem der tiefere Sinn des Lebens wohl immer verborgen bleibt! Was soll's.«

Er lachte schon wieder, Clarissa war sich nicht sicher, ob die Worte ihres Begleiters ernst gemeint waren oder nur so dahingesagt. Staunend folgte sie ihm durch die Räume. Überall befanden sich Sitzgelegenheiten und kleine Tische, an denen bereits Gäste saßen und eifrig diskutierten. Sie hatte kaum Augen für die Menschen, denn ihre Aufmerksamkeit wurde von den vielen wundervollen Bildern an den Wänden beansprucht. Sie hingen überall und dicht nebeneinander und übereinander bis unter die hohen Decken. Breton hatte nicht übertrieben. Alles, was Rang und Namen in der Kunstwelt hatte, war hier vertreten.

Clarissa hätte am liebsten nichts anderes gemacht, als jedes einzelne der Gemälde in Ruhe zu betrachten, doch Breton wurde ungeduldig und führte sie in ein Zimmer, in dem sich in lockerer Runde ausschließlich Frauen aufhielten. Eine hagere Frau kam auf sie zu, sie begrüßte Breton mit einem leichten Kuss auf die Wange. Mit ihrem schwarzen Pagenschnitt und den durchdringenden dunklen Augen wirkte sie auf Clarissa wie eine Eule, die ihre Beute visiert. Aber der Schein trog.

»Wen hast du uns da mitgebracht?«, erkundigte sie sich freundlich.

»Das ist Clarissa Belrose aus Berlin«, erwiderte Breton mit seinem charmanten Lächeln. »Ich habe sie heute Nachmittag auf meiner Lesung im La Ruche kennengelernt. Clarissa, das ist Alice Toklas. Du hast übrigens was verpasst, Alice!« Er sah sie vorwurfsvoll an.

Gertrude Steins Lebensgefährtin winkte nur lachend ab. »Du weißt ja, wie beschäftigt Gertrude und ich immer sind«, erwiderte sie unbekümmert. Dann wandte sie sich Clarissa zu.

»Belrose, Belrose ...«, sinnierte sie nachdenklich. »Ich glaube mich zu erinnern ... Wir haben miteinander korrespondiert. Gertrude war sehr beeindruckt von Ihrem anschaulichen Schreibstil. Ich werde Sie später mit ihr bekanntmachen. Bis dahin dürfen Sie gern in dieser vergnüglichen Runde bleiben. Unsere Gäste haben viel zu erzählen.«

Damit überließ sie Clarissa ihrem Schicksal und wandte sich Breton zu, der sich bei ihr selbstverständlich einhakte. Die beiden verschwanden plaudernd in einem Nebenraum. Clarissa hatte nicht einmal Gelegenheit gefunden, zu antworten oder gar das Missverständnis aufzuklären, dass sie keine Schriftstellerin war.

»Setzen Sie sich doch zu mir«, hörte sie plötzlich eine Stimme. Sie klang gleichzeitig kehlig und tief. Clarissa wandte sich um und sah sich einer Frau mit bronzefarbener Haut und vor Brillantine schwarz glänzendem Haar im angesagten Garçon-Schnitt gegenüber. Eine neckisch drapierte Locke zierte ihre hohe Stirn. Die Fremde klopfte einladend auf den freien Sessel neben sich. »Ich würde mich sehr gern mit Ihnen unterhalten«, erklärte sie. Clarissa war so fasziniert von ihrer Erscheinung, dass sie unwillkürlich gehorchte und sich hinsetzte, ohne den Blick von der Frau abwenden zu können. »Was ist, haben Sie noch nie einen Menschen meiner Hautfarbe gesehen?«, erkundigte sich die Schönheit nun spöttisch, während sie ihre langen Beine elegant übereinanderschlug und ihrerseits sie zu fixieren begann. Clarissa blieb die Antwort schuldig, sie überließ sich ganz dem Blick der Unbekannten, deren dunkle Augen neugierig funkelten.

»Sie sind wunderschön«, brach es aus Clarissa hervor.

Sie hatte keine Ahnung, woher die Worte mit einem Mal gekommen waren. Verlegen wandte sie den Blick ab.

»Mein Name ist Betty Hiller, ich komme aus New York«, stellte sich die Frau nun vor, ohne ihre Bemerkung zu kommentieren. »Ich bin Journalistin und habe vor, gemeinsam mit einer Freundin in Paris einen Verlag für Exilautoren zu gründen. Außerdem schreibe ich an meinem ersten Roman. Wie ich hörte, sind wir Kolleginnen.«

»Das ist ein Missverständnis«, stellte Clarissa richtig, »ich bin eigentlich Malerin.«

»Schriftstellerin, Malerin, Musikerin, Tänzerin, Galeristin …« Betty machte eine weitausladende Handbewegung und lachte. »Bei Gertrude sind alle willkommen, die sich einer Muse hingeben.« Sie holte aus ihrer Handtasche eine Zigarettenspitze sowie Zigaretten hervor. »Wollen Sie auch?« Sie klappte die Silberdose auf und hielt sie Clarissa wie selbstverständlich hin. Ohne nachzudenken griff sie nach einer Zigarette, obwohl sie noch nie in ihrem Leben geraucht hatte. Betty beugte sich vor und gab ihr

Feuer. Dabei stieg Clarissa ein aufregender Duft von Sandelholz und Patschuli in die Nase, der sie nur noch mehr verwirrte. Um ihre Verlegenheit zu überspielen, zog sie an ihrer Zigarette und atmete den Rauch viel zu tief ein. Im nächsten Augenblick musste sie fürchterlich husten und konnte gar nicht mehr aufhören. Betty beobachtete sie mit besorgt erhobenen Augenbrauen, dann konnte sie plötzlich nicht mehr an sich halten. »*Oh my goodness*!«, brach es aus ihr heraus. Sie konnte ihr Lachen nicht länger unterdrücken. »Du hast noch nie in deinem Leben geraucht!«

»Stimmt!«, gestand Clarissa trocken. Sie war immer noch bemüht, den Husten unter Kontrolle zu bekommen. »Aber es gibt für alle Dinge ein erstes Mal, nicht wahr?«

Bettys Lachen steckte an, sie prustete ebenfalls los und konnte gar nicht mehr aufhören. Ihr Gelächter zog bereits die Aufmerksamkeit der anderen Frauen auf sich, die ihnen amüsierte Blicke zuwarfen. Die Albernheit löste jede Verlegenheit zwischen ihnen, Clarissa fühlte sich mit ihrer neuen Bekannten auf erfrischende Weise verbunden. Nachdem sie sich endlich wieder beruhigt hatten, saßen sie atemlos einander gegenüber.

»Ich habe das Gefühl, dich schon ewig zu kennen«, stellte Betty unvermittelt fest.

Sie bedachte Clarissa mit einem langen und merkwürdigen Gesichtsausdruck. Die Farbe ihrer Augen war von so einem intensiven, samtigen Schwarz, dass Clarissa das Gefühl bekam, ihr Blick berührte ihre Seele. Sie spürte, wie ihr Herz zu flattern begann und eine helle Freude sich in ihr ausbreitete. Zum ersten Mal in ihrem Leben hatte sie das Gefühl, dem Glück ein Stück näher gekommen zu sein.

6

Niedergeschlagen stand Torie auf der Aussichtsplattform des Befestigungstors und sah, wie die Karawane der Citroën-Expedition sich im Morgengrauen des zweiten Januartages im Staub der Straße auflöste. Das vertraute Brummen der frisch überholten Motoren klang ihr noch in den Ohren, auch als die Raupenfahrzeuge schon lange am Horizont verschwunden waren. Sie war sich nicht sicher, was sie mehr kränkte. Der Umstand, dass man ihr allein die Schuld daran gab, dass sie und Iaco ein Paar geworden waren – und deshalb sie allein die Konsequenzen zu tragen hatte –, oder Iacos Verhalten, nachdem ihre Beziehung aufgeflogen war. Sie hatten sich nur noch einmal kurz gesehen, nachdem Audouin und Haardt ihr mitgeteilt hatten, dass man sie von der Croisière Noire ausschloss. Dabei hatte Iaco zwar bedauernd, aber keinesfalls schuldbewusst gewirkt.

»Es tut mir leid, dass sie dich rausgeworfen haben, *ma chérie*«, hatte er ihr erklärt. »Wir hätten vielleicht doch vorsichtiger sein müssen.«

»Ist das alles, was du dazu zu sagen hast?«, hatte Torie ungläubig gefragt.

Iaco hatte ihr nur einen ratlosen Blick zugeworfen und sich verteidigt. »Ich habe dir nie etwas vorgemacht. Du bist eine wundervolle Frau, Victoria. Nimm die Zeit mit uns als Geschenk. So sehe ich es auch.«

»Ein Geschenk? Mehr bin ich also für dich nicht?« Torie hatte erst da begriffen, wie töricht sie gewesen war. Iaco verstand offenbar gar nicht, was er ihr damit antat.

»Du bist natürlich viel mehr«, hatte er begütigend widersprochen. »Du bist etwas Außergewöhnliches. Eine Wildkatze eben, die gern auch mal ein Risiko eingeht.«

»Und wieso muss nur ich dieses Risiko eingehen?«, hatte sie empört erwidert. »Wieso wirst du nicht von der Expedition ausgeschlossen?«

»Weil ich unersetzlich bin«, hatte er ungerührt erwidert. »Sie können auf meine Arbeit nicht verzichten.« Sein Blick hatte Bände gesprochen.

»Auf meine Arbeit kann man verzichten, das wolltest du noch sagen, nicht wahr?«, hatte sie erwidert und gespürt, wie eine Welle der Wut und Enttäuschung in ihr hochgekocht war. »Aber die Wahrheit ist, dass ich nur ausgeschlossen wurde, weil ich die einzige Frau und in den Augen aller damit die Schuldige bin. Seht ihr Männer eigentlich nicht, wie lächerlich das ist?«

»Ich liebe deinen Hang zum Dramatisieren!« Iaco hatte sie beinahe mitleidig angesehen. Nicht einmal in dem Moment hatte er den Anstand gehabt, wenigstens Mitgefühl zu heucheln. »Sobald ich wieder zurück in Paris bin, werde ich mich bei dir melden«, hatte er ihr versprochen. »Dann können wir ja sehen, was aus uns wird.«

Er hatte tatsächlich geglaubt, sie damit zu trösten. In Wirklichkeit hatte er ihr nur allzu deutlich gemacht, wie belanglos sie in seinem Leben war. Als er sie zur Bestätigung noch einmal hatte küssen wollen, war ihr der Kragen geplatzt. Sie hatte ihn grob zurückgestoßen und angeblitzt.

»Lass mich einfach in Ruhe«, hatte sie gezischt und ihn grußlos stehen lassen.

Die darauffolgende Nacht hatte sie kein Auge zugetan. Zu viele Gedanken und Emotionen waren durch ihren Kopf gewirbelt. Iacos kaltschnäuzige Art, der Rauswurf aus der *équipe*, der Verlust der wohltuenden Kameradschaft, das Ende aller Abenteuer und das Gefühl, versagt zu haben. Enttäuschung, Vorwürfe, die sie gegen sich selbst richtete, aber besonders die damit einhergehende Hilflosigkeit machten ihr seither zu schaffen. Besonders kränkte sie, dass sie so einfach zu ersetzen war. Am Ende stand die bittere Erkenntnis, dass sie versagt hatte.

Sie schloss die Augen und dachte an die Nacht zuvor.

Es war schon lange nach Mitternacht, als ein Klopfen sie aus ihren wirren Gedanken riss. Sie versuchte es zu ignorieren, doch der Besucher blieb hartnäckig. Widerwillig schleppte sie sich zur Tür. Vermutlich war es Bergonier, der noch ein paar Worte des Trostes an sie richten wollte. Ihr väterlicher Freund schien der Einzige zu sein, dem ihr Ausscheiden wirklich leid zu tun schien. Umso erstaunter war sie, als sie Julien vor sich sah.

»Verzeih, dass ich dich so spät noch störe«, meinte er verlegen. »Aber ich muss dir etwas sagen.« Sie winkte ihn schweigend herein. Julien humpelte in den Raum und blieb mittendrin unschlüssig stehen. »Es tut mir leid, was geschehen ist«, begann er unbeholfen.

Torie zuckte mit den Schultern. Sie brauchte sein Mitleid nicht.

»Sie haben mich an deiner Stelle in die *équipe* aufgenommen«, teilte er ihr mit, ohne sie direkt anzusehen. »Ich wollte dir niemals den Platz streitig machen. Das möchte ich dir unbedingt noch sagen.«

»Sie könnten niemand Besseren finden«, antwortete sie.

Und seltsamerweise waren ihre Worte ehrlich gemeint. Sie war kein bisschen eifersüchtig. Kein anderer als Julien konnte sie ersetzen.

»Du bist mir nicht böse, dafür danke ich dir.« Julien suchte ihren Blick, sie tat ihm den Gefallen und erwiderte ihn. Sie sah ihm seine Erleichterung an, aber da war noch etwas, das ihm auf dem Herzen lag. »Wie geht es dir?«, erkundigte er sich vorsichtig. Sie zuckte noch mal mit den Schultern. »Es ist nicht gerecht, dass Iacovlew bleiben und du gehen musst«, fügte er hinzu.

»Natürlich ist es das nicht! Aber Iaco hat eben das Glück, ein Mann zu sein«, brach es nun doch aus ihr hervor. »Was soll's? Die Zeit ist noch nicht reif für uns Frauen, solange ihr Männer uns zum schwachen Geschlecht macht.«

Julien senkte betreten den Blick. »Was wirst du jetzt tun?«

»Ich werde vermutlich noch eine Weile in Fort Lamy bleiben, bis sich die Gelegenheit auftut, mit einem Konvoi in Richtung Norden zu reisen. Audouin hat dafür gesorgt, dass ich die Gastfreundschaft des Kommandanten weiter genießen darf. Immerhin hatte er den Anstand, mich nicht einfach so meinem Schicksal zu überlassen.«

»Ich könnte bei dir bleiben, damit du die Sache nicht allein durchstehen musst.«

»Bist du wahnsinnig?« Torie biss sich auf die Lippen. Es tat gut, Julien auf ihrer Seite zu wissen. Andererseits wusste sie auch, dass es falsch gewesen wäre, wenn sie sein Angebot angenommen hätte. Deshalb warf sie ihm einen empörten Blick zu. »Das ist deine Chance! Du musst mitfahren! Du hast mir erst vor wenigen Tagen erklärt, wie sehr du die Arbeit an Maschinen vermisst. Nun kannst du herausfinden, ob deine Begeisterung für Technik größer ist oder die für den Journalismus.«

»Es kommt mir aber irgendwie falsch vor. Es geht schließlich auf deine Kosten!«

»Unsinn!« Torie widersprach energisch. Juliens Ritterlichkeit überraschte sie, umso mehr wollte sie, dass er ihretwegen auf nichts verzichtete. »Keine Angst, ich komme schon klar. Und nun leg dich schlafen. In wenigen Stunden brecht ihr auf.« Damit komplimentierte sie ihn hinaus, auch wenn ihre scheinbare Großzügigkeit sie fast zerriss.

Der Schrei eines Vogels riss sie aus ihren Gedanken. Ohne jegliche Hoffnung sah sie von den Zinnen der Befestigungsmauer ihrem verlorenen Traum hinterher.

Während die Raupen sich Kilometer für Kilometer weiter in die Wildnis vorwagten, kämpfte Julien gegen seine zwiespältigen Gefühle an. Ihm war nicht wohl bei dem Gedanken, dass Torie nun ganz allein auf sich gestellt die Rückreise nach Frankreich antreten musste, während er ihre Abenteuer erlebte. Gleichzeitig bewunderte er ihren Großmut, ihn ohne Groll ziehen zu lassen. Iacovlew hatte so eine wunderbare Frau einfach nicht verdient. Er konnte nur hoffen, dass der Kerl sie nicht enttäuschte.

Sie erreichten die ungewisse Grenze zwischen dem Tschad und Ubangi-Schari, befanden sich nun also in einer Übergangszone zwischen Busch und Regenwald. Morgens lagen oft dichte Nebel über den Wäldern und Senken und nicht selten kreuzten riesige Elefanten oder umherziehende Nashörner ihren Weg. Antilopen durchstreiften die Landschaft, die immer archaischer zu werden begann. Abends am Lagerfeuer erzählte Audouin, dass Mogrum, wo sie sich gerade befanden, die Grenze der islamischen Eroberung markierte. Bis hierher waren einst die marokkanischen Soldaten vorgedrungen, bevor sie von den Schwarzafrikanern mit ihren Speeren und vergifteten Pfeilspitzen getötet worden waren. Die Araber, die hatten entkommen können, waren von Tsetsefliegen attackiert worden und der Schlafkrankheit erlegen.

»Hier leben Völker, die noch niemals mit der Zivilisation in Berührung gekommen sind«, verkündete Audouin düster. »Wir müssen uns in Acht nehmen und auf jeden Fall ihre Sitten respektieren!«

Die Nächte waren unheimlich. Außerhalb der Sicherheit der Lagerfeuer gab es undefinierbare Geräusche, und mehr als einmal hatten sie festgestellt, dass sich ihnen heimlich Einheimische genähert hatten, einmal waren sie ins Lager eingedrungen.

Eines Nachts tauchten drei nackte Männer aus der Dunkelheit auf. Sie sprangen auf einen der Anhänger und versuchten, die Riemen zu durchschneiden. Rabaud, der es bemerkte, richtete den Lichtkegel eines Scheinwerfers auf die Männer, die sofort in panischer Angst davonliefen. Am nächsten Morgen fehlten einige überaus wichtige Werkzeuge.

»Das waren die verdammten Wilden«, sprach Penaud aus, was alle dachten.

Die Erklärung schien durchaus plausibel. Julien fragte sich allerdings, weshalb die Einheimischen ausgerechnet Werkzeug gestohlen haben sollten und nicht andere, für sie nützlichere Dinge.

Am nächsten Tag setzte sich die Serie von Missgeschicken fort. Die Achsen von gleich zwei Raupenfahrzeugen brachen bei der Durchquerung eines ausgetrockneten Bachlaufes. Penaud war außer sich, hatten sie doch alle Fahrgestelle in Fort Lamy gründlich überholt. Sie beschlossen, die Achsen nur notdürftig zu reparieren, bis sie in Bangui eine ordentliche Schmiede aufsuchen konnten. Dann stellte sich heraus, dass ausgerechnet die Werkzeuge fehlten, die für solch eine Reparatur notwendig gewesen wären.

»Diese verdammten Wilden, ich hab's ja gesagt!«, schimpfte Penaud erneut.

Jetzt war guter Rat teuer. Audouin und Haardt waren durch die unerwünschte Zwangspause ebenfalls sehr verärgert. Der Erfolg ihrer Mission hing im Wesentlichen davon ab, dass sie ihre Reise in einem gewissen Zeitrahmen schafften. Der Zwischenfall brachte nun alle Zeitpläne durcheinander.

Es war Julien, der schließlich einen Lösungsvorschlag hatte. »In einem der letzten Dörfer habe ich gesehen, wie Speerspitzen hergestellt wurden«, teilte er Penaud mit, der sich mit Rabaud und Calvin beratschlagte. »Wir könnten sie fragen, ob sie uns helfen.«

»Die haben Techniken aus der Steinzeit«, meinte Calvin abfällig. »Da können wir die Achsen genauso gut mit Holz verstärken.«

»Wir könnten es wenigstens versuchen«, beharrte Julien. »Ich habe mir die Speere angesehen. Die Spitzen sind scharf wie unsere Messerklingen.«

Calvin blieb bei seiner Gegenhaltung, doch Penaud fand, dass es einen Versuch wert war. Eine halbe Stunde später ritten er, Audouin und Julien mit drei der mitgeführten Pferde zurück zum Dorf. Audouin bot dem Häuptling und seinem Beraterstab Messer und Glasperlen für die Frauen des Dorfes als Gastgeschenk an. Die Gaben wurden ausgiebig begutachtet, und nach längerem Hin und Her gab der Häuptling schließlich seine Einwilligung. Er schickte ein paar seiner Männer mit, um die kaputten Teile ins Dorf zur dortigen Schmiede zu transportieren. Julien hoffte inständig, dass Mattéo Calvin mit seinen Befürchtungen nicht recht hatte. Die Männer arbeiteten tatsächlich mit Methoden aus der Eisenzeit, sie gewannen ihr Eisen aus dem Erz, das sie in einem Tonofen schmolzen. Auch die Esse zum Schmieden war äußerst primitiv in einem Sandloch untergebracht. Der Amboss bestand lediglich aus einem flachen Stein, und das Eisen wurde mit einem dicken Stein geschlagen, der in eine Liane mit zwei Schlingen als Griff eingepasst war. Der Hammer war eine kurze Eisenstange.

Doch die Befürchtungen erwiesen sich als falsch. Mit einer Geschicklichkeit, die in nichts französischen Schmieden nachstand, reparierten die Dorfbewohner innerhalb weniger Stunden die gebrochenen Achsen. Julien überwachte die Tätigkeiten und half, so gut er konnte. Dabei fiel ihm auf, dass der Bruch der Achsen nicht auf Materialermüdung zurückzuführen war. Beim genauen Hinsehen stellte er Einkerbungen fest, wie sie nur von einer Metallsäge herbeigeführt worden sein konnten. Er rief rasch Penaud herbei und zeigte ihm die betreffenden Stellen.

»Das war eindeutig Sabotage«, stellte auch der Chefmechaniker alarmiert fest. »Diese verdammten Wilden! Sie wollen uns eine Falle stellen.«

»Ich glaube nicht, dass die Einheimischen daran schuld sind«, widersprach Julien. »Die haben ganz sicher keine Metallsägen. Und wieso sollten sie unsere Fahrzeuge manipulieren?«

»Damit sie uns in einen Hinterhalt locken und überfallen können«, schlug Penaud vor. »Keine Ahnung. Keiner kommt sonst infrage.«

»Es muss jemand anderes gewesen sein«, erwiderte Julien grübelnd.

Für ihn ergab es keinen Sinn, dass die Bewohner dieser Gegend ausgerechnet Werkzeuge gestohlen haben sollten, wo sie doch Messer, Gewehre oder Lebensmittel sicher besser gebrauchen könnten. Welches Interesse sollten sie daran haben, ihnen zu schaden? Eine dunkle Ahnung stieg in ihm auf, als er Mattéo Calvin auf sie zukommen sah.

»Gibt es noch Probleme?«, erkundigte dieser sich scheinbar arglos.

Penaud klärte ihn über die Sachlage auf. »Julien bezweifelt allerdings, dass es die Wilden waren.«

»Natürlich waren das die Wilden«, behauptete Calvin eine Spur zu energisch. Sein Blick wurde lauernd. »Hast du wirklich Zweifel daran, Ruiz? Ein komischer Gedanke, findest du nicht auch? Damit unterstellst du indirekt einem von uns, der Übeltäter gewesen zu sein!« Er lachte spöttisch. »Oder hast du am Ende gar die Finger im Spiel?«

»Schluss jetzt«, beendete Penaud das unerfreuliche Geplänkel. »Hier wird niemand ohne Beweise verdächtigt. Aber ich werde Audouin und Haardt informieren.«

Die aufgedeckte Sabotage brachte Unruhe ins Camp. Der Gedanke, dass einer der Teilnehmer der Croisière ein Verräter sein könnte, hatte sich in den Köpfen aller eingepflanzt. Der gute Teamgeist, der bislang unter ihnen geherrscht hatte, war gestört. Immer wieder bildeten sich Grüppchen, in denen versteckt oder offen getuschelt und auch Verdächtigungen ausgesprochen wurden. Julien bekam mit, wie auch er ins Visier genommen wurde. Seine Vermutung, dass Calvin ihn denunzierte, wurde bestätigt, als ausgerechnet Iaco ihn am Abend darauf ansprach.

»Hören Sie, Ruiz, ich kann Sie zwar nicht sonderlich leiden, aber ich möchte Sie dennoch warnen«, begann er ihre Unterhaltung. Sie standen etwas abseits der Lagerfeuer, wo sich der Rest der Mannschaft versammelt hatte. »Es gibt Gerede über Sie.«

Julien zuckte mit den Schultern. »Und wenn schon.« Er gab sich betont gleichgültig, weil er keine Schwäche zeigen wollte. Iaco runzelte ärgerlich die Stirn. »Sie sollten das nicht auf die leichte Schulter nehmen. Einige der Männer halten Sie für den Saboteur. Sie wissen, dass Sie als Journalist auch der Renault-Truppe begegnet sind und über sie geschrieben haben. Deshalb glauben sie nun, dass Sie von denen bestochen wurden.«

»Ich habe über die Renault-Erkundungstour geschrieben«, bestätigte Julien wahrheitsgemäß. »Allerdings ziehe ich daraus keine finanziellen Vorteile«, fügte er hinzu und war sich im selben Moment sicher, die Zusammenhänge nun richtig zu deuten. »Es kann nur Mattéo Calvin gewesen sein, der das Gerücht in die Welt gesetzt hat.«

Iaco war überrascht. »Weshalb vermuten Sie das?«

»Weil er ein berechtigtes Interesse daran hat, den Verdacht auf jemand Unschuldigen zu lenken, nachdem die Einheimischen als Täter nun immer unwahrscheinlicher werden«, konterte Julien. Nach kurzem Zögern rückte er mit seinem Verdacht heraus. »Ich habe Mattéo Calvin in Bourem mit einem Mann gesehen, der, wie ich vermute, zu den Renault-Leuten gehört«, gestand er ihm. »Und ich habe mitbekommen, wie er von diesem ein Bündel Geldscheine erhalten hat. Nur kurze Zeit später tauchte er als Ersatzmann unserer Truppe auf. Ist das nicht merkwürdig?«

Iaco atmete tief ein. »Das sind schwere Anschuldigungen!«

»Ich musste Ihnen das jetzt sagen!«

Der Maler wurde nachdenklich. »Wir sollten Audouin und Haardt davon erzählen.«

»Besser nicht. Es sind nur Beobachtungen, die nichts beweisen.« Julien bereute bereits, dass er so offen gewesen war.

Iaco schlug ihm auf die Schulter. »Keine Angst, ich halte meinen Mund«, sagte er mit einem breiten Grinsen. »Aber ich glaube, ich habe eine Idee, wie wir den Übeltäter stellen können.«

7

Torie war gerade dabei, ihre wenigen Habseligkeiten zu packen, als dasselbe Mädchen zu ihr kam, das ihr an Weihnachten das Kleid gebracht hatte. Mit ihr kamen die Erinnerungen an die letzten Tage, die so wundervoll begonnen und so schmerzlich geendet hatten.

»Herr wollen dich sprechen, sofort.«

Das Mädchen wartete darauf, dass sie ihr folgte.

»Was will der Kommandant?«, murrte Torie nicht sehr erfreut. Sie hatte sich bereits von ihm verabschiedet.

»Kommen, bitte«, drängte das Mädchen und zupfte an ihrem Hemd. Sie trug immer noch Männerkleidung, da sie nichts anderes besaß.

Widerstrebend folgte sie dem Kind, obwohl sie lieber noch einen Abschiedsspaziergang durch die befestigte Stadt gemacht hätte. In nur wenigen Stunden würde sie mit einem Versorgungskonvoi in Richtung westafrikanische Küste aufbrechen - und damit zurück nach Frankreich.

Das Mädchen führte sie in einen der Konferenzräume in der Kommandantur. Dort wurde sie jedoch nicht vom Kommandanten, sondern von einem alten Bekannten erwartet.

»Eugène!«, rief Torie völlig überrumpelt.

Bergonier strahlte bei ihrem Anblick wie ein Honigkuchenpferd. »Victoria!« Der Arzt trat ihr mit offenen Armen entgegen.

»Ich habe gute Nachrichten!«, brummte er gerührt, nachdem er sie fest an sich gedrückt hatte.

Torie trat einen Schritt zurück und zog zweifelnd die Stirn kraus. »Hat man dich etwa auch rausgeschmissen?«

Bergonier lachte sein dröhnendes Lachen. »Das hättest du wohl gern, was?«

»Ich müsste immerhin nicht allein reisen«, erwiderte Torie und grinste schelmisch.

»Nun, wenigstens hast du deinen Humor nicht verloren.« Bergonier wurde wieder ernst. »Ich bin hier, um dich zurückzuholen.«

Torie war sicher, dass er einen weiteren Scherz mit ihr trieb. »DAS ist nicht lustig«, rügte sie ihn.

Der Arzt legte den Kopf schief und sah sie von der Seite an. »Es ist kein Scherz«, erklärte er sichtlich ihre Verunsicherung genießend. »Wir hatten einen Saboteur unter uns. Bettembourg übergibt ihn gerade dem Kommandanten, um ihn zu überzeugen, dass er ihn unter einem beliebigen Vorwand für eine Weile hier festhalten soll. Der Mistkerl hat die Raupen manipuliert und wichtiges Werkzeug versteckt. Wir haben ihn aber erwischt, als er unserem Journalisten die Schuld in die Schuhe schieben wollte.«

Torie verstand kein Wort. Erst als sie mehrfach nachfragte, bekam sie heraus, dass Mattéo Calvin mit diversen Tricks versucht hatte, die Croisière Noire aufzuhalten und ausgerechnet von Julien und Iaco gestellt worden war.

»Julien und Iaco haben zusammengearbeitet?«, fragte sie.

Bergonier erklärte es auf seine Weise. »Julien hat herausgefunden, dass die Achsen von zwei Raupen mit einer Metallsäge angesägt worden waren. Das konnte nur ein Mitglied der *équipe* gewesen sein. Um herauszufinden, wer es war, hat Iaco die beiden Expeditionsleiter dazu überredet, zu verkünden, dass sie am nächsten Morgen alle Wagen gründlich durchsuchen wollten, um dem möglichen Übeltäter auf die Spur zu kommen. Die Achsen waren mit einer Metallsäge manipuliert worden, die angeblich seit einem Überfall der Einheimischen verschwunden war. Da die Achsen allerdings erst später angesägt worden waren, bedeutete dies, dass die Säge noch irgendwo sein musste. Mit der Ankündigung setzte Iaco den Täter also bewusst unter Druck.

Der hatte, wollte er nicht entdeckt werden, nur zwei Möglichkeiten: Entweder er ließ die Säge unbemerkt irgendwo in der folgenden Nacht verschwinden, was ihm nicht so leicht gelingen würde, oder er versuchte, den Verdacht auf jemand anderen zu lenken, indem er sie jemandem unterschob. Nachdem alle schlafen gegangen waren, hieß es nur noch abzuwarten. Julien hatte Mattéo Calvin von Anfang an im Verdacht. Er hatte ihn in Bourem mit einem vermeintlichen Mittelsmann der Renault-Leute gesehen, der ihm Geld zugesteckt hatte. Während Julien und Iaco sich schlafend stellten, ließ Baba Touré, der ebenfalls eingeweiht war, Calvin keinen Augenblick aus den Augen. Tatsächlich hatte der Schuft das Werkzeug geschickt zwischen dem Proviant versteckt und es mitten in der Nacht heimlich herausgeholt, um es zwischen Juliens Sachen zu deponieren. Baba hat ihn in flagranti erwischt und sofort Alarm geschlagen.

Wie sich später herausstellte, war Calvin tatsächlich bestochen worden, um die Croisière Noire zu behindern. Er hat alles zugegeben, nachdem Penaud, Rabaud und de Sudre ihn in die Mangel genommen haben. Sie haben ihm eine ordentliche Abreibung verpasst, was dem Kerl auch nur recht geschieht.«

»War es tatsächlich jemand von den Renault-Leuten, der ihn bestochen hat?«, fragte Torie entrüstet.

Sie hatte Citroëns Gegner immer für fair gehalten.

»Nein, zum Glück nicht.« Bergonier seufzte. »Julien lag glücklicherweise mit seiner Vermutung falsch. Offensichtlich hat ein alter Konkurrent von André Citroën versucht, ihm die Expedition zu vermasseln. Der Mann, ebenfalls ein Unternehmer, hatte in der Vergangenheit mehrfach versucht, Citroën zu übervorteilen und sich dabei jedes Mal eine blutige Nase geholt. Die Niederlagen, die er einstecken musste, haben ihm wohl so zugesetzt, dass sie in Hass umgeschlagen sind. Dabei waren ihm alle Mittel recht, um Citroën zu schaden. Er wusste, dass er Citroëns Ego bis ins Mark treffen konnte, wenn dieser gezwungen war zuzugeben, dass er seine Ziele nicht erreicht hatte.«

»Und was hat das alles mit mir zu tun?«, wollte Torie nun wissen.

Insgeheim war ihr natürlich längst klar, was Bergonier von ihr wollte. Schließlich fehlte ihnen nun wieder ein Mechaniker.

Bergonier durchschaute ihre Frage sofort. »Das weißt du ganz genau«, erwiderte er lachend und strich sich dabei über seinen Schnauzer. »Die ganze *équipe* freut sich darauf, dass du wieder zurückkehrst. Das willst du doch auch, oder liege ich falsch?«

Obwohl Torie nichts lieber wollte, hatte sie plötzlich Bedenken. »Und was ist mit Iacos und meiner Affäre?«, fragte sie verlegen.

»Die Geschichte hat für ganz schön viel Wirbel gesorgt.« Bergonier winkte nur grunzend ab. »Das wird sich schon irgendwie finden. Mich persönlich stört euer Verhältnis nicht, solange der Kerl dich nicht andauernd vor uns allen begrapscht. Und den anderen wird es mehr oder weniger genauso gehen.« Er sah sie erwartungsvoll an. »Nun, was sagst du?«

Torie benötigte noch einen Augenblick, um ihre Gedanken zu ordnen. Wie durch ein Wunder schien sich nun alles zum Guten zu wenden.

Natürlich freute sie sich, wieder Teil der Mannschaft sein zu können und sich den neuen Herausforderungen zu stellen, mit Julien gab es allerdings einen unwägbaren Faktor. Sie wusste genau, dass er ihr Verhältnis zu Iaco nicht guthieß. Auf der anderen Seite ging ihn das nichts an. Am meisten quälte sie jedoch die Frage, wie der Maler reagieren würde, wenn er sie wiedersah. Iaco hatte beim Abschied nicht den Eindruck erweckt, als würde ihm ihre Abreise besonders nahegehen. Seine unterkühlte Reaktion hatte sie verletzt, auch wenn sie sich im Nachhinein immer wieder einzureden versucht hatte, dass sie sie falsch interpretiert haben könnte. Vermutlich hatte sie viel zu empfindlich reagiert.

Sicher war sie nur, dass ihre Gefühle für Iaco immer noch stark waren. Ob es ihm ebenso ging? Sie würde es nur herausfinden, wenn sie die Reise fortsetzte.

Noch am selben Tag brachen Major Bettembourg, Bergonier und Torie von Fort Lamy auf, um die Croisière wieder einzuholen. Sie folgten mehrere Tage auf Pferden den Spuren, die die Raupenfahrzeuge hinterlassen hatten, bis sie schließlich deren Staubwolken am Horizont erblickten.

Das Willkommen war freundlicher, als sie erwartet hatte. Die meisten Mechaniker, allen voran Penaud und de Sudre, schienen sich über ihre Anwesenheit zu freuen. Auch Audouin und der zurückhaltende Haardt begrüßten sie mit Wohlwollen.

Julien konnte sich ein Grinsen nicht verkneifen, als er Torie mit vom Reiten steifen Beinen auf sich zukommen sah. Die Freude, sie wieder in seiner Nähe zu wissen, konnte er nicht vor ihr verbergen. Voller Herzlichkeit ergriff er ihre Hände und drückte sie fest.

»Ich bin so froh, dass dein Traum noch nicht ausgeträumt ist«, sagte er.

Torie lächelte beglückt und wollte soeben etwas erwidern, als Iaco plötzlich an ihrer Seite stand und sich mit einem unüberhörbaren Räuspern bemerkbar machte. Sie ließ sofort seine Hände los und wandte sich dem Maler zu. Er stand da wie ein dummer Schuljunge, und er musste mit ansehen, wie sie dem Russen mit hochrotem Kopf ein bezauberndes Lächeln schenkte. Nur mit Mühe gelang es ihm, seine Verstimmung zu verbergen.

»Die kleine Wildkatze ist zurück.«

Iaco beugte sich vor und küsste Torie wie selbstverständlich auf die Wange. Er signalisierte damit klar, dass er die älteren Ansprüche auf sie hatte. Um jedem Missverständnis vorzubeugen, ergriff er zudem Tories Arm und zeigte ihr das Lager. Julien blieb nichts anderes übrig, als sich wieder seinen Aufgaben zuzuwenden. Er nahm sich vor, das Geturtel der beiden einfach zu ignorieren, doch es fiel ihm schwerer, als er gedacht hatte. Wenigstens ein kleiner Trost war, dass den beiden während der nächsten Tage kaum Zeit blieb, miteinander zu schäkern, denn jeder von ihnen war von morgens bis abends schwer beschäftigt.

Bald erreichten sie Bangui. Hinter ihnen lagen über sechstausend Kilometer. Zum ersten Mal bereisten sie Belgisch-Kongo und durften überrascht feststellen, wie modern und aufgeschlossen die Menschen in der Stadt waren. Der Kolonialbeamte informierte sie stolz darüber, dass ein Heer von Arbeitern bereits seit Monaten eine Bresche durch den Dschungel schlug, damit die Expedition auf diesem Weg Stanleyville, eine weitere wichtige Station, erreichen könne. Das waren gute Neuigkeiten. Doch erst würde die Croisière Noire noch einen Abstecher in den Norden machen.

Einige Tage zuvor hatte sich ihnen ein Verbindungsmann von Citroën zugesellt, der für die Expedition eine Großwildjagd organisiert hatte. Maigret, wie er hieß, lebte schon seit vielen Jahren in Afrika und war ein abenteuerlustiger, unkonventioneller Mensch mit einigen Spleens. Er sollte sie in einigen Tagen nach Französisch-Äquatorialafrika führen, wo die Croisière Noire einen Monat lang in der Siedlung Am Dafok verweilen würde, um auf Großwildjagd zu gehen und andere Forschungen vorzunehmen. Für die Mechaniker bedeutete dieser Abschnitt der Reise eine gewisse Zeit der Erholung, da sie außer für die üblichen Wartungsarbeiten kaum gebraucht wurden.

Julien nahm dies zum Anlass, gründlich über seine Zukunft nachzudenken. Sosehr er Tories Nähe und ihrer beider Zusammenarbeit genoss, quälte ihn die Gewissheit, dass ihr Herz einem anderen Mann gehörte. Er verliebte sich täglich mehr in sie und litt wie ein Hund. Ihre Gedanken blieben auf Iaco fokussiert, das spürte er, auch wenn die beiden kaum Zeit miteinander verbrachten. Jedes Mal, wenn die Rede auf ihn kam, verklärte sich ihr Blick, und sie geriet ins Schwärmen. Dabei hatte sie allen Grund, Iacos Zuneigung zu ihr infrage zu stellen. Sah sie denn nicht, dass er sie nur in seiner Nähe haben wollte, wenn er sexuelles Verlangen verspürte? Der Kerl hatte diese wunderbare Frau seiner Meinung nach nicht verdient. Wenn es um Frauen ging, misstraute er ihm gründlich. Typen wie Iacovlew wussten gar nicht, was Liebe war. Frauen waren für sie bestenfalls Eroberungen. Er hatte in seinem Leben genügend Typen wie ihn kennengelernt.

Leider gelang es ihm nicht, dies auch Torie begreiflich zu machen. Ihm blieb nichts übrig, als das zu akzeptieren, nur wollte er dem Paar nicht länger zusehen. Um seinen Qualen zu entgehen, sah er keinen anderen Ausweg, als wieder seiner eigenen Wege zu ziehen. Seine Zeitung wollte ohnehin noch eine Reportage über die Bedeutung von Stanleyville in Belgisch-Kongo von ihm. Diese Aufgabe konnte er genauso gut vorziehen.

Torie winkte Julien von ihrem Sitz auf der Raupe so lange zu, bis er als kleiner Punkt vor den Toren der Stadt verschwand. Er hatte ihr erst kurz vor ihrer Abreise mitgeteilt, dass sich ihre Wege schon wieder trennten. Immerhin hatte er in Aussicht gestellt, dass sie sich in Stanleyville wiedersehen könnten. Es war ihr überraschend schwergefallen, seine Entscheidung zu akzeptieren. Obwohl sie nur wenige Tage miteinander verbracht hatten, war Julien ihr wie früher zu einem wichtigen Vertrauten geworden. Mit ihm konnte sie Dinge bereden wie mit keinem anderen und schon gar nicht mit Iaco.

Nachdenklich beobachtete sie, wie ihr Geliebter, der in der Raupe vor ihr saß, mit dem Filmemacher scherzte. So unbeschwert waren sie nie, wenn sie hin und wieder in Iacos Zelt ein paar Stunden gemeinsame Zeit verbrachten. Ihre Gefühle zu dem russischen Maler waren mittlerweile äußerst widersprüchlich. Noch nie hatte sie einen Mann mehr begehrt als ihn. Ihr Körper geriet in Wallung, wenn er nur in ihrer Nähe war. Sie fühlte sich magisch von seinem besitzergreifenden animalischen Wesen angezogen und hatte sich nie vorstellen können, dass ein Mann in einer Frau solch eine Leidenschaft auslösen konnte. Er gab ihr das Gefühl, begehrenswert und schön zu sein. Doch kaum waren ihre erotischen Feuer erloschen, verebbte die Anziehung zwischen ihnen. Iaco konnte es dann kaum erwarten, sich wieder seiner künstlerischen Arbeit zuzuwenden. Er erklärte es mit Inspiration, die sie bei ihm auslöste.

Natürlich schmeichelten ihr seine Worte. Die erste Zeit war sie mit seiner Erklärung auch zufrieden gewesen. Allmählich störte es sie hingegen, dass sich ihre Unterhaltungen immer nur um Kunst und nie um ihre Interessen drehten. Bei ihrer letzten Begegnung hatte sie versucht, ihn für ihre Arbeit zu begeistern. Iaco wollte dafür allerdings keine Geduld aufbringen.

»Technik ist Funktion und Alltägliches, aber Kunst erfordert Geist und Erfindungskraft, ja Genie«, hatte er ihr wenig einfühlsam weiszumachen versucht.

»Ohne Geist und Erfindungskraft gäbe es keine technischen Neuerungen«, hatte sie trotzig entgegnet.

Iaco hatte sie nur ausgelacht, auf die Nase geküsst und »kleines Dummerchen« genannt. Um ein Haar wäre es zu ihrem ersten Streit gekommen, doch dann hatte sie sich entschieden zu schweigen, und sie hatten sich noch einmal geliebt. Vielleicht müssen wir uns noch ein wenig besser kennenlernen, dachte sie resigniert.

Wenig später lag eine endlose Ebene vor ihnen. Sie durchfuhren stundenlang ein Meer von wogendem Gras. Danach gelangten sie in eine nahezu wüstenartige Gegend mit einem stark ausgetrockneten Boden, nur hin und wieder sahen sie einen lebensspendenden Fluss. Ab und zu tauchte ein riesiger Baum auf, der seine kargen Äste mächtig in die Luft streckte, dann folgte wieder Savanne und dann ein Wald, den sie durchquerten. Einmal gelangten sie auf ihrem Weg in ein Dorf, aus dem sie sofort wieder flüchteten, nachdem Bergonier Flecktyphus bei den Menschen festgestellt hatte. Voller Grauen musste Torie mitansehen, wie die kranken Bewohner elendiglich vor ihren Hütten starben. Ihre von Fliegen bedeckten und halb verwesten Toten wurden nicht einmal begraben, sie lagen an der Sonne oder in irgendeinem Gebüsch.

»Wir können nicht das Geringste für sie tun. Wir müssen sie ihrem Schicksal überlassen«, erklärte ihr Bergonier zutiefst betrübt.

Maigret führte ihre Karawane nur mithilfe einer auf kariertem Papier angefertigten Skizze an, die eher einer naiven Zeichnung als einer Generalstabskarte ähnelte, und doch gelangten sie schließlich an ihr Ziel.

Am See von Am Dafok wurde schließlich das Lager für die nächsten vier Wochen aufgeschlagen. Jedem von ihnen wurde ein Platz unter einer Palme zugeteilt, wo er sich nach Belieben häuslich einrichten konnte. In der Zwischenzeit kümmerte ihr Verhältnis zu Iaco niemanden mehr. Es fielen keine anzüglichen Bemerkungen, und auch sonst ließ man sie in Ruhe. Allerdings achteten sie darauf, dass man sie nicht allzu häufig miteinander sah. Torie freute sich auf die bevorstehenden, etwas ruhigeren Wochen, die Iaco und ihr sicherlich mehr Gelegenheit bieten würden, etwas Zeit miteinander zu verbringen. Endlich konnten sie sich besser kennenlernen.

Doch bereits der erste Abend gestaltete sich anders, als sie es sich vorgestellt hatte. Nach dem Abendessen zog Iaco sich sofort in sein Atelierzelt zurück, das er ein gutes Stück abseits des Lagers hatte errichten lassen. Sie fragte, ob sie ihn begleiten solle, aber er wiegelte ab.

»Ich muss unbedingt noch eine Skizze zu Ende bringen. Ich habe die Lösung im Kopf, also warte nicht auf mich.« Als er ihr enttäuschtes Gesicht sah, wurde er ungeduldig. »Nun schau nicht so! Ich werde in nächster Zeit sehr beschäftigt sein und meistens in meinem Atelier übernachten.«

Torie fühlte sich von seinen herzlosen Worten grob zurückgestoßen und stapfte gekränkt, ohne ein Wort der Erwiderung, davon. Die Zelte ihres Lagers standen unter Palmen um einen Platz herum, in dessen Mitte Audouin und Haardt durch einen Baldachin geschützt Tische und bequeme Sessel hatten aufstellen lassen, die einen gemütlichen Aufenthalt ermöglichten. Für die nächsten Wochen würde dies ihr zentraler Versammlungsort sein.

Ebenso wie Iaco hatten die Filmemacher sich außerhalb eingerichtet, und auch Bergonier hatte sich für seine Arbeit als Tierpräparator einen etwas weiter entfernteren Platz ausgesucht. Da Torie noch nicht müde war, beschloss sie, ein wenig Zeit mit ihrem väterlichen Freund zu verbringen. Allerdings änderte sie rasch ihr Vorhaben, als ihr ein schier unerträglicher Geruch entgegenschlug. Bergonier war gerade dabei, vor seinem Zelt ein prächtiges Löwenmännchen auszuweiden, das die Männer kurz vor Sonnenuntergang erlegt hatten. Der Kadaver hing an seinen Hinterläufen aufgehängt an einem Pflock. Um ihn herum befanden sich Hackklötze aus dicken Baumstümpfen und wie Folterinstrumente aussehende Geräte, die alle sorgfältig aufgereiht bereitlagen. Dazu Töpfe, Eimer, Gläser und Flakons jeglicher Form, Kanister, auf die Totenköpfe aufgemalt waren, und Flaschen mit Flüssigkeiten von zweifelhafter Farbe. Torie musste gegen eine unweigerlich aufkommende Übelkeit ankämpfen.

Das Ausweidmesser hoch erhoben und mit blutiger Schürze vor seinem ausladenden Leib begrüßte Bergonier sie. »Gut, dass du kommst, du kannst mir helfen. Reich mir mal den Eimer dort drüben«, forderte er sie auf.

Torie kämpfte gegen den Wunsch an, sofort wieder umzukehren, tat ihm jedoch widerwillig den Gefallen. Als Bergonier die Innereien des getöteten Löwen in den Eimer zog, konnte sie nicht mehr an sich halten. Der Anblick löste ein so heftiges Würgen in ihr aus, dass ihr nichts anderes übrig blieb, als davonzustürzen und sich hinter dem nächsten Busch zu übergeben. Der Arzt hielt sich den Bauch vor Lachen, woraufhin sie ihm einen zornigen Blick zuwarf und sich wieder trollte.

An diesem Abend schien sich die ganze Welt gegen sie zu verbünden.

Als ein Großteil der Männer am nächsten Tag mit Maigret zur Großwildjagd aufbrach, blieben nur Bergonier, Iacovlew und sie selbst zurück. Sie säuberte lieber Vergaser und kontrollierte die Reifen, als ihre freie Zeit mit dem Töten von Tieren zu verbringen. Außerdem arbeitete sie an einer Idee zur Verbesserung der Übersetzung eines Getriebes. Dies hatte zwar nicht unbedingt etwas mit den Raupenfahrzeugen zu tun, doch die Pläne geisterten schon eine ganze Weile durch ihren Kopf, und möglicherweise konnte sie Kégresse oder gar André Citroën bei ihrer Rückkehr damit beeindrucken.

Während sie unter dem Baldachin an einem Tisch saß, über den Zeichnungen in ihrem Skizzenbuch brütete und dabei Berechnungen anstellte, merkte sie, wie jemand ihr rasch einen Kuss in den Nacken drückte. Sie schreckte auf und sah Iaco hinter sich stehen. Die leise Berührung versetzte ihren Körper sofort in Hochspannung.

»Ich habe dich vermisst, meine Kleine«, raunte er lüstern in ihr Ohr, nahm ihre Hand und zog sie von ihrem Platz. Dann küsste er sie stürmisch. »Lass uns in dein Zelt gehen und die Zeit nutzen …« Seine hellbraunen Augen glänzten vor Verlangen. »Am liebsten würde ich dich gleich hier nehmen …«

Er sah sich kurz um, und als er niemanden entdecken konnte, fasste er in ihren Schritt, woraufhin ihr ein Lustschrei entfuhr.

»Du bist verrückt«, stieß sie stöhnend aus. Doch er hörte nicht auf, sondern begann, ihre Hose zu öffnen und sie mit einer entschiedenen Bewegung herunterzuziehen. Torie warf einen panischen Blick auf die umliegenden Zelte, als sie sich entblößt mit dem Rücken auf dem Tisch wiederfand. Im nächsten Augenblick war es ihr egal, ob jemand sie beobachtete. Ihre Lust war ebenso groß wie die von Iaco, der sie mit einem Seufzer der Begierde auf dem Tisch nahm. Keine zwei Minuten später hatte er sich erleichtert und zog seine Hose wieder hoch. Auch sie raffte sich wieder auf. Verschämt lächelnd richtete sie ihre Kleidung. »Das war ungeheuerlich«, flüsterte sie immer noch erregt. Baba Touré tauchte plötzlich zwischen den Zelten auf. Iaco winkte ihm fröhlich zu, was der Koch mit einem breiten Grinsen quittierte. Er machte sich in Richtung Küchenzelt davon. »Ob er uns gesehen hat?«, fragte Torie peinlich berührt.

Iaco lachte sie aus. »Und wenn schon. Baba hat vierzehn Kinder. Es wird ihn kaum stören.« Er gab ihr einen Kuss auf die Nase. »Nun sei doch nicht so prüde.« Dann half er ihr beim Aufsammeln der heruntergefallenen Skizzen und besah sie sich stirnrunzelnd.

Torie freute sich über sein Interesse, obwohl sie sich darüber ärgerte, dass er ihre Gefühle so wenig ernst nahm. »Ich glaube, ich habe eine gute Idee, wie man die Übersetzung eines bestimmten Getriebes optimieren könnte«, versuchte sie ihm zu erklären.

»Davon verstehe ich nichts«, erwiderte er längst schon wieder gelangweilt. »Ich geh dann mal wieder arbeiten.«

Er lächelte ihr unverbindlich zu und verschwand in Richtung seines Ateliers.

Kurz nach Sonnenuntergang kehrte die Jagdtruppe mit ihren Trophäen zurück. Die Stimmung war ausgelassen und fröhlich. Bettembourg hatte Iaco einen seltenen Stelzvogel mitgebracht, der leicht verletzt war. Der Maler war begeistert und brachte den Vogel, den der Major in einen Jutesack gesteckt hatte, in sein Atelier. Dort befreite er ihn, um eine Skizze von ihm anzufertigen. Torie half ihm dabei. Sie platzierten ihn auf dem Boden vor Iacos Staffelei, auf dem sein Skizzenblock stand. Der Jabiru, ein storchenähnlicher Vogel mit weißem Gefieder und einem nackten schwarzen Hals, stand eine Weile reglos da. Seinen ebenfalls kahlen Kopf krönten nichts als ein paar spärliche Federn, die ihn wie einen Greis aussehen ließen. Lediglich der starke Schnabel gab einen Hinweis darauf, wie kräftig das Tier war. Iaco fing sofort an zu zeichnen, was dem Vogel aus irgendeinem Grund nicht zu gefallen schien. Mit einem Mal spreizte er seine Flügel und humpelte auf Iaco zu, um ihn durch seine Schnabelhiebe zu malträtieren. Der Maler suchte fluchend das Weite.

Kühn geworden durch seinen ersten Erfolg sah sich der Vogel nach weiteren Opfern um. Nun war es an Torie und Bettembourg, die Flucht zu ergreifen. Dem Jabiru genügte sein Sieg jedoch noch lange nicht. Wie ein marodierender Söldner stürzte er sich auf die Staffelei und begann, den Skizzenblock und auf dem Boden stehende Leinwände zu zerfetzen. Dabei stapfte er durch eine Farbpalette und danach mit gut sichtbaren Tritten über ein bereits fertig gestelltes Bild, das umgefallen war. Sein Verhalten war so aggressiv, dass keiner der Umstehenden wagte einzugreifen.

Völlig unerwartet verharrte der Jabiru plötzlich und blieb wie hypnotisiert vor einem Spiegel stehen. Das darin reflektierende Sonnenlicht schien ihn derart zu irritieren, dass er sich nicht mehr bewegte. Bettembourg ergriff die Gelegenheit und stülpte ihm den Jutesack über den Kopf. Die Geschichte machte am Abend im Lager die Runde und trug zur allgemeinen Erheiterung bei. Nur Iaco konnte nicht mitlachen, er ertränkte den allgemeinen Spott in Alkohol.

»Nun nimm es doch nicht so tragisch«, versuchte Torie ihn aufzumuntern. »Der Vogel hätte noch viel mehr zerstören können.«

»Was weißt du schon von meinem Verlust?«, blaffte Iaco sofort angriffslustig. »Außerdem hast du keine Ahnung, was es bedeutet, ein mühsam geschaffenes Werk zu verlieren.«

»So? Hab ich das nicht?« Torie spürte, wie auch sie ärgerlich wurde. »Du glaubst wohl, du bist der einzige Mensch, dem jemals Schaden zugefügt wurde.«

»Das Bild war wertvoll!«

»Das mag schon sein, aber nun bringt es auch nichts mehr, sich darüber aufzuregen. Versuch wenigstens, es ein wenig leichter zu nehmen.«

»Du bist und bleibst eine Banausin«, fuhr Iaco sie ungehalten an.

Er rappelte sich auf und verschwand in Richtung seines Ateliers.

Torie sah ihm tief verletzt hinterher.

Nach dem unerfreulichen Zwischenfall ging sie Iaco aus dem Weg. Immer wenn er ihre Gesellschaft suchte, fand sie eine Ausrede oder zog sich zurück. Insgeheim hoffte sie, dass er sie um Entschuldigung bat, doch Iaco tat so, als wäre alles zwischen ihnen in bester Ordnung. Enttäuscht mied sie seine Nähe, in ihrer freien Zeit stürzte sie sich in ihre Arbeit an dem neuen Getriebe. Während sie nach neuen Lösungen suchte, hatte sie viel Zeit nachzudenken. Oft wünschte sie sich, dass Julien noch bei ihnen wäre, damit sie ihn um Rat fragen konnte. Überhaupt vermisste sie ihn mehr, als sie zugeben wollte. Warum war ihr nur nicht früher aufgefallen, was für ein guter Zuhörer er war? Im Gegensatz zu Iaco hatte ihn immer interessiert, was sie bewegte. Und er hatte zumindest versucht, sie zu verstehen.

Nach einigen Tagen fiel Iaco auf, dass sie ihm aus dem Weg ging. Er versuchte herauszufinden, was mit ihr los war, doch sie stellte sich mit Absicht stur. Am Abend lud er sie mit galanten Worten zu einem romantischen Abendessen in sein Atelier ein. Torie hoffte auf eine Entschuldigung, die längst überfällig war. Als sie ausblieb, erklärte sie ihm, wie sehr sie sich von seinen Worten verletzt gefühlt hatte.

»Dass ihr Frauen immer so empfindlich sein müsst«, erwiderte er amüsiert und kein bisschen einsichtig. »Du erinnerst mich an Bella. Sie hat es auch geliebt, mich so zu gängeln. Aber sieh dich vor! Überzieh das Spielchen nicht.«

»Spielchen?« Torie fühlte sich erneut vor den Kopf geschlagen. »Du empfindest meine Gefühle als Spielchen?«, fragte sie ihn fassungslos. »Du glaubst wohl, du kannst auf mir herumtrampeln, wie es dir gefällt?« Sie nahm die Serviette von ihrem Schoß und warf sie auf den Boden. »Nun versteh ich endlich, was ich für dich bin!« Ihre Wut brach sich endlich einen Weg. »Ich bin für dich ein Spielzeug, das du dir immer dann nimmst, wenn es dir gerade in den Kram passt. Dafür bin ich mir zu schade!« Sie sprang so heftig auf, dass der Stuhl umfiel.

Iaco sah sie immer noch belustigt an. »Deine Wildheit ist beeindruckend«, meinte er vergnügt. Als sie nicht darauf reagierte, nur entgeistert die Augen aufriss, wechselte er die Strategie und hob beschwichtigend die Hände. »Bitte verzeih mir! Ich wollte dich wirklich nicht verletzen, Victoria. Lass uns in Ruhe weiteressen und verdirb mir den schönen Abend nicht.«

Torie schnappte nach Luft. »Das wird ja immer besser! *Ich* verderbe also *dir* den Abend?« Sie lachte freudlos auf. Mit einem Mal begriff sie, was sie für ihn war. Iaco war nichts als ein selbstverliebter Blender und sie für ihn ein beliebig einsetzbares Spielzeug. Plötzlich konnte sie seine Nähe nicht länger ertragen. »Ich werde jetzt gehen«, teilte sie ihm mit. »Auf diese Weise verderbe ich dir weder diesen noch die folgenden Abende.« Sie hob den umgestoßenen Stuhl auf und stellte ihn wieder ordentlich an seinen Platz. »Viel Spaß mit deiner unerträglichen Selbstverliebtheit, Alexander Iacovlew!«

Dieses Mal war es Iaco, der sie sprachlos ansah. Sie nickte ihm nur zu und stürmte hinaus in die mondhelle Nacht.

Kaum war sie draußen, konnte Torie ihre Gefühle kaum noch im Zaum halten. Wenn sie gehofft hatte, dass Iaco ihr nachkam, so hatte sie sich getäuscht. In diesem Augenblick war es ihr egal, dass man sie gewarnt hatte, sich allein in die Wildnis zu wagen. Sie lief einfach in den Busch, immer weiter, bis sie eine Lichtung erreichte und dort auf einer kleinen Anhöhe zum Stehen kam. Unwillkürlich wanderte ihr Blick zum Sternenhimmel empor. Die Aussicht war überwältigend. Hier, in der Nähe des Äquators, waren die Himmelskörper so strahlend hell, dass sie ihr zum Greifen nah erschienen. Die Unendlichkeit des Kosmos übte eine so beruhigende Wirkung auf sie aus, dass sie ihren Unmut für eine Weile vergaß. Aus dem Dickicht der Bäume hörte sie den Ruf eines Kauzes, dann das Jammern eines Buschbabys im Gehölz über ihr. Überwältigt von der Weite spürte sie weder Angst noch Sorge. Im Gegenteil, sie fühlte sich sicher und auf eine besondere Art mit dem Universum verbunden. Vielleicht habe ich doch überreagiert, überlegte sie mit einem ersten Anflug von schlechtem Gewissen. Sollte sie zurückgehen und mit Iaco Frieden schließen? Sie liebte ihn doch. Oder etwa nicht? Jede Faser ihres Körpers sehnte sich nach ihm. Aber reichte dieses körperliche Begehren für eine gemeinsame Zukunft aus?

Plötzlich schreckte sie aus ihren Gedanken auf. Knackten da Zweige im Unterholz? Ein scharfer, animalischer Geruch stieg ihr in die Nase. Es war derselbe Geruch, den sie vor Bergoniers Zelt wahrgenommen hatte, als er dabei gewesen war, den Löwen zu häuten. Schlagartig war sie wieder in der Gegenwart. Was zum Teufel machte sie hier? Immer wieder war ihnen eingetrichtert worden, sich niemals allein von den schützenden Feuern des Lagers zu entfernen.

Ängstlich spähte Torie in die Richtung, aus der der Geruch zu ihr drang. Irgendwo im Dickicht dort lauerte etwas Unheimliches. Angst kroch ihr den Rücken hoch und wandelte sich in Panik. Sie begann zu schwitzen und verspürte den Drang zu fliehen. Dann erinnerte sie sich an Maigrets Worte. »Ergreift niemals vor den Raubtieren die Flucht«, hatte er den Großwildjägern eingetrichtert, »bewahrt immer die Ruhe.« Ihre Muskeln begannen vor Angst schon zu schlottern. Nur mit äußerster Anstrengung gelang es ihr, die Panik niederzuringen und sich schrittweise zurückzuziehen, den Blick immer fest auf die Dunkelheit gerichtet, aus der die Gefahr zu kommen schien.

Als sie auch in ihrem Rücken Geräusche vernahm, verlor sie endgültig die Fassung. Da ist noch so ein Biest, dachte sie fast verrückt vor Angst, dann setzte ihr Fluchtinstinkt ein, und sie rannte davon.

»Victoria!«, hörte sie noch Iacos entsetzten Schrei.

Doch da war es schon zu spät. Der Leopard, der im Gebüsch auf sie gelauert hatte, setzte zum Sprung an. Im nächsten Moment zerriss ein Schuss die Stille, doch da spürte sie schon, wie sich die messerscharfen Krallen des Tieres in ihren Rücken bohrten. Von der Wucht seines Sprunges wurde sie zu Boden geworfen. Ein höllischer Schmerz durchfuhr ihren Körper, als sie mit dem Kopf auf einem Stein aufschlug und sich die Welt in Dunkelheit auflöste.

8

Das Gerücht, dass es in Am Dafok einen tödlichen Jagdunfall gegeben hatte, verbreitete sich noch vor der Ankunft der Citroën-Expedition in Stanleyville. Julien erfuhr die Neuigkeit von einem engen Mitarbeiter des belgischen Gouverneurs Meulemeester. Dieser wiederum hatte die Kunde von einem Soldaten des Trupps, der der Expedition als Delegation ein Stück entgegengereist und dann zurückgekehrt war. Leider wusste sein Informant nicht, um welches Mitglied der Croisière Noire es sich handelte. Erst als Julien den betreffenden Soldaten ausfindig machte, bekam er nähere Informationen. Die Nachricht traf ihn wie ein Donnerschlag, man teilte ihm mit, dass es sich um die einzige Frau der Gruppe handelte.

»Leider weiß ich auch keine Einzelheiten«, gestand ihm der Soldat, »ich habe meinen Corporal nur darüber mit einem der Citroën-Männern reden hören. Sie ist wohl von einem Leoparden angefallen worden.«

Die Nachricht von Tories Tod erschütterte Julien so sehr, dass er glaubte, wahnsinnig zu werden. Was machte ein Leben ohne diese wunderbare Frau denn noch für einen Sinn? Torie war immer so stark und selbstbewusst gewesen und hatte in ihm den Anschein erweckt, dass sie unverwundbar war. Und nun war das Unvorstellbare geschehen.

Der Schmerz über ihren plötzlichen Tod brach so gewaltig über ihn herein, dass er sich in seine Unterkunft verkroch und tagelang auf seinem Bett liegen blieb. Die Ankunft der Citroën-Expedition interessierte ihn mit einem Mal nicht mehr, er sah sich nicht in der Lage, darüber noch einmal zu berichten. Umso mehr überließ er sich seiner Trauer und den Vorwürfen, die er sich machte. Er hätte Torie niemals allein zurücklassen dürfen. Ihr wäre nichts passiert, wäre er in ihrer Nähe gewesen. Er hätte sich von diesem Iacovlew nicht einschüchtern lassen sollen, sondern um sie kämpfen müssen. Doch nun war es zu spät.

Eine Weile konzentrierte sich sein Groll gegen den Maler, doch als sich die erste Welle des Schmerzes etwas gelegt hatte, klärten sich seine Gedanken, und er musste sich eingestehen, dass er Iacovlew nicht beschuldigen durfte, solange er keine Einzelheiten erfahren hatte. Aber was würde das alles schon ändern? Torie war tot. Er würde sie nie wiedersehen! Zu seinem Schmerz gesellte sich Selbstmitleid. Wieso hatte er ihr nie seine Liebe gestanden? Es hatte Zeiten gegeben, in denen eine gemeinsame Zukunft möglich gewesen wäre. Er hatte die Gelegenheiten verpasst, weil er immer wieder die falsche Abzweigung in seinem Leben genommen hatte.

Wie blind war er nur durch sein bisheriges Leben gegangen! Er hatte seine Zukunft als Mechaniker und den Traum, Ingenieur zu werden, vorschnell aufgegeben. Stattdessen hatte er sich in die Karriere als Journalist gestürzt. Das war kein Fehler gewesen, denn er konnte gut schreiben, er hatte sich dabei nur verloren. Erst nachdem er die Croisière wieder verlassen hatte, war ihm das aufgegangen, und er hatte beschlossen, sobald er wieder in Paris war endlich seinen Hochschulabschluss zu machen. Das alles hatte er Torie nach ihrer Ankunft in Stanleyville erzählen wollen, weil er sicher gewesen war, dass sie sich darüber gefreut hätte. Vielleicht hätten sie ja wenigstens beruflich eine gemeinsame Zukunft gehabt. Der Gedanke an die verlorenen Möglichkeiten riss eine neue tiefe Wunde in seinem Herzen auf. Ihr Verlust ließ ihn schier verzweifeln. Was hatte sein Leben noch für einen Sinn?

Erst vier Tage später legte sich seine düstere Stimmung langsam etwas, und ihm wurde klar, dass es nichts brachte, sich in seinem eigenen Schmerz zu suhlen. Torie würde ihn für diese Schwäche verachten. Sie hätte gewollt, dass er den Weg ging, der ihm schon immer vorbestimmt war. Er musste für Torie die Erfindungen entwickeln, von denen sie beide immer geträumt hatten. Tief traurig fasste er den Entschluss, seine Karriere als Journalist an den Nagel zu hängen und in Paris endlich das zu tun, was er schon lange hätte tun sollen.

Iaco streunte auf der Suche nach neuen Motiven durch die überraschend moderne belgische Kolonialstadt Stanleyville. Ihm gingen allerlei Dinge durch den Kopf. Allem voran das unglückliche Ende seiner Beziehung zu Victoria Belrose. War es ihm wirklich vorherbestimmt, dass er seine Frauen auf tragische Weise verlor? Er verbot sich diese Gedanken und versuchte, sich auf das Wesentliche zu konzentrieren. Am Abend war seine große Ausstellung im Gouverneurspalast, und er wollte sie unbedingt noch um ein paar Skizzen ergänzen.

Mit wachen Augen ging er durch die Stadt. Kaum zu glauben, dass Stanleyville erst fünfzig Jahre zuvor gegründet worden war. Der britisch-amerikanische Journalist Henry Morton Stanley, der unter anderem durch seine Suche nach dem vermissten Afrika-Forscher David Livingstone berühmt geworden war, hatte hier einst bei der Erforschung des Kongos eine Handelsstation aufgebaut, aus der später die nach ihm benannte blütengeschmückte Stadt mit den breiten, palmengesäumten Avenuen geworden war. Fast jedes Haus hatte eine Veranda. Es gab eine Kathedrale, Schulen, Banken, zahlreiche Geschäfte und sogar ein Hotel mit Tanzcafé. Den Wohlstand hatte die Stadt den Belgiern zu verdanken, die vieles in Gang gebracht hatten, nachdem sie den kleinen Freistaat 1908 unter ihre Fittiche genommen hatten. Es gab sogar einen bedeutenden Binnenhafen, auf dem eine Flotte von Flussdampfern dank der Staustufen bis zur Mündung des Kongos nur noch fünfzehn Tage benötigten.

Iaco erreichte die Kais und setzte sich auf einen Poller, um von dort aus das rege Leben rund um die Lagerhallen festzuhalten. Er würde die Skizzen ganz an den Anfang seiner Ausstellung hängen, damit die Besucher gleich sahen, dass er alles festhielt, was ihn beeindruckte. Er musste sich beeilen. Bereits in wenigen Stunden begann die Vernissage, die Gouverneur Meulemeester persönlich eröffnen würde. Alles, was Rang und Namen hatte, würde anwesend sein. Poirier und Specht wollten dem Ereignis eine eigene Szene in ihrem Film widmen. Das würde seinem Ruf nur zuträglich sein. Auch Meulemeester wollte davon profitieren – Iaco hatte erfahren, dass er ein Günstling des belgischen Königspaares war und wohl hoffte, dass er durch den Film noch mehr in deren Achtung stieg. Der gute Mann tat alles, um es den Croisière-Teilnehmern so angenehm wie möglich zu machen.

Iaco war froh, dass sie die letzte Etappe einigermaßen unbeschadet überstanden hatten. Die vergangenen Tage, während derer sie sich qualvoll durch den Dschungel gekämpft hatten, hatte an ihrer aller Nerven gezehrt. Nie würde er das unheilvolle Geräusch der Vögel vergessen, die mit ihren dicken Schnäbeln gegen die Baumstämme trommelten. Baumechsen, die sich unerwartet auf die Karosserien ihrer Raupen fallen ließen und dann böse fauchend wie ein Drache über die Fahrer hinweg zurück in ihre Freiheit sprangen. Riesige Goliathkäfer, von denen einer Bergonier beim Begutachten dank der scharfen Widerhaken an seinen Beinen den Finger zerfetzt hatte. Bunte Schmetterlinge, manchmal groß wie Vögel, und dann diese merkwürdigen Waldbewohner, die noch niemals mit Europäern in Kontakt getreten waren.

Leid und atemberaubende Schönheit hatten in diesem Teil der Strecke dicht beieinandergelegen. In einem Dorf mit armseligen Strohhütten hatte er Leprakranke skizziert, die sich um den geschundenen Körper eines Kleinkindes geschart hatten, auf dem paradoxerweise zwei wunderschöne bebende Schmetterlinge gesessen hatten. Es war grotesk, schrecklich und gleichzeitig ungemein faszinierend gewesen. An der Biegung der Piste, die sie sich mühsam durch den Urwald hatten bahnen müssen, war ihnen ein Jugendlicher begegnet, der sogar den nicht so leicht zu erschütternden Bergonier tief bewegt hatte. Der Penis des Jungen war von einer entsetzlichen Abart der Elefantiasis so deformiert, dass er wie ein drittes Bein an ihm hing. Merkwürdigkeiten ohne Ende.

Iaco hätte auf dieser Expedition noch unzählig viele weitere Motive finden können. Allerdings zu welchem Preis? Die Feuchtigkeit und das wuchernde Grün machten allen schwer zu schaffen. Tag für Tag gab es heftige Regengüsse, die alles unterspülten. Immer wieder wurden sie von Fieberschüben gequält. Die Pisten, die gerade erst durch den dichten Urwald gebahnt worden waren, mussten nachgerodet werden, weil schnell wachsende Baumschösslinge sie bereits wieder unbefahrbar gemacht hatten. Oft gab der Untergrund einfach nach, die Brücken aus Baumstämmen knickten ein oder rutschten weg, sodass die Raupen zwei, manchmal drei Meter tief in Gräben stürzten und mühsam wieder hochgehievt werden mussten.

Bei jedem dramatischen Halt waren plötzlich Menschen wie aus dem Nichts aus dem dunkelgrünen Dunst aufgetaucht, hatten stumm dagestanden und sie voller Misstrauen begafft. Die Männer in dieser Gegend trugen schwarze Mützen aus Affenfell, die kräftig gebauten Frauen schmückten sich mit Stirnbändern aus geflochtenen Gräsern und drehten ihre Haare auf dem Oberkopf zu kleinen Hörnern. Wie hatten sie nur stets von ihrer Ankunft erfahren?

Eine erstaunliche Erfahrung hatten sie gemacht, als einige Kilometer vor Buta wie aus dem Nichts eine Straße aufgetaucht war, auf der eine Art europäische Straßenbahn verkehrte. Wie sie erfahren hatten, war Buta 1898 von Missionaren des Prämonstratenser-Ordens gegründet worden und dann zu einer Bergbaustadt mit Militärquartieren ausgebaut worden. Hier war die belgische Armee des Kongo untergebracht. Von diesem Augenblick an standen sie unter dem Schutz Gouverneur Meulemeesters.

Bereits ein Jahr zuvor waren sie ihm bei den Vorbereitungen der Expedition in Brüssel begegnet, und er hatte ihnen versprochen, eine Piste bauen zu lassen, auf der sie die Hauptstadt würden erreichen können. Er hatte sein Versprechen gehalten. An die vierzigtausend Hilfskräfte hatten innerhalb von fünf Monaten die erstaunliche Leistung vollbracht und einen fast fünfhundert Kilometer langen Straßenzug durch den Urwald gebahnt. Nachdem sie auch diesen Teil der Strecke hinter sich gebracht hatten, waren sie begeistert von den Menschen der Stadt empfangen worden. Bereits vierzig Kilometer vor Stanleyville hatte Festtagsstimmung geherrscht. Sie waren an belgischen und französischen Fahnen vorbei durch einen mit Blüten umrankten Triumphbogen gefahren, hinter dem Meulemeester sie in großer Galamontur mit der *Marseillaise* begrüßt hatte, bevor die belgische Nationalhymne gespielt worden war. Was für ein Empfang! Kaum waren die letzten Akkorde verklungen, hatten Schulkinder eine eigens komponierte »Expeditionshymne« zur Melodie von *Madelon* gesungen.

Wie schade, dass Victoria dies nicht mehr hatte erleben dürfen. Iaco löste sich mit einem Seufzer aus seinen Erinnerungen und machte sich auf den Weg zurück in den Gouverneurspalast.

Julien fühlte sich völlig fehl am Platz, als er den Palast betrat. Nach den Tagen der Trauer um Torie war es das erste Mal, dass er sich wieder unter Menschen wagte. Als akkreditierter Journalist wurde er angewiesen, sich zu den anderen Presseleuten zu gesellen. Erst wenn die Ausstellung eröffnet war, war ihnen erlaubt, sich unter die Ehrengäste zu mischen. Zwangsläufig musste er sich gedulden, und so beobachtete er von einer Galerie aus das bunte Treiben der gehobenen Gesellschaft von Stanleyville. Sogar eine Jazzkapelle spielte auf, um die High Society zu unterhalten. Alles, was Rang und Namen hatte, ließ sich an diesem Abend sehen. Die Frauen trugen Abendkleider mit lässigen Federboas um den Hals drapiert, die Männer elegante Smokings oder ihre Ausgehuniformen. Sehen und gesehen werden, welch eitles Gehabe.

Julien war sich plötzlich nicht mehr sicher, ob er wirklich noch einmal über die Croisière Noire berichten wollte. Doch dann besann er sich wieder auf seine Vorsätze. Er würde seiner Zeitung einen letzten abschließenden Artikel schreiben und danach guten Gewissens kündigen. Der wahre Grund war natürlich, dass er unbedingt herausfinden wollte, unter welchen Umständen Torie ums Leben gekommen war.

Mittlerweile hatten sich die Gäste vor einer eigens errichteten Tribüne versammelt, auf der neben Gouverneur Meulemeester die beiden Expeditionsleiter Audouin und Haardt zusammen mit Alexander Iacovlew standen. Meulemeester ergriff das Wort und lobte in großen Tönen die Besonderheit und den Mut der Croisière Noire, die er selbst tatkräftig unterstützt hatte, bevor er auf die Bilder des Künstlers zu sprechen kam. Selbst Julien musste zugeben, dass der Maler höchst begabt war, mit einer erstaunlichen Sensibilität verstand er es, das Wesen der fremden Völker wiederzugeben. Nach einem abschließenden Tusch der Kapelle wurde die Ausstellung für eröffnet erklärt. Sofort zerstreuten sich die Menschen, um sich endlich die Kunstwerke anzusehen und die Köstlichkeiten zu genießen, die die zahlreichen Kellner ihnen auf Tabletts anboten.

Julien hielt Ausschau nach Penaud und den Mechanikern, von denen er mehr über Torie zu erfahren hoffte. Er entdeckte sie ganz am anderen Ende des riesigen Saales, doch als er dort ankam, hatten die Männer die Veranstaltung bereits verlassen. Offenbar zogen sie andere Vergnügungen vor. Verstimmt begab er sich wieder zurück in den Trubel. Nun gut, dachte er grimmig, dann muss Iacovlew mir eben Rede und Antwort stehen. Er würde nicht gehen, bevor er alles über Tories Schicksal erfahren hatte.

Wie nicht anders zu erwarten gewesen war, entdeckte er den Maler umringt von einer Schar weiblicher Bewunderer. Nichts an seiner Attitüde verriet, dass etwas Schreckliches geschehen und er in Trauer war. Im Gegenteil, er sonnte sich in seiner Eitelkeit. Julien fühlte plötzlich solch einen Widerwillen, dass er jegliche Zurückhaltung vergaß. Ohne sich um die Umstehenden zu kümmern, bahnte er sich einen Weg direkt zu dem Künstler.

»Sieh an, du scheinst dein Leben ja schon wieder prächtig zu genießen«, blaffte er jede Höflichkeit außer Acht lassend, womit er prompt bei Iacovlews Bewunderern Stirnrunzeln und befremdete Blicke erntete.

Er war gewappnet für eine Auseinandersetzung. Sollten sie ihn doch hinauswerfen.

»Ruiz! Ich freu mich, dich zu sehen.« Iacovlew lächelte eher überrascht als verstimmt. Mit einer rasch gemurmelten Entschuldigung an seine Bewunderer trat er auf ihn zu. »Lass uns ein ruhigeres Plätzchen zum Reden suchen«, schlug er ihm vor und nahm seinen Ellenbogen.

Julien hatte mit einer völlig anderen Reaktion gerechnet und ließ es geschehen. Doch kaum waren sie ein paar Schritte gegangen, hatte er sich wieder unter Kontrolle.

»Was soll das?«, fauchte er und löste sich aus Iacos Griff. »Ist es dir peinlich, wenn ich dich in aller Öffentlichkeit anspreche? Hast du vielleicht etwas zu verbergen?«

»Natürlich nicht!« Iaco schüttelte unwillig den Kopf. »Ich bin sogar froh, dass du hier bist ...« Er räusperte sich. »Ich muss dir leider ...«

»Ich weiß davon«, unterbrach ihn Julien unwirsch. »Die Kunde von dem Unfall ist euch vorausgeeilt.«

Der Maler nickte ernst. »Schlimme Sache, und ich fühle mich in gewisser Weise sogar dafür verantwortlich ...« Er seufzte und rieb sich mit beiden Händen das Gesicht. Julien fühlte, wie sein Herz immer enger wurde. Gleichzeitig verspürte er den Wunsch, Iaco an den Hals zu gehen. Doch erst musste er wissen, was geschehen war. »Torie und ich hatten eine kleine Meinungsverschiedenheit«, begann er. »Sie war so wütend, dass sie aus dem Zelt gestürmt ist. Ich habe noch versucht, sie aufzuhalten, sie rannte aber einfach davon ...« Er schüttelte fassungslos den Kopf. »Sie kann so unglaublich stur sein.«

Julien nickte. Er wusste, wie impulsiv Torie sein konnte. »Erzähl weiter«, drängte er ungehalten.

Iaco rieb sich die Nase. »Ich hätte ihr sofort hinterherlaufen müssen, ich wollte sie allerdings noch ein wenig schmoren lassen. Mein Gott!« Er sah Julien in die Augen. »Ich habe gedacht, dass sie zurück ins Lager ist, aber sie ist in die andere Richtung gerannt. Als ich raus bin, um sie zu suchen, habe ich kostbare Zeit verloren.

Mir war natürlich klar, wie gefährlich es ist, nachts allein im Busch zu sein. Also bin ich mein Gewehr holen gegangen. Dann hörte ich das Fauchen einer Raubkatze, und danach ging alles ganz schnell. Ich sah einen Leoparden und legte an. Gleichzeitig rief ich Victorias Namen, damit sie stehen blieb. Sie ist einfach weggerannt. Der Leopard ist gesprungen und hat sie erwischt ...«

Iaco wollte weitererzählen, doch Julien konnte seine Schilderungen nicht länger ertragen. »Hör auf«, stieß er schluchzend aus und suchte an einer der Säulen des Palastes Halt. Alles um ihn herum schien sich zu drehen.

Der Maler führte ihn zu einer Sitzgruppe. Er ließ es willenlos geschehen. Nachdem sie sich gesetzt hatten, starrte er wortlos auf den Boden.

»Du liebst Victoria, stimmt's?«

Es dauerte eine Weile, bis Iacovlews Stimme zu ihm durchgedrungen war.

Er starrte ihn an, ohne ihn richtig wahrzunehmen, und nickte. »Mein ganzes Leben schon«, gestand er leise und schluckte. »Musste sie sehr leiden?«

»Die ersten Tage nur. Die Wunden auf ihrem Rücken waren tief und haben sich entzündet. Sie bekam Fieber, obwohl Bergonier sein Bestes gab, um es zu verhindern ...«

Julien hob verzweifelt die Hand. Er wollte nicht länger zuhören. »Erspar mir die Einzelheiten«, bat er kraftlos. »Wie lange dauerte ihr Leiden, bis sie erlöst wurde?«

Iacovlew starrte ihn einen Augenblick perplex an. Dann lachte er plötzlich auf und schüttelte verwirrt den Kopf. »Mein Gott! Du denkst, dass sie tot ist?«, fragte er ungläubig.

Julien wurde wütend. »Findest du das etwa amüsant? Du bist so pietätlos!« Er wusste nicht, was ihn noch davon abhielt, dem Kerl endlich die Faust ins Gesicht zu schlagen.

»Aber Victoria lebt«, hörte er wie aus der Ferne.

Nun war es an ihm, den Maler fassungslos anzustarren. »Torie lebt? Das ... das ist unmöglich!«

»Sie wurde schwer verletzt«, schränkte Iacovlew ein. »Leider so schwer, dass sie die Reise nicht fortsetzen konnte. Maigret hat sie, als wir das Lager in Am Dafok aufgelöst haben, mit zurück nach Frankreich genommen ...«

Julien erfuhr alle Einzelheiten über den schrecklichen Zwischenfall. Nachdem er endlich begriffen hatte, wie sehr er sich getäuscht hatte, erfasste ihn tiefe Erschöpfung. Es dauerte noch eine ganze Weile, bis er ein Gefühl der Befreiung verspürte.

»Du machst mich zum glücklichsten Menschen auf der ganzen Welt«, gestand er schließlich Iacovlew, sie unterhielten sich auf einmal wie Freunde. Dann fiel ihm ein, dass er dem Maler in seinem Unglück seine Liebe zu Torie gestanden hatte. »Wirst du Torie in Paris wiedersehen?«, erkundigte er sich.

Iacovlew nickte. »Sehr wahrscheinlich«, erwiderte er. »Spätestens bei den Empfängen, die uns bei unserer Rückkehr erwarten.«

Julien nickte. Das war zu befürchten gewesen. »Dann wünsche ich euch beiden viel Glück«, sagte er mit einem erzwungenen Lächeln.

Iacovlew klopfte ihm auf die Schulter und grinste ihm freundschaftlich zu. »Du solltest deiner Torie sagen, dass du sie liebst«, riet er ihm. Julien verstand nicht und sah ihn fragend an. »Das zwischen Victoria und mir war sehr reizvoll«, bekannte der Maler. »Sie ist eine wunderbare Frau und noch dazu äußerst klug. Ihre Eigenwilligkeit und ihr starker Wille haben mich beeindruckt. Dennoch passen wir überhaupt nicht zusammen ...« Er hob die Augenbrauen. »Ich bin viel zu rastlos für jemanden wie sie und möglicherweise auch zu unzuverlässig.« Er stand auf. »Meine Bewunderinnen erwarten mich«, meinte er in seiner selbstverständlichen Lässigkeit. »Ich sollte sie noch ein wenig beeindrucken.« Er hob die Hand zum Abschied und machte sich davon.

Am nächsten Tag erhielt Julien ein kleines Päckchen, das ihm ein Bote im Namen von Iacovlew übermittelte. In Zeitungspapier eingeschlagen fand er ein abgegriffenes Notizbuch. Auf einem beigelegten Zettel stand in schwungvollen Lettern: *Das ist Victorias Skizzenbuch. Sie hat es zurückgelassen. Keine Ahnung, was das Gekritzel soll, vielleicht hast du ja eine Verwendung dafür.*
Bonne Chance *A.I.*

9

Torie hatte großes Glück gehabt, dass sie den Angriff des Leoparden überlebt hatte. Iacos beherztes Eingreifen hatte ihr schlussendlich das Leben gerettet. Der erste Schuss hatte das Tier zwar nicht getroffen, doch es war dadurch aufgeschreckt worden, sodass es für einen Augenblick von ihr abgelassen hatte. Für Iaco, der ein geübter Schütze war, Zeit genug, um das Tier mit einem weiteren, gezielten Schuss zu erledigen. Torie war zu diesem Zeitpunkt schon bewusstlos gewesen.

Ihre Erinnerung setzte erst wieder ein, als sie viele Stunden später auf dem Bauch liegend im Sanitätszelt mit schrecklichen Schmerzen erwachte. Als sie Bergoniers sorgenvolle Miene sah, ahnte sie, dass es nicht besonders gut um sie stand. Sie versuchte etwas zu sagen, außer einem schmerzvollen Krächzen brachte sie jedoch kein verständliches Wort hervor. Sie merkte noch, wie Bergonier ihr vorsichtig einen Trank einflößte, dann überließ sie sich wieder dem Delirium.

Auch die nächsten Tage verbrachte sie unter der Wirkung von Opiaten. Die Raubkatze hatte ihr mit den Pranken ganze Muskelstücke aus den Schultern gerissen, der Biss in ihren Hals hatte nur um ein Haar die Halsschlagader verfehlt, war aber tief genug, dass die Sorge bestand, sie könne ihren Kehlkopf verletzt haben. Tagelang schwebte sie zwischen Leben und Tod. Nur dem aufopferungsvollen Einsatz von Bergonier hatte sie es zu verdanken, dass sie diese Zeit überstand. In einer mehrstündigen Operation unter einfachsten Bedingungen nähte er die Fleischwunden und veranlasste, dass die Verbände regelmäßig gewechselt wurden. Diese Aufgabe übernahm Baba Touré, der sich hingebungsvoll um sie kümmerte. Iaco erschien nur selten und blieb meistens nicht sehr lange bei ihr. »Ich kann dein Leiden nicht gut ertragen«, entschuldigte er sich einmal zerknirscht, »vielleicht, weil du mir zu viel bedeutest.«

Doch auch, als es ihr wieder besser ging, kam er nicht häufiger. Torie wunderte sich, dass es ihr kaum etwas ausmachte. Schon vor dem Angriff des Leoparden war ihr klar geworden, wie wenig sie noch mit Iaco verband. Als der Aufenthalt im Großwildcamp sich seinem Ende näherte, war allen klar, dass sie die Expedition nicht weiter begleiten konnte. Ihr Zustand war immer noch besorgniserregend. Der Abenteurer Maigret, der die Jagden in Am Dafok organisiert hatte, erklärte sich bereit, bei ihr zu bleiben, bis sie stabil genug war, um mit ihm und seinen Männern über den Weißen Nil nach Abessinien und von dort nach Dschibuti am Roten Meer zu reisen. Von da sollten die kostbaren Jagdtrophäen nach England zum Ausstopfen verschifft werden, ehe sie ihren Platz in der Citroën-Sammlung in Paris finden konnten.

Der Abschied von den ihr so lieb gewordenen Freunden hätte bewegender nicht sein können. Torie brach es schier das Herz, sie weiterziehen zu sehen. Jeder Einzelne verabschiedete sich persönlich und versicherte ihr, dass sie nach wie vor Teil der Croisière Noire sei. Penaud und die Mechaniker brachten ihr sogar ein Ständchen, Audouin salutierte vor ihr und wurde richtig feierlich.

»Obwohl ich meine Vorbehalte gegen Sie hatte, haben Sie alle Erwartungen übertroffen«, räumte er ein. »Sie sind ein Prachtmädchen, und ich würde mich jederzeit wieder für Sie entscheiden!«

Für Torie war das ein Ritterschlag, ebenso wie die anerkennenden Worte von Major Bettembourg, der lange gegen sie gewesen war. Diese Anerkennung bedeutete ihr viel, auch wenn sie wusste, dass noch viel Zeit vergehen würde, bis eine Frau bei solchen Unternehmungen eine Selbstverständlichkeit war. Bergonier machte gar keine Versuche, seine Rührung zu verbergen. Mit Tränen in den Augen drückte er ihr einen dicken Schmatz auf die Stirn und wünschte ihr alles Gute.

»Dass so mancher Mann dir nicht das Wasser reichen kann, das wissen wir ja alle mittlerweile«, brummte er gerührt. »Aber dass du mir jetzt schon fehlst, damit habe ich nicht gerechnet!« Er ging mit einem unüberhörbaren Schniefen davon.

Poirier und Specht versprachen ihr, sie zur Premiere ihres Filmes einzuladen.

»Dann sehen Sie wenigstens, was Ihnen nun entgehen wird«, sagte Specht.

Auch der zurückhaltende Haardt fand ein paar freundliche Worte.

Beim Abschied von Iaco fühlten sie sich beide befangen. Keiner sprach aus, was jeder von ihnen wusste. Ihre gemeinsame Zeit war endgültig vorüber.

»Wir sehen uns dann in Paris«, meinte er mit einem unverbindlichen Lächeln. Man hätte meinen können, es sei nie etwas zwischen ihnen geschehen. Torie nahm es erstaunlich gleichmütig hin.

»Möglich«, formulierte sie bewusst vage, »allerdings werde ich sehr beschäftigt sein.«

Als Iaco ihr einen Abschiedskuss auf die Wange gab, fürchtete sie, dass ihr Körper wieder auf ihn reagieren würde. Doch merkwürdigerweise fühlte sie rein gar nichts. Das brachte sie zum Lächeln.

»Wieso lächelst du?«, fragte er dann erstaunt.
»Weil mir gerade einiges klar geworden ist!«

Zwei Wochen später brach sie mit Maigret und seinen Männern auf in Richtung Dschibuti. Ihre Reise führte über den Weißen Nil und den Blauen Nil bis zum Tana-See und von dort nach Addis Abeba, wo sie die Eisenbahn in Richtung Dschibuti nehmen sollten. Leider waren die Strapazen Tories Gesundheit nicht zuträglich. Die Wunden auf ihrem Rücken waren zwar einigermaßen abgeheilt, aber vernarbten stark, und es bildeten sich Geschwulste. Bergonier hatte sie zwar nach bestem Wissen versorgt, aber es war nicht zu übersehen, dass er Wissenschaftler und kein Chirurg war. Auch ihre Bewegungsfähigkeit war stark eingeschränkt. Es gelang ihr kaum, die Arme zu heben, die rechte Seite war fast unbeweglich. Bergonier hatte ihr zwar weismachen wollen, dass sich das alles wieder gebe, doch da nach so vielen Wochen immer noch keine Besserung eingetreten war, bezweifelte sie das stark.

Schließlich platzte eine der halb verheilten Narben auf ihrem Rücken auf und entzündete sich. Die Schmerzen wurden schier unerträglich. Torie verschwieg sie, um Maigret und seine Männer nicht damit zu belasten, bis sie erneut zusammenbrach und in einem christlichen Krankenhaus in Abessiniens Hauptstadt Addis Abeba zurückgelassen werden musste. Während Maigret mit seinen Trophäen weiter nach Dschibuti reiste, musste sie im Hospital bleiben. Dort wurde sie zum ersten Mal seit dem schrecklichen Unglück fachmännisch betreut. Die Prognose des Chefarztes Dr. Temersgen war jedoch niederschmetternd.

»Sie werden Ihr Leben lang unter den Folgen des Unglücks zu leiden haben«, stellte dieser nach langwierigen Untersuchungen fest. »Der Leopard hat an Ihrer rechten Schulter Sehnen durchtrennt, die nicht richtig zusammengewachsen sind. An den Narben haben sich Geschwulste gebildet, die die Bewegungsfähigkeit Ihrer Schulter stark einschränken. Sie werden Ihre Arme nie wieder so gebrauchen können wie zuvor.«

Torie starrte den Arzt fassungslos an. »Das heißt, ich kann nie mehr an einem Motor schrauben«, stellte sie tonlos fest.

Dr. Temersgen bedauerte, aber er hatte noch mehr schreckliche Neuigkeiten. »Sie werden außerdem damit rechnen müssen, dass die Schmerzen in Ihrer Schulter Sie ein Leben lang begleiten.«

Die Nachrichten waren so niederschmetternd für sie, dass sie in eine tiefe Depression verfiel. Sie verbrachte Tage, in denen sie nur an die weiß getünchte Decke ihres Krankenzimmers starrte und kaum Nahrung zu sich nahm. Ihr Leben war durch einen einzigen dummen Zufall verpfuscht. Nicht einmal Citroën, der bislang immerhin ihre Krankenhauskosten bezahlte, würde mehr eine Verwendung für sie haben. Der einzige Lichtblick in dieser Zeit war ein junger amharischer Arzt, der immer wieder kam, um sie aufzuheitern.

»So schnell geben wir Sie nicht auf«, versicherte der schlanke, dunkelhäutige Mann mit dem krausen Haar. Sein Name war Dr. Ghebremeskel, und er hatte gerade sein Studium in Oxford absolviert. Sein Wesen war von einem unerschütterlichen Optimismus geprägt, der sie wenigstens zeitweise aus ihrem tiefen Loch herausholte. Eines Tages kam er mit einem Anatomieatlas in ihr Zimmer. »Ich habe hier etwas für Sie«, verkündete er mit seinem aufmunternden Lächeln. Seine schmalen Finger huschten durch die Blätter des Buches und klappten die Seite mit der Schultermuskulatur auf. »Sehen Sie, so sieht eine gesunde Schulter aus.« Aus seiner Kitteltasche zog er ein Blatt mit einer selbst gefertigten Zeichnung und breitete es ebenfalls vor ihr aus. »Und so kaputt ist Ihre Schulter.«

Torie verzog angewidert das Gesicht. »Das muss ich gar nicht so genau wissen.«

»Doch, das sollten Sie, denn schließlich ist es Ihr Körper«, beharrte Dr. Ghebremeskel stur. »Ich brauche nämlich Ihr Einverständnis, wenn ich die Operation durchführen soll.«

»Eine Operation?« Torie warf ihm einen kritischen Blick zu. »Aber Ihr Chef, Dr. Temersgen, hat mehrfach behauptet, dass er nichts mehr für mich tun kann.«

»Weil er da noch nicht wusste, dass es eine neue Operationsmethode gibt. Ich habe mich mit meinem Professor in England kurzgeschlossen. Er ist ein Spezialist im Rekonstruieren von zerstörten Muskel- und Sehnenpartien. Während meiner Zeit in England durfte ich ihm öfter assistieren, und in Ihrem Fall habe ich ihn um Rat gefragt. Er hat mir alle notwendigen Informationen gegeben. Ich traue mir den Eingriff zu, wenn Sie mir Ihr Einverständnis geben.« Er erklärte ihr ruhig und in allen Einzelheiten, wie er vorgehen wollte. »Die hässlichen Narben und Verwachsungen auf Ihrem Rücken werde ich zum größten Teil durch Hauttransplantationen ansehnlich machen. Es werden zwar Narben bleiben, aber sie werden unbedeutend sein.« Er hielt kurz inne. »Allerdings müssen wir abwarten, bis die Entzündungen in Ihrem Körper vollständig zurückgegangen sind.« Er sah sie eindringlich an. »Und dafür müssen Sie der Situation positiv gegenüber eingestellt sein, so schwer Ihnen das im Augenblick auch fällt. Ich will Ihnen auch nicht verschweigen, dass schwere, schmerzvolle Wochen auf Sie zukommen werden.«

Torie verstand, was er meinte. Zum ersten Mal schöpfte sie wieder ein wenig Hoffnung.

»Und ich werde mich danach normal bewegen und sogar wieder arbeiten können?«, fragte sie vorsichtig.

Dr. Ghebremeskel nickte zuversichtlich. »Wenn es keine Komplikationen gibt, stehen die Chancen sehr gut!« Er berührte sacht ihren Arm. »Beten Sie zu Gott, dem Allmächtigen. Er wird Ihr Schicksal schon lenken. Geben Sie mir morgen Bescheid.«

Er bekreuzigte sich und wollte Sie allein lassen, doch Torie hatte sich längst entschieden. »Ich werde alles tun, um wieder gesund zu werden«, teilte sie ihm entschlossen mit.

10

Zwei Monate später war sie wieder so weit hergestellt, dass Torie endlich die Rückreise nach Frankreich antreten konnte. Dr. Ghebremeskel hatte sein Versprechen gehalten und sie nach allen Regeln der Kunst erfolgreich operiert. Zwar war ihre Bewegungsfähigkeit noch nicht vollständig wiederhergestellt, doch es waren jeden Tag kleine ermunternde Fortschritte zu verzeichnen. Auch ihre Schmerzen waren auf ein erträgliches Maß geschrumpft.

Anfang September 1925 kam sie nach einem Jahr Abwesenheit wieder zurück nach Paris. Clarissa holte sie vom Bahnhof ab. Sie hatte ihr angeboten, bei ihr zu wohnen, bis sie sich wieder ganz erholt hatte. Dafür war sie ihr sehr dankbar. Torie fiel sofort auf, dass auch ihre Freundin sich stark verändert hatte. Sie wirkte aufgeblüht und wesentlich selbstbewusster als ein Jahr zuvor. Sie hatte erst vor Kurzem erfahren, dass sie sich von Maurice getrennt und für ein Leben in Paris entschieden hatte. Weder ihr Bruder noch ihre Freundin schienen besonders darunter zu leiden. Als sie mehr über die Hintergründe erfuhr, war sie beruhigt. Die beiden führten jeder für sich ein besseres Leben als davor zu zweit – sie hatte ohnehin nie verstanden, was Maurice und Clarissa zueinander hingezogen hatte.

Gleich nach ihrer Ankunft schrieb sie Maurice einen Brief, in dem sie ihm von ihren Erlebnissen in Afrika berichtete. Er antwortete schneller, als sie gedacht hätte, und mit einer Lebendigkeit, die sie bei ihrem Bruder schon viele Jahre nicht mehr erlebt hatte. Zu ihrer großen Freude teilte er ihr mit, dass er seine Arbeit als Arzt wieder aufgenommen hatte. Er hatte eine eigene Praxis im Wedding eröffnet und widmete sich abends und an den Wochenenden den Kranken in den Arbeitervierteln, wo er sie kostenfrei behandelte. Dabei erwähnte er mehrfach Mia, die ihm wohl ab und zu als Krankenschwester assistierte.

»Meinst du, da läuft was zwischen den beiden?«, fragte Torie Clarissa, nachdem sie wieder einmal von Maurice einen Brief erhalten hatte.

Sie hatte lange überlegt, ob sie ihr die Frage stellen sollte, doch Clarissa hatte damit keinerlei Probleme.

»Ich glaube, Mia hat deinen Bruder von Anfang an besser verstanden als ich«, meinte sie ohne jegliche Bitterkeit. »Ich wünsche den zweien auf jeden Fall, dass sie glücklich werden, so glücklich, wie ich es im Augenblick bin.«

Torie freute sich sowohl für Maurice als auch für Clarissa, die in Paris endlich das Leben als Künstlerin zu führen schien, das sie sich immer erträumt hatte. Ihre Wohnung war zwar nicht besonders groß, dafür hatte sie die Erlaubnis, das Dachgeschoss als Atelier zu nutzen. Abends ging sie oft aus, in den frühen Morgenstunden kam sie wieder zurück. Und auch tagsüber sahen sich die Freundinnen nur selten. Torie war von jeher eine Frühaufsteherin gewesen, Clarissa, die Nachteule, kam erst gegen Mittag aus ihrem Zimmer. Nach einem raschen Frühstück verschwand sie meist für ein paar Stunden in ihrem Atelier, wo sie auch öfter Besuch bekam, der dann stundenlang bei ihr blieb. Torie vermutete, dass Clarissa einen neuen Freund hatte. Vielleicht waren es sogar wechselnde Bekanntschaften. Sie mochte nicht in sie dringen, solange sie ihr nicht selbst davon erzählen wollte.

Als sie eines Tages Clarissa mit frischem Gebäck aus der Bäckerei in ihrem Atelier überraschen wollte, hörte sie schon auf der Treppe nach oben die Stimmen zweier kichernder Frauen. Wenig später öffnete sich die Tür, die ins Dachgeschoss führte, und Torie sah, wie Clarissa und eine elegant gekleidete Frau sich innig umarmten. Sie machte sich mit einem Räuspern bemerkbar, woraufhin die beiden Frauen auseinanderfuhren. Für einen Augenblick herrschte beklommenes Schweigen zwischen ihnen. Clarissas Besucherin, deren Haut einen wundervollen dunklen Teint hatte, fasste sich am schnellsten.

»Du bist bestimmt Clarissas Mitbewohnerin«, sagte sie mit einem unüberhörbar amerikanischen Akzent. »Clarissa und ich haben gerade ihre neue Ausstellung besprochen. Ich werde die Rede bei der Vernissage halten.« Sie lachte ein kehliges Lachen und versuchte, Unverfänglichkeit zu erwecken.

Clarissa stand erst unschlüssig in der Tür, dann straffte sich ihr Körper. »Betty ist Schriftstellerin und kommt aus Amerika«, erklärte sie bestimmt. »Wir kennen uns aus dem Salon von Gertrude Stein.« Sie griff entschieden nach Bettys Hand, umfasste sie fest und wandte sich wieder Torie zu. »Außerdem lieben wir uns.«

»Oh!« Torie verschlug es kurz die Sprache. Clarissas Geständnis hatte sie überrumpelt, doch sie fasste sich überraschend schnell. Im Grunde genommen hatte sie längst etwas Ähnliches geahnt. »Wie schön! Ich freue mich für euch!«, sagte sie herzlich und streckte Betty die Hand hin. Die Amerikanerin ließ Clarissa los und ergriff sie perplex. »Das war unkompliziert«, stellte sie nüchtern fest, und dann brachen sie alle drei in Lachen aus.

Torie erholte sich vollständig von den Folgen ihrer schweren Verletzungen. Sie ging mit Clarissa und ihrer Freundin immer mal wieder aus, aber lieber beschäftigte sie sich mit neuen technischen Ideen. Dummerweise war ihr Notizbuch in Afrika verloren gegangen, in das sie ausführliche Skizzen und Berechnungen für ein neues Fahrzeuggetriebe gezeichnet hatte. Damit waren auch die Messdaten, die sie für die Wiederaufnahme ihrer Ideen benötigt hätte, verloren. Wie gern hätte sie mit Kégresse darüber diskutiert. Hin und wieder dachte sie daran, sich bei André Citroën oder Giorgina zu melden, doch sie schob es immer wieder auf. Die beiden waren sicherlich viel zu beschäftigt.

Die Presse berichtete fast täglich von dem großartigen Erfolg der Croisière Noire und der Rückkehr der Abenteurer aus Afrika. Sie verschlang die Berichte sämtlicher in- und ausländischer Zeitschriften – auch ältere Ausgaben – und war stolz auf die großartigen Leistungen der Truppe. Ein wenig schmerzte sie die Lektüre auch, denn sie machte ihr nur allzu deutlich, dass sie schon lange nicht mehr dazugehörte. Beim Lesen der *New York World*, für die Julien exklusiv berichtet hatte, fiel ihr auf, dass sein letzter Artikel aus Stanleyville stammte. Danach war er nicht mehr als Autor zu finden – er schien wie vom Erdboden verschwunden. Ob er von ihren Verletzungen erfahren hatte? Vermutlich schon, schließlich war er mit der *équipe* in Kontakt gewesen. Warum hatte er sich dann nicht gemeldet. Torie spielte mit dem Gedanken, sich bei seinen Eltern in Bagnolet zu erkundigen, aber dann ließ sie es doch bleiben. Julien sollte nicht denken, dass sie ihm hinterherlief, schon gar nicht, wenn sie ihm so offensichtlich gleichgültig war.

Zu Beginn des Jahres 1926 fühlte sich Torie kräftig genug, ihr Leben wieder in die eigenen Hände zu nehmen. Zwar hatte sie keinerlei finanzielle Sorgen, da die Firma Citroën sie während ihrer Rekonvaleszenz großzügig unterstützt und auch ihr Gehalt weiterbezahlt hatte, sie wollte diese Großzügigkeit aber nicht länger ausnutzen und beschloss, sich wieder zurückzumelden. Torie sehnte sich nach neuen Aufgaben und Herausforderungen und hoffte, dass man sie wegen ihrer Erfahrungen während der Expedition wieder in einer Forschungsabteilung einsetzen würde. Guten Mutes meldete sie sich im Sekretariat von André Citroën, wo sie jedoch bei Weitem nicht so freundlich aufgenommen wurde, wie sie es erhofft hatte. Das Vorzimmer wurde mittlerweile von einer neuen Sekretärin geleitet, die Torie ziemlich herablassend behandelte.

»Sie können hier nicht einfach so hereinplatzen«, wurde sie sofort gemaßregelt, nachdem sie um einen Termin bei Citroën gebeten hatte. »Monsieur Citroën hat derzeit wegen des neuen Filmes über die Croisière Noire außerordentlich viel zu tun. Er ist von morgens bis abends beschäftigt. Die ganze Welt reißt sich um ihn und die erfolgreichen Rückkehrer. Melden Sie sich im Personalbüro. Hier sind Sie falsch.«

Torie wollte gerade protestieren, als Adolphe Kégresse ins Vorzimmer trat und sie sogleich erblickte. »Victoria Belrose!«, rief er. Sie freute sich, dass er sie sofort erkannte. Ein breites Grinsen huschte über sein hageres, bärtiges Gesicht. Dann trat der sonst eher zurückhaltende Mann auf sie zu und ergriff herzlich ihre Hände. »Ich habe schon von Ihrem Husarenstück gehört«, meinte er kopfschüttelnd. »Ihr Einfallsreichtum und Ihr Mut sind immer noch in aller Munde …« Torie fühlte sich plötzlich verlegen und versuchte, sich aus seinem Griff zu befreien. War das alles, was von ihr im Gedächtnis bleiben würde? Kégresse behielt ihre Hände fest in den seinen und ignorierte den neugierigen Blick der Sekretärin. »Geht es Ihnen gut? Sind Sie wieder vollkommen gesund?« Endlich ließ er sie los. Sie wollte antworten, doch Kégresse war mit seinen Gedanken schon wieder woanders. Ein kurzer Blick auf die Wanduhr ließ ihn unruhig werden. »Tut mir leid, dass ich mich nicht länger mit Ihnen unterhalten kann«, bedauerte er aufrichtig. »Ich habe leider zu tun. Aber Sie müssen unbedingt heute Abend ins Ritz kommen, Victoria. Léon Poirier wird dort in kleinem Rahmen eine erste Fassung seines Films *Croisière Noire* vorstellen. Mademoiselle Clavel wird Ihnen eine Einladung geben. Sie kommen doch, nicht wahr?«

Er wartete ihre Antwort gar nicht ab, sondern verschwand im nächsten Augenblick durch die Tür.

Als Torie am Abend mit der Einladung zum Film vor den Kolonaden des Hôtel Ritz auf der Place Vendôme stand, sank ihr plötzlich das Herz. Die hellen, freundlich leuchtenden Kristalllüster aus dem Inneren des vornehmen Hotels schüchterten sie ein. Sie war sich nicht mehr sicher, ob sie willkommen sein würde. Ihr Selbstbewusstsein, das früher durch kaum etwas zu erschüttern gewesen war, hatte seit der Raubtierattacke einen empfindlichen Dämpfer erlitten. Sie traute sich weniger zu und fürchtete sich vor Blamagen. Auch Kégresse' Freundlichkeit mochte nur pure Höflichkeit gewesen sein. Zudem plagte sie, dass sie die Expedition nicht bis zu ihrem Ende begleitet und damit einen bedeutenden Teil verpasst hatte. Wer war sie schon, dass sie glaubte, noch dazuzugehören?

Während sie noch unschlüssig überlegte, ob sie nicht besser wieder gehen sollte, hielt eine Limousine direkt vor dem Eingang des Hotels, und André und Giorgina Citroën stiegen aus. Torie versuchte, sich zwischen den Säulen zu verbergen, aber Georgina hatte sie bereits entdeckt und ihren Mann auf sie aufmerksam gemacht. Ihr blieb gar nichts anderes übrig, als sich der Situation zu stellen.

»Victoria Belrose!« Giorginas warmherzige Stimme zerstreute jegliche Bedenken. »Wie schön, dass Sie hier sind, Torie!« Sie hauchte ihr Küsse auf beide Wangen, während André Citroën seinen Hut freundlich zur Begrüßung lupfte. Im nächsten Augenblick trat unglücklicherweise der Herausgeber des *Figaro* mit ein paar Fotografen auf ihn zu und beanspruchte seine volle Aufmerksamkeit. Auch von Giorgina wurde erwartet, dass sie sich für ein Foto zur Verfügung stellte. »Es gibt Neuigkeiten«, wisperte sie ihr noch zu, bevor sie sich neben ihren Gemahl stellte, um sich ablichten zu lassen.

Torie folgte dem Pulk an Journalisten ins Hotel. Immer wieder versuchte sie, Julien unter ihnen ausfindig zu machen, obwohl sie nicht mit ihm rechnen konnte. Im Foyer waren zahlreiche Gäste versammelt, die bereits ungeduldig die Ankunft des Gastgebers erwartet hatten. Nach einer kurzen Willkommensrede Citroëns, in der er die Mitglieder der Croisière Noire herzlich begrüßte, schritten alle gemeinsam durch einen der lang gestreckten Gänge zu dem Saal, in dem alles für Poiriers Film vorbereitet worden war. Im allgemeinen Trubel konnte Torie nur wenig erkennen, sie sah aber, dass die Mitglieder der Croisière ganz vorne bei den Citroëns Platz genommen hatten. Hinten im Saal fand sie einen freien Stuhl und wartete gespannt auf die Darbietung des Filmes.

Wenige Augenblicke später trat Léon Poirier auf die kleine Bühne vor der Leinwand und bat das Publikum um Gehör. Sofort verstummte das Gemurmel auf den Sitzplätzen, alle Aufmerksamkeit richtete sich auf den berühmten Regisseur. Was nun folgte, war nicht nur für Torie ein besonderes Erlebnis. Auf ebenso charmante wie eloquente Weise verstand Poirier es, das Publikum in seinen Bann zu ziehen. Er erzählte von den Anfängen, den Schwierigkeiten und Abenteuern der Croisière und machte sie anschaulich, indem er Filmausschnitte zu den einzelnen Etappen zeigte. Besonders viel Zuspruch fanden die wild anmutenden Tänze und archaischen Sitten der so unterschiedlichen Völker, denen sie auf ihrer Reise begegnet waren. Ausrufe der Verwunderung, des Beifalls, aber auch des Schreckens waren immer wieder im Publikum zu hören. Auch Torie, die vieles miterlebt hatte, vergaß alles um sich herum. Ihr war, als wäre sie noch einmal in Afrika.

Besonders faszinierend fand sie die Etappen der Reise, bei denen sie nicht dabei gewesen war. Die Überquerung des Albertsees, eine unmenschliche Elefantenjagd mit Feuer, der Besuch bei den Pygmäen und das Eintreffen im englischen Teil von Uganda mit dem Endziel Kampala. Dort hatte sich die Expedition auf Wunsch des französischen Staatspräsidenten in vier Gruppen aufgeteilt, um mögliche Verbindungswege und Zufahrtsrouten zu den Häfen Kapstadt, Beira, Daressalam und Mombasa am Indischen Ozean auszukundschaften. Ziel war es, von dort nach Madagaskar überzusetzen, das bislang noch keine regelmäßige Schiffsverbindung zum Festland hatte. Insgesamt zwanzigtausend Kilometer hatte die Croisière Noire zurückgelegt und dabei maßgeblich zu der Erforschung des afrikanischen Kontinents beigetragen. Eine ungeheure technische Herausforderung mit wertvollen wissenschaftlichen Erkenntnissen. Einige Gebiete waren erstmals kartografisch erfasst und unbekannte Insektenarten entdeckt worden, eine große Zahl von Jagdtrophäen und Gastgeschenken würden in Zukunft die Sammlung von André Citroën schmücken. Das Publikum war begeistert, als Poirier verkündete, dass der Film bereits in wenigen Wochen zusammengeschnitten und in allen französischen Kinos zu sehen sein würde.

Im Anschluss an die Vorstellung wurden die Gäste, hauptsächlich Presseleute, Politiker und ausgewählte Freunde von Citroën, in den Nachbarsaal zu einem Büfett gebeten. Erfüllt von den Erinnerungen schloss Torie sich dem Pulk der Leute an. Sie wollte wenigstens Bergonier begrüßen, dessen donnernde Stimme schon von Weitem zu hören war. Auch die Mechanikertruppe rund um Penaud und de Sudre entdeckte sie zwischen den Gästen.

Georges-Marie Haardt, Major Bettembourg und der Ingenieur Brull scharten sich um Kégresse und Citroën, Audouin gab einem Journalisten ein Interview. Offenbar genoss jeder von ihnen die Beachtung, die ihnen entgegengebracht wurde. Nur Iaco konnte sie nirgendwo entdecken. Vermutlich ließ er sich wieder einmal von Frauen bewundern.

»Möchtest du?« Wie vom Blitz getroffen von der Stimme, die sie hinter sich hörte, wandte sich Torie um und nahm das Glas Champagner, das ihr angeboten wurde. »Du siehst fabelhaft aus!« Sie starrte Julien an, als wäre er ein Geist, und spürte, wie ihr Puls sich beschleunigte. Wie absurd. Wieso war sie plötzlich so aufgeregt? »Geht es dir nicht gut?« Er sah sie besorgt an.

Sie schüttelte erst verwirrt den Kopf, dann nickte sie. »Ich habe nur nicht mit dir gerechnet«, brachte sie schließlich hervor. Julien grinste vergnügt. »Was machst du hier?«

»Vermutlich dasselbe wie du«, entgegnete er mit leisem Spott. »Ich habe ebenfalls eine Einladung für den Film bekommen. Wir waren ja beide dabei.«

»Wenigstens teilweise.« Torie grinste nun ebenfalls.

»Geht es dir wieder gut?«, erkundigte er sich. »Ich habe natürlich von dem schrecklichen Unfall gehört.«

»Es geht mir gut, auch wenn ich vermutlich immer ein Tuch über den Schultern werde tragen müssen, wenn ich ein Abendkleid anhabe …« Als sie Juliens fragenden Blick bemerkte, fügte sie hinzu: »Um die Narben zu verdecken. Ich hatte sehr viel Glück.«

Julien war sichtlich betroffen. »Das wusste ich nicht. Iacovlew meinte damals in Stanleyville, dass du schon wieder werden würdest.«

»Das ist typisch für ihn. Er interessiert sich eigentlich nur für sich selbst«, bemerkte sie und war im Nachhinein einmal mehr erleichtert, dass ihr Techtelmechtel ohne Folgen geblieben war. Sie beschloss, das Thema zu wechseln. Julien sollte nicht den Eindruck haben, dass sie auf sein Mitleid aus war. »Und was machst du mittlerweile? Arbeitest du für eine andere Zeitung?«

»Na ja ... ich ...«

»Wen haben wir denn da?«, wurden sie da wenig sensibel unterbrochen. Im nächsten Augenblick fühlte Torie sich von riesigen Armen umfangen und fest gedrückt. »Wenn das mal keine Überraschung ist!«

»Eugène«, protestierte sie lachend. »Du zerquetschst mich ja!« Sie befreite sich aus seiner Umarmung und hob vorwurfsvoll den Zeigefinger.

»Verzeihung! Manchmal hab ich meine Gefühle einfach nicht unter Kontrolle«, gab sich der Arzt zerknirscht. »Aber nun komm schon. Die anderen werden dich auch begrüßen wollen.«

Ohne dass er Julien weiter beachtete, ergriff er ihren Arm und führte sie hinüber zu den ehemaligen Kollegen. Torie hatte keine Wahl. Im Nu wurde sie von den Mitgliedern der Croisière umringt und sofort mit zahlreichen Fragen bestürmt. Jeder wollte wissen, wie es ihr ergangen war und ob sie wohlauf sei.

Penaud behauptete sogar, dass sie die Expedition ohne ihre Hilfe nur mit viel Glück zu Ende gebracht hätten. »In ein paar Jahren will der *patron* mit den Raupen China durchqueren«, verriet er augenzwinkernd. »Ich hätte nichts dagegen, wenn du wieder mit von der Partie wärst!«

»Geht uns übrigens allen so«, meinte de Sudre.

Torie freute sich über die allgemeine Anerkennung. Sie blieb noch eine ganze Weile bei ihren ehemaligen Kameraden und ließ sich von ihren Geschichten bestens unterhalten.

Auch Iaco tauchte irgendwann auf, er übernahm die Rolle des Alleinunterhalters. Torie gelang es sogar, über seine Witze und

Anekdoten zu lachen. Sie trug ihm nichts mehr nach und war froh, dass ihr Verhältnis wieder unbeschwert sein konnte. Julien fiel ihr erst wieder ein, als die Gruppe sich langsam auflöste, weil es schon reichlich spät geworden war. Sie machte sich auf die Suche nach ihm, doch sie konnte ihn nirgendwo finden. Dann fiel ihr ein, dass er sie wahrscheinlich mit Iaco zusammen gesehen hatte. Ob er davon ausging, dass sie immer noch ein Paar waren? Der Gedanke war ihr plötzlich unangenehm, und sie drängte ihn beiseite, als einer der Kellner des Hotels auf sie zutrat.

»Monsieur Citroën verlangt, Sie zu sprechen«, teilte er ihr überraschenderweise mit und führte sie in eines der Nebenzimmer.

Torie fühlte sich unbehaglich, als sie ihm folgte. Was konnte er an einem Abend wie diesem nur von ihr wollen? Wollte er ihr womöglich eine Standpauke halten, weil sie sich als Mann verkleidet in die Expedition geschmuggelt hatte? Wusste er davon, welche Rolle seine Ehefrau dabei gespielt hatte? Nun, sie würde es erfahren und war bereit, die Konsequenzen zu tragen. Mit erhobenem Haupt betrat sie den Raum. Citroën saß zusammen mit seiner Gattin und Kégresse vor einem knisternden Kaminfeuer, Cognacschwenker in den Händen. Offenbar hatten sie sich schon vor einer ganzen Weile zurückgezogen. Citroën winkte sie heran, sobald er sie erblickte, und bat sie, neben seiner Frau Platz zu nehmen.

»Ich weiß, das ist womöglich nicht der richtige Zeitpunkt für solch einen Moment«, begann er überraschend launig, nachdem er auch ihr ein Glas Cognac eingeschenkt hatte, »aber Adolphe hat mich gerade über Ihre neue Erfindung unterrichtet. Sie hat mich auf Anhieb so begeistert, dass ich Sie das unbedingt heute noch wissen lassen muss.«

»Erfindung?« Torie verstand rein gar nichts. »Das muss ein Irrtum sein. Ich habe nichts erfunden.«

Es war ihr peinlich, die fröhliche Runde enttäuschen zu müssen.

»Sie stellt wie immer ihr Licht unter den Scheffel«, bemerkte Giorgina zwinkernd. »Davon könnte sich so mancher Monsieur etwas abschneiden, nicht wahr?«

»Ich weiß wirklich nicht, wovon Sie sprechen, Monsieur«, beharrte Torie. Die Situation wurde ihr immer unangenehmer.

»Ich spreche von dem unglaublich vereinfachten, aber umso raffinierteren Getriebe, das Sie offensichtlich bereits während der Croisière entwickelt haben.«

Torie wurde blass. »Oh! Die Unterlagen mit den Zeichnungen und Berechnungen habe ich leider in Afrika verloren«, bekannte sie. »Sie können unmöglich davon wissen!«

Citroën grinste amüsiert. »Und doch ist es so! Ihr kleines wertvolles Skizzenbuch wurde mir von jemandem zugespielt, der es sehr gut mit Ihnen meint.«

»Das ... das verstehe ich nicht!«

Torie war viel zu verwirrt, um genau hinzuhören oder klar denken zu können. Citroën konnte damit nur auf Iaco anspielen. Sie erinnerte sich genau daran, dass sie ihm die Zeichnungen in Am Dafok gezeigt hatte. Damals hatte es sie sehr verletzt, weil er ihre wertvollen Gedankengänge als unsinniges Gekritzel abgetan hatte. Es hatte ihn nicht einmal interessiert, was sie genau dargestellt hatte. Danach hatten sie nie wieder darüber gesprochen, und nun sollte ausgerechnet er Citroën ihre Unterlagen zugesteckt haben?

»Nun treib das Spielchen nicht auf die Spitze«, tadelte Giorgina ihren Mann, »sie scheint wirklich keine Ahnung zu haben.«

»Ein bisschen Strafe hat sie schon verdient«, verteidigte sich André augenzwinkernd, »schließlich hat Mademoiselle Belrose alias Victor Moulin uns alle ganz schön an der Nase herumgeführt. Ich musste Poirier davon abhalten, einen Film über ihre ungeheuerliche Geschichte zu drehen!« Er lachte über seinen eigenen Witz, bevor er wieder zur Sache kam. »Aber nun gut. Hören Sie gut zu, Mademoiselle, ich möchte Ihnen einen ehrlich gemeinten Vorschlag machen. Was halten Sie davon, wenn ich die Entwicklung Ihres vielversprechenden Getriebes in Ihre Hände lege?«

Torie glaubte, sich verhört zu haben. »Dazu fehlen mir die finanziellen Mittel«, antwortete sie ehrlich.

»Das wird nicht Ihr Problem sein ...« Citroën faltete die Hände vor seinem Bauch. Er schien sichtlich Vergnügen daran zu finden, sie noch ein wenig auf die Folter zu spannen. »Sie bekommen eine eigene Abteilung sowie freie Hand in Ihren Entscheidungen und natürlich meine finanzielle Unterstützung.« Das war mehr, als Torie sich in ihren kühnsten Träumen zu erhoffen gewagt hatte. Sie wäre wieder unabhängig, beinahe wie zu den Zeiten, als es noch die Zahnradfabrik Belrose gegeben hatte. »Allerdings habe ich eine Bedingung, an die ich mein Angebot knüpfe!«

Torie ahnte, dass nun der Haken an der Sache kam. »Und die wäre?«, erkundigte sie sich dennoch forsch.

»Sie bekommen von mir einen gleichberechtigten Compagnon an die Seite gestellt! Er wird die Abteilung mit Ihnen leiten. Sie beide werden mir regelmäßig Rechenschaft ablegen und sind zusammen für alles verantwortlich.«

»Und wer soll das sein?« Torie dachte sofort an Adolphe Kégresse, sie konnte Citroëns Antwort kaum erwarten.

»Es ist derselbe Mann, der Ihr Skizzenbuch gerettet und mir übergeben hat.«

Torie starrte Citroën entsetzt an. Dann schüttelte sie energisch den Kopf. »Bedaure, aber das ist unmöglich«, sagte sie mit fester Stimme. »Dieser Mann hat nicht die geringste Ahnung von dem Metier.«

Wie konnte Citroën nur auf die verrückte Idee kommen, ausgerechnet Iacovlew an Ihre Seite zu stellen? Das war geradezu paradox.

Citroën und Kégresse warfen einander vielsagende Blicke zu.

Giorgina richtete sich in ihrem Stuhl auf. »Aber Sie würden wundervoll zusammenpassen«, behauptete sie mit einem freundlichen Lächeln. »Es war sogar meine Idee, ihn für die Entwicklungsabteilung ins Boot zu holen, nachdem er mir erzählt hat, dass Sie sich schon seit Kindertagen kennen.«

Erst da dämmerte Torie, dass sie auf dem völlig falschen Dampfer war. »Von wem sprechen Sie denn?«, erkundigte sie sich vorsichtig.

»Nun, von mir, nehme ich an«, vernahm sie eine Stimme aus dem hinteren, unbeleuchteten Teil des Raumes. Im nächsten Augenblick sah sie Julien mit ihrem Skizzenbuch in der Hand auf sie zutreten. Er hatte der Unterhaltung also die ganze Zeit aus dem Verborgenen heraus gelauscht. Zum zweiten Mal an diesem Abend hatte er sie überrumpelt. »Ich habe die Details deiner Entwicklungen immer geheim gehalten. Auch die Messieurs Citroën und Kégresse kennen sie nicht. Du bleibst also weiterhin frei in deinen Entscheidungen, damit zu tun, was du für richtig erachtest. Ich möchte, dass du das weißt!« Er übergab ihr die Aufzeichnungen mit einem entschuldigenden Lächeln.

»Und wie bist du an meine Notizen herangekommen?«

»Iacovlew hat mir dein Skizzenbuch in Stanleyville anvertraut.« Julien räusperte sich. »Ich glaube, er hat erkannt, wie wichtig du mir bist.« Tories Herzschlag beschleunigte sich, ihr wurde bewusst, wie sehr sie Julien vermisst hatte. Ihre Blicke trafen sich und hielten einander fest. Wie hatte sie nur so blind sein können? Ein leises Hüsteln machte sie darauf aufmerksam, dass sie nicht allein waren. »Du wolltest vorhin wissen, wo ich nach Afrika gewesen bin«, nahm er das Gespräch an dem Punkt auf, an dem sie zu Beginn des Abends unterbrochen worden waren.

»Unbedingt«, antwortete Torie wie befreit.

»Ich habe in England an der Universität meinen Master of Science gemacht. Mit den Studien hatte ich bereits in Amerika begonnen und sie nun endlich abgeschlossen. In England war es leichter als hier.« Er grinste. »Ich habe also doch ein wenig Ahnung von dem Metier.«

»Dann sind Ihre Zweifel bezüglich Ihres *compagnons* also ausgeräumt?«, erkundigte sich Citroën mit schalkhaftem Blick.

»Auf jeden Fall«, antwortete Torie. Jetzt würde sie ihr eigenes Spielchen spielen. »Allerdings habe ich noch eine dringende Bitte an Sie.«

Citroën hob die Hände. »Raus damit!«

Torie blickte erwartungsvoll in die Runde und dann ihrem Chef in die Augen. »Lassen Sie mich bei der nächsten Expedition von Anfang an als Frau mitfahren!«

ENDE

Epilog

Der Abend nach der Eröffnung des zwanzigsten Pariser Autosalons im Grand Palais versprach etwas Besonderes zu werden. Scharen von Menschen hatten sich an diesem schönen Oktoberabend 1926 am Seineufer und auf dem Champ de Mars versammelt, um eines der besonderen Spektakel der Neuzeit zu erleben – die Illumination des Eiffelturms in nie da gewesener Pracht. Dieses Spektakel hatte die Stadt dem Automobilhersteller André Citroën zu verdanken, einem der fortschrittlichsten Unternehmer des Landes. Sein Ruhm war nach der erfolgreichen Afrika-Expedition bis weit über die Landesgrenzen gedrungen. Und doch wäre dieses recht kostspielige Unterfangen wohl niemals zustande gekommen, hätten nicht besondere Umstände Citroën in eine Zwickmühle gebracht, die ihm keine andere Wahl ließen. Nur die wenigsten wussten davon.

Die Erben von Gustave Eiffel hatten an den Künstler Fernand Jacopozzi den Wunsch herangetragen, für die 1925 stattfindende internationale Kunstgewerbeausstellung eine Illumination für den Eiffelturm zu entwerfen. Der Italiener setzte daraufhin die Idee mit Eifer um. Aufgrund der immensen Kosten wurde das Projekt jedoch von den Erben abgelehnt, was Jacopozzi nicht davon abhielt, nach anderen Geldgebern zu suchen. Allerdings bestand zunächst wenig Interesse. Auch André Citroën war aus Kostengründen nicht davon zu überzeugen gewesen.

Jacopozzis Pläne wären wohl im Sande verlaufen, wäre nicht Citroëns Konkurrent Henry Ford in Detroit das Gerücht zugetragen worden, dass der Eiffelturm von Paris zum Verkauf stand. Sofort entsandte Ford einen Vertrauensmann nach Paris, um das Denkmal zu erwerben. Ihm schwebte vor, den Turm zu demontieren, in die USA zu verschiffen und dort wieder aufbauen zu lassen. Als sich dann herausstellte, dass von einem Verkauf des Eiffelturms niemals die Rede gewesen war, wollte er wenigstens die Beleuchtung finanzieren. Sobald André Citroën Wind von der Idee seines Konkurrenten bekam, wurde sein Ehrgeiz geweckt, und er ließ all seine Beziehungen spielen, um selbst den Zuschlag für die Beleuchtung zu erhalten. Allerdings hatte er sich noch einen besonderen Clou einfallen lassen. Der Eiffelturm sollte nicht nur leuchten, die Illumination sollte gleichzeitig eine Werbung für Citroëns Automobile werden. Über zweihundertfünfzigtausend Glühbirnen unterschiedlicher Leuchtstärke und in sechs Farben wurden von Hochseilakrobaten und Zirkusartisten montiert. Niemand anderer war in der Lage, die schwierigen Kletterarbeiten am Turm auszuführen. Das Resultat war beeindruckend und wurde zur Eröffnung des Automobilsalons ein Jahr später wiederholt.

Auch Madame Odessa hatte von dem Spektakel in der Zeitung gelesen, und da sie ohnehin auf einem Jahrmarkt in Paris ihren Tätigkeiten als Wahrsagerin nachging, ließ sie es sich nicht nehmen, dem Schauspiel beizuwohnen. Auf einer Anhöhe am Ufer der Seine fand sie eine etwas abseits gelegene Bank, von der aus man eine gute Sicht hatte. Es war ein klarer, noch nicht besonders kühler Herbstabend, sodass es sich gut aushalten ließ. Unter ihr, direkt am Kai des Flusses, näherten sich drei Pärchen, die kurz darauf zwischen zwei Straßenlaternen stehen blieben, um Zeugen des Schauspiels zu werden. Pünktlich um 22:00 Uhr wurde die

Illumination eingeschaltet. Unzählige Sterne leuchteten entlang des grazilen Turmes auf und verwandelten sich in kometenartige Gebilde. Die vier Bögen erstrahlten in hellem Licht, danach leuchteten erstmals die acht Doppelwinkelsymbole der Firma Citroën an den vier Flanken unterhalb der zweiten Ebene des Turmes auf. Doch der Höhepunkt waren die Buchstaben: C, I, T, R, O, Ë und N, die in unterschiedlichen Farben aufleuchteten. Noch von Weitem hörte man ein Raunen, das durch die Menge ging, Hurra-Rufe und Beifall.

Madame Odessa schloss die Augen, um die positive Energie in sich aufzunehmen. Erst als es um sie herum stiller zu werden begann, kehrte sie in die Wirklichkeit zurück. Als sie die Augen wieder öffnete, stellte sie fest, dass die drei Pärchen immer noch am Kai der Seine standen und sich angeregt unterhielten. Die munteren Stimmen und das Gelächter der vier jungen Frauen und der zwei Männer klangen bis zu ihr hoch. Nur die Silhouetten und ihre Schatten waren zu erkennen.

Nach einer Weile war es wohl auch für die jungen Leute Zeit zu gehen. Zwei der Frauen hakten sich bei je einem der Männer unter, während die dritte Frau vertraut den Arm ihrer Freundin ergriff. Madame Odessa sah ihnen nachdenklich hinterher. Drei Paare, die an der Seine entlangflanierten, und drei Schatten, die ihnen folgten: der einer neugierigen Wildkatze, der eines stolzen Schwans und der eines wendigen Wiesels.

Danke an ...

... meine Eltern und Willem, deren positiver Geist mich immer wieder in die weite Welt zu neuen Entdeckungen trägt.

... Margrit Burde für ihren unbestechlichen Blick und ihr feines Gespür.

... Bastian Schlück für seinen Einsatz, seine Kritik und die immer positive Art.

... das wunderbare Team von Blanvalet, das in jeder Beziehung sein Bestes gibt.

... Margit von Cossart für den klugen letzten Schliff und ihre Anregungen.

Unter der heißen Sonne Namibias folgt eine junge Frau ihren Träumen und wagt das Abenteuer ihres Lebens …

512 Seiten. ISBN 978-3-7341-0949-2

Berlin, 1901. Jella lebt mit ihrer Mutter allein in der Stadt, seitdem ihr Vater in Deutsch-Südwestafrika, dem heutigen Namibia, verschollen ist. Die beiden halten sich mit Näharbeiten über Wasser, denn Jellas Großvater, ein reicher Baron, will von den beiden Frauen nichts wissen. Jella ist nicht nur deswegen eine Außenseiterin. Sie hat Abitur gemacht, will studieren. Doch all ihre Pläne scheitern, als ihre Mutter unerwartet stirbt. Hals über Kopf reist die junge Frau nach Afrika, um dort endlich ihren Vater zu suchen und ein neues Leben zu beginnen. Und so begibt sie sich auf eine Reise durch die Steppe, die so manches Abenteuer bereithalten wird – und am Ende vielleicht die große Liebe …

Lesen Sie mehr unter: **www.blanvalet.de**

»Downton-Abbey-Feeling in Frankfurt.«
Emotion

544 Seiten. ISBN 978-3-7341-1182-2

Frankfurt, 1929. Die Blankenburgs haben allen Grund zur Freude: Vor kurzem feierten sie das 150jährige Jubiläum der familieneigenen Porzellanmanufaktur, die Auftragsbücher sind voll, und die Krise der frühen Zwanzigerjahre liegt hinter ihnen. Aber das hart errungene Glück zerbricht, als Aldamar, das Familienoberhaupt, und sein Schwiegersohn Richard ihr Vermögen im großen Börsencrash verlieren und keinen anderen Ausweg sehen, als sich das Leben zu nehmen. Mit dem Erwachen des Nationalsozialismus beginnt auch der Überlebenskampf der Blankenburgs. Um die Manufaktur zu retten, sind die zerstrittenen Schwestern Ophélie und Elise bereit, über sich hinauszuwachsen ...

Lesen Sie mehr unter: **www.blanvalet.de**

Der Auftakt der mitreißenden Saga um eine starke junge Ärztin, die Suche nach einem Neuanfang und die Kraft der Liebe.

560 Seiten. ISBN 978-3-7341-1041-2

Deutschland Anfang der 1950er-Jahre. Obwohl die Ärztin Thea Graven in ihrem jungen Leben schon schwere Schicksalsschläge verkraften musste, hat sie sich stets ihre Lebensfreude bewahrt. Nach einem schrecklichen Zwischenfall kündigt sie ihre Stelle in Hamburg und flieht zu ihrer Familie in die Eifel, um dort eine Stelle als Landärztin anzunehmen. Wenn da bloß nicht die misstrauischen Dorfbewohner wären und ihr neuer Chef, der brilliante aber absolut rüpelhafte Georg Berger. Mit ihren Schwestern Marlene und Katja fest an ihrer Seite, entdeckt Thea bald nicht nur die schönen Seiten ihrer neuen Heimat, sondern auch einige brisante Geheimnisse …

Lesen Sie mehr unter: **www.blanvalet.de**

Eine junge Landärztin, ein schwerer Schicksalsschlag und eine ungewisse Zukunft – doch ihre Hoffnung und ihr Mut sind größer als alle Hindernisse.

400 Seiten. ISBN 978-3-7341-1042-9

Dr. Thea Graven hat in der Eifel ein neues Zuhause gefunden, in ihrer Arbeit als Landärztin ihre Erfüllung und – womit sie anfangs niemals gerechnet hätte – auch ihre große Liebe. Doch kurz vor der Hochzeit erkrankt Thea schwer an Kinderlähmung. Ein Leben mit einer verkrüppelten Frau an seiner Seite – das will sie ihrem Verlobten nicht antun. Sie flüchtet sich in eine Reha-Klinik im Allgäu und setzt alles daran, ihr altes Leben zu vergessen. Auch ihr bisher immer so starker Lebensmut scheint nur noch eine schwache Erinnerung. Bis ein weiteres einschneidendes Erlebnis ihre Welt erneut ins Wanken bringt und die junge Ärztin erkennt, dass es Dinge gibt, für die es sich zu kämpfen lohnt. Und dass die Zukunft so vieles für sie bereithält.

Lesen Sie mehr unter: **www.blanvalet.de**

Dramatische Zeiten in der Tuchvilla: Wird die Liebe zwischen Marie und Paul die wechselhafte Zeit der Trennung überstehen?

640 Seiten. ISBN 978-3-7341-1218-8

Augsburg, 1939: Auf die Familie Melzer und ihre Angestellten warten schwere Zeiten. Der Zweite Weltkrieg steht unmittelbar bevor, und es ist klar, dass sich das Leben aller Bewohner verändern wird. Die Tuchfabrik steht kurz vor dem Aus, und Paul muss ein weiteres Mal unbequeme Entscheidungen treffen – und das ohne seine Frau Marie. Denn diese lebt nun bereits seit 1935 mit ihrem Sohn Leo in New York, und die Zeit der Abwesenheit hat ihre Spuren hinterlassen, auch wenn Maries Liebe zu Paul ungebrochen ist. Als sie aber erfährt, dass eine andere Frau in Pauls Leben getreten ist, trifft sie das hart. Wird es Marie gelingen, ihren geliebten Ehemann zurückzugewinnen?

Lesen Sie mehr unter: **www.blanvalet.de**